糜文開
裴普賢 著

詩經欣賞與研究

(改編版)

三民書局印行

© 詩經欣賞與研究（四）

著　者　糜文開　裴普賢
發行人　劉振強
出版者　三民書局股份有限公司
印刷所　三民書局股份有限公司
地址／臺北市重慶南路一段六十一號
郵撥／〇〇〇九九九八－五號
改編版　中華民國七十六年十一月
再　版　中華民國八十年八月
編　號　S 82012
基本定價　玖元壹角壹分
行政院新聞局登記證局版臺業字第〇二〇〇號
詩經欣賞與研究（四）
編號 S 82012
三民書局
ISBN 957-14-0759-3（第四冊：平裝）

謹以此書獻給

先夫糜公文開在天之靈

「詩經欣賞與研究」改編版自序

裴溥言

詩經三百零五篇，分風、雅、頌三大類。風有十五國風，依次為：周南、召南、邶、鄘、衛、王、鄭、齊、魏、唐、秦、陳、檜、曹、豳，共計一百六十篇。雅分小雅、大雅。小雅七十四篇，大雅三十一篇。頌則有周頌三十一篇，魯頌四篇，商頌五篇。

這些詩篇，依其類別之不同，各有其獨特之風格與內涵。由風詩，可看出各地之政情及民風：例如由陳風可看出陳國歌舞風氣之盛；由秦風可知秦國尚武精神之強。小雅之詩，以表現西周衰世，尤以幽王之世的詩篇較多。所以由這些詩篇可看出當時政治之暴亂，天怒人怨的情形。大雅則多係追述周人祖先功德，以及誇張西周初年開國盛世和歌頌中興明主周宣王文治武功的詩篇。至於周頌，周人為消除殷商遺民對周人的敵對心理，所以製作較多祭祀文王之詩篇，以揄揚文王的功烈德澤，使四方來助祭的諸侯，受到潛移默化的作用，明白周之得天下是由於天命，是由於文德。而承此天命者是行仁德之政的文王，因而對周就能心悅誠服。魯、商二頌，雖然篇幅不多，但由這不多的篇幅，也可看出魯僖公的功業及魯國的高度文化；也可看出春秋五霸之一的宋襄公之以宋為殷商之後而頗有榮耀之感，遂制禮作樂，借以誇耀他的功業。但這些詩篇所表現之風格及內涵，必須按照詩經篇目次序集中欣賞，始能有所體悟和認識，始能瞭解我國這部最早且最可靠的詩歌總集真正價值之所在。然而溥言與先夫糜文開所合撰之舊版「詩經欣賞與研究」，由於撰寫之初，為了消閒隨興之所之選寫若干篇陸續發表。既沒想到要出專書，更沒有將三百零五篇全部寫完的構想，所以就沒有按詩經篇目順序而寫。及至三民書局經理劉振強先生認為用我們寫詩經欣賞的這種方法來寫我國那些文字艱深的古典經籍，是復興中華文化、提升國民知識水準最好的辦法。於是就和愚夫婦洽商將已寫好的若干篇累積成專書出版。

初集出版之後，讀者反應良好，這才增加了我們繼續寫下去的勇氣，直到全部詩經三百零五篇完成，陸續分四集出版。然而各集篇次却是由我們自己按照發表的先後而排列的。這對於一般讀者翻閱起來固然不會因篇次不順而感到不便，但是對於周代各地之政情民風，各類詩篇之風格內涵，却就只能得若干零碎的知識而不能由各類詩篇得一完整而清晰的印象了。這樣就減低了對周文化的認識及對文學技巧的鑑賞，致有損於這部經典的可貴價值。而對於以之為參考之用的讀者，則會由於篇目的不順，翻檢起來，甚為不便。如今經過一番改編，全部三百零五篇都按詩經原書目次排列。這不但彌補了以上所述的缺點，體例也歸劃一。而且對於文字的訓釋，及註解的內容，也增添了若干可貴的新資料。在文字訓釋方面，例如召南「野有死麕」，添加了杜其容教授的釋「死麕」為「鹿媒」；小雅常棣篇添加了徐光啓之釋「常棣之華」何以可作為「兄弟」之象徵。其餘尚有許多，如魏風碩鼠篇對「碩鼠」有較詳盡之解釋，可明碩鼠與魏國的地緣關係；小雅信南山「中田有廬」之釋「廬」為「蘿蔔」或「葫蘆」……等不勝枚舉。文字訓釋的增加，自可增加讀者對詩篇更深一層的瞭解。至於評解部分，除增加了若干歷代詩經學者及我個人的評語外，更有方瑜教授對王風「君子于役」及秦風「蒹葭」兩篇深入而詳贍的批評。這可提升讀者欣賞該詩的層次，而會引起對詩經更大的興趣。對於今譯部分的修改，也是所在多有，此不贅。總之，改編後的「詩經欣賞與研究」較舊版提供了讀者檢閱時更大的方便，可使讀者對詩篇的文學技巧及對周代的歷史文化有更清晰的體會和認識，進而可使我們這部寶貴的文化遺產得到較為正確的評價。如此，則溥言夫婦雖多花費了一些心血，但宿願得償，對讀者也算有了個交代，而文開在天之靈，也可感到欣慰了。

民國七十六年四月二十日於臺北靜齋

自序㈠

糜文開

清朝詩經學家姚際恆說：「諸經中詩經之為敎獨大，而釋詩者較諸經為獨難。」現在我們也不得不說：「大家對詩經欣賞的興趣很大，而寫詩經欣賞較其他詩歌欣賞為獨難。」

是的，詩經的吸引力很大。無論誰一聽到「關關雎鳩，在河之洲，窈窕淑女，君子好逑。」或者「桃之夭夭，灼灼其華。之子于歸，宜其室家。」的詩句，便會悠然神往，不期然而然地跟着哼起來。這一部二千五六百年前的詩歌總集，至今仍活在每一個自認是黃帝子孫的心裡。

可是寫詩經欣賞又何以獨難呢？

第一、詩經中難字難句不易解釋；第二、一篇詩的內容不易捉摸；第三、以前文人不把詩經當文學作品來欣賞，因此寫詩經欣賞，便無所依憑；第四、而現在寫詩經欣賞時又不得不關聯着兩千年來糾纏不清的詩序詩柄等有關詩敎問題的種種。

例如關雎篇的「窈窕」兩字便是難字，在漢朝卽有兩種解釋：㈠毛傳：「窈窕，幽閒也。

……關雎之德是幽閒貞專之善女」；㈡揚雄方言：「美心為窈，美狀為窕」。韓詩之「貞專」近毛義，魯詩之「好貌」乃方言之混用。今人或據魯詩而解窈窕為苗條。苗條僅外形之秀美，既失方言外貌內心皆美之意，恐亦失「碩人其頎」周代女子高大為美之實情。這毛傳方言窈窕兩義，均為漢時流行語。漢樂府曰：「蹊徑窈窕安從通?」此窈窕為幽深義，可證毛傳之有所本。而毛傳之「幽閒貞專」，宋朱熹詩集傳易一字而為「幽閒貞靜」。從此遂以「幽閒貞靜」為淑女之德，而以「靜若處子」來描寫少女。證之詩言「靜女其姝」，周代對女子的觀感，實以靜為美。所以我們也大膽將「窈窕淑女」句譯成：「俊姑娘文文靜靜」*了。這是解釋一字一句斟酌之難。

其次再說一篇內容的不易捉摸。我們仍以關雎為例。毛詩序曰：「關雎，后妃之德也。所以風天下而正夫婦也。……是以樂得淑女以配君子，憂在進賢不淫其色。哀窈窕，思賢才，而無傷善之心焉。是關雎之義也。」這後段說得很含糊，毛傳鄭箋也糾纏不清，至說是后妃不妒，求淑女為夫嬪御，與之共事。因而姚際恆指出以淑女指妾媵與原詩有不可通者四。孔疏更實指君子為文王，朱傳則又指淑女為大姒，而曰：「周之文王，生有聖德，又得聖女姒氏以為之配，宮中之人，於其始至，見其有幽閒貞靜之德，故作是詩。」魯詩則以為刺康王晏起曰：「康王德缺於房，大臣刺晏，故作詩。」韓詩亦云：「關雎刺時也。」其他異說不備舉，今人或以為賀新婚之詩。這樣，或以為美，或以為刺；或以為文王事，或以為康王事；或以為后妃作，或以為大臣

* 改編版已改譯爲「俊姑娘文靜善良」

作，或以為宮人作。異說紛紜，令人莫知所從。我們則玩吟原詩，細味詩意，採陳啓源「友樂二章預計初得時事也」主張來釋詩，以闡發孔子「關雎樂而不淫，哀而不傷」的評論與詩教。這是內容捉摸之難。

從前學者，只把詩經作為最高教訓的寶典來讀，不敢用文學欣賞的眼光來評論它，以致降低了它的地位。明人孫月峯作評經，就遭到舉世的譏嘲。因此我們寫詩經欣賞，便無所依憑，只可蒐集些零星的資料來應用。祇有清人姚際恆的詩經通論和方玉潤的詩經原始二書，還可參考一下。姚書逐篇圈評，自述曰：「爰是歎賞感激，不能自已，加以圈評」。方書追踪姚氏，既加眉評，復添旁批，亦謂：「奇文共欣賞，書生結習，固有難免」。既缺參考書，撰寫自然格外費力。

我們撰寫詩經欣賞的初時，本擬單刀直入，撇開詩序詩柄等不管，只寫自己意見的。可是有許多讀者來信讚美，也有不少讀者，就其所知來信責難，要求羅列異說，加以討論。為滿足讀者的要求，我們便不得不在有些篇章，歷敍各家主張異同，再加研判。於是每篇所寫字數增加，而作品欣賞的話，反不得不緊縮。這是關聯太多，顧此失彼之難。

然而這是研讀詩經應循的途徑，只要是應該這樣做，我們就無從畏難逃避。高本漢在他的詩經注釋的自序中就明白地說：

「第一、在每一篇詩裡，他必須儘可能的把難字難句解釋清楚。他要顧到各家的異文，古代各家的歧見。取捨之間，亦必要有語文學上的理由。

「第二、以上述初步工作為基礎，他還要從頭至尾把整篇的詩讀通，把字句啣接起來，看出整篇的意旨。假使先秦時代或漢代早期有某種傳說是關於詩的歷史背景的，他自然要查看，在詩的本文中是否能找出根據來支持那一說。」

例如豳風鴟鴞，尚書金縢篇說是：「周公居東二年，則罪人斯得，于後，公乃為詩以貽(成)王，名之曰鴟鴞。」今人雖疑之，但我們以詩中「桑杜」一詞，乃東齊方言，則至少可判定此詩作於東方，故雜有東齊方言，與「周公居東二年」語合。所以雖不能因此確斷此詩為周公所作，但亦可證明金縢之說，不是無根據的。又如豳風狼跋，詩序謂美周公，今讀其詩，乃解嘲之作，解嘲亦即所以美之也。而「赤舄几几」句，經我們考證，當時能合於此句身分的，也只有周公旦等一二人而已。故詩之為美周公可信也。

大概高本漢所舉第一步工作，詩經學者中以馬瑞辰高本漢二氏成就最高；但均專致力於難字難句的解釋，對於第二步工作都未兼顧。第二步工作，則清代學者中，以姚際恆方玉潤二氏用力最勤，惜其論證簡短而未能兼顧第一步工作。現在我們試採馬高之書，以證成姚方之說，往往有新成就。周頌噫嘻篇，即其一例。姚氏溱洧篇斥三月上巳祓禊起於漢代而非鄭俗，其言甚簡。現在內子普賢試加覆按，以作研判，姚說果不誣，因撰「周漢祓禊演變考」一文以證成之。

周貽徽氏序姚著詩經通論曰：「讀書貴乎能疑；非能疑之責，貴乎疑而能自析其疑，並能以釋人之疑。……吾人讀古人書，未嘗不竊有所疑；然重視古人，不敢排擊；非不敢也，不能也。偶獲創解，而不能貫串全書，綜覈衆說，自成一家言，則平日之竊有所疑者，與一無所疑者何異！若姚氏者，真善疑者也。夫姚氏善疑古人，安知後人不又以所疑疑姚氏？然姚氏之疑自諸家啓之，析其疑而姚氏之心一快；人之讀是書者亦為之一快。後人有善疑者，倘復自姚氏啓之，析其疑而後人之心一快，姚氏亦可以無憾也。」繼踵姚氏者為方玉潤之詩經原始。文開夫婦亦竊有志於此。惟今始起步，恐終力有不逮耳。

我們原計劃的詩經欣賞，擬仿照佘雪曼先生李後主詞欣賞體例，先寫總敍，對有關詩經基本知識作一介紹，然後再選粹今譯，分篇評介，欣賞作品。當時總敍已寫成，分篇欣賞還只做了些準備工作，便因事中輟。恰好王平陵先生前年五月在臺北發起創辦創作月刊，要我列名為發起人之一。於是刊物辦出來，不得不寄稿去充數，因而就詩經欣賞的材料，由內子普賢主稿，寫成幾篇詩經雜碎送去補白。想不到執行編輯楚軍先生却把陸續寄去的四篇，在創刊號上一次登出，並要求以後每期寫幾篇連載。於是在十八個月之中，我們便用分篇欣賞的方式，平均每星期寫一篇，一連寫了詩經雜碎八十一篇。除在創作月刊連載二十一期，發表了七十四篇外，並在香港人生半月刊發表了三篇，菲律賓慈航季刊發表了兩篇，臺北婦友月刊和菲律賓劇與藝各發表了一篇。這八十一篇一律用五部式，是方玉潤詩經原始的仿傚。詩經原始的五部式是：㈠小序；㈡原詩（並加眉評與旁批）；㈢主文；㈣註釋；㈤標韻。現在我們略加改變為：㈠小序（兼採戈提斯

Dr. Robert Gordis 英譯雅歌題後詩前的開場白式）.㈡原詩.㈢今譯.㈣註釋.㈤主文。

這八十一篇的分篇欣賞，計選讀十五國風六十三篇，小雅十篇，大雅四篇，周頌兩篇，魯頌商頌各一篇。這八十一篇既缺總敘，我們便把有關欣賞詩經基本常識的話，分散在有關各篇的主文中。除分別插入了十五國風二雅三頌的介紹話外，約略言之，第一篇關雎順便談興，談詩教；第二第三篇螽斯碩鼠談比；第四篇卷耳談賦，又談文學作品的三要素和最高標準的真善美，……這無法一一列舉，是應該補編索引的。我這裡要特別提出的。是第十二篇附錄了詩經六義簡表，第二九篇談到了詩經溯源，第三六篇介紹了詩經學歷史和重要學者與著作，第五三篇談到詩經與廻文詩，第七九篇談希臘印度中國的史詩和神話，第八〇篇將舊約雅歌、印度吠陀讚歌和詩經的國風周頌作了一個簡單的比較，以及第六五篇和七三篇專談兩位現代詩經學者李辰冬和聞一多的詩經研究。*

在撰寫詩經欣賞的十八個月中，雖則時常為思考疑難的問題而致廢寢忘餐，中夜徬徨，但也時常觸發我們寫專題研究的衝動，只因海外缺少參考書籍，我們盡量商借和購置，只蒐羅到一百多種，不夠應用，所以文開只正式寫了一篇「詩經的基本形式及其變化」在文壇月刊發表，普賢除為詩經欣賞研判工作舉例寫了一篇短文「周漢祓禊演變考」在作品月刊發表外，也只正式寫了一篇「詩經兮字研究」送大陸雜誌刊登。這兩篇論文，用精密的統計作基礎，提出了我們新的發

* 此數篇次乃係原版初集目錄所排

現，是我們比較滿意的工作。

今天我在此還要提出一點補充，我們若從四十八字三環式的詩經基本形式的角度，再作廣泛的觀察，我們可以得到一個新的結論，就是綜合詩經用詞造句和章法的特性，有一顯著的趨向，詩經的形式，是趨向於聯綿式。所謂聯綿式是：㈠詩經用詞，雙聲叠韵和叠字等聯綿詞特別多。㈡詩經造句，愛用聯綿句。所謂聯綿句，就是叠句、對句、叠語句、啣尾句以至排偶句等聯綿性的句子。㈢詩經章法愛用聯綿章。一般的連環式，是章的聯綿性之一種，而其他大雅常用的啣尾式，相同的章餘之句是重尾式，東山等篇是重頭式，生民各章有誕字同帽式。而所謂轆轤韻亦即用韻之聯綿式。這都是聯綿性的形式。聯綿性的形式，遍佈於風雅頌三類各詩篇的章句之間，所以我說詩經趨向聯綿式。而這許多聯綿性的形式，可總稱之為聯綿體。

前面我說過寫詩經欣賞特別困難，我們所以能有力量繼續十八個月之久，寫成八十一篇之多，連同三篇論文，共得三十萬字，可說是由於新舊師友和海內外讀者不斷奬飾和鼓勵的結果。佘雪曼先生是普賢讀國立女子師範學院時的老師，他寫的李後主詞欣賞，風行遐邇，人人愛讀，是青年崇拜的偶像。去年他從香港來菲舉行書畫展覽時，頗欣喜於他女弟子的能執教菲華師專，宏揚中國文化於南洋，並努力於寫作，將一般人難懂的我國古典文學，用深入淺出的方法介紹給海外僑胞。他讚美我們的工作，並祝賀我們的成功。駐菲大使段茂瀾博士每和普賢見面，必對她主稿的詩經雜碎稱揚一番，並說等他有閒暇時，他將用作參考材料作詩經的西班牙文譯介。又代為寫信請于右老賜寄墨寶作為我們出單行本的封面。馬尼拉大中華日報總編輯施穎洲先生更捧我們的詩經欣賞是「文學欣賞書中最新型最成功的嘗試。」他們的獎掖，增加了我們無休無眠地埋頭苦幹的力量，我們應該在此表示我們衷心的感謝！

最使我們感動的是臺北一位失學青年王一民君，把我們連載的詩經雜碎，作為他自修的課本讀。他說，他只初中畢業，最初他只讀原詩今譯和前面的介紹（指小序）很有興趣，後來才補讀註釋和評論，終於每篇全部仔細閱讀，一定要讀到澈底瞭解才放手。他好幾次來信提出意見討論，讓我們自信我們這本書沒有白寫，而得到無上的安慰。註釋部分兼用注音符號，就是王君的建議。至於書名由詩經雜碎改用今名，周初年代的採用董作賓「年代世系表」，則是接受屈翼鵬、許瑟希兩位先生所賜的意見。還有臺北三民書局為提倡學術研究，提高青年學生文學欣賞的興趣起見，不惜工本，排印此書，並於排版之後，讓我們在校樣上再作一次最後的刪改，併此誌謝！

民國五十三年四月三十日於馬尼拉

附：前言

糜文開

雜碎是海外華僑所開飯館對付洋人的一道平民化的菜名，在我們中國人說來，覺得雜碎不像中國菜，不夠味兒，而且也不足以敬客，但西洋人正喜歡它的不濃也不油。中國菜名震環球，而實際上風行世界的却是雜碎和麵食。

我國最早一本三百零五篇詩歌的集子，被稱為詩經，已經是夠尊嚴的了，何況更被列為最高貴的五經之一。我們認真依照十三經注疏的毛詩正義去讀大小序毛公傳鄭玄箋孔穎達疏，固然像吃滿漢全席般受用不了，就是讀五經讀本中詩經集傳朱熹注解，也還是不易消化。何況這兩書可議之處又很多。倒不若就隨憑原詩諷誦玩味，反覺得國風歌謠，男女戀愛的心聲，地方色彩的辨認，雅樂燕饗田獵的情景，民生疾苦的呼號，頌歌宗廟祭祀的描寫，都滿有情趣，很值得我們欣賞玩味。

前年普賢在菲律賓華僑師專開了一門國學概論的課，很注重經書和諸子的介紹，但所編講義，詩經也只能佔一章的地盤。為求學生不陷落在空泛觀念的範疇中，選錄了好幾篇全詩，以舉例方式讓他們欣賞，期得親切的實感。可是時間不容許逐字逐句講解，更不必說訓詁考證的細節，於是只得採用古詩今譯的辦法，原詩與今譯並列。詩經譯成白話詩，早於五四時代劉半農顧頡剛等先生提倡在前，但總覺難傳原詩韻味，雖易獲青年學生的愛好。正如雜碎的專供洋人享受，不足以代表中國菜。可是，這正是適應環境的辦法啊！

海外圖書館藏書不豐，前賢的詩經今譯，原只有零篇，但無法查到，而且要舉例的幾篇，也不一定合用，於是普賢決心自譯，並邀文開來幫忙。仿照合譯泰戈爾園丁集的老辦法，兩人各自選譯，交換修改，譯用了七篇。

去年普賢把國學概論的講義加以整理，正名為「國學述要」，交馬尼拉新閩日報週六附刊連載。名音樂家蔡繼琨先生見到了詩經的今譯，大為賞識，要求專為配樂而選譯兩篇，由他配上樂譜以便歌唱，於是又譯了兩篇送給他。

今年春，文開擬撰詩經欣賞小冊子，即以今譯附原詩之下，再加說明，以為欣賞實例，雖因事忙中輟，二人却因此而又合譯了十幾篇。

現在創作月刊來信要稿，恐事忙無以應命，辜負雅意，即以詩經欣賞實例中抽取不佔篇幅的若干則，抄錄付郵，以供月刊隨時補白之用，而加總題名曰：「詩經雜碎」，表示不够味兒，不地道，兼含雜亂零碎之意。

民國五十一年六月於馬尼拉

自序(二)

糜文開
裴普賢

憑一股勁，只花我們夫婦倆十八個月的業餘之暇，便寫成了三十萬字的那本詩經欣賞與研究（初集）；而這本詩經欣賞與研究續集的寫成，却花了我倆整整五年的工夫，仍不足三十萬字。這是因為初集出版後，不斷得到各方的讚揚和期許，在寫續集時，便加重了心理上的責任感，決心要寫得更加精密而扼要，至少希望能維持初集的水準，以不負衆望。所以下筆便比較鄭重，進度也就比較遲緩。加以從菲律賓回臺後，普賢有時從事其他論文的寫作，而文開兩度病倒（第二次就在去年八月），眼看着初集的再版而又三版，這本續集只是拖延着無法完成。直到今年二月，外交部又發表文開外放曼谷工作，才排除萬難，合力日夜趕工，在離臺前的三月份勉强整理完成這本難以滿意的續集，交給三民書局出版應市。

這本續集所收論文六篇，仍偏重於用科學的方法，來研究有關詩經的問題，文開的「論語與詩經」、「孟子與詩經」、「齊詩學的五際六情」等幾篇，在大陸雜誌和文壇月刊等處發表時，特別受到重視，均以各該期第一篇的地位刊出；普賢的「荀子與詩經」，則發表於臺灣大學的文史哲學報。只有「學庸與詩經」一篇（四書與詩經的最後一題）答應三民書局的請求，保留着不先發表，直接輯入這續集之中。詩經欣賞部分的七十二篇，因每篇有類似學校課本的許多註釋，不太為一般刊物所願採用，但也只為三民書局保留了四分之一未先發表，其餘五十餘篇則仍在國內外報章雜誌先行刊登，而且獲得良好的反應。其中菲律賓的慈航雜誌（季刊），每期催稿，連載了二十八篇，從未間斷，讓我們雖在百忙中仍得維持着詩經欣賞的寫作，令人感激。而商務的東方雜誌復刊後，從一卷六期至二卷十二期一年半之間，在每期篇幅不滿十面的藝文欄中，也連載了陳風東門之池、鄘風桑中、豳風伐柯、鄭風女曰鷄鳴、齊風東方未明、曹風候人、魯頌駉等十篇，尤為難得。這固由於最初東門之池，桑中兩篇一經東方刊出，卽被中國文選月刊等選用轉載，反應特別良好，同時也是王雲五先生提倡中華文化復興運動，對我們這種把詩經釋古譯今的方法特別獎勵的表現。

在臺時我們在中國文化學院所開詩經專課，係採用詩經欣賞與研究初集為教本。我們離臺時，這門課卽由潘教授琦君擔任，這次續集的校對，也承她答應代勞一次。她對詩經素有研究，現在對我們的詩經欣賞與研究初、續兩集，又均已仔細閱讀過，所以我們請求她寫一篇客觀的書評，作為這續集的跋文，讓我們以後寫三集時，能夠有所遵循，再求改進。

現在三民將這續集三校的校樣，陸續全部寄來曼谷清校，並要我們補寫一篇自序，我們無法推却，只得再拉雜報告一些撰寫續集的經過，也藉此向潘教授致謝。並盼學術界的前輩，熱心中華文化復興運動的人士，以及高明的讀者，不吝指教。

民國五十八年六月二十二日序於曼谷

自序㈢

裴普賢

一時興起，花了一年半時間，我們寫成了欣賞八十一篇、研究三篇輯成的詩經欣賞與研究初集，於五十三年五月出版後，得到各方鼓勵和讚許，於是我們夫婦倆就認真地撰寫續集。不料花了整整五年工夫才勉強寫成，於五十八年八月出版，却只有欣賞七十二篇、研究六篇。在友好和讀者要我們把三零五篇欣賞全部寫完的不斷催促下，我們雖繼續工作，但不如意事，十常八九，致時斷時續。文開退休後，近四年來，又因病遵醫囑輟筆；我也為照料病人及課務繁忙，又兼另寫了詩經研讀指導、集句詩研究初集、續集等書，沒有寫上幾篇。直到去年暑假，我要為所任臺大中文研究所詩經研究課增添教材，請文開幫忙蒐集詩經篇名問題的資料，發現連一篇現成資料都沒有，他答應每天只工作兩三小時來試寫這問題。雖屢次腰酸背痛而暫停數日，終於讓他寫了四五萬字，完成一篇像樣的論文，證明這樣的工作，已可不損他健康。於是我們兩人合力續寫詩經欣賞，計劃在半年間再寫三十篇，仍湊滿七十二篇，就出版這第三集。電話告知三民書局劉振强先生，他也十分高興，答應只要在二月份交稿，五六月份一定印好出版。我倆趕寫到年底，已只差七、八篇了，於是春節前後我們停寫兩星期，然後再開始趕工。不料文開休息過了再寫，反而支撐不住。寒流來襲，他竟又閃腰，又感冒嘔吐。幸不嚴重，經中醫調理後，三日卽愈，故得仍以補藥補品維持寫作能力，繼續以每日兩三小時的工作來幫我寫詩經欣賞。我雖熬夜工作，七十二篇整理修訂完成，已是三月中旬。計算離續集的完成，竟已相隔整整十年。文開說：「照這樣的進度計算，初集一年半，續集五年，三集十年，寫完那剩餘八十篇的第四集，豈非要到二十年後，我早已作古了，那裏完成得了？決心非在兩年內全部完成不可。」因此我們約定，從下月起，無特別事故，每週非寫詩經欣賞一篇不可，每月至少寫四篇，每年至少寫四十篇。但願在這兩年內，不再發生什麼意外，讓我們完成這一個小小的心願！

現在這第三集的詩經欣賞七十二篇，計包括國風二十八篇，小雅二十二篇，大雅十篇，周頌十一篇和商頌一篇。其中已在東方雜誌、幼獅月刊、中華文化復興月刊、慈航雜誌及報紙副刊發表過的，只有三十多篇。詩經研究部分長短共計十篇。文開和我，各佔五篇。短的只一千多字，長的也不過四五萬字。最長的一篇，就是文開的「詩經篇名考察四題」（首末二題載東方雜誌）。有的是專為這第三集儲備而寫，例如文開的「詩經字詞用法二則」（原載大陸雜誌）「中國謝邑所在地的研判」（為書局保留不先發表）；有的是應報刊編者的特約而撰，例如我為大華晚報副刊寫的「詩經和現代民謠」；有的受別人文章觸發而成，例如文開和我投寄中央副刊發表的「讀顏元叔析詩經的關雎」、「從此字談到引詩公式此之謂也」。而文開的「詩經朱傳本經文異字研究」（原載東方雜誌）是為他的老師錢賓四先生八秩壽慶而作；我的「孔子以前詩經學的前奏」（原載幼獅月刊）是未完稿專書「詩經學歷史概述」的第一篇；「歐陽修詩本義青蠅篇評析」（為書局保留未先發表）及「鄭玄詩譜圖表的綜合整理」（原載國立編譯館館刊）是已成初稿十二萬字專書「歐陽修詩本義研究」中的兩篇。我寫詩本義研究時，常隨文開至錢賓四先生的素書樓去請安，順便執經問難。有一次他在幼獅月刊上看到我倆合撰的何人斯篇欣賞。他說，他看過了，寫得還不差，只是「胡逝我梁」的梁，譯做「橋上」不妥，因詩經時代的梁，決非橋。我們感激錢先生自動的指正，就照改成今譯的「河梁」。錢先生一本新書出版，要一改再改，連校清樣時還要作最後的修改。他勸我們說，有些書稿寫成了，最好冷一陣再出版，到時可能會有修正的。因此，文開的論文「詩經朱傳本經文異字研究」一篇，撰成當時曾經呈請賓四先生過目改正後才發表，現在他又自動修訂了若干處，而我詩本義研究完成初稿，就把它冷在書櫃裏，果然後來隨時會有後人受詩本義影響及對詩本義批評的新材料發現，而我也就隨時採來補充修正我的初稿。這篇詩本義青蠅篇析評，就是寫青蠅篇欣賞時補成的。

其實詩經欣賞七十二篇，也有好幾篇評解中的專論部分，可以移置於詩經研究之部，成為獨立的論文的。例如玄鳥篇中的「簡狄吞燕卵神話的研究」，由文開主稿，文長六千字，資料豐富，剖析詳明，考證嚴密，見解不凡。比他從崧高篇欣賞移置於詩經研究之部，文長四千字的

「中國謝邑所在地的研判」，還要長而有價值。為讓讀者知道欣賞之部七十二篇中有些什麼特殊材料，我在此透露：除玄鳥篇的吞卵神話研究外，芄蘭篇探討章餘與民謠衆聲和唱的關係，崧高篇中有詩經伯字的考察，何人斯篇中有與泰戈爾詩的比較，我行其野篇中有對周代贅壻制的推測，下泉篇中有郇伯事蹟的考證，常武篇中有核定宣王中興史詩十篇的宣佈，破斧篇中有呂覽音初篇的討論，駟驖篇中有初用鐵器年代的討論，草蟲篇中有周代送親留馬試婚三月禮俗的說明，和詩經相同句的舉例，擊鼓篇中有詩經爰字「何處公式」用法的舉例，何彼襛矣篇中有「平王之孫，齊侯之子」句的研究，振鷺篇中有詩經客字研究，采芑篇中有周代兵制和詩經疊字的探討，韓奕篇中有詩經對句的考察，江有汜篇中有疊句形式的敘述，二子乘舟篇中有伋壽二子爭死故事的討論，南山篇中有文姜淫亂故事的描繪，……以及芄蘭、下泉、何彼襛矣等若干篇的新解。

應讀者的要求，這第三集每篇於評解之後，又加了古韻一項。詩經古音，雖不能定其每一字的正確讀音，但已可知其所屬韻部。今據江擧謙詩經韻譜各部所列，為各篇標韻。初續集各篇，擬待第四集完成後再行補加標韻。

本書初集自序，由文開執筆，續集則兩人合撰，今第三集文開服藥支持合作，完稿後需休養若干日，由我整理成書，自序的撰寫，也就成為我一人的工作。

本書承臺大同事齊教授益壽惠允撰寫跋文，在此先行致謝！

民國六十八年三月十五日序於臺北

序㈣——悲或喜的思想與情感

臺靜農

溥言與糜文開先生結褵二十六年，兩人共同研究詩經一書達十九年，合撰「詩經欣賞與研究」印行了三集，不幸文開未及寫第四集，竟與溥言永訣了。溥言為踐宿諾，獨自寫成第四集，其着筆時悲愴的心情是可想像的了。

他們伉儷這一工作，雖然花費了許多時間與心力，却極有意義與貢獻。因為我們這一部最早的詩歌總集，漢以來被經生們污染得黯然無色，後來學者所能作的，止是訓詁與聲韵而已。卽有少數學者比較大膽提出他們通明的看法，不是被漠視，便被看作離經叛道。

本世紀以來，傳統的觀念，已經解體，學者雖不再有所拘限，但是那些詩篇，畢竟是兩三千年前的作品，其作者身分又甚懸殊，有廟堂人物，有民間男女。因之辭彙、聲律、語法等等，並極複雜。至於詩中反映的列國風土與史實，更不易探索。能通過這些問題，才能談到欣賞，而欣賞能達到某種程度，那又要看欣賞者的學養了。

以溥言與文開的學力，從事這一工作，應該是綽有餘裕的了，然而也感到許多困難。溥言說：「往往一字之推敲，徘徊終夜；一句之斟酌，廢寢忘餐。」（四集後記）因為要將極古典的作品，其中的思想與情感，使今人毫無阻隔的體會得來，以至共同感受其悲哀或喜悅。文字訓詁尚可克服，而詩的內在精神由體會而再表現出來，實在是太難了。讀他兩人的今譯，大都生動真切，並且異常矜慎，惟恐歪曲了原作者的意思，音節神韻，雖因古今文字不同，也儘量的保存。

早在五四後，北方學者就試以今語譯詩了，如魏建功兄譯伐檀篇「彼君子兮，不素餐兮」兩句，用道地口語，不免粗魯，當時就引起了不同的看法。衞道者說：褻瀆經典，大不敬；文士們說：雖白話也要雅馴；只有年輕人說：活像賣勞力人的口氣。這一故事，距今已大半世紀了。建功昔年在女師學院任教授時，溥言從之治文字聲韻學，是建功得意的學生。建功曾同我說：溥言才有文字學的知識，就借「說文解字詁林」一本一本的讀了，這又是若干年前的事了。溥言今日解詩，能融會前人勝義，通明透徹，自有她的學養的。

關於專題論文，共有二十餘篇，所提出的問題，皆甚重要，如先秦諸子與詩經，就有六篇，以總結算的方法，討論先秦諸子對於詩的解釋與運用，甚至割裂詩篇，遷就己意。這些都值得學人參考的。此外則為關於風土、史實、字法、句法等等，析論皆縝密而平實。我看這些論文附在每集欣賞後，既不合體例，也容易被讀者忽略，似應獨立編成專書，這姑且作為建議如何？

我與溥言都是臺灣大學中國文學系的馬前卒，我們是三十五年秋渡海來臺大的，溥言先我一個月到，也都是魏建功兄承首任校長之託代為邀聘的。那時建功兄與何容兄分任臺灣國語推行委員會正副主任委員。臺灣大學接收不久，規模未具，原藏中文圖書甚多，是早年買自福州「烏氏山房」龔家的，先是分散在各研究室，接收後集中在文學院一大教室裏，堆積塵封，毫無秩序。由溥言與歷史系卜君，共同分類整理，然後始可供人應用。這在現在看來算不了什麼，而在當時却是一件大事，因為能有四部分類知識來整理那麼多中文圖書的，只有這兩位青年助教。

三十多年後的今時，溥言既傷悼亡，遠道傳聞建功兄已不在人世，我從臺大退休也有十二年了，以與溥言交情深，涉筆不免有傷逝之感，溥言或不以為忤罷。

詩經欣賞與研究　改編版總目

序文

第一冊

〔欣賞部分〕

國風　一百六十篇

(一)周南十一篇

小雅 七十四篇

第三冊

大雅 三十一篇

(一)文王之什十篇

(二)生民之什十篇

(三)蕩之什十一篇

周頌　三十一篇

(一)清廟之什十篇

(二)臣工之什十篇

第四冊

〈研究部分〉——論文共二十一篇

〔研究部分〕

周漢祓褉演變考

——詩經欣賞研判工作舉例

裴普賢

我們欣賞詩經鄭風溱洧篇，可從宋儒朱熹的詩經集傳中，知道鄭國這種士女春遊採蘭贈芍的旖旎風光，就是王羲之蘭亭集序所記，暮春之初，會於蘭亭，羣賢列坐，流觴曲水，飲酒賦詩，那種修禊雅事的淵源。但同時我們可從淸儒姚際恆的詩經通論中，讀到姚氏對此主張的批判，他說：

「集傳曰：『鄭國之俗，三月上巳之辰，采蘭水上，以祓除不祥』，此本後漢書薛君注曰：『鄭國之俗，三月上巳，桃花水下之時，于溱洧兩水之上招魂續魄，秉蔺草，祓除不祥』。韓詩傳亦云之。按此卽所謂『祓禊』，乃起于漢時，後謂之『修禊事』；今以言詩，蓋附會之說也。」

我們知道朱子所本爲韓詩義，這韓詩義已被姚際恆指斥爲「附會之說」了，可是翻檢代表今日詩經研究成果的屈萬里先生的詩經釋義一書的溱洧篇，仍本韓義而曰：「此賦情侶遊樂之詩，韓詩薛君章句云：『鄭國之俗，三月上巳，之溱洧兩水之上，招魂續魄，秉蘭草，祓除不祥，故詩人願與所說者俱往也。』」對於姚際恆的指斥，未加答辯，使人難明韓義與姚評的孰是孰非，陶淵明詩：「奇文共欣賞，疑義相與析」，我們既十分欣賞溱洧篇的特殊風格，對此疑義，不能輕輕放過，筆者身處海外，雖無法借閱參考書，爲把握今年延長暑假難得的機會，試就手邊僅有的資料，作一番覆按性質的研究，撰成此考證短文，以爲詩經欣賞時研判工作的舉例。

一、韓詩所載鄭俗

第一步的覆按，我是去找出姚氏所稱：「後漢書薛君注」和「韓詩傳亦云之」的材料來核對，好容易從王先謙的詩三家義集疏溱洧篇疏文中，知道後漢書袁紹傳注曾引韓詩，檢袁紹傳在「三月上巳大會賓徒於薄落津」句下，果得姚際恆所稱薛君注，其實不是「後漢書薛君注」，而是「後漢書李賢（唐章懷太子）注引韓詩薛君注」，薛君所注爲韓詩，並非後漢書，證以又云「韓詩亦云之」，實在是姚氏粗心所導致的錯誤。而姚氏所引薛君注文，亦與後漢書原載大有出入。袁紹傳原注曰：「韓詩曰：『溱與洧，方洹洹兮』薛君注云：『鄭國之俗，三月上巳之辰，兩水之上，招魂續魄，拂除不祥。故詩人願與所說（悅）者俱往也。』」（普賢按拂卽祓，音義皆同），姚氏所引，增「桃花水下之時」和「秉蕑草」兩點，而朱傳亦有「采蘭水上」之句，蕑卽蘭，可見朱傳並不本後漢書李賢注所引薛君注韓詩文，可是屈氏所引韓詩薛君章句，雖無「桃花水下之時」一句，而亦有「秉蘭草」三字，這樣韓詩薛君章句，是否就是韓詩薛君注？薛君究竟是誰？又得查考了。

於是我再查閱漢書和後漢書的儒林傳，韓詩學者中是否有薛君其人？結果查出了薛君卽東漢初年博士薛漢。

後漢書儒林薛漢傳曰：「薛漢字公子，淮陽人也，世習韓詩，父子以章句著名，漢少傳父業，尤善說災異讖緯，教授常數百人，建武初爲博士，受詔校定圖讖，當世言詩者，推漢爲長。永平中，爲千乘太守，政有異迹，後坐楚事辭相連下獄死。」王先謙集解：「錢大昕曰：『漢御史大夫薛重德生饒，饒生願，爲淮陽太守，因徙居焉，生方丘，字夫子，方丘生漢。』惠棟曰：『經籍志韓詩二十二卷薛氏章句，棟案唐人所引韓詩，其稱薛君者，漢也，稱薛夫子者，乃方丘也。』」從這裏知道薛君卽薛漢，薛君注或薛君章句，就是隋書經籍志所載韓詩二十二卷的薛氏章句。

筆者案屈氏所採用「薛君章句」係據宋王應麟「詩考」引，與後漢書禮儀志祓禊條末李賢注所引「韓詩」文完全相同，而李賢不云「薛君章句」，僅云「韓詩曰」，又與袁紹傳注所引「薛君注」亦相同，「薛君章句」只多「秉蘭草」三字，蓋後人所引薛氏章句，或稱「韓詩薛君章句」，或稱「韓詩薛君注」，或僅云「韓詩內傳」，或且更泛稱「韓詩」，其文句往往有出入，雖原書南宋時已亡，無從核對，但其內容則沒有多大差異，可知其出於同一來源。

茲自王先謙詩三家義集疏，昭明文選，與後漢書王先謙集解三書各錄一則以證之。

㈠御覽八百八十六引韓詩內傳文；「溱與洧，說人也，鄭國之俗，三月上巳之日，於兩水上招魂續魄，拂除不祥，故詩人願與所說者俱往觀也。」（此則稱內傳，略去「秉蘭草」一點）。

㈡文選顏延年三月三日曲水詩序李善注：「韓詩曰：『三月桃花水之時。鄭國之俗，三月上巳，於溱洧兩水之上，執蘭招魂，祓除不祥也。』（此則僅云韓詩，反增多「三月桃花水之時」一點）

㈢後漢書禮儀志篇末王先謙集解引韓詩薛君章句：「鄭國之俗，三月上巳，拂除不祥」（此則稱薛君章句，而所引反最簡略。）

二、周代的祓除

第二步的覆按，我是蒐集周漢祓禊的記載，加以檢察，來研判姚際恆說的：「祓禊乃起於漢時，後謂之修褉事；今以言詩，蓋附會之說也。」是否正確，這裏面又要分兩點來研究；第一點，祓褉是否起於漢時？第二點，韓詩所云鄭國之俗，是否出於附會？

現在先研究漢代以前有關祓褉的記載：

㈠史記周紀：「周公乃祓齋，自爲質，欲代武王。」

㈡國語周語：「王其祗祓」注「祓，齋戒祓除也。」

㈢周禮春官女巫：「掌歲時祓除釁浴。」東漢鄭玄注：「歲時祓除，如今三月上巳如水上之類。」唐賈公彥疏：「今三月三日水上戒浴是也」。

㈣韓非子十過：「吾恐將令其宗廟不祓除，而社稷不血食也。」（秦穆公輔重耳返晉之語）

檢察以上四則所記述，周代之「祓」，乃官家祭禮中之齋戒沐浴，原與後世之「褉」不同，晉人徐廣曰：「三月上巳臨水祓除，謂之褉」。是浴乎水上方謂之「褉」。但上舉四則，祓而不褉。及至後世水上祓除之褉盛行，於是祓褉混而爲一，而考古者亦混爲一談，事物紀原既指曾晳浴沂爲祓褉曰：「論語；『暮春者，春服既成，浴乎沂，風乎舞雩』，謂水濱祓除，由來遠矣。」（晉賢按此本蔡邕語，蔡邕謂三月上巳祓褉於水濱，源出論語暮春浴沂。）正字通亦曰：「褉有二：論語『浴乎沂』，王羲之蘭亭修褉事，此春褉也，劉楨魯都賦：『素秋二七，天漢指隅，人胥祓禳，國子水嬉』用七月十四日，此秋褉也。」甚至初學記因周公祓齋之記載，而附會後世的曲水宴起於周公。

考關於曲水宴起於周公，乃束晳對晉武帝語，續齊諧記：「晉武帝問曲水之義，摯虞言：『漢章帝時，徐肇以三月初生三女，至三日俱亡，一村以爲怪，乃携酒就水洗滌去災。』帝曰：『如此便非佳節。』尙書郎束晳謂：『虞小生，不足以知之。昔周公卜洛邑，因流水以泛酒，故逸詩云：「羽觴隨波」。又秦昭王置酒於河曲，有金人自泉而出，捧水心劍曰：「令君制有西夏」，及秦覇，乃因此處立曲水祠，二漢相沿爲盛事。』」王先謙曰：「摯虞所言固不經，束晳所言，亦不足爲典要。」後世附會上巳春禊源於周代之祓除，大抵如此。

或曰詩大雅生民篇記周始祖后稷母姜嫄之孕稷曰：「克禋克祀，以弗無子」，禋爲潔祀弗即祓，此最早之祓除也。考毛傳曰：「禋，敬；弗，去也。去無子，求有子。」不及祓。鄭箋始曰：「弗之言祓也，姜嫄之生后稷如何乎？乃禋祀上帝於郊禖，以祓除其無子之疾，而得其福也。」雖言弗之義同祓，但不稱其禋祀爲祓，而以爲求子之禖祭，不敢附會也。今附錄其說於此以存疑。

三、兩漢的祓禊

㈤史記呂后本紀：「三月中，呂后祓還，過軹道。」日人瀧川資言考證：「漢書五行志作祓覇上還。」普賢按：五行志原文爲：「高后八年三月祓覇上還」。

㈥史記外戚世家：「武帝祓覇上還，因過平陽主。」漢書外戚傳記其事曰：「帝祓覇上，還過平陽主。」三國時魏人孟康注曰：「祓除也，于霸水上自祓除，今三月上巳祓禊也。」

㈦漢書元后傳：「（王莽）迺令太后四時駕車巡狩四郊，存見孤寡貞婦，春幸繭館，率皇后列侯夫人桑，遵霸水而祓除，夏遊……秋歷……冬饗飲飛羽，校獵上蘭，登長平館，臨涇水而覽焉。」

㈧後漢書周舉傳：「大將軍梁商表（周舉）爲從事中郎，甚敬重焉，（順帝永和）六年三月上巳日，商大會賓客讌于洛水，舉時稱疾不往，商與親暱酣飲極歡，及酒闌倡罷，繼以䪥露之歌，坐中聞者皆爲掩涕。」

㈨後漢書袁紹傳：「三月上巳，大會賓徒於薄落津。」唐李賢注：「歷法三月建辰，巳夘退除，可以祓除災也。」

㈩後漢書禮儀志：「明帝永平二年三月……是月上巳，官民皆絜於東流水上，曰洗濯祓除去宿垢疢爲大絜。」王先謙集解：「錢大昕曰：絜古禊字，應邵云：禊者，絜也，言自絜濯也。說文無禊字。惠棟曰：蘇林（漢末魏初人）云：陳留俗三月上巳水上飲食爲酺。」梁劉昭注：「一說云：後漢有郭虞者，三月上巳產二女，二日中並不育，俗以爲大忌，至此月日諱止家，皆於東流水上爲祈禳自絜濯，謂之禊祠，引流行觴，遂成曲水……漢書八月祓溉水，亦斯義也。……臣昭曰：郭虞之說，良爲虛誕，」（普賢按：郭虞徐肇兩上巳故事與重九景桓避災故事相仿，上巳臨水，重九登高，均涉迷信，上巳臨水，雖未必源於郭徐故事，但郭徐之傳聞，亦助長此風之流行。且郭徐事均在東漢，亦上巳臨水修禊起於東漢之佐證。）

(十一)續漢書：「三月上巳，宮人皆絜於東流水上，自洗濯，祓除爲大絜。」

(十二)晉書禮志：「漢儀，季春上巳，官及百姓皆禊於東流水上，洗濯祓除去宿垢，而自魏以後但用三日。」

(十三)西京雜記：「高祖與戚夫人正月上辰出百子池邊灌濯以祓妖邪；三月上巳，張樂於流水。」

從以上九則考察東西兩漢的祓除，與周代有異，而東漢與西漢亦自不同。㈠西漢的祓除，與周代相同之點，是都屬官家的祓禮，由天子或太后來主持，與民間無關。㈡不同之點，爲自西漢以來已不像周代一樣在宗廟或宮中祓除，其祓禮開始改爲臨水舉行，而尤以霸水之上爲慣例。㈢東漢與西漢相同之點，爲祓除必臨水。㈣其不同之點有二：第一點不同：西漢的祓除，無固定時日，或在三月，或在八月，西京雜記所傳，則高祖曾正月上辰祓除，三月上巳僅張樂於流水，未行祓禮，至東漢祓除始盛行三月上巳。上巳者上旬之巳日，呂后之祓，雖在三月，却非上旬。所有西漢記載，無言三月上巳祓除者。東漢所記，則均在三月上巳，續漢書所記自屬東漢事，晉書所稱漢儀，實亦僅爲東漢，不包括西漢在內，史記漢書均無三月上巳祓除之記載，是其明證。清儒孫詒讓周禮正義曰：「周漢祓除，皆不必在三月，不定用上巳。」此語誠屬灼見，但應修正爲「東漢以前祓除，皆不必在三月，不用上巳，東漢之世，始盛行以三月上巳祓除，習以爲常。」

第二點不同：是東漢祓除之風已自官家影響及於民間。西漢無論正史以至私人筆記，所記祓除，僅有帝后，而東漢則官民同樂。上自天子官人，地方長官，下至賓客小民（例如陳留之俗）都臨水飲食，祓除不祥。東漢鄭玄注周禮祓除而曰：「如今三月上巳如水上之類。」三國的孟康注漢書的祓禊覇上而曰：「今三月上巳祓禊也。」也是東漢三國時盛行上巳祓禊的第一等史料。

東漢三國三月上巳臨水修禊的盛行，已形成官民同樂的佳節。正像今日盛行的耶穌復活節，需要每年推算一番，於是到晉朝而漸改行三月三日，不復用巳日，且臨水祓除，也演變而爲「流杯曲水」，不一定舉行祓禮。這就是梁宗懍荆楚歲時記所載：

「三月三日士人並出水渚，爲流杯曲水之飲。」

也就是晉王羲之蘭亭集序所謂「流觴曲水」的修禊事。

此風到唐朝仍流行，所以賈公彥疏周禮，不像鄭玄的稱上巳，而曰：「今三月三日水上戒浴是也。」

四、韓詩上巳說的研判

祓除之事，周代僅爲官家祭禮中之齋戒沐浴，無固定日期，或因事而臨時舉行。西漢初始臨水祓除，或在春，或在秋，仍無固定月日，至東漢始有三月上巳官民同樂之禊事。晉代之禊事漸改以三月三日，不復用巳。且雖稱爲禊，不一定要水上戒浴，其要在流杯曲水，三日修禊之俗，迄唐而不衰，此祓禊演變之大概也。

漢書藝文志，載韓詩內傳僅四卷，隋書經籍志，載韓詩薛氏章句二十二卷。薛氏即唐人稱薛君之薛漢（薛漢父子以章句著名，漢傳父業，故薛氏章句實際是漢父薛方丘所傳，惟最後完成此書者乃薛漢）。後人引薛漢章句或稱「韓詩薛君章句」，或稱「韓詩薛君注」，則薛氏章句，爲韓詩分章別句，並加注釋者也，或僅稱「韓詩」或逕稱「韓詩內傳」，則薛氏章句，即韓詩內傳之注釋本可知。薛氏章句將韓詩內傳自四卷擴充到二十二卷，則其增益之多可知。薛漢係東漢初年光武帝明帝時人。東漢學者，漸求兼通博採，不若西漢初年之墨守師傳，闕疑則不傳。薛漢兼通書傳，又精讖緯，其學不純，其所撰韓詩章句，推衍韓傳，至增加十八卷（原書之四倍半）之多，其中雜採所聞或但憑臆測，穿鑿附會之處，勢所難免。溱洧三月上巳之說，既稱薛君注，是其增益，非韓嬰所傳可知。大概內傳僅曰：「溱與洧，說人也。」薛漢注乃增：「鄭國之俗，三月上巳之日，於兩水上招魂續魄，拂除不祥，故詩人願與所說者俱往觀也。」一段，以推衍「說人也」三字之意。正如東漢衞宏爲西漢毛詩增加詩序使充實詳備，當時提高了毛詩的地位一般，不知其所增，以穿鑿附會者爲多也。

可是，鄭俗三月上巳祓除之說，既非韓嬰原有，爲薛漢所增，薛漢是否即以當時之俗，附會爲東周鄭國之俗，像姚際恆所說呢？是的，我們的回答是肯定的。當時明帝永平二年三月上巳，已經官民皆絜於東流水上，這一漢俗被薛漢採用，來注溱洧附會爲鄭國之俗了。

三月上巳臨水祓除之俗，當起於東漢光武帝時，因爲西漢王莽擅權時還無三月上巳祓除的記載，漢書元后傳，只說春遵霸水而祓除。西京雜記所載，不很可靠，難免染上後代色彩，但也只說三月上巳張樂於流水，而祓除則以正月上辰。所以我們可以斷定西漢尚無三月上巳祓除之舉。韓詩內傳溱洧篇又原無鄭俗上巳之說，則此說薛漢何所採取？我們只有推斷他是憑當時所見漢俗臆測而來。

鄭國之俗三月上巳在兩水之上祓除之說，非韓嬰內傳之原有，是另外還有佐證的。現在韓詩外傳不在我手邊，但我從史記鄭世家的唐張守節的正義中，找到了韓詩外傳不取三月上巳，而另有二月祓除之異說的記載。

史記鄭世家：「（鄭悼公）十三年，晉悼公伐鄭，兵於洧上。」正義曰：韓詩外傳云：『鄭俗二月桃花水出時，會其溱洧水上，以自祓除。』

我們連溱洧爲祓除之俗也不敢採取，詩中無祓除跡象，僅有春遊情景，正如論語浴乎沂，不可附會以爲春禊也。

詩經溱洧早於論語浴沂，但東漢蔡邕論祓禊水濱，溯源於浴沂而不及溱洧，是對韓詩薛氏章句，不承認爲詩經原義，亦足以反映東漢學者不加信任的一斑。至於摯虞束晳對晉武帝問，不及溱洧鄭俗，亦可推見薛君鄭俗三月上巳溱洧祓除之說，對漢明帝以後三月修禊之風的盛行，未發生什麼影響力，薛君上巳鄭俗之說，要到被朱子採入詩經集傳，方被人重視。所以，鄭玄箋湊消，不兼採韓義，以及姚際恆的批判，都是有見地的。我們現在，也仍以不採鄭俗上巳說為是。

民國五十二年六月草於馬尼拉

詩經「兮」字研究

裴普賢

一、前言

我們覺得兮字在詩經裏有着重要的地位，但我們對詩經裏的兮字，尙缺乏明晳而正確的認識。外子文開要我趁今年菲律賓暑假的特別延長一個月，利用假期趕寫三十則詩經欣賞外，對兮字作一專題研究，來澄清我們含糊而混亂的觀念。利用暑假寫專題研究，本來是我的願望。可是處身海外，參考書是困難的問題。因此，很可能多花了不少時間，而拿不出成績來。雖然這樣，我還是盡力試做，貢獻出我僅有的收穫來，以訓練我自己。

二、詩經各篇所用兮字統計

第一步最容易做的是把詩經各篇所用兮字作一統計。玆將統計結果列出於下：

（甲）十五國風一六〇篇中有四六篇用兮字共二八〇次：

㈠周南一一篇（三篇用兮字共一一次）

（1）葛覃二次

（2）螽斯六次

（3）麟之趾三次

㈡召南一四篇（二篇用共六次）

（4）摽有梅四次

（5）野有死麕二次

㈢邶風一九篇（五篇用共三三次）

（6）綠衣一〇次

（7）日月五次

（8）擊鼓四次

（9）旄丘一〇次

（10）簡兮四次

㈣鄘風一〇篇（一篇用共五次）

（11）君子偕老五次

㈤衞風一〇篇（五篇用共三〇次）
(12)淇奧一五次
(13)碩人二次
(14)氓四次
(15)芄蘭六次
(16)伯兮三次
㈥王風一〇篇（一篇用共六次）
(17)采葛六次
㈦鄭風二一篇（十篇用共五七次）
(18)緇衣一二次
(19)將仲子三次
(20)羔裘三次
(21)遵大路六次
(22)蘀兮八次
(23)狡童六次
(24)丰一〇次

(25)子衿四次
(26)野有蔓草三次
(27)溱洧二次
(八)齊風一一篇(四篇用共四二次)
(28)還一二次
(29)東方之日八次
(30)甫田五次
(31)猗嗟一七次
(九)魏風七篇(三篇用共三〇次)
(32)陟岵六次
(33)十畝之間六次
(34)伐檀一八次
(十)唐風一二篇(四篇用共一四次)
(35)綢繆六次
(36)無衣四次
(37)有杕之杜二次

（38）葛生二次

⑪秦風一〇篇（一篇用共三次）

（39）黃鳥三次

⑫陳風一〇篇（二篇用共一六次）

（40）宛丘四次

（41）月出一二次

⑬檜風四篇（二篇用共一五次）

（42）素冠九次

（43）匪風六次

⑭曹風四篇（二篇用共九次）

（44）候人五次

（45）鳲鳩四次

⑮豳風七篇（一篇用共三次）

（46）九罭三次

（乙）小雅七四篇中十一篇用兮字共三七次

（1）蓼蕭四次

（2）彤弓三次

（3）正月二次

（4）巷伯四次

（5）蓼莪二次

（6）無將大車四次

（7）小明一次

（8）裳裳者華四次

（9）車舝四次

（10）都人士四次

（11）白華五次

（丙）大雅三一篇中一篇用兮字共一次

（1）桑柔一次

（丁）周頌三一篇無用兮字者

（戊）魯頌四篇中一篇用兮字共三次

（1）有駜三次

（己）商頌五篇無用兮字者

以上詩經三〇五篇中用兮字者共五九篇合計三二一次，平均每篇一個兮字，尙餘十六字。其中國風一六〇篇中，四分之一以上用兮字，每篇平均用兮字一又四分之三字，爲最多。十五國風又以鄭風用兮字五七次，齊風用四二次爲最高紀錄。但鄭風平均每篇用兮字尙不及三字，僅與衞風之每篇三字相仿。當以魏風平均每篇四字強和齊風檜風四字弱之百分比爲最高。二南所用兮字篇數與字數均甚少，尙在陳風之下。從這裏我們可得到一個明確的觀念：詩經中所用兮字，不偏重南方的二南以及陳風，而遍及十五國風。十五國風中，尤以關東沿黃河地帶的魏、檜、鄭、衞迤東至齊爲最盛。西方之豳、秦，南方之二南，所用兮字最少。從全部兮字的統計看來，詩經時代已盛行用兮字。十五國風大小雅和魯頌均用兮字。兮字的應用主要在國風，盛行於黃河中游的兩岸。魯頌的用兮字，可斷定是受國風的影響。年代最早的周頌，全無兮字的痕跡。

以上兮字的統計，依據毛詩十三經注疏本和朱熹集傳。因爲詩經各種本子的字句每有出入，所以說詩經中共有三二一兮字，並非絕對的數字。例如陳奐的詩毛氏傳疏，陳風株林篇的兩句「從夏南」均作「從夏南兮」，就多兩個兮字。他說：「正義本從夏南下有兮字，定本無兮字，今各本皆從定本删去兩兮字者非也。」又，魏風伐檀篇「河水清且漣猗」句，魯詩作「河水清且漣兮」；邶風旄丘篇「何其處也」句，韓詩外傳引作「何其處兮」；鄘風君子偕老篇「玉之瑱也」句，說文引作「玉之瑱兮」，我們若採用這五個兮字，全詩經就有三百二十六個兮字了。

既得詩經各單位各篇用兮次數，第二步便進而求所用兮字的百分比。

最初，鑒於各本字句多少不同，對於全詩經的字數，我不敢作一個正式的統計。僅依照朱子詩經集傳國風各單位，雅頌各什所附章句的數字來作字數的估計。十五國風共二六〇八句，暫作每句平均四字計，共一萬零四百三十二字。小雅八什共二三一六句（祈父之什十月之交篇，末章少算一句，全什總數少算十一句，實際爲二三二七句）。共九千二百六十四字。大雅三什共一六一六句，共六千四百六十四字。周頌三什共三三七句，魯頌二四三句，商頌一五四句，三頌共七三四句，共二千九百三十六字。全部詩經七二七四句，共二萬九千零九十六字。再照若干篇什字數正式計算結果，大約較每句四字的估計多字數百分之二，計全詩經字數共約爲二九六七八字，至多也不超過三萬字。平均二十三句得一兮字。亦卽每九十二字中有一個兮字。若就國風而論，約共一〇六四〇字，得二八〇兮字，則每九句半或三十八字中就有一兮字。若就各篇分別言之，則以魏風伐檀用兮十八次，齊風猗嗟十七次爲最多。但齊風還、鄭風緇衣、陳風月出、檜風素冠、魏風十畝之間等篇，都是全篇逐句用兮，每句有一兮字。其用兮佔全篇字數的百分比都高於用兮十八次的伐檀。其中十畝之間每五字一兮，月出每四字一兮，其兮字所佔的百分比，爲百分之二十和百分之二十五。可是鄭風的擇兮，雖是隔句用兮式，因用兮之句，一句用兩兮，所以其百分比竟與月出相同。於是試作了一個詩經用兮次數百分比表。

可是總覺估計的數字有不能完全正確的缺憾，所以在全文完成後，決計多花工夫，來作一次全詩經字數的正式計算，普賢自己照朱子集傳逐句點算，外子文開幫忙用屈萬里詩經釋義來核對校訂。這樣用兩種本子來統計，雖其小雅分什不同，而所得字數無異，全部詩經只有一字之差。原來屈釋所本爲十三經注疏本，卽鄭箋孔疏本（其中分章未全依注疏本，例如關雎篇鄭玄分五章，而屈釋依毛詩古本分三章，與朱傳本同）。鄭風大叔于田篇，首句朱傳本爲「叔于田」，而屈釋依注疏本作「大叔于田」，多一「大」字，因此朱傳本鄭風二十一篇共一一六八字，而屈釋本爲一一六九字。詩經全部三零五篇總字數朱傳本爲二九六四五字，而屈釋本遂亦較朱傳本多一字爲二九六四六字。

玆將朱傳本統計結果，製成詩經用兮百分比總表如下：

詩經用兮百分比總表

篇別	全部字數	用兮次數	平均多少字得一兮字	兮字所佔百分比
全詩經三〇五篇	二九六四五	三二一	九二・三五	一・〇九
甲國風一六〇篇	一〇六六〇	二八〇	三八・〇	二・六二
周南一一篇	六三〇	一一	五七・三	一・七五
召南一四篇	七〇六	六	一一七・七	〇・八三
邶風一九篇	一四六六	三三	四四・四	二・三〇
鄘風一〇篇	七二七	五	一四五・四	〇・七〇
衛風一〇篇	八二一	三〇	二七・三七	三・六五
王風一〇篇	六五三	六	一〇八・八	〇・九二

鄭風	二一篇	一一六八	五七	二〇・五	四・九七
齊風	一一篇	六二三	四二	一四・八	六・七五
魏風	七篇	五六一	三〇	一八・七	五・三五
唐風	一二篇	八一〇	一四	五八・〇	一・七三
秦風	一〇篇	七一八	三	二三九・三	〇・四二
陳風	一〇篇	四五六	一六	二八・五	三・五〇
檜風	四篇	一九四	一五	一二・九	七・七三
曹風	四篇	二七二	九	三〇・二	三・三〇
豳風	七篇	八五五	三	二八五・〇	〇・三五
乙小雅	七四篇	九三九九	三七	二五四・〇	〇・四〇
丙大雅	三一篇	六五八八	一	六五八八・〇	〇・〇一五
丁周頌	三一篇	一三八五	〇	—	〇
戊魯頌	四篇	九七一	三	三二三・七	〇・三
己商頌	五篇	六四二	〇	—	〇

並將朱傳本與屈釋本小雅各什字數附錄於下以備查考：

朱傳本	字數	屈釋本（與孔疏本同）	字數
小雅八什總計	九三九九	小雅七什總計	九三九九
鹿鳴之什	一二〇〇	鹿鳴之什	一二六三
白華之什	四一七	南有嘉魚之什	一〇九八

彤弓之什	一〇三五	鴻鴈之什	九三五
祈父之什	一七七一	節南山之什	二二五〇
小旻之什	一六八〇	谷風之什	一四四三
北山之什	一三六三	甫田之什	一一九九
桑扈之什	一一三五	魚藻之什	一三一一
都人士之什	七九八		

另行製成詩經用兮各篇用兮百分比表如下：

詩經用兮各篇用兮百分比表

篇別	全部字數	用兮次數	平均多少字得一兮字	兮字所佔百分比
周南螽斯	三九	六	六·五	一五·四
周南麟之趾	三三	三	一一·〇	九·一
邶風綠衣	六四	一〇	六·四	一五·六
邶風旄丘	六六	一〇	六·六	一五·二
衛風淇奧	一一〇	一五	七·三三	一三·六四
衛風芄蘭	四八	六	八·〇	一二·五
王風采葛	三六	六	六·〇	一六·七
鄭風緇衣	六九	一二	五·七五	一七·四
鄭風遵大路	三六	六	六·〇	一六·七
鄭風蘀兮	三二	八	四·〇	二五·〇

鄭風狡童	三八	六	六・三	一五・八
鄭風丰	六〇	一〇	六・〇	一六・七
齊風還	六九	一二	五・七五	一七・四
齊風東方之日	四二	八	五・二五	一九・〇
齊風甫田	四八	五	九・六	一〇・四
齊風猗嗟	七二	一七	四・二	二三・六
魏風陟岵	八一	六	一三・五	七・四
魏風十畝之間	三〇	六	五・〇	二〇・〇
魏風伐檀	一四四	一八	八・〇	一二・五
唐風綢繆	七五	六	一二・五	八・〇
唐風無衣	三〇	四	七・五	一三・三
陳風月出	四八	一二	四・〇	二五・〇
檜風素冠	四七	九	五・二	一九・二
檜風匪風	四八	六	八・〇	一二・五
小雅無將大車	四八	四	一二・〇	八・三
大雅桑柔	四五〇	一	四五〇・〇	〇・二二
魯頌有駜	九八	三	三二・七	三・〇六

這樣將原有「詩經用兮次數百分比表」分拆爲「詩經用兮百分比總表」和「詩經用兮各篇用兮百分比表」兩表。其所得統計數字，因經兩種本子核對，也相當正確了（鑒於朱傳僅附各單位

章句總數，還有錯誤，鄭箋孔疏本所附各單位章句總數，也有計算錯誤，例如陳風十篇共一一四句，鄭箋孔疏本誤作一二四句。雖經阮元校勘，未發覺其錯誤。所以我們的統計，也不敢說絕對正確。）

三、詩經用兮次數和楚辭的比較

歷來人家認爲楚辭是專用兮字的詩歌，代表楚辭的主要作品如離騷九歌九章九辯等，都通篇用兮，僅屈原一人作品所用兮字的次數，便超過了全部詩經所用兮字的總數（其中九章九篇共用兮三三八次，已較詩經總數三二一次多十餘次）。但筆者既作詩經用兮百分比表，發現詩經兮字總數雖只佔全國風字數百分之二點六二。可是就各篇分別而言，其百分比却很高，不但逐句用兮的月出篇隔句用兮的蘀兮篇，百分比高達百分之二五，像這種每四字中有一兮字是楚辭中所無，就是各章只用一兮的周南麟之趾，其百分比也佔百分之九點一，這篇每章三句只有十一字，三句一兮，便比離騷兩句十三字一兮的百分比都爲高。所以詩經各篇兮字所佔百分比高於楚辭的很多。筆者就決心多花些時間，把楚辭的代表作離騷九歌九章九辯共二十二篇的字數和用兮次數計算出來，也做成一個百分比表，來和詩經作一明確的比較。其他像招魂大招不以用兮爲主的不列入，遠遊篇胡適已斷定爲漢朝作品，所以也放棄。

據陳子展中國文學史講話第二講所載：「離騷有人計算全文共二千四百九十字，一說二千四百七十二字，想係因所根據的版本不同，字句略有異文之處。」「九章九篇，有人計算共三千九百八十七字」。筆者爲求正確起見，也試把離騷和九章中的兮字和各篇字數計算了一下，發現了二說何以歧異之故，筆者根據的版本是上海瑞文樓民國元年石印的楚辭王逸章句，和繆天華所著臺北勝利出版公司民國四十三年印行的離騷淺釋，民國四十六年印行的楚辭九章淺釋。計算的結果，離騷共用一百八十七個兮字，全篇字數爲二千四百八十五字。平均每一三點三字用一兮字（離騷每兩句一兮，加上「亂曰：已矣哉！」五字的兩句，共三百七十六句）。其中「曰黃昏以爲期兮，羌中道而改路。」兩句十三字，洪興祖補注曰：「一本有此二句，王逸無注，至下羌內恕己以量人，始釋羌義，疑此二句，後人所增耳。」繆天華曰：「當是衍文，唐寫本和今本文選並無這兩句。」若刪去這兩句，離騷全文共二千四百七十二字，又，「皇覽揆余初度兮」一本余下加「于」字，「何不改此度？乘騏驥以馳騁，來吾道夫先路！」一本改下加「乎」字，度路二字下均加「也」字。「終然殀乎羽之野」，一本羽下加「山」字。共計增加「于」「乎」「也」「也」「山」五字，而他本減少字數者不照減，則二千四百八十五字加五字，剛好是二千四百九十字。筆者不照洪興祖補注增減其字數，但依書上現有字數計算，則是二千四百八十五字。

九章計算的結果，共用三百三十八個兮字。王注本的字數共計四千零七十八字，繆釋本多兩字共四千零八十字。那是哀郢抽思兩篇各增一字。哀郢「忽若不信兮」，抽思「何毒藥之謇謇兮」兩句，九章淺釋採朱熹楚辭集注本依照洪（興祖）校改爲「忽若去不信兮」「何獨樂斯之謇嗇兮」，所以較王注本多「去」「斯」兩字。陳子展書所稱九章共三九八七字，比筆者的統計相差九十一字。不知根據什麼版本，會少却這許多字。除非把懷沙篇的亂辭九十一字全刪去，才會與此數相符。根據史記屈原傳所載懷沙篇，亂曰以下不止九十一字，共有一一九字，計較王注本多二十八字，且爲逐句句末用兮式與隔句句末用兮式的混合體，所用兮字也多了十一個。現在筆者的統計，九章九篇用兮百分比，以橘頌的百分之一一點八爲最高，懷沙的百分之一〇點一居第二。如果懷沙篇亂曰以下照史記計算，則全篇共四二五字，用兮字五一次，每八點三字得一兮字，所佔百分比便成百分之一二而躍居第一。

九歌九辯字數的計算，都根據文瑞樓王注本。九歌每句有一兮字，在楚辭中所用兮字百分比最高，平均每六字便有一兮字。其中尤以禮魂篇多五字句，平均不到五個半字便得一兮字，其百分比爲百分之一八點五，居九歌十一篇的第一位。也是所有楚辭中的最高紀錄。

楚辭代表作用兮百分比表

篇別	全部字數	用兮次數	平均多少字得一兮字	兮字所佔百分比
離騷	二四八五	一八七	一三・三	七・五
九歌全部	一五六二	二五五	六・一二	一六・三
東皇太一	八七	一五	五・八	一七・二
雲中君	八三	一四	六・〇	一六・七
湘君	二二五	三八	五・九	一六・九

湘夫人	二三二	四〇	五・八	一七・二
大司命	一六二	二八	五・八	一七・二
少司命	一七〇	二八	六・一	一六・四
東君	一四七	二四	六・一	一六・四
河伯	一一二	一八	六・二	一六・一
山鬼	一九一	二七	七・一	一四・一
國殤	一二六	一八	七・〇	一四・三
禮魂	二七	五	五・四	一八・五
九章全部	四〇七八	三三八	一二・〇七	八・二九
惜誦	五七七	四四	一三・一	七・六
涉江	三六〇	三四	一〇・六	九・四
哀郢	四三二	三三	一三・一	七・六
抽思	五一八	四三	一二・〇	八・三
懷沙	三九七	四〇	九・九	一〇・一
思美人	四一三	三三	一二・五	八・〇
惜往日	四九九	三八	一三・一	七・六
橘頌	一五二	一八	八・四四	一一・八
悲回風	七三〇	五五	一三・三	七・五
九辯	一七四五	一四三	一二・二	八・二
天問	一五五四	〇	—	〇

觀上表，我們知道隔句用兮的離騷九章九辯，平均都要十二三字才得一兮字。逐句用兮的九歌，便只要平均六字就可得一兮字了。隔句用兮各篇，橘頌以四字句爲主，懷沙以五字句爲主，其百分比仍比逐句用兮的九歌中百分比最低的山鬼爲低。但以六字句爲主的逐句用兮的九歌十一篇，其百分比仍比詩經爲低。詩經各篇中，其兮字百分比超過高居全部楚辭第一位的禮魂的，仍有月出、擇兮、猗嗟、十畝之間、素冠、東方之日等六篇。這是說：就整個詩經來看，用兮的百分比，只有百分之一強，就全部國風來看，用兮的百分比，也只有百分之二點六二，不如楚辭之盛，但就詩經各篇來看，有許多篇都較楚辭爲高。不僅國風各篇如此，就是小雅的無將大車的百分之八點三，也高過楚辭離騷的七點五、九辯的八點二、以及九章的惜誦、哀郢、思美人、惜往日、悲回風諸篇，而與抽思相等。這就是說，詩經所用兮字的發展，整個說來雖不如楚辭之盛，可是也有勝過楚辭的地方。一般說來，競技比賽，只講個人名次，那末，詩經和楚辭的兮字比賽，第一名到第六名都歸詩經所有，要第七名，才輪到楚辭。玆將優勝者前十名名單列出如下：

（並附第一第二名原詩）

第一名：月出（詩經陳風四八句中一二兮字）　二五分

月出皎兮，佼人僚兮；舒窈糾兮，勞心悄兮！（一章）
月出皓兮，佼人懰兮；舒懮受兮，勞心慅兮！（二章）
月出照兮，佼人燎兮；舒夭紹兮，勞心慘兮！（三章）

第二名：蘀兮（詩經鄭風三二字中八兮字）　二五分

蘀兮，蘀兮，風其吹女。叔兮，伯兮，倡，予和女。（一章）

蘀兮，蘀兮，風其漂女。叔兮，伯兮，倡，予要女。（二章）

第三名：猗嗟（詩經齊風）　二三・六分

第四名：十畝之間（詩經魏風）　二〇分

第五名：素冠（詩經檜風）　一九・二分

第六名：東方之日（詩經齊風）　一九分

第七名：禮魂（楚辭九歌）　一八・五分

第八名：緇衣（詩經鄭風）　一七・四分

第九名：還（詩經齊風）　一七・四分

第十名：湘夫人、太司命、東皇太一、（均楚辭九歌）合得　各一七・二分

四、詩經裏兮字的用法

研究兮字在詩經裏的用法，可分成（甲）一句中用兮法（乙）一章中用兮法（丙）一篇中用兮法三層來觀察。最後再確定（丁）兮字的訓詁。

（甲）一句中用兮法

詩經裏兮字在一句之中，有用一個兮字的，也有用兩個兮字的。用兩個兮字的，一定用在二四兩字的地位。可分重疊和分隔兩式。用一個兮字的，或在句中，或在句末。但在句中的一定在第二字。詩經中從未發現過四字句中第一字和第三字用兮字的。三字句的第三字用兮字，應屬於句末用兮式。所以歸納起來，只有句末句中兩式。

(1)句末式：凡句末用兮者，兮字不爲韻，以兮字上一字協韻。

葛之覃兮（周南葛覃）

于嗟麟兮（周南麟之趾）

振振兮（周南螽斯）

無感我帨兮（召南野有死麕）

摻執子之手兮（鄭風遵大路）

遭我乎猺之間兮（齊風還）

胡瞻爾庭有縣特兮（魏風伐檀）

(2)句中式：

父兮生我，母兮鞠我。（小雅蓼莪）

(3)重疊式：

箇兮箇兮（邶風箇兮）

玼兮玼兮（鄘風君子偕老）

蘀兮蘀兮（鄭風蘀兮）

子兮子兮（唐風綢繆）

(4)分隔式：

綠兮衣兮（邶風綠衣）

婉兮孌兮（齊風甫田）

挑兮達兮（衞風子衿）

伯兮朅兮（衞風伯兮）

叔兮伯兮（鄭風蘀兮）

父兮母兮（邶風日月）

萋兮斐兮（小雅巷伯）

（乙）一章中用兮法（無規則可循者不論）

(1)逐句用兮式：

于嗟闊兮，不我活兮！于嗟洵兮，不我信兮！（邶風擊鼓）

婉兮孌兮，總角丱兮！未幾見兮，突而弁兮。（齊風甫田）

猗嗟孌兮，清揚婉兮。舞則選兮，射則貫兮，四矢反兮，以禦亂兮。（齊風猗嗟）

以上甫田一章前二句八字中有三兮字，與邶風綠衣「綠兮絲兮，女所治兮」，衞風淇奧之「寬兮綽兮，猗重較兮」，芄蘭之「容兮遂兮，垂帶悸兮」，伯兮之「伯兮朅兮，邦之桀兮」，均爲詩經中之「八字三兮式」而淇奧之「瑟兮僩兮，赫兮咺兮」二句八字中有四兮字的「八字四兮式」爲詩經中用兮次數最密之雙句。

(2)隔句用兮式：

甲式：瑣兮尾兮，流離之子。叔兮伯兮，褎如充耳。（邶風旄丘）

蘀兮蘀兮，風其吹女。叔兮伯兮，倡予和女。（鄭風蘀兮）

薈兮蔚兮，南山朝隮；婉兮孌兮，季女斯飢。（曹風候人）

乙式：摽有梅，其實七兮。求我庶士，迨其吉兮。（召南摽有梅）

野有蔓草，零露漙兮。有美一人，清揚婉兮。邂逅相遇，適我願兮。（鄭風野有蔓草）

無將大車，祇自塵兮；無思百憂，祇自疧兮。（小雅無將大車）

有扁斯石，履之卑兮。之子之遠，俾我疧兮。（小雅白華）

(3)半章用兮式：

伯兮朅兮，邦之桀兮，伯也執殳，爲王前驅。（王風伯兮）

角枕粲兮，錦衾爛兮，予美亡此，誰與？獨旦！（唐風葛生）

瞻彼淇奧，綠竹如簀，有匪君子，如金如錫，如圭如璧。寬兮綽兮，猗重較兮，善戲謔兮，不爲虐兮。（衞風淇奧）

(4)章首用兮式：

葛之覃兮，施于中谷。維葉萋萋，黃鳥于飛。集于灌木，其鳴喈喈。（周南葛覃）

陟彼岵兮，瞻望父兮。父曰：「嗟予子行役，夙夜無已。上愼旃哉，猶來無止！」（魏風陟岵）

萋兮斐兮，成是貝錦。彼譖人者，亦已大甚！（小雅巷伯）

間關車之舝兮，思孌季女逝兮。匪飢匪渴，德音來括，雖無好友，式燕且喜。（小雅車舝）

彤弓弨兮，受言藏之。我有嘉賓，中心貺之。鐘鼓既設，一朝饗之。（小雅彤弓）

(5)章末用兮式：

麟之趾，振振公子。于嗟麟兮！（周南麟之趾）

有駜有駜，駜彼乘黃。夙夜在公，在公明明。振振鷺，鷺于下。鼓咽咽，醉言舞。于胥樂兮！（魯頌有駜）

山有榛，隰有苓。云誰之思？西方美人。彼美人兮，西方之人兮。（邶風簡兮）

芄蘭之支，童子佩觿；雖則佩觿，能不我知！容兮遂兮，垂帶悸兮。（衞風芄蘭）

手如柔荑，膚如凝脂，領如蝤蠐，齒如瓠犀，螓首蛾眉：巧笑倩兮，美目盼兮。（衛風碩人）

(6)缺膝式：

挑兮達兮，在城闕兮。一日不見，如三月兮。（鄭風子衿）

羔裘晏兮，三英粲兮，彼其之子，邦之彥兮。（鄭風羔裘）

彼狡童兮，不與我言兮。維子之故，使我不能餐兮。（鄭風狡童）

白華菅兮，白茅束兮。之子之遠，俾我獨兮。（小雅白華）

(7)缺尾式：

遵大路兮，摻執子之袪兮，無我惡兮，不寁故也。（鄭風遵大路）

舒而脫脫兮，無感我帨兮，無使尨也吠。（召南野有死麕）

旄丘之葛兮，何誕之節兮！叔兮伯兮，何多日也！（邶風旄丘）

(8)三句中缺式：

彼采蕭兮。一日不見，如三秋兮。（王風采葛）

豈曰無衣七兮？不如子之衣，安且吉兮！（唐風無衣）

(9)疊句式：

東方之日兮，彼姝者子，在我室兮。在我室兮，履我卽兮。（齊風東方之日）

鳲鳩在桑，其子七兮。淑人君子，其儀一兮。其儀一兮，心如結兮。（曹風鳲鳩）

裳裳者華，其葉湑兮。我覯之子，我心寫兮。我心寫兮，是以有譽處兮。（小雅裳裳者華）

⑽綜合式：

蓼彼蕭斯，零露湑兮。既見君子，我心寫兮。燕笑語兮，是以有譽處兮。（小雅蓼蕭）

坎坎伐檀兮，寘之河之干兮，河水清且漣猗。不稼不穡，胡取禾三百廛兮？不狩不獵，胡瞻爾庭有縣貆兮？彼君子兮，不素餐兮。（魏風伐檀）

（丙）一篇中用兮法

⑴全篇逐句用兮式：

四字句有陳風月出（三章章四句），五字句有魏風十畝之間（二章章三句）。長短句有檜風素冠（三章章三句，句五字，但二三章末句六字），齊風還（三章章四句。各章首句四字，次句七字，三四兩句均六字），依照從前章句，鄭風緇衣（三章章四句）也是全篇逐句用兮式。而唐風的無衣爲二章章三句，各章第二句無兮字。但外子文開主張照語勢，無衣應改爲二章章二句，讀起來才自然。卽每章的二三兩句合併爲一個九字句，而成全篇逐句用兮式。所以詩經中全篇每句都用兮的共有六篇。玆只舉無衣爲例於下：

豈曰無衣七兮？不如子之衣安且吉兮！（一章）

豈曰無衣六兮？不如子之衣安且燠兮！（二章）

六篇句數字數比較如下：

唐風無衣：二章共四句，全篇三十字用四兮字。

魏風十畝之間：二章共六句，全篇三十字用六兮字。

檜風素冠：三章共九句，全篇四十七字用九兮字。

陳風月出：三章共十二句，全篇四十八字用十二兮字。

鄭風緇衣：三章共十二句，全篇六十九字用十二兮字。

齊風還：三章共十二句，全篇六十九字用十二兮字。

此外齊風猗嗟篇共三章章六句，句四字。第一第三兩章每句均用兮字，第二章只有「終日射侯」一句未用兮字。如這句也用了兮字，則全篇十八句七十二字，將爲詩經中全篇逐句用兮的最長者。

⑵全篇隔句用兮式：

周南螽斯、鄭風蘀兮。

⑶全篇各章用兮齊一式：

章首用兮齊一式：鄭風將仲子、魏風陟岵、小雅彤弓。

章末用兮齊一式：周南麟之趾、魯頌有駜、衞風芄蘭。

三句中缺齊一式：王風采葛、唐風無衣。

缺尾齊一式：鄭風遵大路。

缺膝齊一式：鄭風狡童。

疊句齊一式：齊風東方之日。

綜合齊一式：魏風伐檀。

單句齊一式：邶風日月、唐風綢繆、唐風有杕之杜、秦風黃鳥。

若依各篇章數多寡而言，以上各篇，又可分爲三式。全篇兩章者，均可名曰朋字式，例如芄蘭爲朋字章末齊一式，遵大路爲朋字缺尾齊一式，狡童爲朋字缺膝齊一式，有杕之杜爲朋字單句齊一式。全篇三章者均可名曰州字式，例如綢繆黃鳥爲州字單句齊一式，麟之趾有駜爲州字章末用兮齊一式。全篇四章者曰册字式，例如日月爲册字單句齊一式。

(4)一章逐句用兮式：全篇只一章逐句用兮，而其他各章無一兮字：邶風擊鼓、齊風甫田、陳風宛丘、豳風九罭。

(5)各章錯綜式：鄭風丰、邶風綠衣、邶風旄丘、衞風淇奧。

（丁）兮字的訓詁

綜合各種字典和各家著作，對於詩歌中所用兮字的音訓，應該是：兮，音希（ㄒㄧ），陰平，齊韻，語助詞，韻文句中、或句末用之，以助語勢之發揚者。說文：「兮，語所稽也，从丂八，象氣越亏也。」這是會意字，象氣遇阻分散而上伸。所以清段玉裁注說文曰：「越亏皆揚也，八象氣分而揚也。」清孔廣居說文疑疑曰：「兮，詩歌之餘聲也。」顧炎武則以兮字爲「句餘」（顧炎武詩本音曰：「凡詩人之句，如意盡而文不足，則加一兮字」，這種用於句末的語助詞：兮、之、也、矣、思等字，以上文一字爲韻的，他稱之曰「句之餘」。）

依照上面的解釋，我們去讀詩經和楚辭中的兮字，似乎沒有問題，像我們前面詩經裏兮字用法所舉句末式的「葛之覃兮」，這兮字只是餘聲，句中式的「父兮生我，母兮鞠我」，兩個兮字，其作用也只是拉長聲音湊足每句四字，分隔式的「婉兮孌兮」「挑兮達兮」是「婉孌」和「挑達」形容詞的分開來讀。「綠兮衣兮」等於說「綠色的上衣」，「伯兮朅兮」等於說「老大眞勇武」，所以這些兮字的確只是拉長聲音的語助詞。

可是我們讀重疊式的「子兮子兮」「蘀兮蘀兮」時，便覺到這是「呼喚格」，而鄭風蘀兮的「叔兮伯兮」也是對叔伯的呼喚，因此這裏的兮字，便也成了感歎詞，與一般的兮字意義有了分別。

我們既注意到一句包含兩個兮字的句子，有着兩種不同的性格和意義，同時也便得把只有句末一兮字的句子玩味一番。於是發現像「于嗟麟兮」的「麟兮」也是呼喚格，因此這兮字也是感歎詞。衞風氓的「于嗟鳩兮」「于嗟女兮」亦然。

同樣楚辭中兮字差不多全是語助詞，但位於句中第二字的招魂篇「魂兮歸來」諸句中的兮字也是感歎詞。當然論語所載狂接輿唱的「鳳兮鳳兮」，史記所載項羽唱的「虞兮虞兮」都是呼喚格，也得與一般的兮字有所辨別的。

此外應該一提的，是在詩經中「也」字的作用，和「兮」字相仿，有時可以互換。王引之經傳釋詞曰：「也，猶兮也，詩日月曰：『乃如之人兮』；蝃蝀曰：『乃如之人也』；君子偕老曰：『邦之媛也』；羔裘曰：『邦之彥也』，文義並同。鳲鳩曰：『其儀一兮，心如結兮』禮記緇衣引作『其儀一也。』淮南詮言篇引作『其儀一也，心如結也。』旄丘曰：『何其處也？』韓詩外傳引作『何其處兮？』君子偕老曰：『玉之瑱也』，說文引作『玉之瑱兮』是也。」可是爲什麼詩經中有的地方用「兮」字，有的地方用「也」字呢？這與協韻無關，詩經句末用「兮」字和「也」字的，其用韻都移上一字，例如上引「其儀一兮，心如結兮」，一與結協韻。在詩經欣賞第三八則，我們已討論過，「也」與「兮」字用法不同之所在：「也」是高揚之音，表達高亢的情緒，而「兮」是低沉之音，表達舒緩的情緒。

兮字可與他字互換，見於他處的，還有「之」「乎」「其」等字。楚辭王逸注九思遭厄篇：「何楚國兮難化」，注：「兮一作之。」九歌東君：「載雲旗兮委蛇」，離騷有同樣的句子爲：「載雲旗之委蛇。」老子：「淵兮似萬物之宗」，釋文：「河上兮作乎」。九歌湘夫人：「九嶷繽兮並迎」，離騷同樣的句子作：「九疑繽其並迎。」

其餘因讀音相似而有時與兮字通用的有「猗」「殹」等字，尚書秦誓：「斷斷猗無他伎」

疏：「猗者，足句之辭，不爲義也，大學引此作兮，猗是兮之類。」詩經伐檀篇：「河水清且漣猗」，漢石經作「河水清且漣兮。」石鼓文「汧殹沔沔」注家謂殹通兮。吳昌瑩經詞衍釋曰：「侯與兮通，語詞也，史記樂書：『高祖過沛詩三侯之章』，索隱曰：『沛詩有三兮故曰三侯詩，卽人風歌也。』兮侯古韻通。」

五、詩經以前兮字的考察

溯詩之源，把詩經以前的詩歌輯集最爲詳備的，當推明人馮惟訥的詩紀前集十卷。清人沈德潛的古詩源第一卷古逸，選錄比較審愼。其中詩內應用兮字的，詩紀中有神人暢、箕山歌、卿雲歌、南風歌、南風操、思親操、夏人歌、岐山操、拘幽操、麥秀歌、采薇歌等十餘篇。其中時代最早的爲帝堯所作神人暢，許由所作箕山歌，帝舜所作南風操等篇。就是說在堯舜時代，詩歌中已用兮字。古詩源則僅錄卿雲、南風、麥秀、采薇四歌。四歌的時代：卿雲、南風是帝舜之時；麥秀、采薇是商末周初。其中卿雲歌一篇，民國初年，且被採作我國國歌的歌辭，人人能唱。

茲將四歌抄錄於下，以便作兮字的考察：

卿雲歌：

尚書大傳：舜將禪禹，於是俊乂百工相和而歌卿雲，帝倡之，八伯咸稽首而和，帝乃載歌：

卿雲爛兮，糺縵縵兮。日月光華，旦復旦兮。

南風歌：

孔子家語：舜彈五絃之琴，歌南風之詩。其詩曰：

南風之薰兮，可以解吾民之慍兮；南風之時兮，可以阜吾民之財兮。(尸子所載僅前二句)

麥秀歌：

史記：箕子朝周，過故殷墟，感宮室毀壞，生禾黍，箕子傷之，欲哭則不可，欲泣爲其近婦人，乃作麥秀之詩以歌之：

麥秀漸漸兮，禾黍油油。彼狡童兮，不與我好兮。

采薇歌：

史記：武王已平殷亂，天下宗周，伯夷叔齊恥之，義不食周粟，采薇首陽山，及餓且死，作歌。其辭曰：

登彼西山兮，采其薇矣。以暴易暴兮，不知其非矣。神農虞夏忽焉沒兮，我安適歸矣？于嗟徂兮，命之衰矣！

我們試加考察，似乎詩經兮字的逐句、隔句、缺膝、綜合諸式，這裏都有了，換句話說，詩經以前，遠及虞舜時代，詩歌中的兮字，已很流行，而運用得相當成熟。但是我們知道孔子家語是後世的僞書，南風歌亦不可信。大傳所載舜與八伯等倡和而歌卿雲，崔述考信錄斷其爲後人所擬，因其（一）其歌淺而無味，泛而不切；（二）唐虞之時，但有十二牧九牧之官，無所謂八伯者。所以只有正史史記所載麥秀采薇兩詩，比較可靠。但司馬遷當時雖根據傳聞，把采薇歌載入史記，而對其內容已有所懷疑。他說：「孔子曰：『伯夷叔齊不念舊惡，怨是用希。求仁得仁，又何怨乎？』」可是采薇歌所表現的却是一篇怨詞，所以接下去司馬遷說：「余悲伯夷之意，睹軼詩可異焉！」日人瀧川資言史記考證以爲采薇歌爲僞撰，引中井積德之言曰：「唐風：『采苓采苓，首陽之巔。』唯此可據。蓋晉國有首山，而首山之南有小山名首陽山也。采薇之詩，僞撰明矣，不足辨。」普賢按，伯夷叔齊義不食周粟采薇首陽作歌事，清儒崔述考信錄論之甚詳，崔氏豐鎬考信錄卷八曰：「此說自漢以來皆信之不疑，獨宋王安石嘗闢之。」因節錄王氏伯夷論，曰：「孔子曰：『求仁而得仁』，『餓於首陽之下』，逸民也。孟子曰，『非其君不事』，『不立惡人之朝』，『避紂居北海之濱』百世之師也。孔孟皆以伯夷遭紂之惡，不忍事之，以求其仁，餓而避，不自降辱，以待天下之清，而號爲聖人耳。然則司馬遷以爲武王伐紂，扣馬而諫，義不食周粟，是大不然也。」並疑武王之世，伯夷已不存。崔述便闡明王說曰：「理固無兩是也。伯夷之扣馬果是，則殷紂之虐民無譏；苟武王之救民不非，則以伯夷之聖，安得有扣馬之事哉！……然則扣馬信，則避紂必誣；避紂信，則扣馬必誣，孟子與史記亦無兩是之理也。史記東遷以後事，采之春秋經傳，猶多乖謬，況克商以前乎！孟子之述伯夷詳矣，言之重焉，詞之複焉，辟紂之文至於三見，而無一言及於扣馬，則首陽之餓因辟紂，不因扣馬明矣。」崔氏更找出史記所以誤錄戰國以來莊子、呂氏春秋等毀誣武王伯夷之杜撰，而有夷齊扣馬，不食周粟，餓死而歌采薇的根原曰：「蓋當戰國之時，楊墨並起，處士橫議，常非堯舜，薄湯武以快其私，故或自爲論以毀之，或託諸人以毀之，是以毀堯則託諸許由；毀禹則託諸子高；毀孔子則託諸老聃，其大較也。伯夷既素有淸名，又適有餓首陽一事，故附會其說以毀武王，若莊子及呂氏春秋其明驗也。太史公習聞其說，不察其妄而誤采之耳。王氏之辨是也。」最後說：「至於『西山命衰』之歌，淺陋已極，而舉世皆信之：吁，其眞可怪也夫！」

史記采薇歌係戰國時人所僞託，麥秀歌亦無可取信於人。我們細察麥秀之歌，不是詩經受它的影響，而是麥秀抄襲詩經國風「彼狡童兮，不與我好兮」，是直抄鄭風狡童篇；而「禾黍油油」句，則模仿王風黍離篇的「禾黍離離」。史記考證也採崔述的判斷說：「麥秀之歌，尙書大傳以爲微子事。語亦有異同……崔述曰：『麥秀之歌有怨君之心，無傷君之意，其詞亦大不敬，必後人所擬作，非微箕所爲。』」

崔述考證麥秀爲後人擬作，采薇是誣聖者之僞託，其唐虞考信錄卷四亦辨卿雲、南風等歌係後人擬作，故古詩源四詩，無一可信者。

其他詩紀所輯，帝堯所作神人暢，許由所作箕山歌，帝舜所作思親操，文王所作拘幽操均見古今樂錄，帝舜所作南風操見琴操，夏桀時羣臣所作夏人歌見韓詩外傳及尙書大傳，太王所作岐山操見琴苑要錄，更是不可靠。

現在爲節省篇幅起見，我只抄錄思親、拘幽兩操於下，以見一斑：

思親操：古今樂錄：舜遊歷山，見鳥飛思親而作此歌。

陟彼歷山兮崔嵬，有鳥翔兮高飛，瞻彼鳩兮徘徊，河水洋洋兮清冷。深谷鳥鳴兮嚶嚶，設罝張罝兮思我父母力耕，日與月兮往如馳，父母遠兮吾當安歸？

拘幽操：古今樂錄：文王拘於羑里而作。

殷道溷溷浸濁煩兮，朱紫相合不別分兮，迷亂聲色信讒言兮，炎炎之虐使我愆兮，幽閉牢穽由其言兮，遘我四人憂勤勤兮。

詩經中用兮字的長句，以魏風伐檀三章每章中的一句八字句最爲獨特（卽首章的「胡瞻爾庭有縣貆兮」，次章的「胡瞻爾庭有縣特兮」，和三章的「胡瞻爾庭有縣鶉兮」三句）。而拘幽操全篇六句都是八言，比詩經進步了不少，已與戰國時代的楚辭並駕齊驅。思親操的首尾兩句簡直就是采薇歌句法，且句中用兮字，更是九歌的形式。詩經中沒有這種句式，非但越過詩經時代，更比九歌進一步而有「設罝張罝兮思我父母力耕」，這種長達十一字的雄健句子，顯然是西漢以後文人的僞作。

其餘南風操是隔句句末用兮式。琴操所載琴曲的不可靠，鄭樵的通志樂略裏已予痛斥。這詩更是依附僞託的南風歌而寫的琴曲，內容又加上了圖讖的成分。「凱風自南兮」之句，顯然是抄襲國風。

神人暢是九歌體，「淸廟穆兮承予宗」之句，又有抄襲周頌的嫌疑。

箕山歌也是九歌體，「甘瓜施兮葉綿蠻」之句，又抄襲小雅的用詞。

夏人歌是句末用兮式，「四特蹻兮，六轡沃兮」也是抄襲詩經兮字句法。且以四六數字成對，寫成年代當更後。

岐山操也一望而知是南風操拘幽操一類僞託的琴曲。

根據崔述和近人的考證，詩經時代以前的逸詩大多是僞託或擬作，所以非但有兮字的詩不可信，就是無兮字的詩也大多不可信。卽使一部分不是擬作不是僞託，也是後世追記。其字句無復原形。據近人的研究，詩經句法係從易經爻辭發展而成。爻辭非但多韻語，爻辭中又有賦比興之運用。而且從爻辭發展而爲三百篇的痕跡，尚有明顯的遺留。玆將易經爻辭明夷初九和詩經小雅鴻鴈邶風燕燕各四句爲例作一比較，便可一目瞭然：

明夷初九：明夷于飛，垂其翼。君子于行，三日不食。

小雅鴻鴈：鴻鴈于飛，肅肅其羽。之子于征，劬勞于野。

邶風燕燕：燕燕于飛，差池其羽。之子于歸，遠送于野。

可是我們遍閱易經卦辭爻辭，無一兮字可見，足證詩經以前的歌謠諺語之中，尚無用兮字的文句。詩歌之用兮字，自詩經始，兮字的運用，也就在詩經時代盛行起來，在十五國風中普遍運用，運用的式樣繁多，成爲國風的特色之一。

我們若再追源兮字最早的運用，那末在殷墟甲骨文及商周金文中，已有兮字的發現。殷墟甲骨文兮字作丫、丫等形，或作晨曦之曦字用，或爲地名，未有作語助詞用者。金文之在詩經之前者未見兮字，與詩經同時者方有兮字，作兮或兮，所見之例，皆爲人名（如兮甲盤之兮甲，王國維以爲卽大雅崧高烝民的作者吉甫），亦未有作語助詞用者。

所以我們可暫作結論說：兮字最早發現於商代甲骨文中，但不作語助詞用。至詩經時代始作爲語助詞運用於詩歌之中，發展而成爲國風特色之一。

六、詩經兮字用法和楚辭的比較

（甲）楚人早期詩歌不用兮字

從前一般學者，都認爲兮字的運用，是戰國時代屈原離騷等楚辭的特色，因而後代詩歌凡用兮字的都稱之爲騷體。而楚辭兮字的運用，則詩經二南發展出來；因爲早期楚國，就在二南區域之內，甚至有些學者以爲二南就是楚風。但我們可以指出，詩經中兮字普及十五國風，用兮字發達的區域，不是二南；而二南中像「關關雎鳩，在河之洲」等黃河沿岸的詩歌，絕對不是楚風。其中代表江漢地區的「漢廣」「江有汜」等篇，可以被指爲楚風的，都不用兮字（僅漢廣篇中思字相當於其他國風的兮字），這證明江漢地區的楚國民歌，原來是不用兮字的，楚人的詩歌採用兮字是以後的事。

楚人早期詩歌不用兮字，我們可以前七世紀的子文歌楚人歌等詩為證。

子文歌：

子文之族，犯國法程；廷理釋之，子文不聽。恤顧怨萌，方正公平。（說苑至公篇）

楚人歌：

薪乎！菜乎！無諸御已，訖無子乎！

菜乎！薪乎！無諸御已，訖無人乎！（說苑正諫篇）

這完全是詩經四言體，而且正與「漢廣」「江有汜」等詩一樣，不用兮字，子文歌是楚人讚美楚成王（公元前六七一至六二六年）時的令尹子文的。這歌的文句像呆板的大雅；而楚莊王（公元前六一三至五九一年）時代的楚人歌則近似國風。

或者說劉向說苑所記不一定可靠。但是我們又見到史記滑稽列傳所載楚莊王時的優孟歌，同樣不用兮字，我們蒐集西漢以前的記載，截至春秋中葉的詩經時代，包括二南的漢廣江有汜等篇在內，都不用兮字，於是判斷楚人在詩經時代的詩歌都不用兮字，是立得住的。

至於呂氏春秋音初篇所載的傳說：「禹行功，見塗山之女，禹未之遇而巡省南土。塗山氏之女乃命其妾候禹於塗山之陽，女乃作歌曰：『候人兮猗！』實始作南音。」這非但不可信，且與楚國無關，楚國的南下拓殖，闢土江漢地區，還是西周時代的事。

（乙）從詩經到楚辭的過渡

梁啓超曰：「楚自武、文、成、莊以來，以銳意北嚮爭中原，故力革蠻俗，求自躋於上國，春秋中葉，旣甚彬彬矣。」（春秋載記）其北嚮爭中原的過程是：（一）武王伐隨（公元前七〇六年及六九〇年），（二）文王滅申（公元前六八八年），滅息（公元前六八〇年），（三）成王滅隨（公元前六三二年以前），北上爭霸。（四）莊王滅羣舒、縣陳（公元前五九八年），經邲之戰（公元前五九七年）敗晉而稱霸。他們革蠻俗而華化的事蹟，可以莊王使士亹傅太子教以禮樂詩經等爲代表。楚人旣誦習詩經，故其君臣發言，常引三百篇詩句，左傳每有記載。宣公十二年（公元前五九七年）孫叔引小雅六月，楚子（卽莊王）引周頌時邁卽其一例。可是他們所醉心的，在大小雅和周頌，所以楚莊王以前流傳下來的楚人詩歌，未見有用兮字的。楚人詩歌中兮字的引用，始見於前六世紀中期。

說苑善說篇：鄂君子晳（楚康王——公元前五六〇至五四一年——之弟）之泛舟於新波之中也，乘青翰之舟，張翠蓋，會鐘鼓之音畢，越人擁楫而歌，歌辭曰：

「濫兮抃草。濫予昌核。澤予昌州。州餛州焉乎。秦胥胥縵予乎。昭澶秦踰，滲惿隨河湖。」（共三十一字，不可標點，姑依其音節，試斷句如上。）

鄂君子晳曰：「吾不知越歌，子試爲我楚說之。」於是乃召越譯，而楚說之曰：

「今夕何夕兮，搴洲中流？今日何日兮，得與王子同舟？蒙羞被好兮，不訾詬恥。心幾煩而不絕兮，得知王子。山有木兮木有枝，心悅君兮君不知。」

與越人歌同一時期而略遲的有徐人歌的流傳。

劉向新序節士篇：延陵季子將西聘于晉，帶寶劍以過徐君。徐君觀劍不言，而色欲之。延陵季子爲有上國之使，未獻也，然其心已許之矣。致使于晉，及返，則徐君死于楚。……於是季子以劍帶徐君墓樹而去。徐人嘉而歌之曰：

「延陵季子兮不忘故，脫千金之劍兮帶丘墓。」

這兩隻歌的出現，讓我們看到這時期楚人詩歌中非但運用了兮字，而且有了新的句式，成爲詩經發展爲楚辭的過渡。越人歌的前半篇是詩經隔句用兮的甲式，後來成爲楚辭中的離騷體。徐人歌（戰國時徐人吳人越人均成爲楚人）和越人歌的最後兩句，是詩經句中兮字式的變化，已完全脫却詩經的面目，發展成爲以後楚辭中的九歌體。

但漢水地區楚人所作詩歌之有騷體的記錄，却遲至前五世紀初期，那便是孟子所載孺子之歌滄浪。

孟子離婁：有孺子歌曰：

「滄浪之水清兮，可以濯我纓；滄浪之水濁兮，可以濯我足。」

孔子曰：「小子聽之！清斯濯纓，濁斯濯足矣：自取之也。」

楚辭的兮字，雖從詩經的特色之一承接下來，但顯然和詩經中兮字的運用有所不同。玆爲明瞭詩經中兮字運用的許多形式，那些給楚辭吸收而發展了？那些仍保留在詩經裏沒有被楚辭所應用？試作全盤的考察，以便來作比較研究。

（丙）楚辭用兮法

楚辭在一句之中用兮的方式，與詩經同，只有句中句末兩式。其句中式的變化較詩經爲多。可是絕無一句中用兩個兮字的。

(1)句中式

*用於第二字者

眴兮杳杳，孔靜幽默。（九章懷沙）

魂兮歸來，東方不可託些。（招魂）

*用於第三字者

桂櫂兮蘭枻，斲冰兮積雪。石瀨兮淺淺，飛龍兮翩翩。（九歌湘君）

秋蘭兮麋蕪，羅生兮堂下。（九歌少司命）

成禮兮會鼓，傳芭兮代舞。（九歌禮魂）

蕭瑟兮草木搖落而變衰。（九辯）

*用於第四字者

沅有茝兮澧有蘭，思公子兮未敢言。（九歌湘夫人）

悲莫悲兮生別離，樂莫樂兮新相知。（九歌少司命）

與天地兮同壽，與日月兮同光。（九章涉江）
專思君兮不可化，君不知兮可奈何？（九辯）

＊用於第五字者

朝馳余馬兮江皐。（九歌湘夫人）
夫人自有兮美子。（九歌少司命）
余處幽篁兮終不見天。（九歌山鬼）
登山臨水兮送將歸。（九辯）

＊用於第六字者

吾與重華遊兮瑤之圃。（九章涉江）

(2)句末式

后皇嘉樹，橘徠服兮。（九章橘頌）
亂曰：鸞鳥鳳皇，日以遠兮。（九章涉江）
帝高陽之苗裔兮，朕皇考曰伯庸。（離騷）
思美人兮，擥涕而竚眙。（九章思美人）

楚辭每篇的用兮方式很整齊，不似詩經的變化多端。基本的方式，只有以九歌離騷橘頌爲代表的三種。也可以說有四種，第四種就是混用基本三體的綜合體。

(1)九歌體：卽逐句用兮的句中式。

此體以六字句爲最多，其次爲五字句和七字句，兮字常用於各句的第四字或第三字。舉例如下：

帝子降兮北渚，目眇眇兮愁予。嫋嫋兮秋風，洞庭波兮木葉下。（湘夫人）

全於兮字用於句中第二字者，只有上舉懷沙招魂兩篇中極少的例子。兮字用於第五字者，也較用於第三第四字者爲少。用於第六字者，則僅偶有發現而已。

(2)離騷體：卽一三句句末用兮式。

此體各句長短不一，但以兩六字句中間加兮字成十三字一組的爲常式，舉例如下：

余雖好脩姱以鞿羈兮，謇朝誶而夕替。既替余以蕙纕兮，又申之以攬茝。亦余心之所善兮，雖九死其猶未悔。怨靈脩之浩蕩兮，終不察夫民心。（離騷）

(3)橘頌體：卽二四句句末用兮式。

此體以每句四字兩句八字一組爲常式。每句字數也有增加者。舉例如下：

秉德無私，參天地兮。願歲並謝，與長友兮。淑離不淫，梗其有理兮。年歲雖少，可師長兮。行比伯夷，置以爲像兮。（橘頌）

(4)綜合體：卽三種基本方式之混用者。

九章中抽思懷沙爲離騷體，而亂曰以下則又改用橘頌體。九辯又是九歌離騷兩體的混用。

涉江一篇，更是三體的綜合。舉例如下：

何靈魂之信直兮，人之心不與吾心同。理弱而媒不通兮，尚不知余之從容。亂曰：長瀨湍流，泝江潭兮。狂顧南行，聊以娛心兮。（抽思）

進路北次兮，日昧昧其將暮。舒憂娛哀兮，限之以大故。亂曰：浩浩沅湘，分流汩兮，脩路幽蔽，道遠忽兮……世溷濁莫吾知，人心不可謂兮。知死不可讓，願勿愛兮。明告君子，吾將以爲類兮。（懷沙）

悲哉，秋之爲氣也！蕭瑟兮草木搖落而變衰。憭慄兮若在遠行，登山臨水兮送將歸。泬寥兮天高而氣清，寂寥兮收潦而水清。憯悽增欷兮，薄寒之中人。愴怳懭悢兮，去故而就新。（九辯）

駕青虬兮驂白螭，吾與重華遊兮瑤之圃，登崑崙兮食玉英。與天地兮同壽，與日月兮同光。哀南夷之莫吾知兮，旦余濟乎江湘。乘鄂渚而反顧兮，欸秋冬之緒風。步余馬兮山皐，邸余車兮方林。乘舲船余上沅兮，齊吳榜以擊汰……余將董道而不豫兮，固將重昏而終身。亂曰：鸞鳥鳳皇，日以遠兮；燕雀烏鵲，巢堂壇兮。懷信侘傺，忽乎吾將行兮。（涉江）

（丁）不用兮字或用他字為主的楚辭

楚辭雖以專用兮字出名，但也有通篇不用兮字的，例如天問；也有全篇只用一個兮字的，例如卜居僅「吁嗟默默兮，誰知吾之廉貞？」一處用兮。而漁父全篇僅滄浪歌中用了兩個兮字。至於招魂則以用「些」字爲主。開頭雖用離騷體，而接着卽用散文，以下大段招魂之詞，則專用「些」字，如「羞肴未通，女樂羅些；陳鐘按鼓，造新歌些；涉江采菱，發揚荷些。美人旣醉，朱顏酡些；娭光眇視，目曾波些。被文服纖，麗而不奇些；長髮曼鬋，豔陸離些。二八齊容，起鄭舞些。」這種文體，可說是橘頌體的變相，不過把兮字換上些字而已。而最後的「亂」辭，又是離騷九歌兩體的混用。所以招魂也可說是楚辭中綜合體的最複雜者。（從招魂的「亂曰：獻歲發春兮，泊吾南征。菉蘋齊葉兮白芷生」三句來考察，若第二句少一「泊」字，則一二兩句合併爲一句，卽成九歌體。若第三句兮字下「白芷生」三字，衍爲「白芷其生」則亦分爲兩句而成離騷體。如此說來，九歌體與離騷體也只是句法上的一字之差耳；大概離騷體兮字之上至少須有三字，兮字之下，至少須有四字，方可分爲兩句。否則讀起來便會合成一句而爲九歌體。）大招專用「只」字，全篇僅兩兮字。從開頭的「青春受謝，白日照只；春氣奮發，萬物遽只」讀下去，全篇兩句一「只」到底，同樣可說是橘頌體的變相。

漢人作品的編入楚辭的，則略而不論。（例如招隱士篇「罔兮沕，憭兮栗」九思逢尤的「悲兮愁，哀兮憂」等句是新的句法。）

（戊）詩經兮字用法和楚辭的比較

現在我們已把楚辭一書戰國時代的作品中兮字的運用，做了一番全部的考察。接下去便可與詩經作一比較。

第一點我們考察到的，是因爲楚辭用兮字的方式整齊劃一，變化較少，所以不像詩經的繁複到五花八門。有許多詩經中的方式，楚辭沒有採用，可舉的有下列幾種：

⑴二兮重疊式：雖則孔子時代的楚歌有「鳳兮鳳兮」之句，秦漢之際的項羽有「虞兮虞兮」的呼喚，但戰國時代的楚辭却沒有詩經中「簡兮簡兮」「子兮子兮」等句式。

⑵二兮分隔式：楚辭中也沒有「綠兮衣兮」「婉兮孌兮」一類一句中有二兮分隔的句式（但老子中有「寂兮寥兮」等句）。總之，楚辭無一句中二兮字的。

⑶逐句句末用兮式：這是詩經中用兮最成熟的一種方式。但楚辭中只有逐句句中用兮式而無逐句句末用兮式。

⑷疊句式：像齊風東方之日連用兩句「在我室兮」，小雅裳裳者華連用兩句「我心寫兮」等疊句式，在楚辭中未見。

⑸各章用兮齊一式：楚辭不分章，一篇卽一章（涉江哀郢等九章卽九篇），所以各章用兮齊一式自然隱沒。

第二點，詩經中句中用兮式不很發達，方式也很簡單，只有四字句第二字用兮的一種。但到楚辭中句子變長了，兮字的位置，也發展到用於第二字、第三字、第四字、第五字、第六字的五種方式。同時又成爲逐句用兮式。因而有九歌體的形成。

第二點，詩經中的隔句用兮法甲式，發展爲楚辭的離騷體。但詩經的隔句用兮甲式，一三兩句，都有兩個兮字，實與離騷不同。只有衞風氓的第三章與離騷體是同一句法。茲將全章抄錄於下：

「桑之未落，其葉沃若。于嗟鳩兮，無食桑葚！于嗟女兮，無與士耽！士之耽兮，猶可說也；女之耽兮，不可說也。」

這是詩經中僅見的一章，但這一章第一句末用兮字，表示這種句法還未發展到成熟的階段。楚辭把這種句式發展起來，每句的字數也增加得有長有短，遂成爲楚國詩人應用最多的新形式。

第四點，詩經中隔句用兮法乙式，應用得相當成熟。全章應用的有召南摽有梅的第一第二章，鄭風野有蔓草的第一章，小雅無將大車的第一第三章等。全篇應用的也有周南螽斯篇（共三章）。楚辭中未加改變，照抄這句式便成橘頌體。現舉野有蔓草第一章和橘頌六句於下，以爲例證：

詩經：野有蔓草，零露漙兮。有美一人，清揚婉兮。邂逅相遇，適我願兮。

楚辭：曾枝剡棘，圓果摶兮。青黃雜糅，文章爛兮。精色內白，類可任兮。

這樣比較下來，我們知道楚辭的兮字三體，都從詩經裏出來。但九歌體從詩經句中兮字式發展而成，已另有新面目，他的外祖父是小雅蓼莪。離騷體從詩經隔句用兮法甲式發展而成，他的外祖父是衞風氓，外貌仍相像。橘頌體則是詩經召南鄭風小雅等的直接移民。

第五點，楚辭招魂的「些」字，大招的「只」字，與「兮」字用法相同，這種變化，也可說起自詩經。

(1)只字的連用：

詩經鄘風柏舟：母也天只，不諒人只！

楚辭大招：青春受謝，白日照只；春氣奮發，萬物遽只。

上例的不同之處，只在前者是每句一只，而後者是兩句一只而已。若把只字換成兮字，則前者是逐句句末一兮字式，而後者變化為橘頌體。

(2)些字的連用：

詩經周南漢廣：南有喬木，不可休思；漢有游女，不可求思。漢之廣矣，不可泳思；江之永矣，不可方思。

楚辭　招魂：陳鐘按鼓，造新歌些，涉江采菱，發揚荷些。美人旣醉，朱顏酡些，娭光眇視，目曾波些。

我們看上面「些」字與「思」字的用法，完全相同。所以一般學者，都認為楚辭中招魂的「些」字，就是詩經中楚風漢廣的「思」字的承繼。些與思，只是一音之轉而已。（詩經周頌賚，則為三句用一「思」式，「敷時繹思」「於繹思」二思字馬瑞辰以為也是語助詞。）或者我們可以說，楚人詩歌中，原先只有用與「兮」相仿的「思」字，後來受到詩經流行「兮」字的影響，也採用兮字。而最後，思字的應用，又轉變而爲招魂的「些」字。些字的用法也和兮字的橘頌體相同。

七、結　論

試用統計歸納分析比較鈎稽考核等各種方法來作詩經兮字的研究，筆者花了四個月的工夫，寫成這篇兩萬餘字的報告，其主要的收穫，可歸結成以下兩條：

（一）詩經風雅頌三類中均有兮字的應用，而且普及十五國風，甚爲流行。但詩經全書約二萬九千餘字，共用三百二十一個兮字，平均要二十三句方得一兮字，亦卽九十二字中有一兮字，就整個趨勢來講，其用兮的風氣，當然不如楚辭之盛。可是就各篇分別來考察，因爲楚辭發展詩經四言短句爲六言七言等長句，把兮字句中式也上下增字拉長了，而且未能保留住詩經中的一句兩兮式和逐句句末用兮式，所以楚辭各篇用兮次數與全篇字數的百分比，反而低落了。詩經摽兮月出猗嗟十畝之間等篇，仍保留着用兮百分比最高的紀錄。再就兮字運用的方式而論，在詩經中眞是五花八門，式樣繁多。發展得像雜花生樹，羣鶯亂飛，一片春光，無限妙趣。像羣星麗天，燦爛奪目，而細加辨別，則列宿可識，各成圖式。楚辭的趨向是整齊化，非但把詩經一句兩兮的重疊式和分隔式等的情趣喪失了，而且把詩經一章一篇中兮字用法的各種變化都摒棄不用。像疊句式逐句句末用兮式等許多花式，一下子都隱沒不見了。所以兮字的運用，前人雖公認爲楚辭的特色，實則詩經時代，早已形成詩經特色之一。不過楚辭和詩經兮字運用發展的方向有異，所以雖同以兮字爲特色，而其面目却有所不同。

（二）兮字用作語助詞出現於詩歌，始自詩經，盛行於詩經時代。在詩經時代楚人詩歌不用兮字，以後楚人受詩經的影響，楚辭中始有兮字的出現。戰國時代的楚辭二四句末用兮式的橘頌體仍保持詩經的形式，是詩經形式的直接承襲。一三句末用兮式的離騷體，是詩經形式的發展成熟，而每句句中用兮式的九歌體是詩經形式的新發展，所以兮字形成詩歌的特色始於詩經時代，盛於楚辭時代。楚辭的兮字運用，其面目雖與詩經不同，但在血統上確實是詩經的後代。

民國五十二年六月初稿於馬尼拉　同年九月修正

詩經的基本形式及其變化

糜文開

一、詩經基本形式的提出

筆者與內子普賢合撰詩經雜碎，在創作月刊連載，屢次提到詩經三百零五篇，雖然沒有統一格式的規定，但細加考察，隱然有一個基本形式，存在於其間，呼之欲出。三百篇的作品，在無意之中，都環繞着這個基本形式而變化。這個基本形式是：四字成句，四句成章，三章成篇。而一篇的三章，有如環之相連，結合成靈活的一體，完美的典型。這個基本形式，共計十二句四十八字，稱爲四字四句三環式。這個基本形式，非憑臆測立假設，係用科學的方法推求得來，有客觀的條件作爲事實的根據，現在筆者特撰專文以說明之。

二、四字成句的考察

近體詩的五七言律絕，用規定的格律，教大家來遵奉，當然寫出來的作品，自有一致的形式。詩經時代，做詩沒有任何條件的限制，但憑詩人自由的歌唱，任意的創作，應該沒有什麼基本的形式可言。可是我們習慣上，總稱詩經爲四言古詩，似乎三百零五篇，是被規定每句是四字的，一似唐宋的五言古詩，一定是每句五字一般。事實不然，我們試加考察，詩經有一字句二字句三字句，以至七字八字九字句，每句的字數，可以有九個字的活動，非常自由。

例如王風揚之水曰：

揚之水，不流束薪。彼其之子，不與我戍申。懷哉！懷哉！曷月予還歸哉？

是二三四五六字短句的自由運用，毫無拘束（兩「懷哉」舊作一個四字句計算）。

再如魏風伐檀曰：

坎坎伐檀兮，寘之河之干兮。河水清且漣猗。不稼不穡，胡取禾三百廛兮？不狩不獵，胡瞻爾庭有縣貆兮？

各句五六七八字雜出，句法自然，一點顯不出四字句的重要來。現在我們試看下列一字句至九字句的句例：

一字句：敝，還。（鄭風緇衣）

二字句：鱨魴（豳風九罭）、祈父（小雅祈父）、肇禋（周頌維清）

三字句：江有汜，之子歸，不我以。（江有汜）

振振鷺，鷺于下。鼓咽咽，醉言舞。（魯頌有駜）

四字句：關關雎鳩，在河之洲。窈窕淑女，君子好逑。（國風關雎）

五字句：誰謂雀無角，何以穿我屋？誰謂女無家，何以速我獄？（召南行露）

知子之來之，雜佩以贈之；知子之順之，雜佩以問之；知子之好之，雜佩以報之。（鄭風女曰雞鳴）

或燕燕居息，或盡瘁事國，或息偃在牀，或不已于行。或不知叫號，或慘慘劬勞，或棲遲偃仰，或王事鞅掌。或湛樂飲酒，或慘慘畏咎，或出入風議，或靡事不爲。（小雅北山）

虞芮質厥成，文王蹶厥生，予曰有疏附，予曰有先後，予曰有奔奏，予曰有禦侮。（大雅緜）

六字句：並驅從兩肩兮，揖我謂我儇兮。（齊風還）

寘之河之側兮，河水清且直猗。（魏風伐檀）

五月斯螽動股，六月莎雞振羽。（豳風七月）

是以有衮衣兮，無以我公歸兮，無使我心悲兮。（豳風九罭）

間關車之舝兮，思孌季女逝兮。（小雅車舝）

謂爾遷于王都，曰予未有室家。（小雅雨無正）

七字句：二之日鑿冰沖沖，三之日納于陰陵。（豳風七月）

以燕樂嘉賓之心。（小雅鹿鳴）

如彼築室于道謀。（小雅小旻）

今也日蹙國百里。（大雅召旻）

儀式型文王之典。（周頌我將）

學有緝熙于光明。（周頌敬之）

八字句：胡瞻爾庭有縣鶉兮。（魏風伐檀）

十月蟋蟀入我床下。（豳風七月）

我不敢傚我友自逸。（小雅十月之交）

九字句：不如子之衣安且吉兮。（唐風無衣）

我們在覓求句例時，發現除有許多詩全篇用四字句外，一字句、二字句、八字句、九字句，均係單句。七字句便有連續兩句的（例七月）。六字句，有連續三句的（例九罭）。三字句，有連續四句的（例有駜）。五字句，有長至連續十二句的（例北山）。北山的十二句，其實是全篇六章中的三章，也就是該詩整個的後半篇。而且另外還有整篇的五言詩，那便是魏風的十畝之間（此詩可說是我國五言詩之祖）。全詩照錄於下：

(1)魏風十畝之間（五言之祖）

十畝之間兮，桑者閑閑兮，行與子還兮！（一章）
十畝之外兮，桑者泄泄兮，行與子逝兮！（二章）
其他全篇之中無一句四字的雜言詩，還有下列六篇：

(2)衞風木瓜（三五言混合體）
投我以木瓜，報之以瓊琚。匪報也，永以爲好也。（一章）
投我以木桃，報之以瓊瑤。匪報也，永以爲好也。（二章）
投我以木李，報之以瓊玖。匪報也，永以爲好也。（三章）

(3)鄭風緇衣（一五六言混合體）
緇衣之宜兮，敝，予又改爲兮。適子之館兮，還，予授子之粲兮。（一章）
緇衣之好兮，敝，予又改造兮。適子之館兮，還，予授子之粲兮。（二章）
緇衣之蓆兮，敝，予又改作兮。適子之館兮，還，予授子之粲兮。（三章）
（附註：此詩舊作三章，章四句，當作章六句。）

(4)齊風著（六七言混合體）
俟我于著乎而，充耳以素乎而，尙之以瓊華乎而。（一章）
俟我于庭乎而，充耳以靑乎而，尙之以瓊瑩乎而。（二章）
俟我于堂乎而，充耳以黃乎而，尙之以瓊英乎而。（三章）

(5)齊風盧令（三五言混合體）

盧令令，其人美且仁。（一章）

盧重環，其人美且鬈。（二章）

盧重鋂，其人美且偲。（三章）

(6)唐風無衣（六九言混合體）

豈曰無衣七兮！不如子之衣安且吉兮。（一章）

豈曰無衣六兮！不如子之衣安且燠兮。（二章）

（附註：此詩舊作二章章三句，當作章二句）

(7)檜風素冠（五六言混合體）

庶見素冠兮，棘人欒欒兮，勞心慱慱兮。（一章）

庶見素衣兮，我心傷悲兮，聊與子同歸兮。（二章）

庶見素韠兮，我心蘊結兮，聊與子如一兮。（三章）

這現象說明三百篇的詩人，雖可採取各種長短句自由運用，所以有六篇詩是沒有一句四字的雜言長短句，但在無意之間，詩人競尚四字句五字句兩種，喜歡連續用這兩種句子，尤其喜歡用四字句。所以會產生全篇五言的一篇與全篇四言的許多篇。

現在，我們再來試作詩經四言詩的計算。看三百零五篇中，到底有幾篇是全部四字句的。

㈠國風七九篇　計⑴周南關雎等八篇，⑵召南鵲巢等八篇，⑶邶風柏舟等十篇，⑷鄘風鶉之奔奔等四篇，⑸衞風考槃等七篇，⑹王風葛藟等三篇，⑺鄭風羔裘等八篇，⑻齊風東方未明等五篇，⑼魏風葛屨等二篇，⑽唐風蟋蟀等二篇，⑾秦風駟驖等五篇，⑿陳風東門之枌等八篇，⒀檜風羔裘等二篇，⒁曹風蜉蝣等四篇，⒂豳風破斧等三篇。（其中只有曹風全部是四言體。）

㈡小雅四一篇　計⑴鹿鳴之什四牡等六篇，⑵南有嘉魚之什南山有臺等八篇，⑶鴻鴈之什鴻鴈等四篇，⑷節南山之什巷伯一篇，⑸谷風之什谷風等六篇，⑹甫田之什瞻彼洛矣等五篇，⑺魚藻之什魚藻等十一篇。

㈢大雅六篇　計⑴文王之什棫樸等四篇，⑵生民之什假樂等二篇，⑶蕩之什無一篇純四言者。

㈣周頌十三篇　計⑴清廟之什執競一篇，⑵臣工之什臣工等八篇，⑶閔予小子之什載芟等四篇。

㈤魯頌零篇　魯頌四篇兩篇爲三四言混合體，兩篇爲四五言混合體。

㈥商頌一篇　計那一篇。

以上共計四言詩一四〇篇。

這說明了詩經時代自然的趨向，形成爲四言詩流行的時代。

我們知道這四言詩一四〇篇，對純五言詩一篇而言，固是多數，但對全部詩經三〇五篇而言，四言詩沒有超過半數。何況詩經除去一篇五言體，一四〇篇四言體，其餘雜言詩有一六四篇之多，反占全書的多數。既然三〇五篇大多數是雜言詩，我們若逕稱詩經爲四言詩是不很妥當的。

可是，以各種雜言詩總數與純四言詩相比，其實是不公平的，雜言詩，也應分別三四言混用，四五言混用與三四五言雜出等各種詩體來計算，才會眉目清楚。我們計算的結果，三四言混用詩只有二十二篇，四五言混用的詩最多，也只有七十三篇。其他三四五言雜出的詩更只有十四篇，四五六言雜出的只有十八篇。如此比較，四言詩仍是相對的多數。

現在除三五雜言兩篇、五六雜言、六七雜言、六九雜言、和一五六雜言詩各一篇，以及純四言一四〇篇，純五言一篇前已列舉外，將其他一五八篇雜言詩依據朱傳圈點，分爲十六種列舉如下：

(1)二三四雜言詩一篇　小雅魚麗。

(2)二三四五雜言詩一篇　小雅祈父。

(3)二四雜言詩一篇　周頌維清。

(4)二四六雜言詩一篇　豳風九罭。

(5)三四雜言詩二十二篇　周南螽斯、麟之趾，召南摽有梅、江有汜，鄘風牆有茨，王風黍離、兎爰，鄭風叔于田、大叔于田，唐風椒聊、葛生、采苓，秦風車鄰、黃鳥，小雅庭燎、青蠅、苕之華，大雅公劉，周頌天作、桓，魯頌駉、有駜。

(6)三四五雜言詩十四篇　召南殷其靁，邶風匏有苦葉、式微、簡兮，王風君子于役、君子陽陽，鄭風揚之水、溱洧，魏風汾沮洳，唐風山有樞、揚之水，陳風株林，周頌小毖、賚。

(7)三四五六雜言詩三篇　王風揚之水，魏風園有桃，周頌昊天有成命。

(8)三四五七雜言詩一篇　大雅召旻。

(9)三四六雜言詩二篇　邶風北門，秦風權輿。

(10)四五雜言詩七十三篇　召南行露、野有死麕、騶虞，邶風日月、谷風、旄丘、泉水、靜女，鄘風柏舟、君子偕老、蝃蝀、載馳，衞風淇奧、竹竿，王風丘中有麻，鄭風將仲子、清人、女曰雞鳴、丰、子衿，齊風雞鳴、東方之日、南山，唐風綢繆、杕杜、羔裘、鴇羽，秦風小戎、蒹葭，陳風宛丘，檜風隰有萇楚，豳風東山，小雅常棣、天保、鶴鳴、白駒、斯干、無羊、節南山、小宛、巧言、何人斯、北山、信南山、甫田、大田、采菽、角弓，大雅文王、大明、緜、思齊、皇矣、文王有聲、生民、行葦、既醉、泂酌、板、崧高、韓奕、江漢、常武、瞻卬，周頌清廟、時邁、思文、閔予小子、訪落，魯頌泮水、閟宮，商頌烈祖、玄鳥。

⑾四五六雜言詩十八篇　周南卷耳，鄭風狡童，豳風鴟鴞，小雅正月、雨無正、大東、裳裳者華、車舝，大雅卷阿、蕩、抑、雲漢、烝民，周頌維天之命、烈文、酌，商頌長發、殷武。

⑿四五六七雜言詩二篇　小雅小旻，周頌敬之。

⒀四五七雜言詩一篇　小雅十月之交。

⒁四六雜言詩十一篇　王風中谷有蓷，鄭風遵大路、褰裳，小雅南有嘉魚、蓼蕭、小弁、蓼莪，大雅鳧鷖、桑柔，周頌豐年、載見。

⒂四六七雜言詩二篇　齊風還，小雅鹿鳴。

⒃四七雜言詩一篇　魏風陟岵。

我們若再統計全詩經四字句的總數，則更顯出四字句的絕對多數來。筆者依據朱熹集傳，將全詩經句數統計的結果是：十五國風二雅三頌三〇五篇的總句數爲七千二百八十四句。其中四字句共計六千五百八十四句，二字句共八句，三字句共一六五句，五字句共三九九句，六字句共九八句，七字句共二五句，八字句共五句，非四字句總計只有七〇〇句，不及全詩經總句數的十分之一，換言之，卽四字句爲非四字句九倍多，佔全詩經總句數的十分之九強，是絕對的多數。我們若逕稱詩經爲四言詩，這才是有力的依據。

現在筆者將統計的數字，列表公佈於下，爲防止計算錯誤，並用字數來核對句數，所以表名逕稱曰·「詩經字句統計表」。

表一　詩經字句統計表

類別	總句數	四字句	非四字句	二字句	三字句	五字句	六字句	七字句	八字句	總字數
全書	七、二八四	六、五八四	七〇〇	八	一六五	三九九	九八	二五	五	二九、六四五
甲十五國風	二、六〇八	二、二三六	三七二	一	一二四	一六八	五五	二〇	四	一〇、六六〇
周南	一五九	一四三	一六	〇	一二	二	二	〇	〇	六三〇
召南	一七七	一四三	三四	〇	一八	一六	〇	〇	〇	七〇六
邶風	三六三	三三五	二八	〇	九	一五	四	〇	〇	一、四六六
鄘風	一七六	一五三	二三	〇	三	一七	〇	三	〇	七一七
衛風	二〇三	一八八	一五	〇	三	一二	〇	〇	〇	八二一
王風	一六二	一三八	二四	〇	一二	七	五	〇	〇	六五三
鄭風	二八三	二二二	六一	〇	二〇	二九	九	三	〇	一、一六八
齊風	一四三	一一〇	三三	〇	三	一二	一二	六	〇	六三三
魏風	一一八	九一	二七	〇	八	一三	七	六	三	五六一
唐風	二〇三	一六七	三六	〇	二〇	一四	二	〇	〇	八二〇
秦風	一八一	一六一	二〇	〇	一四	四	二	〇	〇	七一八
陳風	一一四	一一〇	四	〇	二	二	〇	〇	〇	四五六
檜風	四五	三三	一二	〇	〇	一〇	二	〇	〇	一九四
曹風	六八	六八	〇	〇	〇	〇	〇	〇	〇	二七三
豳風	二〇三	一七四	二九	一	〇	一五	一〇	二	一	八五五

乙 二雅	三、九四三	三、七〇七	二三五	六	二〇	一七三	三三	三	一	一五、九八七
小雅	二、三三六	二、二一四	一三	六	一三	七三	一八	二	一	九、三九九
大雅	一、六一六	一、四九三	一三	〇	八	九九	一五	一	〇	六、五八八
丙 三頌	七三四	六四一	九三	一	二	五九	一〇	二	〇	二、九九八
周頌	三三七	二九五	四三	一	七	二四	八	二	〇	一、三八五
魯頌	二四三	二二六	二七	〇	一四	一三	〇	〇	〇	九七一
商頌	一五四	一三〇	二四	〇	〇	三	二	〇	〇	六四二

以上，筆者已將詩經的字句，作種種考察。這一個詩經字句統計表，可說是對詩經字句最細密的分析，最精確的統計了。但筆者冷靜思考，這仍只能表明詩經用句，十分之九是四字句，證明我所提出詩經基本形式構成的第一句「四字成句」。若稱詩經爲四言詩，仍應以篇爲單位，以一四〇篇純四言詩爲依據。因爲這一四〇篇只是相對的多數，所以我們只說：「詩經是四言詩流行的時代」，而不逕稱詩經爲四言體。

三、四句成章的考察

前面我們提出了詩經的基本形式是四字成句，四句成章，三章成篇的連環式。「四字成句」既已求得詩經中十有九句是四言和三〇五篇中有一四〇篇是四言詩作爲依據，現在依次要來推求「四句成章」，是否在三〇五篇中也佔多數。於是，筆者製成詩經分章句數統計表如下：

表二　詩經分章句數統計表

類別	全書	國風	二雅	小雅	大雅	三頌	周頌	魯頌	商頌
總章數	一、一四一	四八二	五八八	三六九	二二九	七一	三一	二四	一六
二句章	六	三	三	三	〇	〇	〇	〇	〇
三句章	一八	一八	〇	〇	〇	〇	〇	〇	〇
四句章	三八五	二三六	一四九	一一九	三〇	〇	〇	〇	〇
五句章	七三	三二	三九	一八	二一	二	一	〇	一
六句章	二三八	一〇一	一三一	九三	三八	六	二	〇	四
七句章	五三	二五	一七	一四	三	一一	五	〇	六
八句章	二一二	二四	一六六	八八	七八	二二	七	一四	一
九句章	一九	九	四	四	〇	六	二	三	一
十句章	五九	一五	四一	六	三五	三	一	二	〇
十一句章	九	八	〇	〇	〇	一	一	〇	〇
十二句章	四七	一一	三三	一九	一四	三	三	〇	〇
十三句章	二	〇	〇	〇	〇	二	二	〇	〇
十四句章	七	〇	五	五	〇	二	二	〇	〇
十五句章	二	〇	〇	〇	〇	二	二	〇	〇
十六句章	二	〇	〇	〇	〇	二	一	一	〇
十七句章	四	〇	〇	〇	〇	四	〇	四	〇
二二句章	三	〇	〇	〇	〇	三	〇	〇	三

二三句章	一	○	○	○	○	一	一	○	○
三一句章	一	○	○	○	○	一	一	○	○
總句數	七、二八四	二、六○八	三、九四二	二、三二六	一、六一六	七三四	三三七	二四三	一五四

上表所示，詩經三○五篇共分一千一百四十一章，其中四句成章的最多，共計三七五章。其次是六句成章的計二三八章，八句成章的計二三二章，爲次多數。四句章在詩經中雖非絕對多數，却以相對多數得冠軍。又，三○五篇中全篇每章都是四句的有九十七篇之多（其他一篇中混用四句章的共十四篇），也是相對多數的冠軍。次多數爲全篇各章都是六句的，計五十四篇（其他一篇中混用六句章的共十九篇），得亞軍。詩經基本形式的第二個因素「四句成章」，便是憑這兩個冠軍推求出來。

四、三章成篇的考察

筆者再考察詩經三○五篇，各篇大多由幾章組成，於是仍據朱傳本再製成詩經各篇章數統計表如下：

表三　詩經各篇章數統計表

類別	全書	國風	二雅	小雅	大雅	三頌	周頌	魯頌	商頌
總篇數	三○五	一六○	一○五	七四	三一	四○	三一	四	五
一章篇	三四	○	○	○	○	三四	三一	○	三

二章篇	四〇	三九	一	一	〇	〇	〇	〇	〇
三章篇	一二	九一	二〇	一九	一	一	〇	一	〇
四章篇	四七	二四	三	一九	三	一	〇	一	〇
五章篇	一六	三	三	九	四	〇	〇	〇	〇
六章篇	二	二	一八	一二	六	一	〇	〇	一
七章篇	七	〇	六	三	三	一	〇	〇	一
八章篇	二〇	一	一八	八	一〇	一	〇	一	〇
九章篇	三	〇	二	一	一	一	〇	一	〇
十章篇	二	〇	二	一	一	〇	〇	〇	〇
十二章篇	一	〇	一	〇	一	〇	〇	〇	〇
十三章篇	一	〇	一	一	〇	〇	〇	〇	〇
十六章篇	一	〇	一	〇	一	〇	〇	〇	〇
總章數	一、四二一	四八二	五八八	三六九	二一九	七一	三	二四	一六

附註：周頌各篇章句，各本大有出入。玆就姚際恆詩經通論與朱熹詩集傳不同七篇，列舉如下：

(1)時邁篇　朱傳作一章十五句；姚論作二章，一章八句，一章七句。

(2)振鷺篇　朱傳作一章八句；姚論作二章，章四句。

(3)雝　篇　朱傳作一章十六句；姚論作四章，章四句。

⑷有客篇　朱傳作一章十二句；姚論作三章，章四句。
⑸敬之篇　朱傳作十二句；姚論作二章，章六句。
⑹載芟篇　朱傳作一章三十一句；姚論作三章，二章十二句，一章七句。
⑺良耜篇　朱傳作一章二十三句；姚論作四章，一章七句，二章五句，一章六句。

又，酌篇　朱傳作一章八句；鄭箋孔疏本作一章九句，末句「實維爾公允師」六字，拆爲「實維爾公」與「允師」四字二字各一句。

從上表來檢視，詩經三〇五篇中，一篇分三章的最多，共一一二篇（若從姚論本加周頌二篇則應爲一一四篇），其次是一篇分四章的，共四十七篇（若從姚論本加周頌二篇則應爲四十九篇），一篇分兩章的，共四十篇（若從姚論本加周頌三篇則應爲四十三篇），爲次多數。詩經基本形式的第三個因素「三章成篇」便是這樣考察出來的。

五、連環性的考察

詩經基本形式第四個要素是連環式；章與章之間有連環性的存在；一篇之中，相連各章，字句相仿，有如玉環之相似而相連。我們試加考察，這種連環性的形式，不僅存在於一篇三章的諸詩之中，其他二章之篇，四章五章之篇，以至十六章之多的大雅桑柔篇，也有這種連環性的形式之存在。

現在我們將非三章篇的連環式詩，加以統計，結果共得一二〇篇，分類記錄如下：

㈠二章篇連環式　鄘風鶉之奔奔等三八篇。

㈡四章篇連環式　魯頌駉等三八篇。

㈢五章篇連環式　大雅鳧鷖等十一篇。

㈣六章篇連環式　小雅魚麗等十三篇。

㈤七章篇連環式　商頌長發、小雅谷風、大雅瞻卬等三篇。

㈥八章篇連環式　大雅蕩等十三篇。

㈦九章篇連環式　小雅斯干一篇。

㈧十章篇連環式　小雅節南山大雅卷阿等二篇。

㈨十六章篇連環式　大雅桑柔一篇。

並舉例於下：

⑴鄘風鶉之奔奔（二章連環式）

鶉之奔奔，鵲之彊彊。人之無良，我以爲兄！（一環）

鵲之彊彊，鶉之奔奔。人之無良，我以爲君！（二環）

⑵魯頌駉（四章連環式）

駉駉牡馬，在坰之野。薄言駉者，有驈有皇，有驪有黃；以車彭彭。思無疆，思馬斯

臧。（一環）

駉駉牡馬，在坰之野。薄言駉者，有騅有駓，有騂有騏；以車伾伾。思無期，思馬斯才。（二環）

駉駉牡馬，在坰之野。薄言駉者，有驒有駱，有駵有雒；以車繹繹。思無斁，思馬斯作。（三環）

駉駉牡馬，在坰之野。薄言駉者，有駰有騢，有驔有魚；以車祛祛。思無邪，思馬斯徂。（四環）

(3)大雅鳧鷖（五章連環式）

鳧鷖在涇，公尸來燕來寧。爾酒既清，爾殽既馨。公尸燕飲，福祿來成。（一環）

鳧鷖在沙，公尸來燕來宜。爾酒既多，爾殽既嘉。公尸燕飲，福祿來爲。（二環）

鳧鷖在渚，公尸來燕來處。爾酒既湑，爾殽伊脯。公尸燕飲，福祿來下。（三環）

鳧鷖在潨，公尸來燕來宗。既燕于宗，福祿攸降。公尸燕飲，福祿來崇。（四環）

鳧鷖在亹，公尸來止熏熏。旨酒欣欣，燔炙芬芬。公尸燕飲，無有後艱。（五環）

(4)小雅魚麗（六章連環式）

魚麗於罶，鱨鯊。君子有酒，旨且多。（一環甲）

魚麗於罶，魴鱧。君子有酒，多且旨。（二環甲）

魚麗於罶，鰋鯉。君子有酒，旨且有。（三環甲）
物其多矣，維其嘉矣。（四環乙）
物其旨矣，維其偕矣。（五環乙）
物其有矣，維其時矣。（六環乙）

六章連環式本擬舉大雅公劉爲例，爲節省篇幅，改舉連環變化之例，故選此六環甲乙兩組式的魚麗篇，其實詩經各篇四章以上，卽可用兩組連環式，鄭風丰卽其例。而三章之詩，亦可兩章連環，另一章任意變化，另呈面目。例如召南采蘩，僅一二兩章連環，第三章便不再連環而成三章二環式。行露篇則以二三兩章連環，第一章連句數也與二三兩章不同。七章以上之詩，若各章仍作一組之環相連，方式反嫌刻板，所以詩中又雜以非環之章。例如大雅蕩爲八章七環式，雲漢爲八章六環式，商頌長發爲七章二環式。更有兩組以上連環與非環雜出者。例如大雅桑柔爲十六章六環三組式，魯頌泮水爲八章五環兩組式。玆僅錄長發篇蕩篇和桑柔下半篇爲例。

(5)商頌長發（七章二環式）

濬哲維商，長發其祥。洪水芒芒，禹敷下土方，外大國是疆，幅隕旣長，有娀方將，帝立子生商。（非環八句）

玄王桓撥，受小國是達，受大國是達；率履不越，遂視旣發。相土烈烈，海外有截。（非環七句）

帝命不違，至于湯齊。湯降不遲，聖敬日躋，昭格遲遲，上帝是祗；帝命式于九圍。（非環七句）

受小球大球，爲下國綴旒。何天之休，不競不絿，不剛不柔，敷政優優，百祿是遒。（一環七句）

受小共大共，爲下國駿厖。何天之龍，敷奏其勇，不震不動，不戁不竦，百祿是總。（二環七句）

武王載旆，有虔秉鉞，如火烈烈，則莫我敢曷。苞有三蘖，莫遂莫達，九有有截。韋顧旣伐，昆吾夏桀。（非環九句）

昔在中葉，有震且業。允也天子，降予卿士。實維阿衡，實左右商王。（非環六句）

(6)大雅蕩（八章七環式）

蕩蕩上帝，下民之辟。疾威上帝，其命多辟。天生烝民，其命匪諶。靡不有初，鮮克有終。（非環）

文王曰「咨，咨女殷商！曾是彊禦，曾是掊克，曾是在位，曾是在服。天降滔德，女興是力。」（一環）

文王曰「咨，咨女殷商！而秉義類，彊禦多懟，流言以對，寇攘式內。侯作侯祝，靡屆靡究。」（二環）

文王曰「咨，咨女殷商！女炰烋於中國，歛怨以爲德。不明爾德，時無背無側；爾德不明，以無陪無卿。」（三環）

文王曰「咨，咨女殷商！天不湎爾以酒，不義從式。既愆爾止，靡明靡晦；式號式呼，俾晝作夜。」（四環）

文王曰「咨，咨女殷商！如蜩如螗，如沸如羹。小大近喪，人尚乎由行。內奰於中國，覃及鬼方。」（五環）

文王曰「咨，咨女殷商！匪上帝不時，殷不用舊。雖無老成人，尚有典刑。曾是莫聽，大命以傾！」（六環）

文王曰「咨，咨女殷商！人亦有言，『顚沛之揭，枝葉未有害，本實先撥。』殷鑒不遠，在夏后之世！」（七環）

(7)大雅桑柔（十六章六環三組式）

（九章）瞻彼中林，甡甡其鹿。朋友已譖，不胥以穀。人亦有言，「進退維谷」。（非環）

（十章）維此聖人，瞻言百里。維彼愚人，覆狂以喜。匪言不能，胡斯畏忌？（一環甲）

（十一章）維此良人，弗求弗迪。維彼忍心，是顧是復。民之貪亂，寧爲荼毒？（二環

甲）

（十二章）大風有隧，有空大谷。維此良人，作爲式穀。維彼不順，征以中垢。（三環乙）

（十三章）大風有隧，貪人敗類。聽言則對，誦言如醉。匪用其良，覆俾我悖。（四環乙）

（十四章）嗟爾朋友，予豈不知而作！如彼飛蟲，時亦弋獲。旣之陰女，反予來赫。（非環）

（十五章）民之罔極，職涼善背，爲民不利，如云不克。民之回遹，職競用力。（五環丙）

（十六章）民之未戾，職盜爲寇。涼曰不可，覆背善詈。雖曰匪予，旣作爾歌！（六環丙）

以上七例已足證明各章的連環式，普遍存在於詩經長短各詩篇，存在於風雅頌各類之中。周頌三十一篇均僅一章，本無連環可言。但依姚氏詩經通論，亦將其中七篇分成多章，此七篇中有客一篇，已具連環雛形，亦可勉強稱爲三章二環式。

現在再就三章詩一一四篇，予以考察，那幾篇是連環式？那幾篇非連環式？連環式中三章僅兩環相連的，下加括弧註明二環，完全合於基本形式的四字四句連環者，則下加數字編號以計算其篇數，玆依各章句數多寡爲序，列舉於下：

⑴三章章二句者一篇　齊風盧令。

⑵三章章三句者五篇　周南麟趾、召南甘棠、王風采葛、齊風著、檜風素冠。

⑶三章章四句者四五篇　周南樛木①螽斯、桃夭②兎罝③芣苢④汝墳⑤（二環）召南鵲巢⑥采蘩⑦（二環）采蘋⑧羔羊⑨摽有梅、何彼襛矣⑩邶風靜女（二環）新臺⑪鄘風蝃蝀（二環）相鼠⑫衞風考槃⑬有狐⑭木瓜、王風大車⑮（二環）丘中有麻、鄭風清人、羔裘⑯風雨⑰子衿（二環）齊風鷄鳴（二環）還、東方未明⑱（二環）甫田⑲（二環）敝笱⑳陳風宛丘（二環）東門之枌㉑（二環）衡門㉒（二環）東門之池㉓月出㉔檜風羔裘㉕隰有萇楚、匪風㉖（二環）曹風蜉蝣㉗小雅祈父、無將大車㉘青蠅、魚藻㉙苕之華、周頌有客㉚（二環）。

⑷三章章五句者五篇　召南江有汜、鄭風叔于田、秦風無衣、小雅庭燎、洞酌。

⑸三章章六句者二二篇　周南葛覃（二環）召南殷其靁、邶風北風、鄘風牆有茨、干旄、王風揚之水、中谷有蓷、葛藟、鄭風緇衣、魏風汾沮洳、陟岵、唐風綢繆、秦風晨風、陳風澤陂、豳風破斧、小雅彤弓、鴻鴈、我行其野、谷風、瞻彼洛矣、菀柳（二環）漸漸之石。

⑹三章章七句者七篇　召南草蟲、邶風北門、鄘風桑中、王風兎爰、齊風猗嗟、唐風鴇

羽、小雅黃鳥。

(7)三章章八句者九篇　周南漢廣、鄭風將仲子、魏風碩鼠、唐風蟋蟀、山有樞、采苓、秦風蒹葭、小雅鹿鳴、緜蠻。

(8)三章章九句者三篇　衞風淇奧、魏風伐檀、魯頌有駜。

(9)三章章十句者三篇　王風黍離、鄭風大叔于田、秦風小戎。

(10)三章章十二句者三篇　秦風黃鳥、小雅伐木、頍弁。

(11)三章各章句數不齊者五篇　周南關雎（二環）召南行露（二環）唐風揚之水（二環）秦風車鄰（二環）小雅沔水（二環）。

以上十一項共計三章連環詩一〇八篇。另三章無連環詩有召南野有死麕、鄘風君子偕老、定之方中、鄭風女曰鷄鳴、秦風駟驖、周頌載芟等共六篇。合計共一一四篇，符合上節所述三章篇篇數。

詩經三〇五篇中三章連環詩一〇八篇，非三章連環詩一二〇篇，則連環詩共計二二八篇，已占全數的三分之二以上，章與章間的連環性已成爲詩經的特徵之一。而二二八篇連環式詩中，三章篇特別多，共一〇八篇，得冠軍，其餘二章篇四章篇各三十八篇爲次多數，合得亞軍，兩個亞軍合計七十六篇，尙與冠軍一〇八篇相差甚遠，同時三章篇一一四篇中只有六篇不連環，連環詩佔百分之九四點七，所佔百分比極高。而四章篇四九篇就有十一篇不連環，二章篇四三篇也有五篇不連環，其連環性詩所佔百分比均不如三章篇的高，所以連環詩的篇數和所佔百分比也以三章篇高居首位，正與詩經的三章成篇情形相同。而三章連環詩成爲詩經基本形式的第四要素。

又，我們若把三章連環詩一〇八篇中三章二環式二十二篇也加以剔除，只取三章三環式詩，如此嚴格限制，也仍有八十六篇之多。

六、詩經基本形式三十篇的獲得

詩經基本形式的四個因素，已從考察中求得。這四個因素是：㈠每句四字；㈡每章四句；㈢每篇三章；㈣章與章之間如環之相連。這四個因素，在詩經中都很凸出：㈠計算詩經字句數，十分之九以上是四字句，而三〇五篇中全部四字句的詩也有一四〇篇之多。㈡四句章在詩經中最多，共有三七五章，遠勝於六句章的二三八章，八句章的二二三章；三〇五篇中全篇各章都是四句組成的有九十七篇之多。全是六句章組成的詩便只有五十四篇。㈢三〇五篇中三章組成的詩佔一一四篇，超過次多數四章組成的四七篇與兩章組成的四三篇的總和。㈣章與章之間成連環形的詩，普遍存在於二章詩三章詩四章詩以至十六章詩的長短各篇中，也普遍存在於十五國風二雅三頌之中，連環詩共計二二八篇，佔三〇五篇的三分之二以上，三章連環式尤佔多數，計共一〇八篇之多。

可是一篇詩要完全具備這四個因素，卻不很容易，周頌多一章成篇，便不容易具備第三第四兩因素，大雅大多八句成章八章成篇的長詩，三章之詩僅泂酌一篇，而這篇泂酌每章是五句，每章首句是五字，雖兼備三章連環的因素，却缺乏了每句四字每章四句的兩個條件，所以大雅三十一篇，竟無一篇完全符合基本形式的四項要求的。

一篇詩雖具備了三個條件，只要另一條件不符合，便不能稱爲基本形式的詩了。例如秦風駟驖，是四字四句三章式四十八字詩，但三章之間，沒有連環性，便不能入選了。又如陳風宛丘，只因「宛丘之上兮」一句多一字，便只好淘汰。因此在那一四〇篇純四言詩中，在那九十七篇四句章詩中，在那一一四篇的三章篇淘汰了無連環性的六篇，所剩下的一〇八篇連環詩中，逐一甄審的結果，只有三十篇可以代表詩經的基本形式的。那便是上一節三章章四句者四十五篇中有數字符號的三十篇。只佔詩經總篇數的十分之一弱。那三十篇中雖也有雅頌之詩，二雅中只有小雅無將大車、魚藻等兩篇，三頌中只有周頌有客一篇，其餘樛木等二十七篇，都是十五國風的詩。計周南召南各五篇，陳風四篇，齊風三篇，衞風鄭風檜風各二篇，邶風鄘風王風曹風各一篇。魏唐秦豳四風無入選者。

上述代表詩經基本形式的詩三十篇，其連環的形式，略有不同，其中二十一篇爲三環式，九篇爲二環式。當然三環式的資格最好，我們推選爲正代表，而二環式的稱副代表，以示區別，茲列出正副代表全部名單於下：

㈠詩經基本形式正代表二十一篇 (1)周南樛木(2)周南桃夭(3)周南兎罝(4)周南芣苢(5)召南鵲巢

(6)召南采蘋(7)召南羔羊(8)召南何彼襛矣(9)邶風新臺(10)鄘風相鼠(11)衞風考槃(12)衞風有狐(13)鄭風羔裘(14)鄭風風雨(15)齊風敝笱(16)陳風東門之池(17)陳風月出(18)檜風羔裘(19)曹風蜉蝣(20)小雅無將大車(21)小雅魚藻。

(二)詩經基本形式副代表九篇 (1)周南汝墳(2)召南采蘩(3)王風大車(4)齊風東方未明(5)齊風甫田(6)陳風東門之枌(7)陳風衡門(8)檜風匪風(9)周頌有客。

七、詩經基本形式式例

這代表詩經基本形式的三十篇，都是四字四句三章連環式，同樣是全篇四十八字。各篇在形式上的小小不同之處，除前面已提到的三環與二環的分別外，最明顯的區分，還有用韻方式的不同。現在就這方面的差異，列出七個式例加以說明。

式例一　樛木（二四句膝韻式）

南有樛木，葛藟「纍」之。樂只君子，福履「綏」之。（一環）

南有樛木，葛藟「荒」之。樂只君子，福履「將」之。（二環）

南有樛木，葛藟「縈」之。樂只君子，福履「成」之。（三環）

顧炎武詩本音曰：「凡詩中語助之辭，皆以上文一字爲韻，如兮、也、之、只、矣……之類，皆不入韻。又有二字不入韻者，著之『乎而』是也。」他稱這種一字二字不入韻之語助詞爲

「句之餘」。這篇樛木，各章第二第四句句末的「之」字，便是不入韻的句餘字，而以「之」字上一字爲韻。因而第一章以二四兩句第三字「纍」「綏」爲韻，第二章四句，與第一章四句成連環式，儘量少更換字句，只將二四兩句的第三字換韻爲「荒」「將」，第三章亦然，僅再將「荒」「將」換韻爲「縈」「成」。所以每章只有兩字不同。三章緊接，如三環之相連，看來自有美感，聽起來也容易悅耳而省記。一般說來，句末之韻稱脚韻，這種在一句膝部所用的韻，我們就稱之爲膝韻。用韻之字，加引號「　」以標出之。

周南芣苢召南鵲巢，均於各章二四句用膝韻，隸屬於這第一式例的樛木組。

式例二　桃夭（二四句脚韻式）

桃之夭夭，灼灼其「華」。之子于歸，宜其室「家」。（一環）

桃之夭夭，有蕡其「實」。之子于歸，宜其家「室」。（二環）

桃之夭夭，其葉蓁「蓁」。之子于歸，宜其家「人」。（三環）

桃夭篇係用脚韻，換韻較樛木之膝韻牽涉他字較多。「家室」改「家人」固仍換一字，「灼灼其華」換爲第二章之「有蕡其實」，末章之「其葉蓁蓁」，便都換了三個字，僅保留住了一個「其」字。但「室家」之改成「家室」，一字未改，顚倒兩字便達成換韻目的，實在是一個好辦法。詩經開始將字句顚倒運用，此詩僅顚倒兩字，小雅魚麗篇，將「旨且多」倒爲「多且旨」，便顚倒了三字，已肇後世迴文詩的端倪。

衞風有狐、齊風敝笱、陳風東門之池，用韻法與此詩同，均隸屬此第二式例桃夭組。小雅無將大車，各章二四句用脚韻，僅第一章用膝韻，可附入這第二式例組。

式例三　羔羊（絕句三韻式）

羔羊之「皮」，素絲五「紽」。退食自公，委蛇委「蛇」。（一環）

羔羊之「革」，素絲五「緎」。委蛇委蛇，自公退「食」。（二環）

羔羊之「縫」，素絲五「總」。委蛇委蛇，退食自「公」。（三環）

此詩每章一二四句末用韻，與後世三韻式絕句同。各章三四兩句，多方顚倒運用，遂得一字不易，達成換韻目的，其換韻之法，更較桃夭爲巧妙。

鄭風風雨、檜風羔裘、曹風蜉蝣都屬這第三式例羔羊組。鄭風的羔裘，亦爲一二四句用韻，惟僅一二兩章與此例同，第三章改爲膝韻，可附入此組。

式例四　考槃（逐句用韻式）

考槃在「澗」，碩人之「寬」。獨寐寤「言」，永矢弗「諼」！（一環）

考槃在「阿」，碩人之「薖」。獨寐寤「歌」，永矢弗「過」！（二環）

考槃在「陸」，碩人之「軸」。獨寐寤「宿」，永矢弗「告」！（三環）

此詩之特點爲每章逐句用韻。四字四句三環詩中，惟鄘風相鼠與此同，均爲逐句用韻，而每章換韻的。只是相鼠每章第二三句都用疊句，是其同中之異。

式例五　月出（通篇一韻式）

月出「皎」兮，佼人「僚」兮。舒窈「糾」兮，勞心「悄」兮。（一環）
月出「皓」兮，佼人「懰」兮。舒懮「受」兮，勞心「慅」兮。（二環）
月出「照」兮，佼人「燎」兮。舒夭「紹」兮，勞心「慘」兮。（三環）

詩經時代許多字讀音與後世不同，其用韻亦往往平仄通押，此詩「慘」字當作「懆」，以唐時詩韻讀之，則係平上去通爲一韻。故雖其逐句用韻與考槃同，但考槃每章換韻，月出則不換韻，全詩通篇一韻到底，十二韻同屬一組。不僅考槃用脚韻與月出用膝韻之不同。因特設一式例以標出之。

式例六　兎罝（一章異韻式）

肅肅兎「罝」，椓之丁『丁』。赳赳武「夫」，公侯干『城』。（一環）
肅肅兎「罝」，施於中『逵』，赳赳武「夫」，公侯好『仇』。（二環）
肅肅兎「罝」，施於中『林』，赳赳武「夫」，公侯腹『心』。（三環）

此詩每章用兩組韻。第一章一三兩句隔句用一組韻，二四兩句又隔句另用一組韻。第一組韻「罝」「夫」仍加單線引號以標之，第二組韻『丁』『城』，則改標雙線引號，以爲區別。第二章第三章第一組韻照舊，第二組韻則由「丁」「城」一換而爲「逵」「仇」，再換而爲「林」「心」。這種兩組韻的交錯運用，稱爲轆轤韻式。但轤轆韻祇指隔句交錯用韻而言，像召南采蘋

第一章「于以采蘋，南澗之濱。于以采藻，于彼行潦。」一二句脚韻「蘋」「濱」爲一組，三四句脚韻「藻」「潦」又另爲一組。如此兩句一換韻也是一章兩組韻，所以這一式例，不採「轆轤韻式」之名，而曰「一章異韻式」。惟采蘋二三兩章用韻與桃夭同，依前例，一篇三章用韻式不同，則附入其兩章相同之式例組，故采蘋應附入第二式例桃夭組。小雅魚藻篇，全篇用韻法與兎罝同，隸屬此第六式例組。

一章異韻式第三種方式是一四兩句一組韻，二三兩句另一組韻，小雅車攻第四章：「決拾既佽，弓矢既調，射夫既同，助我舉柴，」「佽」「柴」一四句末爲韻，「調」「同」二三句末爲韻，即其例。周頌思文篇首句「稷」字與末句「極」字爲韻，二句「天」字與三句「民」字爲韻，亦係此用韻法。

式例七

何彼「襛」矣？唐棣之『華』。曷不肅「雝」？王姬之『車』。（一環）

何彼襛「矣」？華如桃「李」。平王之孫，齊侯之「子」。（二環）

其釣維何？維絲伊「緡」。齊侯之子，平王之「孫」。（三環）

此詩顧炎武詩本音將第一章標爲轆轤韻。首句第三字「襛」與三句第四字「雝」爲一組，二四句末「華」「車」另爲一組。膝韻與脚韻相協，成跛足形，是謂「跛韻」。此爲膝韻與脚韻之綜合。第二章顧氏以「矣」與「李」「子」協韻，自轆轤韻改爲羔羊式韻。第三章又改爲二四句脚韻的桃夭式韻，只「緡」「孫」二字協韻。此則又是三章各採一用韻法，是式例二三六三種的綜合體。無所歸屬，只得另立一式例以處理之。

邶風新臺第三章爲二四句用韻，惟第二句「鴻則離之」的第三字「離」，與末句「得此戚施」之第四字「施」相協，又成跛韻，跛韻卽綜合式。但新臺一二兩章同羔羊篇絕句三韻式，仍應附入第三式例羔羊組。

何彼襛矣第三章環形漸失，第一句僅一「何」字相同。惟「齊侯之子，平王之孫」兩句，與前一章同，僅兩句一顚倒過來，所以仍定爲三環相連式。新臺詩則以每章第三句「燕婉之求」相同，形成三環。

式例八　汝墳（三章前兩環式）

遵彼汝墳，伐其條「枚」，未見君子，惄如調「饑」。（一環）

遵彼汝墳，伐其條「肄」，旣見君子，不我遐「棄」。（二環）

魴魚頳「尾」，王室如「燬」。雖則如「燬」，父母孔「邇」。（非環）

詩經基本形式正代表二十一篇已分析其用韻法分隸於七個式例之下。副代表九篇，其用韻法亦可分別隸屬於該七式例，像這篇汝墳，首次兩章爲連環，其用韻法與第二式例桃夭同，第三章不連環，用韻法亦變爲第四式例考槃式。旣兩章爲桃夭式，卽可附於桃夭組。但因其三章僅兩環，故另立式例標明之。副代表九篇，首次全章連環者除此詩外，尙有召南采蘩、王風大車、齊風東方未明、甫田、檜風匪風、周頌有客等六篇，均同此一式例。另陳風衡門、東門之枌二篇，第一章不連環而二三兩章連環，另立式例九以統之。

式例八汝墳篇用韻法旣附桃夭組，其他六篇亦分屬正代表七式例如下：⑴召南采蘩附入桃夭組；⑵王風大車，檜風匪風二篇附入羔羊組；⑶齊風東方未明、甫田二篇附入兎罝組；⑷周頌有客則與何彼襛矣同爲綜合組。

式例九　衡門（三章後兩環式）

衡門之下，可以棲「遲」。泌之洋洋，可以樂「飢」。（非環）

豈其食魚，必河之「魴」！豈其取妻，必齊之「姜」！（二環）

豈其食魚，必河之「鯉」！豈其取妻，必宋之「子」！（二環）

此詩其用韻法完全與桃夭篇同，可隸屬於桃夭組，只因其爲三章兩環式中二三兩章連環者的代表，故立爲式例九。這種三章後兩環式僅兩篇，另一篇東門之枌的用韻法則與何彼襛矣同，即三章各不相同，屬綜合組。綜合組共有三篇，而其綜合情形各殊，除何彼襛矣前已說明，另兩篇亦分述於下：

陳風東門之枌第一章爲二四句末韻，第三章一章兩組韻，第二章：「穀旦于差，南方之原。不績其麻，市也婆娑。」第一句「差」字與第三句「麻」字，第四句「娑」字協韻，而第二句不用韻，是詩經一三四句用韻之例，或以爲此章二三兩句均不用韻，僅一四兩句用韻，爲詩經隔兩句用韻之例。

周頌有客第一章爲二四句末韻，第三章爲一二句「追」「綏」膝韻與三四句「威」「夷」脚韻的一章二組韻式。第二章「有客宿宿，有客信信。言授之縶，以縶其馬。」爲無韻式。三章用韻各不同，故亦爲綜合式。

另外還要補充的是齊風甫田第三章「婉兮孌兮」句，一句兩韻，「孌」爲膝韻，「婉」爲頂韻，詩經四字句中，每一字均可用韻。豳風九罭「鴻飛遵渚，公歸無所」兩句，鴻公相協爲頂韻，飛歸相協爲腰韻，渚所相協爲脚韻，一句四字，竟有三字用韻，詩經每章用韻每篇用韻之法都很自由，方式也特別多，但自然的趨勢，以桃夭二四句句末用韻式和羔羊絕句三韻式爲應用最多，成爲後世用韻的流行公式，轆轤韻在西洋詩中最流行，但我國則漸被淘汰，後人很少應用。

八、詩經基本形式的變化

詩經時代的詩人很自由，其作品大多是天籟一般的歌唱。這裏所謂基本形式，是在自然的趨勢中所逐漸形成，是自由發展的結果，並不被正式規定，所以也一向無人注意特別研究。而也就因爲是自由的發展，所以他們從錯綜雜亂的形式中，追求其整齊均衡的一致，同時，已經整齊均衡的，也得求其變化以免刻板乏味。

詩經中有合於四字四句三章連環式的四十八字詩三十篇，這是詩人們在無意之中追求整齊均衡所得的成績，這三十篇便在無意之中成爲詩經的基本形式。但在未趨一致前，原是錯綜雜亂的，在已求得整齊均衡的形式後，又繼續發展，求其變化。三百篇中各種不同的形式，可能是基本形式的演變，也可能是原先的錯綜。我們暫時不作歷史性的考察，僅將所謂基本形式作爲標準來衡量其差異，而一律稱之曰變化。

㈠變化第一種　上文第五節，筆者列舉了三章章四句者四十五篇，其中三十篇每句四字的，被稱爲基本形式的代表，那末，其他雖有非四字句的，我們就稱之爲詩經形式變化的第一種，稱爲增減字四三式。所謂四三式，卽四句三章連環式的簡稱。細分之，又可得⑴增字四三式；⑵減字四三式；和⑶增減字四三式三項，舉例如下：

鄭風清人（增字四三式）

清人在彭，駟介旁旁。二矛重英，河上乎翱翔。（一環）

清人在消，駟介麃麃。二矛重喬，河上乎逍遙。（二環）

清人在軸，駟介陶陶。左旋右抽，中軍作好。（三環）

此詩共五十字。第一第二章末句各增一字爲五言，較四十八字基本形式共增二字。

小雅青蠅（減字四三式）

營營青蠅，止于樊。豈弟君子，無信讒言。（一環）

營營青蠅，止于棘。讒人罔極，交亂四國。（二環）

營營青蠅，止于榛。讒人罔極，構我二人。（三環）

此詩共四十五字。各章第二句均爲三言，較四十八字基本形式減三字。

小雅祈父（增減字四三式）

祈父，予王之爪牙！胡轉予于恤，靡所止居？（一環）

祈父，予王之爪士！胡轉予于恤，靡所底止？（二環）

祈父，亶不聰！胡轉予于恤，有母之尸饔？（三環）

此詩共四十七字。各章首句均二字，卽較四字句減二字。第三章第二句三字，減一字，共減七字。各章第三句均五字，一二兩章次句及末章末句亦五字，共增六字，各句字數有增亦有減，故稱增減字四三式。

㈡變化第二種　詩經基本形式變化的第二種，是每章四句的句數予以增減。減一句者，爲三三式，減二句者，爲二三式。增一句者，爲五三式，增二句者，爲六三式，增三句者，爲七三式。增四句者，爲八三式，亦卽雙料四三式。增八句者，爲三料四三式。並分別增字減字爲增減字五三式等。

召南甘棠（三三式）

蔽芾甘棠，勿翦勿伐！召伯所茇。（一環）

蔽芾甘棠，勿翦勿敗！召伯所憩。（二環）

蔽芾甘棠，勿翦勿拜！召伯所說。（三環）

小雅庭燎（減字五三式）

夜如何其？夜未央。庭燎之光。君子至止，鸞聲將將。（一環）

夜如何其？夜未艾。庭燎晣晣。君子至止，鸞聲噦噦。（二環）

夜如何其？夜鄉晨。庭燎有煇。君子至止，言觀其旂。（三環）

小雅頍弁（三料四三式）

有頍者弁，實維伊何？爾酒既旨；爾殽既嘉。豈伊異人？兄弟匪他。蔦與女蘿，施于松柏。未見君子，憂心弈弈；既見君子，庶幾說懌。（一環）

有頍者弁，實維何期？爾酒既旨，爾殽既時。豈伊異人？兄弟具來。蔦與女蘿，施于松上。未見君子，憂心怲怲；既見君子，庶幾有臧。（二環）

有頍者弁，實維在首。爾酒既旨，爾殽既阜。豈伊異人？兄弟甥舅。如彼雨雪，先集維霰。死喪無日，無幾相見。樂酒今夕，君子維宴。（三環）

㈢變化第三種　詩經基本形式變化的第三種，是每篇三章章數的增減。減一章爲四句二章的鄭風山有扶蘇、蘀兮等四二式，增一章爲四句四章的邶風雄雉、綠衣、凱風、齊風載驅、小雅鴛鴦、桑扈、湛露、隰桑、瓠葉、菁菁者莪、何草不黃等篇四四式，增二章爲四句五章的小雅鼓鐘、皇皇者華等篇四五式，增三章爲四句六章的大雅旱麓篇四六式。如果每句字數每章句數同時有增減，則可得增減字八二式的王風君子于役，增字九二式的小雅鶴鳴，增字六五式的大雅鳧鷖，減字八五式的小雅采椒，增字六六式的小雅天保，增字八六式的大雅江漢、常武，減字十六式的大雅公劉，增字八八式的大雅板、蕩、崧高、烝民、魯頌泮水，增字十八式的大雅雲漢等篇。

舉例如下：

鄭風山有扶蘇（四二式）

山有扶蘇，隰有荷華。不見子都，乃見狂且！（一環）

山有橋松，隰有游龍。不見子充，乃見狡童！（二環）

小雅鴛鴦（四四式）

鴛鴦于飛，畢之羅之。君子萬年，福祿宜之。（一環）

鴛鴦在梁，戢其左翼。君子萬年，宜其遐福。（二環）

乘馬在廐，摧之秣之。君子萬年，福祿艾之。（三環）

乘馬在廐，秣之摧之。君子萬年，福祿綏之。（四環）

王風君子于役（增深字八二式）

君子于役，不知其期。曷至哉？雞棲於塒；日之夕矣，羊牛下來。君子于役，如之何勿思！（一環）

君子于役，不日不月。曷其有佸？雞棲於桀；日之夕矣，羊牛下括。君子于役，苟無飢渴！（二環）

大雅文王有聲（增字五八式）

文王有聲，遹駿有聲，遹求厥寧，遹觀厥成。文王烝哉！（一環甲）

文王受命，有此武功；既伐于崇，作邑于豐。文王烝哉！（二環甲）

築城伊淢，作豐伊匹。匪棘其欲，遹追來孝。王后烝哉！（三環乙）

王公伊濯，維豐之垣。四方攸同，王后維翰。王后烝哉！（四環乙）

豐水東注，維禹之績。四方攸同，皇王維辟。皇王烝哉！（五環丙）

鎬京辟廱，自西自東，自南自北，無思不服。皇王烝哉！（六環丙）

考卜維王，宅是鎬京。維龜正之，武王成之。武王烝哉！（七環丁）

豐水有芑，武王豈不仕！詒厥孫謀，以燕翼子。武王烝哉！（八環丁）

附註：依照顧炎武之說，文王有聲只是每章四句，另加一句不入韻之「章餘」。詩本音：「古人之詩，言盡而意長，歌止而音不絕也。故有句之餘，有章之餘。……章之餘如『於嗟麟兮』『其樂只且』『文王烝哉』之類是也。記曰：『言之不足，故長言之；長言之不足，故嗟歎之。』凡章之餘皆嗟歎之辭，可以不入韻。然分三數章而歌之，則章之末句，未嘗不可自爲韻也。」此自爲韻之「文王烝哉」等句既爲「章之餘」，不計入各章之內，則此詩應爲四八式。而僅第四第五章有連環性了。

㈣變化第四種　詩經基本形式變化的第四種，是各章連環的分組和連環性的減少，以至各章之間無連環性之存在。隨着連環性的分組或減少，各章的句數也可不拘於一律。

連環性的分組，是一篇之間，可以如唐風葛生小雅魚麗的分爲連環甲乙兩組，如大雅桑柔的分爲甲乙丙三組，文王有聲的分爲甲乙丙丁四組。連環旣分組，則各組之句數自可不同，如魚麗是。玆更舉鄭風丰爲例於下：

⑴鄭風丰（兩組連環句數不同之例）

子之丰兮，俟我乎巷兮；悔予不送兮。（三句一環甲）

子之昌兮，俟我乎堂兮；悔予不將兮。（三句二環甲）

衣錦褧衣，裳錦褧裳。叔兮伯兮，駕予與行。（四句三環乙）

裳錦褧裳，衣錦褧衣。叔兮伯兮，駕予與歸。（四句四環乙）

又，全篇三章僅兩章連環，連環之章，必須句數相同，但不連環之章，句數自可自由伸縮。周南野有死麕，召南行露，秦風車鄰，小雅沔水等篇均其例。

⑵召南行露（不連環之章句數不同之例）

厭浥行露，豈不夙夜？謂行多露。（三句、非環）

誰謂雀無角！何以穿我屋？誰謂女無家！何以速我獄？雖速我獄，室家不足！（六句、一環）

誰謂鼠無牙！何以穿我墉？誰謂女無家！何以速我訟？雖速我訟，亦不女從！（六句、二環）

若三章篇僅此兩環之句數亦不能相同，則大小環相連，失却均衡之美，已爲變態。君子偕老卽其特例。

(3)鄘風君子偕老（連環之章句數不同之例）

君子偕老，副笄六珈。委委佗佗，如山如河，象服是宜。子之不淑，云如之何？（七句、非環）

玼兮玼兮，其之翟也。鬒髮如雲，不屑髢也。玉之瑱也，象之揥也，揚且之晳也。胡然而天也？胡然而帝也？（九句、一環）

瑳兮瑳兮，其之展也。蒙彼縐絺，是紲袢也。子之清揚，揚且之顏也。展如之人兮，邦之媛也！（八句、二環）

一篇四十八字之詩，雖係四字四句三章篇，若三章全無連環性，則仍不能代表詩經基本形式，秦風駟驖是也。自然無連環性之詩，更可各章句數多少不一，魏風葛屨卽其例。

(4)魏風葛屨（無連環性詩各章句數不同之例）

糾糾葛屨，可以履霜：摻摻女手，可以縫裳。要之襋之，好人服之。（六句、非環）

好人提提，宛然左辟，佩其象揥。維是褊心，是以爲刺。（五句、非環）

㈤其他變化　詩經基本形式變化的第五種是用韻的變化。這方面非三言兩語可盡，顧炎武音學，只舉了三個例子，江愼修古韻標準，舉了二十二個例子，孔廣森詩聲分例便有二十七種，丁竹筠毛詩正韻增至七十四種，越研究，越見其複雜。詩經用韻的基本方式及其變化，是可以寫成一部專門研究著作的，此地不克詳爲討論。例如上面分析大雅文王有聲篇時，提及不入韻的「章餘」問題。我們可以假定文王有聲原爲詩經基本形式的每章四句，在四句之外，每章另加不入韻的章餘一句。這便是基本形式的另一種變化。這種變化，遍及風雅頌三類詩，而以國風中最多。章餘之詩除顧炎武提到的周南麟趾篇「于嗟麟兮」王風君子陽陽「其樂只且」和大雅文王有聲「文王烝哉」三處外，尙有召南騶虞「于嗟乎騶虞」！鄭風褰裳「狂童之狂也且！」秦風權輿「于嗟乎不承權輿！」和魯頌有駜「于胥樂兮」等等。這是每章一句的章餘。其他每章之末兩句相同的，有召南殷其靁的「振振君子，歸哉，歸哉！」邶風北風「其虛其邪！既亟只且！」鄘風柏舟「母也天只！不諒人只！」衞風芄蘭「容兮遂兮，垂帶悸兮，」木瓜「匪報也，永以爲好也！」王風揚之水「懷哉懷哉！曷月予還歸哉！」齊風南山「既曰歸止，曷又懷止！」唐風椒聊「椒聊且！遠條且！」有杕之杜「中心好之，曷飮食之？」秦風晨風「如何如何！忘我實多！」等。每章之末三句相同的有邶風北門「已焉哉！天實爲之，謂之何哉！」鄘風桑中「期我乎桑中，要我乎上宮，送我乎淇之上矣！」等。每章之末四句以上相同的有周南漢廣「漢之廣矣，不可泳思；江之永矣，不可方思。」王風黍離「知我者，謂我心憂；不知我者，謂我何求。悠悠蒼天，此何人哉！」魏風園有桃「彼人是哉！子曰何其？心之憂矣，其誰知之？其誰知之？蓋亦勿思！」唐風杕杜「嗟行之人，胡不比焉？人無兄弟，胡不佽焉？」采苓「舍旃舍旃，苟亦無然。人之爲言，胡得焉！」秦風黃鳥「臨其穴，惴惴其慄。彼蒼者天，殲我良人。如可贖兮，人百其身！」小雅緜蠻「飲之食之，敎之誨之，命彼後車，謂之載之！」等。這些都要稱之爲「章之餘」便不妥了。我們在「詩經欣賞」裏，曾提出討論，這或者是合唱的和聲之一種。但有些也不像和聲。總之，這是詩經形式逐漸演變的跡象。

又如詩經無韻詩的問題，各家的意見不一。筆者在本文中，對於詩經用韻的變化，只好略而不論。其他大雅各章銜尾式的發展，我們在詩經欣賞裏已作簡要的敍述，此處恕不重述。這裏姑且提出疊句的變化來一談，以爲「其他變化」的一例。

詩經中運用疊句之處甚多，筆者用詩經基本形式的眼光來看，其變化也與「章餘」相仿，可認爲「一章四句」的加料。

(1)鄘風牆有茨

牆有茨，不可埽也。中冓之言，不可道也。（以上四句章下加）所可道也，言之醜也。

這是不完全的疊句。「不可道也」「所可道也」仍有一字之差。

(2)曹風鳲鳩

鳲鳩在桑，其子七兮。淑人君子，其儀一兮。（以上四句章下加）其儀一兮，心如結兮。

⑶王風中谷有蓷

中谷有蓷，嘆其溼矣，有女仳離，啜其泣矣。（以上四句章下加）啜其泣矣，何嗟及矣！

⑷王風葛藟

緜緜葛藟，在河之滸。終遠兄弟，謂他人父。（以上四句章下加）謂他人父，亦莫我顧。

這是成熟的疊句之例。以「其儀一兮」「啜其泣矣」「謂他人父」的重疊，在四字四句的一章完成後再作加料的發展，以求變化。

⑸小雅裳裳者華

裳裳者華，其葉湑兮。我覯之子，我心寫兮。（以上四句章下加）我心寫兮，是以有譽處兮。

⑹小雅鹿鳴

呦呦鹿鳴，食野之芩，我有嘉賓，鼓瑟鼓琴。（以上四句章下加）鼓瑟鼓琴，和樂且湛，我有旨酒，以燕樂嘉賓之心。

⑺魏風汾沮洳

彼汾沮洳，言采其莫。彼其之子，美無度。（以上四句章下加）美無度，殊異乎公路。以上三例疊句成熟後的變化，疊句之後，附以四字以上之長句。而汾沮洳更將疊句改爲三字句。於是再變化而更動疊句的位置：有鄘風相鼠「人而無儀」王風丘中有麻「彼留子嗟」邶風匏有苦葉「人涉卬否」小雅采綠「維魴及鱮」，第二三兩句相疊；有齊風東方之日「在我室兮」召南江有汜「不我以」第三四兩句相疊；以至魏風園有桃「其誰知之」的第十、十一兩句相疊等不同的形式。

詩經疊句的形式，後世詩人多採用者，影響且及於詞曲。玆舉一例以見一斑：

彼其之子，美如英。美如英，殊異乎公行。
彼其之子，美如玉。美如玉，殊異乎公族。

——詩經汾沮洳

之子歸，不我以。不我以，其後也悔。
之子歸，不我過。不我過，其嘯也歌。

——詩經江有汜

少年不識愁滋味，愛上層樓。愛上層樓，爲賦新詞強說愁。
而今識盡愁滋味，欲說還休。欲說還休，却道天涼好個秋！

——辛棄疾：醜奴兒

辛詞句子長短像汾沮洳，而意境則爲江有汜的更進一步。

九、結　語

詩經是四言詩的代表，以四字句爲基本，無須多論。四言詩，四字成句，四句成章，其意已足，是以後世絕句，卽以四句成詩。但周代樂歌，往往疊詠三章，然後樂成。蓋「一唱三歎」而後感情得充分抒發；亦卽鄭箋所謂「申殷勤之意」也。是以後世絕句入樂，亦必「陽關三疊」而後已。三章相疊，自應換韻，而不必多改字句，此三百篇各章多成連環式也。

文成，補寫詩經所以產生基本形式三十篇的簡單說明，以作結語。

民國五十二年十一月草於馬尼拉

孔子刪詩問題的論辯

糜文開

孔子刪詩問題，在我國經學史上，是一個聚訟紛紜，爭持了一千多年的大問題。到現在，本來已是不成問題的問題了。但還有許多人認爲這是一個問題，所以筆者覺得還有提出來一談的需要。

孔子刪詩之說，起自西漢。司馬遷著史記，於孔子世家載孔子正樂與刪詩之事曰：

> 孔子之時，周室微而禮樂廢，詩書缺。……孔子語魯大師：「樂其可知也。始作，翕如、皦如，縱之，純如、繹如也，以成。吾自衛返魯，然後樂正，雅頌各得其所。」古者，詩三千餘篇，及至孔子，去其重，取可施於禮義，上采契、后稷，中述殷周之盛，至幽厲之缺，始於衽席……三百五篇，孔子皆弦歌之，以求合韶武雅頌之音。

以上所載，孔子與魯大師語正樂一段，到「以成」二字爲止的上半段，見論語八佾篇，字句略有出入。「吾自衛反魯」以下的下半段，見論語子罕篇，字句完全相同，但論語僅冠以「子曰」二字，沒有說是和魯大師說的話。可是古詩三千餘經孔子刪定爲三百篇的一段，在論語中無所據，故後人疑之，以爲孔子弟子無述及孔子刪詩者，司馬遷史記所載孔子因㈠去其重複，及㈡僅選取其可施於禮義者，而刪詩之事，乃西漢初年的傳說，誤以爲孔子正樂亦卽刪詩耳。連西漢初年的傳詩者魯齊韓毛四家，也都未說孔子刪詩啊！但是當時也並沒有人提出來反對。

到東漢時班固著漢書，於藝文志中又有這樣的記載：

古有采詩之官，王者所以觀風俗，知得失，自考正也。孔子純取周詩，上采殷，下取魯，凡三百五篇。遭秦而全者，以其諷誦，不獨在竹帛故也。

這是承襲司馬遷的孔子刪詩之說，並補充史記所稱：「古者詩三千餘篇」的來源，爲歷代采詩之官所蒐集。

關於古代采詩之制，漢書食貨志有較詳的記載：

孟春之月，羣居者將散，行人振木鐸徇于路以采詩，獻之大師，比其音律，以聞于天子。

班固的采詩之說，到清朝時候，崔述也曾予以懷疑，（關於崔述懷疑采詩之制，與對崔說的駁復，可參看劉大杰中國文學發展史）但早於漢書的書，也有許多類似的記載。

禮記王制篇，稱爲陳詩：

天子五年一巡守……覲諸侯……命大師陳詩以觀民風。

國語周語則曰獻詩：

爲民者宣之使言。故天子聽政，使公卿至於列士獻詩。

左傳亦有木鐸徇於路的記載：

遒人以木鐸徇於路，官師相規，工執藝事以諫。（襄公十四年引夏書，後爲僞古文尚書輯入胤征篇）

後於漢書的有公羊傳何休注所記：

男年六十，女年五十無子者，官衣食之，使之民間求詩，鄉移于邑，邑移于國，國以聞於天子。

除這許多史料以外，孟子也有「王者之迹熄而詩亡」的話爲其佐證，所以采詩之說相當可靠。古代采詩之制，可信其有，但並不一定是歷來嚴格執行的制度。

可是孔子刪詩之說，除史記漢書所記外，無其他史料以爲佐證。雖然東漢的經學家鄭玄箋毛詩，已採司馬遷班固之說，在他的詩譜序中也說：「故孔子錄懿王夷王時訖於陳靈公淫亂之事，謂之變風變雅。」三國時陸璣作毛詩草木蟲魚疏亦云：「孔子刪詩授卜商。」到唐朝孔穎達爲鄭玄詩譜作疏，就提出了異議說：

案書傳所引之詩，見在者多，亡逸者少，則孔子所錄，不容十分去九，馬遷言古詩三千餘篇，未可信也。

詩凡三百十一篇，而史記漢書云三百五篇，闕其亡者，以見在爲數也。這樣說來，孔子之時，詩無三千餘篇，而孔子之後，又有亡佚，司馬遷所說三千多篇固未可信，說三百零五篇，數字也不正確。

此後歷代經學家對孔子刪詩之說，或予支持，或力加反對，各抒己見，反復論辯，相持不決，成爲經學史上一個大問題。主張孔子未刪詩者，孔穎達之後，宋有鄭樵、呂祖謙、朱熹、葉適等，明有黃淳耀，淸有汪琬、江永、朱彝尊、王士禎、趙翼、崔述、李惇、魏源、皮錫瑞、方玉潤等，民國以來有胡適、梁啓超、顧頡剛、錢玄同、張壽林、陸侃如、屈萬里等。支持孔子刪詩之說者，宋有歐陽修、邵雍、王應麟等，淸有顧炎武、范家相、王崧、趙坦等，民國以來仍有章炳麟、謝无量等。玆述其重要論據於後。

歐陽修的答辯說：

「馬遷謂古詩三千餘篇，孔子刪存三百，鄭學之徒，以遷爲謬。予考之，遷說然也，今書傳所載逸詩何可數也？以詩譜推之，有更十君而取一篇者，有二十餘君而取一篇者，由是言之，何啻三千？又刪詩云者，非止全篇刪去，或篇刪其章，或章刪其句，句刪其字。如『唐棣之華，偏其反而。豈不爾思？室是遠而！』此小雅常棣之詩，夫子謂其以室爲遠，害於兄弟之義，故篇刪其章也。『衣錦尚絅』文之著也，此鄘風君子偕老之詩，夫子謂其盡飾之過，恐其流而不返，故章刪其句也。『誰能秉國成？不自爲政，卒勞百姓。』此小雅節南山之詩，夫子以能字爲意之害，故句刪其字也。」

歐陽修以鄭氏詩譜隔十君二十餘君而取一篇情形推之，以證孔子刪詩可能是十去其九，古詩可能不止三千，以答孔穎達的非難。而又提出孔子刪詩有㈠全篇刪去，㈡篇刪其章，㈢章刪其句，㈣句刪其字四種，以充實刪詩之說。

於是鄭樵更提出孔子未刪詩的另一有力證據說：

> 季札聘魯，魯人以雅頌之外所得十五國風盡歌之。及觀今三百篇，於季札所觀與魯人所存，無加損也。若夫子有意刪詩，則當刪環轍之時，必大搜而備索之，奚止十五國乎？（六經奧論）

季札觀樂，載於左傳，事在魯襄公二十九年，那時孔子才八歲，魯國所存風詩，原只有十五國風，孔子未刪一國亦未旁蒐他方，增加風詩單位，足見孔子未曾做過詩經的蒐集刪輯工作。

鄭樵並提出對歐陽修的答辯云：

> 鄭樵曰：「上下千餘年，詩纔三百五篇，有更十君而取一篇者，皆商人所作，夫子併得之於魯太師，編而錄之，非有意於刪也。刪詩之說，漢儒倡之。」（朱彝尊經義考）

朱熹也附和鄭樵說孔子未刪詩，只有編錄刊定之功。

> 朱子曰：「人言夫子刪詩。看來只是采得這許多詩，夫子不曾刪去，只是刊定而已。」
>
> 又曰：「當時史官收詩時，已各有編次，但經孔子時已經散失，故孔子重新整理一番，未見得刪與不刪。」（朱彝尊經義考）

與朱子同時的呂祖謙，提出三百篇中仍有鄭衞淫詩，以爲孔子未刪詩之證。稍後於朱子的葉適，又提出論語稱詩三百，爲孔子時原只有詩三百篇，而證孔子未嘗刪詩。於是南宋時孔子未刪詩之說，已有壓倒刪詩說之勢。到明代像黃淳耀撰詩劄，已直斷孔子有正樂之功，而無刪詩之事。

關於論語稱詩三百，及三百篇中仍有淫詩問題，清代學者，大多與呂祖謙葉適抱相同的看法。玆節錄李惇羣經識小與崔述讀風偶識中語以爲代表：

論語一則曰：「詩三百」，再則曰：「誦詩三百」，詩不止於三百，而三百是其大數，夫子豈敢取既刪之後爲言，而曰人誦我所刪之三百乎？必不然矣。（羣經識小）

孔子刪詩，孰言之？孔子未嘗自言之也，史記言之耳。孔子曰：「鄭聲淫」，是鄭多淫詩也。孔子曰：「誦詩三百」，是詩止有三百，孔子未嘗刪也。學者不信孔子所自言，而信他人之言，甚矣，其可怪也！（讀風偶識）

孔子之言，詩止三百，未嘗言刪，這是有力的證據。更證之以墨子、莊子、荀子等書，都只說詩三百，從無人說詩原有三千的，足見詩三百爲春秋戰國時的成語，詩僅三百，孔子未曾刪削。但孔子如刪詩，不應不刪淫詩問題，清初顧炎武却另有見解。他說：

孔子刪詩，所以存列國之風也，有善有不善，兼而存之，猶古之太師，陳詩以觀民風，而季札聽之，以知其國之興衰，正以二者並陳，可以觀，可以聽。世非二帝，時非上古，固不能使四方之風有貞而無淫，有治而無亂也。……桑中之篇，溱洧之作，夫子不刪，志淫風也。「叔于田」爲譽段之辭，「揚之水」「椒聊」爲從沃之語，夫子不刪，著辭本也。淫奔之詩，錄之不一而止者，所以志其風之甚也。一國皆淫，而中有不變者焉，則亟錄之。「將仲子」畏人言也；「女曰鷄鳴」相警以勤生也；「出其東門」不慕美色也；「衡門」不願外也。選其辭，比其音，去煩且濫者，此夫子之所謂刪也。後之拘儒，不拘此旨，乃謂淫奔之作，不當錄於聖人之經，是何異唐太子弘，謂商臣弑君，不當載於春秋之策乎？（日知錄）

其實所謂「淫奔之詩」，乃朱熹集傳的解釋，孔子既未視鄭風爲淫詩，孔子前後，也無人目鄭風衞風爲淫詩。姚際恆詩經通論辯之曰：「夫子曰『鄭聲淫』，聲者，音調之謂；詩者，篇章之謂；迥不相合。世多發明之，意夫人知之矣。且春秋諸大夫燕享，賦詩贈答，多集傳所目爲淫詩者，受者善之，不聞不樂，豈其甘于淫佚也？季札觀樂，于鄭衞皆曰「美哉」，無一淫字，此皆足證，人亦盡知。」

清朝康熙乾隆年間，學者考據之風極盛，是以孔子刪詩問題，也有嚴密精到的考證，趙翼、崔述、朱彝尊三人足可代表。例如趙翼考論史記古詩三千之非曰：

司馬遷謂古詩三千餘篇，孔子刪之爲三百五篇，孔穎達朱彝尊皆疑。古詩本無三千，今以國語、左傳二書所引之詩校之。國語引詩凡三十一條，惟衞彪傒引武王飫歌，及公子重耳賦河水二條是逸詩。而河水一詩，韋昭註又以爲河當作沔，卽「沔彼流水」，取朝宗於海之義。然則國語所引逸詩僅一條，而三十條皆刪存之詩，是逸詩僅刪存詩三十之一也。左傳引詩共二百十七條，其間有邱明自引以證其議論者，猶曰邱明在孔子後，或據刪定之詩爲本也。然邱明所述，仍有逸詩，則非專守刪後之本也。至如列國公卿所引，及宴享所賦，皆在孔子未刪以前也。乃今考左邱明自引及述孔子之言所引者，共四十八條，而逸詩不過三條，❶其餘列國公卿自引詩，共一百一條，而逸詩不過五條；❷又列國宴享歌詩贈答七十條，而逸詩亦只五條。❸是逸詩僅刪存詩二十之一也。若使古詩有三千餘，則所引逸詩，宜多於刪存之詩十倍，豈有古詩十倍於刪存詩，而所引逸詩，反不及刪存詩二三十分之一？以此而推，知古詩三千之說，不足憑也。（陔餘叢考）

崔述有刪詩問題的總述，並詳論古詩存少逸多的原因。他說：

世家云：「古者詩三千餘篇，及至孔子去其重，取可施於禮義，上采契后稷，中述殷周之盛，至幽厲之缺，三百五篇。」康成之徒多非其說，孔氏穎達云：「書傳所引之詩，

---

❶ (1)成九年「雖有絲麻」六句；(2)襄五年「周道挺挺」四句；(3)襄三十年「淑愼爾止」二句。

❷ (1)莊二年「翹翹車乘」四句；(2)襄八年「俟河之清」四句；(3)昭四年「禮義不愆」二句；(4)昭十二年祈招之詩；(5)昭二十六年「我無所監」四句。

❸ (1)芳鴞，(2)桑林，(3)轡之柔矣，(4)河水，(5)新宮。或謂河水，新宮係沔水，斯干之異名。

見在者多，亡逸者少，則孔子所錄，不容十分去九：遷言未可信也。」而宋歐陽氏修云：「以詩譜推之，有更十君而取一篇者，有二十餘君而取一篇者：由是言之，何啻三千！」邵氏雍亦云：「諸侯千有餘國，風取十五；西周十有二王，雅取其六。」則又皆以遷言爲然。余按：國風自二南豳以外，多衰世之音，小雅大半作於宣幽之世，夷王以前寥寥無幾，如果每君皆有詩，孔子不應盡刪其盛，而獨存其衰。且武丁以前之頌，豈遂不如周？而六百年之風雅，豈無一二可取？孔子何爲而盡刪之乎？子曰：「詩三百，授之以政不達，使於四方不能專對，雖多，亦奚以爲！」子曰：「詩三百，一言以蔽之，曰『思無邪』。」玩其詞意，乃當孔子之時，已止此數，非自孔子刪之而後爲三百也。春秋傳云：「吳公子札來聘，借觀於周樂」，所歌之風，無在今十五國外者，是十五國之外本無風可采；不則有之，而魯逸之，非孔子刪之也。且孔子所刪者何詩也哉？鄭衞之風，淫靡之作，孔子未嘗刪也。「絲麻管蒯」之句，不遜於「縞衣茹藘」之章，「棣華室遠」之言，亦何異於「東門不卽」之意：此何爲而存之？彼何爲而刪之哉？況以論、孟、左傳、戴記諸書考之，所引之詩，逸者不及十一，則是穎達之言，左券甚明；而宋儒顧非之，甚可怪也。由此論之，孔子原無刪詩之事，古者風尙簡質，作者本不多，而又以竹寫之，其傳不廣，是以存者少而逸者多。國語云：「正考父校商之名頌十二篇於周太師，以那爲首」。鄭司農云：「自考父至孔子又亡其七篇」，是正考父以前頌之逸者已多，至孔子又二百餘年，而又逸其七。故世愈近則詩愈多；世愈遠則詩愈少。孔子所得止有此數，或此外雖有而缺略不全，則遂取是而釐正次第之以教門人，非刪之也。尙書百篇，伏生僅傳二十八篇，逸者七十餘篇，孔安國得多十餘篇，逸者尙數十篇。禮之逸者尤多。自漢以來易竹以紙，傳布最多，其勢可以不逸，然其所爲書亦代有逸者。逸者，事勢之常，不必孔子刪之而後逸也。（洙泗考信錄）

趙氏作實際統計數字，對孔穎達的話予以驗證，已見淸人爲學工夫的嚴密。崔氏提出許多論證來否定孔子刪詩之說，並進而推究「逸多存少」之因。第一，他作歷史的考察，得出古尙簡質，作者不多，而呈「世愈近則詩愈多，世愈遠則詩愈少」的自然現象，以答歐陽修詩譜之問。第二，以竹寫易逸，紙寫多存來解釋古書多逸的原因。最後以「逸者事勢之常，不必孔子刪之而後逸」作爲總的結論。這更顯現了具有歷史眼光的考證學家之考證的精到，其結論就成爲至理名言。

但主張孔子未刪詩的集大成者，仍當推朱彝尊，他的論證最爲詳密。其原文並見於經義考與曝亭詩論，玆節錄其經義考卷九十八如下：

詩者，掌之王朝，頒之侯服，小學大學之所諷誦，冬夏之所敎，莫之有異。故盟會聘問燕享，列國之大夫賦詩見志，不盡操其土風，使孔子以一人之見取而刪之，王朝列國之臣，其孰信而從之者？詩至於三千篇，則輶軒之所采定，不止於十三國矣，而季札觀樂於魯，所歌風詩，無出十三國之外者。又子所雅言，一則曰詩三百，再則曰誦詩三百，未必定爲删後之言，況多至三千，樂師矇瞍，安能徧其諷誦？竊疑當日掌之王朝，頒之侯服者，亦止於三百餘篇而已。

且如「行以肆夏，趨以采齊。」樂師所教之樂儀也，何不可施於禮義，而孔子必删之，——俾堂上有儀，而門外無儀何也？凡射，王以騶虞爲節，諸侯以貍首爲節，大夫以采蘩爲節，士以采蘋爲節。今大小戴記載有貍首之辭，未嘗與禮義悖，而孔子於騶虞、采蘩、采蘋則存之，於貍首獨去之，——俾王與大夫士有節，而諸侯無節，又何也？燕禮：「升歌鹿鳴，下管新宮」。大射儀：「乃歌鹿鳴三終，乃管新宮三終。」而孔子於鹿鳴則存之，於新宮則去之，——俾歌有詩，而管無詩，又何也？肆夏、繁、遏渠，天子所以享元侯者，故九夏掌於鐘師，而大司樂，王出入奏王夏，牲出入奏昭夏。鄉飲酒之禮，賓出奏陔；鄉射之禮，賓興奏陔；大射之儀，公升卽席奏陔；賓醉奏陔，公入驁。此又何不可施於禮義，而孔子必删之，——俾禮廢而樂缺，又何也？正考父校商之名頌十二篇於周太師，歸以祀其先王。孔子殷人，乃反以先世之所校歸祀其祖者删其七篇，而止存其五，又何也？穆王欲肆其心，周行天下，祭公謀父作祈招之詩，以止王心，詩之合乎禮義者莫此若矣。孔子旣善其義，而又删之，又何也？

至歐陽子謂删詩云者，非止全篇删去，或篇删其章，或章删其句，或句删其字，此又不然。詩云：「唐棣之華，偏其反而。豈不爾思，室是遠而。」惟其詩孔子未嘗刪，故爲弟子雅言之也。詩曰：「衣錦尚絅」，惡其文之著也。惟其詩孔子亦未嘗刪，故子思舉而述之也。詩云：「誰能秉國成」，今本無能字，猶夫「殷鑒不遠，在于夏后之世」，今本無于字。非孔子去之也，流傳既久，偶脫去耳。昔子夏親受詩於孔子矣，其稱詩「巧笑倩兮，美目盼兮，素以爲絢兮。」惟其句孔子亦未嘗刪，故子夏所受之詩，存其辭以相質，而孔子亟許其可與言詩，初未有以素絢之語有害於義而斥之也。由是觀之，非孔子之刪之可信已。

然則詩何以逸也？曰：一則秦火之後，竹帛無存，而口誦者偶遺忘。一則作者章句長短不齊，而後之爲章句者，必比而齊之，於句之重出者去之故也。一則樂師矇瞍止記其音節，而亡其辭，竇公之於樂，惟記周官大司樂六篇，而其餘不知，制氏則僅記其鏗鏘鼓舞，而不能言其義，此樂章之所闕獨多也。

朱氏文甚長，我們試爲分段節錄，其論點仍待分析排比而標出之，才能清楚地顯現在讀者眼前：

第一段他說：當日掌之王朝，頒之侯服的詩大概只有三百餘篇，如果三百餘篇是孔子從三千之數刪剩的，那末：

㈠王朝列國之臣，怎會都信從他？

㈡何以季札觀樂於魯，沒有十三國以外的風詩？
㈢孔子雅言，一再說「詩三百」「誦詩三百」，不像删詩的話。
㈣樂師矇瞍，那裏學得會記得牢三千餘篇詩？
第二段他從反面證明孔子不删詩的理由是：
㈠不應删肆夏采齊；
㈡不應删貍首；
㈢不應删新宮；
㈣不應删繁遏渠；
㈤不應删商頌七篇；
㈥不應删祈招之詩。
第三，他駁斥歐陽修所舉孔子删詩之例，均爲錯誤的判斷：
㈠篇删其章之例的「唐棣之華」四句，是孔子對弟子所說的「雅言」，孔子怎會删除？
㈡章删其句之例的「衣錦尚絅」句，孔子之孫子思還舉而述之，可見孔子未删。
㈢句删其字之例的「誰能秉國成」句，今本無能字，不是孔子所删，是流傳既久，而偶然脫去。
㈣章删其句之例的「素以爲絢兮」，非孔子所删，因爲子夏舉以相質，孔子還稱許他「可與言詩」呢？

第四，那末，詩怎會逸失許多的呢？朱彝尊的答復是：

㈠由於秦火之後，竹帛無存，口誦者偶爾遺忘；

㈡由於原詩章句長短不齊，後世爲章句之學者比而齊之，將句之重出者去掉了；

㈢由於樂師矇瞍止記其音節，而亡其辭，故樂章所闕獨多。

於是范家相雖主孔子删詩之說，以爲聖人述而不作，六經皆折衷以垂萬世者，若於詩一無删定於其間，那麼三百五篇，簡直不是聖人的經了。但也承認肆夏、采齊、新宮、貍首諸詩，皆亡佚於孔子未删之先，而非删之於所存的。孔子删詩，對施之於禮義而不可缺的，必不删去。像商頌十二篇，孔子也不會删去其七，所缺七篇，也是早佚於未删之前。

大概孔子删詩之說，自唐初孔穎達提出疑問以後，經宋儒論辯，已難於立足，再經清代康熙乾隆諸儒一番詳密的考證，孔子未删詩已成定論，是以嘉慶道光之世，已無熱烈論爭。例如王崧雖仍持删詩之說，然已謂「太師所爲」，司馬遷歸之孔子，乃屬辭未密，其言不如歐、顧之堅定，實已爲調停之舉。王氏之言曰：

史記之書，謬誤固多，皆有因而然，從無鑿空妄說者。考漢書食貨志：「孟春之月，行人振木鐸詢於路，以采詩獻之，太師比其音律，以聞於天子」云云。史記所謂古詩三千餘篇者，蓋太師所采之數。迨比其音律，聞於天子，不過三百餘篇。何以知之？采詩非

> 徒存其辭，乃用以爲樂章也。音律之不協者棄之，即協者尚多，而此三百篇於用已足，其餘但存之太史，以備所用之或闕。詩三百，誦詩三百，皆孔子之言，前此未有綜計其數者，蓋古詩不止三百五篇，東遷以後，禮壞樂崩，詩或有句而不成篇者，無與於弦歌之用。孔子自衞反魯而正樂，釐訂汰黜，定爲此數，以教門人，於是授受不絕。設無孔子，則此三百五篇，亦胥歸泯滅矣。故詩所傳之逸詩，有太師比音律時所棄者，有孔子正樂時所削者。所采既多，其原作流傳誦習，後人得以引之，是則古詩三千餘篇，去其重，取其可施於禮義，乃太師所爲，司馬遷傳聞孔子正樂時，於詩嘗有所刪除，而遂以歸之孔子，此其屬辭之未密，或文字有所脫誤耳。

但此後主張孔子未刪詩的學者，也往往採取王崧的路線。例如同治時著詩經原始的方玉潤是支持孔子未刪詩之說的，他在自序中說：

> 孔子未生以前，三百之編已舊，孔子既生而後，三百之名未更。吳公子季札來魯觀樂，詩之篇次，悉與今同，其時孔子年甫八歲。迨杏壇設教，恆雅言詩，一則曰：「詩三百」，再則曰：「誦詩三百」，未聞有三千說也。厥後自衞反魯，年近七十，樂傳既久，未免殘缺失次，不能不與樂官師摯輩審其音而定正之，又何嘗刪詩哉？

他在詩旨中又指出史記刪詩之說，乃正樂之誤解。他說：

> 夫子反魯在周敬王三十六年，魯哀公十一年丁巳，時年六十有九，若云刪詩，當在此

時，乃何以前此言詩皆曰三百，不聞有三千說耶？此蓋史遷誤讀正樂爲刪詩云耳。夫曰正樂，必雅頌諸樂固各有其所在，不幸歲久年湮，殘闕失次，夫子從而正之，俾復舊觀，故曰「各得其所」，非有增刪於其際也。奈何後人不察，相沿以至於今，莫不以正樂爲刪詩？何不即論語諸文而一細讀之也？

而同時他又說：

論語「詩三百，一言以蔽之，曰『思無邪』。」此聖人教人讀詩之法，詩不能有正而無邪，三百雖經刪正，而其間刺淫諷世與寄託男女之詞，未能盡汰，故恐人誤認爲邪而以爲口實，特標一言以立之準，庶使學者讀之，有以得其性情之正云耳。

這裏說「三百雖經刪正」，那末，詩經還是經人刪正過的。是誰刪的呢？他推想着是失傳的「高名盛德之士」。他說：

吾意陳靈世去孔子尙五六十年，其間必有博學聞人高名盛德之士應運挺生，獨能精採六義，分編四始，以成一代雅音，上貢朝廷，垂爲聲教，故列國士大夫莫不風雅相尙。

他的話和王崧很接近。只是毫無佐證，憑空想像，實在不如王崧所提「乃太師所爲」高明得多了。

至於趙坦仍認定孔子刪詩只是史記所說的「去其重」，着意在「去其重」三字上求證。他說：

刪詩之旨可述乎？曰，去其重複焉爾。今試舉羣經諸子所引詩，不見於三百篇者一證之。如大戴禮用兵篇引詩云：「魚在在藻，厥志在餌，鮮民之生矣，不如死之久矣，校德不塞，嗣武丁孫子。」今小雅之魚藻、蓼莪，商頌之元鳥等篇，辭句有相似者。左傳襄八年引詩云：「兆云詢多，職競作羅。」今小雅之小旻篇句，有相似者。荀子臣道篇引詩云：「國有大命，不可以告人，妨其躬身。」與今唐風揚之水篇亦相似。凡若此類，複見叠出，疑皆爲孔子所刪也。若夫河水即沔水，新宮即斯干，昔人論說，有足取者。然則史遷所云：「去其重，可施於禮義」者，直千古不易之論。

這種話，已成主張刪詩之說的強弩之末。

民國以來，支持孔子刪詩之說的雖仍不乏人，但已提不出有力的論證。章炳麟的議論同於歐陽修，謝无量的理論，只引證顧炎武的話，而說：「吾輩不能不相對的承認孔子曾經刪詩，不能不承認現在流傳的詩經，就是經孔子刪定後貽留下來的了。」「孔子不過就當時所存諸國之詩，略加以刪修罷了。」（詩經研究）

而主張孔子未刪詩的屈萬里則說：

> 不過，孔子雖未曾刪詩，但對它確曾用過一番重編或整理的工夫。論語子罕篇：「子曰：『吾自衞返魯，然後樂正，雅頌各得其所』」。孔子自己既然這樣說，這是最可信的史料。或者以爲這只是「正樂」，而非「正詩」；但既說「雅頌各得其所」，則雅和頌篇第，必經孔子整理過，是絕無可疑的。（詩經釋義敍論）

細察謝屈二氏主張，比王崧方玉潤更爲接近，謝氏「略略加以删修」的「删定」和屈氏「用過一番重編或整理的工夫」的「無删詩之事」，實在相差無幾。總之，孔子並非把詩從三千餘篇删剩三百餘篇，不過就當時所存仍然完整的詩三百餘篇，加以整理編定而已。至於那些雖仍流傳而已不完整的斷章、殘句，他就不錄入了。因此三百篇演論的作者蔣善國，也就會說：「我認孔子並未删詩，也未嘗不删詩」。因爲孔子在編定詩經時，删去衍文贅詞，勢所難免，但如果只是這樣「略加删修」，便不得稱爲「删詩」了。

最後，我們還得把漢書藝文志所說「孔子純取周詩」這句話予以討論一下，以爲本文的補充。前人以爲殷代詩的商頌，今天我們經過嚴密的考證，已考定商頌五篇，都是周朝宋國的詩，而雅和風中公劉、七月等篇歌詠周代祖先時事的詩，可能創作於周朝以前，但全部詩經作品，包括魯頌在內，都是有關周代的詩，正合於藝文志說的「純取周詩」。那末依照藝文志的話，這部周朝詩集，就是孔子所編定。藝文志所說：「孔子純取周詩，上采殷，下取魯，凡三百五篇」。我們也可全部接納。但這樣問題也就來了。

或者有人會說，詩經既是孔子編定的周代詩集，那末，周代以前流傳下來的唐虞夏商歷代詩歌，除在尙書裏保留了舜帝君臣賡和的股肱歌，夏代的五子之歌等作品外，其餘的詩，孔子是全部放棄了，也等於是被删了，孔子删詩之說還是對的。他所删的詩，就是周朝以前歷代的詩，襄公二十九年季札到魯國觀樂，舜樂韶箾，禹樂大夏，湯樂韶濩，都還都演奏過，孔子竟把它們删了，這許多詩篇因而失傳，殊爲可惜。

這一問題的提出，看似合理，其實對左傳所記，沒有仔細考察，把韶箾、大夏、韶濩三樂章失傳的責任，加在孔子身上，尤其不公平。孔子是我國保存古代文化而予以發揚光大的聖人，像舜樂韶箾等，他決不肯刪去的。

我們試再讀一遍季札觀樂的原文：『吳公子札來聘，請觀於周樂。（杜注：魯以周公故，有天子禮樂）使工爲之歌周南召南……爲之歌邶鄘衞……爲之歌王……爲之歌鄭……爲之歌齊……爲之歌豳……爲之歌秦……爲之歌魏……爲之歌唐……爲之歌陳，曰：『國無主，其能久乎？』自鄶以下無譏焉。爲之歌小雅……爲之歌大雅……爲之歌頌，曰：『至矣哉！……節有度，守有序，盛德之所同也。』見舞象箾南籥者，（杜注：文王之樂）曰：『美哉！猶有憾。』見舞大武者，（杜注：武王樂）曰：『美哉！周之盛也其若此乎！』見舞韶濩者，（杜注：殷湯樂）曰：『聖人之弘也，而猶有慙德，聖人之難也。』見舞大夏者，（杜注：禹之樂）曰：『美哉！勤而不德，非禹其誰能脩之？』見舞韶箾者，（杜注：舜樂。孔穎達正義：箾卽簫也。尚書曰『簫韶九成，鳳凰來儀』，此之韶箾，卽彼之簫韶是也，蓋韶樂兼簫爲名，簫字或上或下耳。）曰：『德至矣哉！大矣，如天之無不幬也，如地之無不載也。雖甚盛德，其蔑以加於此矣。觀止矣，若有他樂，吾不敢請已。』」

首先我們要注意到的，以上季札所聞所見都是周樂，所以開頭便說：「請觀於周樂」。韶濩、大夏、韶箾的所以得稱「周樂」，是因爲周朝的祭典採用之故。依周禮所載；舞大韶（卽韶箾，簡稱韶）以祀四望，舞大夏以祭山川，舞大濩（卽韶濩）以享先妣，舞大武（簡稱武）以享先祖。魯用周天子禮樂，故舜樂韶箾，禹樂大夏，湯樂韶濩均備。孔子編定詩經時，如果這三樂的歌辭尙存，孔子也一定作爲有關周代禮樂之詩而編入，決不刪除。而尙書所載的殷肱歌五子之歌等不在周樂範圍之內的詩，孔子就不編入詩經了。

但是現在詩經中沒有大韶、大夏、大濩之詩，是什麼原因呢？

現在先將季札觀周樂的次第和現行詩經的次第作一比較，也就可以推知當時孔子編定詩經情形的大概。

季札觀樂次第：周南、召南、邶、鄘、衞、王、鄭、齊、豳、秦、魏、唐、陳、鄶、鄶以下、小雅、大雅、頌。

現行詩經次第：周南、召南、邶、鄘、衞、王、鄭、齊、魏、唐、秦、陳、檜、曹、豳、小雅、大雅、周頌、魯頌、商頌。

其不同之處，是季札所觀周樂，十五國風把豳、秦二風提前放在齊魏之間，及頌未分別周魯商名稱的兩點而已。有人以爲魯商二頌是孔子所增，但左傳季札觀周樂原文，季札對殷的讚美最後一句說：「盛德之所同也」，杜注便說：「頌有殷魯，故曰盛德之所同」，則當時魯商二頌詩篇已在頌詩之中，不過沒有另立名稱而已。

以上是魯樂工所歌季札所聞部分，下面再說魯樂工所舞季札所見部分。季札所見之舞，文王之樂的象箾歌辭或即今周頌維清篇，武王樂大武的歌辭有好幾章，可以確知現存於周頌中的只有武、賚、桓三章。孔穎達云：「歌在堂而舞在庭。魯爲季札先歌諸詩，而後舞諸樂，其實舞時堂上歌其舞曲也。」就是說有象箾、大武等舞曲的歌辭，就是前面所記「爲之歌頌」的頌詩，所以韶濩、大夏、韶箾三舞曲的歌辭，也應該是列入頌詩之內的，但是現在詩經頌詩中無此三曲歌辭，那便是失傳了。但決不是孔子所刪，而是相隔六十餘年間孔子編定詩經當時已經失傳了。不過舜樂韶箾，在魯國雖失傳，孔子却在齊國發現了。所以論語有關於韶樂的兩則記載：

㈠述而：子在齊聞韶，三月不知肉味，曰：「不圖爲樂之至於斯也！」（史記亦載此事，於「三月」上有「學之」二字）

㈡八佾：子謂：「韶，盡美矣，又盡善也」；謂：「武，盡美矣，未盡善也。」

那末當時孔子發現了韶箾，一定把他補入詩經了。大概後來經過秦火又散失了。試想，詩經中就是大武的歌辭也已不全，而且各章散見在頌詩中的次第也紊亂了，風雅篇第也有紊亂跡象。這就是孔子正樂編定詩經後經過秦火再造成散亂的現象。

經過以上觀察的推論，孔子編定周詩三百餘篇，大概就是根據魯國周樂的所存，並略加補充與訂正，並無刪削，只有次第的校正。豳秦二風次第的更動，周魯商三頌名稱的標舉，大約都出諸孔子。孔子編定頌詩時，於周魯商三頌名稱之外，也可能另列「古頌」一目，韶樂歌辭，即屬之古頌之下。後來，歌辭失傳了，就連「古頌」的名目也取消了。

民國五十三年八月草於馬尼拉

〔附記〕

檢閱此舊稿，對於將孔穎達列入主張孔子未刪詩者陣容中，實爲一時大意，因爲孔穎達雖疑史記所載古詩三千之數，但並未說孔子未刪詩，而是認爲孔子刪詩不多。左傳正義季札觀樂「爲之歌秦」一句下他說：「爲季札歌詩風有十五國，其名皆與詩同，唯其次第異耳。則仲尼以前，篇目先具，其所删削，蓋亦無多。記傳引詩亡逸甚少，知本先不多也。史記孔子世家云：『古者詩三千餘篇，孔子去其重，取三百五篇』，蓋馬遷之謬耳。」

民國五十七年十月補記

論語與詩經

糜文開

一、前言

儒家以詩書禮易春秋爲五經。詩經雖列五經之首，詩經內容實係一部周代的詩歌總集，並非儒家著作。只因儒家自孔孟以來，採用詩經爲敎導弟子的課本，曾對詩經有所評論，且常引詩以爲其立言論證，並從詩句去悟道，所以詩經地位日增，漸被儒家尊爲經典，而列於五經之首。

現在我們欣賞詩經，固應把它當作一部文學作品來誦讀，我們研究詩經，也可分開兩條路線來進行。第一條路線是文學的路線，從文學欣賞的態度來觀察詩經的內容和形式，以及詩經在中國文學史上所發生的影響。第二條路線是經學的路線，從儒學發展的觀點來考察詩經的內容和對儒學發展史上所扮演的種種臉相。當然，研究詩經還可有第三第四條路線，但這是最重要的兩條。筆者今天所要提出來研究的是第二條路線的一部分。以往學者研究經學史的，大多着重於漢宋和清代。好像經學史自西漢才開始似的，研究詩經學，也從西漢的三家詩和毛詩敍起。關於西漢以前的，只是追溯詩經傳授人的一連串不可靠的姓名而已。其實我們若要客觀地認識詩經與儒家的關係，應該從儒學的基本典籍論孟學庸四書以及左傳禮記荀子等書來詳細考察。論語所記爲孔子及其弟子的原始儒學，孟子荀子以及禮記中的大學中庸禮運等篇，所記爲戰國以至西漢初年的發展儒學。發展儒學的大學中庸及禮運等所記，託名於孔子及其弟子，亦猶印度發展佛學之大乘經典，仍託名於釋迦及其弟子。至於孔子以前有關詩經的一般情況，從左傳國語禮記等書中，也可以考察到一些。

這種在詩經本身以外，從古籍中考察詩經在漢代以前學術文化史上的影響及其演變，是不太艱難的工作。現在筆者試從輯錄四書中有關詩經的章句入手。本文卽四書中論語之部。先將論語中涉及詩經的章句輯錄在一起，再加以考察，試加論述。

二、論語中有關詩經章句的輯錄

這裏所輯錄的，是論語中直接涉及詩經或詩經專用名稱或引證詩經中詩句的十九處，依照在論語中的前後次序排列，其他間接與詩經有關的，則在論述時加以補充。

㈠子貢曰：「貧而無諂，富而無驕，何如？」子曰：「可也。未若貧而樂，富而好禮者也。」子貢曰：「詩云：『如切如磋，如琢如磨，』其斯之謂與？」子曰：「賜也，始可與言詩已矣！

告諸往而知來者。」（學而）

(二)子曰：「詩三百，一言以蔽之，曰：『思無邪』。」（爲政）

(三)三家者以雍徹。子曰：「『相維辟公，天子穆穆』，奚取於三家之堂？」（八佾）❶

(四)子夏問曰：「『巧笑倩兮，美目盼兮，素以爲絢兮』❷，何謂也？」子曰：「繪事後素。」曰：「禮後乎？」子曰：「起予者商也！始可與言詩已矣」（八佾）

(五)子曰：「關雎樂而不淫，哀而不傷。」（八佾）

(六)子所雅言，詩書執禮，皆雅言也。（述而）

(七)曾子有疾，召門弟子曰：「啓予足！啓予手！詩云：『戰戰兢兢，如臨深淵，如履薄冰。』❸而今而後，吾知免夫？小子！」（泰伯）

(八)子曰：「興於詩，立於禮，成於樂。」（泰伯）

(九)子曰：「師摯之始，關雎之亂，洋洋乎盈耳哉！」（泰伯）

(一〇)子曰：「吾自衞反魯，然後樂正，雅頌各得其所。」（子罕）

(一一)子曰：「衣敝縕袍，與衣狐貉者立，而不恥者，其由也與？『不忮不求，何用不臧？』」

---

❶ 雍，周頌篇名，「相維辟公」兩句，雍篇詩句。

❷ 「巧笑倩兮」三句爲逸詩。

❸ 詩云三句引小雅小旻篇句。

❹子路終身誦之。子曰：「是道也，何足以臧？」（子罕）

㈡「唐棣之華，偏其反而，豈不爾思？室是遠而！」❺子曰：「未之思也夫？何遠之有？」（子罕）

㈢南容三復白圭❻，孔子以其兄之子妻之。（先進）

㈣子曰：「誦詩三百，授之以政，不達；使於四方，不能專對；雖多，亦奚以爲？」（子路）

㈤子擊磬於衞，有荷蕢而過孔子之門者，曰：「有心哉，擊磬乎！」既而曰：「鄙哉，硜硜乎！莫己知也，新已而已矣！『深則厲，淺則揭。』❼子曰：「果哉！末之難矣。」（憲問）

㈥（孔子曰：）「齊景公有馬千駟，死之日，民無德而稱焉。伯夷叔齊餓于首陽之下，民到于今稱之。（『誠不以富，亦祇以異。』）❽其斯之謂與？」（季氏）

㈦陳亢問於伯魚：「子亦有異聞乎？」對曰：「未也。嘗獨立，鯉趨而過庭，曰：『學詩

---

❹「不忮不求」兩句衞風雄雉篇詩句。

❺「唐棣之華」四句爲逸詩。

❻白圭指大雅抑篇第五章。原詩有云：「白圭之玷，尚可磨也；斯言之玷，不可爲也。」

❼「深則厲」二句，引衞風匏有苦葉篇詩句。

❽「誠不以富」兩句引小雅我行其野篇詩句。

乎？』對曰：『未也。』『不學詩，無以言！』鯉退而學詩。他日。又獨立。鯉趨而過庭，曰：『學禮乎？』對曰：『未也。』『不學禮，無以立！』鯉退而學禮。聞斯二者。」陳亢退而喜曰：「問一得三：聞詩、聞禮、又聞君子之遠其子也。」（季氏）

㈥子曰：「小子！何莫學夫詩？詩可以興，可以觀，可以羣，可以怨；邇之事父，遠之事君；多識於鳥獸草木之名。」（陽貨）

㈦子謂伯魚曰：「女爲周南召南矣乎？人而不爲周南召南，其猶正牆面而立也與？」（陽貨）

以上第十六條「誠不以富，亦祇以異」八字，原爲顏淵篇「子張問崇德」章孔子答語中所引詩經，程子以爲錯簡，當在「齊景公有馬千駟」章首。今依朱子將此二句移「民到于今稱之」下，章首並加「孔子曰」三字。

又，第十一條漢人舊解自「不忮不求」句以下另分一章。今合爲一章解，「不忮不求，何用不臧」爲孔子引詩讚子路語。子路聞譽自喜故終身誦之。若依另分一章解，則僅爲子路自愛此二詩句，故終身誦之，而遭孔子批評也。

三、論語所記詩經十九條的意義

現在就論語所記涉及詩經的十九條考察之，首先，我們可以發見下列各項意義：

㈠春秋末年，非但孔子及其弟子都熟習詩經，當時詩經也普遍流行於朝野。執政貴族們因禮樂的應用，固與詩經發生關係，例如魯三家的僭用周頌雍（見第三條），就是荷蕢的隱者，也喜歡引詩以諷示人。（見第十五條）

㈡論語中涉及五經的各章，以詩經的十九條爲最多，涉及尙書和易經的都只有兩三處，可以推知原始儒學中詩經地位的確特別重要。古文經學家的列詩爲五經之首是接近原始儒學的實際情形的。❾

㈢十九條中雖每條與孔子有直接或間接的關係，但孔子本人却很少詩句的引證，更不像後來儒家的動輒引詩以爲辭句的修飾，來裝點門面。

㈣更值得我們注意的是十九條中孔子論詩的共占十條之多，其他因評論禮樂而涉及詩的也有三條，而論詩的十條中，也有三條兼及禮樂。此可見在孔子心目中詩與禮樂關係的密切，論語中孔子論詩各條，是孔子原來對於詩經的眞正意見。孔子的詩教，應以此爲根據來研究。❿

---

❾ 論語中涉及尙書者三處：(1)爲政篇「子曰：『書云：孝乎。』」(2)子罕篇：『譬如爲山，未成一簣，止，吾止也。』」此乃本諸尙書旅獒之「爲山九仞，功虧一簣」語。(3)憲問篇：「子張曰：『書云：「高宗諒陰，三年不言。」何謂也？』」據伏勝尙書大傳，語見說命篇，但今本無此二句。論語中涉及易經者二處：(1)述而篇：「子曰：『加我數年，五十以學易，可以無大過矣。』」(2)子路篇：「不恆其德，或承之羞。」此易恆卦九三爻辭。

❿ 論語中詩書並稱的只有第六條子所雅言一處，但同時仍與禮並提。

㈤論語一書是有關孔子生平言行最可靠的記錄，史記孔子世家記孔子刪詩之說是否可信，也該把論語爲依據，作審愼的考察，才能得允當的解答。

㈥從論語的記載所示，孔子非但用詩經爲教材來教育他的弟子，並藉以觀察他弟子的學養和才能。南容一日三復白圭，就將姪女嫁他；子路滿足於不忮不求，就再用話來激勵他更求上進。孔子對於子貢、子夏、子游的賞識，也都和詩經有關。

四、孔子和詩經關係的敍述

考察論語中有關詩經的材料，我們知道孔子和詩經有着密切的關係。現在筆者更試作較詳的敍述於下：

㈠孔子對詩經有甚深的愛好，平常他說魯國的方言，但讀起詩經來，却用周朝的國語雅言來讀。

㈡孔子採用詩經作爲他敎導弟子的敎材，論語中除前舉十九條中指導他弟子學詩各條外，述而篇的「子以四敎：文、行、忠、信」中的文卽指詩書禮樂等而言。孔門十哲文學科的子游子夏，就是學習詩經最有心得的兩人。孔子對子夏固有「起予者商也！」的稱許，而子游更有弦歌之聲的政績。論語陽貨篇載：

子之武城，聞弦歌之聲，夫子莞爾而笑曰：「割鷄焉用牛刀？」子游對曰：「昔者，偃也聞諸夫子，曰：『君子學道則愛人，小人學道則易使也。』」子曰：「二三子，偃之言是也，前言戲之耳。」

這裏的弦歌之聲，便是子游教導武城人民學習詩經的記載。史記孔子世家曰：「三百五篇，孔子皆弦歌之，以求合韶武雅頌之音。」孔子弦歌三百五篇來教學生，子游更推廣而弦歌三百五篇來教人民，這是學詩，而學詩也就是學道。

㈢孔子的所以把姪女嫁給南容，是因爲南容三復白圭之詩的原故。大雅抑篇第五章，最主要的一句，只是「愼爾出話」四字，「白圭之玷，尚可磨也；斯言之玷，不可爲也。」四句，只是「愼爾出話」四字的申述。南容三復白圭，孔子知其愼言，可以免禍，故託以姪女的終身。此記其事，論語中另有記載，則記其意：

子謂南容邦有道不廢，邦無道免於刑戮，以其兄之子妻之。（公冶長）

孔子說南容可以「不廢」和「免於刑戮」，就是從他三復白圭之詩上所下的判斷。

㈣根據論語所載孔子曾正樂而未刪詩。前舉第十條子曰：「吾自衞反魯，然後樂正，雅頌各得其所。」孔子正樂的結果，是雅頌各得其所，那是雅頌次序的凌亂給改正了，並未刪詩。而且當時所傳誦的詩經已經只有三百多篇，所以第二條和第十四條，孔子都只說「詩三百」。而且所舉十九條，其中兩條所引是逸詩，孔子批評「唐棣之華」詩而予以刪除，還說得過去，子夏問「素以爲絢」，經孔子指點，因悟「禮後」之道，這是論詩的要點所在，孔子重視「素以爲絢兮」之句，如果刪詩，決不刪這句。可見逸詩非孔子所刪，乃因別種的原故而失傳。關於孔子刪詩問題，唐宋以來，經學家曾有幾次三番的論辯，筆者另撰「孔子刪詩問題的論辯」一文詳論之。

五、孔子論詩

最後要談的是孔子論詩，這是孔子和詩經的關係中最重要的部分。因爲孔子對於詩經有特別的研究，他是詩經學的開山祖，後人討論詩經，一以孔子爲依歸。誤解了孔子的意思，失之毫釐，便會偏差千里。更何況假託孔子，魚目混珠，則更應細加辨認了。

論語所記孔子論詩，可分三方面來談：

㈠詩與禮樂的關係

論語爲政：「子曰：『道之以政，齊之以刑，民免而無恥；道之以德，齊之以禮，有恥且格。』」這是孔子禮治的主張。這裏所謂「道之以德，齊之以禮」，也就是顏淵篇顏淵問仁，孔子所答的「克己復禮爲仁」。政治的清明，要從個人修養的「克己復禮」入手。一個人能夠節制自己的感情，做到「非禮勿視，非禮勿聽，非禮勿言，非禮勿動」的地步，才有所卓立，故曰：「不學禮，無以立」。孔子「十有五而志於學，三十而立」。學可作學禮解，孔子十五歲有志於學禮，到三十歲而有所卓立。論語一開頭便記孔子的話：「學而時習之，不亦說乎？」學而時習的東西主要是禮，學的目標也就是「立於禮」。甚至可以說整部論語之所蘄尙，在於禮治的實現。個人修養表現於外的是禮之立，而蘊蓄於內的却是仁之德。這仁之德便是情感發而皆中節的中庸。詩歌是感情的興發，故曰：「詩言志」，誦詩可以培養純正的感情，所以復禮的君子，宜先誦習詩經，更宜佐以音樂的陶冶而完成之。是以孔子論詩，常與禮樂關聯着，而曰：「興於詩，立於禮，成於樂。」教他兒子伯魚，先使學詩，而再使學禮。子夏論詩而知禮後，孔子大加賞識。而且詩與禮樂在應用上本來也有連帶的關係，所以孔子批評魯三家的僭用天子之禮，便是指斥他們不該在禮成時奏雍樂，而以雍詩中有「天子穆穆」之不稱以責之。

㈡詩的功用

從左傳等書的記載中，我們知道春秋時代在孔子以前詩經本來已很流行。當時貴族所以學詩，其最大的功用在朝會聘問時應酬上的運用，一般大多是斷章取義的賦詩以表意。這種借詩以代言的風氣，盛極一時，就是被稱爲荆蠻的楚國君臣，也是如此。所以孔子教伯魚學詩，簡單的說一句是：「不學詩，無以言！」

但孔子既觀察到學詩有關個人品德的修養，關連着政治的隆污，所以他又說：「誦詩三百，授之以政，不達；使於四方，不能專對；雖多，亦奚以爲？」

再進一步，孔子對詩經還有更細密的評論，那就是：「詩可以興，可以觀，可以羣，可以怨。邇之事父，遠之事君。多識於鳥獸草木之名。」這一條分三段論詩。第一段是興觀羣怨的四可；第二段是邇遠君父的兩事；第三段是動植的多識。

四可的可以興，就是感情的興發；可以觀是民情風俗以及個人的觀察；可以羣是培養與人相處之道，而融合成民族文化的共同情感；可以怨是個人感情的節制。卽「怨而不怒」之意。也包括「樂而不淫，哀而不傷」「謔而不虐」等在內。總之，可以怨之意，就是「發乎情，止乎禮義」。蓋舉怨以爲例耳。興與怨之別，興是感情的發動，而怨是感情的終極。故一爲四可之始，而一爲四可之終。

兩事的事父事君，卽就四可的可以羣而特論之。君父乃五倫之二倫，亦所以舉二倫以爲五倫之例。

至於多識鳥獸草木之名，只是詩學的餘緒。詩經最大的價値，固不在能言專對，而在興觀羣怨的四可，而四可之中，尤以倫常的羣育意義最爲重大，因爲五倫秩序的建立，就是「立於禮」啊！詩經的提倡，其目的在推進羣育，以建立禮治的社會，所以詩經的教學也稱爲「詩教」。

㈢詩經的分論與總論

於是我們再看孔子分別論詩經的一章一篇或某一單位。

孔子論國風之二南曰：「女爲周南召南矣乎？人而不爲周南召南其猶正牆面而立也與！」「孔子論周南的關雎，則曰：「關雎樂而不淫，哀而不傷。」又曰：「師摯之始，關雎之亂洋洋乎盈耳哉！」可見孔子的重視二南，而對關雎尤爲讚美。錢賓四先生「論語新解」解「師摯之始，關雎之亂」兩句曰：「師摯，魯樂師，名摯。關雎，國風周南之首篇。始者，樂之始。亂者，樂之終。古樂有歌有笙，有間有合，爲一成。始於升歌，以瑟配之。如燕禮及大射禮，皆由太師升歌。摯爲太師，是以云師摯之始也。升歌三終，繼以笙入，在堂下，以磬配之，亦三終，然後有間歌。先笙後歌，歌笙相禪，故曰間，亦三終。最後乃合樂。堂上下歌瑟及笙並作，亦三終。周南關雎以下六篇，乃合樂所用故曰關雎之亂也。合樂言詩，互相備足之。」錢解所稱：「周南關雎以六下篇」，實爲周南之關雎、葛覃、卷耳三篇，與召南鵲巢、采蘩、采蘋三篇。那末，關雎之亂，實包括周南召南各三篇。所以「洋洋乎盈耳哉」的讚美，也是包括了二南的讚美的。孔子爲什麼特別重視二南，不但因爲二南的歌聲洋洋盈耳，更因爲周南十一篇，言夫婦男女者九，召南十五篇，言夫婦男女者十一。二南皆言夫婦之道，人若並此而不知，將如面牆而立，一物不可見，一步不可行了，孔子的論關雎之樂而不淫，哀而不傷，亦所以重視夫婦的愛情之結合，應該如此，以爲人倫之始而已。

孔子舉詩一章來討論的，有子罕篇對逸詩唐棣之華中「豈不爾思，室是遠而」兩句的批評。他說：「未之思也夫？何遠之有？」這裏孔子指出此詩的作者無眞情，若是眞的思念他，當不辭跋涉而往，雖千里萬里，有什麼遠呢？這就是說好詩出於眞摯的感情。

末了，我們談孔子對於詩經的總論。他論詩三百篇，只用一句話來表達，那便是魯頌駉第三章的「思無邪」三字。錢賓四先生論語新解說：「無邪，直義。三百篇之作者，無論其爲孝子、忠臣、怨男、愁女、其言皆出於至情流溢，直寫衷曲，毫無僞託虛假，此卽所謂詩言志，乃三百篇之所同也。故孔子舉此一言以包蓋三百篇之大義也。惟詩人性情，千古如昭，故學於詩而可以興觀羣怨。駉詩本詠馬，馬豈邪正？詩中思字乃語辭，本不作思維解。」此與程子所言：「思無邪者，誠也，」相合。亦即易文言：「修辭立其誠」之意。此說與孔子對逸詩唐棣之華的批評，正可互爲印證。

以上論語所記孔子論詩大要，至於「溫柔敦厚」的詩敎，見於小戴禮記經解篇：

孔子曰：「入其國，其敎可知也。其爲人也，溫柔敦厚，詩敎也。」

這裏雖也稱係孔子所說，禮記到西漢才由戴德、戴勝輯成，書中所稱「孔子曰」，已不盡可靠，但我們研究了論語中孔子的論詩，則此話雖不出於孔子，確也是從論語裏孔子的意見推衍出來。論語載子游在武城以三百篇弦歌敎人民，可以得到「君子學道則愛人，小人學道則易使」的效果，那末，這裏入其國而見其人溫柔敦厚，可說是三百篇弦歌之敎應有的政績了。

發展儒學如果沒有遇到特別的衝激，本來是應該循着原始儒學的路線發展下去的。

至於子夏的因詩悟道（悟「禮後」之道）子貢的引詩證悟（證學貴問疑之悟）也可以讓我們領會孔子啓發敎學法的一斑。

民國五十三年八月草於馬尼拉

孟子與詩經

糜文開

一、孟子七篇的特色

從論語一書所涉及詩經的材料來考察，可以推斷孔子與詩經的關係和孔子時代詩經的地位。同樣的，從孟子七篇中所涉及詩經的材料來考察，可以推斷孟子與詩經的關係和孟子時代詩經的地位。

史記孟子荀卿列傳所記孟子事蹟很簡單，只有百多字，其文如下：

孟軻，騶人也；受業子思之門人。道既通，游事齊宣王，宣王不能用；適梁，梁惠王不果所言：則見以爲迂遠而闊於事情。當是之時，秦用商君，富國彊兵；楚魏用吳起，戰勝弱敵；齊威王、宣王用孫子、田忌之徒，而諸侯東面朝齊：天下方務於合從連衡，以攻伐爲賢，而孟軻乃述唐、虞、三代之德，是以所如不合；退而與萬章之徒，序詩、書，述仲尼之意，作孟子七篇。

這百多字頗爲扼要，前段記其游事齊梁，所如不合，後段記其著書經過。其中提示孟子時代背景的話佔了五十多字，用以說明孟子之所以「所如不合」。而記其著書經過，僅「退而與萬章之徒，序詩、書，述仲尼之意，作孟子七篇」，二十字而已。但司馬遷在這二十字中已把孟子七篇的內容告訴我們，是：「序詩、書，述仲尼之意。」這八字的內容，「述仲尼之意」五字是孟子著書的目的，「序詩、書」三字，則是他著書方法的特色。

何謂「序詩、書」？梁玉繩曰：「七篇中言書凡二十九，援詩凡三十五，故稱敍詩書。」趙岐亦云：「孟子言五經，尤長于詩、書。」從這裏，我們可以知道孟子和詩經的關係是怎樣的密切，詩經對於孟子是何等的重要。這時，五經的地位，顯然以詩經爲第一位，尙書爲第二。詩經與尙書的重量，差不多是五與四之比。漢初今文經學家，排列六藝次序，還因襲着孔孟以來首詩次書的地位，要到古文經學家得勢，始改以易經領先，以易、書、詩、禮、樂、春秋的排列法，替代今文家詩、書、禮、樂、易、春秋的次序。

二、孟子七篇中有關詩經文字的輯錄

梁玉繩說孟子七篇中援詩凡三十五。這是說孟子一書引述三百篇詩句或涉及詩經之處共有三十五處，但其中有四處不只引一篇之詩，而是連引兩篇詩句在一起的。這四處每一處引詩兩次，所以梁玉繩所稱援詩三十五，實際涉及詩經的次數，却是三十九次。

孟子書中涉及詩經三十九次的分佈情形是：(一) 梁惠王篇八次，(二) 公孫丑篇三次，(三) 滕文公篇七次，(四) 離婁篇八次，(五) 萬章篇六次，(六) 告子篇四次，(七) 盡心篇三次，合計三十九次。

現在依照書中出現次序的先後，輯錄如下：

(一) 梁惠王篇八次

(1)孟子答梁惠王問時引大雅靈臺篇第一第二章各全章六句，以證「古之人(文王)與民偕樂，故能樂也。」其原文爲：

詩云：「經始靈臺，經之營之，庶民攻之，不日成之。經始勿亟，庶民子來。王在靈囿，麀鹿攸伏。麀鹿濯濯，白鳥鶴鶴。王在靈沼，於牣魚躍。」❶文王以民力爲臺爲沼，而民歡樂之，謂其臺曰靈臺，謂其沼曰靈沼，樂其有麋鹿魚鼈。古之人與民偕樂。故能樂也。

(2)齊宣王引小雅巧言篇兩句以讚美孟子，原文爲：

(齊宣)王說，曰：「詩云：『他人有心，予忖度之。』夫子之謂也。」

(3)孟子對齊宣王引大雅思齊篇第二章六句之後三句，以證「推恩足以保四海」。原文爲：

---

❶孟子引詩「白鳥鶴鶴」句毛詩作「白鳥翯翯」。魯詩作「白鳥皜皜」。

（孟子曰：）「老吾老，以及人之老；幼吾幼，以及人之幼；天下可運於掌。詩云：『刑于寡妻，至於兄弟，以御于家邦。』言舉斯心，加諸彼而已！故推恩足以保四海；不推恩無以保妻子。」

⑷孟子引周頌我將篇末「畏天之威，于時保之」兩句，以證畏天保國之義。原文：

齊宣王問曰：「交鄰國有道乎？」孟子對曰：「有。惟仁者爲能以大事小，是故湯事葛，文王事昆夷。惟智者爲能以小事大，故大王事獯鬻，勾踐事吳。以大事小者，樂天者也；以小事大者，畏天者也。樂天者，保天下；畏天者，保其國。詩云：『畏天之威，于時保之。』」

⑸孟子引大雅皇矣篇第五章十二句之末五句，以證王者之勇，一怒而安天下之民。原文：

（接上文「于時保之」）王曰：「大哉言矣，寡人有疾，寡人好勇。」對曰：「王請無好小勇。夫撫劍疾視，曰『彼惡敢當我哉？』此匹夫之勇，敵一人者也。王請大之！詩云：『王赫斯怒，爰整其旅，以遏徂莒，以篤周祜，以對于天下。』❷此文王之勇也。文王一怒而安天下之民。」

⑹孟子引小雅正月篇結尾兩句，以證王政之必先施仁於鰥寡孤獨。原文：

---

❷孟子引詩「以遏徂莒，以篤周祜」，毛詩遏作按，三家詩作「以按徂旅，以篤于周祜」，篤下又多一于字。

（齊宣）王曰：「王政可得聞與？」（孟子）對曰：「昔者文王之治岐也，耕者九一，仕者世祿，關市譏而不征，澤梁無禁，罪人不孥。老而無妻曰鰥，老而無夫曰寡，老而無子曰獨，幼而無父曰孤。此四者，天下之窮民而無告者，文王發政施仁，必先斯四者。詩云：『哿矣富人，哀此煢獨。』❸」

(7)孟子引大雅公劉篇第一章十句之後七句，以證公劉好貨，與百姓同之，則好貨無害。原文：

（接上文「哀此煢獨」）王曰：「善哉，言乎！」曰：「王如善之，則何爲不行？」王曰：「寡人有疾，寡人好貨。」對曰：「昔者公劉好貨，詩云：『乃積乃倉，乃裹餱糧，于橐于囊，思戢用光，弓矢斯張，干戈戚揚，爰方啓行。』❹故居者有積倉，行者有裹糧也，然後可以爰方啓行。王如好貨，與百姓同之，於王何有？」

(8)孟子引大雅緜篇第二章全章六句，以證太王好色，與百姓同之，則好色無害。原文：

（接上文「于王何有」）王曰：「寡人有疾，寡人好色。」對曰：「昔者大王好色，愛厥妃，詩云：『古公亶父，來朝走馬，率西水滸，至于岐下。爰及姜女，聿來胥宇。』❺當是時也，內無怨女，外無曠夫。王如好色，與百姓同之，於王何有？」

---

❸ 孟子引詩「哀此煢獨」句與魯詩同，毛詩作「哀此惸獨。」

❹ 孟子引詩「思戢用光」，毛詩作「思輯用光。」

❺ 孟子引詩「來朝走馬」，韓詩作「來朝趣馬」。

(二) 公孫丑篇三次

(9)孟子引大雅文王有聲篇第六章五句之中間三句，以證王不待大，惟在以德服人。原文：

孟子曰：「以力假仁者霸；霸，必有大國。以德行仁者王；王，不待大。湯以七十里，文王以百里。以力服人者，非心服也；力不贍也。以德服人者，中心悅而誠服也。如七十子之服孔子也。詩云：『自西自東，自南自北，無思不服。』❻此之謂也。」

(10)孟子引豳風鴟鴞篇第二章全章五句，並引孔子評語，以證「仁則榮，不仁則辱」之義，及「明其政刑」之效。原文：

孟子曰：「仁則榮，不仁則辱。今惡辱而居不仁，是猶惡溼而居下也。如惡之，莫如貴德而尊士，賢者在位，能者在職，國家閒暇，及是時，明其政刑，雖大國必畏之矣！詩云：『迨天之未陰雨，徹彼桑土，綢繆牖戶；今此下民，或敢侮予？』❼孔子曰：『為此詩者，其知道乎！能治其國家，誰敢侮之？』」

(11)孟子引大雅文王篇中兩句，並尚書四句，以證禍福之由自求。原文：

（接上文「誰敢侮之」）「今國家閒暇，及是時，般樂怠敖，是自求禍也。禍福無不自己求之者！詩云：『永言配命，自求多福。』太甲曰：『天作孼，猶可違；自作孼，不

❻孟子引詩「自西自東」，韓詩作「自東自西」。
❼桑土韓詩作桑杜。

可活。』此之謂也。」

(三) 滕文公篇七次

(12) 孟子答滕文公問爲國，引邠風七月篇第七章十一句之後四句，以證民事之不可緩。原文：

滕文公問爲國，孟子曰：「民事不可緩也。詩云：『晝爾于茅，宵爾索綯，亟其乘屋，其始播百穀。』民之爲道也，有恆產者有恆心，無恆產者無恆心；苟無恆心，放辟邪侈，無不爲已。及陷乎罪，然後從而刑之，是罔民也。焉有仁人在位，罔民而可爲也？」

(13) 孟子引小雅大田篇「雨我公田，遂及我私」兩句，以證周雖行徹法，什一而稅，但仍有助法，八家助耕中央公田之井田制存在。原文：

(孟子曰：…)「夏后氏五十而貢，殷人七十而助，周人百畝而徹，其實皆什一也。徹者，徹也。助者，藉也。……詩云：『雨我公田，遂及我私。』惟助爲有公田，由此觀之，雖周亦助也。」

(14) 孟子引大雅文王篇中兩句，來說明舊邦力行，可得新國氣象，以勸導滕文公。原文：

(孟子曰：…)「詩云：『周雖舊邦，其命維新。』文王之謂也。子力行之，亦以新子之國。」

(15)(16) 孟子引小雅伐木篇「出自幽谷，遷于喬木」兩句及魯頌閟宮篇「戎狄是膺，荆舒是懲」兩句，來說明用夏變夷，而非變於夷之義，以責陳相背其師陳良而從許行。原文：

(孟子曰：…)「吾聞用夏變夷者，未聞變於夷者也。……吾聞『出於幽谷，遷于喬木』

者；未聞下喬木而入於幽谷者。魯頌曰：『戎狄是膺，荆舒是懲。』❽周公方且膺之，子是之學，亦為不善變矣！」

⒄御者王良引小雅車攻篇中「不失其馳，舍矢如破」兩句，以說明驅馳有法，孟子因引王良語，以說明不可「枉道以從人」來開導其學生陳代。原文：

（孟子曰：…）「昔者，趙簡子使王良與嬖奚乘，終日而不獲一禽。嬖奚反命曰：『天下之賤工也』。或以告王良，良曰：『請復之』。彊而後可，一朝而獲十禽。嬖奚反命曰：『天下之良工也』。簡子曰：『我使掌與女乘』。謂王良，良不可。曰：『吾為之範我馳驅，終日不獲一；為之詭遇，一朝而獲十。詩云：『不失其馳，舍矢如破。』我不貫與小人乘，請辭！』御者且羞與射者比，比而得禽獸，雖若丘陵，弗為也。如枉道而從彼，何也？且子過矣！枉己者，未有能直人者也。」

⒅孟子再次引魯頌閟宮篇「戎狄是膺」等三句，以說明他有承三聖以距楊朱墨翟而正人心的抱負。原文：

（孟子曰：…）「昔者，禹抑洪水而天下平；周公兼夷狄驅猛獸而百姓寧；孔子成春秋而亂臣賊子懼。詩云：『戎狄是膺，荆舒是懲，則莫我敢承。』無父無君，是周公所膺也，我亦欲正人心，息邪說，距詖行，放淫辭，以承三聖者，豈好辯哉？予不得已也。

---

❽孟子引「出於幽谷」毛詩作「出自幽谷」，「戎狄是膺，荆舒是懲」韓詩作「戎狄是應，荆荼是懲。」

能言距楊墨者，聖人之徒也。」

(四) 離婁篇八次

⒆孟子引大雅假樂篇中「不愆不忘，率由舊章」二句，以明應遵先王之法。原文：

孟子曰：「離婁之明，公輸子之巧，不以規矩，不能成方員。師曠之聰，不以六律，不能正五音。堯舜之道，不以仁政，不能平治天下。今有仁心仁聞而民不被其澤，不可法於後世者，不行先王之道也……詩云：『不愆不忘，率由舊章。』❾遵先王之法而過者，未之有也。」

⒇孟子引大雅板篇中「天之方蹶，無然泄泄」二句，以說明非先王之道，則言多而失，宜深戒之。原文：

（孟子曰：）「詩曰：『天之方蹶，無然泄泄。』❿泄泄，猶沓沓也。事君無義，進退無禮，言則非先王之道者，猶沓沓也。故曰：『責難於君謂之恭，陳善閉邪謂之敬，吾君不能謂之賊。』」

㉑孟子引大雅蕩篇篇末「殷鑒不遠，在夏后之世」二句，欲後人更以幽厲爲鑒，知所警戒。原文：

---

❾「不愆不忘」句，齊詩作「不騫不忘。」

❿「無然泄泄」句與毛詩同，魯詩泄作洩，齊詩韓詩作呭。

孟子曰：「欲爲君，盡君道；欲爲臣，盡臣道。……孔子曰：『道二，仁與不仁而已矣。』暴其民甚，則身弒國亡；不甚，則身危國削。名之曰「幽」「厲」，雖孝子慈孫，百世不能改也。詩云：『殷鑒不遠，在夏后之世』⑪，此之謂也。」

㉒孟子再次引大雅文王篇中「永言配命，自求多福」二句以勉人。原文：

孟子曰：「愛人不親，反其仁；治人不治，反其智；禮人不答，反其敬。行有不得者，皆反求諸己；其身正而天下歸之。詩云：『永言配命，自求多福。』」

㉓孟子引大雅文王篇第四章八句之後四句，第五章八句之前四句，以申師文王可以爲政於天下之意。原文：

孟子曰：「……莫若師文王。師文王，大國五年，小國七年，必爲政於天下矣。詩云：『商之子孫，其麗不億，上帝既命，侯于周服。侯服于周，天命靡常。殷士膚敏，裸將于京。』」

㉔孟子引大雅桑柔篇中「誰能執熱，逝不以濯」二句，以申欲無敵於天下，必以仁之理。原文：

（接上文「裸將于京」）「孔子曰：『仁不可爲衆也』。夫國君好仁，天下無敵。今也欲無敵於天下而不以仁，是猶執熱而不以濯也。詩云：『誰能執熱，逝不以濯。』」

---

⑪鑒，魯詩作「監」。

(25)孟子引大雅桑柔篇中「其何能淑？載胥及溺」二句，以證當時諸侯不能爲善，相偕陷於亂亡而已。原文：

孟子曰：「……今天下之君有好仁者……雖欲無王，不可得已……苟不志於仁，終身憂辱，以陷於死亡。詩云：『其何能淑？載胥及溺。』此之謂也。」

(26)孟子推崇孔子所作春秋，比之於詩經，以提高春秋的價值與地位。原文：

孟子曰：「王者之迹熄而詩亡，詩亡然後春秋作。晉之乘，楚之檮杌，魯之春秋，一也。其事，則齊桓、晉文；其文，則史。孔子曰：『其義，則丘竊取之矣！』」

(五) 萬章篇六次

(27)孟子弟子萬章疑舜之不告而娶，與齊風南山篇中「娶妻如之何？必告父母」二句不合，執經問難，孟子答以舜不告而娶的道理。原文：

萬章問曰：「詩云：『娶妻如之何？必告父母。』⑫信斯言也，宜莫如舜；舜之不告而娶，何也？」孟子曰：「告則不得娶。男女居室，人之大倫也。如告，則廢人之大倫，以懟父母，是以不告也。」

(28)(29)孟子弟子咸丘蒙問瞽瞍不臣舜與小雅北山篇第二章六句之前四句義不合。孟子答話，告以「說詩者不以文害辭，不以辭害志」而「以意逆志」的讀詩方法，並舉大雅雲漢篇

---

⑫ 孟子引「娶妻如之何」與韓詩同，毛詩作「取妻如之何」。

中「周餘黎民，靡有孑遺」二句爲例以說明之。原文：

咸丘蒙曰：「舜之不臣堯，則吾既得聞命矣。詩云：『普天之下，莫非王土；率土之濱，莫非王臣。』⑬而舜既爲天子矣，敢問瞽瞍之非臣如何？」曰：「是詩也，非是之謂也。勞於王事而不得養父母也。曰：『此莫非王事，我獨賢勞也。』故說詩者，不以文害辭，不以辭害志，以意逆志，是爲得之。如以辭而已矣，雲漢之詩曰：『周餘黎民，靡有孑遺。』信斯言也，是周無遺民也。」

(30) 孟子舉大雅下武篇中「永言孝思，孝思維則」⑭二句，以說明孝義。原文：

（接上文「是周無遺民也」）「孝子之至，莫大乎尊親，尊親之至，莫大乎以天下養。爲天子父，尊之至也。以天下養，養之至也。詩曰：『永言孝思，孝思維則』，此之謂也。」

(31) 孟子答弟子萬章問，引小雅大東篇第一章八句的中間四句，借以說明惟君子能由義之路。原文：

（孟子曰：）「欲見賢人而不以其道，猶欲其入而閉之門也。夫義，路也。禮，門也。惟君子能由是路，出入是門也。詩云：『周道如厎，其直如矢，君子所履，小人所

---

⑬ 引詩「普天之下」句與三家詩同，毛詩作「溥天之下」。

⑭ 引詩「孝思維則」句魯詩維作惟。

視。』⑮」

(32)孟子告訴萬章尚友之道：誦詩讀書是上友古人之法。讀了古人的詩書，更要進一步知道他的爲人和時世。原文：

孟子謂萬章曰：「一鄉之善士，斯友一鄉之善士；一國之善士，斯友一國之善士；天下之善士，斯友天下之善士。以友天下之善士爲未足，又尚論古之人。頌其詩，讀其書，不知其人可乎？是以論其世也；是尚友也。」

（六）告子篇四次：

(33)孟子引大雅烝民篇第一章八句之前四句及孔子的讚語，作爲他性善說的依據。原文：

（孟子曰：…）「詩云：『天生蒸民，有物有則；民之秉夷，好是懿德。』⑯孔子曰：『爲此詩者，其知道乎！』故有物必有則；民之秉夷也，故好是懿德。」

(34)孟子引大雅既醉篇篇首「既醉以酒，既飽以德」二句，言「飽乎仁義」的重要。原文：

孟子曰：「詩云：『既醉以酒，既飽以德』，言飽乎仁義也；所以不願人之膏粱之味也。令聞廣譽施於身，所以不願人之文繡也。」

(35)孟子弟子公孫丑引高叟評小雅小弁篇爲小人之詩，以質疑於孟子。孟子因告以：「小

⑮ 引詩「周道如厎」句毛詩作「周道如砥」。

⑯ 引詩「民之秉夷」句與魯詩同，「天生蒸民」句與韓詩同，毛詩夷作彝，蒸作烝。

弁之怨，爲親親之仁，非小人之詩。」公孫丑就再問邶風凱風篇，何以不怨？孟子答以：「凱風，親之過小者；小弁，親之過大者。」並以說明孝子之道。原文：

公孫丑問曰：「高子曰：『小弁，小人之詩也。』」孟子曰：「何以言之？」曰：「怨」。曰：「固哉，高叟之爲詩也！有人於此，越人關弓而射之，則己談笑而道之，無他，疏之也。其兄關弓而射之，則己垂涕泣而道之，無他，戚之也。小弁之怨，親親也；親親，仁也。固矣夫，高叟之爲詩也！」曰：「凱風何以不怨？」曰：「凱風親之過小者也；小弁，親之過大者也。親之過大而不怨，是愈疏也；親之過小而怨，是不可磯也。愈疏，不孝也；不可磯，亦不孝也。」

（七）盡心篇三次

(37)公孫丑引魏風伐檀篇中「不素餐兮」一句，詢孟子以君子不耕而食之義。孟子答以君子有大功於世，不是吃白飯。原文：

公孫丑曰：「詩曰：『不素餐兮！』君子之不耕而食，何也？」孟子曰：「君子居是國也。其君用之，則安富尊榮；其子弟從之，則孝弟忠信。『不素餐兮』，孰大於是！」

(38)(39)孟子答貉稽引邶風柏舟篇中「憂心悄悄，慍于羣小」二句以況孔子，又引大雅緜篇中「肆不殄厥慍，亦不殞厥問」二句詠文王的詩以說明多口之訕，聖人所不免，故無傷。

原文：

貉稽曰：「稽大不理於口」。孟子曰：「無傷也。士憎玆多口。詩云：『憂心悄悄，慍于羣小』，孔子也。『肆不殄厥慍，亦不殞厥問。』文王也。」

三、孟子引詩的考察

根據上面孟子書中涉及詩經三十九次原文的輯錄，我們可以試作對孟子與詩經關係的考察。

首先，我們統計這涉及詩經的三十九次，可以看到其中是孟子書中引詩特別多，引三百篇詩句共三十五次，其他是（一）涉及詩經兩篇篇名而不引詩句，和（二）用「詩」字代表詩經，以及（三）用「詩」字包括詩經的，共只四次而已。所以我們考察孟子與詩經的關係，可從孟子引詩入手。

我們對孟子引詩，可作（甲）三十九次引詩係何人所引？（乙）所引詩句長短如何？（丙）所引詩的類別如何？（丁）引詩時有何習慣用語等多方面的考察。

（甲）引詩者的統計

1. 孟子本人引詩三十次。
2. 前人御者王良引詩一次。
3. 時人齊宣王引詩一次。
4. 孟子弟子萬章、咸丘蒙、公孫丑等三人各引詩一次。

論語中引詩的情形是：

1. 孔子本人引詩三次。

2. 時人荷蕢者引詩一次。

3. 孔子弟子子貢、子夏、子路、曾子四人各引詩一次。

論語所記孔子論詩甚多，而引三百篇詩句則僅三次❶，加上時人與弟子等所引五次，全書引詩僅只八次。而孟子引詩十倍於孔子，相反的論詩的次數則很少，分量很輕。書中所記時人與弟子等引詩次數，則與論語相等。可見儒家引詩風氣由孔子及其弟子開其端，到孟子向這方面有了迅速的發展。

（乙）引詩長短統計

1. 所引三百篇詩句，最長的是孟子本人引大雅靈臺篇兩整章共十二句，一口氣引了四十八字。

2. 次之是孟子本人引大雅緜篇第二章整章的六句二十四字，和豳風鴟鴞篇第二章整章的五句二十二字。但實際句數字數比這多的是，孟子本人引大雅文王篇兩個半章的第四章後半章，連接第五章前半章的共八句三十二字。

3. 其餘引詩不滿一章的，句數最多是七句，那是孟子本人引大雅公劉篇第一章十句的後七

---

❶ 另左傳中載孔子引詩共五則。

句，共二十八字。

4再其次是孟子本人所引大雅皇矣篇的五句二十一字。

5.再其次是引詩四句四次，計孟子本人引豳風七月篇十七字，小雅大東篇和大雅烝民篇各十六字。另外孟子弟子咸丘蒙引小雅北山篇四句十六字。

6.再次是孟子本人引詩三句三次，所引是大雅思齊十三字，大雅文王有聲十二字，和魯頌閟宮十三字。

7.引詩句數最常見的是二句，計共二十一次。二十一次中孟子本人所引十八次，另外三次是齊宣王、王良、萬章各一次。其中二句八字者十八次，二句九字者二次，二句十字者一次。

8.引詩最短只一句，那是公孫丑所引魏風伐檀篇的「不素餐兮」四字。

這統計顯示孟子時引詩，大家喜歡只引兩句，孟子本人雖也常引兩句，他引詩三十次中引兩句的多至十八次，但其他十二次則引自三句長至十二句不等，往往一引便是一整章，連一口氣引兩整章也不嫌其煩，而且引來仍顯得生氣勃勃。孟子引詩可說長短不拘，活潑有致。論語引詩無長者，也大多是兩句，最多不過四句。一章兩章引詩，可說是孟子的特色❷。

(丙)引詩類別統計

❷左傳引詩最長者亦達四十八字，爲昭公二十八年成鱄引大雅皇矣第四章全章十二句，惟無引兩章者。

又，孟子引詩與論語大不同的是孟子本人偏向大雅，獨佔其引詩次數的三分之二，所引其他國風、小雅、周頌、魯頌等四種詩，合算起來只佔大雅一種次數的一半。相反的，孟子本人以外五人所引詩，却都屬國風和小雅，連一篇大雅也沒有。

1. 孟子所引大雅二十次爲：文王四次，桑柔、緜，各二次，文王有聲、靈臺、思齊、皇矣、公劉、假樂、下武、雲漢、旣醉、烝民、板、蕩，各一次。其中文王篇四次有兩次都是引「永言配命，自求多福」兩句。

2. 孟子引小雅共四次，是正月、大田、伐木、大東各一次。另外齊宣王引小雅巧言一次，王良引小雅車攻一次，咸丘蒙引小雅北山一次。孟子書中引小雅共七次。

3. 孟子引國風共三次，是豳風的七月、鴟鴞各一次，邶風柏舟一次。另外萬章引齊風南山一次，公孫丑引魏風伐檀一次。孟子書中引國風共五次。

4. 孟子引魯頌二次，引的都是閟宮第五章十七句中「戎狄是膺，荆舒是懲」等句。

5. 孟子引周頌一次，爲我將篇中二句。

我們檢查論語引詩八次，爲孔子引周頌、小雅、逸詩各一次，時人荷蕢者引衞風一次，孔子弟子子貢子路各引衞風一次，曾子引小雅一次，子夏引逸詩一次，而無引大雅者。可見孟子本人獨愛引大雅詩句是其特色。而孟子書中未引及逸詩，亦爲可注意之點。

（丁）引詩習慣用語及所形成之公式

「子曰」「詩云」是科舉時代作文說話時的常用語，一般人總以爲是受論語的影響。其實論語中固到處是「子曰」，但「詩云」只有二處，而且不是孔子的話。一處是「子貢曰：『詩云：「如切如磋，如琢如磨。」……』」一處是「曾子曰：『……詩云：「戰戰兢兢，如臨深淵，如履薄冰。」……』」❸「詩云」成爲習慣用語，開始於孟子。孟子引詩的習慣用語是「孟子曰……詩云……」不標篇名。（僅一次標篇名稱「雲漢之詩曰」）舉例如下：

1. 孟子曰：「詩云：『既醉以酒，既飽以德。』……」（告子）

2. 孟子曰：「民事不可緩也，詩云：『晝爾于茅，宵爾索綯，亟其乘屋，其始播百穀。』……」（滕文公）

3. 孟子曰：「無傷也，士憎多口。詩云：『憂心悄悄，慍于羣小。』孔子也；『肆不殄厥慍，亦不隕厥問。』文王也。」（盡心）

今統計孟子本人引詩三十次，用「詩云」習慣用語的凡二十四次，例外的只有離婁篇的「詩曰：『天之方蹶，無然泄泄。』……」和萬章篇的「詩曰：『永言孝思，孝思維則。』……」兩次都改用了「詩曰」二字，另外用「雲漢之詩曰」一次，「魯頌曰」一次，還有一次引小雅伐木的「出自幽谷，遷于喬木」，不標出於何處，只冠以「吾聞」二字以代之，其他五人引詩，四人均用「詩云」，只有孟子弟子公孫丑用了一次「詩曰」。

---

❸ 左傳引詩的習慣用語是「詩曰」，很少用「詩云」，孔子引詩五則中，曾一次用「詩云」。

孟子書中引詩出現的新習慣用語，是「此之謂也」四字。舉例如下：

1.孟子曰：「……詩云：『殷鑒不遠，在夏后之世』，此之謂也。」（離婁）

2.孟子曰：「……詩云：『其何能淑？載胥及溺。』此之謂也。」（離婁）

3.孟子曰：「……詩云：『自西自東，自南自北，無思不服』，此之謂也。」（公孫丑）

4.孟子曰：「……詩云：『永言配命，自求多福　。』太甲曰：『天作孽，猶可違；自作孽，不可活。』此之謂也。」（公孫丑）

5.詩曰：「永言孝思，孝思維則。」此之謂也。（萬章）

在孟子書中只用了五次「此之謂也」，到荀子書中就有大批的「此之謂也」出現，到漢朝則「詩云……此之謂也」已成公式化。劉向列女傳八卷，卽其例證，讓我們讀了覺得已成濫調。這可說是從孟子引詩用語發展下去，形成公式所生的流弊。

四、孟子論詩的考察

孟子書中涉及詩經的三十九次，除却引詩的三十五次，餘下的四次，都可歸入論詩的範圍來考察。玆分述於次：

（甲）詩亡然後春秋作

前面輯錄中第二十六「詩亡然後春秋作」一節，是孟子把詩經與春秋相提並論，強調詩經與春秋時代使命的銜接，暗示地位相等，以提高春秋地位的言論，論詩經時代終止的原因，不過是副題。

孟子說：「王者之迹熄而詩亡；詩亡然後春秋作。」其中「詩亡」兩字，有三種不同的解釋：漢趙岐注曰：「王者謂聖王也。太平道衰，王迹止熄，頌聲不作，故詩亡。春秋撥亂，作於衰世也。」宋朱熹注曰：「王者之迹熄，謂平王東遷，而政敎號令，不及於天下也。詩亡，謂黍離降爲國風而雅亡也。春秋魯史記名，孔子因而筆削之，始於魯隱公之元年，實平王之四十九年也。」趙岐解詩亡指詩經裏的周頌不再作，朱熹則以爲指美刺朝政的大雅小雅的亡絕。今人則以爲周室盛時有采詩之官，蒐集各國風詩，上之太師，得以考察各國政敎之得失，平王東遷後，政令不行於諸侯，采詩之官廢，故詩經所存國風，至春秋中葉而止。孔子作春秋，記各國史實，寓褒貶之意，所以說「詩亡然後春秋作」。這把「詩亡」解成「風亡」。詩經時代的終止是因爲王政的衰歇。但以上三種解釋，各據詩經風、雅、頌三者之一以立說，都能言之成理，而不免偏而不全。我們只要採前二說以補充第三說，意思便周全了。在周朝的盛世，詩經的風雅頌各有其時代的使命，後來漸趨衰亂，先是盛世的頌聲不作，繼而美刺王政的雅詩斷絕，終於國風的採集也終止了。到孔子時，詩經時代早已全部終止，孔子便負起了時代的使命，作春秋以撥亂世而反之正。

從這一節的考察，我們可以看得出，在孟子的心目中，詩經是負有時代使命的（客觀地說是王者之迹的表現與記錄），地位極高，說孔子作春秋來接替詩經的時代使命，所以提高春秋的地位。孟子以前沒有人講到春秋的，從孟子開始才推崇春秋，所以要與大家重視的詩經來比附。孟子書中另一推崇孔子春秋之處，是用禹抑洪水和周公兼夷狄的功績來烘托（見前面輯錄第十八）。那末，孟子推崇詩經的程度，我們也就可以想見了。

（乙）小弁之怨和凱風的不怨

前面輯錄中第三十五、三十六孟子評高叟論詩的不當。高叟因小弁詩是有怨意，指小弁爲小人之詩。孟子糾正這錯誤的觀念，說小弁之怨是應有的親親之仁的表現。但是凱風詩何以不怨？那是因爲凱風詩只是親有小過，做子女的不致於怨痛，不像小弁詩親有大過，做子女的不得不有所怨痛。孟子的意思，兩詩都得性情之正，所以都是好詩。孔子論詩主張感情的中和，要得中庸之道，才可與觀羣怨，事父事君。孟子論小弁凱風，便是繼承孔子詩論，把握原則加以說明的實例。

（丙）知人論世

前面輯錄中第三十二孟子說，誦讀古人的詩書，應該知道他的爲人和時世。這裏「頌（誦）其詩」，包括詩經以及詩經以外的逸詩，和詩經以後孔子時代的「鳳兮」歌「滄浪之水」歌等。孟子「知人論世」的指示是對的。「誦其詩，讀其書，不知其人可乎？是以論其世也。」這兩句話很重要。現在我們研究文學要重視文學家傳記年譜和時代背景，就是孟子主張的實踐。但漢儒研究詩經，受孟子這話的影響，却走上了偏差的道路。因爲誦其詩要知其人，便把詩經的風雅頌分別依各篇編定前後的順序，來一一訂其作詩時代的先後，排在前面的一定是文武成康時代盛世之詩，排在後面的則是厲王幽王以來衰世的變雅變風。再把左傳國語等古書所載人物，附會爲各詩的作者。毛詩小序和鄭玄詩譜便是明顯的例子。我們查閱十三經注疏中這一章趙岐的注，便可窺見其消息的一斑。「頌其詩讀其書者猶恐未知古人高下，故論其世以別之也。在三皇之世爲上，在五帝之世爲次，在三代之世爲下。」這便是漢人對詩書「論世」觀念的記錄。衞宏詩序，鄭玄詩譜，正是反映這種「論世」觀念的作品。

除此之外，在引詩的三十五次中，還有涉及孟子論詩的話一處，也得一併在這裏提出。那是前面輯錄中二十八、二十九答咸丘蒙問難的一節。

（丁）以意逆志的讀詩法

那一節中孟子論詩的要點是：「故說詩者，不以文害辭，不以辭害志。以意逆志，是爲得之。」孟子要我們從原詩的一個字一個詞到一句一章一篇地仔細玩味，來體會出作詩者的原意來。宋朝朱熹、清朝崔述，都曾努力這樣做過。

接着孟子舉大雅雲漢篇中，「周餘黎民，靡有孑遺」描述旱災慘重的兩句作爲例子加以說明。照字面講，旱災已慘重到周朝的老百姓沒有半個留存的了。但實際情形，不致如此，這只是誇大的形容，以強調災情的慘重而已。孑，無右臂，孓，無左臂，但孑遺，不解爲無右臂者的留存，要活用作「半個人的留存」講，這叫做「不以文害辭」。而知道「靡有孑遺」，只是形容災情的慘重，這叫做「不以辭害志」。玩味全篇文意，全篇雖未用一「雨」字，這兩句話只是天子祈雨時要天老爺和始祖后稷垂憐災情慘重，賜降甘霖而已，這叫做「以意逆志，是爲得之。」

孟子指示的這種詩經讀法，眞正是度人的金針。可惜後世的詩經學者，很少能夠澈底奉行的。詩經原始的作者方玉潤曰：「詩辭多隱約微婉，不肯明言，或寄託以寓意，或甚言而驚人，皆非其志之所在。若徒泥辭以求，鮮有不害志者。孟子斯言，可謂善讀詩矣！然而自古至今，能以己意逆詩人志者誰哉！」他的話我全部同意，只有「以己意逆詩人志」的「己」字應改爲「文」字，因爲原詩之志，我們不能隨便用「己意」去推求，而是應該玩味全篇的「文意」去推求的。小雅北山篇「普天之下，莫非王土，率土之濱，莫非王臣」四句，咸丘蒙不曾用全篇文意去推求詩人之志，所以就犯了「以辭害志」之病，而變成斷章取義了。

五、孟子引詩可注意的幾點

當然，孟子引詩書，主要是作爲他主張的論證，其中可爲我們特別注意的幾點，分述於下：

（甲）性善說的溯源

孟子引詩中有一節是他性善說的溯源，那是大雅烝民篇中四句。在論語中，孔子對人性善惡，沒有明白的說明，於是孟子的性善說，不得不溯源於詩經。烝民詩一開頭便說：「天生烝民，有物有則；民之秉彝，好是懿德。」譯成現代語便是：「上天生我們人類，有事物就有法則；人類所秉賦的常性，是喜歡這美好的道德。」烝民詩是周宣王時吉甫所作。吉甫比孔子要早上三百年，吉甫成爲中國最早主張性善的人。孟子在詩經中找到了性善說的根據，當然表示他的性善說是有來歷的。但孟子並不以此爲滿足，他在引這四句詩後，緊接着便說：「孔子曰：『爲此詩者，其知道乎！』」來表示人類性善雖是吉甫的發現，但要經孔子權威的指證，才成爲定論。於是他的性善說也成爲孔子的傳授。現在，我們從這裏可以看出，論語所載孔子的原始儒學中沒有性善的明確表示，孟子性善說的發展儒學便不得不溯源到儒家所重視的古籍詩經中去。因此我們也懷疑孔子並未說「爲此詩者其知道乎」這句話，只是孟子的想當然之辭，以提高他性善說的地位的。

（乙）詩經學上的貢獻

孟子論詩在詩經學上有很大的貢獻，尤以「以意逆志」的讀詩法，頗有澄清紛歧異說之功，北山篇的糾正，即其一例。北山篇在戰國時代，便有很多人以爲是虞舜之詩，到戰國末年，仍多信此說者，呂氏春秋孝行覽謂舜「登爲天子，賢士歸之，萬民譽之，丈夫女子，振振殷殷，無不戴說，舜自爲詩曰：『普天之下，莫非王土，率土之濱，莫非王臣。』所以見盡之也。」韓非子書中也說：「詩云：『普天之下，莫非王土，率土之濱，莫非王臣。』信是言也，是舜出則臣其君，入則臣其父，妻其妾也。」但漢儒得孟子的糾正，卽均以孟子「勞於王事而不得養父母」之義釋北山。毛詩序曰：「北山，大夫刺幽王也，役使不均，己勞於從事而不得養其父母焉。」三家詩無異義，此可證戰國時說詩者的紛歧，甚多離奇的附會，經孟子的糾正，至漢而已澄清。其他引詩地方，像對靈臺的指出係歌詠文王之詩，鴟鴞的指出係用禽言來象徵人事，都很有價值，對後人研究詩經也是有貢獻的。清人崔述曾因靈臺詩中有「王在靈囿」「王在靈沼」之句，係對時王之稱，而文王生前只是西伯，故疑此詩非詠文王事。但經今人考證（見筆者與內子普賢合著詩經欣賞與研究初集第四五頁）文王已及身稱王，故知孟子的話確是有來歷的。還有顧頡剛等判斷鴟鴞詩只是一篇原始的禽言詩，但我們玩味詩中「今此下民，或敢侮予」之語，明明牽涉到人類政治方面來了，所以孟子會特舉孔子「能治其國家，誰敢侮之」的話來指證這詩「綢繆牖戶」等句所喻爲「明其政刑」，而告訴我們鴟鴞篇是假禽言以喻政事的象徵詩，寓意極爲深長，價值很高。我們可以不信孔子確曾對鴟鴞篇有此評語，但我們用孟子「以意逆志」的方法來讀此詩，就可得此結論。這些都是孟子對詩經研究上的貢獻。

但是孟子引詩，有時也採「斷章取義」之法的。例如他借用小雅大東篇「周道如底，其直如矢；君子所履，小人所視」四句以說明君子之道。詩中「君子」原是指政治上的統治者，並非品德方面的君子，含義不同。詩中周道，也是實際上的大路，並非「君子之道」的道。我們應該明白，這只是一種借用，並非孟子不知原詩的解釋。

（丙）以詩經為考古的材料

詩經是周朝所遺留下的最寶貴的史料，孟子評論古代歷史，像推崇文王的政治，固然引詩如靈臺、皇矣等篇爲證，而且也用詩經作爲考證古代文物制度的材料，周朝是行什一而稅的徹法的，但他看到大田詩中有「雨我公田，遂及我私」兩句，便舉以爲證而指出了周亦有助法的存在。孔子說讀詩經可以觀，這裏孟子給了我們觀的實例。我們也可說這是孟子「知人論世」的實例，他從靈臺等篇知文王之爲人，從大田之詩以論西周之時世。而且，更爲我們開闢了一條從詩經中去考古的路。

（丁）以時語釋詩

孟子說：「詩曰：『天之方蹶，無然泄泄。』泄泄，猶沓沓也。」朱熹注：「沓沓即泄泄之意，蓋孟子時人語如此。」蔣伯潛曰：「『泄泄』古語；『沓沓』孟子時語。此以『沓沓』釋『泄泄』，猶以『洪水』釋『洚水』也。」按孟子滕文公篇：「孟子曰：『……當堯之時，水逆行氾濫於中國，蛇龍居之，民無所定。下者爲巢，上者爲營窟。書曰：「洚水警余。」洚水者，洪水也。……』」也是孟子以當時流行語釋古語。孟子以時語釋詩書，爲漢儒注經之濫觴。

六、孟子與詩經關係總述

孟子與詩經的考察，到此爲止。現在試將考察所得，以條舉方式，作一簡單的總述，來結束全文。

一、從論語的記載，我們知道孔子以詩經教弟子的情形，孔子本人多論詩而甚少引詩，從孟子書中屢載孟子弟子引詩問難於孟子，可見孟子也以詩經教其弟子，一仍孔子之舊。但所載孟子論詩不多，而孟子本人引詩三十次之多，可見引詩爲孟子偏好，而引詩的風氣，也到孟子而始盛。

二、論語引詩大多爲兩句，最多不過四句，孟子書中引詩長短不拘，自一句兩句三句，以至十二句。亦以引二句爲常規，而一章兩章地整章引詩，可說是孟子本人引詩的特色。孟子引詩另一特色是孟子偏愛引大雅之詩。又，孟子書中未引及逸詩，亦爲可注意之點。

三、論語引詩冠以「詩云」二字者僅二見，爲孔子弟子子貢曾子所引，孔子引詩三次，均未冠「詩云」。孟子書中引詩冠以「詩云」者多達二十八次，其中孟子本人所用凡二十四次。引詩冠「詩云」的風氣大盛。而引詩用「詩云，此之謂也」的風氣也自孟子開其端，其後漸成公式，至漢而發展爲引詩用語的濫調。

四、孟子時詩經仍高居六藝之首，地位最崇高。六藝中孟子最重視詩書，春秋的提倡見於文獻者以孟子爲最早。

五、孟子論詩觀點，大體繼承孔子，「知人論世」與「以意逆志」的讀詩法是孟子的新發展，對後世詩經學的影響極大。

六、孟子發展儒學的性善說，他自己溯源於詩經的烝民篇。

七、孟子指證大雅靈臺詩係詠文王之事，小雅北山詩係勞於王事而不得養父母者之詩，豳風鴟鴞詩係假禽言以喻政事，對詩經的研究上都有貢獻。

八、孟子以詩經爲史料，藉以研究文王以來的歷史，作爲他政治主張的依據；他用大田詩「雨我公田，遂及我私」兩句，以證明西周稅制，雖行徹法，仍有助法的存在，更爲我們開闢了一條從詩經中去考古的路。

九、孟子引詩字句多異文，往往與後世所傳四家詩均不同，亦有與齊魯韓三家詩同而與毛詩不同者，亦有與毛詩同而與齊魯韓三家均不同者，亦有僅與三家中之一家二家不同者。這種現象可推想爲孟子時詩經似早有異文，至漢而紛歧更多，各據師承作不同之傳授。

十、孟子用當時流行語以釋詩書，爲漢儒注經的濫觴。

民國五十六年六月草於臺北

荀子與詩經

裴普賢

一、荀子與詩經的關係

荀子與詩經的關係很密切，對後世詩經學的影響也很大。漢代詩經齊、魯、韓、毛四家的傳授，相傳毛、魯都傳自荀卿，韓詩與荀卿關係亦密切。劉向校讎書錄序云：「孫卿善為詩、禮、易、春秋。」胡元儀郇卿別傳曰：「郇卿，善為詩、禮、易、春秋，從根牟子受詩，以傳毛亨，號毛詩；又傳浮丘伯，伯傳申公，號魯詩。」汪中荀卿子通論曰：「荀卿之學出於孔氏，而尤有功於諸經。（陸德明）經典（釋文）敍錄毛詩：徐整云：『子夏授高行子，高行子授薛倉子，薛倉子授帛妙子，帛妙子授河間人大毛公。毛公為詩故訓傳于家，以授趙人小毛公。一云子夏傳曾申，申傳魏人李克，克傳魯人孟仲子，孟仲子傳根牟子，根牟子傳趙人孫卿子，孫卿子傳魯人大毛公。』由是言之，毛詩，荀卿子之傳也。漢書楚元王交傳：『少時嘗與魯穆生、白生、申公，同受詩於浮邱伯。伯者孫卿門人也。』鹽鐵論云：『包邱子與李斯俱事荀卿（包邱子卽浮邱伯）。』劉向敍云：『浮邱伯受業爲名儒。』漢書儒林傳：『申公魯人也，尤與楚元王交俱事齊人浮邱伯受詩。』又云：「申公卒，以詩、春秋授，而瑕邱江公盡能傳之。』由是言之，魯詩，荀卿子之傳也。韓詩之存者，外傳而已，其引荀卿子以說詩者四十有四。由是言之，韓詩，荀卿子之別子也。」

荀子三十二篇，統計其引詩經詩句共八十二次，不引詩句而論詩者十四次，荀子書中涉及詩經者共計九十六次。今卽據之以考察荀子與詩經的關係。

二、荀子三十二篇引詩輯錄

荀子三十二篇中引詩次數，依原書篇次統計爲：（一）勸學篇三次，（二）修身篇三次，（三）不苟篇三次，（四）榮辱篇一次，（五）非相篇二次，（六）非十二子篇二次，（七）仲尼篇一次，（八）儒效篇六次，（九）王制篇一次，（十）富國篇六次，（十一）王霸篇一次，（十二）君道篇四次，（十三）臣道篇四次，（十四）致仕篇二次，（十五）議兵篇四次，（十六）彊國篇二次，（十七）天論篇二次，（十八）正論篇二次，（十九）禮論篇三次，（二十）樂論篇無，（二十一）解蔽篇四次，（二十二）正名篇三次，（二十三）性惡篇無，（二十四）君子篇三次，（二十五）成相篇無，（二十六）賦篇無，（二十七）大略篇十二次，（二十八）宥坐篇四次，（二十九）子道篇一次，（三十）法行篇二次，（三十一）哀公篇無，（三十二）

堯問篇一次。三十二篇中，五篇未引詩，二十七篇引詩共計八十二次。

玆將荀子書中八十二次引詩原文輯錄於下：

(一) 勸學篇三次

(1)引小雅小明篇末章全章六句二十四字，以喻勸學：

詩曰：「嗟爾君子，無恆安息，靖共爾位，好是正直。神之聽之，介爾景福。」❶神莫大於化道，福莫長於無禍。

(2)引曹風鳲鳩篇首章全章六句二十四字，以明君子結於一之義：

詩曰：「尸鳩在桑，其子七兮；淑人君子，其儀一兮。其儀一兮，心如結兮。」❷故君子結於一也。

(3)引小雅采菽篇二句八字，以明君子謹慎其身之道：

故未可與言而言謂之傲，可與言而不言謂之隱，不觀氣色而言謂之瞽。故君子不傲、不隱、不瞽，謹慎其身。詩曰：「匪交匪舒，天子所予。」❸此之謂也。

(二) 修身篇三次

---

❶齊詩「無恆」作「毋常」，「共」作「恭」；韓詩「靖共」作「靜恭」。

❷齊、魯、韓、毛四家「尸」均作「鳲」。

❸齊、魯、韓、毛四家「舒」均作「紓」，齊、韓、毛「匪交」均作「彼交」。

(4)引小雅小旻篇第二章八句之前六句二十四字，以喻小人之行徑：

諂諛者親，諫爭者疏；修正為笑，至忠為賊，雖欲無滅亡得乎哉？詩曰「噏噏呰呰，亦孔之哀。謀之其臧，則具是違；謀之不臧，則具是依。」❹此之謂也。

(5)引小雅楚茨篇二句八字以證禮儀之重要：（此條所引與(50)所引同）

故人無禮則不生，事無禮則不成，國家無禮則不寧。詩曰：「禮儀卒度，笑語卒獲。」❺此之謂也。

(6)引大雅皇矣篇二句八字以喻師法暗合天道，如文王雖未知，已順天之法則也：

故學也者，禮法也。夫師，以身為正儀而貴自安者也。詩云：「不識不知，順帝之則。」❻此之謂也。

(三)不苟篇三次

(7)引小雅魚麗篇末章全章共二句八字，言雖有物亦須得其時，以喻當之為貴：

故曰君孝行不貴苟難，說不貴苟察，名不貴苟傳，唯其當之為貴。詩曰：「物其有矣，唯其時矣。」❼此之謂也。

---

❹齊詩、魯詩、毛詩「噏噏呰呰」作「潝潝訿訿」。韓詩「噏噏」作「翕翕」。
❺韓詩「儀」作「義」。
❻魯詩「不」作「弗」。
❼「唯」與魯詩同，毛詩作「維」。

(8)引大雅抑篇二句八字，以證君子之至文：（此條與(14)(32)所引同）

君子寬而不慢，廉而不劌，辯而不爭，察而不激，寡立而不勝，堅彊而不暴，柔從而不流，恭敬謹愼而容，夫是之謂至文。詩曰：「溫溫恭人，惟德之基。」此之謂矣。

(9)引小雅裳裳者華末章前四句十六字，以明能應變，則左右無不得宜之理：

君子……參於天地……與時屈伸……以義變應，知當曲直故也。詩曰：「左之左之，君子宜之；右之右之，君子有之。」此言君子能以義屈信變應故也。

(四)榮辱篇一次

(10)引殷頌長發篇第五章中二句十字，謂湯執小玉大玉，大厚於下國，言下皆賴其德也：

故曰斬而齊，枉而順，不同而一，夫是之謂人倫。詩曰：「受小共大共，爲下國駿蒙。」❽此之謂也。

(五)非相篇二次

(11)引小雅角弓第七章全章四句十六字，謂雨雪瀌瀌然見日氣而自消，以喻欲爲善則惡自消矣：

人有三不祥，幼而不肯事長，賤而不肯事貴，不肖而不肯事賢……人有三必窮，爲上則不能愛下，爲下則好非其上……人有此數行者，以爲上則必危，爲下則必滅。詩曰：

---

❽毛詩「蒙」作「厖」，魯詩兩「共」作「珙」或「拱」，齊詩「駿」作「恂」。

「雨雪瀌瀌，宴然聿消；莫肯下隧，式居屢驕。」⑨此之謂也。

⑿引大雅常武篇二句八字，謂君子容物，亦猶天子之同徐方也：

故君子賢而能容罷，知而能容愚，博而能容淺，粹而能容雜，夫是之謂兼術。詩曰：「徐方既同，天子之功。」此之謂也。

（六）非十二子篇二次

⒀引大雅蕩篇第七章之後六句二十六字，以明服人之道：

無不愛也，無不敬也，無與人爭也……如是則賢者貴之，不肖者親之，如是而不服者，則可謂訞怪狡猾之人矣。雖則子弟之中，刑及之而宜。詩云：「匪上帝不時，殷不用舊。雖無老成人，尚有典刑。曾是莫聽，大命以傾。」此之謂也。

⒁再引大雅抑篇二句八字，以證所謂「誠君子」之意（此條與⑻㉜所引相同）：

故君子恥不修，不恥見汙……率道而行，端然正己，不爲物傾側，夫是之謂誠君子。詩云：「溫溫恭人，維德之基。」此之謂也。

（七）仲尼篇一次

---

⑨毛詩異文五字：「宴然聿」作「見晛曰」，「隧」作「遺」，「屢」作「婁」；韓詩異文六字：「瀌瀌」作「麃麃」，「宴然」作「嘸晛」，「隧」作「隤」，「屢」作「婁」；魯詩異文三字：「瀌瀌」作「麃麃」，「屢」作「婁」。

(15)引大雅下武篇第四章共四句十六字，以明臣事君亦猶武王之繼祖考也：

福事至則和而理，禍事至則靜而理，富則施廣，貧則用節，可貴可賤也，可富可貧也，可殺而不可使爲姦也。是持寵處位，終身不厭之術也。雖在貧窮徒處之埶，亦取象於是矣。夫是之謂吉人。詩曰：「媚茲一人，應侯順德；永言孝思，昭哉嗣服。」❿此之謂也。

（八）儒效篇六次

(16)引大雅文王有聲篇三句十二字，以證人師之四海歸心：（此條與(29)(41)所引同）

秦昭王問孫卿子曰：「儒無益於人之國？」孫卿子曰：「……儒者在本朝則美政，在下位則美俗……」王曰：「然則其爲人上何如？」孫卿曰：「故近者歌謳而樂之，遠者竭蹶而趨之，四海之內若一家，通達之屬莫不從服，夫是之謂人師。詩曰：『自西自東，自南自北，無思不服。』⓫此之謂也。」

(17)引小雅何人斯篇末章全章六句二十四字，以喻狂惑之愚人（此條與(59)所引同）

而狂惑戇陋之人，乃始率其羣從，辯其談說，明其辟稱，老身長子不知惡也，夫是之謂上愚。曾不如相雞狗之可以爲名也。詩曰：「爲鬼爲蜮，則不可得；有靦面目，視人罔

---

❿ 魯詩「順」作「愼」。

⓫ 韓詩「西東」作「東西」。

極，作此好歌，以極反側。」此之謂也。

⒅引小雅鶴鳴篇二句九字，以喻聲遠之意：

故君子務修內而讓之於外，務積德於身而處之以遵道。如是則貴名起如日月，天下應之如雷霆。故曰君子隱而顯，微而明，辭讓而勝。詩曰：「鶴鳴于九皋，聲聞于天。」此之謂也。

⒆引小雅角弓第四章全章四句十七字，以明鄙夫不責己而怨人之患：

（接上條）鄙夫反是，比周而譽俞少，鄙爭而名俞辱，煩勞以求安利，其身俞危。詩曰：「民之無良，相怨一方；受爵不讓，至于已斯亡。」此之謂也。

⒇引小雅采菽篇第四章末兩句八字，以明上下不相亂之義：

故明主譎德而序位，所以爲不亂也；忠臣誠能，然後敢受職，所以爲不窮也。分不亂於上，能不窮於下，治辯之極也。詩曰：「平平左右，亦是率從。」⑫是言上下之交不相亂也。

(21)引大雅桑柔篇第十一章全章六句二十四字，以明君子與小人之別：

凡人莫不欲安榮而惡危辱，故唯君子爲能得其所好，小人則日徼其所惡。詩曰：「維此良人，弗求弗迪；維彼忍心，是顧是復；民之貪亂，寧爲荼毒！」此之謂也。

---

⑫韓詩「平」作「便」。

（九）王制篇一次

㉒引周頌天作篇前四句十五字，以明大神之意：（此條與㊻所引同）

故天之所覆，地之所載，莫不盡其美，致其用，上以飾賢良，下以養百姓而安樂之，夫是之謂大神。詩曰：「天作高山，大王荒之；彼作矣，文王康之。」此之謂也。

（一〇）富國篇六次

㉓引大雅棫樸篇末章全章四句十六字，以證先王綱紀四方：

古者先王分割而等異之也……爲之宮室臺榭，使足以避燥溼養德辨輕重而已，不求其外。詩曰：「雕琢其章，金玉其相，亹亹我王，綱紀四方。」⑬此之謂也。

㉔引小雅黍苗篇第二章全章四句十六字，以明百姓不憚勤勞以奉上：

故仁人在上，百姓貴之如帝，親之如父母，爲之出死斷亡而愉者，無它故焉，其所是焉誠美，其所得焉誠大，其所利焉誠多。詩曰：「我任我輦，我車我牛；我行既集，蓋云歸哉。」此之謂也。

㉕引大雅抑篇二句八字，以證「自取」之意：（此條與㊴所引同）

是以臣或弒其君，下或殺其上，粥其城，信其節，而不死其事者，無它故焉，人主自取

---

⑬「雕」與魯詩同，毛詩作「追」。「亹亹」與魯詩、韓詩同，毛詩作「勉勉」。

之。詩曰：「無言不讎，無德不報。」⑭此之謂也。

㉖引周頌執競篇後七句二十八字，以證儒術行而天下足：

夫天下何患乎不足也，故儒術誠行，則天下大而富，使而功，撞鐘擊鼓而和。詩曰：「鐘鼓喤喤，管磬瑲瑲，降福穰穰，降福簡簡，威儀反反，既醉既飽，福祿來反。」⑮此之謂也。

㉗引小雅節南山篇第二章下半章四句十六字，以證墨術行而勞苦無功：

（接上文）故墨術誠行，則天下尚儉而彌貧，非鬥而日爭，勞苦頓萃而愈無功，愀然憂戚非樂而日不和。詩曰：「天方薦瘥，喪亂弘多；民言無嘉，憯莫懲嗟。」⑯此之謂也。

㉘引曹風尸鳩篇第三章六句之後四句十六字，以證仁人用國之效：（此條與㊷(62)所引同）

故仁人之用國，非特將持其有而已也，又將兼人。詩曰：「淑人君子，其儀不忒；其儀不忒，正是四國。」此之謂也。

---

⑭ 魯詩「讐」亦作「醻」「酬」，韓詩作「酬」。

⑮ 「喤喤」與毛詩同。三家「喤喤」皆作「鍠鍠」。「管磬瑲瑲」與魯詩同，毛詩作「磬筦將將」。齊詩「瑲瑲」作「鏘鏘」，韓詩作「蹩蹩」。魯詩「穰」作「瀼」，「反反」作「板板」。

⑯ 「瘥」字與毛詩同，三家作「䁟」。

(一一)王霸篇一次

(29)再引大雅文王有聲篇三句十二字，以明其道足以齊一人而四方皆歸之：（此條與(16)所引同）

故百里之地，足以竭埶矣。致忠信，箸仁義，足以竭人矣。兩者合而天下取，諸侯後同者先危。詩曰：「自西自東，自南自北，無思不服。」一人之謂也。

(一二)君道篇四次

(30)引大雅常武篇二句八字，以證四海至平之效：（此條與(43)所引同）

故上好禮儀，尙賢使能。無貪利之心，則下亦將綦辭讓，致忠信，而謹於臣子矣。……敵國不待服而詘；四海之民，不待令而一，夫是之謂至平。詩曰：「王猶允塞，徐方既來。」⑰此之謂也。

(31)引大雅板篇二句八字，以證人君愛民好士之效：（此條與(44)所引同）

故君人者，愛民而安，好士而榮，兩者無一焉而亡。詩曰：「介人維藩，大師維垣。」⑱此之謂也。

(32)三引大雅抑篇二句八字，以證天子之大形：（此條與(8)(14)所引同）

---

⑰齊詩「來」作「徠」。

⑱「介」字與魯詩同，毛詩作「价」。「維」字與毛詩同，魯詩作「惟」。

故天子不視而見，不聽而聰，不慮而知，不動而功，塊然獨坐而天下從之如一體。如四胑之從心，夫是之謂大形。詩曰：「溫溫恭人，維德之基。」此之謂也。

(33)引大雅文王篇二句八字，以證多士之重要：

故人主無便嬖左右足信者，謂之闇；無卿相輔佐足任者，謂之獨；所使於四鄰諸侯者非其人，謂之孤；孤獨而晻，謂之危。國雖若存，故之人曰亡矣。詩曰：「濟濟多士，文王以寧。」此之謂也。

(一三) 臣道篇四次

(34)引逸詩三句十三字，以明事聖君之道：

事聖君者，有聽從……則崇其美，揚其善，違其惡，隱其敗，言其所長，不稱其所短，以爲成俗。詩曰：「國有大命，不可以告人，妨其躬身。」此之謂也。

(35)引小雅小旻篇末章全章七句二十八字，以證仁者之臨深履薄：

仁者必敬人，凡人非賢，則案不肖也；人賢而不敬，則是禽獸也；人不肖而不敬，則是狎虎也。禽獸則亂，狎虎則危，災及其身矣。詩曰：「不敢暴虎，不敢馮河；人知其一，莫知其他。戰戰兢兢，如臨深淵，如履薄冰。」此之謂也。

(36)引大雅抑篇二句八字，以證仁人之一舉一動均可爲則：

若夫忠信端愨而不害傷，則無接而不然，是仁人之質也。……喘而言，臑而動，而一可以爲法則。詩曰：「不僭不賊，鮮不爲則。」此之謂也。

(37)引商頌長發篇第四章中二句十字，以明湯武取天下權險之平爲救下國者也：

不卹是非，不論曲直，偷合苟容，迷亂狂生，夫是之謂禍亂之從聲，飛廉惡來是也。傳曰：「斬而齊，枉而順，不同而壹。」詩曰：「受小球大球，爲下國綴旒。」此之謂也。

（一四）致仕篇二次

(38)引大雅民勞篇二句八字，以明自近及遠之理：

刑政平而百姓歸之，禮義備而君子歸之。故禮及身而行脩，義及國而政明。能以禮挾而貴名白，天下願令行禁止，王者之事畢矣。詩曰：「惠此中國，以綏四方。」此之謂也。

(39)再引大雅抑篇二句八字，以明爲善則物必報之意：（此條與(25)所引同）

師術有四……而博習不與焉。水深而回，樹落則糞本，弟子通利則思師。詩曰：「無言不讎，無德不報。」此之謂也。

（一五）議兵篇四次

(40)引商頌長發篇四句十七字，以證仁人用國之效：

故仁人用國日明，諸侯先順者安，後順者危。慮敵之者削，反之者亡。詩曰：「武王載發，有虔秉鉞，如火烈烈，則莫我敢遏。」⑲此之謂也。

(41)三引大雅文王有聲篇三句十二字，以證人師之得人從服：（此條與(16)(29)所引同）

孫卿子曰……故近者歌謳而樂之，遠者竭蹷而趨之；無幽閒辟陋之國，莫不趨使而安樂之；四海之內若一家，通達之屬莫不從服，夫是之謂人師。詩曰：「自西自東，自南自北，無思不服。」此之謂也。

(42)再引曹風尸鳩篇二句八字，以證盛德之化天下：（此條與(28)(62)所引同）

荀卿子曰……故近者親其善，遠方慕其德；兵不血刃，遠邇來服。德盛於此，施及四極。詩曰：「淑人君子，其儀不忒。」⑳此之謂也。

(43)再引大雅常武篇二句八字，再證盛德之化天下：（此條與(30)所引同）

故民之歸之如流水，所存者神，所爲者化，而順暴悍勇力之屬爲之化而愿。……夫是之謂大化至一。詩曰：「王猶允塞，徐方既來」此之謂也。

（一六）彊國篇二次

(44)再引大雅板篇二句八字，以證人君愛民好士之效：（此條與(31)所引同）

---

⑲「載發」「遏」均與魯詩韓詩同，毛詩作「載旆」，作「曷」。郝懿行曰：「毛詩本出荀卿，不應有異。說文引詩又作「載坺」，然則「坺」「發」蓋皆「旆」之同音叚借字耳。

⑳陳奐曰：其下尙有「其儀不忒，正是四國」二句，今脫之也。

故君人者，愛民而安，好士而榮，兩者無一焉而亡。詩曰：「价人維藩，大師維垣。」此之謂也。

(45)引大雅烝民篇二句九字，以明積微至箸之功：

霸者之善，箸焉可以時託也；王者之功名，不可勝日志也。財物貨寶，以大爲重，政教功名反是，能積微者速成。詩曰：「德輶如毛，民鮮克舉之。」此之謂也。

（一七）天論篇二次

(46)再引周頌天作篇前四句十五字，以明吉凶由人，如太王之能尊大岐山也。（此條與(22)所引同）

治亂天邪？曰日月星辰瑞厤，是禹桀之所同也。禹以治，桀以亂，治亂非天也。時邪？……治亂非時也。地邪？……治亂非地也。詩曰：「天作高山，大王荒之；彼作矣，文土康之。」此之謂也。

(47)引逸詩一句六字，以言苟守道不違，何畏人之言也：

天不爲人之惡寒也輟冬……天有常道矣，地有常數矣，君子有常體矣。君子道其常，小人計其功。詩曰：「何恤人之言兮。」[21]此之謂也。

（一八）正論篇二次

---

[21] 俞樾曰：「何恤」上本有「禮義之不愆」五字，而今奪之。

⒇引大雅大明篇一句四字，以文王之德證主道明則下安：（此條與(56)所引上一句同）

故主道明則下安，主道幽則下危……故主道莫惡乎難知，莫危乎使下畏己……詩曰：「明明在下。」

(49)引小雅十月之交四句十六字，以言下民相爲妖孽，災害非從天降，噂噂沓沓然相對談語，背則相憎，爲此者蓋由人耳：

堯舜者，天下之善教化者也。……故作者不祥，學者受其殃，非者有慶。詩曰：「下民之孽，匪降自天；噂沓背憎，職競由人。」㉒此之謂也。

(一九) 禮論篇三次

(50)再引小雅楚茨篇二句八字，以明有禮，動皆合宜也：（此條與(5)所引同）

故厚者禮之積也，大者禮之廣也，高者禮之隆也，明者禮之盡也。詩曰：「禮儀卒度，笑語卒獲。」此之謂也。

(51)引周頌時邁篇二句八字，以喻聖人能並治之：

故曰天地合而萬物生，……天能生物，不能辨物也。地能載人，不能治人也。宇中萬物生人之屬，待聖人然後分也。詩曰：「懷柔百神，及河喬嶽。」㉓此之謂也。

㉒「噂」字與毛詩同，三家作「僔」。

㉓魯詩「喬」作「嶠」。

(52)引大雅泂酌二句八字，以釋君之喪，所以三年之故：

故三年之喪，人道之至文者也。……君之喪所以取三年何也？曰：君者，治辨之主也，文理之原也，情貌之盡也。相率而致隆之，不亦可乎？詩曰：「愷悌君子，民之父母。」㉔彼君子者，固有爲民父母之說焉。

(二〇)樂論篇無

(二一)解蔽篇四次

(53)引逸詩五句二十字，以堯能用賢不蔽，天下和平，故有鳳凰來儀巢於阿閣之福，證文王之至盛：

文王監於殷紂，故主其心而愼治之。……生則天下歌，死則四海哭，夫是之謂至盛。詩曰：「鳳凰秋秋，其翼若干，其聲若簫，有鳳有凰，樂帝之心。」此不蔽之福也。

(54)引周南卷耳篇首章全章四句十六字，以證情之至：

心者形之君也……故曰心容，其擇也無禁，必自見，其物也雜博，其情之至也不貳。詩云：「采采卷耳，不盈頃筐；嗟我懷人，寘彼周行。」㉕

(55)引逸詩二句八字，以證接近小人之危險：

㉔「愷悌」與魯詩、韓詩同，毛詩作「豈弟」。齊詩作「凱弟」。

㉕魯詩「卷」亦作「菤」。

故君人者，周則讒言至矣，直言反矣，小人邇而君子遠矣。詩云：「墨以爲明，狐狸而蒼。」此言幽而下險也。

(56)再引大雅大明二句八字，以言上明而下化之意：（此條所引上句與(48)所引同）

君人者，宣則直言至矣，而讒言反矣，君子邇而小人遠矣。詩曰：「明明在下，赫赫在上。」此言上明而下化也。

（二二）正名篇三次

(57)引大雅卷阿篇第六章全章五句二十字，以明聖人辨說之效：

正名而期，質請而喻……有兼德之明而無奮矜之容……說行則天下正，說不行則白道而冥窮，是聖人之辨說也。詩曰：「顒顒卬卬，如珪如璋，令聞令望；豈弟君子，四方爲綱。」此之謂也。

(58)引逸詩五句二十六字，以明士君子辨說之效：

故能道而不貳，吐而不奪，利而不流，貴公正而賤鄙爭，是士君子之辨說也。詩曰：「長夜漫兮，永思騫兮，大古之不慢兮，禮義之不愆兮，何恤人之言兮。」此之謂也。

(59)再引小雅何人斯篇末章全章六句二十四字，以喻狂惑之愚人：（此條與(17)所引同）

故知者之言也，慮之易知也……而愚者反是。詩曰：「爲鬼爲蜮，則不可得；有靦面目，視人罔極。作此好歌，以極反側。」此之謂也。

（一二三）性惡篇無

（一二四）君子篇三次

(60)引小雅北山篇第二章之前四句十六字，以證天子之至尊：

天子也者，埶至重，形至佚，心至愈，志無所詘，形無所勞，尊無上矣。詩曰：「普天之下，莫非王土；率土之濱，莫非王臣。」㉖此之謂也。

(61)引小雅十月之交篇第三章後六句二十四字，以喻天下之大亂：

以族論罪，以世舉賢，雖欲無亂，得乎哉？詩曰：「百川沸騰，山冢崒崩。高岸爲谷，深谷爲陵。哀今之人，胡憯莫懲！」㉗此之謂也。

(62)三引曹風尸鳩篇第三章後四句十六字，以喻正身待物則四國皆化，恃才矜能則所得者小也：（此條與(28)(42)所引同）

備而不矜，一自善也，謂之聖。不矜矣，夫故天下不與爭能，而致善用其功。有而不有也，夫故爲天下貴矣。詩曰：「淑人君子，其儀不忒；其儀不忒，正是四國。」此之謂也。

（一二五）成相篇無

㉖「普」字與三家同，毛詩作「溥」。

㉗韓詩「騰」作「滕」。

(二六)賦篇無

(二七)大略篇十二次(其中五次爲孔子所引)

(63)引齊風東方未明篇二句八字，以證臣不俟駕而行之禮：

大略，君人者，隆禮尊賢而王……諸侯召其臣，臣不俟駕，顚倒衣裳而走，禮也。詩曰：「顚之倒之，自公召之。」天子召諸侯，諸侯輦輿就馬，禮也。

(64)引小雅出車首章頭四句十六字，以明諸侯奉上之禮：

(接上文)詩曰：「我出我輿，于彼牧矣。自天子所，謂我來矣。」㉘

(65)引小雅魚麗篇二句八字，以明聘好輕財重禮之義：

聘禮志曰：幣厚則傷德，財侈則殄禮。禮云禮云，玉帛云乎哉！詩曰：「物其指矣，唯其偕矣。」㉙不時宜，不敬交(文之訛)，不驩欣，雖指，非禮也。

(66)引小雅緜蠻篇二句八字，以明敎養之重要：

故家五畝宅，百畝田，……所以富之也。立大學……所以道之也。詩曰：「飲之食之，敎之誨之。」

(67)引大雅板篇四句十六字，以證博問之重要：

㉘「輿」字與魯詩同，毛詩作「車」。

㉙「指」字「唯」字與魯詩同，毛詩作「旨」作「維」。

天下國有俊士，世有賢人。迷者不問路，溺者不問遂，亡人好獨。詩曰：「我言維服，勿用爲笑；先民有言，詢于芻蕘。」言博問也。

(68)引衞風淇奧篇二句八字，以明爲學之道：

人之於文學也，猶玉之於琢磨也。詩曰：「如切如磋，如琢如磨。」㉚謂學問也。

(69)孔子引商頌那篇二句八字，以證事君之不可息：

子貢問於孔子曰：「賜倦於學矣，願息事君。」孔子曰：「詩云：『溫恭朝夕，執事有恪。』事君難，事君焉可息哉！」

(70)孔子引大雅既醉篇二句八字，以證事親之不可息：（此條上句與(79)所引同）

（接上文）然則賜願息事親。孔子曰：「詩云：『孝子不匱，永錫爾類。』事親難，事親焉可息哉！」

(71)孔子引大雅思齊篇三句十三字，以證妻子之不可息：

（接上文）然則賜願息於妻子。孔子曰：「詩云：『刑于寡妻，至于兄弟，以御于家邦。』妻子難，妻子焉可息哉！」

(72)孔子引大雅既醉篇二句八字，以證朋友之不可息：

㉚「磋」字與三家同，毛詩作「瑳」。魯詩「切」亦作「⿰齒骨」，韓詩「琢」作「錯」，齊詩「磨」亦作「摩」。

（接上文）然則賜願息於朋友。孔子曰：「詩云：『朋友攸攝，攝以威儀。』朋友難，朋友焉可息哉！」

(73)孔子引豳風七月篇四句十七字，以證耕之不可息：

（接上文）然則賜願息耕。孔子曰：「詩云：『晝爾于茅，宵爾索綯，亟其乘屋，其始播百穀。』耕難，耕焉可息哉！」

(74)引小雅無將大車篇二句八字，以明不可與小人處之理：

以友觀人，焉所疑。取友善人，不可不慎，是德之基也。詩曰：「無將大車，維塵冥冥。」言無與小人處也。

（二八）宥坐篇四次

(75)引邶風柏舟篇二句八字，以明小人成羣之可憂：

此七子者，皆異世同心，不可不誅也。詩曰：「憂心悄悄，慍于羣小。」小人成羣，斯足憂矣。

(76)引小雅節南山篇第三章前六句二十四字，以明用刑之道：

邪民不從，然後俟之以刑，則民知罪矣。詩曰：「尹氏大師，維周之氐，秉國之均，四方是維。天子是庳，卑民不迷。」㉛是以威厲而不試，刑錯而不用，此之謂也。

㉛「氐」與毛詩同，魯詩作「底」，齊詩「均」作「鈞」。「庳」毛詩作「毗」，魯詩作「痺」。「卑」魯與詩同，毛詩作「俾」。

(77)引小雅大東篇首章八句之後六句二十四字，以言失其砥矢之道，所以陵遲，哀其法度墮壞：

今之世則不然，亂其教，繁其刑……數仞之牆，而民不踰也；百仞之山，而豎子馮而游焉。陵遲故也。今夫世之陵遲亦久矣，而能使民勿踰乎？詩曰：「周道如砥，其直如矢；君子所履，小人所視。眷焉顧之，潸焉出涕。」㉜豈不哀哉。

(78)引邶風雄雉篇第三章全章四句十六字，並證以孔子之評語：

（接上文）詩曰：「瞻彼日月，悠悠我思；道之云遠，曷云能來。」㉝子曰：「伊稽首不其有來乎。」

（二九）子道篇一次

(79)再引大雅既醉篇一句四字，以明孝親之道：（此條與(70)所引上句同）

傳曰：「從道不從君，從義不從父」此之謂也。故勞苦彫萃而能無失其敬，災禍患難而能無失其義，則不幸不順，見惡而能無失其愛，非仁人莫能行。詩曰：「孝子不匱」此之謂也。

（三〇）法行篇二次

㉜「眷焉」毛詩作「睠言」。

㉝「悠悠」與毛詩同，魯詩作「遙遙」。

(80)引逸詩四句十六字，以明不愼其初，追悔無及之理：

刑已至而呼天，不亦晚乎？詩曰：「涓涓源水，不雝不塞，轂已破碎，乃大其輻。」事已敗矣，乃重大息，其云益乎！

(81)引秦風小戎篇二句八字，以證君子比德：

夫玉者，君子比德焉……故雖有珉之雕雕，不若玉之章章。詩曰：「言念君子，溫其如玉。」此之謂也。

(三一)哀公篇無

(三二)堯問篇一次

(82)荀子學生引大雅烝民篇二句八字，以證荀子之用心：

然則孫卿懷將聖之心，蒙佯狂之色，視天下以愚，詩曰：「既明且哲，以保其身。」此之謂也。

三、荀子引詩的統計與考察

現在再從荀子書中引詩八十二次，加以統計，以便作各種的考察。

(甲)引詩者的統計

1. 記孔子引詩共五次(69)(70)(71)(72)(73)。但所引五次均不見於論語。

2. 第八十二次堯問篇中引烝民詩二句係荀卿弟子所引。

3. 其餘七十六次均爲荀子本人引詩，此七十六次中並有一次(78)引詩後，再以孔子評語爲證。

據外子文開「論語與詩經」及「孟子與詩經」二文的統計，論語二十篇中，孔子引詩僅三次；孟子七篇中，孟子本人引詩三十次；今荀子三十二篇中，荀子自引詩達七十六次之多，是知引詩之風至荀子而極盛。其實荀子記孔子五次引詩及一次評語，均不見於論語。嚴格說來，五次孔子引詩，其可靠性不大，也只能算在荀子的名下，那末，八十二次引詩，除去一次弟子所引外，八十一次都等於荀子自引的。

(乙) 引詩長短統計

1. 所引三百篇詩句，引全章的共十五次：

(一)其中最長的是(35)小雅小旻篇末章共七句二十八字。

(二)其次是全章六句二十四字共五次：(1)小雅小明、(2)曹風尸鳩、(17)小雅何人斯、(21)大雅桑柔、(59)小雅何人斯。

(三)全章五句二十字一次是：(57)大雅卷阿第六章。

(四)全章四句十七字一次即：(19)小雅角弓第四章。全章四句十六字六次即：(11)小雅角弓第七章、(15)大雅下武第四章、(23)大雅棫樸末章、(24)小雅黍苗第二章、(54)周南卷耳首章、

(78)邶風雄雉第三章。

㊄全章二句八字一次即：(7)小雅魚麗篇末章。

2.所引不滿全章者，句數最多的是(26)引周頌執競篇七句二十八字。

3.其次是六句的五次：一次是(13)引大雅蕩篇第七章的後六句二十六字；另四次是六句二十四字。那是(4)引小雅小旻第二章之前六句、(61)引小雅十月之交第三章後六句、(76)引小雅節南山第三章前六句，和(77)引小雅大東第一章後六句。

4.再其次是引五句的二次：一次是(58)引逸詩的二十六字、一次是(53)引逸詩的二十字。

5.其餘引四句的共十三次：其中十七字的二次，十六字的九次，十五字的二次。十七字的二次是(40)引商頌長發詩句、(73)引豳風七月詩句；十六字的九次是(19)引小雅裳裳者華詩句、(27)引小雅節南山詩句、(28)及(62)引曹風尸鳩篇第三章詩句、(49)引小雅十月之交詩句、(60)引小雅北山篇詩句、(64)引小雅出車詩句、(67)引大雅板篇詩句、和(80)引逸詩詩句；十五字的二次是(22)及(46)均引周頌天作篇詩句。

6.引詩較短者有三句的五次：其中二次十三字是(71)引大雅思齊篇詩句，和(34)引逸詩詩句；三次十二字是(16)(29)(41)引大雅文王有聲篇同樣的詩句。

7.更短者是引詩二句的三十七次：其中十字者二次，九字者二次，八字者三十四次。十字二次是(10)引商頌長發篇第五章詩句，(37)引商頌長發第四章詩句；九字的二次是(18)引小雅鶴鳴詩句、(45)引大雅烝民詩句；八字的三十四次是(3)(5)(6)(8)(12)(14)(20)(25)(30)(31)(32)(33)(36)(38)(39)(42)(43)(44)(50)(51)(52)(55)(56)(63)(65)(66)(68)(69)(70)(72)(74)(75)(81)(82)所引各詩。

8.最短的是引詩一句，共三次：其中一次六字，二次四字。六字的是(47)引逸詩一句；四字的是(48)引大雅大明一句及(79)引大雅既醉一句。

這統計顯示荀子引詩與孟子同樣是引兩句的爲最多，共計三十八次。引全章的雖也多至十五次，但仍不如孟子引兩全章至十二句四十八字之長。

（丙）引詩類別統計

如前所述，荀子書中引詩八十二次，其中七十六次爲荀子本人所引，五次爲孔子所引，一次爲荀子弟子所引。其弟子所引之一次是在最後一篇堯問，係大雅烝民篇中的二句。孔子所引五次是大雅三次、商頌一次、豳風一次。荀子本人所引七十六次中，大雅二十八次、小雅二十五次、國風十次、頌七次、逸詩六次。玆分述於下：

1.荀子所引大雅二十八次爲：皇矣篇一次，抑篇六次，其中「溫溫恭人，維德之基」引三次；「無言不讎，無德不報」引二次；「不僭不賊，鮮不爲則」引一次。常武篇三次，其中「王猶允塞，徐方既來」二句引二次。蕩篇一次。下武篇一次。文王有聲篇三次（相同）。桑柔篇一次。棫樸篇一次。板篇三次，其中兩引「介人維藩，大師維垣」二句。文王篇一次。民勞篇一次。烝民篇一次。大明篇二次，一爲「明明在下」，一爲

「明明在下，赫赫在上」。洞酌篇一次。卷阿篇一次。旣醉篇一次，與孔子所引上句相同。

2. 荀子所引小雅二十五次爲：小明篇一次。采薇篇二次。小旻篇二次。楚茨篇二次（相同）。魚麗篇二次。裳裳者華篇一次。角弓篇二次。何人斯篇二次（相同）。鶴鳴篇一次。黍苗篇一次。節南山篇二次。十月之交篇二次。北山篇一次。出車篇一次。緜蠻篇一次。無將大車篇一次。大東篇一次。

3. 荀子引國風十次爲：曹風四次，均在鳲鳩篇，其中三次所引相同，均爲「淑人君子，其儀不忒；其儀不忒，正是四國」四句。周南一次。齊風一次。衞風一次。邶風二次。秦風一次。

4. 荀子引周頌四次爲：時邁篇一次，執競篇一次，天作篇二次，所引天作二次爲相同之四句。

5. 荀子引商頌三次均爲長發篇詩句。

6. 荀子引逸詩六次。

從上面統計中，我們見到荀子引詩也和孟子一樣，最愛引大雅。大雅在儒家受到的重視，可想而知。但荀子引詩，不似孟子之偏於大雅，引小雅也達二十五次之多，國風也有十次。國風共百六十篇，小雅也七十四篇；但大雅只有三十一篇，而引詩獨多，這大概與大雅詩多議論說理之句有關。

（丁）荀子引詩異文考察

荀子引詩八十二次，頗多異文。非相篇引小雅角弓篇第七章四句曰：「雨雪瀌瀌，宴然聿消。莫肯下隧，式居屢驕。」此之謂也。將此四句與今本毛詩及王先謙詩三家義集疏對校，毛詩異文五字：第二句作「見晛曰消」，第三句「隧」作「遺」，第四句「屢」作「婁」。韓詩作「雨雪麃麃，曣晛聿消，莫肯下隤，式居婁驕。」六字異文。魯詩作「雨雪麃麃，宴然聿消。莫肯下隧，式居婁驕。」異文僅三字。郝懿行曰（見荀子集解註）：「毛詩本出荀卿，荀所引詩多與毛合。詩『見晛曰消』，韓詩『曣晛聿消』，毛云：『晛日氣也。』韓云：『曣晛日出也。』二說義相成」王先謙曰：「案此詩毛作見晛，韓作曣晛，魯作宴然。宴然，曣㬗之渻文。宴燕古文通用字。廣雅：㬗曣，煥也，正用魯訓。漢書劉向傳引詩『雨雪麃麃，見晛聿消。』顏注：『見，無雲也；晛，日氣也。』案見不得訓爲無雲。據說文：䕼姓，無雲也；晛，日見也。依顏注，是劉向引詩正作䕼，顏所見本不誤，後人妄改作見耳。向用魯詩，尤可證合。玉篇廣韻皆云晛㬗二形同，韓之曣晛，卽魯之㬗曣耳。麃，瀌渻文。屢、婁古今文之異。荀子傳詩浮邱伯，伯傳申公爲魯詩之祖。荀書引詩異毛者，皆三家義，而郝氏強爲毛傳合，失之遠矣。」

郝懿行主張荀子引詩大多與毛詩合，而王先謙駁之，以爲魯詩係荀子所傳授，故荀子引詩異毛者，皆三家義。雙方各舉例證明，但皆偏而不全。筆者企圖用荀書引詩與四家詩分別核對，記其異文，加以統計考察。玆就荀子引詩八十二次字句，去其重複，統計各家所得異文字數如下：

1. 荀子引詩中，毛詩異文三十三字。
2. 荀子引詩中，韓詩異文二十四字。
3. 荀子引詩中，魯詩異文二十二字。
4. 荀子引詩中，齊詩異文十九字。

這統計的結果，似乎顯示了齊詩文字與荀子最爲接近。魯詩韓詩次之，而毛詩與荀子距離最遠。這似乎符合了王先謙的推斷。其實不然，照王氏推斷，三家中魯詩係荀學，應魯詩文字與荀子引詩最接近。而今統計結果却不然。依汪中毛詩、魯詩傳自荀子，而韓詩乃荀卿之別子，齊詩則毫無關係。今統計結果，發現四家文字與荀子引詩接近的程度，恰成相反的現象。我們雖知汪中所述四家詩與荀子的關係，但其可信程度並不太高。而所顯示相反的現象，也必有因素在。例如毛詩異文最多，或因毛詩係古文之故。三家詩異文較少，或係因其異文失傳，清人所輯僅其一部分的遺蹟之故。今毛詩全存，韓詩尚留有外傳，故此異文統計結果，以毛詩最多，而韓詩次之也。

因此筆者對荀子引詩異文雖有上列統計，但並不能據以推斷四家詩與荀子關係的密切或疏遠。

四、荀子論詩的考察

荀子書引詩八十二次外，尙有論詩之文十四次。（計大略篇四次、勸學篇樂論篇各三次，儒效篇二次、榮辱篇禮論篇各一次）玆加以考察於下：

⑴勸學篇論學之始終，以誦詩書始，以讀禮終，而以詩爲中聲，其文如下：

學惡乎始？惡乎終？曰：其數則始乎誦經，終乎讀禮。❶其義則始乎爲士，終乎爲聖人。……故書者政事之紀也，詩者中聲之所止也。❷禮者法之大分，類之綱紀也。故學至乎禮而止矣。

⑵勸學篇續論禮樂詩書春秋，以詩書爲博學，其文如下：

（接上文）夫是之謂道德之極。禮之敬文也，樂之中和也，詩書之博也。❸春秋之微也，在天地之間者畢矣。

⑶勸學篇中又論學貴好其人，隆禮次之。若僅順讀詩書，則「故而不切」，不免爲陋儒、散儒而已。其文如下：

---

❶楊倞注曰：數，術也。經謂詩書，禮謂典禮之屬也。盧文弨曰：典禮疑當是曲禮之誤。

❷楊注：詩謂樂章，所以節聲音，至乎中而止，不使流淫也。王先謙曰：下文詩樂分言，此不言樂，以詩樂相兼也。

學莫便乎近其人。❹禮樂法而不說，詩書故而不切。❺春秋約而不速，方其人之習君子之說，則尊以徧矣，周於世矣。故曰：學莫便乎近其人。學之經，莫速乎好其人，隆禮次之，上不能好其人，下不能隆禮，安特將學雜識志，順詩書而已耳。則末世窮年，不免為陋儒而已……不道禮憲以詩書為之。❻譬之猶以指測河也，以戈舂黍也，以錐飡壺也，不可得之矣。故隆禮，雖未明，法士也。不隆禮，雖察辯，散儒也。

(4)榮辱篇論詩書禮樂之分，在使人能節用御欲，而得長治久安，其文如下：

是何也？非不欲也，幾（豈）不長慮顧後而恐無以繼之故也。於是又節用御欲，收斂蓄藏以繼之也。是於已長慮顧後，幾不甚善矣哉！今夫偷生淺知之屬，曾此而不知也。……況夫先王之道，仁義之統，詩書禮樂之分乎？❼……夫詩書禮樂之分，固非庸人之所知也。

(5)儒效篇論詩書禮樂之歸與風雅頌之別。其文如下：

---

❸楊注：博謂廣記土風鳥獸草木及政事也。
❹楊注：謂賢師也。
❺楊注：詩書但論先王故事而不委曲切近於人。故曰：學詩三百，使於四方，不能專對也。
❻楊注：道，言說也。憲，標志也。王念孫曰：道者由也，言作事不由禮法，而以詩書為，則不可以得之也。
❼楊注：分，制也。

聖人也者，道之管也，天下之道管是矣。百王之道一是矣。故詩書禮樂之歸是矣。詩言是其志也；書言是其事也；禮言是其行也；樂言是其和也；春秋言是其微也。故風之所以爲不逐者，取是以節之也；❽小雅之所以爲小雅者，取是而文之也；❾大雅之所以爲大雅者，取是而光之也；❿頌之所以爲至者，取是而通之也。⓫天下之道畢是矣。⓬

(6)儒效篇論以知否隆禮義而敦詩書等以爲俗儒與雅儒之別。其文如下：

故有俗人者，有俗儒者，有雅儒者，有大儒者。不學問，無正義，以富利爲隆，是俗人者也。逢衣淺帶，解果其冠，略法先王而足亂世術，繆學雜舉，不知法後王而一制度，不知隆禮義而殺詩書。⓭其衣冠行僞，已同於世俗矣。然而不知惡者，其言議談說已無

---

❽ 逐，流蕩也。

❾ 雅，正也。文，飾也。

❿ 郝懿行曰：光猶廣也。

⓫ 至謂盛德之極。

⓬ 荀子主張詩書禮樂皆以聖人之道爲歸依，故詩所言之志乃聖道之志，而分論風雅頌之、節之、文之、光之、通之，則均係修道之語無疑。但參閱他處荀子「節用御欲」「感動人之善心」「心淫心莊」等論點以觀察，他的節之、文之、光之、通之，實出發自人之性情，修此「聖道之志」還應從性情入手。衞宏完成的毛詩序，便是這方面的發展。

⓭ 郝懿行曰：殺蓋敦子之誤，下同。楊氏無注，知唐本猶未誤。

異於……子矣。……是俗儒者也。法後王，一制度，隆禮義而殺詩書，其言行已有法矣。……是雅儒者也。

(7)禮論篇論三年之喪的哭之不久，周頌清廟之歌的僅一人倡而三人和，與懸一鐘而比於編鐘，皆爲禮之簡者，其文如下：

三年之喪，哭之不久也；清廟之歌一倡而三歎也；縣一鍾尚拊之膈朱絃而通越也；一也。

(8)樂論篇論詩樂的關係曰：

夫樂者，樂也，人情之所必不免也。故人不能無樂。樂則必發於聲音，形於動靜。而人之道聲音動靜性術之變盡是矣，故人不能不樂，樂則不能無形。形而不爲道，則不能無亂。先王惡其亂也，故制雅頌之聲以道之，使其聲足以樂而不流；使其文足以辨而不諰；使其曲直繁省廉肉節奏足以感動人之善心；使夫邪汙之氣無由得接焉。是先王立樂之方也。

(9)樂論篇論歌舞之配合曰：

故聽其雅頌之聲，而志意得廣焉；執其干戚，習其俯仰屈伸，而容貌得莊焉。

(10)樂論篇論音樂歌舞之美善與否足以影響人心，其文曰：

姚冶之容，鄭衞之音，使人之心淫；紳端章甫，舞韶歌武，使人之心莊。

⑾大略篇論人之相處，貴在一心而相信，不在言語與盟誓。其文曰：

不足於行者，說過；不足於信者，誠言；故春秋善胥命，而詩非屢盟；其心一也。⑭

⑿大略篇論善爲詩、易、禮者之極致，均可以不假言說。其文曰：

善爲詩者不說；善爲易者不占；善爲禮者不相：其心同也。⑮

⒀大略篇論諷誦詩書之重要曰：

少不諷，壯不論議，雖可，未成也。⑯

⒁大略篇論國風與小雅之特點，其文曰：

國風之好色也，傳曰：盈其欲而不愆其止。其誠可比於金石，其聲可內於宗廟。小雅不以於汙上，自引而居下。疾今之政，以思往者，其言有文焉，其聲有哀焉。⑰

上列荀子書中論詩十四條，加以整理，可以歸納爲以下六項：

(一)詩經的功用——二、四、五、十諸條屬之。第二條「詩書之博也」，舉其有博學的功

---

⑭ 楊注：春秋魯桓公三年，齊侯衞侯胥命于蒲。公羊傳曰：相命也。何言乎相命，近正也。古者不盟結言而退。又詩曰：「君子屢盟，亂用是長。」（溥言按：此二句詩出自小雅巧言之篇。言其一心而相信，則不在盟也。

⑮ 楊注：皆言與理冥會者，至於無言說者也。

⑯ 楊注：諷謂就學諷詩書也。

⑰ 淮南王劉安「國風好色而不淫，小雅怨誹而不亂」之語，當襲此荀子論點。

用與尙書同。第四條「於是又節用御欲，收歛蓄藏以繼之也。」舉其有節欲的功用與尙書禮樂同。第五條「詩言是其志也。」舉其作詩有言志的功用。第十條「使人心淫」「使人心莊」，則舉其歌詩有影響人心的功用。各條均不出孔子興、觀、羣、怨、事父、事君與多識的範圍。言志一點就是說的「可以興」「可以怨」。但儒家正式提出「詩言志」的實自荀子始。相傳子夏所作詩序的「詩者志之所之也，在心爲志，發言爲詩」的話，實完成於漢人衞宏之手；莊子天下篇中有「詩以道志」的話，則是漢人古注誤入正文者。（詳錢穆著莊子纂箋）；至於漢儒所輯禮記中孔子閒居篇託名於孔子說的「志之所至，詩亦至焉；詩之所至，禮亦至焉。」及樂記篇「詩言其志也」，也均記錄在荀子之後。只有尙書虞書的「詩言志，歌永言」和左傳襄公二十七年所載文子告叔向說的「詩以言志」早於荀子，可能係荀子所本，從此「詩言志」遂正式成爲儒家的主張。蓋據經典敍錄：左氏春秋亦係荀子所傳。荀子傳張蒼，蒼傳賈誼也。荀子的「詩言是其志也」，我們可以說，所言實爲「聖道之志」。詩序言志，「情動於中而形於言」「發乎情，止乎禮義。」則爲承襲荀子更引情性入於聖道之旨。唐宋以來「文以載道」的主張，實淵源於荀卿的「詩以載道」的觀念。淸人袁枚倡性靈之說，據虞書「詩言志」，指爲「性情之志」，則爲「詩以載道」的反動。

（二）詩經的地位——詩經的功用旣極廣大，則其地位自然也很重要。上舉第十三條「少不諷……雖可，未成也。」就是說詩經不可不讀。第一條「學惡乎始？……始乎誦經」，以讀經爲爲學的初步。第六條則以敦詩書爲成雅儒的條件。但在荀子心目中，詩經的地位不是最高，六經中地位最高的應該是禮。所以他在第三條中明言誦詩次於隆禮，而第一條「始乎誦經」之下爲「終乎讀禮」。

（二）詩經與其他五經的配合——荀子論詩常和其他五經配合着的。最簡單的配合是詩與樂（第八條），歌與舞（第九條），歌舞與樂（第十條）。而第八條論詩樂的關係，最爲精警；其次是常「詩書」合稱（第二第三第六各條）；再次是「詩、書、禮、樂」合稱（第四第五條），書、詩、禮並舉（第一條），詩、易、禮並舉（第十二條），而第二條第五條，也曾禮、樂、詩、書、春秋並舉。總之，六藝要配合起來運用，才得圓滿的結果，而隆禮爲其總綱。禮論篇（第七條）論清廟之歌，僅一倡而三歎，爲禮之簡者，也是談詩與禮之配合。

（四）風雅頌分論——荀子在儒效篇（第五條）論詩書禮樂之歸，指出詩言志、書言事、禮言行、樂言和、春秋言微五者的特徵後，特別將詩經的風雅頌作一次分論，指出風的作用在「節之」，小雅是「文之」，大雅是「光之」，而以頌爲最高成就的「通之」。但他在大略篇（第十四條）中只分論國風好色與小雅疾今，指出其特色爲「國風盈而不愆，小雅哀而不汙。」後來被西漢淮南王劉安襲取而有「國風好色而不淫，小雅怨誹而不亂」的名句，成爲一部詩經最扼要的評語。我們用文學欣賞的眼光來評論，詩經的精彩所在，就在國風的好色，小雅的疾今啊！

（五）論詩旨中聲說——自從孔子提出「中庸」兩字說：「中庸之爲德也，其至矣乎？民鮮久矣！」（論語雍也）。而對詩與樂也主張感情的中庸。像說：「關雎樂而不淫，哀而不傷」（論語八佾）荀子的中聲說，可以說是孔子主張的闡述。荀子勸學篇（第一條）僅只「詩者中聲之所止也」一句，也和孔子評關雎一樣，是兼論樂與詩的。樂論篇（第八條）的「使其聲足以樂而不流，使其文足以辨而不諰。」儒效篇（第五條）的「風之所以爲不逐者，取是以節之也。」大略篇（第十四條）的論國風與小雅，以及榮辱篇（第四條）論詩書禮樂的功用在使人節用御欲，都可作爲這中聲說的註脚。孔子評關雎，沒有明說詩樂的主旨在中庸，而荀子則已明白提出「詩者中聲之所止」的主張來了。

（六）詩貴意會，可以不假言說——大略篇（第十二條）論善爲詩、易、禮者之極致，均可以與理冥會而不假言說。

至於大略篇（第十一條）舉詩非屢盟，以證人貴一心，雖未將詩經小雅巧言篇的「君子屢盟，亂是用長」兩詩句明白引出，其實這不是論詩，而只是引詩的一種。反之，引詩八十二次中的解蔽篇引卷耳（引詩第五四）以說情之至而不貳周行等，則爲引詩而論之，入於論詩範圍，茲不贅。

五、結　論

荀子書中有關詩經的字句，前面都已抄錄統計並加以考察，現在再整理出重要的七項來作爲本文的結論：

一、漢代齊、魯、韓、毛四家詩，相傳毛詩、魯詩都傳自荀卿，韓詩與荀卿關係亦密切。今將四家詩分別與荀子書中所引詩經字句比較其異文的結果，反爲齊詩異文最少，魯詩、韓詩次之，毛詩異文最多。此固不足以證毛詩、魯詩非荀子所傳授，但無論如何，毛詩魯詩與荀子的引詩文字，歧異之處甚多，這一點是可以確定的。

二、春秋時代，賦詩風氣很盛。春秋的賦詩，是卿大夫們在朝會聘問時酬酢的禮節，賦詩等於是一種外交辭令，並不在體察作詩者的情意，和欣賞詩篇的文學之美，而是「斷章取義」，藉以表達賦詩者的自己的情意或對人的情意。所以學習詩經是備專對之用，詩經之被重視，成爲貴族子弟必讀之書，這是主要原因。春秋末年，賦詩之風寖衰，論語所載孔子以詩教其弟子，除備作專對的政治功用外，更用以爲修身的課本，並教導弟子，用「觸類旁通」的方法，因詩以悟道，而開引詩以明道的風氣。戰國時代的孟子，最愛引詩以立論，引詩之風始盛，於是孟子雖發明了「以意逆志」的讀詩法，而他的引詩爲證，非但用「斷章取義」之法，且有「牽強附會」之處。到戰國末年的荀子，引詩之風更盛，他的引詩爲證，已達有時只是引詩以裝點門面的地步。像孟子對梁惠王引靈臺詩以證「古之人與民偕樂」；對齊宣王引公劉詩以證公劉好貨；引緜詩以證太王好色，其作用都是重要的論證。不過公劉好貨，太王好色，已是牽強附會。而荀子對秦昭王引文王有聲以證人師之四海歸心，則可有可無，已近乎裝點門面，刪除了也無所謂。引詩發展到用以裝點門面，便走上濫調之路了。但荀子引詩也有青出於藍之處，有時活用經文，十分生色，確可稱爲引詩的傑作，如君子篇引十月之交詩的「百川沸騰，山冢崒崩，高岸爲谷，深谷爲陵」，以喻天下大亂，筆者最爲激賞。

三、孟子引詩共計三十五次，荀子引詩更達八十二次之多。孟荀引詩相同之處，爲孟子偏愛引大雅詩句，荀子引詩亦以大雅爲最多，共計二十八次，但不似孟子之偏。荀子引小雅亦達二十五次之多，國風十次，頌七次，逸詩亦有六次。又荀子所引詩句，亦以引二句的爲最多，共計三十七次，次多數是引四句的十三次。他也愛整章的引詩，引全章的達十五次之多，但所引最長的小旻篇末，也只有七句二十八字，仍大不如孟子引靈臺詩兩整章十二句四十八字之長。荀子引詩習慣用語，應用次數最多的是「詩曰」二字冠詞；達七十次之多。而「詩云」只用了十二次，其中五次還是屬於孔子引詩所用，成爲「孔子曰：詩云……」的公式。左傳引詩常用「詩曰」開頭，孟子則愛用「詩云」，到荀子又變爲「詩曰」，漢儒效之，也多用「詩曰」，而較少用「詩云」，韓詩外傳用「詩曰」最多，計一七七次，列女傳則用「詩云」最多，計八十次。荀子引詩結束語常殿以「此之謂也」四字，八十二次引詩中，用了五十二次之多，這是從孟子開其端而荀子襲用之，其風遂大盛，荀子書中七十次「詩曰」與五十二次「此之謂也」配合起來，「詩曰……此之謂也」共出現四十九次，成爲荀子引詩顯著的一個公式，到漢儒而廣泛應用，成爲濫調。

四、論語所載孔子論詩，偏重於詩的功用，承襲前代的是從政者誦詩增進政治知識和言語肆應之功，所以說：「不學詩，無以言」，「誦詩三百，授之以政，不達；使於四方，不能專對：雖多，亦奚以爲？」進一步便推廣爲興、觀、羣、怨、事父、事君的修身之功，和「多識」的附帶收穫。而修身之功的完成，在禮樂的配合，所以說：「興於詩，立於禮，成於樂。」學詩的語言肆應之功，前代朝會聘問時的賦詩專對，至孟子一變而爲游說時君時的引詩以對，進一步便推廣爲引詩以立論。這方面荀子承襲了孟子的作風（孟子性善說從詩經裏找到論證，荀子性惡篇却未引詩），但孟子論詩，已將重點轉移到讀詩的方法上去，那便是從「以意逆志」進而有「知人論世」的主張。至於荀子的論詩，再將重點回復到讀詩的修身之功用上去，而討論的中心便是孟子「以意逆志」的「志」字。孟子說「以意逆志」，荀子則說「詩言其志」，進而有「詩旨中聲」的主張。而「言志」與「中聲」也就是孔子所說「可以興」「可以怨」的功用。可以說是孔子原始儒學的發展。

五、儒家正式提出「詩言其志」之說始於荀子。相傳子夏所作詩序「詩者志之所之也，在心爲志，發言爲詩」的話，實完成於漢人衞宏之手；莊子天下篇也有「詩以道志」的話，則係漢人古注的誤入正文者；漢儒所輯禮記中孔子閒居篇託名於孔子說的「志之所至，詩亦至焉；詩之所至，禮亦至焉。」及樂記篇「詩言其志也」，也均記錄在荀子之後。只有虞書的「詩言志，歌永言」和左傳襄公二十七年所載文子告叔向說的「詩以言志」早於荀子，可能係荀子所本。荀子儒效篇論「聖人之道」是詩書禮樂之所歸依，「詩言是其志也」，是說詩之所言是「聖人之道」的意志。我們可說荀子的「詩言是其志也」所述是聖道之志，以下分論風雅頌的節之、文之、光之、通之，均係修道之語，所以最後，結以「天下之道畢是矣。」可是我們參閱荀子榮辱篇的論詩書禮樂之分，在使人「節用御欲」，樂論篇有「足以感動人之善心」，「使人心淫」「使人心莊」的話，則知國風的節之，乃情欲的節制；頌的通之，乃善心的感動以通達於聖道。故荀子詩言志說，其路線實爲引情入於聖道。而禮記樂記：「詩言其志也，歌咏其聲也，舞動其容也。三者本於心，然後樂從之」數句之後，接以「是故情深而文明」之句，其前又有「先王本之情性」的話。於是衞宏的詩序便承襲荀子的學說而發揮之，更引「情」而言之曰：「詩者，志之所之也，在心爲志，發言爲詩。情動於中而形於言，言之不足故嗟歎之，嗟歎之不足，故永歌之，永歌之不足，不知手之舞之，足之蹈之也。」以至「發乎情，止乎禮義。」這樣詩序的言志，成爲引導情性入於聖道的詩學。從孔子原始儒學與觀羣怨的詩論，經過荀子「詩言是其志也」的聖道之志的提出，到毛詩序而完成引情性入於聖道的詩學。

六、荀子的詩旨中聲說，是孔子「中庸」之德的被採入詩論，至禮記中庸篇而更完成「中庸」之道的學說，論語雍也篇記載孔子讚美中庸之德說：「中庸之爲德也，其至矣乎？」而對詩與樂也主張感情的中庸。例如八佾篇中說：「關雎樂而不淫，哀而不傷」，於是荀子便在勸學篇說：「詩者，中聲之所止也。」中聲，卽樂而不淫、哀而不傷之謂，也就是至乎中庸而止。他在樂論篇說：「使其聲足以樂而不流，使其文足以辨而不諰」。儒效篇的「風之所以爲不逐者，取是以節之也。」都可爲這中聲說作註脚。情感要節制，至於中庸而止，則荀子的詩旨中聲，可說是「詩言其志」更進一層的配合。至於荀子大略篇論國風好色與小雅疾今，指出其特色爲「國風盈而不愆，小雅哀而不汙」，也是「中聲之所止」，後來被西漢淮南王劉安襲取之改作「國風好色而不淫，小雅怨誹而不亂」，成爲一部詩經最扼要的評語。因爲我們用文學欣賞的眼光來考察，詩經的精彩所在，就在國風的好色與小雅的疾今兩部分。

七、在荀子的心目中，詩經的功用極大，其地位當然很重要，不可不讀，並以敦詩書爲成雅儒的條件。但詩經的地位並不是最高的。他在勸學篇中說：「不能隆禮，安特將學雜識志，順詩書而已耳。則末世窮年，不免爲陋儒而已。」荀子雖深於詩，喜歡引詩，但他認爲六經中地位最高的應該是禮。所以他說：「始乎誦經，終乎讀禮……故學至乎禮而止矣。」

民國五十六年十月於臺北

學庸與詩經

糜文開

一、學庸的時代和引詩統計

大學中庸本來都只是漢儒小戴所輯禮記中的一篇，宋儒朱熹，特別重視，爲學庸兩篇重定章句，和他所集注的論語孟子編在一起，合稱四書，四書之名，遂與五經並稱。依照學庸兩篇本文所記，「子曰」都是孔子說的話，而筆錄這些話的人應該是孔子的學生。大學中的「曾子曰」則是孔子學生曾參的話，曾參的學生所記。這些孔子和他學生的話，應該歸入原始儒學去討論。朱熹則定大學爲曾子作，中庸爲曾子的學生子思作。他在大學章句裏說：「右經一章，蓋孔子之言，而曾子述之，其傳十章，則曾子之意，而門人記之也。」在中庸章句裏則說：「右第一章，子思述所傳之意以立言。……其下十章，蓋子思引夫子（指孔子）之言，以終此章之義。」「右第十二章，子思之言，……其下八章，雜引孔子之言以明之。」「右第二十一章，子思承上章夫子天道之意而立言也。自此以下十二章，皆子思之言，以反覆推明此章之意。」那末，大學全部是孔子及其弟子的話，屬於原始儒學，而中庸則是孔子再傳弟子本「所傳之意以立言」，同於孟子的「序詩書，述仲尼之意，作孟子七篇」，已從原始儒學進而發展為發展儒學。

但是朱熹的話還是不可信。我們查考古代記載，史記孔子世家和孔穎達禮記正義引鄭玄目錄，都說中庸為子思作，漢書藝文志諸子略儒家下有「子思子」一書，隋書音樂志引梁沈約的話說，小戴禮記中的中庸、表記、坊記、緇衣等篇，皆取自子思子。朱熹定中庸為子思作，有這個根據。但讀中庸學說，較孟子更為精深而高超，所以清人崔述便說中庸必出孟子後；讀中庸文字，有「載華嶽而不重」句，袁枚以為論語孟子言山都稱「泰山」，而中庸獨稱「華嶽」，疑出於西京（西漢）儒生所依託，近人更斷定中庸成書年代，至早在秦滅六國之後。因書中有「今天下車同軌，書同文，行同倫」之句，可證其非戰國時代的書，錢穆先生卽曾指證十餘條以證成此說，他說：「孟子之言，直承論語，而中庸立論，則針對老莊，若以為出於子思，則思想義理之線索條貫亂矣。」又說：「『大德者必受命』乃晚周陰陽家鄒衍一派五德終始之論之所倡。中庸此等語，應在鄒衍之後。」並說：「莊老以虛無言天道與自然，而中庸易之以誠字，此為中庸在思想史上之大貢獻。老子乃戰國晚出書，中庸當尤出其後，然無害中庸在學術思想史之地位。不必定以中庸出於子思，始為尊中庸也。」

大學的作者為誰？鄭玄禮記目錄中已付闕如，可見大學比中庸更晚出，只有虞松的刻石經於魏表中，曾引漢賈逵的話說：「孔伋窮居於宋，懼家學之不明，作大學以經之，中庸以緯之」。把學庸的作者，都歸之子思。朱熹以爲曾子作，淸人戴震卽指出其毫無憑證。近人以爲像大學這樣熔人生哲學與政治哲學於一爐來發揮「德治」，而又系統分明，組織完密的文章，已是代表發展儒學第一期晚年的結晶品，絕非孟荀以前的產物。並有疑其爲漢武帝時人所作者。錢穆先生亦指出大學中引秦誓「若有一個臣」等句爲秦誓晚出之證，大學引此，則成書當更晚，他在四書釋義的例言中概括地說：「據後代的考訂，毋寧說中庸乃秦時之書；要之，其書較孟子爲後出，殆無可疑。而大學非曾子作；尤成爲後代學術界之定論，其成書年代；或更晚於中庸。」

大學中庸都是發展儒學第二期的重要作品，而四書依時代先後排列，朱熹所定論語、大學、中庸、孟子的次序，我們可以更定爲論、孟、庸、學。學庸二書所引孔子曾子的話，我們只能說大多是作者得之於傳聞和自已推測所得，但書中所引詩經的字句，都有依據，是可與詩經原本核對的。

中庸大學引詩次數的比例，均較孟子更爲增多。計中庸引詩十六次，大學引詩十二次。中庸篇幅較大學略長，引詩次數也略多。但二書都僅努力引詩，而已絕無論詩之處。

以下分別將中庸和大學引詩的文字輯錄在一起。

二、中庸引詩的輯錄

(1)引詩大雅旱麓篇中「鳶飛戾天」二句，以說明化育流行，上下昭著。錄其原文如下：

詩云：「鳶飛戾天，魚躍于淵」。言其上下察也。君子之道，造端乎夫婦；及其至也，察乎天地。

(2)記孔子引詩邠風伐柯篇「伐柯伐柯」二句，以證道不遠人之義。其原文爲：

子曰：「道不遠人；人之爲道而遠人，不可以爲道。詩云：『伐柯伐柯，其則不遠』。執柯以伐柯，睨而視之，猶以爲遠，故君子以人治人，改而止。」

(3)引詩小雅常棣篇第七章全章四句，第八章四句前二句，及孔子評語，以明行遠自邇，登高自卑之意。其原文爲：

君子之道，辟如行遠必自邇，辟如登高必自卑，詩曰：「妻子好合，如鼓琴瑟；兄弟既翕，和樂且耽；宜爾家室，樂爾妻孥」❶。子曰：「父母其順矣。」

(4)記孔子引詩大雅抑篇中「神之格思」三句，論鬼神以喻道。原文：

子曰：「鬼神之爲德，其盛矣乎！視之而弗見，聽之而弗聞，體物而不可遺。使天下之人，齊明盛服，以承祭禮。洋洋乎如在其上，如在其左右。詩曰：『神之格思，不可度思，矧可射思！』夫微之顯，誠之不可揜如此夫！」

(5)記孔子引詩大雅假樂篇第一章全章六句以證大德者必受命。原文：

子曰：「……詩云：『嘉樂君子，憲憲令德。宜民宜人，受祿于天。保佑命之，自天申

---

❶ 孥字與魯詩同，毛詩作帑，耽字與齊韓同，毛詩作湛，魯詩作沈。

之。』❷故大德者必受命。」

(6)引詩周頌維天之命篇全篇八句中開頭「維天之命」四句，而以「不已」兩字解釋之，以證天道之「不已」。原文：

詩云：「維天之命，於穆不已」❸。蓋曰：天之所以為天也。「於乎不顯，文王之德之純。」蓋曰：文王之所以為文也；純亦不已。

(7)引詩大雅烝民篇中「既明且哲」二句，以釋「默足以容之意。」原文：

故君子尊德性而道問學，致廣大而盡精微，極高明而道中庸，溫故而知新，敦厚以崇禮。是故居上不驕，為下不倍。國有道，其言足以興；國無道，其默足以容。詩曰：「既明且哲，以保其身。」其此之謂與！

(8)引詩周頌振鷺篇全篇八句中之後四句，以論君子。原文：

詩曰：「在彼無惡，在此無射；庶幾夙夜，以永終譽。」❹君子未有不如此，而蚤有譽於天下者也。

(9)引逸詩「衣錦尚絅」句，再論君子之道。原文：

---

❷詩中嘉字、憲字、佑字與齊詩同，毛詩嘉作假，憲憲作顯顯，佑作右。

❸韓詩維作惟。

❹射字與韓詩同，毛詩射作斁，但韓詩終作家。

詩曰：「衣錦尚絅」，惡其文之著也。故君子之道，闇然而日章；小人之道，的然而日亡。君子之道，淡而不厭，簡而文，溫而理，知遠之近，知風之自，知微之顯，可與入德矣。

⑽再引小雅正月篇中「潛雖伏矣」二句以論君子。原文：

詩云：「潛雖伏矣，亦孔之昭」❺。故君子內省不疚，無惡於志。君子之所不可及者，其唯人之所不見乎！

⑾再引大雅抑篇中「相在爾室」二句以論君子。原文：

詩云：「相在爾室，尚不愧於屋漏」。故君子不動而敬，不言而信。

⑿再引商頌烈祖篇中「奏假無言」二句以論君子。原文：

詩曰：「奏假無言，時靡有爭」❻。是故君子不賞而民勸，不怒而民威於鈇鉞。

⒀再引周頌烈文篇中「不顯惟德」二句以論君子。原文：

詩曰：「不顯惟德，百辟其刑之」！是故君子篤恭而天下平。

⒁⒂⒃連引大雅皇矣篇之「予懷明德」二句，大雅烝民篇之「德輶如毛」一句，大雅文王篇之「上天之載」二句，以極贊君子之德，而結束中庸全文。原文：

---

❺ 昭字與齊詩同，毛詩昭作炤。

❻ 奏字與齊詩同，毛詩奏作鬷。

詩曰：「予懷明德，不大聲以色」。子曰：「聲色之於以化民，末也。」詩曰：「德輶如毛」，毛猶有倫；「上天之載，無聲無臭」❼，至矣。

三、大學引詩的輯錄

(1)引詩衞風淇奧篇第一章全章九句，以釋「止於止善」之「至善」二字，其原文爲：

詩云：「瞻彼淇澳，菉竹猗猗！有斐君子，如切如磋，如琢如磨。瑟兮僩兮，赫兮喧兮，有斐君子，終不可諠兮。」❽如切如磋者，道學也；如琢如磨者，自脩也；瑟兮僩兮者，恂慄也；赫兮喧兮者，威儀也；有斐君子，終不可諠兮者，道盛德至善，民之不能忘也。

(2)引詩周頌烈文篇末「於戲前王不忘」句，續釋「止於至善」。原文：

詩云：「於戲！前王不忘」❾。君子賢其賢而親其親，小人樂其樂而利其利，此以沒世

---

❼魯詩文王篇載字作縡。

❽澳字喧字諠字與齊詩同，菉字斐字與魯詩同。毛詩澳作奧，菉作綠，兩斐作匪，喧作咺，諠作諼。魯詩澳作隩，喧作烜。韓詩竹作薄，斐作邲，琢作錯，喧作宣。齊魯韓三家磋均作瑳。

❾毛詩「於戲」作「於乎」。

不忘也。

(3)引詩大雅文王篇中「周雖舊邦，其命維新」二句，以釋三綱領之「新民」。錄其原文如下：

湯之盤銘曰：「苟日新，日日新，又日新。」康誥曰：「作新民」。詩曰：「周雖舊邦，其命維新。」是故君子無所不用其極。

(4)(5)引詩商頌玄鳥篇中「邦畿千里」二句，及小雅緜蠻篇「緡蠻黃鳥」二句，以釋三綱領「止于至善」的止字。錄其原文如下：

詩云：「邦畿千里，惟民所止。」詩云：「緡蠻黃鳥，止于丘隅」⑩。子曰：「於止，知其所止。可以人而不如鳥乎！」

(6)引詩大雅文王篇中「穆穆文王」二句，續釋「止于止善」之「止」字。其原文為：

詩云：「穆穆文王，於緝熙敬止。」為人君，止於仁；為人臣，止於敬；為人子，止於孝；為人父，止於慈；與國人交，止於信。

(7)(8)(9)引詩周南桃夭篇第三章全章四句，小雅蓼蕭篇中「宜兄宜弟」一句，曹風鳲鳩篇「其儀不忒」二句，以釋八條目之「齊家治國」。原文：

---

⑩ 毛詩「緡蠻」作「緜蠻」，「惟」作「維」。

詩云：「桃之夭夭，其葉蓁蓁；之子于歸，宜其家人。」⓫宜其家人，而后可以教國人。

詩云：「宜兄宜弟」。宜兄宜弟，而后可以教國人。

詩云：「其儀不忒，正是四國。」其爲父子兄弟足法，而后民法之也。此謂治國在齊其家。

⑽引詩小雅南山有臺篇中「樂只君子，民之父母」二句，以述爲民父母之道。原文：

詩云：「樂只君子，民之父母。」⓬民之所好好之，民之所惡惡之，此之謂民之父母。

⑾引詩小雅節彼南山篇第一章八句之前四句，以證有國者之不可不愼。原文：

詩云：「節彼南山，維石巖巖；赫赫師尹，民具爾瞻。」⓭有國者不可以不愼，辟則天下僇矣。

⑿引詩大雅文王篇第六章八句之後四句，以證失衆則失國之道。原文：

詩云：「殷之未喪師，克配上帝。儀監于殷，峻命不易。」⓮道得衆則得國，失衆則失

⓫桃夭篇魯詩夭夭作枖枖。

⓬魯詩「樂只」作「凱悌」。

⓭齊詩維作惟。

⓮儀字峻字與齊詩同，毛詩儀作宜，監作鑒，峻作駿。魯詩亦作「宜鑒于殷。」

國。

四、學庸引詩考察

（甲）引詩者的統計

㈠中庸引詩十六次中，引詩者僅二人，那是：

1.孔子引詩三次。

2.中庸作者引詩十三次，其中二次引詩後又引孔子評解之語。

㈡大學引詩十二次均爲大學作者一人所引，其中一次引詩後又引孔子評解之語。

我們看孟子七篇中無述孔子引詩者，只有兩次孟子本人引詩後，又引孔子評解之語。我們疑心這兩次孔子的話就不可靠。現在學庸作者引詩所加孔子評解三次，當然也不很可靠，只能承認是學庸作者傳聞所得，而孔子也有說這話的可能。中庸所記孔子引詩三次，均不見於論語，也同樣不可盡信。總之，他們引詩引孔子的話，都是要證成他們的理論，而他們自認他們的理論，是發揮孔子的學說。

（乙）引詩長短統計

㈠中庸所引十六次：

1.以引詩二句共九次爲最多。其中二句八字者八次，二句十字者一次。

2.次之爲引詩一句和引詩半章四句者各二次。所引一句均爲四字，所引半章之四句，均爲十六字。

3.引詩六句二十四字的也有二次，但一次六句是一整章又半，另一次是一整章。

4.次數最少的是引詩三句一次，共十二字。

㈡大學所引十二次：

1.以引詩二句六次爲最多，其中二句八字的五次，二句九字的一次。

2.其次引詩四句的三次，其中一次是一整章四句十六字，兩次是半章四句，兩次半章四句中一次是十七字，一次是十六字。

3.引詩一句的共二次、一次是六字，一次是四字。

4.次數最少的一次是引詩一整章九句三十七字。

從上面的統計觀察，引詩二句，是通常的習慣，不過只引一句的，也還流行。中庸引詩最長一次六句二十四字，大學引詩最長一次九句三十七字。雖已不及孟子引詩最長四十八字之多，但與荀子引詩最長二十八字却不相上下。而且整章引詩之風仍保持，中庸還有引一章半的。

(丙) 引詩類別統計

㈠中庸所引分類統計爲：

1.大雅八字，其中引烝民篇抑篇詩句各二次；

2. 周頌三次；

3. 小雅二次；

4. 國風一次；

5. 商頌一次；

6. 逸詩一次。

㈡大學所引分類統計為：

1. 小雅四次；

2. 大雅三次，均為引文王篇詩句；

3. 國風三次；

4. 周頌一次；

5. 商頌一次。

中庸引詩偏向大雅而不愛引小雅國風，其癖好與孟子相似。大學引詩，則小雅國風次數已見增多。

（丁）引詩習慣用語

㈠中庸引詩用語的統計為：

1. 冠以「詩曰」的九次；

2.冠以「詩云」的六次；

3.殿以「故君子……」者四次；

4.殿以「是故君子……」者二次；

5.殿以「其此之謂與」者一次。

㈡大學引詩用語的統計爲：

1.冠以「詩云」的十一次；

2.冠以「詩曰」的僅一次；

3.殿以「是故君子……」者一次。

大學引詩偏好用「詩云」似孟子，中庸冠以「詩曰」的次數大增，則似荀子。不過中庸記孔子引詩用「子曰……詩云……」的却有二次，用「子曰……詩曰……」的只一次。孟子記孔子兩次評詩，都用「詩云……孔子曰……」方式，而中庸記孔子解詩二次，却都是用「詩曰……子曰……」的專用曰字，沒有變化。所以四書中「子曰……詩云……」的習慣用語，只有中庸裏用過兩次，但並未公式化。大學中庸引詩的殿語，連一次「此之謂也」都未用，就是用「是故君子……」也未達公式化程度。

「子曰」本來是孔子弟子對孔子稱「老師」之用語，所以孟子荀子不稱「子曰」，而改稱「孔子曰」。但後儒襲用「子曰」以指孔子，則「子」字已變成「祖師」的意思了。孟荀引孔子語都稱「孔子曰」，而學庸引孔子語襲用論語的「子曰」，這也是發展儒學演變的標記之一。

（戊）引詩異文考察

㈠中庸引詩十六次，異文相當多，去其重複，統計各家所得異文字數如下：

1. 毛詩異文最多，計八字；

2. 魯詩異文次之，僅二字；

3. 韓詩異文亦僅二字；

4. 齊詩異文最少，無一字。

㈡大學引詩十二次異文多於中庸，去其重複，統計各家所得異文字數如下：

1. 毛詩異文最多，計十一字；

2. 魯詩異文次之，計八字；

3. 韓詩異文又次之，計六字；

4. 齊詩異文最少，計二字。

㈢孟子引詩三十五次，其異文較荀子中庸爲少，更少於大學。玆去其重複，補行統計各家異文字數如下：

1. 毛詩異文最多，計十字；

2. 韓詩異文次之，計八字；

3.魯詩異文又次之，計五字；

4.齊詩異文最少，計三字。

孟子與學庸引詩異文，均以齊詩爲最少，則似乎齊詩與孟子最接近，學庸之撰寫人，亦齊詩系統中人，惟內子普賢撰「荀子與詩經」一文中所作荀子引詩統計，其所得結果亦與孟子引詩異文相似，即齊詩異文最少，而毛詩異文最多。據內子推斷是：「毛詩異文最多，或因毛詩係古文之故，三家詩異文較少，或係其異文失傳，淸人所輯僅其一部份的遺蹟之故。今毛詩全存，韓詩尚留有外傳，故此異文統計結果，以毛詩最多，而韓詩次之也。」這是對的，以此類推，齊詩最先失傳，所以所知異文最少，魯詩的失傳，早於韓詩，所以魯詩異文往往少於韓詩。引詩異文的統計，不足爲憑。

五、結　論

大學引詩十二次，中庸引詩十六次，前面均已加以輯錄統計並予考察，玆就考察所得，整理出結論四點如下：

一、孟子七篇荀子三十二篇是發展儒學第一期的產品，繼論語之後，對詩經仍有論詩的意見。大學中庸是發展儒學第二期的產品，已經只有引詩而不再有論詩出現於其間。這時，詩經絕對尊敬的崇高地位已建立，不容後儒再加以評論，後儒已只可努力於嘗試引詩以證成其自己的見解了。大學中庸在發展儒學第二期佔據很重要的地位，都有新的理論完成，所以引詩次數也特別多。而且提出一個論點，要反覆引詩以證成之。例如大學爲了解釋八條目的「治國在齊其家」，便連引周南桃夭「宜其家人」，小雅蓼蕭「宜兄宜弟」，曹風鳲鳩「正是四國」等詩句以證成之。爲了解釋三綱領「止于至善」的一個止字，除引詩商頌玄鳥「惟民所止」，小雅緜蠻「止于丘隅」兩個止字來作證，並外加用孔子釋詩的話來增加其份量。中庸贊美「君子之德」，也連引大雅皇矣、烝民、文王三篇詩句，並插入孔子的話來作證。這種現象，是大學中庸引詩的特點，也是儒家引詩的發展，已到達了極盛的地步。後此劉向列女傳等書的引詩，便走上公式化的濫調了。

二、中庸引詩十六次，半數引大雅，達八次之多，仍留孟荀引詩遺風。大學引詩十二次，小雅佔四次，國風佔三次，次數顯然增多，大雅亦三次，已不如小雅之盛，只與國風並肩。學庸引詩均以一次引二句爲最多。孟荀整章引詩之風仍保持，中庸引詩最長一次二十四字，大學三十七字，雖不及孟子引詩最長一次四十八字之多，但與荀子引詩最長二十八字不相上下。

三、大學引詩習慣冠以「詩云」似孟子，中庸多冠以「詩曰」似荀子。論語記孔子之言稱「子曰」，孟荀則改用「孔子曰」；學庸成書後於孟荀，却仍仿論語用「子曰」，此後學者作文，多用「子曰」而少用孟荀方式之「孔子曰」，此亦發展儒學演變史上值得注意的標誌之一。

四、「子曰……詩云……」爲後儒作文常用公式之一。或曰：此公式來自四書，考之四書，論語多「子曰」，孟子多「詩云」，但「子曰……詩云……」未嘗連用。連用始於中庸，凡二次。其一：子曰：「道不遠人；人之爲道而遠人，不可以爲道。詩云：『伐柯伐柯，其則不遠。』……」其二：子曰：「……詩云：『嘉樂君子，憲憲令德。宜民宜人，受祿于天。保佑命之，自天申之。』故大德者必受命。」惟四書中僅此二則，不成其爲公式。略早於中庸的孝經中用「子曰……詩云……」方式凡七次，當爲形成此一公式之始。

民國五十七年二月草於臺北

齊詩學的五際六情

糜文開

漢代經學有一特色，是陰陽家學說的滲透。當時經學家都採取陰陽五行之說來闡發經義，且著成緯書以配經，春秋有春秋緯，詩經有詩緯，甚至已失傳的樂經也有樂緯。所以經只五部而緯却有六，有五經六緯之稱。陰陽家產生於齊地，盛行於齊地，所以詩經的齊魯韓三家詩，也以齊詩的陰陽家色彩爲最濃。齊詩早於三國時亡佚，其遺留的殘義，尚有五際六情等說。玆試加考訂，以見一斑。

齊詩倡五際六情者爲漢元帝時轅固生之三傳弟子翼奉。齊人轅固以治詩於景帝時爲博士，諸齊人以詩顯貴者皆固之弟子，因有齊詩之名，以別於魯之申培，燕之韓嬰。轅固生弟子以夏侯始昌爲最著，東海鄒人后蒼事始昌，通詩禮。翼奉字少君，東海下邳人，與東海承人匡衡同師后蒼，均以治齊詩名於時。匡衡弟子尤以琅邪人師丹伏理爲優秀，由是齊詩稱盛，有翼匡師伏之學。此齊詩傳授大概。

漢書翼奉傳，奉奏封事曰：「易有陰陽，詩有五際，春秋有災異，皆列終始，推得失，考天心，以言王道之安危。」應劭注五際爲：「君臣、父子、兄弟、夫婦、朋友。」孟康注則曰：「詩內傳曰五際卯酉午戌亥也。陰陽終始際會之歲，於此則有變改之政也。」清皮錫瑞詩經通論斷之曰：「詩之五際，亦陰陽災異之類」，則應劭以五倫爲五際非齊詩義，孟康之說是也。

漢書翼奉傳又曰：「奉竊學齊詩，聞五際之要，十月之交篇，知日蝕地震之效，昭然可明，猶巢居知風，穴居知雨，亦不足多，適所習耳。」王先謙補注：詩正義引氾歷樞曰：「卯、天保也；酉、祈父也；午、采芑也；亥、大明也。然則亥爲革命，一際也；亥又爲天門，出入候聽，二際也；卯爲陰陽交際，三際也；午爲陽謝陰興，四際也；酉爲陰盛陽微，五際也。」文開案：此以一日十二時爲例，以言陰陽終始際會，而配之以詩篇也。亥終子始，另成一日，而有新命，故亥爲革命；卯時日出，夜終晝始，故爲陰陽交際；午時日中而昃，陽初謝而陰始興也；酉時日落，陰大盛而陽已微也。天保之詩曰：「如日之升」，以配卯也；祈父之詩曰：「胡轉予于恤，靡所止居」，日暮無所止以配酉也；采芑之詩曰：「如霆如雷」，雷霆興雨而陽謝，以配午也；大明之詩曰：「有命自天，命此文王」，以殷周革命配亥也。

可是這樣齊詩五際，實際上只有卯酉午亥四際，而缺戌之一際，故皮錫瑞曰：「齊詩內傳五際數戌，據郎顗傳注宋均云：『天門，戌亥之間』，則亥爲革命當一際，出入候聽，應以戌當一際也。」上舉詩篇，也只有天保、祈父、采芑、大明四篇，缺了一篇，翼奉所舉十月之交篇反未列入，後人因以十月之交篇配戌際，而五時五詩補全。或以十月爲夏正之亥，仍爲亥際。（馬瑞辰通釋謂梁虞劆唐傅仁均及一行，並推算幽王六年乙丑歲建酉月辛卯朔日辰時日蝕，則此十月爲周曆非夏正）是則齊詩內傳以戌當一際，詩緯氾歷樞無戌際而有兩亥際，兩說有不同，並五倫爲五際之說，詩經五際之說有三也。

詩含五際六情者，與觀羣怨之謂也。觀與羣，所以察風俗而正人倫，故五際卽五倫也；興與怨，所以抒哀怨而正性情，故六情乃喜怒哀樂好惡，析情爲六，欲其發而皆中節也。齊詩則六情亦與十二支相配，更轉演爲廉貞、寬大、公正、姦邪、陰賊、貪狠六德。漢書翼奉傳載翼奉之言曰：「知下之術，在於六情十二律而已。北方之情好也，好行貪狼（狠），申子主之；東方之情怒也，怒行陰賊，亥卯主之。貪狼必待陰賊而後動，陰賊必待貪狼而後用，二陰並行，是以王者忌子卯也。禮經避之，春秋諱焉。南方之情惡也，惡行廉貞，寅午主之；西方之情喜也，喜行寬大，已酉主之。二陽並行，是以王者吉午酉也。詩曰：『吉日庚午』。上方之情樂也，樂行姦邪，辰未主之；下方之情哀也，哀行公正，戌丑主之。辰未屬陰，戌丑屬陽，萬物各以其類應。今陛下明聖虛靜以待物主，萬事雖衆，何聞而不諭？豈況乎執十二律而御六情，於以知下參實，亦甚優矣。萬不失一，自然之道也。迺正月癸未日加申有暴風從西南來，未主姦邪，申主貪狼，風以大陰下抵足前，是人主左右邪臣之氣也。……故曰：察其所由，省其進退，參之六合五行，則可以見人性知人情。詩之爲學，情性而已。五性（行）不相害，六情更興廢。觀性以歷，觀情以律。」

觀於翼奉之倡五際六情，誠如皮錫瑞所云：「亦陰陽災異之類」，所以憑之說人主耳。無怪其牽強附會，語涉怪誕也。惟當時學風所尚，思潮所趨，非特識之士，鮮克自拔者。一旦強不知以爲知，遂入迷途而莫返也。

齊詩四始，亦與毛魯異。史記孔子世家：「關雎之亂以爲風始，鹿鳴爲小雅始，文王爲大雅始，清廟爲頌始」，此魯詩義，韓詩無大異。毛詩四始，卽指風、小雅、大雅、頌四者。毛詩序曰：「是爲四始，詩之至也。」鄭箋曰：「始者，王道興衰之所由。」孔疏云：「四始者，鄭答張逸云：『風也，小雅也，大雅也，頌也。此四者，人君行之則爲興，廢之則爲衰。』又箋云：『始者，王道興衰之所由』，然則此四者是人君興廢之始，故謂之四始也。『詩之至』者，詩理至極盡於此也。」故陳啓源毛詩稽古編云：「風雅頌正是始，非更有風雅頌之始者。」齊詩則又用詩緯氾歷樞陰陽五行之說，以大明在亥爲水始，四牡在寅爲木始，嘉魚在巳爲火始，鴻雁在申爲金始。魏源詩古微云：「習詩者多通樂，此蓋以詩配律，三篇一始，亦樂章之古法，特又以律配曆，分屬十二支而四之，以爲四始。」

孔廣森解釋三篇一始，以律配曆曰：「始際之義，蓋生於律。大明在亥者，應鐘爲均也。四牡則太簇爲均；天保夾鐘爲均；嘉魚仲呂爲均；采芑蕤賓爲均；鴻雁夷則爲均；祈父南呂爲均。漢初古樂未湮者如此。故翼奉曰：『詩之爲學情性而已，五性不相害，六情更興廢，觀性以曆，觀情以律。』律曆迭相治，天地稽三期之變，亦於是可驗。古之作樂，每三詩一終，說始際者，則以與三期相配。」四始之說爲：「文王爲亥孟，大明爲亥仲，緜爲亥季。其水始獨言大明，猶三期之先仲，次季而後孟也。故鹿鳴、四牡、皇華同爲寅宮，舉四牡以表之，魚麗、嘉魚、南山有臺，同爲巳宮，舉嘉魚以表之。吉日、鴻鴈、庭燎，乃申也。」（經學卮言）

可是這樣解釋，對於五際的天保、祈父、采芑、大明四詩，便已不通。孔廣森強爲之說曰：「卯不言伐木，而言天保者，容三家詩次不盡與毛同。以次推之，采薇之三，正合辰位，唯采芑爲午，似蓼蕭之三，彼倒在六月、采芑、車攻之後，而爲未也。祈父非酉之中，又篇次之異。且其戌、子、丑爲何篇，不可推測矣。」（經學卮言）強爲之說，仍然不通，最後還是只好放棄。

至於蔣子瀟七經樓文鈔並指齊詩六情五際爲孔門之樂譜，其理論更難取信於人。

民國五十三年五月於馬尼拉

從「此」字談到引詩公式「此之謂也」

裴普賢

中副五月二十六日所載李喬華先生「儒道兩家的科學思想」最後一段題外話小孩讀論語，却不識「此路不通」的「此」字的故事，引起了本炎先生寫了篇「論語沒有此字」的鴻論發表於六月六日的中副。

李喬華先生很有求眞的科學精神，他因聽到小孩讀論語，却不識「此」字的故事，認眞地把四書遍查一次，證實論語一書中沒有「此」字，大學有五「此」字，中庸有四「此」字，而孟子中「此」字很多，因之疑與時代或作者有關。

本炎先生根據李先生的「此」字統計，便說：「由此字的有無及多少，似可推定『四書』著作的先後，『論語』最先，『中庸』次之，『大學』又次之，『孟子』最後。」並提出他的主張說：「推廣這種考證方法，而應用於十三經及諸子，又可推測各書著作年代之先後。從而復可更進一步，由各經及各子之著作先後，而知孔子思想之如何變更，如何為後儒所修正。當然『此』

之外，尙須再加其他考證方法。這樣，古人所未解決的問題，也許可以解答。」

讀後我發現本炎先生的主張很對，但他自己僅憑「此」字的有無與多寡來推定四書的著作先後，却是「此路不通」。因爲我們知道孔子思想經現代學者的考證與推斷，其發展的先後應該是⑴論語⑵孟子⑶中庸⑷大學。不能僅憑「此」字的統計，就把孟子排在學庸之後。而且僅憑我的已知尙書中有「此」，詩經中有很多「此」字，便可確知如果依照本炎先生之遽下推斷，是危險的。

尙書詩經的著作年代早於論語，是無可懷疑的。但尙書無逸篇就有「此厥不聽，人乃訓之」，和「此厥不聽，人乃或譸張爲幻。」一篇之中，「此」字用了兩次。詩經風雅頌中都有「此」字。周頌振鷺篇：「在彼無惡，在此無斁。」大雅桑柔篇：「維此聖人，瞻言百里；維彼愚人，覆狂以喜。」大雅鴻鴈篇：「維此哲人，謂我劬勞；維彼愚人，謂我宣驕。」均以「此」與「彼」對稱。小雅十月之交：「彼月而微，此日而微。……彼月而食，則維其常；此日而食，于何不臧！」小雅大田：「彼有不穫穉，此有不斂穧；彼有遺秉，此有滯穗：伊寡婦之利。」一篇之中都連用兩「此」字。大雅大明：「大任有身，生此文王。維此文王，小心翼翼。有命自天，命此文王。」國風黍離三章之末是相同的：「悠悠蒼天，此何人哉！」則一篇之中，都三用「此」字。大雅皇矣：「維此二國」，「維此與宅」，「維此王季」，「王此大邦」，則一篇且四用「此」字。大雅桑柔：「降此蟊賊」，「維此惠君」，「維此聖人」，及二用「維此良人」；大雅民勞，四用「惠此中國」句，一用「惠此京師」句，則一篇之中，更五見「此」字。

「此」非後起字，說文：「此，止也；从止从匕。」甲文金文从止从人之反文，均與說文相似。林義光曰：「此者，近處之稱，卽近其人所止之處也。」而詩經中「此」字均不訓「止」而與「彼」字爲對，所以爾雅釋詁疏曰：「此者彼之對。」這已是引申義。我曾檢閱十三經，其中易、書、詩、三禮、春秋三傳、孝經、爾雅、孟子，十二種都有「此」字，只有論語無「此」，這與著作時間的先後無關，而是論語用字有此特色。春秋三傳雖都有「此」字，可是孔子所撰春秋經本文，却旣無「彼」字，也無「此」字，這或者可說與春秋大綱式的體例有關，是無須用「此」字，並不像論語的要用「斯」字代「此」字。等於這裏南洋華僑不穿皮袍子，因四季炎熱不需穿，並不是用大衣來代替皮袍子。但我們也可說孔子以前以後的書都用「此」字，獨春秋經本文不用「此」字，孔子著作有此特色，春秋三傳未予保持，而論語的編撰者却把這特色繼承了。

論語無「此」字，是一個有趣而難於解釋的問題。「此之謂也」引詩公式的形成，同樣有趣，却是容易討論的問題。

我國春秋時代的貴族，有賦詩和引詩的風氣，他們都熟讀詩經三百篇。在朝會聘問時，用賦詩來酬應，談話時則引詩以對答。孔子和他的弟子，也承襲了引詩的習慣，舉例如下：

(1)子曰：「衣敝縕袍，與衣狐貉者立，而不恥者，其由也與？『不忮不求，何用不臧？』」子路終身誦之。」——論語子罕（孔子引衞風雄雉篇中二句）。

(2)子貢曰：「貧而無諂，富而無驕，何如？」子曰：「可也。未若貧而樂，富而好禮者也。」子貢曰：「詩云：『如切如磋，如琢如磨』，其斯之謂與？」子曰：「賜也，始可與言詩已矣！告諸往而知來者。」——論語學而（孔子弟子子貢引衞風淇奧篇中二句）。

(3)曾子有疾，召門弟子曰：「啓予足！啓予手！詩云：『戰戰兢兢，如臨深淵，如履薄冰。』而今而後，吾知免夫？小子！」——論語泰伯（孔子弟子曾參引小雅小旻篇三句）。

到戰國時代，引詩之風大盛，孟子七篇中便有引詩的記錄三十九次，其中孟子本人引詩達三十次之多。引詩多，便有習慣用語的形成。「詩云」和「此之謂也」便是孟子引詩的習慣用語：

(1)孟子曰：「……詩云：『殷鑒不遠，在夏后之世』，此之謂也。」——孟子離婁。

(2)孟子曰：「……詩云：『其何能淑？載胥及溺。』此之謂也。」——孟子離婁。

(3)孟子曰：「……詩云：『自西自東，自南自北，無思不服。』此之謂也。」——孟子公孫丑。

(4)孟子曰：「……詩云：『永言配命，自求多福。』太甲曰：『天作孽，猶可違；自作孽，不可活。』此之謂也。」——孟子公孫丑。

後於孟子的荀子，引詩之風更盛，荀子三十二篇引詩八十二次，其中荀子本人引詩更達七十六次之多。他引詩的習慣用語，則爲「詩曰」和「此之謂也」。八十二次引詩中，「此之謂也」用了五十四次之多。「詩云」只用了十二次，「詩曰」二字的冠詞，用了七十次之多。「詩云」

和「此之謂也」配合用了三次，「詩曰」和「此之謂也」配合用了五十一次。「詩曰……此之謂也」遂成爲荀子引詩顯著的一個公式。舉例如下：

(1)孫卿子曰：「……故近者歌謳而樂之，遠者竭蹷而趨之；無幽閒辟陋之國，莫不趨使而安樂之；四海之內若一家，通達之屬莫不從服，夫是之謂人師。詩曰：『自西自東，自南自北，無思不服。』此之謂也。」——荀子議兵篇。

(2)荀卿子曰：「……故近者親其善，遠者慕其德。兵不血刃，遠邇來服。德盛於此，施及四極。詩曰：『淑人君子，其儀不忒。』此之謂也。」——荀子議兵篇。

(3)故仁人之用國，非特將持其有而已也，又將兼人。詩曰：『淑人君子，其儀不忒；其儀不忒，正是四國。』此之謂也。——荀子富國篇。

(4)故人無禮則不生，事無禮則不成，國家無禮則不寧。詩曰：「禮儀卒度，笑語卒獲。」此之謂也。——荀子修身篇。

這種現象的形成，是儒家極度推尊詩經的結果。戰國以來，儒家所尊奉的偶像是孔子，所尊奉的經典是詩經。因而，有所主張，有所談論，一定要以孔子或詩經爲依據。所以到孟子談話，已有「子曰……詩云……此之謂也」的習慣形式出現。到荀子便將「此之謂也」成爲引詩的公式。春秋貴族的賦詩引詩，已是不問原詩詩旨，但求斷章取義的表現。孟荀引詩亦往往如此。到漢儒引詩之風遂成濫調。漢儒引詩濫調的代表作應推韓詩外傳與劉向列女傳。而列女傳更是濫用這「此之謂也」引詩公式的代表。

韓詩外傳每節一故事或議論，最後必引詩作結。這是承襲孝經的方式，但韓詩外傳中也採用了孟荀以來引詩以「此之謂也」作結的方式者十二次，兩次是孟式的「詩云……此之謂也。」十次是荀式的「詩曰……此之謂也。」舉例如下：

⑴此言音樂相和，物類相感，同聲相應之義也。詩云：「鐘鼓樂之」此之謂也。——韓詩外傳卷一。

⑵故明主使賢臣輻輳並進，所以通正中而致隱居之士。詩曰：「先民有言，詢于芻蕘。」此之謂也。——韓詩外傳卷五。

劉向列女傳是引詩濫用「此之謂也」公式的代表作。全書一百二十四篇，分別記敍古來各式婦女事蹟，篇末以引詩作結。其結語採用「此之謂也」公式的凡九十七次之多。其中六十五次冠以「詩云」，三十二次冠以「詩曰」。舉例如下：

⑴君子謂孟母知婦道。詩云：「載色載笑，匪怒匪教。」此之謂也。——卷一鄒孟軻母。

⑵仲尼謂敬姜別於男女之禮矣。詩曰：「女也不爽。」此之謂也。——卷一魯季敬姜。

可是引詩成濫調，且濫用引詩公式到達劉向列女傳這種程度，簡直把引詩的公式作爲著作的體例而組成一引詩的專書，實在太不成體統，其流弊已顯而易見，所以引詩之風也就發展到此爲止。

以上我談「此之謂也」的引詩公式也到此爲止。關於孟荀部分，係採自外子「論語與詩經」「孟子與詩經」和拙著「荀子與詩經」三文，該三文就是研究儒家論詩與引詩的發展過程的考證之作，已輯入我倆合著的詩經欣賞與研究續集之中。關於韓詩外傳與劉向列女傳部分，則是寫此文時所作的統計。可是關於「此之謂也」四字的溯源工作，我這裏還得補充一下。

子貢引詩所用「其斯之謂與」，如改爲肯定口氣，並將論語「斯」字換用「此」字，就成爲孟子的「此之謂也」。左傳引詩中也有與「此之謂也」相仿之句。而且穀梁、左傳與易經繫辭都曾用過「此之謂也」句，舉例如下：

(1)易繫辭下第四章：子曰：「……小懲而大誡，此小人之福也。易曰：『屨校滅趾无咎』此之謂也。」

(2)莊公八年春秋經「甲午治兵」，穀梁傳曰：「出曰治兵，習戰也。治兵而陳蔡不至矣。故曰：『善陳者不戰』此之謂也。」

(3)宣公十六年春秋經：「春王正月，晉人滅赤狄甲氏及留吁。」左傳曰：「於是晉國之盜，逃奔於秦。羊舌職曰：『吾聞之，『禹稱善人，不善人遠。』此之謂也。」

孟子七篇不但引詩用「此之謂也」句，不引詩而用「此之謂也」句也有五次之多。不過，引詩而用「此之謂也」句作結語，是從孟子開始罷了。

五十九年六月十五日於曼谷

〔**附錄**〕李文《題外話》 小孩不識此字故事原文

因爲上文引用論語很多，使我想起一段有趣味的故事，故事的題目是：「此路不通」。其內容是這樣的：乾隆爲帝時，嘗微行。一日至某地，見一小孩，嬉於街頭。因問曰：「讀何書？」曰：「上下論語。」曰：「上下論語之字，皆識乎？」曰：「然。」乾隆帝乃指一橫木曰：「此何字？」曰：「此路不通。」曰：「此字何未讀？」曰：「不知，因論語無之。」乃返，乾隆遍查，上下論語，果無「此」字。次日上朝，遍問羣臣，羣臣亦皆瞠目。（錄自五十九年四月二十二日舊金山東西報東西文摘版）

詩經和現代民謠

裴普賢

前天屈翼鵬先生在臺大中文系以「民謠與國風」爲題，舉行演講，將現代民謠和詩經中的國風，作了一次比較的研究。像召南江有汜、摽有梅，邶風泉水，衞風伯兮，王風君子于役、采葛，陳風東門之楊等篇，在現代流行的民謠中，都可找到相似之處。因此讓我想起，詩經得孔子採用爲教學生的教材而被重視，漢代尊經，詩經三百篇，統統被看成是政治道德的教訓，而以代替諫書開。所以十五國風也都被忽略甚至掩蔽了民謠的本色，給經學家們解釋成完全是美刺政教的工具了。現在我們要認識十五國風的本來面目，就從研究現代民謠着手，也可獲得若干的啓示。

試舉例以證明之：現代民謠，很多採取一問一答的問答式。而十五國風中問答式却不很顯著。召南采蘩采蘋兩篇，都用「于以」兩字開頭，漢儒鄭玄箋曰：「于以，猶言往以也。」清儒覺得不妥，便指「于以」爲無義的語詞。近人楊遇夫，始證成「于以」等於「于何」，原來這兩篇國風的句法，都是民謠的問答式。試譯采蘋篇首章如下：

原詩	今譯
于以采蘋？	在哪兒採摘白蘋？
南澗之濱。	在南澗的水濱。
于以采藻？	在哪兒撈取水藻？
于彼行潦。	在那活水溝和大池沼。

我也覺得國風中的「爰」字，也像「焉」字的可作發問詞用。經考證「爰」就是「于焉」的合聲字。焉字今譯爲「那裏」，爰字則爲「在那裏」，都可作指示詞和發問詞兩用。於是鄘風桑中篇也顯現出民謠問答式的本來面目了。試譯首章四句如下：

原詩	今譯
爰采唐矣？	（女聲問）你到哪兒去採蒙菜啊？
沬之鄉矣。	（男聲答）我到沬邦的鄉下採啊。
云誰之思？	（女聲問）你想追的是誰家姑娘啊？
美孟姜矣。	（男聲答）漂亮大姐她姓姜啊！

於是國風中有好多篇都顯現出民謠問答式的本來面目了。例如邶風擊鼓篇第三章四句，便可

今譯成三問一答如下：

原詩	今譯
爰居爰處？	哪兒安身哪兒住家？
爰喪其馬？	哪兒喪失了他的馬？
于以求之？	到哪兒去找到它？
于林之下。	就在樹林林底下。

又，得到現代民謠的啓示，可以悟出國風若干篇的本義來。例如衞風芄蘭篇，漢代毛詩序說是：「芄蘭，刺惠公也。驕而無禮，大夫刺之。」宋代的朱熹便說：「此詩不知所謂，不敢強解。」我得東北民謠的啓示，便推測芄蘭篇正是歌唱小丈夫的民謠。東北民謠全文如下：

十八大姐三歲郎，
把屎把尿抱上床，
睡到半夜要奶吃，
吧答吧答兩巴掌：
「我是你的妻，
不是你的娘！」

芄蘭篇的原文及我和外子糜文開的今譯也照錄於下：

原詩

芄蘭之支，
童子佩觿。
雖則佩觿，
能不我知！
容兮遂兮，
垂帶悸兮。

×

芄蘭之葉，
童子佩韘，
雖則佩韘，
能不我甲！
容兮遂兮，
垂帶悸兮。

今譯

芄蘭的枝條細又嫩，
童子佩了解錐裝大人。
雖則佩了解錐裝大人，
却不知我這人是作甚！
只見他走起路來搖晃晃，
帶子下垂亂擺盪。

×

芄蘭的葉兒細又柔，
童子佩了扳指充射手。
雖則佩了扳指充射手，
却不知親暱把我摟！
只見他走起路來搖晃晃，
帶子下垂亂擺盪。

此外，像顧頡剛因現代民謠的啓示，而悟詩經興體的初型，也是一例。爲篇幅所限，這裏就只提一筆。以上，欲知其詳，可參閱東大圖書公司出版的拙著詩經研讀指導，和三民書局出版的詩經欣賞與研究續集。

民國六十七年元月二日

（原載大華晚報六十七年一月二十二日副刊）

孔子以前詩經學的前奏

裴普賢

詩經是我國最早的一部詩歌總集，當然，人類之有詩歌，早於文字的應用，所以早期的詩歌，僅憑口耳相傳，不靠文字的記錄。詩經所輯錄的詩歌，只是我國周代禮樂中所應用的一部分。所以早期的詩歌，大多沒有能流傳下來，詩經三百篇以外，見於他書而沒有遺失的並不多，而且他書所載早期的詩歌，往往缺乏可靠性，甚至是後人的臆造，不如詩經的三百多篇最爲可靠，且爲有系統的輯錄，因此這三百多篇的確是可貴的瓌寶，成爲歷代學者所尊奉而研究的對象。

在孔子以前，並無詩經的名稱，孔子也只稱之爲「詩」，或舉詩篇整數曰：「詩三百」。孔子以前，這三百多篇詩已流行於貴族之間，成爲貴族子弟學習的課本，❶以備覲聘燕享時賦詩應

❶ 據國語楚語上，文化落後的楚國，到莊王時也已使士亹傅太子，教之詩禮樂等科目了。

對之用❷。例如左傳襄公二十七年載：

鄭伯享趙孟于垂隴，子展、伯有、子西、子產、子大叔、二子石從。趙孟曰：「七子從君，以寵武也，請皆賦，以卒君貺，武亦以觀七子之志。」子展賦草蟲，趙孟曰：「善哉！民之主也！抑武也不足以當之。」伯有賦鶉之賁賁。趙孟曰：「牀笫之言不踰閾，況在野乎！非使人之所得聞也。」子西賦黍苗之四章，趙孟曰：「寡君在，武何能焉！」子產賦隰桑，趙孟曰：「武請受其卒章。」子大叔賦野有蔓草。趙孟曰：「吾子之惠也！」印段（子石）賦蟋蟀。趙孟曰：「善哉！保家之主也！吾有望矣。」公孫段（子石）賦桑扈。趙孟曰：「『匪交匪敖』，福將焉往？若保是言也，欲辭福祿，得乎？」卒享，文子告叔向曰：「伯有將爲戮矣。詩以言志，志誣其上而公怨之，以爲賓榮，其

---

❷燕享之禮，本有歌詩必備之儀式。儀禮所載燕禮，就規定要工歌鹿鳴、四牡、皇皇者華；奏南陔、白華、華黍。乃間歌魚麗，笙由庚；歌南有嘉魚，笙崇丘；歌南山有臺，笙由儀。遂歌鄉樂（國風）周南關雎、葛覃、卷耳；召南鵲巢、采蘩、采蘋等詩篇，此爲例賦的正歌。燕享時雙方爲表示好感或別種意義以代應對而各以己意所賦的詩，則爲特賦，即所謂賦詩言志也。

能久乎！幸而後亡！」

本來，尙書堯典就說：「詩言志」，作詩所以宣洩人的情志的，而這裏「賦詩言志」，則是借別人的詩以表達自己的情志了。這裏鄭國諸臣在燕享晉國大臣趙孟的時候，各賦一詩以代言，都志在稱美趙孟，聯絡兩國邦交，只有伯有與鄭伯有怨，所以賦鄘風鶉之奔奔，借詩中「人之無良，我以爲君！」兩句來辱罵鄭伯。所以范文子說他其志在誣其君上，而公然怨之，以爲可以榮耀貴賓，要早死的。而趙孟也因伯有失禮，批評他這種話不是可以說給外人聽的。對其餘六人都表示好感。有的是回敬幾句好話，有的是表示謙不敢受。

又如昭公二年左傳載：

春，晉侯使韓宣子來聘……公享之。季武子賦緜之卒章；韓宣子賦角弓；季武子拜曰：「敢拜子之彌縫敝邑，寡君有望矣。」武子賦節之卒章。既享，宴于季氏，有嘉樹焉，宣子譽之。武子曰：「宿敢不封殖此樹以無忘角弓」，遂賦甘棠。宣子曰：「起不堪也，無以及召公。」宣子遂如齊納幣。

以上兩例，前例僅主方賦詩，後例則賓主雙方賦詩應對者。

左傳中賦詩的記載不勝枚舉。國語中亦有賦詩酬酢的記載。例如晉語四公子重耳出奔，秦穆公召公子於楚，記賓主賦詩情形如下：

秦伯將享公子，公子使子犯從。子犯曰：「吾不如衰之文也，請使衰從。使子餘從。秦伯享公子如享國君之禮，子餘相如賓。卒事。明日宴，秦伯賦采菽。子餘使公子降拜。秦伯降辭。子餘曰：「君以天子之命服命，重耳敢有安志？敢不降拜？」成拜卒，子餘使公子賦黍苗。子餘曰：「重耳之仰君也，若黍苗之仰陰雨也。若君實庇廕膏澤之，使能成嘉穀，薦在宗廟，君之力也。君若昭先君之榮，東行濟河，整師以復彊周室，重耳之望也。重耳若獲集德而歸載，使主晉民成封國，其何實不從？君若姿志以用重耳，四方諸侯，其誰不惕惕以從命？」秦伯嘆曰：「是子將有焉，豈專在寡人乎？秦伯賦鳩飛（小雅小宛之首章）。公子賦河水（河當作沔）。秦伯賦六月。子餘使公子降拜。秦伯降辭。子餘曰：「君稱所以佐天子匡王國者以命重耳，重耳敢有惰心？敢不從德？」❸

像這種在外交場合上賦詩言志，左傳二例，還只是酬酢的作用；國語一例，已發揮了重耳求救的作用。像左傳文公十三年所載鄭國大夫子家和魯國當政者季文子的賦詩應對，則是以賦詩來辦成功一件外交的實例了。雷海宗在古代中國的外交一文中曾予以特別指出說：「賦詩有時也發生重大的具體作用。例如文公十三年鄭伯背晉降楚後，又欲歸服於晉，適逢魯文公由晉回魯，鄭

❸ 左傳僖公二十三年亦載此事，甚簡略。重耳與秦伯僅賦河水六月，未載賦黍苗、小宛二詩。

伯在半路與魯侯相會，請他代爲向晉說情，兩方的應答全以賦詩爲媒介。鄭大夫子家賦小雅鴻雁篇，義取侯伯哀恤鰥寡，有遠行之勞，暗示鄭國孤弱，需要魯國哀恤，代爲遠行，往晉國去關說。魯季文子答賦小雅四月篇，義取行役踰時，思歸祭祀；這當然是表示拒絕，不願爲鄭國的事再往晉一行。鄭子家又賦載馳篇之第四章，義取小國有急，想求大國救助。魯季文子又答賦小雅采薇篇之第四章，取其「豈敢定居，一月三捷」之句，魯國過意不去，只得答應爲鄭奔走，不敢安居。

以上所舉賦詩實例四則，各人所賦的詩，固有賦全篇的，但也很多只賦全篇中的一章，如鄭國七子賦詩，子西賦黍苗，只賦第四章；而子產賦隰桑全篇，趙孟也只接受他的最後一章；韓宣子聘魯，季武子所賦緜篇和節南山，都只賦最後一章；秦伯享重耳，秦伯賦小宛，也只賦第一章；鄭子家向魯國季文子求助，賦載馳，季文子答賦采薇，也都只賦全篇的第四章。這叫賦詩斷章。❹蓋賦詩言志，所賦可以不管原詩本意，也可不取全篇詩意，僅截取詩中一章或其中一、二句之意以言志。這稱爲斷章取義。

可是春秋時代貴族，未必人人熟讀詩經而能運用。所以上舉秦伯享重耳時，重耳使子犯從，

❹ 左傳襄公二十八年載盧蒲葵爲慶舍臣有寵，舍以其女妻之。慶舍之士謂盧蒲葵曰：「男女辨姓，子不避宗，何也？」（注：慶氏盧蒲氏皆姜姓）曰：「宗不余避，余獨焉避之？賦詩斷章，余取所求焉，惡識宗乎？」

子犯就不從，推薦子餘為相。而重耳也一切聽命於子餘行事。而也有糊塗的執政者像慶封之流，人家賦相鼠譏刺他，他竟木然無知的。❺所以孔子就從沒落的貴族和平民中訓練出一批知禮之士來供應給各國貴族延用。而他們熟讀詩三百的用處，主要就在外交場合的專對。

春秋時代的貴族們既熟讀詩經以應用於交際以至交涉的場合，通常在勸諫或因事與人交談時，也就會自然而然的引詩以達意，而形成一種引詩以成文的風氣了。

例如左傳僖公十九年載：「宋人圍曹，討不服也。子魚言於宋公曰：『文王聞崇德亂而伐之，軍三旬而不降，退修教而復伐之，因壘而降。詩曰：「刑于寡妻，至于兄弟，以御于家邦。」今君德無乃猶有所闕，而以伐人，若之何！盍內省德乎！無闕而後動。』」子魚引大雅思齊三句，以勸諫宋公宜如文王先修其德，無闕而動，始克伐人也。

又如左傳文公十年載：「陳侯鄭伯會楚子于息，遂田於孟諸，宋公為右盂，命夙駕載燧。宋公違命，文之無畏抶其僕以徇。或謂無畏曰：『國君，不可戮也。』無畏曰：『當官而行，何彊之有？詩曰：「剛亦不吐，柔亦不茹。」「毋縱詭隨，以謹罔極。」是亦非辟彊也。敢愛死以亂官乎？』」無畏所引「剛亦不吐，柔亦不茹」兩句，見大雅烝民篇；「毋縱詭隨，以謹罔極」兩

❺ 左傳襄公二十七年，齊慶封來聘，其車美。孟孫謂叔孫曰：「慶季之車，不亦美乎？」叔孫曰：「豹聞之，服美不稱，必以惡終。美車何謂？」叔孫與慶封食，不敬。為賦相鼠，亦不知也。」鄘風相鼠曰：「相鼠有皮，人而無儀；人而無儀，不死何為？」蓋譏慶封之不知禮儀也。

句，見大雅民勞篇。他連引兩詩詩句貫串起來，以申明己意。

國語中也多引詩成文的記載，茲舉姜氏勸公子重耳的話爲例：

齊侯妻之，甚善焉，有馬二十乘，將死於齊而已矣。曰：「民生安樂，誰知其他！」桓公卒，孝公卽位，諸侯叛齊。子犯知齊之不可以動，而知文公之安齊而有終焉之志也，欲行而患之，與從者謀於桑下。蠶妾在焉，莫知其在也。妾告姜氏，姜氏殺之，而言於公子曰：「從者將以子行，其聞之者，吾以除之矣。子必從之，不可以貳；貳無成命。詩云：『上帝臨女，無貳爾心！』（見大雅大明之七章）先王知之矣，貳將可乎？子去晉難而極於此，自子之行，晉無寧歲，民無成君。天未喪晉，無異公子。有晉國者，非子而誰？子其勉之！上帝臨子，貳必有咎。」

公子曰：「吾不能矣，必死於此。」

姜曰：「不然。周詩曰：『莘莘征夫，每懷靡及。』（見小雅皇皇者華首章）夙夜征行，不遑啓處，猶懼無及，況其順身縱欲懷安，將何及矣！人不求及，其能及乎？日月不處，人誰獲安？……鄭詩云：『仲可懷也；人之多言，亦可畏也。』（見鄭風將仲子之末章）……鄭詩之言，吾其從之。……敗不可處，時不可失，忠不可棄，懷不可從，子必速行。……亂不長世，公子唯子，子必有晉，若何懷安？」

公子弗聽。姜與子犯謀，醉而載之以行。❻

以上三例，引詩者或引一詩，或引兩三詩，每詩均僅引二、三句（亦可僅引一句，間或亦有引一章的。）❼其與賦詩之至少賦一章的格調又有別，所以後人稱之爲「引詩摭句」，以別於「賦詩斷章」，並以「摭句爲證」表示比「斷章取義」更爲狹小。但賦詩風氣，僅見於春秋時代，而引詩習尚，則流行至今未絕。且據國語所載，可上溯至西周穆王時代。❽

可是無論孔子之前，賦詩引詩怎樣盛行，這只是詩三百篇的應用，不是對詩經的研究與批評，詩經學的開始，應推孔子對詩三百篇的討論；詩經學正式的成立，則應到漢儒對詩經作專門研究的時代。不過，孔子八歲時季札觀周樂，對詩經各國的國風以及雅頌，都一一予以評論，却可說是詩經學興起的前奏了。

左傳襄公二十九年載：

吳公子季札來聘，……請觀於周樂，使工爲之歌周南召南曰：「美哉！始基之矣，猶未也，然勤而不怨矣。」

爲之歌邶鄘衛，曰：「美哉！淵乎！憂而不困者也。吾聞衛康叔武公之德如是，是其衛

---

❻ 左傳僖公二十三年亦載此事，惟極簡略，未載姜氏所引三詩。

❼ 國語周語下叔向讚美單靖公引詩大雅既醉四句，即爲第六章全章；所引周頌昊天有成命七句，亦爲整章，是即引其全篇了。

❽ 周語上載祭公謀父諫穆王引詩周頌時邁五句；芮良夫諫厲王引詩周頌思文四句、大雅文王一句。

風乎！」

爲之歌王，曰：「美哉！思而不懼，其周之東乎！」

爲之歌鄭，曰：「美哉！其細已甚，民弗堪也，是其先亡乎！」

爲之歌齊，曰：「美哉！泱泱乎，大風也哉！表東海者，其太公乎！國未可量也。」

爲之歌豳，曰：「美哉！蕩乎！其周公之東乎！」

爲之歌秦，曰：「此之謂夏聲，夫能夏則大，大之至也，其周之舊乎！」

爲之歌魏，曰：「美哉！渢渢乎！大而婉，險而易行，以德輔此，則明主也。」

爲之歌唐，曰：「思深哉！其有陶唐氏之遺民乎！不然，何憂之遠也！非令德之後，誰能若是？」

爲之歌陳，曰：「國無主，其能久乎？」

自鄶以下無譏焉。

爲之歌小雅，曰：「美哉！思而不貳，怨而不言，其周德之衰乎！猶有先王之遺民焉。」

爲之歌大雅，曰：「廣哉！熙熙乎！曲而有直，其文王之德乎！」

爲之歌頌，曰：「至矣哉！直而不倨，曲而不屈；邇而不逼，遠而不攜；遷而不淫，復而不厭；哀而不愁，樂而不荒；用而不備，廣而不宣；施而不費，取而不貪；處而不底，行而不流。五聲和，八風平；節有度，守有序，盛德之所同也。……若有他樂，吾不敢請已。」

首先我們要問，什麼叫「周樂」？答案是：「周樂是周王朝的樂章。」那末，魯國何以有周王朝的樂章？杜注：「魯以周公故，有天子之禮樂。」孔疏再加以解釋：「明堂位云：『成王以周公爲有勳勞於天下，是以封周公於曲阜，命魯公世世祀周公以天子之禮樂。』」這周樂是別國所不具備的，所以季子到了魯國，特地請求觀賞周樂。魯君就命樂工依次演唱，季子也依次給予評語。而照樂工所歌次序來看，他們所歌周樂，就是詩經三百篇的樂章，而次序與今本詩經略有參差。玆比較如下：

季子觀樂次序：⑴周南召南⑵邶鄘衞⑶王⑷鄭⑸齊⑹豳⑺秦⑻魏⑼唐⑽陳⑾鄶及以下⑿小雅⒀大雅⒁頌。

今本詩經篇目次序：⑴周南召南⑵邶鄘衞⑶王⑷鄭⑸齊⑹魏⑺唐⑻秦⑼陳⑽檜、曹⑾豳⑿小雅⒀大雅⒁三頌。

其間的豳與秦提前次於齊與魏之間。這是我們值得注意研究的第一點。

其次，魯樂工雖遍歌周樂，但據孔疏推測，每一單位，可能只演唱一兩篇以代表。正義曰：「季札此時遍觀周樂，詩篇三百不可歌盡，或每詩歌一篇兩篇以示意耳。」而季子評語，現尚有散見詩序中者。所以我們可以推測當時所歌爲那幾篇，而也知道，季子的評語對後來的詩序是有影響的，並可說當時還無詩序，否則就不成其爲季子的論評了。這是我們值得注意的第二點。

現在我們試看季子對周南召南的評論。他說：「美哉！始基之矣，猶未也，然勤而不怨矣。」而在關雎篇的序文中說：「周南召南，正道之始，王化之基。是以關雎樂得淑女以配君子，憂在進賢，不淫其色。哀窈窕，思賢才，而無傷善之心焉。是關雎之義也。」作序的人，闡述季子「始基之矣」，乃稱道二南爲「正道之始，王化之基」，並指實所歌爲關雎之詩。其下季子又說：「猶未也，然勤而不怨矣。」作序者推測季子認爲王化猶未普及，但能勤而不怨，也就不差了。並指實所歌是召南江有汜篇。所以江有汜序云：「江有汜，美媵也。勤而無怨，嫡能悔過也。文王之時，江沱之間，有嫡不以其媵備數，媵過勞而無怨，嫡亦自悔也。」

再看季子對邶鄘衞的論評，他說：「美哉！淵乎！憂而不困者也。吾聞衞康叔武公之德如是，是其衞風乎！」詩序以定之方中、淇奧等篇實之。定之方中實「憂而不困」，故序曰：「定之方中，美衞文公也。衞爲狄所滅，東徙渡河，野處漕邑，齊桓公攘夷狄而封之。文公徙居楚丘，始建城市而營宮室，得其時利，百姓說之，國家殷富焉。」淇奧實「武公之德」，故序曰：「淇奧，美武公之德也。有文章，又能聽其規諫，以禮自防，故能入相于周。美而作是詩也。」工歌邶鄘衞時，先歌鄘風定之方中，後歌衞風淇奧，故季子之評，先說：「憂而不困」，再說「武公之德。」

其他單位中，也尙有可探索之處，不予一一指說。

就是三家詩雖久已失傳，但其遺說尙有可考者。其中也有顯露其影響的。例如季子對小雅的批評是：「美哉！思而不貳，怨而不言，其周德之衰乎？猶有先王之遺民焉。」若所歌小雅只一兩篇，則首篇鹿鳴，就成爲周德之衰的篇章了。所以三家詩的魯詩，就說：「鹿鳴是周衰之作。」習魯詩的漢代司馬遷、蔡邕的文章中就保留了魯詩的這一遺說。史記十二諸侯年表云：「仁義陵遲，鹿鳴刺焉。」御覽五七八引蔡邕琴操文云：「鹿鳴者，周大臣之所作也。王道衰，君志傾，留心聲色，內顧妃后，設酒食嘉肴，不能厚養賢者，盡禮極歡……小人在位，周道陵遲，自以是始，故彈琴以風諫，歌以感之，庶幾可復。歌曰：『呦呦鹿鳴，食野之苹。我有嘉賓，鼓瑟吹笙。吹笙鼓簧，承筐是將。人之好我，示我周行。』此言禽獸得美甘之食，尚知相呼。傷時在位之人不能，乃援琴以刺之。」宋人歐陽修，更在他的詩本義卷十四時世論中，且追溯到季札觀樂的評語來。他說：「昔吳季札聞魯人之歌小雅也，曰：『思而不貳，怨而不言，其周德之衰乎？猶有先王之遺民焉。』而太史公亦曰：『仁義陵遲，鹿鳴刺焉。』然則小雅者，亦周衰之作也。」

總之，季札觀樂的記載，不但與賦詩引詩，同樣供給了後代詩經學者的研究資料，而且更啓發了後代詩經學者對詩經研究的觀點，所以我說是詩經學的前奏。

民國六十七年三月草於臺北

歐陽修詩本義青蠅篇評析

裴普賢

歐陽修是宋代文壇的第一號領袖，他的古文，他的詩，固領導着有宋一代的新局面，他的經學更引發了自漢以來八百年未有的大波瀾。尤其是他的詩本義一書的評論毛鄭，影響當時的詩經學，掀起了鄭樵、朱熹推翻詩序的大革命。由朱熹的詩集傳，來代替毛詩正義的正統地位。他詩本義的內容和對朱熹集傳影響的深遠，甚至朱熹集傳最受人攻擊的淫詩新解，也導源於詩本義的評論。歐陽修詩本義對毛鄭所持態度雖仍尊敬，而其辨析却極細密而犀利。一字之訓釋，一義之得失，都很認眞。但也不免有疏忽之處。現在我拈出其卷九青蠅篇對毛鄭評析的短短二百十八字爲例，作爲小小的樣品來加以一番研究。

先抄錄其全部原文如下：

論曰：青蠅之汚黑白，不獨鄭氏之說，前世儒者亦多見於文字；然蠅之爲物，古今理無不同，不知昔人何爲有此說也？今之青蠅，所汚甚微，以黑點白，猶或有之；然其微細不能變物之色。詩人惡讒言變亂善惡，其爲害大，必不引以爲喻；至變黑爲白，則未嘗有之；乃知毛義不如鄭說也。齊詩曰：「匪鷄則鳴，蒼蠅之聲。」蓋古人取其飛聲之衆，可以亂聽，猶今謂「聚蚊成雷」也。

本義曰：青蠅之爲物甚微，至其積聚而多也，營營然往來飛聲，可以亂人之聽，故詩人引以喻讒言漸漬之多，能致惑爾。其曰：「止于樊」者，欲其遠之，當限之於藩籬之外，鄭說是也。棘榛皆所以爲藩也。

他的主旨在「本義曰」一節，而「論曰」一節，則是他評析毛傳鄭箋得失以及他論證的所在。這青蠅篇的主旨，在闡明青蠅篇以蠅聲之亂耳，喻讒言之惑人。而非蠅之變白爲黑。我們試看詩序及毛傳鄭箋原文：

詩序：「青蠅，大夫刺幽王也。經文：『營營青蠅，止于樊。』毛傳：『興也，營營，往來貌。樊，藩也。』鄭箋：『興者，蠅之爲蟲，汚白使黑，汚黑使白，喻佞人變亂善惡也。言『止于藩』，欲外之令遠物也。」其下經文則爲：「豈弟君子，無信讒言。」

雙方的原文已羅陳在面前，於是我們可以談本義的第一點。歐陽修針對着毛傳「營營，往來貌。」加以攻擊。說「營營」應該是「營營然往來飛聲」，非狀態詞，而係摹聲詞。因爲青蠅之所以「喻讒言」，在其「亂人之聽」。並舉齊風鷄鳴篇的「匪鷄則鳴，蒼蠅之聲」爲證，蓋歐陽修認爲鷄鳴詩中夫婦夜眠聞蠅聲誤以爲遠處鷄鳴也。他的理由十分充足，所以朱熹撰詩集傳時就捨毛傳的訓「營營」爲「往來貌」而採歐義的「往來飛聲」！並襲其說明，亦曰：「亂人聽也。」且解首章爲「詩人以王好聽讒言，故以青蠅飛聲比之，而戒王以勿聽也。」鄭箋根據毛傳的青蠅往來，只好以喻「佞人變亂善惡」，但下句經文，却說：「無信讒言」，當然又不如詩本義的以蠅聲喻讒言來得直捷而明朗。因此朱傳連將毛傳的「興也」也放棄，而改標爲「比也」了。這種小地方，朱熹詩集傳受歐陽修詩本義影響的深遠就已顯露出來。或有人問歐朱的訓營營爲往來飛聲，在文字訓詁學上，有何根據？我們可以回答：摹聲詞固常借同音字加口旁以應之，像摹蜂聲之「嗡嗡」，小雅庭燎的「鸞聲噦噦」，但也可直接借用同音字的，像「鸞聲將將」的「將將」（庭燎）「伐鼓淵淵」的「淵淵」（采芑）、「削屨馮馮」的「馮馮」（緜）都是。所以「營營」的可爲摹聲詞，是不成問題的。

本義的第二點「止于樊」者，欲其遠之，他同意鄭箋之說，我們也予認同，不必討論。

至於「論曰」的「毛義不如鄭說」，其所指極含混，若說是指毛傳「往來貌」或毛傳的「興也」不如鄭箋之說，但鄭箋的「汚白使黑，汚黑使白」，正是毛傳青蠅往來的結果，而其於「喻佞人變亂善惡」之前冠以「興者」兩字，明爲釋毛之「興也」，而非不同意毛傳的指青蠅爲興體。就連詩序「青蠅，大夫刺幽王也」句，非但毛鄭遵守，就是歐陽修本人以及後來的朱熹，也未表示一點不認同的意見。那末，歐陽修所謂「毛義不如鄭說」究竟是指什麼？我們細案他的原文，他是不讚同青蠅之喻，爲以其「汚黑白」來喻佞人，更反對青蠅有「變黑爲白」的能力。

可是這裏他就疏忽了鄭箋初言蠅能「汚白使黑，汚黑使白」繼言「喻佞人變亂善惡」，終於用一「變」字，可知其「汚黑使白」意卽「變黑爲白」，歐陽修的承認青蠅「汚黑白」，而否定其「變黑爲白」，怎能說是「毛義不如鄭說」呢？而且毛傳根本未提青蠅的「汚黑白」或「變黑白」，普賢按：變黑白之說，實出於早於鄭玄的王逸。

楚辭九歎：「若青蠅之僞質兮，晉驪姬之反情。」王逸注：「僞，變也。青蠅變白使黑，變黑成白，以喻讒佞。」鄭玄箋詩採之，意其變黑白，由於其汚染，故改爲「汚白使黑，汚黑使白」而下言「喻佞人變亂善惡也」。當然他的話，就較王註爲淸楚。所以歐陽修只能說：「王義不如鄭說」，而不能牽涉到毛義的。若說歐陽修這句本來是「王義不如鄭說」，故前文有「青蠅之汚黑白，不獨鄭氏之說，前世儒者亦多見於文字」的話，後人疑「王」字爲「毛」字之誤，故改爲「毛」字。但他這裏以「鄭氏之說」與「前世儒者」作相等的評估，未加軒輊；且未提前儒爲王逸，那能忽然冒出「王義不如鄭說」的話？況且他的詩本義就以評論毛鄭優劣爲重點的。所以他這一節「論曰」，非但所指含混，實亦頗爲疏忽。

民國六十八年二月於靜齋

鄭玄詩譜圖表的綜合整理

裴普賢

這是對歐陽修詩本義附錄的鄭氏詩譜補亡一卷的研究，也是鄭玄詩譜圖表的綜合整理。鄭氏詩譜補亡，是歐公惟一澈底尊敬毛鄭的著作，包括：⑴詩圖總序⑵補亡鄭譜⑶詩譜補亡後序。其中第三部分詩譜補亡後序，亦見於歐公自編的居士集第四十一卷爲序七首之一，第一、二部份，均不見其文集，大約是最初就作爲詩本義十四卷的附錄付印，所以表示其對毛鄭的尊敬的。今存版本中，以四部叢刊影印的南宋刊本爲最雜亂，非但將詩譜圖十五篇的總序，排在最末，而現存詩圖十二篇中詩篇篇名的脫漏與重複亦最多。而四庫全書文淵閣鈔本，故宮博物院圖書館又不外借，因此圖譜部份，我只將通志堂經解本作爲對象來加以考察。然後再將清儒吳騫的後訂一卷，丁晏的改正一卷，來予以比較。

考察的工作，我先就各圖的詩篇篇名考察，發現沒有重複，而脫漏却多，達十一篇，計爲：

⑴邶鄘衞圖中脫漏四篇——鄘風定之方中、干旄，衞風河廣、木瓜。（篇名雖無重出，而

有不遵體例者：莊公時詩考槃上加衞字，其左碩人上不必加衞字而仍加衞字；惠公時詩牆茨上應加鄘字而誤加衞字，以致其左之偕老上又加鄘字；而鄘詩鶉奔之左的芄蘭係衞詩，應加衞字反未加。）

(2)魏風圖缺陟岵一篇

(3)秦風圖缺車鄰、黃鳥兩篇

(4)陳風圖缺墓門一篇

(5)二雅圖缺三篇——小雅鹿鳴、魚麗，大雅皇矣。

而從詩篇篇名的考察，又證實了國風二雅的篇次，並不一定依時代先後排列。例如鄭風第五篇的淸人，要改列爲最後一篇文公時詩；而褰裳一篇，前後均爲莊王之世的昭公時詩，却又要提前爲桓王之世的厲公時詩，大雅武王時詩文王、大明之後的緜、棫樸、旱麓、思齊以及靈臺等篇，也提前爲文王時詩了。

其次就各國的世次考察，這就極爲繁雜，因爲像齊風圖夷王及共和、宣王之左既均列有武公，則厲王之左，不應空白，其爲脫漏武公無疑。但細加考訂，齊獻公於周厲王二十年弒胡公代立共九年，武公於厲王二十九年立，至宣王三年共二十六年，則圖中夷王之左的胡公、獻公、武公，均應移於厲王之左。像檜鄭圖，則更繁難，考鄭國於宣王二十二年始封其庶弟友而立國，是謂鄭桓公。桓公於幽王十一年以幽王故，爲犬戎所殺。平王元年桓公子武公立，平王二十八年鄭莊公立，是以知檜鄭圖，鄭桓公列於共和與宣王之左，有誤，應列於宣王與幽王之左。武公列幽王之左，莊公列幽、平之左，亦誤，應改武公爲平王之世，莊公爲平、桓之世，於是所列武公莊公時詩亦將改移。又文公惠王五年立，共四十五年，至襄王二十四年卒，圖中漏襄王，應補列。於是鄭譜圖，細加考訂，就有極大的改動，這樣繁難，讓我整理起來，不一定有最好的成果，當然應利用前人研究的成果，讓我得事半功倍之便。

我整理出來的詩經學書目中，有關詩譜的書，清人胡元儀的毛詩譜一卷，他只列一總圖，也不提歐公詩譜補亡，主要是依據毛詩正義中有關鄭譜資料編輯而成。所以我把它和歐公的補亡詩譜同列爲鄭玄的著作，其餘尙有清人的著作四本，馬鐘山遺書的毛詩鄭譜疏證一卷，和江蘇存古堂重印不著撰者的詩譜講義一卷。我未能見其書，我所見只有丁晏的鄭氏詩譜考正一卷，和吳騫的詩譜補亡後訂一卷拾遺一卷。丁書找到兩種版本，其一爲皇清經解續編本，另一爲南河節署刊版，較皇清本多嘉慶庚辰（二十五）年丁晏自序一篇。吳書也有自序，但未署年月。吳氏爲乾隆時人，卒於嘉慶年間，則兩書約同時，吳書略早，而不相爲謀者。今將我參閱兩書對歐書之考正與訂補簡述之。

(1)對於三百篇篇名脫漏部份，丁書於邶鄘衞圖譜後云：「檢譜中不列定之方中，應由刊本脫去，今補」；又魏譜圖後云：「脫陟岵」；秦譜圖後云：「脫車鄰、黃鳥」，及大小雅圖譜後云：「小雅脫鹿鳴、魚麗，大雅脫皇矣」。共計脫漏七篇，所脫鄘風干旄，衞風河廣、木瓜，陳風墓門，共四篇均補列而未提。吳書則十一篇均補而未提。

(2)對於三百篇世次歐圖脫誤的考訂，吳書於各譜考訂改正者均不加說明，惟俞思謙卷首題辭中有「候人列襄世，國語說尤古」語，注云：「歐公以曹風候人以下三詩列于頃王之世。槎客（吳騫字）從馬氏繹史列于襄王之世。按襄王十四年，晉公子重耳在楚，楚成王引曹詩曰：『彼其之子，不遂其媾』事載國語，則此詩在襄王時無疑。」（又見曹譜注）又唐譜之注曰：「鴇羽舊列昭侯，今從范處義說繫小子侯。」及陳譜之注曰：「月出舊次宣公，今從范處義說，繫靈公。」三處則特加說明者，吳書襲歐圖以每一周王為單位，丁書則改以每一國君為單位，右列周王。故曹風曹共公右列惠、襄、頃三王，未明候人在三王中繫何王之世。陳譜月出仍歐公之舊，列於宣公之時，唐譜亦仍列昭侯，未改列小子侯。

丁書則圖後常有案語，於檜鄭圖後云：「案歐譜桓公繫於共和甚誤。宣王二十二年初封桓公，遠在共和之後。文公惠王五年立，襄王二十四年卒，補亡下訖惠王，亦非，今正之。於魏譜云：「案歐譜統敍為一君違失鄭旨。」因分繫葛屨、汾沮洳、園有桃、陟岵、十畝之間五篇於平王之世，繫伐檀、碩鼠二篇於桓王之世，唐譜則刪無詩之靖侯。陳譜云：「史記幽公立當厲王二十五年，共和尚未秉政，歐譜起自共和，非也。靈公定王八年為夏徵舒所弒，補亡訖於頃王，亦非也，今正之。」至於丁、吳二書未經以注文或案語說明而訂正者亦甚多，今不一一羅列，以免繁瑣。

歐公詩譜僅十二圖，缺三頌，丁、吳二書均爲之訂補。茲據丁、吳二書，並參以胡譜，綜合十五圖爲一表，以代考訂鄭玄詩譜所得三百篇世次成果，而便觀覽。

鄭玄詩譜所列三百篇世次一覽表（圖表一）

時世 合西元前	十五國風一六〇篇（周召二五、邶鄘衞三九、檜鄭二五、齊十一、魏七、唐一二、秦一〇、陳一〇、曹四、豳七、王一〇）	二雅一一一篇（小雅八〇、大雅三一）	三頌四〇篇（周頌三一、商頌五、魯頌四）	備註
				歐補鄭譜次序爲：(1)周召(2)邶鄘衞(3)檜鄭(4)齊(5)魏(6)唐(7)秦(8)陳(9)曹(10)豳(11)王(12)二雅（小雅、大雅）加以丁、吳所補(13)周頌(14)魯頌(15)商頌，本表依之。
（商代）				
太甲之世（33年）1753–1721 一篇			商頌一篇 那	詩序：「那，祀成湯也。」孔疏：「那祀成湯，經稱湯孫，箋以湯孫爲太甲，則那之作當太甲時也。」
太戊之世（75年）1637–1563 一篇			商頌一篇 烈祖	

武丁之世（59年）1324–1266 三篇	〔周代〕文王之世（50年）1184–1135 三篇
	〔正風二三篇〕周南一一篇 關雎 葛覃 卷耳 樛木 螽斯 桃夭 兔罝 芣苢 漢廣 汝墳 麟之趾 召南十二篇 鵲巢
	〔正雅十四篇〕正小雅八篇 鹿鳴 四牡 皇皇者華 伐木 天保 采薇 出車 杕杜 正大雅六篇 棫樸 旱麓 靈臺 緜
商頌三篇 玄鳥 長發 殷武	
	鄭玄詩譜序云：「文武之德，光熙前緒，以集大命厥身，遂爲天下父母，使民有政有居。其時詩風有周南、召南，雅有鹿鳴，文王之屬，及成王周公致太平，制禮作樂，而有頌聲興焉，盛之至也……謂之詩之正經。」

	武王之世（19年）1134–1116　六篇	成王之世（37年）1115–1079
采繁 草蟲 采蘋 行露 羔羊 殷其靁 摽有梅 小星 江有汜 野有死麕 騶虞	〔正風二篇〕 召南二篇 甘棠 何彼襛矣	〔變風七篇〕 豳風七篇 七月
思齊 皇矣	〔正雅四篇〕 正小雅四篇 南陔 白華 華黍 魚麗	〔正雅二二篇〕 正小雅十篇 常棣
		周頌三一篇 清廟

(周公攝政)六〇篇
鴟鴞 東山 破斧 伐柯 九罭 狼跋
南有嘉魚 南山有臺 由庚 崇邱 由儀 蓼蕭 湛露 彤弓 菁菁者莪 正大雅十二篇 文王 大明 下武 文王有聲 生民 行葦 既醉 鳧鷖 假樂 公劉 泂酌
維天之命 維清 烈文 天作 昊天有成命 我將 時邁 執競 思文 臣工 噫嘻 振鷺 豐年 有瞽 潛 雝 載見 有客 武 閔予小子 訪落

	懿王之世（25年）934–910 五篇	夷王之世（16年）894–879 一篇
	〔變風五篇〕齊風五篇（齊哀公）雞鳴 還 著 東方之日 東方未明	〔變風一篇〕邶風一篇（衛頃公）柏舟
卷阿		
敬之 小毖 載芟 良耜 絲衣 酌 桓 賚 般		
	鄭玄詩譜序云：「孔子錄懿王夷王時詩，訖於陳靈公淫亂之事，謂之變風變雅」歐陽修敍各國變風之始起曰：「諸侯之詩無正風，其變風自懿王始作。懿王時齊風始變。至夷王時，衛風始變。次厲王時陳風始變。周召共和，唐風始變，次宣王時秦風始變。至平王時，鄭風始變，惠王時曹風始變。陳最後至頃王時，猶有靈公之詩	

（夷厲之際）四篇	厲王之世（37年）878-842 一一篇	共和行政（14年）841-828
〔變風四篇〕 檜風四篇 羔裘 素冠 隰有萇楚 匪風	〔變風二篇〕 陳風二篇 （陳幽公） 宛丘 東門之枌	〔變風一篇〕 唐風一篇
	〔變雅九篇〕 變小雅四篇 十月之交 雨無正 小旻 小宛 變大雅五篇 民勞 板 蕩 抑 桑柔	
。」（詩圖總序）陳靈公詩，實止於定王，已代更正。檜、魏無世次，故不作確定語。		

一篇	（晉僖公） 蟋蟀			
宣王之世（46年） 827–782 二五篇	（變風五篇） 鄘風一篇 （衛武公） 柏舟 秦風一篇 （秦仲） 車鄰 陳風三篇 （陳僖公） 衡門 東門之池 東門之楊	（變雅二〇篇） 變小雅十四篇 六月 采芑 車攻 吉日 鴻鴈 庭燎 沔水 鶴鳴 祈父 白駒 黃鳥 我行其野 斯干 無羊 變大雅六篇 雲漢		

幽王(11年)781-771
之世
四二篇

崧高
烝民
韓奕
江漢
常武

〔變雅四二篇〕
變小雅四〇篇

節南山
正月
小弁
巧言
何人斯
巷伯
谷風
蓼莪
大東
四月
北山
無將大車
小明

鼓鐘
楚茨
信南山
甫田
大田
瞻彼洛矣
裳裳者華
桑扈
鴛鴦
頍弁
車舝
青蠅
賓之初筵
魚藻
采菽
角弓
菀柳
都人士
采綠
黍苗
隰桑

平王之世(51年)770–720
三二篇

〔變風三二篇〕
邶衛四篇
(衛武公)
(衛)淇奧
(衛莊公)
(邶)綠衣
(衛)考槃
碩人
鄭風七篇
(鄭武公)
緇衣

白華
緜蠻
瓠葉
漸漸之石
苕之華
何草不黃
變大雅二篇
瞻卬
召旻

（鄭莊公）
將仲子
叔于田
大叔于田
羔裘
遵大路
女曰鷄鳴
魏風五篇
葛屨
汾沮洳
園有桃
陟岵
十畝之間
唐風六篇
（晉昭公）
山有樞
揚之水
椒聊
綢繆
杕杜
羔裘

桓王(23年)719–697
之世
三五篇

秦風四篇
(秦襄公)
駟驖
小戎
蒹葭
終南
王風六篇
黍離
君子于役
君子陽陽
揚之水
中谷有蓷
葛藟
〔變風三五篇〕
邶鄘衛二六篇
(州吁)
(邶)
燕燕
日月
終風

擊鼓
凱風
（衛宣公）
雄雉
（邶）
匏有苦葉
谷風
式微
旄丘
簡兮
泉水
北門
北風
靜女
新臺
二子乘舟
（衛）
氓
竹竿
伯兮
有狐

（衛惠公）
（鄘）
牆有茨
君子偕老
桑中
鶉之奔奔
（衛）
芄蘭
鄭風二篇
（鄭昭公）
有女同車
（鄭厲公）
褰裳
魏風二篇
伐檀
碩鼠
唐風一篇
（小子侯）
鴇羽
陳風一篇
（陳厲公）

莊王之世（15年）696-682

一五篇

墓門

王風三篇

兎爰

采葛

大車

（變風十五篇）

鄭風八篇

（鄭昭公）

山有扶蘇

蘀兮

狡童

丰

東門之墠

風雨

子衿

揚之水

齊風六篇

（齊襄公）

南山

甫田

	盧令 敝笱 載驅 猗嗟 王風一篇 丘中有麻
釐王（5年）681–677 之世 四篇	（變風四篇） 鄭風二篇 （鄭厲公） 出其東門 野有蔓草 唐風二篇 （晉武公） 無衣 有杕之杜
惠王（25年）676–652 之世 九篇	（變風九篇） 鄘風二篇 （衛戴公） 載馳

襄王
(33年)
651-619
之山

(衛文公)
定之方中
鄭風二篇
(鄭厲公)
溱洧
(鄭文公)
清人
唐風二篇
(晉獻公)
葛生
采苓
陳風二篇
(陳宣公)
防有鵲巢
月出
曹風一篇
(曹昭公)
蜉蝣
(變風十三篇)
鄘衛五篇

魯頌四篇
(魯僖公)

一七篇

（衛文公）
（鄘）
蝃蝀
相鼠
干旄
（衛）
河廣
木瓜
秦風五篇
（秦穆公）
渭陽
黃鳥
（秦康公）
晨風
無衣
權輿
曹風三篇
（曹共公）
候人
鳲鳩
下泉

駉
有駜
泮水
閟宮

定王之世（21年）606-586 二篇	（變風二篇） 陳風二篇 （陳靈公） 株林 澤陂			詩序：「株林，刺靈公也，淫乎夏姬，驅馳而往，朝夕不休息焉。」鄭箋：「夏姬，陳大夫妻，夏徵舒之母，鄭女也。」陳靈公名平國，春秋經宣公十年五月：「癸巳，陳夏徵舒弒其君平國。」魯宣公十年，卽周定王八年，西元前五九九年。

歐公於序文中自述其譜圖體例云：「予之舊圖，起自諸國得封，而止於詩止之君，旁繫于周，以世相當，而詩列右方，依鄭所謂循其上而省其下，及旁行而考之之說也。然有一君之世當周數王者，則考其詩當在某王之世，隨事而列之，如鄘柏舟、衞淇奧，皆衞武公之詩。柏舟之作乃武公卽位之初年，當繫宣王之世；淇奧美其入相，當在平王之時，則繫之平王之世。其詩不可知其早晚，其君又當數世之王，則皆列於最後。如曹共公身歷惠、襄、頃三世之王，其詩四篇，頃王之世之類是也。今旣補之，鄭則第取有詩之君而略其上下不復次之，而粗述其興滅于後，以見其終始。若周之詩，失去世次者多，今爲鄭補譜，且從其說而次之。」歐公是依鄭說爲其詩譜補亡，並不依他自己的主張將關睢移後爲康王時詩卽其例。

但歐公補亡次第，未悉承鄭氏之舊。他於補亡後序云：「周南、召南、邶、鄘、衞、王、鄭、齊、豳、秦、魏、唐、陳、（檜）、曹，此孔子未刪之前，周太師樂歌之次第也。周、召、邶、鄘、衞、王、檜、鄭、齊、魏、唐、秦、陳、曹、豳，（通志堂本，四部叢刊本均誤檜在陳後，又脫齊字，此據居士集卷第四一的補亡後序文）此鄭氏詩譜次第也。黜檜後陳，此今詩次比也。」而歐公補亡，又將王風改列豳後二雅前，他說：「周召王豳，同出於周。」則意謂王雖黜爲變風，實本屬雅詩，故與豳風同列雅前也。

歐公於補亡後序中自述：「凡補譜十有五，補其文字二百七，增損塗乙改正者八百八十三，而鄭氏之譜復完矣。」可是到南宋時，十五譜已失其三，周魯商三頌譜俱佚，所存十二，亦已脫誤零亂，雖經納蘭容若校訂，亦難復其舊觀，況歐公譜中原有疏漏處，於是有吳騫之後訂及丁晏之考正出焉。

歐公補亡詩譜圖，以周王的年代爲單位，一國的國君跨越了兩三個周王年代的，則此國君時代的詩，能知其作於何王時代者，卽分屬其王之左旁。例如衞武公立於周宣王十六年，在位五十五年，中經幽王時代，死時已在平王十三年，身經宣、幽、平三朝。據詩序衞武公時有鄘風柏舟、衞風淇奧兩詩，柏舟是他的哥哥世子共伯餘早死，其妻共姜自誓守節的詩，而淇奧則是武公入相於平王，人家讚美他的詩，所以邶鄘衞譜圖中衞武公列於宣、幽、平三王之左，分別將柏舟列於宣王時代，淇奧列於平王時代。這樣，對於作詩年代，分別得很清楚，容易查考了。如果一個國君跨越了兩三個周王而他在位時代的詩，分別不出早晚的，歐公採取列於最後一個周王的時代。例如曹共公，身歷惠、襄、頃三王時代，那時產生的曹詩候人、鳲鳩、下泉三篇，歐公就都繫於周頃王之旁。惠王、襄王旁繫共公之名而不繫詩。

吳譜承襲了歐譜的傳統，但也發現了歐譜的缺點，他在曹譜的圖後的附注中說：「按歐補候人以下三詩列於頃王，即序所謂其詩不知早晚，則列於最後者也。然考共公立於惠王末年，卒於頃王元年秋，其在襄王時三十餘年，不應無一詩，而在頃王時半歲，却有三詩，且如序所云，近小人侵刻下民等，亦不必定在臨卒之數月。馬氏繹史，列三詩於襄世，今從之。」於是破歐公例而將候人等三詩改列於襄王左手的共公之旁了。俞思謙更讚美他「候人列襄世，國語說尤古」（國語說已見前）原來吳譜是據戴東原的考正，再加校訂而成，頗重考證功夫，故稱「詩譜補亡後訂」。可惜他改正之處，有說明的很少。

丁譜每篇詩都有詩序及毛傳鄭箋孔疏有關資料的摘要，所以敢於改變了歐補的傳統，將每一國君所屬兩三個周王，寫在一格之中，就是放棄了歐譜周王本位主義，而建立起國君本位主義來。這樣仔細查閱起來，可知每篇詩的背境，但也失去了一目瞭然的便利。例如邶鄘衞譜的武公一欄，右旁是宣、幽、平三字，左旁是鄘柏舟、衞淇奧兩篇名，雖詳注兩詩資料，不作在何王時代的斷語，就讓我們看了仍未確切知曉。而像曹譜共公時的候人、鳲鳩、下泉三詩，歐補明白繫於頃王，吳譜明白繫於襄王，丁譜則只能知在惠、襄、頃三王的時代了。

胡元儀的毛詩譜是一個總表，上列周王年代，下分：(1)周南召南(2)邶鄘衞(3)檜鄭(4)齊(5)魏(6)唐(7)秦(8)陳(9)曹(10)豳(11)王(12)大小雅(13)周頌(14)魯頌(15)商頌十五格，將國君謚號，其時詩篇名都依周王前後向左旁行填入。這樣，我們要查考某一周王時代有些什麼詩就很方便了。例如我們要知道宣王中興時代有些什麼大雅小雅，什麼頌，什麼國風，只要一查宣王時代便知道了。我查看的結果：雅有：六月、采芑、車攻、吉日、鴻雁、庭燎、沔水、鶴鳴、祈父、白駒、黃鳥、我行其野、斯干、無羊、雲漢、崧高、烝民、韓奕、江漢、常武共二十篇，未分大小雅，而對宣王的美刺都注明。頌有宋戴公時商頌那、烈祖、玄鳥、長發、殷武五篇，是以爲宋大夫正考父得商頌于周太師而列此。國風則有衞國武公時詩柏舟、淇奧二篇（未標明鄘與衞），秦國秦仲時的車鄰一篇，陳國僖公時的衡門、東門之池、東門之楊三篇。

我覺得吳譜的辦法很好。但是十五格橫看還是不很方便，於是我更簡化十五格爲十五國風、二雅、三頌的三欄，以定大局。周王時代，並加西元前年數的換算。每一周王時詩篇並分別風雅頌計其總數載於前，儘量向一目瞭然的方向進行設計，所以定名爲一覽表。但我覺胡氏的考證工夫是可議的，像商頌五篇，我不根據近人考證結果，列爲宋襄公時詩，但也不能因正考父是宣王時代人，便列商頌五篇爲宣王時詩。因爲此五詩得諸周太師，應解釋爲周太師所保存的商代頌詩。其次衞武公時代的二詩，歐公已分別清楚，一繫於宣王，一繫於平王，胡氏竟仍糊裏糊塗都繫於宣王時代，未免太馬虎了。所以我的一覽表中，宣王時代只有變小雅十四篇、變大雅六篇，和鄘、秦、陳三國的變風五篇，較胡譜少了商頌五篇、衞風淇奧一篇。

這是我參考丁、吳、胡三書，將歐公詩譜補亡改編成詩譜世次一覽表的經過，並略評其得失。我此表的得失，則尚待大家評定，我要特別聲明的，就是我也抱與歐公相同的態度，但求鄭譜的完整，而不以自己的主觀更改鄭氏的觀點，這只是作爲我對詩經學史上第一部詩譜的整理工作，以便將來有力時，再爲宋代、清代以及現代學者對三百篇的新見解，也同樣作成世次一覽表以爲比較。現在從這一覽表中，我們至少可清楚地看到十五國風起訖的年代，與我們所主有所比較。而鄭玄腦中周詩的年代，起自文王，下迄陳靈公淫亂之事，從表中，也可查出從西元前一一八四年到五九九年的五百八十多年來，若追溯到商詩太甲的西元前一七五三年，則詩經的年代，就長達一千一百餘年了。

末了，歐公在詩圖總序的結尾，提出了對孔子刪詩問題的意見。他說：

「司馬遷謂古詩三千餘篇，孔子刪之，存者三百。鄭學之徒，皆以遷說爲謬，言古詩雖多，不容十分去九。以予考之，遷說然也。何以知之？今書傳所載逸詩，何可數焉？以圖推之，有更十君而取其一篇者，又有二十餘君而取其一篇者。由是言之，何啻乎三千？詩三百一十一篇，亡者六篇，存者三百五篇云。」這是他對孔穎達爲鄭玄詩譜作疏時對史公的古詩三千之說，提出異議的反駁。

孔疏的原文是：「案書傳所引之詩，見在者多，亡逸者少，則孔子所錄，不容十分去九，馬遷言古詩三千餘篇，未可信也。」其實孔穎達也是支持刪詩之說的，只是不信孔子刪去了十分之九那末多而已。左傳正義季札觀樂的孔疏，就說：「仲尼以前，篇目先具，其所刪削，蓋亦無多。」這就說得更明白了。

歐公又詳述刪詩的細節說：「又刪詩云者，非止全篇刪去，或篇刪其章，或章刪其句，句刪其字。如『唐棣之華，偏其反而，豈不爾思？室是遠而！』此小雅常棣之詩，夫子謂其以室爲遠，害於兄弟之義，故篇刪其章也。『衣錦尙絅』文之著也，此鄘風君子偕老之詩，夫子謂其盡飾之過，恐其流而不返，故章刪其句也。『誰能秉國成？不自爲政，卒勞百姓。』此小雅節南山之詩，夫子以能字爲意之害，故句刪其字也。」

這樣，歐公成爲主張孔子刪詩陣營中的主將，爲孔子刪詩說建立了強固的基礎。由歐公掀起了刪詩問題的軒然大波，無人抵擋得住。直到淸人朱彝尊在其經義考卷九十八針對着歐公的論證，一一予以詳實的駁覆，才堵住了主張孔子刪詩者的口。於是有王崧的刪詩乃「太師所爲」的折衷之說，因此大家只說：詩經是由孔子整理編訂的了。歷代刪詩問題的論辯詳情，可參看外子文開所撰「孔子刪詩問題的論辯」一文，載詩經欣賞與研究續集中。從這刪詩問題中，我們可見歐公早年曾評「司馬遷以爲關雎係周衰之作」是史氏之失，而後來就改口說：司馬遷去周秦未遠，其爲說，必有老師宿儒之傳，吾有取焉。現在晚年，對史公的話，是篤信無疑了。

最後，爲更求簡明，我再依據世次一覽表，製成鄭玄詩譜三百篇作詩年代表一張附後：（見下頁）

鄭玄詩譜三百篇作詩年代表（圖表二）

西元前幾世紀	天子	詩篇數 311	商頌 5	周頌 31	魯頌 4	大雅 31	小雅 80	周南 11	召南 14	豳風 11	齊風 7	邶鄘衛 39	檜風 4	陳風 10	唐風 12	秦風 10	鄭風 21	魏風 7	王風 10	曹風 4
18	成湯	0																		
	太甲	1	1																	
17	沃丁等4君	0																		
	大戊	1	1																	
16–15	仲丁等12君	0																		
14	武丁	3	3																	
13	祖庚等8君	0																		
12	文王	37				6	8	11	12											
	武王	6					4		2											
	成王	60		31		12	10				7									
11	康王	0																		
	昭王	0																		
	穆王	0																		
10	共王	0																		
	懿王	5								5										
	孝王	0																		
9	夷王	1										1								
	夷厲之際	4											4							
	厲王	11				5	4							2						
	共和	1													1					
	宣王	25				6	14					1		3		1				
8	幽王	42				2	40													
	平王	32										4			6	4	7	5	6	
	桓王	35										26		1	1		2	2	3	
7	莊王	15								6							8		1	
	釐王	4													2		2			
	惠王	9										2		2	2		2			1
	襄王	17			4							5				5				3
	頃王	0																		
	匡王	0																		
6	定王	2												2						
	簡王	0																		

製表既竟，對前二表仍覺未臻完滿境地。關於作詩時代的表達，均難一目瞭然。蓋前表明而不簡，後表簡而不明。欲使時間的距離與詩篇的多寡，有比例的呈現眼前，非斟酌情形，另行設計製圖一幅不為功。依鄭譜商詩五篇，周詩三〇六篇，而其作詩時間，各為六個世紀，其比例之懸殊，極難配合於一圖中表達之，故若作一圖，祇得放棄商詩五篇，只就周詩依其時代先後，按風雅頌及正變分類，篇數多寡，設計製於一小張圖中，始克便於閱覽。最後又決去其有目無詩者六篇，僅就今存周詩實數三百篇，製成作詩時代區分圖一幅於後（夷厲之際四篇權作夷王厲王各二篇計）。

六十八年三月修訂

（原載國立編譯館館刊六卷二期）

鄭玄詩譜周詩三百篇作詩時代區分圖（圖表三）

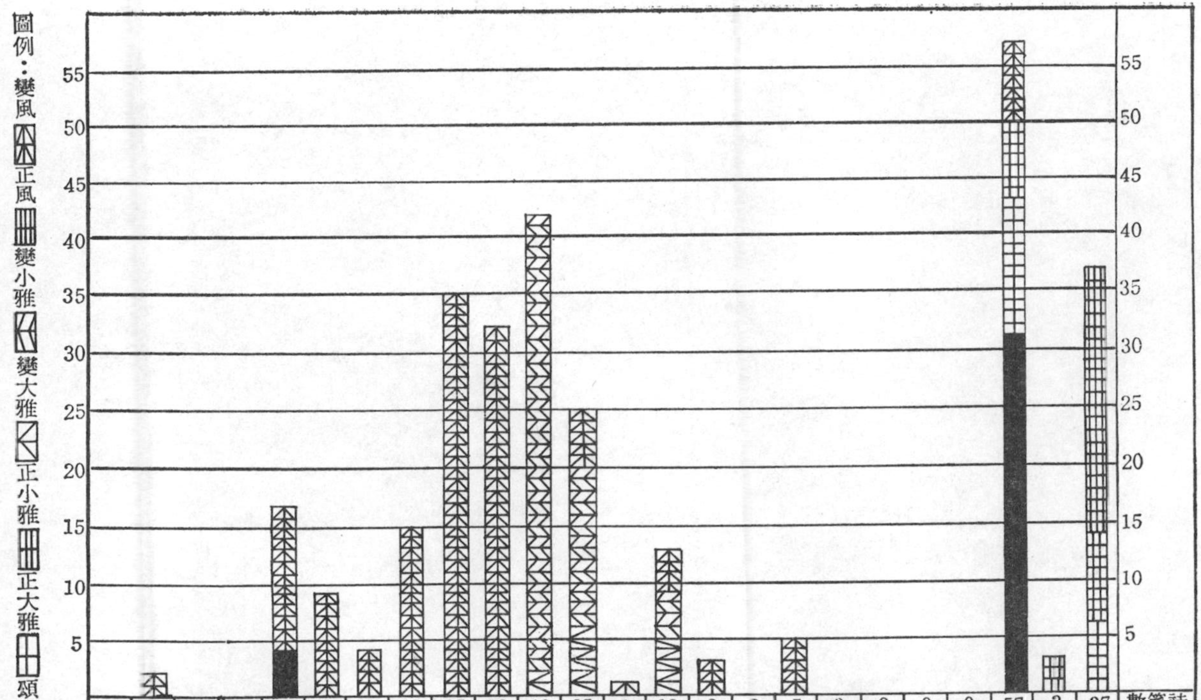

周王時世（在位年數）	詩篇數	合西元前
文王 (50)	37	世紀 12
武王 (19)	3	
成王 (37)	57	世紀 11
康王 (26)	0	
昭王 (51)	0	
穆王 (55)	0	世紀 10
共王 (12)	0	
懿王 (25)	5	
孝王 (15)	0	
夷王 (16)	3	世紀 9
厲王 (37)	13	
共和 (14)	1	
宣王 (46)	25	世紀 8
幽王 (11)	42	
平王 (51)	32	世紀 7
桓王 (23)	35	
莊王 (15)	15	
釐王 (5)	4	
惠王 (25)	9	
襄王 (33)	17	
頃王 (6)	0	
匡王 (6)	0	6
定王 (21)	-2	
簡王 (14)	0	

66年4月裴溥言製

（本文係歐陽修詩本義研究之第八章）

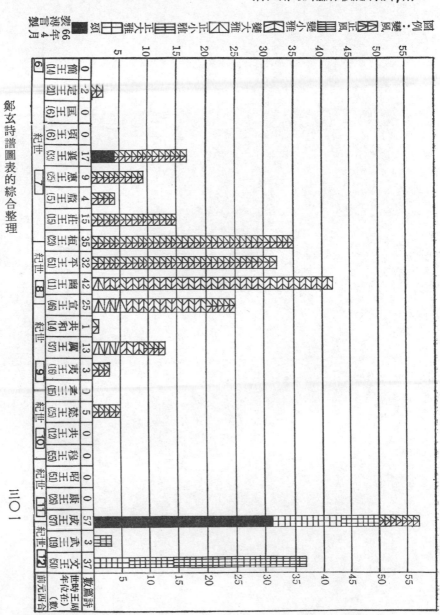

詩經字詞用法二則

糜文開

一、爰

內子裴溥言撰「詩經字詞用法舉例」（載東方雜誌復刊六卷五期）十四「爰」字條：「詩經爰字，多訓『於是』，作問句者則訓『於焉』。『於焉』所以問『在何處』，或略爲『何處』。爰卽『於焉』之合聲，猶旃之爲『之焉』之合聲。蓋一問一答乃國風民謠之本色。鄘風桑中曰：『爰采唐矣？沬之鄉矣。云誰之思？美孟姜矣。』四句一、三問，二、四答。『爰采』，在何處採也。『爰采麥矣？』『爰采葑矣？』兩爰字倣此。邶風凱風：『爰有寒泉？在浚之下。』亦一問一答。問：『何處有寒泉？』答：『在浚之下』。邶風擊鼓：『爰居？爰處？爰喪其馬？于以求之？于林之下。』四句前三問，後一答。問在何處住？在何處息？在何處喪失了馬匹？到那兒去找它？答以在林下找到。觀小雅四月：『爰其適歸』，家語引詩『爰其』作『奚其』。常璩華陽國志引詩亦作『奚其』，朱子詩集傳卽逕作『奚其適歸？』此句亦爲問句。問歸向何處？可證『爰』字在問句中應訓『何處』或『在處』」。

爰字新解訓「何處」，舉四月「爰其適歸」句朱傳作「奚其適歸」證成之。並追溯其所以訓「何處」之原因，得合理之解釋。因而鄘風桑中三爰字，邶風擊鼓三爰字，以及凱風一爰字，均獲圓滿的新解，自能令人心折。錢師賓四也說爰訓爲「於焉」很好，中國字往往可正反兩用。「於焉」譯成白話就是「在那裏」。可當指示詞用，也可作詢問詞用。

但她於爰字的採新解者，僅限於此一問一答之七字，不及其他，仍有商榷餘地。鄙意爰字用法，尙可補充曰：「問而不答之句，爰字亦可採新解。四月篇『爰其適歸』句，朱傳逕作『奚其適歸』？問而不答，卽其例證也。」

詩經中問而不答之爰字詩句，除四月「爰其適歸」句外，尙有數處。玆舉兩例於下：

㈠豳風七月：「女執懿筐，遵彼微行，爰求柔桑？」此問何處求柔嫩桑葉，問而不答，作一懸宕，則更覺饒有韻致，令人激賞。此爰字若不訓何處，而此句僅平敍，詩也就比較平淡了。

㈡魏風碩鼠一、二兩章結尾：「逝將去女，適彼樂土！——樂土！樂土！爰得我所？」「逝將去女，適彼樂國！——樂國！樂國！爰得我直？」

此詩共三章，三章平行，句法相同。末章結尾：「逝將去女，適彼樂郊！——樂郊！樂郊！誰之永號？」結句旣係問句，問而不答，則一、二兩章結句，亦以解作問句爲長。蓋如此，則旣決心離去，另找理想樂土，而一轉折間，憬悟於理想樂土之難覓，希望的夢境即時幻滅，現實的困苦仍擺在眼前，無可奈何，是更見其處境之可悲，更顯其詩意的有深度也。

吳闓生詩義會通云：「『誰之永號？』許白雲曰：『樂郊樂郊，又將長號於誰乎？見其民窮蹙之甚，無復之也。』此解最勝，前人未有見及者。必如此，義味乃無窮也。舊評：『適彼，不必眞得所。止形容在此之不得所耳。』其說亦善，皆得詩人之指。」前人知「得我所」，「得我直」，非眞能得所得直。但不知爰字可訓「何處」，解成問句，故其體味深度，尙有一層未透耳。

日人白川靜「詩經研究」論碩鼠篇也說：「然則離去故鄉，果能得到樂土否？是不可知也。普天之下，何處有這種樂園？」可知此詩必如此解，才算到家啊！

二、生

詩經「生」字，大多作爲動詞單用，但與友字連用，則「友生」兩字成爲一結合名詞。小雅常棣：「喪亂既平，既安且寧；雖有兄弟，不如友生。」伐木：「相彼鳥矣，猶求友聲；矧伊人矣，不求友生？」常棣毛傳：「兄弟尙恩怡怡然，朋友以義切切然。」不釋「生」字。鄭箋：「安寧之時，以禮義相琢磨，則友生急。」則明白以「友生」代毛傳的「朋友」了。孔疏亦曰：「故兄弟不如友生也」。

竊以後代詩人，均有以「生」字作句末語助詞用者，如唐李白詩：「借問別來太瘦生」，宋歐陽修詩：「問向青州作麼生」等均是。因於漢樂府孤兒行：「孤兒生，孤兒遇生」的兩「生」字，以及詩經兩「友生」之「生」，都是句末語助詞。及閱馬瑞辰毛詩傳箋通釋，方知馬氏已先我而定友生之生爲語助詞，否認「友生」兩字爲結合名詞。其釋常棣「不如友生」曰：「瑞辰按：生，語詞也。唐人詩『太瘦生』及凡詩『何以生』『作麼生』『可憐生』之類，皆以『生』爲語助詞，實此詩及伐木友生倡之也。」惟馬氏未注意及最早襲用「生」字爲語助詞者，乃漢樂府詩。因亦附筆補充。

六十八年三月修訂

（原載大陸雜誌四七卷一期）

讀顏元叔「析詩經的關雎」

糜文開

詩經三百零五篇，是我國第一部詩歌總集，長期被政治教訓的包裝所封閉而失去其文學方面的本來光彩。所以我們研究詩經，尤其是十五國風，要從詩文本身和當時社會習俗的背境去玩味欣賞，俾復其本眞，而有新的認識。民國以來，國人引用西洋文學的理論與方法，來研究我國古代詩歌，常能獲致新的成就，對李義山詩的賞析，便是一個顯例，對詩經的研究也不例外。但也有人一味地標新立異，只求奇特，於是矛盾百出，終遭唾棄，像聞一多的濫用西洋人的性心理學，竟把詩經看成一本性慾描寫的隱語書，那就更走火入魔了。

我受內子普賢的感染，兩人合寫了詩經欣賞與研究二册，但近十年來，她雖繼續發表了許多論文，我却因故中輟，尤其這四年來因病醫囑勿研讀寫稿，剛於今夏恢復試寫了詩經篇名問題的一篇粗疏論文，再從事修改時，風濕病又發，只得停筆。因此對詩經的興趣雖然依舊濃厚，却無成績可言。

近年顏元叔教授倡導比較文學，兼具提高我國文學國際地位之效，功不可沒。上月二十九日中央日報副刊，欣見其發表了「析詩經的關雎」一文，析論平實，見解高妙，讀之令人欣喜。然可議之處，不是沒有，擬寫下鄙見，提供參考，而兀坐腰背卽酸痛，除臥息外，只有作戶外活動，才覺全身舒暢，拖延數日，今天沒有再痛，因起床簡單寫出兩點於下。

㈠顏教授解窈窕爲苗條，並說：「窈窕若指身段的苗條，則和淑女恰好相配。前者指外在美，後者指內在美。如此完美的女子，才值得君子去寤寐求之。」這是可議的第一點。解窈窕爲諧音的苗條，既無所根據，並指爲外在美，又與當時之時尚不符。因爲詩經時代並不重視女子的苗條，而女子以碩大爲美。所以陳風澤陂詩說：「有美一人，碩大且卷」，小雅車舝詩也說：「辰彼碩女，令德來教。」而衞風碩人篇，逕以碩人稱有名的大美人莊姜。在當時內在美說要「嫻靜深沉」也不錯，有邶風靜女篇「靜女其姝」爲證。所以周代的美女，體型要高大，而性情要嫻靜，訓窈窕爲苗條是不適於採用的，何況古代無此解釋。至於說以苗條的外在美，配合淑字的內在美，僅就內外的配合，也不能代替訓窈窕爲嫻靜以形容淑女的恰當。因爲既稱淑女，其內在美必表露於外，成爲相當的儀表，窈窕的嫻雅文靜就是淑女所表露於外的儀態。如果一定要爲窈窕另外找一解釋，只可採西漢揚雄所纂方言書中的「美心爲窈，美狀爲窕」，這不是正好表現了秦漢時代窈窕兩字還分別解釋爲淑女內心與外貌都美好的配合嗎？

㈡顏教授解「參差荇菜，左右流之」、「左右采之」等三個起興爲「她的採擄行動像音樂一般富於韻律」，表現了「曲線擺動的型像」，「也影射了那君子久久痴望着那淑女，簡直忘記時間地陶醉在她的韻律行動中。」這是一個新的現在流行的動感美的解釋，當然這解釋還是植根於我國古代有韻律的音樂舞蹈的感受中。但他在談「琴瑟友之」、「鐘鼓樂之」的欣賞時，他說：「有一種意見是，那君子並未眞正得到淑女；結尾的『琴瑟友之』與『鐘鼓樂之』，只發生在他的想像中、夢境中。我的看法不同；我認爲君子得到了淑女，『琴瑟友之』、『鐘鼓樂之』是眞事。」他說：「我想以詩經的泥土氣息之重，質樸實際之高，便不太可能將希冀假託於夢境，以夢境作爲眞況，這便太像現代心理分析的小說了。」這似乎也有可議之處。「流之」「采之」可採動感美的解釋，爲什麼「友之」「樂之」便不可採夢境式的解釋呢？其實這夢境式的解釋，雖像現代心理分析的小說，但首倡者却是早在清初的陳啓源呢。他在他的毛詩稽古編中說：「關雎友樂二章，預計初得時事也。」所謂夢境，也只是有計劃地繼續追求，樂觀進取，以實現他想像中美好的結果而已。我國詩歌充分發揮想像中的夢境者，首推屈原離騷奮飛遨遊，上下窮索的描寫，而質樸的詩經中，也早有浪漫氣氛十足的想像豐富之作，像直想奮飛遨遊的邶風柏舟，已是離騷的胚胎；而小雅大東的仰天歎息，忽發奇想，歷數天上星斗的徒具虛名，以發洩其無可告訴的怨苦，簡直比屈原的天問更爲瑰奇。所以我們解友樂二章爲預計初得時事的夢境也不嫌與現代心理分析的小說很像的，你說是嗎？

六十七年十一月五日草於臺北

（原載六十七年十一月十七日中央日報中央副刊）

詩經篇名考察四題

糜文開

壹、從今存毛詩篇名來考察詩經篇名問題

一、引　言

詩經今存三百零五篇，連同有篇名而無詩文的笙詩六篇，共爲三百十一篇。孔子時卽簡稱爲三百篇。內子裴普賢爲所開臺大中文研究所詩經研究一課增加教材，蒐集詩經篇名問題資料，遍閱清代及近人著書並檢查各期刊論文目錄，均無此項專題可得。要求我就今存詩經三百十一篇篇名來考察一下詩經篇名問題。

我略一思索，就說：「據我估計，詩經三百篇，十之七八是二字篇名，而二字篇名中，又十之七八是摘取自本篇首句的一二字或三四字的。」她說：「那末，爲證實你估計的正確，你就從

統計篇名字數入手罷！」於是因病輟筆四載的我，竟着手完成了這篇以統計爲主的萬餘字論文。

二、三百篇篇名字數統計

三百篇篇名，有自一字至五字之別，而十之七八都是二字篇名。玆先予統計，俾知其確數。

㈠一字篇名十七篇：

(1)氓（衞風一篇）(2)丰（鄭風一篇）(3)還(4)著（齊風二篇）(5)緜(6)板(7)蕩(8)抑（大雅四篇）(9)潛(10)雝(11)武(12)酌(13)桓(14)賚(15)般（周頌七篇）(16)駉（魯頌一篇）(17)那（商頌一篇）。

㈡三字篇名二十篇：

(1)麟之趾（周南一篇）(2)殷其靁(3)摽有梅(4)江有汜（召南三篇）(5)牆有茨（鄘風一篇）(6)揚之水（王風一篇）(7)將仲子(8)叔于田(9)遵大路(10)揚之水（鄭風四篇）(11)汾沮洳(12)園有桃（魏風二篇）(13)山有樞(14)揚之水（唐風二篇）(15)節南山(16)雨無正(17)何人斯(18)信南山(19)都人士(20)苕之華（小雅六篇）。

㈢四字篇名四二篇：

(1)野有死麕(2)何彼襛矣（召南二篇）(3)匏有苦葉(4)二子乘舟（邶風二篇）(5)君子偕老(6)鶉之奔奔(7)定之方中（鄘風三篇）(8)君子于役(9)君子陽陽(10)中谷有蓷(11)丘中有麻（王風四篇(12)大叔于田(13)女曰鷄鳴(14)有女同車(15)山有扶蘇(16)東門之墠(17)出其東門(18)野有蔓草（鄭風七

篇）⒆東方之日⒇東方未明（齊風二篇）(21)十畝之間（魏風一篇）(22)有杕之杜（唐風一篇）(23)東門之枌(24)東門之池(25)東門之楊(26)防有鵲巢（陳風四篇）(27)隰有萇楚（檜風一篇）(28)皇皇者華(29)南有嘉魚(30)南山有臺(31)菁菁者莪(32)我行其野(33)十月之交(34)無將大車(35)瞻彼洛矣(36)裳裳者華(37)賓之初筵(38)漸漸之石(39)何草不黃（小雅十二篇）(40)文王有聲（大雅一篇）(41)維天之命(42)閔予小子（周頌二篇）。

㈣五字篇名一篇：

(1)昊天有成命（周頌）

㈤二字篇名二三一篇：

詩經三百〇五篇，連同無詞之笙詩六篇（南陔、白華、華黍、由庚、崇丘、由儀）共三一一篇，除以上一字篇名十七，三字篇名二十，四字篇名四十二，五字篇名一，合計八十篇外，其餘二百三一一篇，都是二字篇名，計為：

(1)周南十一篇中關雎等十篇，

(2)召南十四篇中鵲巢等九篇，

(3)邶風十九篇中柏舟等十七篇，

(4)鄘風十篇中柏舟等六篇，

(5)衛風十篇中淇奧等九篇，

(6)王風十篇中黍離等五篇，
(7)鄭風二十一篇中緇衣等九篇，
(8)齊風十一篇中鷄鳴等七篇，
(9)魏風七篇中葛屨等四篇，
(10)唐風十二篇中蟋蟀等九篇，
(11)秦風十篇之車鄰等全部十篇，
(12)陳風十篇中宛丘等六篇，
(13)檜風四篇中羔裘等三篇，
(14)曹風四篇之蜉蝣等全部四篇，
(15)豳風七篇之七月等全部七篇，

以上十五國風，一百六十篇中二字篇名共計一一五篇。

(16)小雅七四篇中之鹿鳴等五六篇連同笙詩六篇，共爲六二篇。
(17)大雅三十一篇中文王等二十六篇，
(18)周頌三十一篇中清廟等二十一篇，
(19)魯頌四篇中有駜等三篇，
(20)商頌五篇中烈祖等四篇。
（(18)—(20)）三頌合共二八篇

以上二字篇名二三一篇，其占三一一篇之百分比為七四・二八，是估計占全部的十之七、八無誤也。

附表一　三百十一篇篇名字數比較表

類別	十五國風一六〇篇	小雅八〇篇	大雅三一篇	三頌四〇篇	全詩經三一一篇
一字篇名	四	〇	四	九	一七
所占百分比	二・五〇	〇	一二・九〇	二二・五〇	五・四七
二字篇名	一一五	六二	二六	二八	二三一
所占百分比	七一・八七	七七・五〇	八三・八七	七〇・〇〇	七四・二八
三字篇名	一四	六	〇	〇	二〇
所占百分比	八・七五	七・五〇	〇	〇	六・四二
四字篇名	二七	一二	一	二	四二
所占百分比	一六・八八	一五・〇〇	三・二三	五・〇〇	一三・五〇
五字篇名	〇	〇	〇	一	一
所占百分比	〇	〇	〇	二・五〇	〇・三二
篇數總計	一六〇	八〇	三一	四〇	三一一
百分比總計	一〇〇	一〇〇	一〇〇	一〇〇	一〇〇

玆依據以上統計所得一字至五字篇名篇數，求得其各占百分比，製成三百十一篇篇名字數比較表，以見其確實之比例。

三、篇名摘取的考察

篇名在詩文中的摘取，有摘句與摘字之別。摘句乃摘取詩中一整句爲篇名，而摘字則摘取一句中之一字、二字、三字或四字。其不取詩文中字，而另取篇名者則僅極少數幾篇。而詩經雖稱四言詩，亦常見長句短句，故摘取整句爲篇名者，亦有二字句、三字句、四字句與五字句四種的分別。玆詳予考察，並分別統計記錄如下：

（甲）摘句篇名考察

㈠二字句篇名一篇

⑴祈父（小雅一篇）

㈡三字句篇名十二篇

⑴麟之趾（周南一篇）⑵殷其靁⑶摽有梅⑷江有汜（召南三篇）⑸牆有茨（鄘風一篇）⑹揚之水（王風一篇）⑺叔于田⑻揚之水（鄭風二篇）⑼園有桃（魏風一篇）⑽山有樞⑾揚之水（唐風二篇）⑿苕之華（小雅一篇）。

㈢四字句篇名三十九篇

(1)野有死麕(2)何彼襛矣（召南二篇）(3)匏有苦葉(4)二子乘舟（邶風二篇）(5)君子偕老(6)鶉之奔奔(7)定之方中（鄘風三篇）(8)君子于役(9)君子陽陽(10)中谷有蓷(11)丘中有麻（王風四篇）(12)女曰鷄鳴(13)有女同車(14)山有扶蘇(15)東門之墠(16)其出東門(17)野有蔓草（鄭風六篇）(18)東方未明（齊風一篇）(19)有杕之杜（唐風一篇）(20)東門之枌(21)東門之池(22)東門之楊(23)防有鵲巢（陳風四篇）(24)隰有萇楚（檜風一篇）(25)皇皇者華(26)南有嘉魚(27)南山有臺(28)菁菁者莪(29)我行其野(30)十月之交(31)無將大車(32)瞻彼洛矣(33)裳裳者華(34)賓之初筵(35)漸漸之石(36)何草不黃（小雅十二篇）(37)文王有聲（大雅一篇）(38)維天之命(39)閔予小子（周頌二篇）。

(四)五字句篇名一篇

(1)昊天有成命（周頌一篇）

以上二字句篇名祈父一篇，三字句篇名麟之趾等十二篇，四字句篇名野有死麕等三九篇，五字句篇名昊天有成命一篇。詩經三〇五篇中共計摘取整句爲篇名者五十三篇，所摘之句，全爲篇首第一句。

（乙）摘字篇名考察

摘句篇名，所摘固都是篇首第一句，摘字篇名，所摘亦大多是篇首第一句中之字，而以摘取第一句中第一、二兩字者爲最多，三、四兩字者次之。其餘則爲句中一字、三字或一三兩字、二三兩字、二四兩字等，而亦有摘取五字句中四字爲篇名者。至於摘取第一句以外句中字爲篇名者，尤屬少見。玆予以分別統計記錄如下：

*篇首兩字篇名八種

㈠第一句一二兩字篇名一百〇五篇

(1)螽斯（周南一篇）(2)羔羊（召南一篇）(3)燕燕(4)終風(5)擊鼓(6)凱風(7)雄雉(8)式微(9)旄丘(10)簡兮(11)北風(12)靜女(13)新臺（邶風十一篇）(14)蝃蝀(15)相鼠(16)載馳（鄘風三篇）(17)考槃(18)碩人(19)芄蘭(20)伯兮(21)有狐（衞風五篇）(22)大車（王風一篇）(23)緇衣(24)清人(25)羔裘(26)蘀兮(27)風雨（鄭風五篇）(28)南山(29)盧令(30)敝笱(31)載驅(32)猗嗟（齊風五篇）(33)碩鼠（魏風一篇）(34)蟋蟀(35)椒聊(36)綢繆(37)羔裘(38)葛生(39)采苓（唐風六篇）(40)駟驖(41)小戎(42)蒹葭(43)終南（秦風四篇）(44)衡門(45)墓門(46)月出（陳風三篇）(47)羔裘(48)匪風（檜風二篇）(49)蜉蝣(50)鳲鳩（曹風二篇）(51)七月(52)鴟鴞(53)伐柯(54)九罭(55)狼跋（豳風五篇）(56)四牡(57)常棣(58)伐木(59)天保(60)采薇(61)魚麗(62)彤弓(63)六月(64)吉日(65)鴻鴈(66)鶴鳴(67)黃鳥(68)正月(69)四月(70)鼓鍾(71)大田(72)鴛鴦(73)采菽(74)隰桑(75)白華(76)緜蠻（小雅二一篇）(77)文王(78)思齊(79)皇矣(80)下武(81)旣醉(82)鳧鷖(83)假樂(84)泂酌(85)崧高(86)江漢(87)瞻卬（大雅十一篇）(88)維淸(89)烈文(90)天作(91)我將(92)時邁(93)執競(94)思文(95)噫嘻(96)振鷺(97)豐年(98)有瞽(99)載見(100)有客(101)敬之(102)載芟(103)絲衣（周頌十五篇）(104)有駜(105)閟宮（魯頌二篇）

其中僅周南螽斯、齊風盧令爲三字句摘一二兩字，餘皆四字句摘一二兩字。

㈡第一句一三兩字篇名十二篇

⑴關雎⑵葛覃⑶桃夭（周南三篇）⑷綠衣⑸日月（邶風二篇）⑹溱洧（鄭風一篇）⑺雞鳴（齊風一篇）⑻陟岵（魏風一篇）⑼蓼蕭⑽湛露（小雅二篇）⑾民勞（大雅一篇）⑿訪落（周頌一篇）

㈢第一句一四兩字篇名四篇

⑴沔水⑵蓼莪⑶楚茨⑷魚藻（小雅四篇）

㈣第一句二三兩字篇名七篇

⑴黍離⑵兔爰⑶采葛（王風三篇）⑷狡童（鄭風一篇）⑸車鄰（秦風一篇）⑹候人（曹風一篇）⑺公劉（大雅一篇三字句）

㈤第一句二四兩字篇名十篇

⑴鵲巢（召南一篇）⑵杕杜（唐風一篇）⑶澤陂（陳風一篇）⑷破斧（豳風一篇）⑸出車⑹杕杜⑺車攻⑻頍弁⑼菀柳（小雅四篇）⑽卷阿（大雅一篇）

㈥第一句三四兩字篇名六十一篇

⑴卷耳⑵樛木⑶兔罝⑷芣苢⑸汝墳（周南五篇）⑹采蘩⑺草蟲⑻采蘋⑼甘棠⑽行露⑾小星（召南六篇）⑿柏舟⒀谷風⒁泉水⒂北門（邶風四篇）⒃柏舟⒄干旄（鄘風二篇）⒅淇奧⒆竹竿⒇河廣（衞風三篇）(21)葛藟（王風一篇）(22)子衿（鄭風一篇）(23)甫田（齊風一篇）

(24)葛屨(25)伐檀（五字句）（魏風二篇）(26)鴇羽(27)無衣（唐風二篇）(28)黃鳥(29)晨風(30)無衣（秦風三篇）(31)素冠（五字句）（檜風一篇）(32)下泉（曹風一篇）(33)東山（豳風一篇）(34)鹿鳴(35)采芑(36)白駒(37)斯干(38)谷風(39)北山(40)甫田(41)桑扈(42)青蠅(43)角弓(44)采綠(45)黍苗(46)瓠葉（小雅十三篇）(47)棫樸(48)旱麓(49)靈臺(50)生民(51)行葦(52)桑柔(53)雲漢(54)烝民（大雅八篇）(55)清廟(56)臣工(57)良耜（周頌三篇）(58)泮水（魯頌一篇）(59)烈祖(60)玄鳥(61)殷武（商頌三篇）

以上除伐檀、素冠兩字摘自五字句外，餘皆摘自四字句。

(七)第一句三五兩字篇名一篇

(1)車舝（小雅一篇）——五字句

(八)第一句四五兩字篇名三篇

(1)木瓜（衛風一篇）(2)株林（陳風一篇）(3)無羊（小雅一篇）——皆五字句。

以上摘第一句二字篇名八種共二〇三篇

*篇首一字篇名三種

(九)第一句第一字一字篇名五篇

(1)氓（衛風一篇）(2)緜(3)蕩(4)抑（大雅三篇）(5)駉（魯頌一篇）

(十)第一句第三字一字篇名六篇

(1)丰（鄭風一篇）(2)還（齊風一篇）(3)板（大雅一篇）(4)雝(5)武（周頌二篇）(6)那（商頌一篇）

(十)第一句第四字一字篇名一篇
(1)著（齊風一篇）——六字句摘取第四字
以上摘第一句一字篇名三種共十二篇
*篇首三字篇名三種
(十一)第一句第一二三字三字篇名二篇
(1)將仲子(2)遵大路（鄭風二篇）
(十二)第一句第一三四字三字篇名二篇
(1)節南山(2)信南山（小雅二篇）
(十四)第一句第二三四字三字篇名三篇
(1)汾沮洳（魏風一篇）(2)何人斯(3)都人士（小雅二篇）
*篇首四字篇名一種
(十五)第一句第一二三四字四字篇名二篇
(1)東方之日（齊風一篇）(2)十畝之間（魏風一篇）——皆五字句
*篇首以外句中摘字篇名三種
(十六)第一章句中摘字篇名十一篇
(1)漢廣——第五句一三兩字（周南一篇）(2)騶虞——第三句之四五兩字（召南一篇）(3)桑

中——第五句之四五兩字（鄘風一篇）⑷褰裳——第二句之一二兩字（鄭風一篇）⑸渭陽——第二句之三四兩字⑹權輿——第五句之三四兩字（秦風二篇）⑺宛丘——第二句之一二兩字（陳風一篇）⑻庭燎——第三句之一二兩字（小雅一篇）⑼潛——第二句之第一字⑽桓——第四句之第一字（周頌二篇）⑾長發——第二句一二兩字（商頌一篇）

除周頌二篇爲一字篇名外，其餘九篇均爲二字篇名。

㈦第二章句中摘字篇名一篇

⑴大東——第二章第一句之三四兩字（小雅一篇）

㈧第五章句中摘字篇名一篇

⑴巧言——第五章第七句之一二兩字（小雅一篇）

以上摘非首句篇名三種共十三篇

（丙）摘句摘字加區別字篇名考察

*摘句篇名加區別字一種

㈠摘首句加大字篇名一篇

⑴大叔于田——此詩三章章十句，摘首句叔于田加大字以別於前篇三章章五句之叔于田（鄭風一篇）。

朱熹詩集傳註：「陸氏曰：『首章作大叔于田者誤。』蘇氏曰：『二詩皆曰「叔于田」，故加「大」以別之。不知者乃以段有大叔之號，而讀曰「泰」，又加「大」于首章，朱之矣。』」

文開案：今十三經註疏本毛詩正義此詩首章卽作「大叔于田」，較朱傳本多一大字。惟陸德明經典釋文釋首句卽云：「叔于田，本或作大叔于田者誤。」阮元毛詩註疏校勘記亦云：「此詩三章共十言叔，不應一句獨言大叔，或名篇自異，詩文則同，如唐風杕杜、有杕之杜二篇之比，其首句有大字者，援序入經耳，當以釋文本爲長。」故知正義本首句作「大叔于田」者大字爲衍文。此詩篇名，實因經文篇幅倍於前篇叔于田，故篇名仍摘首句叔于田，而加大字以區別之，非首句原爲「大叔于田」四字也。

＊摘字篇名加區別字三種

㈠摘首句首字加大小一字之篇名五篇

⑴小旻⑵小宛⑶小弁⑷小明（小雅四篇）⑸大明（大雅一篇）

朱傳小旻篇末註：「蘇氏曰：小旻、小宛、小弁、小明四詩，皆以小名篇，所以別其爲小雅也。其在小雅者，謂之小，故其在大雅者，謂之召旻、大明、獨宛、弁闕焉。意者，孔子刪之矣。雖去其大，而其小蓋卽用其舊也。」

文開案：詩篇在孔子前已失傳甚多，大雅或舊有宛、弁兩篇而失傳，未必孔子刪之也。至毛詩正義謂：「經言旻天，天無小義。今謂小旻，明有所對也。故言所刺者，此列於十月之交、雨無正，則此篇之事爲小，故曰小旻也。」又謂：「名篇曰小明者，言幽王日小其明，損於政事，以至於亂。」又謂：「二聖相承，其明德日以廣大，故曰大明。」此皆以美刺內容大小解之。不知此均以篇首第一字爲篇名，其篇名同者，則以大小代表大小雅以別之耳。

㈡摘首句首字加人名一字之篇名二篇

(1)韓奕——奕字加韓侯之韓字(2)召旻——旻字加召公之召字（大雅二篇）

文開案：召旻與小旻篇首一句均爲「旻天疾威」，故在小雅者名篇爲小旻，在大雅者亦應似大明例名大旻，惟其前「奕奕梁山」篇，因其所述爲錫命韓侯事，故以篇首奕字爲篇一，而又加韓字其上以明其事；大旻篇則所述爲追懷召公事，故於旻上加召字明其事，另成小名篇體例，故朱傳召旻篇末固可云：「因其首章稱旻天，卒章稱召公，故謂之召旻，以別名旻也。」而吾人亦可謂韓奕，首句以「奕奕」始，四句稱「韓侯受命」故謂之韓奕，或另有一以奕奕句始之奕詩已佚失，而韓奕仍保留其舊名耳。

㈢摘非首句字加小字之篇名一篇

(1)小毖——摘第二句毖字加小字爲篇名（周頌一篇）

毛詩序：「小毖，嗣王求助也。」箋：「毖，愼也。天下之事，當愼其小，小時而不愼，後爲禍大。故成王求忠臣早輔助己爲政，以救患難。」正義曰：「毖愼釋古文。箋以經文無小字而名曰小毖，故解其意。此意出於『允彼桃蟲，翻飛維鳥』而來也。」朱傳亦引蘇氏曰：「小毖者，謹之於小也。謹之於小，則大患無由至也。」或謂周頌有二毖篇，以長短分大小，大毖已逸，而小毖名未改。

（丁）不摘詩文字篇名六篇

三○五篇的篇名，可分爲甲、乙、丙、丁四類。甲類摘句，即摘取詩文整句爲篇名（二字至五字）者計五十三篇。乙類摘字，即摘取詩文一句中一字至四字者二三七篇。丙類摘句摘字加區別字者，即摘取詩文整句，或一句中一字，再加一大小或人名的區別字者，計得九篇。除以上三類，僅餘六篇，其不取詩中任何一句一字，而另起篇名者，爲小雅雨無正、巷伯二篇，大雅常武一篇，周頌酌、賚、般三篇。玆各算出四類所占百分比，與篇名數字在甲乙兩類中各占之百分比以及篇名之在首句或非首句之別，以製成分類統計表列下：

附表二　三百零五篇摘取篇名分類統計表

類別	首句	橫行百分比	非首句	橫行百分比	總計	直行百分比
(甲)摘句篇名	53	一〇〇	0	0	53	一七・三七
二字	1	一〇〇	0	0	1	一・八九
三字	12	一〇〇	0	0	12	二七・六四
四字	39	一〇〇	0	0	39	七三・五八
五字	1	一〇〇	0	0	1	一・八九
(乙)摘字篇名	224	九四・五一	13	五・四九	237	七七・七一
一字	12	七五・〇〇	4	二五・〇〇	16	六・七五
二字	203	九五・七五	9	四・二五	212	八九・四五
三字	7	一〇〇	0	0	7	二・九五
四字	2	一〇〇	0	0	2	〇・八五
(丙)摘句摘字加區別字	8	八八・八九	1	一一・一一	9	二・九五
(丁)不摘字篇名	——		——		6	一・九七
（總計）	92%(285)		8%(14)		305	一〇〇 (100%299)

註：表中丙項九篇中摘句者僅首句叔于田加大字一篇，餘均爲摘字者，故摘句篇總數共五四，摘字篇總數共二四五。

由上表可知，篇名之取自首句者二八五篇，占百分之九十二；取自非首句者，僅得十四篇，占百分之八；又摘字之二字篇名多達二一二篇，占乙類篇數的百分之八九・四五。而此二一二篇中，取自首句中之二字者，又占二〇三篇，其百分比爲九五・七五，實爲全部詩經三〇五篇中最大多數篇名之所由來。即詩經篇名傳統的習慣性取自詩文第一句中的兩個字——其實，我們一眼望去，這二〇三的數字，也是表中細目數字的唯一百位數字，從三〇五篇中占去二〇三篇，其突出情形也可想而知了。

現在我們再繼續分析這詩篇首句二字取名法所取的二個字，在首句中的位置情形，也可製成一統計表以顯示之。

附表三　詩經首句摘取二字篇名位置分析表

二字位置 八種區分	篇數	占百分比
(1)第一 第二字	105	五一・七三
(2)第二 第三字	12	五・九一
(3)第一 第四字	4	一・九七
(4)第二 第三字	7	三・四五
(5)第二 第四字	10	四・九三
(6)第三 第四字	61	三〇・〇五
(7)第三 第五字	1	〇・四九
(8)第四 第五字	3	一・四八
總計	203	一〇〇

觀表，八種位置區分，以第一種首句一二兩字一〇五篇最爲突出，占全數二〇三篇的半數以上，第七種第三五兩字最少僅一篇，占百分之一都不到。其次第六種第三四兩字也得六十一篇，占百分之三〇・〇五。換言之，第一種占十分之五以上，第六種占十分之三以上，這兩種特別多，就占了十之八以上。若就三一一篇中二字篇名占十之七八的二三一篇來看，這兩種合起來也占了二三一篇的百分之七一・八六。所以我的估計，詩經二字篇名，占十之七八，而首句一二字和三四字的篇名，又占其十之七八是不錯的了。這並非我精於估計，而是詩經的十之七八用二字篇名，詩經的二字篇名又十之七八爲摘取經文首句第一二字或三四字的現象太明顯易知了。

最後，我發現不摘字句爲篇名的六篇之中，雨無正一篇，仍應是摘字篇名。因爲韓詩篇首多「雨無其極，傷我稼穡」八字，篇名爲雨無極。屈萬里曰：「極，正也。雨無正，即雨無極。本篇既名雨無正，是毛詩祖本亦嘗有此二句，不知何時逸之。」則依屈氏之意，毛詩此篇，原亦摘取首句「雨無其正」中三字爲篇名也。這樣說來，摘字篇名應增一篇，三〇五篇中摘取詩文字句爲篇名，實在是整整三百篇，不摘取字句爲篇名的，只有五篇而已。

四、詩經相同篇名的考察

詩經篇名字數多寡及篇名從摘取詩中字句而來，既已考察如上，其中發現有兩三個詩篇，又用相同的篇名的，也有好幾組。玆加考察如下：

（甲）十五國風中有相同篇名五組十二篇，那就是：

㈠十五國風中有三篇羔裘：

⑴鄭風羔裘——從篇首「羔裘如濡，洵直且侯」，摘取首句一二兩字爲篇名。

⑵唐風羔裘——從篇首「羔裘豹袪，自我人居居」，摘取首句一二兩字爲篇名。

⑶檜風羔裘——從篇首「羔裘逍遙，狐裘以朝」，摘取首句一二兩字爲篇名。

三篇得名情形完全相同，而鄭風次章首句「羔裘豹飾」與唐風句相仿，三章首句「羔裘晏兮」，又與檜風首句同調，與其次章首句「羔裘如膏」更爲相似。細察三詩，非但其格調相同，其內容亦如出一轍，均爲對其上華服逸樂表示不滿的詩。

㈡十五國風中又有三篇揚之水

⑴王風揚之水——從篇首「揚之水，不流束薪」，摘取全首句三字爲篇名。

⑵鄭風揚之水——從篇首「揚之水，不流束楚」，摘取全首句三字爲篇名。

⑶唐風揚之水——從篇首「揚之水，白石鑿鑿」，摘取全首句三字爲篇名。

三篇得名情形相同，而王風次章首兩句，全與鄭風篇首兩句相同，確屬相互套用。所以胡適說是同一母題所發展到三地而分化出來的三篇民謠。日人白川靜，更說是當時流行的水占民俗所得結果呈現出來的悲與喜不同情緒的發洩。（說明見內子普賢著詩經研讀指導一書中「詩經興義的歷史發展」一文）。

㈡十五國風中又有兩篇柏舟

⑴邶風柏舟——從篇首「汎彼柏舟，亦汎其流」，摘取首句三四兩字爲篇名。

⑵鄘風柏舟——從篇首「汎彼柏舟，在彼中河」，摘取首句三四兩字爲篇名。

兩篇篇首格調相同，據毛傳，均爲興體。蓋同以柏舟汎流興起其強烈的情緒。朱熹詩集傳且以柏舟比堅貞，謂兩詩均寫婦女之隱痛。

㈣十五國風中又有兩篇無衣

⑴唐風無衣——從篇首「豈曰無衣七兮，不如子之衣」，摘取首句三四兩字爲篇名。

⑵秦風無衣——從篇首「豈曰無衣，與子同袍」，摘取首句三四兩字爲篇名。

兩篇首句相同，次句即變調，可視爲同一格調，變化爲內容不同的兩詩之例。

㈤十五國風中又有兩篇叔于田

⑴鄭風第三篇叔于田——從篇首「叔于田，巷無居人」，摘取全首句三字爲名。

⑵鄭風第四篇叔于田——從篇首「叔于田，乘乘馬」，摘取全首句三字爲名。

兩篇同爲對老二的讚美詩，後一篇較長，故於叔于田上又加一大字以與前一篇區別。

(乙)小雅八十篇有相同篇名一組二篇

㈠小雅有白華兩篇，依朱傳：

⑴白華之什的白華——無辭的笙詩六篇之一。

⑵都人士之什的白華——從篇首「白華菅兮，白茅束兮」，摘取首句一二兩字爲篇名。

依毛詩正義，笙詩六篇，其辭遭戰國及秦之世而亡，而其義，則有詩序在，白華序云：「孝子之絜白也。」而另一白華之序則曰：「周人刺幽后也。」一爲美詩，一爲刺詩。

（丙）國風與小雅有相同篇名四組九篇

㈠國風小雅谷風各一篇

⑴邶風谷風——從篇首「習習谷風，以陰以雨」，摘取首句三四兩字爲篇名。

⑵小雅谷風——從篇首「習習谷風，維風及雨」，摘取首句三四兩字爲篇名。

兩篇同調，均爲責難的怨詩。

㈡國風小雅甫田各一篇

⑴齊風甫田——從篇首「無田甫田，維莠驕驕」，摘取首句三四兩字爲篇名，

⑵小雅甫田——從篇首「倬彼甫田，歲取十千」，摘取首句三四兩字爲篇名。

小雅甫田詠農事之豐收而慶賀；而齊風甫田，則詠農事之歉收而有所感觸。兩詩由同調蛻變成兩個相反形態。

㈢國風小雅黃鳥各一篇

⑴秦風黃鳥——從篇首「交交黃鳥，止于棘」，摘取首句三四兩字爲篇名。

⑵小雅黃鳥——從篇首「黃鳥黃鳥，無集于穀」，摘取首句一二兩字爲篇名。

兩篇均爲悲歌，而其格調略變。

㈣國風小雅杕杜共三篇

⑴唐風第六篇——從篇首「有杕之杜，其葉湑湑」，摘取首句二四兩字爲篇名。

⑵唐風第十篇——從篇首「有杕之杜，生于道左」，摘取全首句四字爲篇名。

⑶小雅杕杜——從篇首「有杕之杜，有睆其實」，摘取首句二四兩字爲篇名。

唐風第十篇，本來亦應取杕杜爲篇名，因與同一國風之第六篇同名，故改採摘全句而名「有杕之杜」。此三詩同調，惟唐風第六篇與小雅杕杜均爲悲歌，而唐風第十篇變爲歡歌。

(丁)大小雅間有相同篇名二組四篇

㈠大小雅明明各一篇

⑴小雅明明——原從篇首「明明上天，照臨下土」，摘取首句一二兩字明明爲篇名，因與大雅明明同名，加一小字省一明字改稱小明。

⑵大雅明明——原從篇首「明明在下，赫赫在上」，摘取首句一二兩字明明爲篇名，因與小雅明明同名，加一大字省一明字改稱大明。

這兩篇皆對天信仰者，指天而言以發抒其懷抱之歌。

㈡大小雅間旻天各一篇

⑴小雅旻天——應從篇首「旻天疾威，敷于下土」，摘首句一二兩字旻天爲篇名，因與大

雅旻天同名，故加小字省天字稱小旻以爲區別。

(2)大雅旻天——應從篇首「旻天疾威，天篤降喪」，摘首句一二兩字旻天爲篇名，因與小雅旻天同名，故加詩中關係人召公之召字，並省天字稱召旻，以爲區別。

這兩篇同是對天信仰者以天爲戒的諫人之歌。

以上甲乙丙丁四類同篇名詩共十二組二十七篇，可見詩經三百篇同篇名之多。而可注意之一，爲同名詩大多同調，或由同調而分化；可注意之二，爲又因同名而略改篇名，加以區分。未列入者尚有小雅緜蠻篇，其篇首「緜蠻黃鳥，止于丘阿」，與秦風黃鳥之「交交黃鳥，止于棘」，完全同調，只因小雅已有黃鳥一篇，竟爲避同名而改摘首句一二兩字緜蠻爲篇名。此均三百篇取名之有習慣性而又具機動性者也。此外，尚有類似的篇名像齊風的雞鳴與鄭風的女曰雞鳴等，均未列入考察。

又，我們考察詩經對相同篇名的處理，可得一原則，即同一單位之有同篇名者，必加區別。不同單位者，則篇名可同。其單位，國風分爲十五，雅分爲二，頌分爲三。是以王、鄭、唐三單位各有篇名揚之水；鄭、唐、檜各有篇名羔裘；邶、鄘各有篇名柏舟；唐、秦各有篇名無衣；邶風、小雅各有篇名谷風；齊風、小雅各有篇名甫田，無妨也。而鄭風之有二叔于田，後一篇必加一大字稱大叔于田以爲區別；唐風之有二有杕之杜，其一即摘取杕杜二字爲篇名以爲區別，而此杕杜篇名不妨與小雅杕杜同名也。秦風黃鳥與小雅黃鳥，篇名不妨相同，而小雅另有篇首緜蠻黃鳥之詩，則不可再名黃鳥，故避而名篇爲緜蠻。至於敍述同篇名之詩，自可加其單位名以爲區別，兩柏舟稱邶柏舟與鄘柏舟；兩谷風稱邶谷風、小雅谷風是也。而大明小明之名，實大雅明明與小雅明明之簡稱。周頌之有小毖，或已逸其大毖耳。小雅之有大東，則爲地名，非詩篇有大小也。

五、結　語

㈠根據統計的結果，詩經篇名，確實是：十之七八是二字篇名。而二字篇名的十之七八，是摘取詩文第一句的一二兩字或三四兩字而成。

㈡詩經三百十一篇篇名，有一字篇名到五字篇名五種。五種篇名多寡的次序是：第一，關雎、鹿鳴、文王、清廟等二字篇名二三一篇；第二，野有死麕、皇皇者華、文王有聲、維天之命等四字篇名四二篇；第三，麟之趾、節南山等三字篇名二〇篇；第四，氓、緜、潛等一字篇名一七篇；第五，昊天有成命五字篇名一篇。由這現象推斷，詩經篇名以二字篇名爲常態，竟占三一一篇的百分之七四·二八之多。其餘一字三字四字五字四種，合計只有八十篇，共占百分之二五·七二而已。

㈢詩經三百十一篇，除了無辭的笙詩六篇，三〇五篇中只有五篇另得篇名，其餘整整三百篇，篇名都摘取自本身詩文之中，或摘取整句爲篇名，或摘取幾個字爲篇名。計摘取整句爲篇名的有二字篇名如祈父，三字篇名如麟之趾，四字篇名如野有死麕，五字篇名如昊天有成命等四種，共計五十三篇，只占三〇五篇的百分之一七·三七。這五十三篇，所摘都是篇首第一句。其中四字篇名最多，計三十九篇，三字篇名次之，計十二篇，其餘二字五字都只有一篇。

㈣摘取詩文中若干字爲篇名的，有二三七篇之多，占三〇五篇的百分之七七·七一，計有摘一字如氓，摘二字如關雎，摘三字如節南山，摘四字如東方之日等四種。其中以摘取二字爲篇名的獨多，達二一二篇。其次是一字篇名十六，三字篇名七，四字篇名二。與摘取整句篇名四字名最多，三字名居中，二字名只有一篇，恰成倒轉的形勢。推究其原因，詩經多四字句，摘取整句四個字爲篇名，已嫌太長，總覺有些累贅，而一字太單薄，不如摘取一句中的兩字爲名最爲簡便。至於四字句摘取兩字，尤以一二或三四字較順口。所以詩經摘字篇名，仍以摘自首句爲最多，計二二四篇，非摘自首句的僅十三篇。而這首句摘字篇名二二四篇中，二字篇名獨多，占二〇三篇。其餘是一字篇名十二，三字篇名七，四字篇名二而已。再就二字篇名二〇三篇來分析這二字摘自句中的位置，則以第一二兩字的一〇五篇和第三四兩字的六十一篇爲最多與次多。前者占十之五以上，後者占十之三以上，兩共一六六篇，竟占了十之八以上。所以其他摘自句中第一第三字或第二第三字等都不足道了。

㈤詩經篇名，因大多係摘取詩文首句中字。而三百篇首句或全句相同，或半句相同，故其篇名相同者亦不少，總計在十組以上。處理同名問題有一原則，即詩經十五國風、二雅、三頌之二十單位，其同一單位者必避同名，而加以區別；其不同單位者，則可以不避同名。而詩經篇名相同，以國風爲多。蓋國風爲民間歌謠，其同一母題者，往往以相同格調歌詠之，故相同句特多，首句尤多相同，揚之水三篇，是其顯例也。

六十七年十月中旬整理（原載東方雜誌復刊十二卷十一期）

貳、詩經篇名古今歧異的考察及其他

一、引　言

⑴將詩經三百篇的一字篇名至五字篇名的多少，予以統計，以確知一字篇名、二字篇名、三字篇名、四字篇名各有若干？其比例怎樣？以確定詩經二字篇名爲常態。⑵將詩經篇名，摘取自本文中字句的各篇，予以考察，以確定摘句篇名爲五十三篇，摘字篇名爲二三七篇，摘句摘字加區別字的篇名爲九篇，而不摘字篇名僅六篇。⑶將詩經中相同篇名予以考察，以確立詩經處理相同篇名的原則爲：不同單位不避篇名相同，同一單位則避之。以上是「從今存毛詩三百篇篇名來考察詩經篇名問題」一文內容的大要。

現在要進而考察詩經篇名古今歧異的現象和不摘字六篇篇名的由來。但僅從今存三百篇篇名所呈現象來考察，還有從篇名所呈現的物性，也可試加分類，以探知詩經的特性。應先予試探。因此本文擬分四小題爲：⑴詩經篇名物性分類考察；⑵不摘字六篇篇名試釋；⑶古今異名詩篇考察；⑷四家詩異名詩篇考察。然後再繫以結語。

二、詩經篇名物性分類考察

詩經三百篇篇名，明顯地可看出物性表現的不同，試加分類，有鳥、獸、蟲、魚、草、木的動植物以及天象、地文、時令、人物、器物……等多種，這種現象，是否有何含意，也可試加分析。

茲分類彙輯於下：

（甲）動物篇名五十

㈠鳥類二十一篇

1. 鳥名十二篇

⑴燕燕⑵雄雉⑶黃鳥（秦風）⑷晨風⑸鳲鳩⑹鴟鴞⑺鴻鴈⑻黃鳥（小雅）⑼桑扈⑽鴛鴦⑾鳧鷖⑿玄鳥。

2. 涉鳥九篇

⑴關雎⑵鵲巢⑶鶉之奔奔⑷女曰雞鳴⑸雞鳴⑹鴇羽⑺防有鵲巢⑻鶴鳴⑼振鷺。

㈡獸類二十一篇

1. 獸名四篇

⑴羔羊⑵騶虞⑶碩鼠⑷白駒。

2. 涉獸十七篇

⑴兎罝⑵麟之趾⑶野有死麕⑷相鼠⑸有狐⑹兎爰⑺羔裘（鄭）⑻盧令⑼羔裘（唐）⑽駟驖⑾羔裘（檜）⑿狼跋⒀鹿鳴⒁四牡⒂無羊⒃駉⒄有駜。

㈢蟲類（蟲名）五篇

⑴螽斯⑵草蟲⑶蟋蟀⑷蜉蝣⑸青蠅。

㈣魚類（涉魚）三篇

⑴魚麗⑵南有嘉魚⑶魚藻。

（乙）植物篇名六十

㈠草類三十二篇

1. 草名九篇

⑴卷耳⑵芣苢⑶芄蘭⑷木瓜⑸蒹葭⑹蓼蕭⑺蓼莪⑻楚茨⑼白華。

2. 涉草二十三篇

⑴葛覃⑵采蘩⑶采蘋⑷匏有苦葉⑸牆有茨⑹黍離⑺中谷有蓷⑻葛藟⑼采葛⑽丘中有麻⑾

野有蔓草(12)葛生(13)采苓(14)采薇(15)菁菁者莪(16)采芑(17)采菽(18)采綠(19)黍苗(20)瓠葉(21)苕之華(22)何草不黃(23)行葦。

(二)木類二十八篇

1.木名九篇

(1)樛木(2)甘棠(3)椒聊(4)杕杜（唐）(5)常棣(6)杕杜（小雅）(7)菀柳(8)隰桑(9)棫樸。

2.涉木十九篇

(1)桃夭(2)摽有梅(3)何彼襛矣(4)桑中(5)竹竿(6)山有扶蘇(7)蘀兮(8)園有桃(9)伐檀(10)山有樞(11)有杕之杜(12)東門之枌(13)東門之楊(14)隰有萇楚(15)伐柯(16)皇皇者華(17)伐木(18)裳裳者華(19)桑柔。

(丙)天象篇名十八

(1)行露(2)殷其靁(3)小星(4)日月(5)終風(6)凱風(7)谷風（邶）(8)北風(9)蝃蝀(10)風雨(11)東方之日(12)東方未明(13)月出(14)匪風(15)湛露(16)雨無正(17)谷風（小雅）(18)雲漢。

(丁)地文篇名五十

(1)漢廣(2)汝墳(3)江有汜(4)旄丘(5)泉水(6)北門(7)新臺(8)淇奧(9)河廣(10)揚之水（王）(11)遵大路(12)揚之水（鄭）(13)東門之墠(14)出其東門(15)溱洧(16)南山(17)甫田（齊）(18)汾沮洳(19)陟岵(20)十畝之間(21)揚之水（唐）(22)終南(23)渭陽(24)宛丘(25)衡門(26)東門之池(27)墓門(28)株林(29)澤陂(30)

下泉(31)東山(32)南山有臺(33)沔水(34)斯干(35)節南山(36)大東(37)北山(38)信南山(39)甫田（小雅）(40)
大田(41)瞻彼洛矣(42)漸漸之石(43)旱麓(44)靈臺(45)卷阿(46)崧高(47)江漢(48)清廟(49)泮水(50)閟宮。

（戊）時令篇名六

(1)七月(2)六月(3)吉日(4)正月(5)十月之交(6)四月。

（己）人物篇名三十六

(1)靜女(2)二子乘舟(3)君子偕老(4)碩人(5)氓(6)伯兮(7)君子于役(8)君子陽陽(9)將仲子(10)叔于田(11)大叔于田(12)清人(13)有女同車(14)狡童(15)候人(16)祈父(17)我行其野(18)何人斯(19)巷伯(20)賓之初筵(21)都人士(22)文王(23)文王有聲(24)公劉(25)民勞(26)烝民(27)韓奕(28)召旻(29)臣工(30)有瞽(31)有客(32)武(33)我將(34)閔予小子(35)烈祖(36)殷武。

（庚）器物篇名二十九

(1)柏舟（邶）(2)綠衣(3)擊鼓(4)柏舟（鄘）(5)干旄(6)考槃(7)大車(8)緇衣(9)褰裳(10)子衿(11)敝笱(12)葛屨(13)無衣（唐）(14)車鄰(15)小戎(16)無衣（秦）(17)素冠(18)破斧(19)九罭(20)出車(21)彤弓(22)車攻(23)無將大車(24)鼓鐘(25)頍弁(26)車舝(27)角弓(28)良耜(29)絲衣。

（辛）其他篇名五十六

(1)式微(2)簡兮(3)定之方中(4)載馳(5)丰(6)還(7)著(8)載驅(9)猗嗟(10)綢繆(11)權輿(12)天保(13)庭燎(14)小旻(15)小宛(16)小弁(17)巧言(18)小明(19)緜蠻(20)大明(21)緜(22)思齊(23)皇矣(24)下武(25)生民(26)既醉

(27)假樂(28)泂酌(29)板(30)蕩(31)抑(32)常武(33)瞻卬(34)維天之命(35)維清(36)烈文(37)天作(38)昊天有成命(39)時邁(40)執競(41)思文(42)噫嘻(43)豐年(44)潛(45)雝(46)載見(47)訪落(48)敬之(49)小毖(50)載芟(51)酌(52)桓(53)賚(54)般(55)那(56)長發。

以上八種篇名，依照多寡排列名次爲：

第一植物　六〇篇

第二其他　五六篇

第三地文　五〇篇

第四動物　五十篇

第五人物　三十六篇

第六器物　二十九篇

第七天象　一八篇

第八時令　六篇

共計三〇五篇

這三〇五篇篇名中，以植物動物地文爲最多。這顯示周代詩人接觸最多者爲山河大地一片綠野中所遍佈的草木鳥獸。而其所歌詠，卽以此等景觀爲其起點。吾人觀察篇名的物性，亦卽可知詩經此一特性。蓋詩經興詩，多以草木鳥獸起興，其詩文首句卽爲興句，而篇名亦大多卽摘取首句中兩字爲之。試以周南十一篇中毛傳興詩爲例：⑴關雎摘自篇首興句「關關雎鳩」，⑵葛覃摘自篇首興句「葛之覃兮」，⑶卷耳摘自篇首興句「采采卷耳」，⑷樛木摘自篇首興句「南有樛木」，⑸桃夭摘自篇首興句「桃之夭夭」，⑹漢廣摘自第五句「漢之廣矣」，⑺麟之趾摘自篇首興句「麟之趾」，十一篇中興詩七篇，其物性草木鳥獸即占六篇，計爲草類葛覃、卷耳兩篇，木類樛木、桃夭兩篇，鳥類關雎一篇，獸類麟之趾一篇，其篇名均摘自篇首興句，僅摘自第五句的漢廣一篇爲地文漢水。此篇若摘篇首興句「南有喬木」爲篇名，則仍爲木類（召南江有汜摘自篇首興句「江有汜」則爲以地文興詩首句爲篇名之例）。故興詩與篇名物性關係極爲密切，而詩經興詩以外篇名物性也以動植物的草木鳥獸及地文爲多。周南其他賦比四篇篇名：螽斯摘首句「螽斯羽」，爲蟲類；兔罝摘自首句「肅肅兔罝」，爲獸類；芣苢摘自首句「采采芣苢」，爲草類；汝墳摘自首句「遵彼汝墳」，爲地文汝水，是亦皆爲地文與動植物。是以詩經特性，可以地文山河大地所構成綠野中遍佈之草木鳥獸等大自然景色爲起點也。詩經這一特性的表現，尤以十五國風最爲顯明，以三頌最爲淡薄。這現象只以毛傳興詩一一六篇，國風占七十二，而三頌僅一兩篇。反之，篇名物性之其他雜類五十六篇中，三頌占二十三篇，國風僅十一篇，卽可推測而知。

三、不摘字六篇篇名試釋

我的估計：三百篇篇名，十之七八，都是二字篇名；而二字篇名，又十之七八，是摘取詩文第一句的一二兩字或三四兩字而成。經過詳細的統計，這主觀的估計，進而得到了客觀的證實。並將三百零五篇中剩下來不從詩文中摘取字句爲篇名的極少幾篇，也找了出來。那是小雅的雨無正、巷伯，大雅的常武，和周頌的酌、賚、般，一共只有六篇。宋歐陽修在所著詩本義中只說：「古之人於詩多不命題，而篇名往往無義例，其或有命名者，則必述詩之意如巷伯常武之類是也。」稍後范處義在他的逸齋詩補傳中，才有較明確的交代。他在卷十八雨無正毛序下補傳說：「凡詩之命名，皆摘取詩中之語，獨雨無正、巷伯、常武、酌、賚、般六篇，特出詩人之意，非有序以發之，雖孔子亦不能知其爲何詩也。然則詩之有序，庸可少哉？」他已認定三百〇五篇中，僅有這六篇是特別的命題，其餘二百九十九篇，都是「摘取詩中之語」以爲篇名，只是他還沒有分別所摘之語，是整句或幾個字，說得仍嫌籠統罷了。他又指出，這六篇命題之意，可從詩中去發掘，現在我把這六篇篇名命題之意，綜述各家之說，試予解釋。

㈠小雅雨無正

歷來雨無正篇名的解釋，極爲紛歧，歸納起來，可得七種，分述如下：

⑴毛詩正義作者爲之立名說

詩序：「雨無正，大夫刺幽王也。雨自上下者也，衆多如雨，而非所以爲政也。」箋：「亦當爲刺厲王，王所下教令甚多，而無正也。」正義曰：「經無此雨無正之字，作者爲之立名。敍又說名篇及所刺之意，雨是自上下者也，雨從上下於地，猶教令從王而下於民。而王之教令衆多如雨，然事皆苛虐，情不恤民，而非所以爲政之道，故作此詩以刺之，既成而名之曰雨無正也。」嚴粲詩緝、范處義補傳等從之。

(2)韓詩篇名雨無極，摘取首句雨無其極中三字說

嚴粲詩緝載劉諫議安世見韓詩作雨無極，比毛詩篇首多「雨無其極，傷我稼穡」八字。

(3)齊詩篇名昊天，摘取首句浩浩昊天中兩字說

易林乾之臨云：「南山昊天，刺政閔身」。蒙之革、謙之復、恆之艮同，陳喬樅云：『據此說知齊家卽以昊天爲篇名，取首句浩浩昊天之語。焦氏以南山昊天二詩對舉，南山卽指節彼南山之詩，下句刺政閔身，刺政承南山言，謂赫赫師尹，不平謂何也；閔身承昊天言，謂若此無罪，薰胥以鋪也。」

(4)歐陽修主闕疑

歐陽修詩本義卷七對雨無正篇之毛鄭義論曰：「其曰雨無正，則吾不得不疑而闕。古之人於詩多不命題，而篇名往往無義例，甚或有命名者，則必述詩之意如巷伯、常武之類是也。今雨無正之名，據序曰：『雨自上下者也，言衆多如雨而非正也。』此篇中所刺厲王下教令繁多如雨而

集疏等從之。

非正爾。今考詩七章都無此義，與序絕異……是以闕其所疑焉。」朱熹詩集傳、王先謙詩三家義

(5)方玉潤雨字或係國字之誤說

方玉潤詩經原始卷十雨無正篇曰：「雨無正，周暬御痛匡國無人也。此篇名多不可解，朱子集傳引歐陽公之言，闕其所疑。又引元城劉氏言曰：嘗讀韓詩，有雨無極篇，序云雨無極，正大夫刺幽王也。至其詩之文，則比毛詩篇首多雨無其極，傷我稼穡八字，始以劉說有理。繼疑詩之長短不齊，以爲非例，且疑其非幽王詩。姚（際恆）氏亦云：此篇不可考，或誤，不必強論。然愚案此篇大旨乃暬御近臣傷國無正人以匡正王失也。故雨字或誤，正字上下或有脫漏，亦未可知。魯魚帝虎，古簡之常，但須細審，未可以無考忽之，夫以赫赫宗周，匡國無人，而憂而望之者，乃僅僅出於近侍微臣，則謂之國無正也，亦奚不可……」

(6)林義光雨字疑周字之誤說

林義光詩經通解卷十九節南山之什雨無正篇義曰：「詩名雨無正者，無正，卽正大夫離居之謂。雨疑周字之誤，古金文周字作𤰈形與雨近，故誤認爲雨字。周無正，謂周無大臣耳，詩序說旣謬迂，亦非此詩之意。」

(7)屈萬里篇首逸雨無其正二句說

屈萬里詩經釋義雨無正篇曰：「此當是東遷之際，詩人傷時之作，朱傳述元城劉氏曰：『嘗

讀韓詩，有雨無極篇……比毛詩篇首多「雨無其極，傷我稼穡」八字。』按：極，正也。雨無正，即雨無極，本篇既名雨無正，是毛詩祖本亦嘗有此二句，不知何時逸之。」依屈氏之意，則毛詩此篇，原亦摘取篇首第一句「雨無其正」中三字爲篇名，後逸去篇首二句，致篇名不可解。至於「正」與「極」之歧，乃三家詩之異文耳。

文開細閱以上七說，歐陽修闕疑，當然無問題。但試解毛詩篇名，則後來居上，清人方氏、民初林氏之說，本諸詩之本旨，已勝唐人正義，而尤以當代屈氏之說爲長，方氏改「雨」爲「國」，缺乏依據。林改「雨」爲「周」，仍屬疑似。屈氏因韓詩推及毛詩，其理自順。惟歷來對劉諫議韓詩之說，少有認同者。朱子以篇首增兩句，則第一章「長短不齊，非詩之例」及「此詩實正大夫離居之後暬御之臣所作，其曰刺幽者，亦非是。」不予採納。而呂祖謙讀詩記載董氏（逌）引韓詩，則作雨無政。清儒臧庸韓詩訂譌且以爲劉董之說，並是僞撰（見清儒詩經彙解）。考劉董均北宋時人，而韓詩北宋尚存，見於太平御覽，劉董親見韓詩，是以南宋朱呂，信而引之，何得指爲僞撰。漢儒之於三百篇，均視作諫書，其所傳詩序，往往與詩文本義不符。四家多異文，其篇名亦不齊，故韓詩之雨無極，或作雨無政，毛詩則作雨無正。極也，正也，政也，其義相通。至於詩之章句不齊者多矣，即小雅之首章與次章不齊者，亦有斯干次章五句，首章多兩句成七句之例。朱子之疑，亦未足證也。是以屈氏雨無正篇名摘取首句三字之說可以成立。文開且以爲所逸篇首「雨無其正，傷我稼穡」二句爲興，故其下詩文內容，不必與首二句切合，更不必與篇名有關，以爲屈說補充。

㈡小雅巷伯

此詩旣自述爲寺人孟子所作，自無可疑。惟篇名巷伯，王先謙謂「古無正解」。鄭箋謂：「讒人譖寺人，寺人又傷其將及巷伯，故以名篇。」說得很牽強。朱子詩集傳謂：「巷伯主宮內道官之長，卽寺人也，故以名篇。」但王氏以爲若使巷伯卽寺人官名，說寺人孟子者，可云卽巷伯，而經師訖無此說，亦難定。文開案：此詩篇名非作者自定，乃旁人所加。寺人爲內侍之微者，巷伯亦寺人，而乃永巷之長，寺人孟子或官巷伯，而僅謙稱寺人，以自示卑微。但旁人仍稱此爲巷伯之詩，故得巷伯篇名。或寺人孟子未官巷伯，但人則尊稱其爲巷伯耳。蓋詩中自稱寺人孟子，而自定篇名爲巷伯，決無此理。知篇名非作者自命，卽迎刃而解矣。

㈢大雅常武

毛詩序：「常武，召穆公美宣王也，有常德以立武事，因以爲戒焉。」正義曰：「經無常武之字，故又解之云美其有常德之故，以立此武功征伐之事，故名爲常武。」朱子謂召穆公特名其篇，蓋有二義，有常德以立武則可，以武爲常則不可，此所以有美而有戒也。方玉潤以爲常武乃宣王中興之樂名，王靜芝以四章首句「王奮厥武」，擬題之人，以此爲全詩之旨，故取武字。至於何以又冠常字，其義未詳，不必強求。愚按：武王革殷命而有天下，此乃周室非常大武功，故有大武舞曲之製作。宣王中興，其征徐等舉，實守常之武功，故摘其詩中「王奮厥武」之武字，另加守常之常字名其篇，以別於武王之大武，而代表其中興之業績。

㈣周頌酌

毛序與三家均解酌爲斟酌義，毛序：「酌，告成大武也。言能酌先祖之道，以養天下也。」正義曰：「又說名酌之意，言武王能酌取先祖之道，以養天下之民，故名篇爲酌。」魯說曰：「酌一章九句，告成大武，言能酌先祖之道，以養天下之所歌也。」（蔡邕獨斷文）齊詩酌作勺，齊說曰：「周公作勺，勺言能勺先祖之道也。」（漢書禮樂志）風俗通義六釋之云：「勺言斟酌先祖之道也。」朱子集傳則以「此詩與賚、般皆不用詩中字名篇，疑取樂節之名，如曰武宿夜云爾。」

㈤周頌賚

毛序曰：「賚，大封于廟也。賚，予也。言所以賜予善人也。」正義曰：「經無賚字，序又說其名篇之意。賚，予也，言所以賜予善德之人，故名篇曰賚。」魯說亦曰：「賚一章六句，大封于廟，賜有德之所歌也。」（蔡邕獨斷文）朱子說見前。

㈥周頌般

毛序：「般，巡守而祀四嶽河海也。」鄭箋：「般，樂也。」正義曰：「經無般字，序又說其名篇之意。般，樂也。爲天下所美樂。定本『般樂』二字爲鄭注，未知孰是？」正義旣以般以樂名名篇，則朱子以爲酌、賚、般均以樂名名篇之說應爲勝義。至於蘇轍以般爲遊，曹粹中以般爲旋，取盤旋之義，皆臆說。

以上不摘字名篇六篇，其命篇之意，經彙述歷來各家之說，加以研判，周頌三篇，似均以樂節爲名；小雅兩篇，雨無極仍爲摘取詩文首句三字爲篇名，巷伯則以作詩之人爲篇名。發掘其命篇之意於詩序者，僅大雅常武一篇耳。是以定雨無正爲摘字篇名，則三〇五篇詩中僅五篇另起名，整整三百篇，皆係摘字摘句爲篇名者。而巷伯一篇之名，可斷爲旁人所加，非作者自命也。

四、古今異名詩篇考察

毛詩正義錄陸德明經典釋文謂：「舊解云三百一十一篇詩，並是作者自爲名。」然讀左傳國語論語諸書，所載古人引詩之條，往往其篇名與今本詩經不同，是其篇名後代有更改。吾人縱使承認陸說，知今傳三百一十一篇詩名，往往已非作者所自命，而係後人所定者矣。玆摘錄若干則，以見一斑。

㈠小雅沔水古名河水

春秋僖公二十三年左傳：「晉公子重耳出奔及楚，楚子饗之，送之秦。秦伯納女五人。他日公享之，公子賦河水，公賦六月。」竹添光鴻箋曰：「韋昭國語注云：『河當作沔，字相似誤也。』」是重耳所賦河水，卽今小雅之沔水，沔水篇名古稱河水。然左傳國語，均稱河水，似非河沔相似而誤。竊意此詩首句「沔彼流水」，古時或作「沔彼河水」，故篇名河水也。

㈡小雅小宛古名鳩飛

國語晉語四載楚子厚幣以送公子于秦。秦伯歸女五人。他日秦伯享公子，秦伯賦采菽，子餘使公子降拜。秦伯降辭，子餘曰：「君以天子之命服命重耳，敢有安志？敢不降拜？」成拜，卒登，子餘使公子賦黍苗，秦伯賦鳩飛；公子賦河水，秦伯賦六月。子餘使公子降拜，秦伯降辭。子餘曰：「君稱所以佐天子匡王國者以命重耳，重耳敢有惰心？敢不從德？」韋昭注：「鳩飛小雅小宛之首章，曰：『宛彼鳴鳩，翰飛戾天。』河當作沔，字相似誤也，其詩曰：『沔彼流水，朝宗于海，言己反國當朝事秦。』」王先謙詩三家義集疏：「左昭元年傳趙孟賦小宛之二章，又稱小宛，不稱鳩飛，蓋當時篇有二名故也。」

㈢大雅假樂古名嘉樂

春秋襄公二十六年左傳：「秋七月，齊侯鄭伯爲衞侯故如晉，晉侯兼享之，晉侯賦嘉樂。」杜預注：「嘉樂詩大雅。取其嘉樂君子，顯顯令德。宜民宜人，受祿于天也。」今毛詩大雅有假樂篇，首句亦作「假樂君子。」毛傳訓假爲嘉，是今之假樂，古名嘉樂也。中庸引詩，亦作嘉樂，故朱子二十卷詩集傳此詩首句假字下亦注云：「中庸春秋傳皆作嘉，今當作嘉。」王先謙以爲齊詩亦作嘉樂。

㈣小雅節南山古名節

春秋昭公二年左傳：「晉侯使韓宣子來聘，且告爲政而未見，禮也。公享之。季武子賦緜之卒章，韓子賦角弓，季武子拜曰：『敢拜子之彌縫敝邑，寡君有望矣。』武子賦節之卒章」杜預注：「節詩小雅也，卒章取『式訛爾心，以畜萬邦』，以言晉德可以畜萬邦也。」今小雅節南山卒章有此二句，是今節南山古稱節，僅摘取首句「節彼南山」之第一字爲篇名也。其後三家詩仍以節爲篇名，僅毛詩用節南山三字。

㈤衞風淇奧古名淇澳

春秋昭公二年左傳：「宣子自齊聘於衞，衞侯享之，北宮文子賦淇澳，宣子賦木瓜。」杜預注：「淇澳，詩衞風，美武公也。言宣子有衞武公之德也。」今本詩經衞風有淇澳，奧字無水旁。考齊詩奧亦作澳，魯詩則作隩，其音義相同。

㈥小雅采菽古名采叔

春秋昭公十七年左傳：「春，小邾公來朝，公與之燕，季平子賦采叔，穆公賦菁菁者莪。」杜預注：「采叔，詩小雅也。取其『君子來朝，何錫與之？』以穆公喻君子。」今小雅采菽篇有此兩句，則今之采菽，古名采叔也。案菽，國語晉語以及釋文本皆作叔，可爲古本篇名采叔之證。

㈦小雅車舝古名車轄

春秋昭公二十五年左傳：「叔孫婼聘于宋，宋公享昭子，賦新宮，昭子賦車轄。」杜預注：「詩小雅也。」竹添光鴻箋：「轄本又作舝，胡瞎反。」案舝乃車軸頭鐵，即軸端之鍵，無事則脫，行則設之。轄乃車聲，亦通借訓軸鍵。是此詩古名車轄，其首句爲「間關車之轄兮」，後人以舝字爲正，遂改轄爲舝，而篇名亦更定爲車舝也。

㈧鄘風干旄古名竿旄

春秋定公九年左傳：「竿旄何以告之？取其忠也。」杜預注：「詩鄘風也。錄竿旄詩者，取其中心願告人以善道也。」毛詩干旄序：「衞文公臣子多好善，賢者樂告以善道也。」是竿旄卽毛詩鄘風之干旄。考三家詩亦作竿旄，蓋篇名取自首句「孑孑竿旄」，國風憑口耳相傳，非作者自寫定，係後人所筆錄。古本竿字，而毛詩用借字，故篇名亦不同，而詩之古義尙存也。

㈨大雅抑篇古亦名懿

國語楚語上載衞武公作懿戒以自儆。韋昭注：「懿，詩大雅抑之篇也。」是抑篇古亦名爲懿也。

㈩周頌雝古名雍又名徹

論語八佾載：「三家者，以雍徹。子曰：『相維辟公，天子穆穆』，奚取於三家之堂？」朱子注：「雍，周頌篇名。徹，祭畢而收其俎，天子宗廟之祭，則歌雍以徹。是時三家僭而用之。孔子譏其無知妄作。」案「相維辟公，天子穆穆」句在今毛詩雝篇內。是孔子所定周頌雍篇，卽今毛詩雝篇。故漢書引詩亦作「有來雍雍」而不作「有來雝雝」也。又朱子詩集傳周頌雝篇注曰：「周禮樂師及徹師學士而歌徹說者，以爲卽此詩，論語亦曰：『以雍徹』，然則此蓋徹祭所歌，而亦名為徹也。」

(十一)大雅烝民古名蒸民

毛詩烝民篇，古名蒸民者，孟子告子篇：「詩云：『天生蒸民，有物有則；民之秉夷，好是懿德。』孔子曰：『為此詩者，其知道乎！』故有物必有則；民之秉夷也，故好是懿德。」烝加草頭作蒸。而韓詩外傳六引詩亦作「天生蒸民」，烝作蒸，蓋兩字通用。

(十二)大雅大明古名明明

馬瑞辰毛詩傳箋通釋卷二十四大明篇云：「箋：『二聖相承，其明德日以廣大，故曰大明。』瑞辰按：大明蓋對小雅有小明篇而言。逸周書世俘解，籥人奏武王入進萬獻明明三終。孔晁注：明明，詩篇名，當即此詩。是此篇又以明明名篇，卽取首句為篇名耳。」大明首句「明明在下」。

文開案：是此詩本取首句一二兩字為篇名，情形與邶風「燕燕于飛」之篇名為燕燕相同，而小雅首句「明明上天」之詩，亦取明明為篇名，其後編詩者，遂以小雅之明明為小明，而此大雅之明明名為大明，以為區別耳。

以上舉例十二則，引用左傳、國語、論語、孟子及逸周書中所出現的詩經篇名，來指出先秦時詩經篇名，與漢代所傳有異，而且像小宛一篇，先秦時代，已有鳩飛與小宛的二名並用的記錄。

五、四家異名詩篇考察

詩經詩篇之異名，除有篇名古今不同外，毛詩與魯齊韓三家之篇名，亦不一致，頗有紛歧。玆僅以陸德明經典釋文、陳喬樅三家詩遺說考及王先謙詩三家義集疏三書爲主，摘錄若干則，以爲舉例。

(一)周南葛覃魯詩名葛蕈

毛詩葛覃，魯詩名葛蕈者，古文苑蔡邕協和婚賦云：「葛蕈恐其失時。」覃加草頭，蔡邕習魯詩，是魯詩篇名爲葛蕈，覃字與毛不同字也。

(二)周南樛木韓詩名朻木

毛詩樛木，韓詩名朻木者，經典釋文：「木下曲曰樛。馬融韓詩本並作朻，音同。說文以朻爲木高。」是韓詩篇名爲朻木，樛朻音同義不同也。胡承珙以馬融習魯詩，並疑魯詩作朻木與韓同。

(三)召南何彼襛矣韓詩襛作茙

毛詩何彼襛矣韓詩名何彼茙矣者，經典釋文：「襛，如容反，猶戎戎也。韓詩作茙。茙音戎，說文云：衣厚貌。」是韓詩篇名何彼茙矣。襛茙音同，義亦相似。惟高本漢詩經注釋，謂應以穠爲止字，太平御覽、白帖和文選注引毛傳都作穠字。今本毛詩作襛是錯字，朱熹集傳已採用穠字。

㈣鄘風牆有茨齊韓茨作薺

毛詩牆有茨，齊韓茨作薺者，王先謙詩三家義集疏云：「說文薺，蒺藜也。从草齊聲，詩曰牆有薺。蓋齊韓本如此，茨薺古通。故禮玉藻鄭注引詩楚楚者茨，作楚薺。毛傳郭注不以茨爲蓋屋之茅，而訓爲蒺藜，與說文薺注合，明薺正字，茨借字。」❶

㈤齊風還齊詩名營韓作嫙

毛詩還，齊詩名營者，漢書地理志：「臨淄名營邱，故齊詩曰：『子之營兮，遭我虖嶩之間兮。』」顏注：「齊國風營詩之詞也。毛作還，齊作營。之，往也。嶩，山名也。言往適營邱而相逢於嶩山也。毛詩還訓便捷之貌。則此詩毛齊非但篇名不同，詩義亦異也。而此篇韓詩又名嫙，訓好貌。則字有三異，義亦三異矣。」

㈥秦風駟驖齊詩名四臷

毛詩駟驖齊詩名四臷者，漢書引詩作四臷，是齊詩篇名四臷也。臷乃戜之誤。戜卽驖，亦作鐵，赤黑色之馬。陳奐云：「駟當作四，四馬曰駟，若下一字爲馬名，則上一字作四，不作駟。四驖孔阜，猶云：四牡孔阜耳。凡碩人、小戎、四牡、采薇、杕杜、六月、車攻、吉日、節南山、北山、車舝、桑柔、崧高、烝民、韓奕，皆曰四牡。此詩曰四驖，載驅、六月曰四驪、四

❶ 小雅楚茨篇齊詩名楚薺，魯詩名楚薋。

牡，裳裳者華曰四駱，采芑曰四騏，車攻曰四黃，大明曰四騵，皆謂四馬也。說文漢志引詩作四，可證駟字之誤。」則毛詩駟字誤，齊詩載字誤，毛齊篇名各誤一字。

(七)小雅常棣韓詩名夫栘魯詩名棠棣

毛詩常棣，韓詩名夫栘者，呂祖謙讀詩記十七引韓序曰：「夫栘，燕兄弟也，閔管蔡之失道也。」夫栘即常棣，韓序與毛序義同。魯詩名棠棣者，蔡邕姜伯淮碑有「棠棣之華，萼韡之度」句，邕習魯詩，知魯名棠棣，可以推知。

(八)小雅菁菁者莪韓詩名蓁蓁者莪

毛詩菁菁者莪，韓詩名蓁蓁者莪者，文選東都賦靈臺詩李注引韓詩作蓁蓁者莪，薛君曰：「蓁蓁盛貌」。毛傳：「菁菁盛貌」，其義同。馬瑞辰毛詩傳箋通釋云：「菁蓁以聲近而轉，當以蓁蓁爲正字。毛詩作菁菁，假借字也。」

(九)小雅節南山三家單名節

毛詩節南山篇三家詩單名節者，王先謙主之，且將毛詩節南山之什，亦改稱節之什。王先謙曰：「三家皆止以節標目，大戴禮引『式夷式已』二句，盧辯注云：『此小雅節之四章。』盧蓋據三家文也。左昭二年傳，季武子賦節之卒章，亦祇稱節，惟毛連南山爲文。」王又解題云：「韓說曰：『節，視也。』」疏：「節，視也者，釋文引韓詩文。陳喬樅云：韓訓節爲視者，節有省義，渻節爲省，省視亦爲省，故節得訓視。」案毛傳訓節爲高峻貌。則此詩首句「節彼南

山」，毛取一、三、四三字為篇名，三家僅取句首一字，而其釋詩旨與句義亦不同也。❷

(十)小雅采綠魯詩名采菉

毛詩采綠魯詩名采菉者，王逸楚辭離騷注：「菉，王芻也。詩曰：『終朝采菉。』」明魯詩綠作菉。毛詩鄭箋：「綠，王芻也。」則菉綠義同。惟菉為正字，綠為借字耳。

(十一)小雅緜蠻齊詩篇名緡蠻

毛詩緜蠻，齊詩篇名緡蠻者，禮記大學引詩云：「緡蠻黃鳥，止于丘隅」子曰：『於止知其所止，可以人而不如鳥乎？』」緜緡字通，說見王先謙詩三家義集疏卷二十。

(十二)大雅崧高三家名嵩高

毛詩崧高，三家名嵩高者，王先謙謂三家此篇首二句為「嵩高維嶽，峻極于天……四方于宣。」何休公羊莊四年解詁引詩「嵩高惟嶽，峻極于天。」易林大壯之兌：「嵩高岱宗，峻直且神」，是齊詩崧作嵩，駿作峻。爾雅釋山：「山大而高曰崧。」釋文：「崧本作嵩」，郭注：「今中嶽嵩高山，蓋依此立名。」邢疏引李巡云：「高大曰嵩。」李郭二說，皆據為嵩，釋文又云，足證經文本作嵩。揚雄河東賦：「瞰帝唐之嵩高兮」，漢書雄傳顏注：「嵩，亦高也。嵩高者，謂唯天為大，唯堯則之也。」應劭風俗通義十：「中央曰嵩高，詩云：嵩高惟嶽，峻極于天。」是魯詩崧作嵩，駿作峻。王應麟詩考，據韓詩外傳五引詩云：「『嵩高維嶽，峻極于天

---

❷ 毛序節南山家父刺幽王也。齊詩義則為詩人刺卿大夫爭田敗俗。

……四方于宣。』此文武之德也。」是韓詩亦崧作嵩，駿作峻。文選游天臺山賦李注、初學記五、藝文類聚七、白帖五、御覽三十九及八百八十一引詩首二句皆作嵩、峻。毛據釋文無異本，則諸書所引亦皆韓詩。今外傳五嵩仍作崧，此如爾雅之崧，皆後人順毛改字，其餘三家說有作崧者，卽誤字矣。三家詩篇名作嵩高，次句駿作峻，可確定無疑也。

(十三)周頌維天之命韓詩名惟天之命

毛詩維天之命韓詩名惟天之命者，文選歐陽堅石臨終詩「惟此如循環」句，李注引薛君韓詩章句曰：「惟念也。」王先謙曰：「韓全詩無作維者。」維天之命經典釋文曰：「韓詩云：『維念也。』」此乃順毛詩之文而誤。周邵蓮詩考異字箋餘：禮記引詩亦作惟天之命。

(十四)周頌潛魯韓並名涔

毛詩潛篇魯韓並名涔者，王先謙三家詩義集疏注云：「韓魯潛作涔。韓說曰：『涔，魚池也。』」疏云：「涔，魚池也者，文選長笛賦李注引薛君韓詩章句文、釋文引同。案此知韓潛作涔。魯作涔者，釋器：椮謂之涔。御覽八百三十四引舍人注：以米投水中養魚爲涔。孔疏引孫炎曰：積柴養魚曰椮。陳喬樅云：孔疏涔潛古今字。釋文：潛，爾雅作涔。郭音潛。韓詩云：涔，魚池也。小雅作橬。據此，則魯詩潛亦當作涔，與韓同。蔡邕獨斷文作潛，此後人順毛所改也。」

以上舉例十四則，僅四家詩篇名分歧現象的一部分，其他可考見者，如周南卷耳之魯稱菤耳，芣苢之韓稱芣苡，螽斯之三家稱螽蟴，桃夭之魯韓稱桃枖，麟之趾之韓詩簡稱麟趾，召南摽有梅之韓稱莩楳，鄘風牆有茨齊稱牆薺，鶉之奔奔，魯齊稱鶉之賁賁，衞風考槃之三家稱考盤，齊風盧令之三家稱盧鈴，又名盧獜，一名盧泠，秦風車鄰之魯齊稱車轔……難於盡書。即一家之篇名，亦有異名並傳者，例如毛詩何彼襛矣，又稱何彼穠矣，三家盧鈴，又稱盧獜，亦稱盧泠是也。

六、結　語

㈠從詩經三百篇的篇名上，明顯地可看出物性表現的不同。試加分類考察，可得鳥、獸、蟲、魚等動物篇名五十，草、木等植物篇名六十，日、月、風、雲等天象篇名十八，江、漢、南山等地文篇名五十，正月、六月等時令篇名六，祈父、文王等人物篇名三十六，柏舟、綠衣等器物篇名二十九，以及其他不屬於以上七類之篇名五十六。其中以植物動物地文篇名最多，人物器物次之。天象時令較少。其他如大明小明瞻卬噫嘻等不歸屬上述七類之篇名，亦有五十六。此顯示周代詩人接觸最多者爲山河大地一片綠野中所遍佈之草木鳥獸，而其所歌詠，即以此等景觀爲起點。蓋詩經篇名多摘自首句，其首句所歌詠，多此等景觀也。興詩固多如此，賦比亦少他求。是以察篇名，即可見詩經特性也。詩經所以有天籟之稱，與此特性，也有關聯。

㈡南宋范處義逸齋詩補傳卷十八云：「凡詩之命名，皆摘取詩中之語，獨雨無正、巷伯、常武、酌、賚、般六篇，特出詩人之意，非有序以發之，不能知其爲何詩也。」是古人明言詩經篇名摘自詩文，不摘者僅六篇。朱熹詩集傳於小雅雨無正篇末，引北宋歐陽修詩本義之言曰：「古之人於詩多不命題，而篇名往往無義例，其或有命名者，則必述詩之意，如巷伯、常武之類是也。今雨無正之名，據序所言，與詩絕異。當闕其所疑。」又謂北宋劉安世嘗讀韓詩有雨無極篇，其詩文比毛詩篇首多「雨無其極，傷我稼穡」八字。當代屈萬里撰詩經釋義，則以爲毛詩祖本，篇首亦多二句，不知何時逸去。文開予以補充，證成毛之雨無正，韓之雨無極，其篇名亦均爲摘取首句第一第二第四三字而來。故三〇五篇摘取詩文爲篇名者共三百，而不摘取詩文爲篇名者，實僅五篇而已。至於五篇之名，應本朱子之說者四篇，卽周頌三篇酌、賚、般，以樂節名篇者。巷伯卽寺人，故寺人孟子之詩，人稱巷伯也。毛序之可參考者，僅餘大雅常武一篇，而余意宣王常武，乃對武王大武而言。蓋武王革命而有天下，乃周室非常之大武功，故製有大武之樂；今宣王中興，其征徐等舉，僅周室守常之武功，故摘詩中一武字，另加一常字以名其篇，以與大武比美。是以范氏所提六篇，不摘字者實僅四篇，而六篇則分屬四類。以樂節酌、賚、般爲篇名者第一類，以來者巷伯爲篇名者第二類，以首句摘字雨無正爲篇名者第三類，以摘字兼具詩義之常武爲第四類。

㈢讀左傳國語論語孟子等先秦古籍，其所稱三百篇篇名，往往與漢儒所傳今本詩經不同。此詩經多篇古今異名問題，何以釋之？吾人將答曰：漢書有之，經秦火而書禮等殘缺，詩經得以獨全者，三百篇易於背誦，師生口耳相傳，漢儒重行筆錄，是以其字往往異體。故衞淇澳，毛詩作淇奧，奧字無水旁；鄘風竿旄，毛詩作干旄，竿字缺竹頭；而小雅車舝，古稱車轄；大雅假樂，古作嘉樂；周頌雝篇，孔子曰雍，大雅烝民，孟子作蒸民，其字亦不全同。小雅節南山，春秋時單稱節，或係簡稱；小雅小宛，春秋時旣名鳩飛，又名小宛，則先秦亦有一篇兩名者矣。至於大雅大明，周書稱明明，此可推知，當初大明小明，皆名明明，編詩者爲避免重名，故大雅明明稱之曰大明，小雅明明，稱之曰小明。大小明之名，乃後起者，非詩篇原名也。

㈣詩經篇名，非但古今有異，漢代所傳毛詩，與其同時代之魯齊韓三家詩，篇名亦多分歧者，其紛亂情形，更有甚於古今異名也。此固由於秦火後漢代四家，各自從口傳重行筆錄之故，而毛詩多古字，又愛用假借字，亦有以致之。況四家又各有誤字，各有異名，各有異義耶！舉例言之：毛詩齊風還，齊詩名營，毛詩還，訓便捷之貌。馬瑞辰以還字爲嬛之假借。齊詩營乃地名，卽營邱。是篇名字義兩異。而韓詩篇名作嫙，訓好貌。則此篇名，字有三異，而義亦三異也。又如秦風駟驖，齊詩篇名四載，兩字皆不同。驖卽鐵，鐵色之馬。四馬曰駟，四匹鐵色馬，應作四驖，故毛詩駟爲四字之誤。而齊詩戴亦爲戴字之誤。是二家篇名不同，而又各有誤字也。他如召南何彼襛矣，毛詩亦名何彼穠矣。齊風盧令，魯齊韓三家有盧鏻、盧獜、盧泠三異名，則同一詩篇，而四家有四篇名矣。四例已足，他不俱舉。

民國六十七年十月下旬整理

叄、詩經篇名問題初探總述

一、引言

此文原名詩經篇名問題初探，開始執筆於今年六月下旬，因係病後試寫，每天只寫兩三小時，並隨時停筆休息一兩天或三四天，經兩月而完成三萬八千餘字，因三女敏麗、四女詠麗都帶了她們的夫婿和子女來臺省親，大女婿吳賡瑜亦適因公來臺，一時忙於招待他們，卽於九月一日結束全文。到十月中旬，才決定將全文拆開成三篇，以便投寄雜誌發表。第一篇就現有三百十一篇篇名來考察，題名「從今存三百篇篇名來考察詩經篇名問題」。第二篇就篇名古今歧異來考察，題名「詩經篇名古今歧異的考察及其他」。分別於該月中旬及下旬整理完畢。第三篇就是這篇總述，重心在篇名問題的歷史發展，一面檢閱歷代名著來充實資料，一面提出新問題來探討，並對已得資料再加思考來硏判。這樣就馬上腰背酸痛得難以支持，只好又停筆休養了十多天，才繼續當消遣一樣整理撰寫，雖又花時二十多天才修正完成，奈力不從心，仍有零亂疏漏及不夠嚴整之處，只有請讀者原諒了。

二、詩經篇名問題的歷史發展

詩經今存三百十一篇，係漢代毛詩所傳。其篇名與左傳國語論語孟子等先秦古籍所載者略有出入，而與同代所傳魯齊韓三家詩遺文亦頗多歧異，但當時尚無人予以討論。今所見毛詩各篇，其篇名皆於詩後另一行標之。例如：第一篇後標曰：「關睢五章，章四句。故言三章，其一章四句，二章章八句。」第二篇後標曰：「葛覃三章章六句」。第三篇後標曰：「卷耳四章章四句。」或以爲各篇篇名，先載篇端詩序之首，其篇後重出，爲標明章句故耳。然考之小雅鹿鳴之什魚麗篇後附南陔、白華、華黍三篇笙詩之小序鄭玄所加箋語曰：「此三篇者，鄉飲酒燕禮用焉。曰：『笙入，立于縣中，奏南陔、白華、華黍』是也。孔子論詩，雅頌各得其所時俱在耳。篇第當在於此，遭戰國及秦之世而亡之，其義則與衆篇篇義合編故存。至毛公爲詁訓傳，乃分衆篇之義，各置於其篇端云。」是以知各篇篇名原僅標於篇後，所謂篇義之詩序，乃毛公分置於各篇篇首，於是開卷卽先見各篇篇名及篇義如「關睢，后妃之德也……」「葛覃，后妃之本也……」「卷耳，后妃之志也……」等，然後遂見詩文耳。

論及詩經篇名問題之文字留存於今者，最早見於孔穎達毛詩正義的有二條。

其一，在詩序：

「關雎后妃之德也」句下注有：「關雎舊解云三百一十一篇詩並是作者自爲名」一句。查係錄自陸德明經典釋文。而陸德明雖唐初猶健在，其經典釋文著成年代，却在陳後主至德元年的癸卯之歲（公元五八二年）。既云「舊解」，則應是六朝人的見解。

其二，在詩序前所標「周南關雎詁訓傳第一」的疏文中有云：

> 正義曰：「關雎者，詩篇之名，……金縢云：『公乃爲詩以貽王，名之曰鴟鴞。』然則篇名皆作者所自名。既言『爲詩』，乃云『名之』，則先作詩，後爲名也。
>
> 「名篇之例，義無定準，多不過五，少纔取一。或偏舉兩字，或全取一句。偏舉則或上或下，全取則或盡或餘，亦有捨其篇首，撮章中之一言，或復都遺見文，假外理以定稱。
>
> 「黃鳥歌緜蠻之貌；草蟲棄喓喓之聲；瓜瓞取緜緜之形；瓠葉捨番番之狀；夭夭與桃名而俱舉；蚩蚩從氓狀而見遺；召旻、韓奕，則采合上下；騶虞、權輿，則并舉篇末。其中踳駮，不可勝論。豈古人之無常，何立名之異與？以作非一人，故名無定目。」

這是唐初孔穎達等撰毛詩正義時在疏文中對篇名問題提出了正式的討論。其要點有三：(1)對舊解三百十一篇篇名皆作者所自名，舉尚書金縢所載周公作鴟鴞篇爲證。並斷定先作詩，後取名。(2)篇名字數，最少只一字，最多是五字。(3)論詩篇取名無一定法則，或偏舉詩中兩字，或採取整句幾個字，所取字句，或在篇首，或在章中，或在篇末，或上下湊合，甚或不摘字句另假外理以定名。因爲三百篇非一人所作，故極爲複雜。

唐代著作涉及詩經篇名問題者，僅見成伯璵毛詩指說中解說篇，有對篇章之名的解說曰：「篇章之名久矣。篇言編也。古者無紙籍，書於簡，亦謂之編。簡策重大，則分之雅頌。章數亦謂之什。大略蓋以十章爲一別耳。詩是歌辭，皆有曲音，故章字音下加十，亦是其義。軍法十人爲什，因言成句，亦謂之言，『思無邪』三字之句，故謂『一言以蔽之』。續有後語以繼之，如途巷之有委曲，乃謂之句。故學記云：『離經絕句』是也。頌中無十篇，亦謂之什者，後人因加之。」

其實這篇名的解說，所指不是各篇的命名問題，只是何謂篇何謂章的解說，並及於句與什的解說而已。故終唐之世，詩經篇名問題，皆遵奉孔疏的解說，未有發展。至宋代歐陽修撰詩本義，始有異議提出予以修正。

宋朝是詩經學蓬勃發展的新時代，朱熹附和猛烈攻擊詩序的鄭樵，其所撰詩集傳，斷然廢棄篇端的詩序，主張玩味詩文以體會詩義的讀詩法來解詩，各詩時世，因亦多更改。到元明時代，他的詩集傳，竟能取代毛傳鄭箋孔疏的毛詩正義而成爲詩經學的權威。追溯宋代詩經學的革新，實由歐陽修的詩本義開其端。蓋詩本義本詩序以評毛鄭得失，爲宋人評毛鄭之始，而書中間亦有議詩序處，遂引起鄭樵朱熹進一步對詩序的攻擊。宋代詩經篇名問題的新發展，也由歐陽修的詩本義所推動。他在卷七雨無正篇中說：

使毛於詩序但云：「浩浩昊天，刺幽王」則吾從之矣。其曰「雨無正」，則吾不得不疑而闕。古之人於詩多不命題，而篇名往往無義例，其或有命名者，則必述詩之意如巷伯常武之類是也。

這話前段已議詩序之不妥，後段則對孔疏「篇名皆作者所自名」提出了異議，他看出三百篇作者大多作詩而不加篇名，篇名只是摘取詩文中字句以爲識別，故無義例可言。只有巷伯常武一類的詩，是以詩義命名的。經他一加指點，宋朝的詩經學者，對篇名問題，就紛紛提出討論了。於是在北宋時蘇轍在他的穎濱詩集傳中，提出了小明大明等篇名的大小問題。劉安世、董逌分別對雨無正篇名提出了他們所見韓詩作雨無極和雨無政的歧異。南宋時范處義在他的逸齋詩補傳中，提出不摘取詩中語的篇名，只有雨無正、巷伯、常武、酌、賚、般六篇的實數。朱熹詩集傳就採取歐蘇劉三人語入雨無正小旻兩篇中。嚴粲詩緝則引歐劉范三人語入雨無正篇。呂祖謙讀詩記亦引董逌所見韓詩作雨無政之說。而朱傳於周頌酌賚般三詩篇義，又主樂節說。

茲錄朱傳中語以爲代表：

詩集傳卷五雨無正篇末傳文云：「歐陽公曰：古之人於詩多不命題，而篇名往往無義例，其或有命名者，則必述詩之意，如巷伯常武之類是也。今雨無正之名，據序所言，與詩絕異，當闕其所疑。元城劉氏曰：嘗讀韓詩，有雨無極篇，序云：雨無極，正大夫刺幽王也。至其詩之文，則比毛詩篇首多「雨無其極，傷我稼穡」八字。愚按劉說似有理，然第一二章本皆十句，今遽增之，則長短不齊，非詩之例。又此詩實正大夫離居之後，暬御之臣所作，其曰正大夫刺幽王者亦非是。且其爲幽王詩，亦未有所考也。」小旻篇末傳文云：「蘇氏曰：小旻、小宛、小弁、小明四詩皆以小名篇，所以別其爲小雅也。其在小雅者謂之小，故其在大雅者謂之召旻、大明、獨宛、弁闕焉。意者孔子刪之矣。雖去其大，而其小者猶謂之小，蓋卽用其舊也。」

詩集傳卷八酌篇末傳文云：「酌卽勺也，內則十三舞勺，卽以此詩爲節而舞也。然此詩與賚、般皆不用詩中字名篇，疑取樂節之名，如曰武宿夜云爾。」

但朱熹在篇名問題上，像六笙詩篇名正式列入小雅八什之中，表面看來，是對毛詩篇次的改進，實質上却是讓六詩的篇名正式列入小雅，由毛詩的小雅七什七十四篇，加上六笙詩而成八十篇了。

詩經相同篇名的討論也始於南宋，南宋末年宗室趙悳詩辨說一卷列載詩篇重名者九篇：(1)邶鄘重柏舟，(2)邶風小雅重谷風，(3)鄭風重叔于田，(4)王、鄭、唐重揚之水，(5)鄭、唐、檜重羔裘，(6)齊風小雅重甫田，(7)唐小雅重杕杜，(8)唐秦重無衣，(9)小雅重白華，而漏列秦風小雅之黃鳥。其言曰：「其篇名之同者，其詩之義類皆相似。」問何以相似？答案引項氏說詩云：「作詩者多用舊題而自述己意，如樂府家飲馬長城窟，日出東南隅之類，非眞有取於馬與日也，特取其音節而爲詩耳。楊柳枝曲每句皆足以楊柳，竹枝詞每句皆和以竹枝，初不於柳與竹取興也。王國風以揚之水不流束薪賦戍申之勞，鄭國風以揚之水不流束薪賦兄弟之鮮，作者本此二句，以爲逐章之引，而說詩者乃欲卽二句以釋戍役之情，見兄弟之義，不亦陋乎？審是則篇題之重複者間有謂而然也。」並註曰：「如邶谷風之棄妻，小弁之放子，皆有毋逝我梁以下四語，此亦古之遺言。」

至於羅璧詩疏云：「詩名之說，或謂國史，或謂子夏毛萇。而書金縢云：『公乃為詩以遺王，名之曰鴟鴞』，則詩名乃作者自定。」則宋人已多不信毛詩正義篇名皆作詩者自命之說，而各抒己見。但羅璧仍持此鴟鴞一篇之孤證，維護舊說也。

元明兩代詩經著作，甚少新發展，涉及篇名問題者，僅得雨無正異名一條。明人豐坊所撰子貢詩傳及申培詩說兩書所載此篇，均於「浩浩昊天」句前多「雨無其極，傷我稼穡」八字，成十二句，分為兩章。而篇名則皆標為「雨無其極」，此則顯然豐坊據元城劉諫議安世所見韓詩，又易其摘字篇名「雨無極」為摘句篇名「雨無其極」耳。非古有此說也。

至清代，考證之風極甚，而輯逸成績亦斐然，是以篇名問題亦有新發展。例如馬瑞辰毛詩傳箋通釋卷二十四大明篇據逸周書世俘解，以證大明古名明明，蓋取首句「明明在下」二字為篇名者。而陳喬樅三家詩遺說考十八卷，對三家詩之輯逸，厥功尤偉。檢其書，可得三家與毛詩篇名不同者甚多，而魯齊韓三家篇名亦多不同，甚至同一家亦有一詩兩名者，例如齊風毛詩還篇，齊詩篇名作營，而韓詩作璇，又作嫙也。王先謙詩三家義集疏，是查考四家詩各篇異同最方便的一部著作。

但是清儒也無討論篇名問題的專文，我只在魏源詩古微的「齊魯韓毛異同下」，找到了四家篇名異同一節，頗為扼要。玆照錄於下：

問曰：歐陽氏修、蘇氏轍謂小雅小明小旻之篇，以別於大雅之大明召旻，則知亦必有大宛大弁之名，在大雅而佚之矣。視鄭箋之說爲善。而郝氏敬、陳氏啓源則謂三百篇並是作者自名，舉金縢鴟鴞公所自名爲證。因謂詩之篇目，或太史所記，或太師所目，不應先有小大雅，而後以詩從之。且詩篇重名甚多，風之杕杜、黃鳥、谷風、甫田，名與雅同。白華兩見小雅，柏舟、無衣，兩見國風，羔裘、揚之水則三見。何以不爲記別？然則當何從？

曰：風區各國，本無小大之殊；風雅異部，不嫌名篇之複；笙詩佚目，何勞記別之文？若夫樂章掌於太師，固可審音而別其爲小爲大矣。篇目雖標，間有更正，如毛詩題邶柏舟、鄘柏舟、叔于田、大叔于田，所以施於同國之風也。矧詩之篇名，有三家詩異於毛者，有古書所引，異於毛者，如韓詩常棣作夫移，齊詩還作營，則安知頌之小毖，不別有以毖名篇？大東之詩，不本名小東耶？節南山之篇，季武子賦之，但作節；維清之詩，禮記下管則曰象。至國語秦穆享重耳賦鳩飛，左傳趙孟賦河水，韋昭謂鳩飛卽小宛，河水卽沔水。則古人名篇且有不同，若皆作者自名，則異名何從生耶？

這也是反駁三百篇皆作者自名最周詳有力的理論，他先答覆主張篇名皆作者自命提出的問題：詩經篇名大多非作者自命，而係太史所記，太師所目。故小雅之有小明小旻，所以別於大雅之大明召旻。那末三百篇中篇名相同的很多，何以不似小明小旻等篇一樣加以記別？他的答覆是：⑴風雅異部，不嫌篇名重複，所以杕杜、黃鳥、谷風、甫田，不用記別。⑵小雅之兩白華，一篇已佚，故亦不用記別。⑶同國之風，其篇名重者，則加以記別，兩叔于田，一篇加大字以別之。答覆問題之外，更提出⑴三家詩篇名有異於毛者，韓詩常棣作夫移，齊詩還作營是也。⑵古書所引，篇名有異於毛者節南山但作節，維清之詩曰象是也。若篇名皆作者自命，則異名何來？豈非其中必有他人所名者耶？

但他的觀察分析，還不夠精細，編詩者對篇名相同，自有一個處理的原則。風雅異部，固不嫌重名，邶鄘同國，而不同一單位，兩柏舟實亦同名。故同一單位則避同名，鄭風兩叔于田，其一加大字以爲記別，唐風兩有杕之杜，其一摘取句中杕杜兩字爲篇名，另一則改摘全句杕之杜以避之。其單位之劃分，國風分十五，雅分二，頌則三，爲二十單位。同一單位之詩，皆避同名，而不同單位則不避。故秦風小雅皆有黃鳥可不避，小雅另一黃鳥，則避而稱緜蠻也。二雅之有大明小明，原爲大雅明明篇與小雅明明篇，亦猶柏舟之稱邶柏舟與鄘柏舟，其後簡稱爲大明小明，遂取原名而代之耳。至於小雅之大東，本爲地名，摘自「小東大東」之句，小東猶今稱近東，大東則爲遠東，譚國在遠東，詩詠遠東之事，故篇名取大東，而不可以小東易之也。

此外尚有姚際恆在他的詩經通論中，主張詩經只有三〇五篇，並非三一一篇，故笙詩六篇篇名應予刪除。

民國以來，詩經學又有新發展，但篇名問題，甚少注意者，不見有系統的專文討論。即胡樸安徐澄宇皆撰有詩經學，各有二十餘項目，采詩、刪詩、詩樂、詩譜都列爲一項，而篇名篇次則不談。我費了好久工夫，蒐集資料，除王靜芝在常武篇談了幾句篇名的話外，最後只在蔣善國不分章不編目的三百篇演論一書中，自一四八面起，共三頁六面，約二千六百字的一段專談篇名問題的文字，已是我所見最有系統的討論了。

茲將王蔣二氏的原文錄下：

王靜芝通釋常武篇涉及篇名問題的話：

常武二字，用以名篇，後儒以詩中並無此兩字，因之紛紛疑議，莫有定解。三百篇本無篇名，關雎葛覃全無用意。常武爲西周時作，如已先立題目，則株林波澤，更宜設以有用意之標題矣。詩經之標題，固非作詩之人所書，後人采詩中字句而標識之者耳。若韓奕則由「奕奕梁山」句取一字，間二句，由「韓侯受命」句取一字，又置韓於奕之上，不能謂之有何義，有何法也。常武者，四章首句曰「王奮厥武」，擬題之人，或以爲此卽全詩之旨也。而後冠以常字。至於何以冠常字，則議者雖多，愚意皆未敢信。作標題之人旣未注識，則臆度之辭，實浪費筆墨而已。蓋三百篇標題概屬識別之用，無關詩中要旨，則常武卽爲常武，不必求其義也。

他說：「三百篇本無篇名，詩經之標題，固非作詩之人所書，後人采詩中字句而標識之者耳。」所論極是。他以「王奮厥武」卽全詩之旨，故武字與詩義有關。但又不求常字之義，以三百篇篇名概屬識別之用，其言未免矛盾耳。

蔣善國演論中篇名問題專論：

* * *

現存的詩共三百十一篇，中有六篇，只存篇名。對于這三百十一篇的篇名及次序，也當說一說。篇名卽後世所說的題目。古人的詩，有詩纔有題；今人的詩，有題纔有詩。有詩纔有題的詩，多本着情；有題纔有詩的詩，多徇于物。所以古人篇名繫篇後；後人篇名冠篇前。郝敬以爲古人也先有題而後有詩，他說：「古人作詩，先有題而後有詩，未有詩成後，以題彊肖者。箴銘記贊之類，題闕或可據辭標補。至于詩義微婉，雖事有所本，而常記興象外，據辭撰題，決無此理。朱子改序，皆先有詩而後有題也。」（毛詩原解序）他說詩義微婉，常託興象外，固然很是；但三百篇的篇名，是否與詩的內容有關係？以我們研究結果看，三百篇的篇名，本無一定的義例，我們現在可以看出來的，約有下列三樣：

一、取通章之義和字而成的，如召旻、韓奕等類。

二、取字句的，三百篇的篇名，以這類爲最多。約分六種：

1. 取首章首句二字的，如關雎、葛覃等類。
2. 取各章末句二字的，如騶虞、權輿等類。
3. 取首章首句一字的，如氓、抑等類。
4. 取章中一字的，如丰、板等類。

5.取首章首一句的，如維天之命、昊天有成命等類。

6.取篇中字的，如漢廣、桑中等類。

三、無所取義的，這類是舍篇中句字，而別立一名的；如雨無正、巷伯、常武、酌、賚、般等。但雨無正據韓詩，篇有「雨無其極，傷我稼穡」八字，那麼也係取篇首字的，不能算完全無所取義。巷伯他人所名，酌、賚、般取樂節爲名，皆無深意。常武一篇，特立篇名，應自有義，實爲三百篇裏面特見的。

統看所有的篇名，皆不足以發詩內之蘊微，如只看題目，誰能知道它的內容呢？故亦不得爲「據辭撰題」。三百篇都是先有詩而後有篇名的。名篇的人，說來也不一樣：有說是國史名的；有說是子夏名的；有說是毛萇題的；又有說是采詩太史題的。鄭樵說：「命篇大序，蓋出于當時太史之所題……是以取發端之二字以命題。」然考之周禮，太史之屬，掌書而不掌詩，其誦詩以諫，乃大師之屬，瞽矇之職，故春秋傳說：「史爲書，瞽爲詩。」又有說詩人自名的。羅璧說：「詩名之說，或謂國史，或謂子夏毛萇。而書金縢云：『公乃爲詩以遺王，名之曰鴟鴞。』則詩名乃作者自定。」詩疏 我以爲詩的篇名，有樂官定的，也有詩人定的，也有詩人沿用舊調名的。樂官所定的篇名，皆係原詩無篇名的。凡原詩由詩人自己已定好篇名的，樂官卽仍存原名。怎見得呢？如「緜緜瓜瓞」和「緜緜葛藟」，同一「緜緜」，一取「緜緜」之義，一取「葛藟」爲名。「緜蠻黃鳥」和「交交黃鳥」同一「黃鳥」，一取

「繇蠻」爲名，一取「黃鳥」爲名。像這一類的篇名，都是樂官隨意定的，以免篇名重複的弊病。如二谷風（邶風谷風小雅谷風）三羔裘（鄭風羔裘唐風羔裘檜風羔裘）二甫田（齊風甫田小雅甫田）二無衣（唐風無衣秦風無衣）二白華（小雅白華之什白華小雅都人士之什白華）二揚之水（王揚之水鄭揚之水唐揚之水）二柏舟（邶柏舟鄘柏舟）等均是詩人自定的，或原來即有某調名而詩人沿用的，故樂官仍存其舊。如盡爲樂官所定，一定改個旁的名字，那能取些重複的篇名以亂其篇次呢！通志堂本詩經疑問附編引項氏詩說，說篇名重複是因：

「作詩者多用舊題而自述己意，如樂府家飲馬長城窟、日出東南隅之類，非其有取於馬與日也，特取其音節而爲詩耳。（原注晦翁所謂變風變雅者變用其腔調即此意也）楊柳枝曲每句皆足以楊柳枝，竹枝詞每句皆和以竹枝，初不于柳與竹取興也。王國風「以揚之水不流束薪」，賦戍申之勞；鄭國風以「揚之水不流束薪」，賦兄弟之鮮。作者本此二句，以爲逐章之引。……審是則篇題之重複者，間有爲而然也。」

這話很對。凡這些重複的篇名，除了大部分爲詩人自製外，必有一小部分是沿用舊題舊調的。其篇名同的，其詩的義類多相同。如邶柏舟朱熹以爲婦人不得于夫者之作，鄘柏舟則婦人喪夫而守義者所作。王風揚之水、鄭風揚之水皆曰：「不流束楚」「不流束薪」。邶風谷風則夫婦失道，小雅谷風則朋友道絕。羔裘三篇皆言君大夫之辭。今把揚之水兩篇對抄下來看一看：

「揚之水，不流束薪。　　「揚之水，不流束楚。

彼其之子，
不與我戍申。
懷哉！懷哉！
曷月予還歸哉！
揚之水，不流束楚。
彼其之子，
不與我戍甫。
懷哉！懷哉！
曷月予還歸哉！
揚之水，不流束蒲。
彼其之子，
不與我戍許。
懷哉！懷哉！
曷月予還歸哉！」

——五風

終鮮兄弟，
維予與女。
無信人之言！
人實迋女。
揚之水，不流束薪。
終鮮兄弟，
維予二人。
無信人之言！
人實不信。」

——鄭風

現在的時調裏面，如四季相思調，其內容皆寫女思男之情，而又分四季思之。起首不是：

「春季裏相思艷陽天，百草呀！回芽遍地鮮，柳含煙。我郎呀！一身爲客在外邊。」

就是：

「春季裏相思，春歸在客先，傷心呀！人兒悶坐小樓前，恨難言。伊人一去經歲又經年。」

等，正與此相同。

篇名的長短，則由一字至五字；以二三字的爲多，五字的僅昊天有成命一篇。後世詩的篇名，竟漸有繁至十數句的；這是因爲他們不知古人篇名自篇名，序自序，把篇名和序混了，或把序當做篇名的原故。

* * *

蔣氏所論，雖忽略了篇名問題的歷史發展，例如陸德明釋文的以三百十一篇都是作者自名，孔穎達正義更舉金縢所載鴟鴞篇名由來，以推論篇名皆作者所自定，這是隋唐時代提出篇名問題的第一階段；而歐陽修詩本義提出古人作詩多不命題，蘇轍主張因大小雅之別而有大明小明之篇名，朱子主張酌、賚、般篇名皆取自樂節之名，這是兩宋時代提出異議的第二階段。蔣氏六面篇名問題，對陸孔歐蘇，一字不提（他文中轉引前人主張的話，可考者最早是宋人鄭樵羅璧，其次是明人郝敬。），其所論便遺漏太多了。但在我所知，這還是唯一有系統討論篇名問題的文字。其意見雖不與本人盡同，亦多可為本文參考者。其必須指正者僅三點：(1)取字句為篇名的第四種「取章中一字的」舉丰、板為例。而丰、板實為與氓、抑相同，乃取首句一字者，應改舉潛、桓二篇為例。這是他的疏忽。(2)他在文尾說：「篇名的長短，則由一字至五字；以二、三字為多，五字的僅昊天有成命一篇。」其實篇名以二字篇名二三一為最多，四字篇名四二次多，三字篇名僅二十篇，並不算多，只與一字篇名十七相仿。這是他不作實際統計所生弊端。(3)他說「緜」和「葛藟」句中都有「緜緜」，而篇名取義不一，「交交黃鳥」和「緜蠻黃鳥」也是如此。這一類篇名，都是樂官隨意定的。不知詩經時代的詩歌，作者多不命名，大多在流傳歌唱途中，人們已隨便摘取詩中字句來稱呼。樂官或編詩者，就附錄於詩文之後，遂成篇名，很少更改。三百零五篇中相同的篇名很多，只有其中是同一單位的才予更定，以免混淆。不同單位的相同篇名則不改，因為稱呼時，可加單位名來區分的。詩經有三羔裘，左傳昭公十六年載「子產賦鄭之羔裘」即其例。蔣氏所舉，「緜」是大雅，「葛藟」是王風，不同單位，如果兩篇都名「緜」或「緜緜」，樂官採用時不會改名的。而兩篇「黃鳥」，一在秦風，一在小雅，也不必改名，一篇所以要改名為「緜蠻」，只為小雅另有「黃鳥黃鳥」也名「黃鳥」，所以這「緜蠻黃鳥」只好改稱「緜蠻」了。

另外，我對於蔣氏主張詩經相同篇名，或為「原來即有某調名而詩人沿用的」並引項氏詩說為證的話，持不同的看法。詩經篇名何以多相同？那是詩經時代的詩人，不避套取現成詩句入詩的關係。而興詩首句相同者尤多。「汎彼柏舟」、「習習谷風」、「有杕之杜」卽其例。其內容有相同母題，如王、鄭、唐三篇揚之水的水占風俗者，且往往呈同一風格現象。由此現象，演變而為後世以首句為曲調名，供人襲其首句，以撰寫同一曲調之風。並非詩經時代，卽以揚之水專為一曲調也。蓋依朱子腔調之說，王風有王風的腔調，鄭風有鄭風的腔調，唐風又是另一腔調，三篇揚之水，就不可能是同一腔調，而成為一個曲調名。這是應加細辨的。

三、詩經篇名問題總探討

現在我試依歷史發展的先後，將詩經篇名問題試作一次總的探討。

一、首先我們依現存漢代傳下來的毛詩形式，就篇名附在詩文之後，而詩序係毛公置於篇端的現象來硏判，最保守的推定，是詩經時代的詩歌，是先有詩文，然後附加篇名的。甚或可能當時只有詩歌口唱流傳而並無篇名，後人筆錄時才隨便將詩文首句或首句中容易記憶的一二三字另行附書，以為識別，而成為篇名。

二、從陸德明經典釋文中有：「舊解云：三百一十一篇詩，並是作者自為名」一句，可知六朝時已有詩經三百十一篇篇名，都是作者自己所命之說。

三、到唐初孔穎達等撰毛詩正義，對篇名問題提出了三項討論：

(1)對這篇名皆作詩者自命的舊解，加以較詳的說明。他提出的論證，是尚書金縢所載鴟鴞詩命名經過作範例，並加進一步的推斷，先述周公作詩，再說「名之曰鴟鴞」，所以是先作詩，後加篇名的。

(2)篇名字數至少一字，至多五字。

(3)詩篇取名，無一定法則，大別有摘取詩中字句和不摘字句兩種，因三百篇非一人所作，故詩篇取名情形，極爲複雜。

以上三項，逐一加以探討。

第一項前段，陸氏釋文「三百十一篇詩並是作者自爲名」的舊解，孔疏舉金縢載「周公爲詩以貽王，名之曰鴟鴞」爲例證：此事史記亦有記載，鴟鴞篇毛序也採用之。文字詳略各有不同，一併作爲資料抄錄於下：

(1)尚書金縢：「武王既喪，管叔及其羣弟乃流言於國曰：『公將不利於孺子。』周公乃告二公曰：『我之弗辟，我無以告我先王。』周公居東二年，則罪人斯得。于後，公乃爲詩以貽王，名之曰鴟鴞。王亦未敢誚公。」

(2)史記魯世家：「武王崩，周公當國，管蔡武庚等率淮夷而反，周公乃奉成王命興師東伐，遂誅管叔蔡叔甯淮夷東土，二年而畢定。周公歸報成王，乃爲詩貽王，命之曰鴟鴞。」

(3)毛詩序：「鴟鴞，周公救亂也。成王未知周公之志，公乃爲詩以遺王，名之曰鴟鴞焉。」三種資料，雖都說：「爲詩以遺王，名（命）之曰鴟鴞。」但這終究只是一篇詩的命題記載。所謂孤證不立，難於以一概全，根據一篇詩的記載，就推論說詩經三百十一篇都是如此。所以孔疏的理論根據太薄弱了。難怪到北宋，歐陽修便要提出：「古之人於詩多不命題」的異議來了。可是他語焉不詳，未提反證。接着只說了一句：「而篇名往往無義例。」來暗示這是詩人大多不自命題，篇名由他人隨便從詩中摘取以爲識別所呈現象。接下去又說了兩句：「其或有命名者，則必述詩之意如巷伯常武之類是也。」這似乎是承認巷伯常武兩篇是詩人自命名者，但這也可解爲這兩篇是正式命題，故其篇名點出了詩意。還有，歐陽氏不提鴟鴞，那麼，鴟鴞亦非述詩之意的正式命題，或且懷疑並非周公自爲名了。

以上歐陽修話中的含義，我們都可以認同。但他所舉「述詩之意」兩篇巷伯與常武的篇名，是否能代表詩義，也有問題。可以認同和不能認同的理由，分別申述於下：

篇名多係由他人自詩文中隨便摘取字句而成，所以三家詩所傳篇名往往不同，而先秦典籍所記，有與今傳篇名不同者，甚至自古卽有一詩兩名如小宛之又名鳩飛者。而相同篇名如大雅明明與小雅明明，以簡稱的大明小明篇名出現在今本詩經中，當更係編詩者所定，而非作者所自命了。

我們知道現在流行的民歌，還是大多沒有歌名的。所以編輯民歌的人，只就歌中首句，或句中突出的字取作識別。但首句類同的歌太多了，所以類同的歌題下還要加其一、其二等字的區別。或者全書民歌都不加字句識別，只用編號來代替歌名。可見詩經三百多篇篇名附於篇末，而篇名也只是編詩者摘取詩文篇首字句或章中章末字來識別而已。也有許多篇在流傳時已有人用摘取字句法以爲稱呼的。像尙書史記等所記周公鴟鴞的命名情形就是這樣。尙書金縢云：「于後，公乃爲詩以貽王，名之曰鴟鴞。」史記魯世家曰：「周公歸報成王，乃爲詩以貽王，命之曰鴟鴞。」毛序曰：「公乃爲詩以遺王，名之曰鴟鴞焉。」古文簡略，末句可作兩解，一解爲「自名之曰鴟鴞」，亦可一解爲「人名之曰鴟鴞。」蓋當時周公之獻詩，非直接呈獻。亦採傳唱方式。故鴟鴞之得名，應在傳唱之時，取首句鴟鴞以爲名。或王得詩以後，人名之曰鴟鴞。毛詩正義孔疏：「公劉序云：『而獻是詩。』此云遺者。獻者，臣奉於尊之辭；遺者，流傳致達之稱。彼召公作詩，奉以戒成王。此周公自述己意，欲使遺傳至王，非奉獻之故，與彼異也。」孔疏解遺爲流傳，與獻有別，其辨甚細密。

歐陽修稱爲「述詩之志」的巷伯與常武兩篇篇名，我們認爲巷伯是官名，爲宮中永巷的長官，而詩中自述：「寺人孟子，作爲此詩」，寺人是宮中奄人的通稱，今稱太監，而巷伯則是太監的頭兒。作者自稱寺人，而篇名爲巷伯，較寺人爲尊。則非自命而係他人所名可知。作者旣自謙稱寺人，決不自命其詩爲巷伯，只有他人尊之，故名其篇爲巷伯也。

至於大雅常武篇，毛詩正義曰：「經無常武之字，故又解之美其有常德之政，以立此武功征伐之事，故名爲常武。」朱熹辨說僅云：「所解名篇之意，未知其果然否？然於理亦通。」但方玉潤詩經原始，則以常武爲樂名之名詩者，他說：「周之世，武功最著者二：曰武王，曰宣王。武王克商，樂曰大武；宣王中興，詩曰常武，蓋詩卽樂也。此常武者，其宣王之樂歟？殆將以示後世子孫，不可以武爲常，而又不可暫忘武備，必如宣王之武而後爲武之常然，變而不失其正焉者耳。而豈以武爲常哉？又豈如序所云，有常德以立武事之謂哉？」其實大武之樂的第一章周頌武篇，旣摘首句「於皇武王」的武字爲篇名，此詩之稱常武，詩中亦有武字，卽第四章首句「王奮厥武」，或亦摘此武字以爲篇名。但以頌武王非常的武功革殷命之樂旣曰大武，則此美宣王中興之樂章，乃美守常之武功者，故以常武爲篇名耳。如此說來，常武篇名，是摘字而兼述詩之意者。

篇名問題孔疏第二項說，篇名字數至少一字，至多五字。我們再加分析，篇名大多是兩字，而摘字篇名是至少一字，至多四字，無五字篇名。摘句篇名則至少兩字，至多五字，無一字篇名，兩字篇名僅祈父一篇，五字篇名也僅昊天有成命一篇。

篇名問題孔疏第三項表示，詩篇取名，無一定法則，大別有摘取詩中字句和不摘字句兩種，因三百篇非一人所作，所以取名情形，極爲複雜。例如摘取字句的，「或偏舉兩字，或全取一句。偏舉則或上或下，全取則或盡或餘。亦有捨其篇首，撮章中之一言。」「召旻、韓奕，則采合上下；騶虞、權輿則並舉篇末。」或如草蟲之取物名而棄其聲，或如緜蠻的捨物名而取其貌，或如桃夭的物名狀貌並舉。分析極細，但亦僅舉數例，我們儘可補充，或如關雎的聲物兼取，或如卷耳芣苢的捨棄動作，或如采蘩褰裳的動作又及物，或如白駒玄鳥的物色並舉，或如蒹葭的遺其蒼蒼，或如南山北門的僅述地名，或如我行其野的人地動作俱全。形形色色，難於盡舉。對其「全取一句」又分「或盡或餘」我們不能同意。蓋既稱全取，則當盡取而無餘。所以像齊風「東方之日兮」，魏風「十畝之間兮」兩篇篇名都餘一兮字不取，我們就認爲不是摘句篇名，而列入摘四字篇名之中。

不摘字句的「都遺見文，假外理以定稱」之篇名，小雅巷伯的以官職爲篇名，周頌酌以樂節爲篇名，而詩文中無巷伯與酌字卽其例。

至於說篇名複雜是因三百篇名都係作者自定之故，我們知道三百篇名旣大多非作者自定，則其理論當然已不能成立。但爲什麼這樣複雜呢？我們的研判，是因爲民歌流傳之初，本無篇名，大多只由傳唱者便於識別，隨意舉其首句或摘取詩中兩三字以爲標記，而編詩者就附記於詩後，遂被視作篇名，所以看來詩篇的定名方法，就很複雜了。

四、成伯瑜對篇章之名的解說，只談到什麼叫篇，而不涉篇名的種種。他說篇卽編，書於竹簡而編之意，章亦謂之什，以十章爲一別。這和詩經篇什的實際情形略有出入。現存詩經，乃集若干章爲篇，集十篇爲一什，而成氏則章與篇什之分不清。朱駿聲說文通訓定聲：「篇謂書於簡册可編者也。其書於帛可捲者謂之卷。」後人計詩，則以首代篇，但云詩若干首，而不再言若干篇。但律絕詩之一首，往往只等於詩經的一章而已。

五、北宋歐陽修的話，前面在探討孔疏時已一併研判過。要補充的是，雨無正的篇名問題。經過歷代探討，據我研判，也是摘字篇名。

六、蘇轍認爲詩有大明小明等篇名，係大小雅之別。我們同意篇名中的大指大雅，小指小雅。但我們認爲詩經十五國風二雅三頌各爲一單位，共二十單位，只有同一單位的相同篇名加大小等字區分之，不同單位則不加區分，於敍述必要時才冠單位名以免混淆，如邶風柏舟，鄘風柏舟，不同單位，篇名不妨相同。只有在行文稱述時，才稱邶柏舟鄘柏舟以免混淆。羔裘有三，左傳昭公十六年記子產賦詩，就說：「子產賦鄭之羔裘。」大雅有明明篇，小雅也有明明篇，篇名本不妨相同，但文章中提到明明篇時，爲免混淆，就分別稱爲大雅明明和小雅明明，後又簡稱大明小明，習慣了簡稱，編詩者竟將大明小明等作爲正式篇名附於詩後了。所以像大明小明等篇名，就決非作詩者所自名，而係經過一番演變後爲編詩者所採用。篇首「節彼南山」古摘一字名節，「宛彼鳴鳩」「弁彼鷽斯」則名宛名弁，因小雅另有相同篇名，故此宛弁遂名小宛小弁，小宛且改名鳩飛以避之。另一宛與弁詩或在大雅，則分別稱大雅宛大雅弁，小雅宛小雅弁。而簡稱小宛小弁。其後另一宛弁雖逸，而小字仍存也。

七、南宋范處義明確提出不摘取詩中語的篇名，只有雨無正、巷伯、常武、酌、賚、般六篇。經過歷代的探討，周頌酌、賚、般三篇，大家採取朱子以樂節爲篇名之說。其他三篇，我以爲雨無正係摘首句三字爲篇名，巷伯是別人尊作者寺人孟子之稱，意即巷伯之詩。常武則是摘字而又表義的篇名，所摘爲詩中一武字，又加常字以合詩義，其義爲宣王守常的武功之樂章，以別於武王實現革命非常武功的大武之樂。常武是三百零五篇中篇名的特例。

八、南宋朱熹詩集傳因笙詩六篇依儀禮的應用，魚麗應在南陔、白華、華黍三詩之後，毛詩不該將此三詩附於魚麗之後，魚麗後應是由庚、南有嘉魚、崇丘、南山有臺、由儀。毛詩不該將三笙詩一併附於南山有臺之後。爲小雅各得其所，就爲重排篇次，並將七什改爲八什，後七什的什名都改了，這樣附入小雅的六笙詩，正式的成爲小雅的篇名。不知小雅原只七四篇，詩經原只三〇五篇，所以連兩白華都不必區分的。現在笙詩白華婢作夫人，竟以充什名，要到清朝才由姚際恆來指出其不當。

九、南宋末年趙悳對相同篇名的見解，他說：「其篇名之同者，其詩之義類皆相似」，可予同意。這與胡適指出題材相似的民謠，往往由同一母題所產生的理論相通。日本白川靜對詩經不同地域的三篇揚之水，也主張同出於水占風俗的產品。但趙氏引項氏語，以爲國風王鄭兩篇揚之水的所以相似，乃因「作詩者多用舊題而自述己意，如樂府家飮馬長城窟、日出東南隅之類，非眞有取於馬與日也，特取其音節而爲詩耳。」這以後世的樂府詩製作方式，推測詩經時代的情況，是似是而非的。只因詩經時代，有套用別人詩句的習尙，故三百篇多相同句。王鄭唐三地都有水占風俗，所以三地的人都可套用「揚之水，不流束薪」等句入詩，來描寫他自己水占的情景。但依朱子腔調之說，王鄭唐三地各用其當地的腔調來歌唱他們的詩，三篇揚之水，並非同一曲調。由相同的首句，演變而爲一個曲調，供人襲其首句，以撰寫同一曲調之事，已是遲至漢魏以來樂府詩的現象。這是不可不細辨的。近人蔣善國又引項氏之說來發揮，那就更顯得粗心了。

十、明人豐坊僞撰子貢詩傳、申培詩說兩書中篇名問題，僅將雨無正篇名，襲韓詩雨無極之說，而改爲「雨無其極」而已，以及郝敬等的主張，均無特別提出討論的必要。

十一、清儒的考證，對篇名問題，確實有些新的貢獻。像馬瑞辰考出大明古名明明，我們就可知小明亦名明明，大明小明篇名的由來，實爲大雅明明與小雅明明的簡稱的採用，編爲三百篇篇名的。陳喬樅三家詩遺說中涉及三家篇名問題的很多，例如毛詩節南山古名節，三家亦單名節，與古傳篇名同。毛詩還，齊詩名營，韓詩名璇，又作嫙，均爲考證所得。王先謙所撰詩三家義集疏，更據以改節南山之什爲節之什，則更因篇名的考證，而涉及詩經的什名。這是自朱子集傳因篇次問題而更改詩經什名以後的又一新發展。

十二、至於魏源的主張，前已提出討論過，此地不再重述。姚際恆主張笙詩六篇篇名從詩經中刪除，以訂正詩經僅三〇五篇之數，則應在此談論一番。

關於小雅笙詩南陔、白華、華黍、由庚、崇丘、由儀六篇，毛傳謂「有其義而亡其辭」，鄭玄謂「辭義皆亡」，劉原父以亡作無，謂「本有聲無詞。」鄭樵主其說，而朱熹亦從之。其討論重心在何以無詩文一點上。毛傳之所以謂「有其義」者，以六篇的詩序，如：「白華，孝子之絜白也。」亦即篇名的解釋。故攻序之朱熹，於其詩序辯說中即曰：「所謂有其義者，非眞有。」到清代姚際恆，則更主張將這六篇的篇名都從詩經中刪去。他在詩經通論卷十二附論儀禮六笙詩中說：「六笙詩係作序者所妄入。旣無其詩，第存其篇名于詩中，今愚概從刪去。」蓋作序者「旣不見笙詩之辭，第據其名妄解其義，以示序存而詩亡。于南陔、白華皆言孝子，因前後諸詩爲忠，故以孝廁其間，用意甚稚。夫諸詩旣爲朝廟所用，言臣之忠，可也。何由及于家庭之孝子乎？于華黍爲宜黍稷，此不必言矣。于由庚、崇丘、由儀，則難揣摹其義，第泛言萬物得所之意，以合乎國家治平景象而已。其彷彿杜撰，昭然可見。由是傳之于世，詩三百十一篇矣。古所傳詩唯三百五篇。史記言：「古詩三千餘篇，及至孔子，去其重，取可施于禮義者三百五篇。」龔遂謂昌邑王曰：「大王誦詩三百五篇。」王式曰：「臣以三百五篇諫。」以及漢之讖緯諸書，亦無不言三百五篇者，皆歷歷可證，漢世從無三百十一篇之說。」

由以上可見詩經本只三零五篇，南陔等笙詩六篇篇名，應予剔除。六篇詩序只是依照篇名篇次等而杜撰，白華的表「孝子之絜白」，華黍的「宜黍稷」，崇丘的「得極其高大」，均由篇名加以想像而來。由庚、由儀，則更從一由字發揮了。姚說之可以補充者爲毛詩雖將六笙詩篇名厠於詩經，尙僅附於魚麗、南山有臺之末，未正式列入小雅之中，七什次序仍舊，兩白華亦未及加以區分，其攙入痕跡，尙遺留可見。

十三、民國以來提出篇名問題討論的蔣善國、王靜芝二氏的主張，我於前面已加以研判。這次我自己作專題研究，因病後體弱，無力潛心細檢衆多舊籍，就先將毛詩三百十一篇篇名從不同角度予以分類統計，加以考察，再進一步從古籍及三家詩中蒐輯詩經篇名古今歧異等的資料來研究，分別撰寫萬餘字的篇名問題各一篇，其中較前人有所進展的，略述其要點如下：

㈠從各篇篇名字數來估計，三百篇篇名十之七八是二字篇名，而二字篇名之中，又十之七八爲摘取本篇首句的一二字或三四字而成。統計結果，我的估計無誤。三百十一篇中二字篇名二三一篇，其百分比爲七四・二八。若笙詩六篇不計，則爲二字篇名二二五篇，占三〇五篇的百分比爲七三・五七。而此二二五篇中，摘取首句第一二字而成者一〇五篇，摘取首句第三四字而成者六十一篇，兩共一六六篇，占二二五篇的百分比爲七三・七八，若仍以二三一篇計，亦占其百分比七一・八六。

㈡詩經三一一篇篇名中，一字篇名一七篇，占百分之五・四七，二字篇名二三一篇，占百分之七四・二八，三字篇名二十篇，占百分之六・四二，四字篇名四二篇，占百分之一三・五〇，五字篇名一篇，占百分之〇・三二。

㈢詩經有詩文的詩篇三〇五篇中，其摘取本篇詩中字句爲篇名的共二九九篇，只有六篇不摘取詩中字句爲篇名。二九九篇中摘句篇名五十三篇，所摘之句，全爲篇首第一句。計二字句篇名祈父一篇，三字句篇名麟之趾等十二篇，四字句篇名野有死麕等三十九篇，五字句篇名昊天有成命一篇。而無一字句篇名。另外大叔于田一篇，則只指首句全三字，加一大字與前篇爲區別的。故摘句篇名總數應爲五十四篇。

㈣摘取詩文首句中字爲篇名的共二二四篇，摘字一字至四字，無五字者。其中摘取篇首兩字爲篇名的二〇三篇，摘取篇首一字爲篇名的十二篇，摘取篇首三字爲篇名的七篇，摘取篇首四字爲篇名的二篇，摘取首句以外字爲篇名的共十三篇。摘取首句一字另加篇中人名字的有韓奕、召旻兩篇。其他六篇，則是摘取詩中一字，另加大小區別字的。故摘字篇名總數應爲二四五篇。

㈤詩經不避相同句，首句相同者尤多，故摘取字句爲篇名者亦多相同。詩經以十五國風二雅三頌各爲一單位，不同單位，不避篇名相同。故邶鄘各有柏舟，王、鄭、唐均見揚之水。國風小雅之篇名皆稱谷風、黃鳥、杕杜、甫田。但同一單位，應加區別，或予避免，例如鄭風兩叔于田，較長一篇加大字稱大叔于田；唐風有兩篇首句「有杕之杜」，則一稱杕杜，一稱有杕之杜。小雅首句「緜蠻黃鳥」之詩，本應摘黃鳥兩字爲篇名，因已另有黃鳥一篇，故避而摘緜蠻爲篇名。大小雅各有明明一篇，本不避同名，所以改稱爲大明小明者，乃大雅明明小雅明明之簡稱，後竟習用簡稱，遂使本名不彰耳。

㈥統計詩經篇名所顯示的物性，以探知詩經所表現的性向。經分類統計結果，三〇五篇中以有關動植物的篇名爲最多，計一一〇篇，其次爲地文五〇篇。是以詩經特性，可以地文山河大地所構成綠野中遍佈之草木鳥獸等大自然景色爲起點。詩經所以有天籟之稱，與此特性也有關聯。

(七)自宋范處義在他的逸齋詩補傳中提出不摘字句爲篇名的詩僅六篇以來，未見異議。文開試將這六篇篇名加以研判，除肯定周頌酌、賚、般三篇從朱子之說爲以樂節名篇者外，其餘小雅雨無正應該也是摘字篇名，巷伯係官名，乃他人尊寺人孟子而以之名篇者，大雅之常武，則對武王革命的非常大武功之有大武曲而來。蓋宣王中興，其征徐等舉，對革命的大武而言，僅爲守常之武功，而非非常之武功，故摘詩中「王奮厥武」句之一武字，另加一常字以爲篇名也。如此，三〇五篇中，不摘字句篇名實僅酌、賚、般與巷伯四篇而已。

(八)左傳國語論語孟子等書中賦引詩所舉篇名，往往與毛詩不同，而小雅小宛，春秋時旣名鳩飛，又稱小宛，則先秦時已有一篇兩名者矣。余試加蒐輯，得十二則以爲詩篇古今異名舉例。此可證詩經篇名多非作者自定，縱有作者自定，他人亦有另起篇名者，故古今篇名有異，而春秋時卽有篇名紛歧者也。另輯漢代四家詩篇異名考察十四則，以爲詩經篇名多他人所定之佐證。

(九)詩經三零五篇的篇名由來，經我探討研判，大概十五國風本來無篇名，在流傳中經流傳者摘詩中字句以稱之，所以會有一篇兩名等現象發生。同一單位遇有同篇名之詩，則篇名上有加區別字如鄭風兩篇叔于田，較長一篇就加一大字以識別之，而唐風兩篇杕杜，一篇就改採摘句篇名爲有杕之杜。官府採集以後，樂官配樂時便將流行的篇名加以審定而有一番抉擇。其詩產生經過史官記錄的，其篇名就又存於官府的檔案中。左傳閔公二年記「許穆夫人賦載馳」便是其例。最後的寫定者，則是三百篇的編輯人。這編輯人可能就是官府儲備樂歌的樂官。而儲備樂歌的官府，大約王室與好多大國都有。至遲於周景王元年卽公元前五四四年孔子八歲時，吳季札到魯國觀賞周樂，魯國儲備本詩篇的完整，已與今本詩經差不多了。

大小雅詩之直接獻呈王室的，大約就由樂官及史官給予篇名。其先流傳在外的則或如衞武公的自名其詩為懿戒，或如寺人孟子的詩由「敬而聽之」的「凡百君子」給他起名為巷伯，但大多數雅詩，仍像國風般被人給予摘取詩中字句為篇名了。像衞武公的懿戒，最後還是被定為摘字篇名抑。也有篇名加區別字的，如大明、小明；也有篇首一字加篇中特殊字的，如韓奕、召旻。而常武篇則摘詩中特殊一字另加詩外特殊一字，以代表特殊詩義的。

至於三頌，都是由指定的大臣或宮廷詩人，以及樂官所作。大多也與風雅相似，隨便由人摘取詩中字句為篇名。也有卽以其樂節為名，如周頌的酌。在詩篇已有定本後，詩句和篇名仍有微小的變動：頌詩如雝篇，孔子時原名雍，雅詩如「天生烝民」，孟子所引為「天生蒸民」；風詩如齊詩的今文作「子之營兮」的齊詩營篇，在古文的毛詩定本却是「子之還兮」的還篇。

其他糾正與補充前人之說者，俱見本篇，不另重述。

㈩為證蘇氏大明小明小旻小宛等篇名之大小所以標大雅小雅之區別，余檢左傳國語所載賦詩引詩年代，以吳季札聘魯觀周樂之歲（魯襄公二九年，卽周景王元年，公元前五四四年），爲分界線，是否此等大小之稱出現於此分界線之後，以明此等大小字之採用，是否與魯國詩經完備本之編成有關。結果查出大明小旻小宛三詩之名，出現於左傳者均在昭公元年（周景王四年，公元前五四一年），所記爲「令尹享趙孟，賦大明之首章，趙孟賦小宛之二章。」「晉樂王鮒曰小旻之卒章善矣，吾從之。」前此則無此等大小篇名之詩。而國語所記，魯語下有「叔孫穆子（豹）聘於晉，晉悼公饗之。對曰……夫歌文王、大明、緜，則兩君相見之樂也。」又左傳僖公二四年（周襄王十六年，公元前六三六年），記晉公子重耳入秦見穆公之賦詩，僅記「公子賦河水，公賦六月。」而國語晉語，更有「秦伯賦鳩飛」之記載。而鳩飛卽小宛之古稱。則季札觀樂前九十餘年，秦穆公賦小宛尙稱鳩飛；而觀樂後四年，趙孟賦之已改稱小宛矣。小宛之名，魯樂編定時採之也。又查叔孫豹聘晉在晉悼公四年，卽魯襄公四年，周靈王三年，公元前五六九年，前於季札觀樂二十五年，叔孫已稱大明而不稱大雅明明，則此時魯國儲備之三百篇已編成。而更前六十餘年，則小宛尙稱鳩飛，此大小區分之採用，卽在此六十餘年之中，蘇氏之說，驗之古籍，可通。可說是編詩者採以分大小雅者，而大明小宛亦均大雅明明小雅宛之簡稱而成篇名者也。又考詩經三零五篇作成可考的最晚年代，舊說爲公元前五九九年的陳風株林，（此詩作於陳靈公死前，故可能作於死前一年之公元前六〇〇年）新說爲公元前五一六年的曹風下泉。則此魯國詩經編成年代，應在公元前六〇〇至五六九這三十年中，而編成以後，再加入之詩，僅下泉一篇耳。

四、後　語

初探三萬八千餘字的寫成，只花了我兩個月的工夫。不料為分成三篇來發表，這第三篇總述，一經整理修訂，略增資料，寫完後一算，字數又加多了萬餘字，其中複述之處，又隨時發揮，難於刪削。只得交由內子普賢來處理。她細讀一遍後說，此文雖不免嚕囌了些，但最後整理成三十四則答案，除已多方探討詩經篇名本身諸問題外，又能旁及篇名影響什名，以及從篇名來探索詩經特性與詩經編成年代等的嘗試，創見頗多，應可得很高的評價，並作為一個小題大做的樣品。寫此文前後經時半年，若再鍥而不捨的修改，一定會再度病倒。現在只有先行發表，等讀者有所指正以後，將來有力時再加修正吧！又，答案三十四則，可獨立成一文，我聽取她的話，先行發表，請求高明讀者的指正！

六十七年十二月十二日於臺北

肆、詩經篇名問題答案三十四則

玆依據前面所提資料，將詩經篇名各項有關問題，加以整理，作成答案三十四則以結束本文。

(一)詩經篇名，以字數多少來分別，共有那幾種？

答：共有五種，爲：氓等一字篇名，關雎等二字篇名，麟之趾等三字篇名，野有死麕等四字篇名，和昊天有成命五字篇名。這五種篇名，大多係摘取詩中字句而來。

(二)詩經一字至五字篇名中，以那一種爲最多？那一種最少？

答：詩經有詩文的篇名三百零五篇，連同無詩文的笙詩六篇，共三百十一篇名中，計一字者十七篇，二字者二三一篇，三字者二十篇，四字者四二篇，五字者一篇，所以最多的是二字篇名，最少的是五字篇名。

(三)詩經中那幾篇有篇名而無詩文？何以無詩文？

答：詩經中有笙詩南陔、白華、華黍、由庚、崇丘、由儀等六篇有篇名而無詩文。毛氏謂：「有其義而亡其辭。」箋云：「遭戰國及秦之世而亡之，其義則與衆篇之義合編故存。」意即序存而詩逸。朱熹詩集傳則解亡爲無，故「有聲無辭」，並以儀禮載此六篇篇名爲證，其言曰：「鄉飲酒禮歌鹿鳴、四牡、皇皇者華，然後笙入堂下，磬南北面立，樂南陔、白華、華黍。燕禮亦鼓瑟而歌鹿鳴、四牡、皇皇者華。然後笙入立于縣中，奏南陔、白華、華黍。南陔以下，今無以考其名篇之義。然曰笙、曰樂、曰奏，而不言歌，則有聲而無辭明矣。」又云：「儀禮鄉飲酒及燕禮，前樂既畢，皆間歌魚麗，笙由庚，歌南有嘉魚，笙崇丘，歌南山有臺，笙由儀。間，代也，言一歌一吹也。蓋一時之詩，而皆爲燕饗賓客上下通用之樂。」今當從朱傳。

㈣姚際恆主張將笙詩六篇篇名從詩經中刪除，有何理由？

答：他以爲笙詩南陔、白華、華黍、由庚、崇丘、由儀六篇，出自儀禮。而儀禮之書作於周末，去詩經時代已遠，孔子說「詩三百」，只指詩經三零五篇，六笙詩不在其中。所以史記載孔子刪詩，「取其可施于禮義者三百五篇」，王式說：「臣以三百五篇諫」，漢世從無三百十一篇之說。六笙詩係作序者所妄入，觀六篇詩序，第據其名妄解其義，既無其詩，不必徒存篇名。故概從其所著詩經通論中刪去。

㈤詩經篇名，爲何附於篇末？

答：這可體驗出詩經時代作詩，是先有詩而後隨便採取一些詩中字句以爲識別，故編詩者謹附記於篇末，而亦遂成篇名。

㈥詩經篇名既多係採取詩中字句而來，是否可分摘句與摘字的兩種類別？孔疏說：「多不過五，少才取一，或偏舉兩字，或全取一句。偏舉則或上或下，全取則或盡或餘」，其言確當否？

答：摘取詩中字句爲篇名者，可分摘句與摘字兩種。不過要補充說：「摘句篇名無一字者，只有二字三字四字五字四種。摘字篇名則無五字者，而有一字二字三字四字四種。」還有要糾正的是：「全取一句」，則不應「有餘」。所以像齊風首句「東方之日兮」摘篇名爲「東方之日」不應餘一兮字。餘一兮字，則已非摘句，而是摘取四字的篇名了。

(七)詩經篇名既係採取一些詩中可以識別的字句而來，何以又有許多相同的篇名？

答：因三百零五篇既非一人所作，亦非一時之作，更非一地之作，各自摘取字句以爲篇名。而詩經時代，流行套取現成詩句入詩，各詩相同句特別多，所以難免篇名的相同了。

(八)詩經三百零五篇中，有多少相同的篇名？怎樣避免混淆不淸？

答：共八組十八篇。計：十五國風中有四組十篇，那是：(1)揚之水三篇——王、鄭、唐各一篇。(2)羔裘三篇——鄭、唐、檜各一篇。(3)柏舟二篇——邶、鄘各一篇。(4)無衣二篇——唐、秦各一篇。

國風與小雅之間有四組八篇，那是：(1)谷風二篇。(2)甫田二篇。(3)黃鳥二篇。(4)杕杜二篇。

詩經共有十五國風二雅三頌等二十單位。以上十八篇相同的篇名，都不屬於同一單位，故可用邶柏舟、鄘柏舟，國風秦黃鳥、小雅黃鳥等名稱以爲區分。其同一單位諸詩，則相同的篇名，都已設法避免。例如鄭風有兩叔于田，則其一較長者，加一大字稱大叔于田以爲區別。唐風有兩有杕之杜，則其一稱杕杜以爲區別。小雅有兩黃鳥，則其首句緜蠻黃鳥者改稱緜蠻以避之。依此類推：周頌之小毖，必另有毖篇已逸，故僅存小毖一篇了。

(九)詩經篇名的物性表現有何特色？

答：詩經三百零五篇篇名，以物性分類，其統計結果爲動植物篇名及地文篇名爲最多。這顯示周代詩人接觸最多者爲山河大地一片綠野中所遍佈之草木鳥獸的大自然景色。是以察篇名物性，即可見詩經特性。詩經所以有天籟之稱，與此特性，也有關聯。

(十)詩經篇名物性表現的特色與興體有無關係？

答：有。詩經篇名，大多摘取自詩篇首句。而詩經興體，亦以篇首爲興句。三零五篇中，興詩占三分之一以上，故篇名所呈現的物性特色，幾乎即由興詩的特色所形成。詩經篇名所表現的特色，可說是興詩髮型的投影。

(十一)蘇轍說小明大明等篇名所以別其在小雅大雅，那不是不同單位的相同篇名，也要加區別字了嗎？

答：在原則上大雅小雅爲不同單位，相同篇名，可不必加區別字。據馬瑞辰考證，大明古名明明，係取首句「明明在下」爲篇名。稱大明者，對小雅小明篇而言。蓋小明首句「明明上天」，亦摘明明二字以爲篇名。但後來改稱爲小明大明，本非篇名，只是小雅明明、大雅明明的簡稱。編詩者因時人習慣用簡稱，遂沿用而成篇名的。而小雅小旻首句「旻天疾威」與大雅召旻首句同，則兩篇篇名古時原名應均爲旻天。應用時則稱小雅旻天和大雅旻天，而簡稱爲小旻大旻。後大旻又採韓奕摘首句奕奕梁山的奕字加詩中主角韓侯的韓字合成篇名的方式，改採詩中主角召公的召字加於旻字上而被稱爲召旻。編詩者雖採小旻爲篇名，而大雅的旻天，則又放棄大旻的簡稱，改採召旻篇名了。我們看小雅首句「宛彼鳴鳩，翰飛戾天」的詩篇，古時卽有小宛與鳩飛二名並用，後來編詩者放棄一名，可以推知小雅小宛詩中末尾雖有小字，小字應爲區別字，故另有鳩飛之名以代之。小弁之小字則爲區別字無疑。也都是小雅宛、小雅弁的簡稱，而大雅的宛弁已逸。

(十)詩經國風王、鄭、唐各有揚之水一篇，篇名相同，三詩有何關聯？

答：國風係民歌，民歌之開頭相同者，往往由同一母題分化而成。白川靜推斷國風三篇揚之水，乃水占風俗的表現，因水占得吉凶互異，故三詩有悲歡不同的歌唱。項氏詩說等主張「作詩者多用舊題而自述己意，如樂府家特取其音節爲詩耳。王風以『揚之水，不流束薪』賦戍申之勞；鄭風以『揚之水，不流束薪』賦兄弟之鮮。作者本此二句以爲逐章之引。」蔣善國亦舉爲詩經中原來卽有某調名，而作者沿用舊題舊調之例。這是似是而非之論。因爲詩經時代，只是大家喜歡套用現成詩句，故多相同句，尤其篇首爲甚。但其篇名雖相同，而其曲調則不同。依朱子腔調之說，王風有王風的腔調，鄭風有鄭風的腔調，唐風有唐風的腔調，而其腔調相同者，則不得有相同篇名的出現，與由此演變而來的樂府詩的以同題爲同調有異。而揚之水三篇亦非但以揚之水爲引，以各述己意，實有水占風俗爲其相同之主題也。

㈩魏源對小雅大東篇，疑其本名小東，何以有此疑問？其疑可解否？

答：魏氏僅言「安知大東之詩，不本名小東耶？」其所以有此疑問，似因朱傳解詩中「小東大東」之句爲「東方小大之國」，譚爲小國，故譚大夫之詩，應稱小東也。案，馬瑞辰毛詩傳箋通釋卷二一大東篇考證，大東小東言東國之遠近，以極東爲大東。故大東小東爲地域名，猶今日稱亞洲東部爲遠東，西部爲中東。傅斯年更確定漢之東郡今山東濮縣一帶爲小東，魯東一帶譚齊所在地爲大東。故大東之譚大夫作此詩，篇名本爲大東無疑也。

㈣詩經篇名中，共有摘句篇名多少？摘字篇名多少？

答：摘句篇名共有麟之趾、野有死麕等五十四篇，包括大叔于田，摘三字句又加一區別字大字的一篇在內。摘字篇名共有氓、關雎等二四五篇，包括小弁等摘詩中一字又加一大小區別字的六篇在內。

㈤摘句篇名所摘是否均爲篇首第一句？其中二字、三字、四字、五字各有多少篇？

答：摘句篇名所摘均爲篇首第一句。可細分爲二字、三字、四字、五字四種。計二字篇名祈父一篇，三字篇名麟之趾等十二篇，四字篇名野有死麕等三九篇，五字篇名昊天有成命一篇。另外大叔于田是摘整個首句三字又加區別字大字的可另成一類。

㈥摘字篇名可細分爲那幾種？各有多少篇？

答：摘字篇名有摘首句中字與其他句摘字之分，又有摘一字二字三字四字之分。其中摘一字篇名共十六，首句者十二，非首句者四。摘二字篇者二一二，首句者二〇三，非首句者九。摘三字者七，摘四字者二，均為首句中字。共計摘字篇名二三七篇，中含首句字二二四篇，非首句字十三篇。另加摘首句一字及非首句一字之韓奕、召旻二篇，摘首句一字加區別字大小一字之大明、小明、小旻、小宛、小弁等五篇，摘非首句字加區別字小字的小毖一篇，各種摘字篇名合計共得二四五篇。

㈦據估計，詩經篇名，二字篇名占十之七八，摘首句中一二兩字與三四兩字者又占二字篇名中十之七八，其言可信否？

答：經詳細統計，詩經三百十一篇，有二字篇名二三一篇，占其百分比七四・二八，（若依姚際恆除笙詩南陔、白華、華黍、由庚、崇丘、由儀等六篇以三〇五篇計，則有二字篇名二二五篇，占其百分比七三・五七）而此二字篇名二三一篇中，摘取首句中一二兩字如螽斯者一〇五篇，摘取首句中三四兩字如卷耳者六十一篇，兩共一六六篇，占其百分比七一・八六。（若除笙詩六篇計，則為二字篇名二二五篇之一六六篇，占其百分比為七三・七八）其百分比均在十之七與八之間，故此項估計，經統計研判無誤，可以採信。

㈧詩經何以摘字摘句篇名特別多？而又何以摘首句字句為最多？

答：因詩經諸詩，原皆有詩無題，為便於識別起見，大家隨便採取詩中字句為記以稱之，如此不必動腦筋特別為定題目，極為方便，後遂成篇名，所以三〇五篇大多是摘字句篇名。而摘取首句或首句中字最爲方便而容易記憶，所以又以摘取首句字句爲篇名者最多。

㈨摘取首句字篇名中，又何以第一二兩字及三四兩字篇名爲特別多？

答：因詩經是四言詩，四字句多一二兩字及三四兩字之二音節者，以爲篇名，最爲順口之故。

㈩詩經摘非首句字篇名有何特色？

答：漢廣、騶虞、桑中、權輿等篇，均摘自該篇各章章尾相同之疊詠句中，而騶虞、權輿兩篇，均爲末句之末兩字，其特色最爲顯著。

㈡范處義說詩經三百零五篇中，只有六篇篇名不摘詩中字，此說可信否？

答：應加修正爲只有四篇篇名不摘詩中字句，所以摘字句篇名二九九篇，也得修正爲三〇一篇。因爲經研判，他所舉六篇中小雅雨無正是已逸首句「雨無其正」的摘字篇名，大雅常武是摘詩中一武字，另加一與大武樂區別的常字爲篇名。只剩小雅巷伯、周頌酌、賚、般等共四篇爲不摘字句篇名。這不摘字句篇名，可分兩類，一爲以樂節爲名的酌、賚、般三篇，一爲以官銜爲名的巷伯篇。前一類篇名大概是樂官所加，後一類則是旁人尊作者寺人孟子者所加。

㈢詩經摘字篇名另加區別字的有那幾篇？區別字有那幾種？

答：共有大明、小明、小旻、小宛、小弁、小毖、常武等摘一字另加一區別字的七篇，大叔于田的摘整個首句另加一區別字的只有一篇。以上八篇中的區別字都只一字，這一區別字七篇都是大小之分，只有常字是常與非常之分。其中大明篇詩中雖有「大任有身」「大邦有子」「燮伐大商」等句的四個大字，小宛篇詩中雖有「惴惴小心」句的一個小字，但並非摘字爲篇名，篇名中的大小確是區別字。

㈢詩經若干篇名，何以知有古今之不同？其意義若何？

答：因先秦古籍引詩，其篇名往往與今本毛詩不同，故知若干篇名有古今之歧異，例如論語載：「三家者以雍徹。子曰：『相維辟公，天子穆穆』，奚取於三家之堂？」孔子所引詩二句，在今周頌雝篇，而孔稱此詩爲雍，則此詩古名雍，今名雝也。左傳國語孟子等書引詩，其篇名亦往往與今本不同，而國語稱小雅小宛爲鳩飛，左傳則稱小宛，是先秦已有一篇兩名現象。此可知詩經篇名古今有變異，卽先秦亦已有異名。是乃詩篇篇名在流傳中變異之跡。卽此，可證三百篇篇名大多在流傳中所定，卽或有作詩者自定其篇名，後人亦未必採用。國語載衞武公作懿戒以自儆，而此詩卽今大雅之抑篇，則衞武公自命其詩爲懿戒，而流傳者仍摘其首句第一字抑爲篇名也。至於「明明在下」之詩，古稱明明篇，編入詩經則稱大明，此蓋編詩者取大雅明明之簡稱作篇名。而秦穆公賦詩，尙稱小宛爲鳩飛，至昭公二年，趙孟賦小宛之二章，不用古名之鳩飛，改用小雅宛篇之簡稱，則此時似已有三百篇之編寫本。但孔子時周頌雝篇尙稱雍，則今本詩經又非全與孔子時之本子相同了。

㈣三家詩與毛詩何以篇名往往不同？其意義若何？

答：漢代魯齊韓毛四家詩均各有其師承，其篇名之不同，乃由傳承之不同而來。故齊詩還名營，而韓詩作嫙。韓詩常棣名夫栘，而魯詩作棠棣。此可證詩篇名在流傳中有變異，而四家各有所取。且中經秦火，四家從口傳重行筆錄，遂有古今字之不同，本字與假借字等之異，故更呈紛歧現象。而同一傳承，亦有紛歧者，如毛詩何彼襛矣，韓詩襛作茙，固爲傳承之不同；而毛詩又作何彼穠矣，其或毛詩傳承中亦生歧異，或係傳寫有誤，如秦風毛詩駟驖，齊詩名四驖，毛駟係四之誤，而齊驖則鐵字之誤也。

㈤詩經三百十一篇並是作者爲名之說，起於何時？

答：此爲毛詩正義錄陸德明經典釋文中語，考經典釋文序云：「余少愛墳典，留意藝文，雖志懷物外，而情存著述，粵以癸卯之歲，承乏上庠，循省舊音，……合爲三袟三十卷，號曰經典釋文。」案此撰書年代癸卯，爲陳後主至德元年，而文中又稱此說爲舊解，則其說更早於陳代，或在六朝前期，至遲不晚於宋齊時代也。

㈥毛詩孔疏謂「篇名皆作者所自名」，有何根據？其說可信否？

答：孔疏依據尙書金縢篇所載：「公乃爲詩之貽王，名之曰鴟鴞」之語，以斷鴟鴞之篇名乃作詩者周公所自命，而推論篇名皆作者作詩後所自名。這是以一概全的論斷，所謂孤證難立，故其說不可信。況據鴟鴞篇孔疏，公劉是召公的獻詩，鴟鴞則周公作詩後使流傳致達於成王，則照一般民歌命名情況，作詩者但有歌辭而無歌名，其歌名乃在流傳時由流傳者隨意摘取歌中字句以相稱而得。古文簡略，所以金縢中「名之曰鴟鴞」，亦可解爲「人名之曰鴟鴞」，不一定是周公自名。證之詩經三零五篇，有三零一篇是爲方便起見，都是隨意摘取詩中字句爲篇名的，鴟鴞亦不例外。只有巷伯、酌、賚、般四篇，不取詩中字句，是另起篇名的。明確地說，詩人自取篇名的，可能只有國語所載衛武公作詩以自儆的抑篇，他曾自命之曰懿戒，但流傳時人們還是照習慣法，摘其首句中字，稱之爲抑。再證之以三百篇篇名往往古今不同，四家詩更爲紛歧。這是因爲詩在流傳中也會產生新篇名，以取代舊名，或成新舊篇名同時流傳者。而編詩者對篇名的抉擇，也有一定的原則，例如不同單位的相同篇名，可以並存；而同一單位則應避免。所以鄭風兩叔于田，其中之一加大字成爲大叔于田；小雅兩黃鳥篇，首句「緜蠻黃鳥」的被改名爲緜蠻篇。如此種種情形看來，詩經現存三百零五篇篇名，絕對不可能都是作者所自命，而大多數應是他人所定。

㈦詩經篇名，那一篇可確認其爲作者自名者？那一篇可確認其爲他人所定者？

答：大雅抑篇之名懿戒，可確認其爲作者衛武公所自定，但他人則名之曰抑。小雅巷伯，作者自稱寺人孟子，而篇名則尊之曰巷伯，可確認爲他人所定。

㈥詩經篇名，那幾篇可能爲樂官所定？那幾篇可能爲編詩者所定？

答：周頌酌、賚、般等篇，以樂節之名名篇，可能爲樂官所定。大雅大明、小雅小明，古均名明明，然因分別在大小雅而稱大明小明。今詩經篇名不稱明明，而稱大明小明，可能係編詩者所定。小雅小宛亦然，故未用鳩飛之名也。而編詩者，可能就是樂官。

(二九)是否有因所傳詩篇首句不同而篇名不同者？那幾篇是其例？

答：毛詩齊風首句「子之還兮」，齊詩作「子之營兮」，故毛詩名其篇曰還，而齊詩名其篇曰營。毛詩小雅首句「常棣之華」，魯詩作「棠棣之華」，韓詩作「夫栘之華」，故毛詩篇名曰常棣，魯詩名「棠棣」，韓詩名「夫栘」。毛詩召南首句「何彼襛矣」，朱傳本作「何彼穠矣」，故亦各以首句爲篇名而有「襛」「穠」一字之異。

(三〇)是否有因所傳篇名不同，而其詩之什名亦各異者？有實例否？

答：毛詩以小雅節南山至巷伯等十篇爲節南山之什，而三家詩節南山篇無南山二字，僅以節字名篇，故王先謙詩三家義集疏此十篇因第一篇篇名不同，其什名亦稱節之什。

(三一)孔疏說除摘取詩中字句爲篇名外，「或復都遺見文，假外理以定格」，歐陽修說：「古之人於詩多不命題，而篇名往往無義例。其或有命名者，則必述詩之意如巷伯常武之類是也。」那末巷伯常武兩篇篇名，是否卽孔疏所謂假外理以定格者？究竟是述詩之什意？

答：巷伯篇名確可舉爲詩人不自命題，都遺見文，假外理以定格之代表，但未述詩之意，不過是他人對作者寺人孟子尊稱爲巷伯，意爲巷伯之詩而已。至於常武篇名，沒有完全放棄現成詩文中字，但確可作爲篇名述詩之意的代表。試看常武的武字，係取自詩中第四章首句「王奮厥武」的武字，以代表宣王的威武，另加詩文以外的常字，以表其武爲守常的武功，以別於表揚武王革命取商而代之的非常大武功的大武之樂。

㈢誰將笙詩六篇篇名正式列入小雅，改小雅七什爲八什？是否有當？

答：朱子在其所撰詩集傳中，將毛詩原附於小雅七什之中的笙詩六篇篇名，依儀禮應用次序，正式與小雅七十四篇並列，改成八什八十篇。不知此原爲無歌辭的樂曲，不在三百篇之內，漢人都只說詩三零五篇，不說三百十一篇。毛詩已不該將六詩名附入，朱子更不該使其婢作夫人也。

㈢詩經篇名有無史官所定？有何例證？

答：在歷史重要事件中所產生的風詩，尚未流傳開來，已被史官記爲史事者，其篇名應爲史官所定。其例如左傳所載公元前六六〇年狄入衞，宋桓公立戴公以廬于漕，許穆夫人馳赴祖國時所作的詩，史官不等此詩流傳開來，便記下「許穆夫人賦載馳」一句，此載馳篇名，大約是史官所定。此詩配以音樂，在宴會中歌唱的記錄，要隔四十五年才出現。那是左傳文公十三年所載「鄭伯與公宴于棐，子家賦鴻鴈，文子賦四月，子家賦載馳之四章。」還有左傳文公六年載秦穆公死了，以子車氏三子殉葬，當時史官就記其事曰：「國人哀之，爲賦黃鳥。」這黃鳥詩的篇名，應該也是史官所定。

㈣何以從左傳國語等書的賦詩篇名等記載中，可以推算詩經編成的年代？

答：因爲詩經時代詩歌的篇名，往往有所演變的，像大雅篇首「明明在下」句的詩，本名明明，因小雅篇首「明明上天」句的詩，也名明明，人們就以大雅明明小雅明明稱之，而簡稱爲大明小明，後來編詩者竟把大明小明作爲篇名編在詩經裏了。所以古書中以明明稱其詩的較早，以大明小明篇名出現則較晚，已在詩經編輯的年代了。同例，小雅的小宛，本名鳩飛，小旻本名旻天。小宛小旻出現，也應在詩經編成的年代了。今查國語晉語載公子重耳流亡入秦，秦伯享之，秦伯賦鳩飛，公子賦河水。那是公元前六三六年的事。而左傳昭公元年載令尹享趙孟賦大明之首章，趙孟賦小宛之二章，又晉樂王鮒曰：「小旻之卒章善矣，吾從之。」魯昭公元年，即公元前五四一年。則詩經的編成，必在秦穆公賦鳩飛與趙孟賦小宛相隔的九十多年之中。查左傳季札聘魯觀周樂時，魯國所歌詩篇，十五國風大小雅及頌詩都已完備。那年是公元前五四四年，較趙孟賦小宛早四年，則至遲那年詩經已編成。所以大明小宛小旻等篇名都出現了。再考大明最早出現在國語魯語下載叔孫穆子聘於晉，晉悼公饗之，對曰：「夫歌文王、大明、緜，則兩君相見之樂也。」查這是晉悼公四年的事，在公元前五六九年。則詩經編成的年代更可推早二十五年，並延遲三十多年，和舊說以公元前六〇〇年詠陳靈公通於夏姬的株林篇爲詩經最遲的一篇相配合，則我們可以推算出詩經的編成，大約在公元前六〇〇至前五七〇年的三十年間。當然，以後還經過增訂的，所以篇次也和漢代傳下來的毛詩略有不同，而新說曹風下泉作於公元前五一六年，是續增的詩篇，也是合理的。春秋時各大國雖都由樂官們蒐儲樂章，以備燕享之用，士大夫們也因交際知禮之用，都修習三百篇，而樂章的蒐儲，以魯爲最完備，孔子也取之以爲教學生的教材。但孔子時賦詩風氣漸絕，所以不再有新詩加入。

六十七年十二月十二日於臺北

（原載東方雜誌復刊十二卷十二期）

詩經朱傳本經文異字研究

——為錢賓四先生八秩壽慶作

糜文開

一、前言

宋王應麟詩考自序曰：『諸儒說詩，壹以毛鄭爲宗，未有參考三家者，獨朱文公集傳閎意眇指，卓然千載之上。言關雎，則取康（匡）衡；柏舟婦人之詩，則取劉向；笙詩有聲無辭，則取儀禮；上天甚神，則取戰國策；何以恤我，則取左氏傳；抑戒自儆、昊天有成命，道成王之德，則取國語；陟降庭止，則取漢書註；賓之初筵，飲酒悔過，則取韓詩序；不可休思，是用不就，彼岨者岐，皆從韓詩；禹敷下土方，又證諸楚辭。一洗末師專己守殘之陋，學者諷詠涵濡而自得之，躍如也。』其對朱子之博採兼攝，涵濡自得，可謂推崇備至，而其詩考之作，亦本之朱子遺意，故曰：『文公語門人：「文選註多韓詩章句，嘗欲寫出。」應麟竊觀傳記所述三家緒言，尙多有之。罔羅遺軼，傅以說文爾雅諸書，粹爲一編，以扶微學廣異義，亦文公之意云爾。讀集傳者或有考於斯。』

查詩考自序所舉朱子詩集傳博學兼攝諸例，或爲異義，或爲異字。詩考內容，除輯錄三家詩遺說等外，並有異字之彙輯。故王氏詩考一書，旣爲我國輯錄三家遺說權輿之書，亦爲輯錄詩經異字之創始，而皆啓發於朱子者也。淸代周邵蓮之詩考異字箋餘一書，固爲繼王氏異字之專著，他如馮登府三家詩異文疏證，陳喬樅四家詩異文考，江瀚詩經四家異文考補，陳玉樹毛詩異文箋，蔣日豫詩經異文，李富孫詩經異文釋，以及民國張愼儀詩經異文補釋等書，亦均詩考異字一線之研究。而淸代夏炘之詩經集傳校勘記一書，又類似專就朱子詩集傳異字加以研究者矣。❶

惟查詩考所舉朱子異字諸條：⑴上天甚神，⑵何以恤我，⑶不可休思，⑷是用不就，⑸彼岨者岐，今存朱傳本經文均未照改，僅二十卷本於經文下予以註明。八卷本並經文下亦未加註。故詩考異字箋餘作者予以推斷，今本休思仍作休息，者岐仍作矣岐，已非朱子之舊。陳啓源毛詩稽古編，又斷奚其適歸等六詩經文，確是朱子自改。而夏炘、馮嗣宗又堅持朱子實未嘗改易經字，

❶ 淸代馮登府三家詩異文疏證及三家詩異文疏證補遺各一卷，見皇淸經解；陳喬樅四家詩異文考五卷，李富孫詩經文釋十五卷，均見皇淸經解讀編；江瀚詩經四家異文考補一卷，有沈氏晨風閣叢書本；夏炘朱子詩經集傳校勘記一卷，有景紫堂全集本；周邵蓮詩考異字箋餘十四卷，有木犀軒叢書本；蔣日豫詩經異文四卷，陳玉樹毛詩異文箋十卷，均見南菁書院叢書中；民國張愼儀詩經異文補釋十六卷有薆園叢書本。

定是傳寫之誤。各持己說，莫衷一是，此首須研判者也。

淸初陳啓源毛詩稽古編，列舉集傳所載經文異字共二十六條，而道光年間夏炘加以覆案，又得二十四條，共應五十條。惟夏炘謂陳校二十六條，其中十一條今本皆不誤，故其校勘除傳文四十九條外，經文祇三十九條。是以知板本有異，則其異字亦有多寡，因而涉及集傳板本問題。

宋史藝文志，載朱熹詩集傳二十卷，今存宋本詩集傳及類似集傳義疏之元代劉瑾之詩傳通釋，朱公遷之詩經疏義，明代胡廣等之詩傳大全，淸代王鴻緒等之詩經傳說彙纂諸書，均爲二十卷，而四庫全書總目提要，又載朱子詩集傳爲八卷。今存五經讀本四書五經讀本中之朱子詩集傳諸書，以及朱子門人輔廣所撰詩童子問，亦均爲八卷。則二十卷本八卷本各有所據。然而(1)朱子所定，究爲二十卷本乎？抑爲八卷本乎？(2)陳啓源所據是何板本？夏炘所據，又是何板本？(3)二十卷本經文下所夾註異字究若干條？此外未註而經文異字者又若干字？(4)各種板本其組織異同若何？經文異字不同情形若何？以及(5)集傳經文異字究共若干？其來歷若何？此諸問題，又均須加以研討解答者也。

文開幼失怙恃，曾一度失學，長得親受業於錢穆賓四先生，涉獵經史，始稍具國學根柢。其後混迹政界，學殖荒廢。三十一年外交部派赴印度工作，暇時以賓四先生自修精神，研習印度文史，始陸續有介紹印度文化之譯著問世。三十九年，我與印度斷絕邦交，賓四先生允文開參加其在香港創辦之新亞書院工作，以家累至四十一年才離印赴港，一面任教，一面隨堂再度親炙於賓四先生。並試寫詩文舉隅小册。惜自四十二年七月奉召回外交部工作以來，未能再潛心經史，愧對恩師。今年七月二十七日（夏曆六月初九）欣逢恩師八秩大慶，擬撰有關經史研究一篇，爲恩師祝壽，竟難於下筆。近正恭讀恩師巨著朱子新學案，因思文開曾協助內子裴普賢女士撰有詩經欣賞與研究兩册，對朱子詩經學，略有心得，亟先分析上述諸問題，成此易寫之詩集傳經文異字研究一篇，以了心願。

文開生平，於賓四先生受恩最多，感恩至深，難以圖報。賓四先生之學，博大精深，比肩朱子，文開幸入其門牆，師法其治學爲人，而無所成就。這裏，只能表達我的：「高山仰止，景行行止；雖不能至，心嚮往之。」並祝其「壽比南山」的微忱而已。

二、朱子撰詩集傳時曾否更改毛詩經文問題的研判

漢代傳授詩經者，有今文學魯、齊、韓三家，古文學毛詩一家。自東漢末鄭玄爲毛詩故訓傳作箋，三家詩失勢，相繼亡佚，毛詩獨存。而自唐以來，考試經義，採孔穎達等奉詔撰之五經正義，毛詩正義（卽毛傳鄭箋孔疏之詩經注疏本）卽成爲詩學正統。宋朱熹撰詩集傳，廢毛詩小序，並放棄毛傳鄭箋孔疏而博採古今，斷以己見，另作傳注。此爲詩學之一大革命。但其經文，固仍以毛詩爲藍本也。自元代延佑科舉，詩經依朱子，而詩集傳遂爲士子必讀之書，取代了毛詩正義的地位。

朱子詩集傳地位旣高，勢力日大，書坊刊版亦多，而經傳文字，錯誤亦日甚。清代學者予以校訂，而經文與毛詩不同者，究竟那些字是朱子自改，那些字是傳寫之誤，甚至朱子詩集傳曾否更改毛詩經文問題，也提出來討論了。清代校訂朱子詩集傳的馮嗣宗、陳啓源、夏炘三家，對集傳經文何以有異字這問題的答案，是不一致的。

馮嗣宗校訂朱傳本經文十二條，其言曰：『朱子作傳時三家詩已亡，所據止毛詩本耳，不應有同異，此定是傳寫之誤。』

夏炘校訂朱傳本經文三十九條，在他的詩經集傳校勘記的緒言中說：「昔朱子作集傳，一仍注疏舊本，雖其上下古今，博取諸家，閎思眇指，卓然千載之上，而實未嘗改易經字。」

陳啓源校訂朱傳本經文十四條，在他的毛詩稽古編中駁馮氏的主張說：『余謂傳寫之誤固有之，至如不能晨夜、家伯冢宰、昊天泰憮、奚其適歸、天降慆德、降于卿士，此六條確是朱子自改，觀注語可見也。』

此外，周邵蓮的詩考異字箋餘中，也有主張朱子曾改定經字之言。漢廣篇不可休思條云：『邵蓮案詩考序謂朱子從韓詩作休思，一洗末師專己守殘之陋。今集傳本仍作休息，則又非朱子之舊矣。』天作篇彼岨者岐條云：『岐字屬下句讀，三家與說苑同。伯厚詩考序謂朱文公集傳彼岨者岐，則從韓詩，今集傳仍以岐字屬上句讀。又韓作徂訓往，朱作岨，訓險，說亦不同。然則伯厚所謂從韓詩者，作者不作矣耳。乃今行之本，仍作矣，不作者，是亦非朱子之舊矣。」

以上四家，馮、陳爲清朝初葉的人，周、夏清朝中葉人。周氏略前，夏氏略後。其著作一成於嘉慶六年，一成於道光十二年。四家之言，馮、夏二人主張朱子未改經文；陳、周二人則主張曾改經文。

這四人的主張，我們加以研析，南宋時三家詩雖亡，然其遺說與異文，尚散見歷代其他書籍中。朱子集傳中，引據古籍所引詩句以證經文的異字者甚夥，王應麟且因此作詩考，所以馮氏之言，與事實不符，不能成立。

陳氏之言，夏炘有詳密的辯駁，他說：『四庫書提要，亦謂五經之中，惟詩易讀，習者十恒七八，故書坊刊版亦最夥，其輾轉傳譌亦爲最甚，皆至當不易之論。惟陳啓源謂：「傳寫之誤固有之，至如不能晨夜，冢伯冢宰，昊天泰憮，奚其適歸，天降滔德，降于卿士，此六條確是朱子自改，觀注語可見也。」炘按朱子集傳有明知經文之誤而不敢改者，如不可休息，毛傳本作思，朱子從毛訓「思」在「漢有游女」上，又引吳氏曰韓詩作思而不擅改經文自作思也。有從他說訓經而不敢改經文者，如上帝甚蹈，國語作神❷，假以溢我，依左傳作何以恤我，而未嘗改經文蹈作神，假溢作何恤也。何獨至此六詩而改之？且就此六詩之中，以冢宰訓宰，以甚訓太，以慢訓慆，一仍傳箋之舊，何以知爲朱子之自改？降于卿士之于，朱子無訓，不能晨夜之辰，毛傳依爾雅訓時，朱子曰：「以比辰夜之限甚明。」推朱子之意，蓋訓辰爲日（成九年左傳浹辰之間，

❷ 集傳原文所引爲戰國策，夏氏誤爲國語。

杜注：辰，日也。）謂日夜之限甚明也。豈改經文辰爲晨乎？惟爰其適歸傳云：奚，何也。似改爰爲奚。不知朱子此注，原文有「爰，家語作奚」五字，見嚴粲詩緝。啓源號博古者，詩緝非僻書，竟未之見耶？大抵啓源必欲駁斥朱子，無在不與之爲難，其妄誕之說，本不足與辨，恐初學之士，不能無疑，是以考其厓略如此，而書之于後云。』

文開案：夏氏駁陳氏朱子未改東方未明篇「不能辰夜」爲「不能晨夜」，十月之交篇之「家伯維宰」爲「家伯冢宰」，巧言篇之「昊天大憮」爲「昊天泰憮」，蕩篇之「天降滔德」爲「天降慆德」，長發篇之「降予卿士」爲「降于卿士」，大多言之成理。像說明朱子訓辰爲日，文開卽可指出，朱子「辰夜之限甚明」句，卽用程子「晝夜之限非不明」之意，所以劉瑾、朱公遷都引程子語以爲朱子傳文之疏。輔廣童子問也闡釋其親聞於朱子之言曰：『且晝夜昏明之限，乃天造地設，人所當知，所當守也。』惟四月篇「爰其適歸」之爰改爲奚，確係朱子自改，其傳文不曰：「爰，何；適，之」，而曰：「奚，何；適，之也。」可爲證。至於嚴粲詩緝爰其適歸句下注有「朱氏曰爰家語作奚」八字，乃指朱子於經文中之夾注，非如夏氏以爲傳文奚字上脫「爰，家語作奚」五字也（夏氏集傳校勘記傳文「奚何適之也」條如此）。蓋朱子詩集傳元明以來，流傳最廣，亥豕之誤亦多。但如爰之爲奚，經文中既有「家語作奚」之夾註，傳文中又有「奚何」之證，則爲朱子自改明甚。不如夏氏之想像，全是傳寫之誤「未嘗改易經字」也。故宋代王應麟作詩考，已舉其不可休思等改字之例，稱其「一洗末師專己守殘之陋」。而略前於夏炘之周邵蓮作詩考異字箋餘，得以指證今本集傳，仍作休息，又非朱子之舊矣。

陳啓源氏爲必欲駁斥朱子，而指責朱子擅改經文，固屬偏見；馮嗣宗、夏炘二氏爲尊信朱子而想像朱子未嘗改易經字，亦係一味廻護之失實。尊朱子，反置朱子於守殘之行列矣。文開試舉大家都知道，而不加注意的一例，以支持周邵蓮之言。

鄭風大叔于田首章第一句，所有毛詩正義本，以至於唐石經、小字本、相臺本，都作「大叔于田」四字，只有朱熹詩集傳本删去一大字，改成「叔于田」三字。並於篇末「三章章十句」下，繫以傳文說：「陸氏曰：首章作大叔于田者誤。蘇氏曰：二詩皆曰叔于田，故加大以別之。不知者乃以段有大叔之號，而讀曰泰，又加大于首章，失之矣。」這很簡單，朱子根據陸德明的經典釋文，這句只有「叔于田」三字，而且釋文云：「本或作大叔于田者誤」，於是朱子採蘇氏推斷致誤之由，而斷然將第一句自唐以來各本都作「大叔于田」的「大」字删去，以恢復詩經的本來面目。這是所有二十卷本八卷本詩集傳都一致，而集傳的義疏本元代的劉瑾通釋、朱公遷疏義、明代的胡廣大全、清代的王鳴緒彙纂，也無不相同。這是朱子自改經文，毫無可疑，也從無人起疑的例證。❸馮嗣宗、陳啓源、夏炘等何以不據毛傳而加校正？何以都一字不提？馮嗣宗怎

---

❸ 阮元作毛詩注疏校勘記，於大叔于田條下，只說：『此詩三章共十言叔，不應一句獨言大叔。或名篇自異，詩文則同，如唐風杕杜、有杕之杜二篇之比。其首句有大字者，援序入經耳。』這明明是因朱傳之删大字而列此條，採朱傳之意而更換其辭，而一字不提朱傳者。

能說：『朱子作傳所據止毛詩本，不應有同異』？夏炘更怎能說：『朱子作集傳，一仍注疏舊本，實未嘗改易經字』？❹

凡此，文開已明確指證，朱子撰詩集傳時，曾將毛詩經文改定若干字。至於他究竟改定了那些字，以後再加討論。

三、詩集傳二十卷本與八卷本的檢討與其源流的推斷

要清楚解答有關朱子詩集傳異字的種種問題，我們得先將詩集傳的各種版本檢討一下，並將朱子撰寫詩集傳有關資料予以研閱，細心求證，才能得到比較圓滿的結果。

朱子詩集傳版本流行到現在的，一般說來，只有八卷五經本和二十卷宋本兩種。因為現在國內看得到的都是這兩種版本的影印或重印。八卷的五經本，除世界書局四書五經讀本中的詩經集傳，啓明書局五經讀本中的詩經集傳都是根據粹芬閣藏本所影印，另外有臺南綜合出版社的詩經讀本，則是根據埽葉山房藏本所重印。臺北新陸書局的銅版詩經集註，則是銅版五經讀本中朱子詩集傳的照相翻印單行本。二十卷的宋本，則有商務印書館四部叢刊中根據上海涵芬樓影印日本東京岩崎氏靜嘉文庫藏宋本的詩集傳；藝文印書館和臺灣學生書局的詩集傳，也是這同一宋本的

❹ 馮、陳、夏三氏，不論主張朱子(1)不會改經字，(2)不該改經字，(3)不會改經字，其主張的結果，是朱傳本經文與毛詩不同的異字，都該依毛詩校正。

影印。另外有中華書局的詩集傳，則是這宋本的重排版。

明淸時代，普遍流行的是四書五經讀本中的八卷詩集傳，八卷本「它山之石」作「他山之石」，「鍾鼓樂之」作「鐘鼓樂之」。因此一般文人筆下所見，都是「他山之石」「鐘鼓樂之」等成語，無作「它山之石」「鍾鼓樂之」的，影響所及，至今還是如此。但自從商務印書館借照日本宋本二十卷詩集傳影印出版以來，現在市上反而八卷本詩集傳少見了。因爲一般人心理，總覺宋本比較可靠。但依朱子「簡約易讀」的主張來衡量，或者八卷本反而是朱子晚年所删定，而這宋本却是廢序後集傳的初稿。所以四庫全書所採朱子詩集傳就是八卷本。當然，現存的八卷本和二十卷本又都有若干處已非朱子原來的面目了。

二十卷本與八卷本最大的不同，在經文中夾註的部分，和經文異字的多寡；傳文部分，差不多完全相同。只有少數經文異字的傳文也跟着更改，例如關雎鍾鼓樂之八卷本改鍾作鐘，傳文：「鍾，金屬」，亦改爲「鐘，金屬」。

八卷本經文中夾註的有兩種性質的文字，一種是經文註音，另一種是經文協韻。二十卷本則除這兩種文字外，又夾註有經文異字的說明，和特殊絕句（斷句）的所在。而註音的文字，八卷本與二十卷本又略異。八卷本多用直音，二十卷本多用反切。例如關雎篇首章經文有雎、窈、窕、逑四字註音；八卷本所註爲雎音疽，窈音杳，窕徒了反，逑音求，計三直音，一反切。二十卷本則多寡相反，計三反切一直音，所註爲雎七余反，窈烏了反，窕徒了反，逑音求。所以夾註部分，只有協韻一種是相同的。

朱子詩集傳較毛詩注疏大爲簡約，而八卷本又較二十卷本更爲簡約。

我們試先查看清儒王懋竑的朱子年譜，根據詩集傳序朱子所記年月爲淳熙四年丁酉冬十月，所以年譜將「詩集傳成」四字，繫在宋孝宗淳熙四年（西元一一七七年）朱子四十八歲那年上，但這四字只指朱子所成尊序的詩集傳初稿。因爲宋本二十卷詩集傳前未載此自序，序文只留存在文集之中，而文公之孫朱鑑詩傳遺說注云：「詩傳舊序」。所以年譜加以說明云：「此乃先生丁酉歲用小序解經時所作，後乃盡去小序，故附見於辨呂氏詩說之前。」蓋初時朱子與呂祖謙共研詩經，同尊小序，後來分道揚鑣，遂辨呂說之非，然朱子廢序集傳，仍有引呂氏語留存，而呂氏家塾讀詩記中亦有載朱子未廢序前語也。

那末，廢序本的詩集傳究竟成於何時呢？據朱子年譜考異云：(1)『按朱子明（鑑字子明）詩傳遺說，集傳序乃舊序，此時仍用小序，後來改定，遂除此序不用。今考序言：「自邶而下，國之治亂，人之賢否，有是非邪正之不齊。」又云：「善者師之，而惡者改焉。」則亦不純用小序。但不斥言小序之非，而雅鄭之辨，亦略而未及。以讀詩記後序，及讀桑中篇考之，其爲舊序無疑，編文集者，既不注明，而大全遂冠此序於綱領之前，坊刻並除綱領，而祇載舊序，其失朱子之意益遠矣。今考遺說而附正之。』(2)『按乙未與呂伯恭書，朱子年四十六矣，又二年丁酉作詩傳序，則必有改正。然讀詩記皆載朱子舊說，而丁酉舊序，亦後來所不用。至壬寅書讀詩記後，乃致其疑。甲辰作桑中後記，則盡斥小序之非是。今本蓋自甲辰之後所修正也。壬寅，朱子年五十三，甲辰年五十五。語類李煇錄云：「某自二十歲時讀詩，便覺小序無意義，其後斷然知小序之出於漢儒所作。」(3)『又按庚子與呂伯恭書，已力辨小序之非，書讀詩記後及記桑中篇，皆本於此，而以答潘文叔、潘恭叔書考之，則今本必修於甲辰後。而丁未與呂子約書言詩說久已成書，則其成在丁未以前也。又考與李公晦書，則甲寅以後更有修改。而葉彥忠書，又有新本舊本之異，此書不詳其時，然當在甲寅後也，馬氏文獻通考云：「南康本出胡泳伯量家，更定幾十之一，不知卽此新本否？」今所更定不同處，皆不可得而見，詩傳中亦間有一二可疑處，亦無從考矣。』

據此則知朱子於孝宗淳熙四年丁酉四十八歲時僔序詩集傳初稿成，撰詩傳序。及淳熙十一年甲辰五十五歲，而重寫廢序詩集傳，至淳熙十四年丁未五十八歲時早已完成。但到光宗紹熙五年甲寅六十五歲以後又有修改。所以元人馬端臨尙見有南康本與通行本有十分之一歧異。

現在我們的推斷，朱子甲辰年五十五歲廢小序的集傳是二十卷本，甲寅年六十五歲以後的更定本，則是八卷本。其理由爲朱子一向主張詩經要簡約易讀，而其所以自元代延祐定科舉，用朱書以取士，與朱書簡約易讀，也有關係。所以五經讀本中的詩經，就是採其最後更定較二十卷本更爲簡約的八卷本。甲辰年朱子答潘文叔書云：『詩亦再看舊說，多所未安，見加刪改，別作一小書，庶幾簡約易讀，若詳考卽自有伯恭之書矣。』這刪改所成，就是廢小序的二十卷詩集傳。

也就是庚戌年朱子六十一歲時刻四經四子書于郡中所刻的詩經。書臨漳所刊詩經後云：『熹嘗病今之讀詩者，知有序而不知有詩也。故因其說而更定此本，以復於其初，猶懼覽者之惑也，又備論於其後云。』甲寅以後朱子又與李公晦書云：『詩說近修得國風數卷，舊本且未須出。』又與葉彥忠書云：『詩傳兩本，煩爲以新本校舊本，其不同者，依新本改正。有紙三十副在內，恐要帖換也。』這新本就是更爲簡約的八卷本詩集傳，其更定又幾十之一。原來朱子生於高宗建炎四年庚戌歲（西元一一三〇年），十八歲即中進士，二十歲時讀詩便覺小序無意義。但到五十五歲才開始撰寫廢序詩傳，庚戌六十一歲時才正式刻印。到甲寅六十五歲以後，又更定幾十之一，改爲新本。他卒於寧宗慶元六年庚申歲（西元一二〇〇年），享年七十有一。這詩傳新本，也是他晚年所改定。

毛詩正義，確實繁冗難讀，所以朱子撰廢序詩傳。二十卷的已簡約易讀，而八卷本詩旨內容雖無改變，文字却更爲簡省。二十卷的讀音多用反切，而八卷本則改爲多用直音。所以朱子逝世後門人所遵守的是八卷本（輔廣詩童子問，即用八卷本），延祐以來明清士子所誦習的是八卷本，四庫全書所收也是八卷本。可是元明以來研究朱子詩傳，却要依據二十卷本詩集傳，才可探索朱子詩傳綱領所在，異文所據。所以朱子門人輔廣，記下他親聞於朱子的詩說，逐篇逐章加以闡述，撰成詩童子問一書，雖依八卷本分爲八卷，（另加卷首詩傳綱領，卷末協韻考異，四庫全書提要遂稱其書爲十卷。）而元人劉瑾撰詩傳通釋，朱公遷撰詩經疏義，便都改用二十卷本集傳了。明朝永樂年間，翰林學士胡廣等奉敕撰詩經大全，卽以劉瑾書爲藍本，因此詩經大全也是二十卷本。而淸朝康熙六十年戶部尙書王鴻緖等奉敕撰詩經傳說彙纂，也沿用詩傳二十卷本。元人劉瑾朱公遷的書，已經等於毛詩有了毛傳鄭箋，等到詩經傳說彙纂出來，朱子的詩集傳便也等於毛詩有了正義本了。這是推斷朱子詩集傳二十卷本與八卷本流傳情形的概述。

現在我們再要探索的是詩集傳二十卷本和八卷本原書版本的失眞經過，及這舊本與新本更定文字幾十之一的考察。

前曾提及王懋竑朱子年譜考異有云：『按朱子明詩傳遺說，集傳序乃舊序，此時仍用小序，後來改定，遂除此序不用。編文集者，旣不注明，而大全遂冠於此序於綱領之前，坊刻並除綱領，而祇載舊序，其失朱子之意益遠矣。』則朱子廢序詩集傳卷首，原有綱領而無自序。今坊本胡廣詩經大全卷首已無綱領（綱領移置卷末）而先載詩傳大全序，卽淳熙四年丁酉冬十月朱子所作尊序詩傳舊序。王鴻緖詩經傳說彙纂，則卷首分上下。卷首上，仿大全載凡例，引用先儒姓氏、詩傳圖、諸國世次圖、作詩時世圖等；卷首下，則載綱領、大序、詩傳舊序。但其綱領中列引者爲：虞書、班固、鄭玄、孔穎達、黃櫄、禮記、論語、司馬遷、王通、歐陽修、邵子、程子、陸德明，以至數度自稱朱子曰，並及朱子以後諸儒王柏、黃震、宋濂、何楷諸人諸書語。則此綱領決非朱子之舊。惟朱公遷詩經疏義，劉瑾通釋卷首所載詩傳綱領，則依次引大序、舜典、周禮、禮記、論語、孟子、程子、張子語，至上蔡謝氏而止，並各爲之註。所引相同，無朱子曰及朱子以後人語，而所註各別。其為朱子詩集傳原有綱領無疑。劉書詩傳綱領後又有「詩傳通釋外綱領」，則載有朱子曰數條，已明示為劉氏所增列，故名曰「通釋外綱領」。書前並載有淳熙四年朱子舊傳自序，標題為詩傳通釋序。則引此舊序加於新詩傳之前者，蓋始於劉瑾，詩經大全，則承襲之耳。

朱傳二十卷本之有綱領，觀朱子語類卷八十問時舉看文字如何等條「詩傳今日方看得綱領」等句，卽可證實，而朱子明詩傳遺說亦首載綱領僅舜典、論語、孟子三者，其下若干條，乃子明所加朱子語類中語等。而所載論語亦僅七條，較朱公遷疏義劉瑾通釋之均載十條者少三條。蓋當時詩傳二十卷本卷首綱領未失，人人可讀，此詩傳遺說之所以載此綱領一項者，乃輯朱子於詩傳以外之所述，以為補充者。故其於舜典條下則採文集書說，而註云：「今見詩傳而此註說為誤。」於論語七條，則採四書集註，而註云：「今見詩傳而註說小不同，故備載之」。於孟子條下則採四書集註，而註云：「今詩傳經文同而註闕。」而朱子詩傳綱領各條下，除所引經文外，尙有朱子詮釋闡發語，此則不載，例如詩傳綱領論語：「吾自衞返魯，然後樂正」一條下，原有「前漢禮樂志云……其言如此」，及「史記云古者詩三千餘篇，……以為鑒戒耳」，兩段，而遺說綱領此條下改用四書集註：「魯哀公十一年冬，孔子自衞反魯，……故歸而正之」一段，輔廣童子問詩傳綱領所列大序、舜典、周禮、禮記等次序全同，論語十條亦全，惟其下朱子詮釋闡發語亦不載，而改用己意作註。例如反魯正樂條下，輔氏此自註云：「此一節孔子自言其正詩之事，……未深考爾」。蓋子明與輔廣均宋人，當時詩傳綱領俱在，故無須全引。而元代集傳八卷本流行，故綱領全引。余所據通釋疏義童子問皆四庫本，遺說則通志堂本，王懋竑所見坊刻大全，與余所見者不同，四庫大全，則載綱領於卷首，一如通釋。通釋疏義綱領下，均有朱子詮釋闡發語，其下又各加註，而大全之註，較通釋義疏，累積更多。此朱子詩傳綱領，宋元明淸書所載逐漸增繁之大概也。

我們的推斷，朱子廢小序的新傳舊本即二十卷本詩集傳，是卷首只有綱領而無自序。而新傳新本，即八卷本詩集傳，是卷首非但無自序，連綱領也省掉的。但是後來元劉瑾首先把爲尊小序舊傳所寫的自序，從晦庵文集中找出，加在他所撰詩傳通釋的最前面。於是詩經大全承襲通釋，詩經傳說彙纂，也把此舊序置於卷首下綱領大序之後，集傳正文之前。延祐以來四書五經讀本的詩經讀本前面的詩集傳序，也是這新書舊序的風氣下所形成。所以現在八卷本詩集傳前面的序，非朱子原本所有，輔廣詩童子問八卷前面的綱領已經是借用二十卷詩集傳卷首所有，缺朱子詮釋，但又加註，以述朱子說詩之詳。現存宋本二十卷詩集傳前無序文是對的，但連綱領也去了，那大約又是翻刻者錯誤的賣弄。

查現存商務、藝文、學生三家所印宋本二十卷詩集傳，是淸季所發現中有殘缺加以影鈔的古本，也非全然是臨漳所刻之原來面目，前面雖無序文，却也無綱領。商務版書後附有道光戊申（二十八年）秋七月海寧吳之瑗跋文，說「或爲宋本而元時翻雕者。」商務此書係上海涵芬樓影印中華學藝社借照日本東岩崎氏靜嘉文庫藏宋本再加影印。那末，此書原本，道光以後，又已流落日本。其中文開特別注意到的一點，是何彼穠矣的穠字，是現存宋輔廣童子問、元劉瑾詩傳通釋，明胡廣詩經大全，清王鴻緒詩經傳說彙纂等書以及五經本均作穠者，而此宋本獨作襛字，而又字體不正，其示旁，似爲禾旁刻損之殘形，與其他福神等字示旁完全不同。篇名一襛字，經文中二襛字，傳文中一襛字，一篇之中所有四襛字完全如此。這是有人將藏板加以改造的痕跡。推斷其所以如此改造，是元人梁益詩傳旁通卷一何彼穠矣篇中有穠字一條云：「古註本皆作襛，音戎，而中切；音濃，則尼容切。」因而作假之人，就將書中穠字改造成襛，以示此書爲宋本。卷首所刻綱領，或亦有意除去，以證其古。另外麟趾首章的傳文「振振」下闕「仁厚貌于嗟歎辭」七字，而其空隙補上了「九曰黻皆繡於裳」七字。而且此地又漏了一個圓圈，未與以下詩柄隔開。其版本之不完善，可知一斑。卽此兩點，文開已不信其爲原來的宋本，更非朱子之原刻。吳之璦以爲「宋本而元時翻雕者」可信。

至於詩集傳臨漳所刻舊本，與甲寅以後新本，更定幾乎十之一，這是朱子更求簡易，以供初學誦讀之故。以今考之，二十卷舊本，經文中夾註，凡有四類：一爲讀音，二爲叶韻，三爲異字，四爲絕句。八卷新本，爲求簡易，將異字絕句夾註，悉數刪去，讀音儘量改反切爲直音，而經文中僻字，也往往逕改爲當時通行之字。如改「取彼狐貍」的貍爲狸，「婁豐年」的婁爲屢，「鍾鼓樂之」的鍾爲鐘，卷首的綱領也省掉了。而只有經文中夾註的叶韻和全部傳文，保留原樣，未加改動。因此將舊本簡省爲新本，更定幾乎有十分之一。

現在中華書局的二十卷詩集傳，是宋本的校改重排本，雖也前有舊序，而非依據劉瑾胡廣王鴻緒等書中集傳部分編印。這也有明顯的證據。例如大雅文王篇第四章「假哉天命」句，假字下，劉胡王等書的夾註都是「古雅反」三字，獨此宋本集傳，却漏掉「反」字，只註「古雅」兩字，中華重排本也是「古雅」兩字，未將反字補上。宋本麟趾篇首章傳文錯七字，中華重排本是根據他本改正了。但又因襲宋本，此處又漏了一個隔開前後文的圓圈。所以文開判定這中華重排本，所依據的是宋本而加以校改若干字的。其中更改的經文，文開曾略加校對，有宋本襛字校改爲襛，總字校改爲總，聰字校改爲聰等。但宋本沔水篇特有的鳩字却照舊，未改作鴥。

最後，我們試將朱子詩集傳二十卷本與八卷本分卷情形列表於下，以見其異同之所在。

朱子詩集傳分卷異同表

二十卷本	八卷本
卷一國風　周南　召南	卷一同
卷二　邶 卷三　鄘　衛 卷四　王	卷二（異）——二卷半合爲一卷

卷五
卷六
卷七
卷八

鄭
齊
魏
唐
秦
陳
檜
曹
豳
} 卷三（異）—四卷半合爲一卷

卷九小雅鹿鳴之什
白華之什
} 卷四（同）

卷十　彤弓之什
卷十一　祈父之什
卷十二　小旻之什
卷十三　北山之什
卷十四　桑扈之什
卷十五　都人士之什
} 卷五（異）—六卷合爲一卷

卷十六大雅文王之什
卷十七　生民之什
} 卷六（異）—二卷合爲一卷

卷十八　蕩之什—卷七（同）

卷十九頌周頌清廟之什
周頌臣工之什
周頌閔予小子之什 ｝卷八（異）—二卷合爲一卷
卷二十　魯頌
商頌

附錄：

⑴二十卷本分卷情形，劉瑾詩傳通釋、朱公遷詩經疏義、胡廣詩經大全、王鴻緒詩經傳說彙纂、商務、藝文、學生、中華詩集傳均相同。僅鐘鼎文化出版公司印行詩經傳說彙纂與四庫全書小異，卷一周南召南分成兩卷，因此成爲二十一卷本。流傳八卷本分卷情形均相同。惟宋輔廣詩童子問，未載朱傳原文，其分卷所標爲：卷首：詩傳綱領，卷一：國風周南、召南、邶，卷二：鄘、衞、王、鄭、齊、魏，卷三：唐、秦、陳、檜、曹、豳，卷四：小雅鹿鳴之什，白華之什，彤弓之什，祈父之什，卷五：小旻之什，北山之什，桑扈之什，都人士之什，卷六：大雅文王之什，生民之什，卷七：蕩之什，卷八：周頌三什，魯頌，商頌，卷末：協韻考異。僅六七八三卷與流行八卷本同，此或朱子原分八卷情形。

⑵八卷本詩集傳前本無綱領，輔廣將二十卷本綱領擴充之，置於詩童子問卷首，非朱子綱領

本來面目。劉瑾通釋所據爲二十卷本詩集傳，故先載其原有詩傳綱領，而又自撰外綱領附入，眉目極清。朱公遷二十卷疏義所載綱領完全與通釋同，惟二人所加註釋有異，足證此確爲朱子二十卷集傳前原有朱子所撰之綱領。

(3) 文開所據詩童子問、詩傳通釋、詩經疏義，均爲商務書館影印四庫全書珍本，詩傳大全則爲古吳菊僊書屋藏板本，扉頁大字又爲詩經大全。詩經傳說彙纂則爲臺北鐘鼎文化出版公司影印國立臺灣大學藏本。

(4) 八卷的埽葉本集傳，經文與粹芬閣五經本亦略有歧異，例如穠作襛，岨作徂，登作登等。其最大不同，埽葉本爲便初學，更於上方眉批處加印傳文注音，例如關雎首章傳文：「興也」，「列女傳以爲人未嘗見其乘居而匹處者。」眉批處卽加印傳文注音：「興，去聲，後倣此。」「傳去聲，下同。乘去聲，處上聲。」有時亦補印經文注音，例如：「螽斯羽，薨薨兮」，眉批處補注：「薨音烘。」

(5) 八卷的銅板本集傳，經文與粹芬閣五經本亦略有歧異。例如：巧言「悠悠昊天」，昊作旻；召旻「旻天疾威」，旻作昊；殷武「罙入其阻」，罙作采等。

(6) 集傳八卷本係就二十卷本刪除經文異字夾註，今存各種八卷本於月出篇經文末句「勞心慘兮」，慘字下兮字上，仍有「當作懆，七弔反」的異字夾註，是刪除未淨所留痕跡。

(7) 最近又蒐購得新出版的八卷本詩集傳兩種本子，其一爲臺北縣大方出版社印行的詩經讀本，標明朱熹集傳，可推斷爲自五經讀本中抽出單行者。其二爲臺南市北一出版社發行的仿古字版詩經集註，標爲朱熹集註，但卷首朱子序文，仍標題爲詩經傳序。二者爲同一仿宋體版本的影印，經與粹芬閣本校對，可知原版爲五經讀本之較佳者。蓋異字甚少，字亦清晰悅目，非新陸銅版影印的模糊而多錯字，不可同日而語。其異字除椒聊篇實大且篤，實字改正爲碩；鴇羽篇父母何甞，甞字改爲常用之嘗；其餘蓼蕭篇沖沖，泮水篇茷茷，均依二十卷本作沖沖茷茷。

四、陳啓源所校詩傳係大全本、夏炘所校係五經本考

毛詩稽古編中陳啓源所校詩集傳經文異字二十六條，爲馮嗣宗所校十二條，加上陳氏自校之十四條。但據夏炘詩經集傳校勘記，馮校十二條中下列六條：

(1)王風君子于役篇「羊牛下括」羊牛誤作牛羊，
(2)齊風東方未明篇「不能辰夜」辰誤作晨，
(3)小雅我行其野篇「求爾新特」爾誤作我，
(4)小雅正月篇「胡然厲矣」然誤作爲，
(5)小雅小旻篇「如彼泉流」誤泉流爲流泉，
(6)大雅抑篇「如彼泉流」亦誤爲流泉。

以及陳校十四條中下列五條：

(7)召南野有死麕篇「無使尨也吠」尨誤作厖。

(8)小雅楚茨篇「以享以祀」享誤作饗，

(9)小雅采菽篇「福祿膍之」膍誤作媲，

(10)小雅緜蠻篇「畏不能趨」趨誤作趍，

(11)周頌我將篇「既右饗之」饗誤作享。

兩共十一條今本皆不誤。陳啓源係康熙時諸生，夏炘書成於道光十二年，相隔百餘年，百餘年前的詩集傳經文與百餘年後的經文，二十六條中竟有十一條的差異，所據定是兩種版本，因爲如果是依據陳校而將陳所據版本改正過的改正本，則二十六條應該全部改正，不會只改不重要的十一條的。

於是文開試將現存五經本、宋本以及劉瑾詩傳通釋、朱公遷詩經疏義、胡廣詩傳大全、王鴻緒詩經傳說彙纂四書，查對這十一字的經文，列成一表，就顯露出夏炘所據爲五經本，而陳啓源所據爲詩傳大全。

詩集傳經文夏炘覆校陳啓源十一條版本檢驗表

板本	羊牛下括	不能辰夜	求爾新特	胡然厲矣	如彼泉流（小旻）	如彼泉流（抑）	無使尨也吠	以享以祀	福祿膍之	畏不能趨	既右饗之
五經本	✓	✓	✓	✓	✓	✓	✓	✓	✓	✓	✓
宋本	✓	✓	✓	✓	✓	✓	✓	饗	✓	✓	享
通釋本	✓	晨	✓	✓	✓	✓	✓	饗	✓	✓	享
疏義本	牛羊	晨	✓	爲	✓	流泉	✓	饗	✓	✓	享
大全本	牛羊	晨	✓	爲	流泉	流泉	厖	饗	✓	趍	享
彙纂本	✓	✓	✓	✓	✓	✓	✓	饗	✓	✓	✓

觀前表，夏炘所據爲八卷五經本，十一字均不誤，完全正確。陳啓源所據爲二十卷大全本，則羊牛誤牛羊，辰誤晨，然誤爲，兩泉流均誤流泉，尨誤厖，享誤饗，趨誤趍，饗誤享，均符合；僅爾未誤我，膍未誤媲二條不符。文開所據詩傳大全爲徐九一先生訂古吳菊僊書屋藏版本，則陳氏所據又係另一大全本，或徐九一未校訂前的這一版本。至於四庫大全本，則九處誤刻，已校正六處，而表中大全獨有之小旻死麕兩篇錯字依舊（餘一未改者爲楚茨之饗字）足證陳氏所據者爲大全本也。

中華本埽葉本銅版本也曾查對，查對結果，中華本同宋本，埽葉本銅版本同五經本。

五、夏炘三十九條異字的覆案

前已言夏炘校勘記自述共校正經文爲三十九條，現既知其校勘，僅爲朱傳八卷五經本之經文，不符於毛詩注疏者，而夏書中所校經文，實際又共計四十一條，何以其數又與緒言所述不符，此一問題亦可摸索出它的答案來。蓋夏炘校勘朱子詩集傳，其體例完全模仿阮元毛詩注疏校勘記，遂受阮書影響，而於無意中越出毛詩注疏本範圍，又將阮氏校出毛詩注疏本經文錯字二條，併來校正朱傳五經本經文，所以成爲共校經文四十一條與緒言自述三十九條之不符現象。這越出緒言的兩條，其一爲「七月鳴鵙」（豳風七月），鵙字爲朱傳五經本與毛詩注疏本所同，但阮氏校勘記校正鵙字爲鶪字之誤。阮校云：『唐石經作鶪，是也。五經文字云，鶪，伯勞也，與說文合可證。』夏氏案語曰：『炘案宋明各注疏，俱作鵙，嚴氏詩緝亦作鵙，則此字之誤已久矣。』另一條爲：「旻天疾威」（小雅雨無正）旻字爲朱傳五經本與毛詩注疏本所同，但阮氏校勘記云：『唐石經相臺本旻作昊。案此從釋文作旻者誤。』夏氏案語曰：『炘案此詩「浩浩昊天」，下章「如何昊天」，無緣此處忽變言旻天，集傳昊，亦廣大之意，更不見旻字之注，則朱子必從石經作昊天無疑，寫者以形相似亂之。』文開案，此因受下一篇小旻首句「旻天疾威」之影響，致誤昊爲旻。

其餘三十九條，則夏炘均爲將朱傳八卷五經本與毛詩注疏本校勘而得，玆列其條目對照如下，並作簡單案語。

編號	朱傳五經本	毛詩注疏本	案語
⑴周南關雎	鐘鼓樂之（鐘）	鍾鼓樂之（鍾）	炘案說文鍾酒器，鐘樂器，雖分別不紊，然經傳相承，多借鍾爲鐘。文開案：經傳鐘鍾兩字混用，朱子據說文定此句爲鐘，嚴粲詩緝，毛詩明監本從之，是也。
⑵周南葛覃	薄污我私（污）	薄汙我私（汙）	文開案：玉篇：从亏者古文，从于者今文。
⑶召南何穠	何彼穠矣（穠）	何彼襛矣（襛）	文開案：襛爲衣厚，穠乃植物之濃盛。五經文字云：『穠見詩風』，高本漢詩經注釋：『穠字御覽、白帖與文選注引毛傳如此。今本毛詩作襛是錯字』。文開試檢太平御覽第一五二卷。公主上第三條引詩三稱「何彼穠矣」，五四〇卷婚姻上第三條引詩二稱「何彼穠矣」，七七二卷車部第十二條一引「何彼穠矣」，果均作穠不作襛，惟八三四卷的第一條一稱「何彼襛矣」，从衣不从禾。
⑷鄘風定中	終焉允臧（焉）	終然允臧（然）	。焉然古通，孟子離婁篇眸子瞭焉眊焉，白帖引作瞭然眊然。夏校曰：『馮校焉當作然，阮氏校勘記自閩本以上皆作然，明監本以下始誤然爲焉。』文開案：集傳除八卷五經本作焉外，其他宋本通釋本疏義本彙纂本等均作然，然則毛詩明監本之作焉，應是從集傳五經本所改。

(5)衞風竹竿　遠父母兄弟（弟韻）遠兄弟父母（母韻）毛詩注疏本遠兄弟父母，母古音米，右古音以，固相爲韻。而相臺本以弟與右爲韻，亦無不可。但考集傳八卷本弟字下仍有叶滿彼反四字，此正母字古音，而今存宋本集傳經文亦仍作兄弟父母，可證朱子未改毛詩，五經本乃後人以朱子重倫理，不宜書父母于兄弟之下，故以意改之耳。

(6)魏風園桃　不知我者（知我）不我知者（我知）毛詩阮元校勘記以相臺本等作「不知我」爲非。文開案：不我知固合於先秦文法，但作不知我亦可，王風黍離即其例。夏炘舉宋高宗御書石經殘本作「不知我者謂我士也驕」「不知我者謂我士也罔極。」以證南宋最初即流行爲「不知我」，則朱子集傳原文作「不知我」乃異文，非譌誤。證之蘇氏詩傳，王氏總聞，嚴氏詩緝均作「不知我」可知。今存宋本作「不我知」，諒係明代重刻時依毛詩校改者。

(7)唐風揚水　白石粼粼（粼）白石⿰粦巜⿰粦巜（⿰粦巜）夏校曰：『粼粼當作⿰粦巜⿰粦巜。阮氏校勘記唐石經宋小字本十行本相臺本俱作⿰粦巜，閩本明監本毛本始誤作粼粼。炘按：說文巛部無粼字，巜部⿰粦巜，水生厓石間。』集傳宋本作⿰粦巜⿰粦巜，彙纂本埽葉本同。朱子時詩經此句無作粼者，五經本作粼，係傳寫之誤。

(8)唐風椒聊　實大且篤（實）碩大且篤（碩）夏校曰：『前章碩大無朋，不誤，此實字係傳寫之誤。』夏校是也。依文理應作碩。五經本以外宋本、通釋本、疏義本、彙纂本、埽葉本均作碩未誤。

⑼陳風東楊　明星晢晢（晢）明星晢晢（皙）文開案：晢晢誤。蓋晢音析，淸晢義；晢音制，毛傳：晢晢，猶煌煌也。朱傳襲之。宋本作晢不誤。五經本雖作晢，仍音制，可證係傳寫之誤，非朱子異字。

⑽豳風七月　取彼狐狸（狸）取彼狐貍（貍）文開案：廣韻雖定狸爲貍俗字，但古籍已多用之。禮內則「狸去正脊」，襄十四年左傳「狐狸所居」，莊子逍遙遊「子獨不見狸狌乎？」均其例。朱子集傳主簡省，此五經本狸字諒非傳寫之誤。

⑾豳風東山　亦可畏也（亦）不可畏也（不）文開案：覩傳文：『室廬荒廢至於如此，亦可畏矣。』則五經本作亦，當係朱子有所根據而改定。當時王氏詩總聞亦作「亦可畏也」。

⑿豳風伐柯　我遘之子（遘）我覯之子（覯）文開案：覯五經本下一篇九罭仍作「我覯之子」，則此遘乃覯字傳寫之誤。

⒀小雅鶴鳴　他山之石（他）它山之石（它）文開案：它古他字。正韻、正字通，他同佗它，三字相通。詩經他它兩字均用。集傳通釋本、疏義本、大全本均作他，則可能朱子自二十卷本已改它爲他矣。毛詩明監本毛本亦作他，或係從朱子。

⒁小雅鶴鳴　其下維穀（穀）其下維穀（穀）此穀係樹名，从木不从禾。五經本、宋本均誤。通釋本、疏義本、大全本、彙纂本均不誤。

⒂小雅祈父　靡所底止（底）靡所厎止（厎）毛詩自相臺本以上作底，閩本明監本以下作厎。文開案：嚴粲詩緝亦作底，則南宋此字已流行作底，朱傳各本均作底，乃經文異字，蓋底厎兩字互通。

⒃小雅我行　言歸思復（思）言歸斯復（斯）文開案：思斯均爲語助詞。此處集傳各本均作思，則爲集傳之異文也。張愼儀詩經異文補釋謂集傳改斯爲思，本諸易林。

⒄小雅我行　亦秖以異（秖）亦祇以異（祇）文開案：毛詩注疏本作祇，毛傳祇，適也。阮校稱：唐石經作衹，从衣从氏，宋以後俗本又多作祇，非古，至各體从氏，尤繆極。而未提秖字。考正韻秖，旨而切，並音支，適也。則集傳作秖，可通，乃經文異字，故疏義本、大全本均作秖。

⒅小雅斯干　無父母貽罹（貽）無父母詒罹（詒）文開案：陸德明經典釋文：『詒，本又作貽，以之反，遺也。』山井鼎考文本，卽作無父母貽罹，集傳八卷本作貽，異字也。

⒆小雅十月　朔日辛卯（日）朔月辛卯（月）鄭箋：周之十月，夏之八月也，八月朔日，日月交會而日食。』日食在「朔日」，作「朔月」而以月朔釋之，不如逕作「朔

日」之爲明順。據阮元毛詩校勘記，毛本作日。文開案：此字汲古閣本，毛本均作日，唐石經已損缺，其字爲日爲月，均有可能。集傳八卷本作日，二十卷本通釋、疏義、大全、彙纂亦均作日，則日爲經文異字，朱子所定，宋本作月，則明代重刻者依毛詩注疏本所改矣。

⒇小雅十月　家伯冢宰（冢）家伯維宰（維）文開案：毛詩鄭箋孔疏均釋宰爲冢宰。集傳各本，或作冢，或作爲，或作維，作冢作爲者，其傳寫之誤歟。

㉑小雅小弁　鞠爲茂草（鞠）鞫爲茂草（鞫）毛傳：鞫，窮也。陸德明經典釋文作鞠，九六反，窮也。蔡邕述行賦亦作鞠。宋人嚴粲詩緝，李迂仲黃實夫毛詩集解等均作鞠。集傳八卷本及二十卷通釋本、疏義本、大全本皆作鞠，則鞠爲鞫之異文。

㉒小雅巧言　亂如此憮（憮）亂如此幠（幠）文開案：集韻：憮，荒乎切，音呼，大也。毛詩閩本作憮，嚴粲詩緝亦作憮，可證南宋流行作憮。集傳所有八卷本二十卷本皆作憮，朱子所定異文也。

㉓小雅巧言　昊天泰憮（泰憮）昊天大幠（大幠）夏炘曰：『阮氏校勘記、宋十字本、相臺本、閩本、明監本、毛本俱作大。唐石經小字本作泰。按釋文云：大音泰，本或作泰。正義云：而泰憮言甚大，是其本作泰字。炘按：从大者釋文本也；从泰者，正義本也。詩緝亦作泰。』文開案：集傳各本均作泰，係經文異字。幠

作憮見前條。

(24)小雅何斯　俾我祗也（祗）俾我祇也（祇）毛傳：祇，病也。鄭箋：祇安也。朱傳從鄭箋訓安。文開案：正字通：祗與祇通。郝敬曰：祗从氏下一，韻書別出，其實同。集傳通釋本、疏義本、大全本均作祗，則非傳寫之誤，係異字。蓋解經有同字異訓者，此祇訓病訓安是也，有異字同訓者，此祇祗均訓安是也。

(25)小雅四月　奚其適歸（奚）爰其適歸（爰）文開案：集傳八卷本、二十卷疏義本、大全本經文均作奚。疏義本經文奚字下夾註云：「家語作奚」，而傳文亦逕云：「奚，何；適，之也。」則朱子係認爰爲奚之形誤，旣改經文爰爲奚，又加夾註，以明其出處者。今存宋本經文仍作爰，乃明代重刻時依毛詩校改者。

(26)小雅楚茨　旣匡旣敕（敕）旣匡旣勑（勑）儀禮少牢饋食禮疏引詩作「旣匡旣敕」，玉篇云：『敕，今作勑。』集韻、正韻：勑，蓄力切，音敕，誡也。又正韻：誡也、正也、固也。又通作敕。集傳各本此字皆作敕，朱子所定異文也。

(27)小雅漸石　不遑朝矣（遑）不皇朝矣（皇）鄭箋：皇，王也。朱傳異訓，釋不皇爲不暇。故逕改經文爲不遑，以求明順。集傳各本均作遑。文開案：山井鼎考文古本皇亦作遑。

(28)大雅棫樸　奉璋峩峩（峩峩）奉璋峨峨（峨峨）文開案：峨爲从山我聲形聲字，山字在上在左，本無區別，不能算異字，也非傳寫之譌誤。而清儒重考證，必細加校勘，視爲譌誤。但我們觀察，唐石經宋小字相臺等俱作峨，而閩本以下已作莪，則集傳之作莪，或朱子當時所定，仍當作異文視之。

(29)大雅棫樸　渒彼涇舟（渒）淠彼涇舟（淠）文開案：正字通：渒，淠字之譌。今集傳各本，除作淠外，作滭作渒者皆誤。

(30)大雅皇矣　以篤周祜（無于字）以篤于周祜（有于字）陳校篤下脫于字。文開案：今存宋本、通釋本、大全本、彙纂本，皆不脫于字。

(31)大雅生民　于豆于登（登）于豆于登（登）毛詩相臺本作登其他皆作登。毛居正六經正誤云：作登誤，登降之登从癶，豆登之登从肉，从又。又說文有𢍚字，即其古字。或作登，見集韻。文開案：集傳登八卷本十二卷本皆作登，乃經文異字。

(32)大雅卷阿　鳳凰于飛（凰）鳳皇于飛（皇）文開案：皇爲古文，凰爲今字。朱子從俗，故詩經鳳皇均作鳳凰，非傳寫之誤。

(33)大　雅　蕩　天降慆德（慆）天降滔德（滔）毛傳：滔，慢也。朱傳，慆，慢也。文開案：滔爲慆之同音假借，故朱子集傳二十卷本八卷本均用慆字，以求明順。

(34)周頌天作　彼岨矣岐（岨）彼徂矣（徂）文開案：毛詩注疏本作徂，且係三字句，而集傳作岨，改從沈括夢溪筆談引後漢書朱輔疏作「彼岨者岐」，岐字絕句，成四字句。徂岨異字。據周邵蓮詩考異字箋餘，集傳原本必矣作者，亦異字。今存集傳各本，除五經本作岨外，二十卷本中大全本彙纂本亦作岨。

(35)周　頌　桓　屢豐年（屢）婁豐年（婁）文開案：屢爲婁之通用字，但左傳宣十二年引詩亦作屢。毛詩閩本亦作屢，八卷本集傳朱子從俗用屢字。二十卷本疏義、大全、彙纂遂亦從八卷本改婁爲屢。

(36)魯頌泮水　其旂筏筏（筏）其旂茷茷（茷）經典釋文『伐伐，蒲害反。又普貝反，言有法度也。本又作茷』毛傳卽訓茷茷爲有法度。朱傳筏，音旆，訓筏筏爲飛揚。則經文本作伐，毛詩注疏本加艸作茷，朱傳本加竹作筏，均可視爲異文。惟集傳疏義本大全本作筏筏，則傳寫之譌誤矣。

(37)商頌玄鳥　來假祈祈（祈）來假祁祁（祁）鄭箋：祁祁，衆多也，集傳八卷本作祈祈。傳文亦云：祈祈，衆多貌，而二十卷本經傳均作祁祁。通釋本、大全本、宋本均如此。則八卷本聲似形近而譌誤也。

(38)商頌長發　降于卿士（于）降予卿士（予）張愼儀詩經異文補釋云：『莊述祖云：正義本作予，石經作予，李黃集解本亦作予，是南宋時諸家本尙不誤。朱子集傳云：降言天賜之也。是集傳本亦作予。自坊本有作于者，以譌傳譌。如歐陽永叔詩本義亦有寫作于者矣。』李富孫詩經異文釋云：『臧氏鏞堂嘗見元人所刻集傳亦作予。』夏炘云：『臧氏親見元刊集傳本作予，見十駕齋養新錄。』是集傳本作予。今惟彙纂本作予，而各本已譌成于。宋本之作于，明代重刻時所改也。

(39)商頌殷武　冞入其阻（冞）罙入其阻（罙）毛傳訓罙為深，朱傳從鄭箋訓冒。張慎儀云：『閩本明監本毛本罙作冞。釋文罙，說文作𥥍。今本說文网部引詩作𥥍，或作冞。』則經文作罙作冞乃異字。集傳各本作冞，非傳寫之誤。

以上夏校三十九條，逐一覆案訖。夏氏曰：『朱子作集傳，一仍注疏舊本，實未嘗改易經字，訓詁多用毛鄭，鳥獸草木多用陸璣疏及爾雅注疏，是以皆得取而正之。』他不認集傳經文有異字，今所見異字都是傳寫之誤。文開前已舉大叔于田篇首句删一「大」字以證朱子勇於改定經文。今覆案此三十九條，知朱子自定之異文多，而傳刻之誤少，還不到三分之一。那就是5號父母兄弟，7號粼，8號實，9號晳，12號遷，14號穀，20號冢，29號湋，30號于，37號沂，38號于，共計十一條。

詩集傳的特點之一，是簡約易讀，因此力求明順，甚至不避俗字，二十卷本已用鳳凰代鳳皇，不違代不皇，八卷本更將貍字婁字改定為狸字屢字。而他所改定的經文異字，向不為清代考證學家所重視認可，現在我們見到瑞典漢學家高本漢考證的結果，却定禯是錯字，改採穠字，也該知道集傳的異字，是值得研究的了。

六、詩集傳二十卷本經文夾註異字二十一條考釋

詩集傳二十卷本，無論是宋本，或是劉瑾詩傳通釋本，或是朱公遷詩經疏義會通本，或是胡廣詩傳大全本，或是王鴻緒詩經傳說彙纂本，在經文部分，經文中都有經文異字的夾註，加以彙輯，共得二十一條。這是研究朱子詩集傳經文異字的重要資料，也可說是基本資料。文開已就王應麟詩考，周邵蓮詩考異字箋餘（以下簡稱箋餘），馮登府三家詩異文疏證（以下簡稱疏證）陳喬樅四家詩異文考（以下簡稱異文考）江瀚詩經四家異文考補（以下簡稱考補）李富孫詩經異文釋（以下簡稱異文釋）張愼儀詩經異文補釋（以下簡稱補釋）等書中有關這二十一條的文字，以及其他可資參考的材料一併彙輯成帙，逐一附加本人案語。

茲爲節省篇幅，刪繁就簡，摘錄於下：

一、周南漢廣篇　不可休息　息下注：吳氏曰：韓詩作思。

(1)詩考：㈠（序文）朱文公集傳「不可休思」從韓詩。㈡（韓詩）不可休思（外傳）

(2)箋餘：邵蓮案：詩考序謂：「朱子從韓詩作休思，一洗末師專己守殘之陋。」今集傳本仍作休息，則又非朱子之舊矣。

(3)異文疏證（韓詩）：案息字是思字之誤。詩考序云：朱子從韓詩作「不可休思」，今集傳本仍作息，非王氏所見之本矣。顧氏炎武詩本音曰：疑是朱子未定之本也。余考宋本

集傳經文原作息，下注云：「吳氏曰：韓詩作思。」今本❺刪去是注，大失朱子意矣。

(4)異文考（韓詩）：韓詩外傳一，詩曰：「南有喬木，不可休思。」案歐陽詢藝文類聚八十八引詩亦作「不可休思」。

(5)異文釋：正義曰：詩之大體，韻在辭上，疑休求爲韻，二字俱作思。毛傳云：思，辭也。卽繫喬木之下，則正作思字，以休爲韻。

(6)異文補釋：戚學標云：吳棫从韓詩作思，以休求取叶。

(7)阮氏毛詩注疏校勘記：不可休息條：唐石經、小字本、相臺本同。案釋文云：舊本皆爾，本或休思，此以意改耳。正義云：詩之大體韻在辭上，疑休求字爲韻，二字俱作思。但未見如此之本，不敢改耳。正義之說是也。此爲字之誤，惠棟九經古義以爲思息通，非。

文開案：朱傳協韻，採吳棫毛詩叶韻補音。王應麟宋人，其詩考謂朱文公集傳從韓詩作「不可休思」，一洗末師專己守殘之陋，則其所見集傳經文乃從吳棫採韓詩作休思，故周邵蓮、馮登府皆謂今集傳本仍作休息，非朱子之舊。今集傳二十卷本，於經文仍作休息，但息字下有「吳氏曰韓詩作思」七字，八卷本，則併此七字夾注刪去，但無論二十卷、八卷，傳文：「思語辭也」均在傳「漢水」之上，則此係傳休思之思明甚。實朱傳

---

❺ 指八卷本。

經文原作「休思」之證。劉瑾詩傳通釋亦論及之。阮元論毛詩正義明知經文應作休思，而未敢改定，此朱子之勇於穎達也。戴震毛鄭詩考正，以息爲思字轉寫之譌，可信。惠棟九經古義，以爲息古文，思今文，非。

二、唐風有杕之杜篇　噬肯適我　噬下注：韓詩作逝。

(1)詩考：〔韓詩〕逝肯適我，逝，及也。（釋文）

(2)箋餘：逝肯適我（釋文、韓詩）釋文：噬：韓詩作逝。逝，及也。

(3)疏證：案噬卽爾疋之遾。傳：噬，逮也，正援釋訓文，逮，及也，與韓訓合。說文有逝無噬，然則逝本字，噬通字，遾俗字也。

(4)異文考：毛詩釋文：噬，韓詩作逝。逝，及也。案毛傳云：噬，逮也，與韓文異而義同。說詳韓詩考。〔附韓詩考〕噬字卽逝之假借。

(5)異文釋：案日月，逝不古處。傳云：逝，逮也。此亦訓爲逮。釋言曰：逮，及也。逝與噬音義同。噬，借字。

(6)補釋：韓詩作逝，爾雅釋詁作遾，按毛訓噬爲逮，韓訓逝爲及。噬逝音通，逮及音同。「噬肯適我」，言可及時適我也。說文無遾。

文開案：噬爲逝之假借字，朱子採用本字。毛詩相臺本，有杕之杜末章「噬肯來遊」句，噬字亦作逝。

三、陳風月出篇　勞心慘慘　慘下注：當作懆。

又小雅正月篇　憂心慘慘。慘下注：七感反，當作懆，七各反。又大雅抑篇我心慘慘，慘下注：當作懆，七到反，叶七各反。

(1)詩考：抑　我心懆懆（五經文字）。

(2)箋餘：月出　五經文字作懆，千到反，宜从之。抑　我心懆懆（五經文字）。

(3)異文考：月出　五經文字勞心懆兮。案陳第毛詩古音考云：慘當作懆，說文：懆，愁不安也。戴震云懆與照、燥、紹爲韵。

(4)異文釋：勞心慘兮　五經文字作懆，（北山慘慘劬勞，釋文作懆），案月出、正月、白華、抑、皆當作懆入韻。唐石經、宋本、岳本、並作慘，非。今詩中正月篇憂心慘慘，北山篇或慘慘劬勞，抑篇我心慘慘，皆懆懆之譌。

(5)補釋：我心慘慘　按阮文達云：此以韻求之，當作懆懆。

(6)阮元校勘記：月出　勞心慘兮　毛鄭詩考正云：蓋懆字轉寫譌爲慘耳。毛晃、陳第、顧炎武諸人論之詳矣。又白華篇　念子懆懆　正義云：慘慘然欲諫正之，是正義本作慘慘也。考釋文於正月、北山、抑，皆云慘慘，七感反。北山又云：字亦作懆。五經文字云：懆，千到反，見詩。乃依此釋文而定其字當作懆也。月出、正月、抑三篇皆作懆，乃得韻。又抑篇我心慘慘，此以韻求之，當作懆，見白華。

文開案：朱子以月出、正月、抑三篇之慘當作懆，完全正確。惟云「當作」，則集傳經文未改也。宋儒王應麟已代爲標示，係出張參五經文字，清代諸儒考證的結果，也正與朱子主張符合。

四、小雅四牡篇　翩翩者鵻　鵻下注：當作隹。

(1)箋餘：釋文：鵻，本又作隹。

(2)異文考：案左傳昭十九年正義引正作隹字。爾雅「隹其鳺鴀」，釋文云：隹如字，旁或加鳥，非也。段玉裁曰：釋文誤也。說文鳥部鵻，祝鳩也。从鳥隹聲。祝鳩卽爾雅鵻其鳺鴀之鳥。說文繫傳隹部，鍇曰：鳥名也。詩曰「翩翩者隹」，隹爲鳥短尾，亦總名也。

(3)補釋：釋文：鵻音隹，本又作隹。左昭十九年傳正義引詩作隹。說文繫傳引詩同。按左傳祝鳩氏，杜注祝鳩，鶽也。詩疏引舍人注：鵻名夫不。李巡注：夫不，一名鵻。方言：鳩，其小者。梁宋之間謂之鶽。陸璣義疏：鵻，梁宋之間謂之隹，揚州人亦然。鶽爲鵻之別體，隹則鵻之假借。

文開案：朱子云：「當作」者，經文未改也。考之傳文，亦云：「鵻，夫不也。今鵓鳩也。」（史榮校鵓爲鵻）凡鳥之短尾者皆隹屬。」釋鵻而不釋隹。隹爲短尾鳥總名，鵻則兩用，亦專指鳺鴀，南有嘉魚篇「翩翩者鵻」釋文：「音隹，本亦作隹。」則詩經鵻隹兩用矣。

五、小雅常棣篇　外禦其務　務下注：春秋傳作侮，罔甫反。

(1)詩考：外禦其侮（國語周文公之詩曰）

(2)箋餘：釋文：牆，或作廧，務如字。爾雅云侮也。又音侮，此从左傳及外傳之文。

(3)異文釋：左傳僖二十四年傳，務引作侮。周語御覽五百十四引同。案釋言，務，侮也。毛傳同。墨子非命曰：毋僇其務，僞泰誓作罔懲其侮。務、侮以聲爲義，字通。熊氏朋來曰：此詩當以左傳侮字爲據。毛亦訓務爲侮，卽讀如侮矣。

(4)補釋：左僖二十四年傳引詩「外禦其侮」，國語周語引周文公之詩，爾雅釋詁郭注，白帖十九，太平御覽五百十四各引詩同。按爾雅務，侮也。二字雙聲，借務爲侮。

文開案：毛詩務爲侮之假借，與戎字爲韻。朱子改務爲侮，侮罔甫反，戎叶而主反，侮戎爲韻。吳棫務音蒙，不可從。集傳經文改務爲侮，故傳文中無務字，逕曰：「然有外侮，則同心禦之矣。」

六、小雅小旻篇　是用不集　集下注：韓詩作就。

(1)詩考：(一)〔序文〕謂朱傳是用不就，從韓詩。(二)〔韓詩〕是用不就（外傳）。

(2)箋餘：熊朋來五經說曰：是用不集，當从是用不就，以韻爲證。顧炎武毛詩本音曰：集字非韻。王應麟言朱子從韓詩作「是用不就」。惠棟曰：毛傳云：集，就也。韓詩作就。尙書顧命曰：克達殷集大命。蔡邕石經達作通，集作就。是集讀爲就，與咎協韻也。

(3)疏證：案傳：集就也。大明：有命旣集，亦云：集就也。廣疋釋詁：集，就也，即本韓詩。集本有就訓。大戴禮：衆則集，寡則謬。吳越春秋河上歌，集協流，集亦有就音。

(4)異文考：韓毛文異而義同。

(5)異文釋：是用不集，韓詩外傳六作不就。董氏引崔集注同。詩考序言：朱子从韓詩作就，今本仍作集，是爲後人所改。熊氏朋來曰：詩音有九家，陸德明始以己見定爲一家之學。釋文猶字具數音，及孫氏直音出，而挾菟園冊者幷釋文不復考矣。錢氏曰：毛公傳每寓聲於義，雖不破字，未嘗不轉音，訓集爲就，即轉從就音。

(6)補釋：按集就雙聲。錢大昕云：兩隹爲雔，三隹爲雥，雔雥音近。集又从隹聲，故與就相近也。

文開案：證之漢石經尙書顧命，集作就，是古集就相通。毛傳訓集爲就，即轉從就音。李富孫曰：詩考序言，朱子以韓詩作就，今本仍作集，是爲後人所改。朱子改定經文集作就，就與咎爲韻，更勝毛傳矣。

七、小雅四月篇　爰其適歸　爰下注：家語作奚。

(1)詩考：奚其適歸（家語）

(2)箋餘：奚左傳作爰。詩本音云：朱子依家語作奚。

(3)異文考：家語辨政篇：詩曰：「亂離瘼矣，奚其適歸？」此傷離散以爲亂者也。案盧文弨云：朱子詩經集傳：「奚，何也」，即本此爲釋。又考華陽國志引詩亦作「奚其適歸」。

(4)異文釋：錢氏曰：集傳依家語訓奚爲何，未嘗輕改經文，今俗本直改作奚，此明代村學究所爲，非朱傳元本也。殷氏曰：華陽國志引亂離瘼矣，奚其適歸，疑三家詩有作奚者。

(5)補釋：家語辨政，華陽國志各引詩「奚其適歸」。文選任彥昇爲范尙書讓吏部作「欲以安歸」，中說述史作「吾誰適歸」。按唐石經作爰，左宣十二年傳引作爰。文選潘岳詩，任昉表各注引韓詩作爰，又引毛詩作爰。疑毛、韓作爰，齊、魯作奚，任表王說，恐是誤記耳。

文開案：詩經中爰字本爲「於焉」義，內子普賢已詳論之。此「爰其適歸」句，可作「奚其適歸」解。孔子家語華陽國志則逕引作「奚其適歸」。張愼儀疑四家詩毛韓作爰，齊魯作奚。朱子集傳既於傳文中逕云：「奚，何；適，之也」。而不曰：「爰，何；適，之也。」可見其經文已改定爲「奚其適歸」。今存集傳八卷本經文均作奚，二十卷本中元朱公遷詩經疏義，明胡廣詩傳大全經文亦均作奚。

八、小雅無將大車篇　祇自疧兮　祇下注：劉氏曰：當作痻，與瘖同，眉貧反。

(1)箋餘：祇俗作秖。疧詩本音云：宋劉彝曰：當作痻，唐人避諱改瘖，後仍其誤。邵蓮按：劉說是。六書故疧本作痻，亦作瘖，毛詩祇自痻兮，叶上塵，譌从疧。然竟謂諸書無疧字，則非也。說文疧，病也。从疒，氏聲。疧與痻義同而音別，如俾我疧兮，則从疧。祇自痻兮，則从疧，二字並存，不可偏廢。

(2)補釋：祗自疷兮，唐石經、毛詩、集傳、詩傳通釋，疷皆作疷。文開案：祗自痻兮，朱子從宋劉彝以疧當作痻，既云「當作」，則經文未改，而讀音則注為眉貧反，與上塵字為韻耳。今存八卷本二十卷本集傳均仍作疧。詩傳通釋、詩經疏義、詩傳大全、詩經傳說彙纂同。

九、小雅角弓篇　見晛曰消　曰下注：音越，韓詩劉向作聿，下章仿此。

(1)詩考：雨雪麃麃，見晛聿消。（漢書、荀子同）

(2)箋餘。曣晛聿消，曣晛，日出也。（韓詩釋文）雨雪麃麃，見晛聿消（漢書荀子同）。釋文見，韓詩作曣，曰消之曰，韓詩作聿，劉向同。

(3)異文考：漢書劉向傳，詩曰：「雨雪麃麃，見晛聿消。」

(4)異文疏證：漢書荀子曰作聿。釋文云：「劉向曰作聿。劉傳魯詩者，劉韓魯同也。」穆天子傳注：聿猶曰也。古曰字通聿。郲「曰為改歲」，漢書食貨志作聿。大雅「予曰有疏附，予曰有先後」，王逸楚辭章句引作聿，是也。

(5)馮登府三家詩異文疏證補遺：案孟子告子章指引同。向爲元王孫，元王受詩于浮丘伯，荀卿門人，此詩說之所本也。

(6)異文釋：荀子非相引作「宴然聿消。」

(7)補釋：曰，韓詩作聿。

文開案：曰聿相通，皆語辭，今存集傳各本仍均作曰。

十、小雅角弓篇　式居婁驕　婁下注：力住反，荀子作屨。

(1)詩考：莫肯下隧，式居屨驕。（荀子注隧讀隨）

(2)箋餘：同詩考。

(3)異文考：荀子非相篇詩曰：莫肯下隧，式居屨驕。案隧毛詩作遺，屨毛詩作婁，皆古今文之異。

(4)補釋：按婁字無傳。釋文，婁，王（肅）數也。馬瑞辰謂荀子上言人有三不祥，人有三必窮，末引此詩，以證小人婁驕之禍。此卽以婁爲數也。鄭（玄）音摟訓斂，楊注因之，胥失其恉。

文開案：婁作屨，乃古今文之異。朱子採荀書，是捨鄭箋訓斂，改訓數也。今存集傳各本仍作婁，此字無傳。惟朱公遷詩經疏義，於此章傳文下疏曰：「式居屨驕，使小人以驕慢自處者不一也。」逕作屢驕。並證以桓篇經文「婁豐年」，改婁爲屢，則此婁字，朱子亦已改屢矣。

十一、小雅菀柳篇　上帝甚蹈　句下注：戰國策作「上天甚神」。

(1)詩考(2)箋餘：上天甚神。（戰國策）

(3)異文考：戰國策楚策，荀卿書，詩曰：「上天甚神，無自瘵也。」

(4)異文釋：朱傳據荀卿子蹈作神，言威靈可畏也。然古本相傳，未可強改以就它書也。

(5)補釋：鄭箋：蹈讀曰悼，韓詩外傳引詩作慆。釋元應一切經音義五引韓詩作陶，國策楚策引詩作上天甚神。按毛借蹈爲悼，鄭讀从本字，謂悼幽王之暴虐也。慆與蹈同聲，因又借爲慆，舀匋疊韻。因又借爲陶也。王念孫云：國策引上帝作上天，殆與上文嗚呼上天相涉而誤。神者，慆之壞字。

文開案：王應麟詩考序曰：「上天甚神，則取戰國策。」則王氏所見，朱子已改經文也。

十二、小雅菀柳篇　無自瘵焉　焉下注：戰國策作也。

(1)詩考(2)箋餘：無自瘵也。（戰國策）

(3)補釋：戰國策楚策引詩焉作也。按助語之詞，首章全用焉字，此章上下文如之，不應此句獨用也字。

文開案：焉也均語助詞，可以更換應用。惟也字語氣較肯定。今存集傳各本仍作焉。

十三、小雅何草不黃篇　何人不矜　矜下注：古頑反，韓詩作鰥。

(1)詩考：（韓詩）何人不鰥。（董氏云）

(2)箋餘：何人不鰥。（韓詩、董氏云）

(3)疏證：案：足利本正作鰥。矜與鰥通。鰥，矜之本文。經文中多作矜。論衡引亦作何人不鰥，七經考文載古本毛詩同。然以爲韓詩則未見所本。

(4)異文考：王氏詩考引董氏云：「韓詩作何人不鰥」案詩經考文云：「古本矜作鰥。」

(5)補釋：山井鼎考文古本作何人不鰥。按：何人不矜，猶言何人不病耳。

文開案：鰥乃矜之本文，朱傳訓無妻，不訓病。今存集傳各本仍作矜，傳文亦云：「無妻曰矜」，則朱子未改經文作鰥。

十四、大雅假樂篇　假樂君子　假下注：中庸春秋傳皆作嘉，今當作嘉。

(1)詩考(2)箋餘：嘉樂（左傳公賦嘉樂）嘉樂君子，憲憲令德（禮記正義云：案詩本文憲憲爲顯顯，與此不同者，齊魯韓與毛詩不同也。）

(3)異文考：左氏文四年傳：公賦嘉樂。案左傳襄二十六年又云：晉侯賦嘉樂。毛詩作假，乃古文之假借，故傳卽訓假爲嘉。案釋文云：嘉詩作假，音同。

(4)異文釋：朱傳假作嘉，非音嘉，俗本直音嘉，誤矣。臧氏曰：集傳云，中庸春秋傳皆作嘉，今當作嘉，俗本但作音嘉。段氏曰：假者，嘉之假借字也。

⑸補釋：禮記中庸引詩嘉樂君子。洪适隸釋綏民校尉熊君碑同。

文開案：假嘉雙聲，詩當作嘉樂，毛詩作假乃假借字。朱子云：「當作嘉」者，經文未改也。故八卷本夾注曰「音嘉」。惟傳文中已採用嘉字，故曰：「嘉，美也。」朱公遷詩經疏義亦逕用嘉字云：「嘉樂君子，猶言樂只君子也。」

十五、大雅民勞篇　是用大諫　諫下注：春秋傳荀子書並作簡，音簡。

⑴詩考⑵箋餘：板：是用大諫。（左傳）

⑶異文考：板：是用大簡，左氏成八年傳詩曰：「猶之未遠，是用大簡。」案大簡詩作大諫，杜預左傳注云：簡，諫也。則簡即諫之古文假借字。

⑷異文釋：案簡諫聲近，故字可通。韻補云：荀子、魏志高堂隆傳並作簡。今本皆作諫，或後人所改。吳氏棫曰：古簡讀如蹇。

⑸補釋：按白虎通，諫者間也。穆天子傳注，顏氏家訓，並音諫爲間，是簡爲諫之假字也。

文開案：「是用大諫」爲民勞與板篇之相同句。民勞在前，故朱子夾注於民勞經文下。惟於諫字下民勞夾注音簡，板篇夾註叶音簡，則經文未改也。

十六、大雅崧高篇　往近王舅　近下注：鄭音記。按說文從辵從丌，今從斤誤。

⑴箋餘：邵蓮按：往近，近本作迈。觀釋文音注自明。唐石經亦作近，皆傳寫之誤。

⑵異文考：往迈王舅　毛詩箋：迈，辭也。聲如彼記之子之記。案孔氏正義本迈作近，毛居正六經正誤云：近，說文作迈，从丌从辵。今作迈，音記，譌作近。喬樅考釋文云：迈音記，是陸本當作迈字，今釋文迈亦作近，後人傳寫之誤耳。

文開案：經文迈誤爲近，應行改正。集傳朱子既指出其誤，自己改正經文。今仍作近，又非朱子之舊矣。

十七、大雅召旻篇　草不潰茂　潰下注：集注作遂。

⑴異文釋：鄭箋：潰茂之潰，當作彙，茂貌。崔集注本作遂茂。案正義云：傳以潰爲遂，於義不安，故言當作彙，是茂盛之貌。毛傳訓遂，此假潰爲遂，集注本作遂，即从毛義。段氏曰：潰毛傳與「是用不潰于成」同，鄭云：當作彙，非也。

⑵補釋：鄭箋潰茂之潰當作彙，崔集注本作「草不遂茂」，韓詩外傳引詩「莫不潰茂」。按：馬瑞辰云：莫，草之譌，毛傳：潰，遂也。潰、遂疊韻，潰之通遂，猶燧或作爈，遺風通作隧風也。戚學標云：潰，彙之假。又按：箋云：彙茂貌，潰、彙亦疊韻，故可假潰爲彙也。

文開案：毛傳假潰爲遂，鄭箋假潰爲彙，梁崔靈恩毛詩集注，陸德明稱其集衆義以注毛，兼採三家之本。此遂字非三家異文，李富孫斷崔之作遂，即从毛義。段玉裁是毛非鄭，則朱子採崔本，固自有卓識也。

十八、周頌清廟篇　無射於人斯　射下注：音亦，與斁同。

⑴詩考⑵箋餘：無斁於人斯。（禮記）

⑶異文考：禮記大傳注：詩云：不顯不承，無斁於人斯。案斁毛詩作射。

⑷補釋：禮記大傳鄭注引詩射作斁，文選左太沖魏都賦注引毛詩同。

文開案：射爲斁之假借字，射訓厭義，古與斁通用，故朱子夾注與斁同。葛覃篇「服之無斁」，禮記緇衣作無射。振鷺篇「在此無斁」，中庸後漢班昭傳引作射，是其證也。然朱子云：「音亦，與斁同」，則經文未改。

十九、周頌維天之命篇　假以溢我　假下注：春秋傳作何。溢下注：春秋傳作恤。

⑴詩考：何以恤我，我其收之。（左傳注云逸詩）

⑵箋餘：惠棟曰：「假以溢我」，說文引云：「誐以溢我」，誐，嘉，譱也。廣韻引云：「誐以謐我。」左傳又云：「何以恤我。」毛傳云：假，嘉；溢，愼。案：誐與何音相近，故譌爲何；溢與謐字相與類，故譌爲溢。謐又與恤通，皆訓爲愼。古文虞書云：惟刑之恤哉，伏生尚書恤作謐，此其證也。

⑶異文考：案杜預注云：逸詩。段玉裁曰：何者，誐之聲誤，恤與謐同部，堯典惟刑之謐我，古文亦作恤。杜注不以爲此篇異文，朱子集傳合爲一，是也。

(4)異文釋：段氏曰：左氏何以恤我，何者誐之聲誤，恤與謐同部，溢蓋恤之譌體。又曰：毛傳假嘉溢愼，與誐謐字異義同。然謐溢並見釋詁，可知同時已有二本之殊矣。而謐溢恤皆是愼意，誐何假乃是異文。

(5)補釋：說文言部引詩「誐以溢我」，廣韻七歌引說文「誐以謐我」。左襄二十七年傳引詩「何以恤我」。按：毛傳：假，嘉；溢，愼也。郝懿行云：假本讀如古，轉爲遐，又轉爲何，爲誐。陳奐云：誐者本字，假何皆同聲假借字；謐者本字，溢恤皆同聲假借字。

文開案：左傳引詩「何以恤我」，杜注以爲逸詩，不以爲維天之命篇異文，朱子集傳合爲一，是也。集傳傳文曰：「何之爲假，聲之轉也；恤之爲溢，字之訛也。」是朱子以傳文傳經文何恤二字，足證集傳經文已改定爲何爲恤。宋王應麟詩考序曰：「何以恤我」，則取左氏傳。輔廣詩童子問亦曰：「何以恤我，不敢自必之辭也。」則王應麟輔廣所見集傳經文，確爲「何以恤我」也。

二十、周頌天作篇　彼徂矣岐　句下注：沈括曰：後漢書西南夷傳作「彼岨者岐」。今按彼書，岨但作徂，而引韓詩薛君章句，亦但訓爲往，獨「矣」字正作「者」，如沈氏說。然其注末復云：「岐雖阻僻」，則似又有岨意。韓子亦云：「彼岐有岨」，疑或別有所據，故今從之，而定讀岐字絕句。

(1)詩考一、〔序文〕朱文公集傳「彼岨者岐」，從韓詩。二、〔韓詩〕彼徂者，岐有夷之行。徂，往也。夷，易也。行，道也。彼百姓歸文王者，皆曰岐有易道，可往歸矣。易道，謂仁義之道而易行。故岐道險阻，而人不難。（薛君傳，後漢書注，傳曰：岐道雖僻，而人不遠）彼岨者岐（沈括引後漢書）。三、〔詩異字異義〕岐有夷之行，子孫其保之。（說苑）

(2)箋餘：王應麟曰：筆談云：「彼岨矣，岐有夷之行。」朱浮傳作：「彼岨者岐，有夷之行。」今按：後漢書朱浮傳無此語，西南夷傳朱輔上疏曰：詩云：「彼徂者，岐有夷之行。」注引韓詩薛君傳曰：徂，往也。蓋誤以朱輔爲朱浮，亦無岨字。邵蓮按：岐字屬下句讀，三家與說苑並同。伯厚詩考序，謂朱文公集傳「彼岨者岐」，則從韓詩。今集傳仍以岐字屬上句讀，又韓作徂，訓往；朱作岨，訓險，說亦不同。然則伯厚所謂從韓詩者，作「者」不作「矣」耳。乃今行之本，仍作矣，不作者，是亦非朱子之舊矣。

(3)疏證：案困學紀聞曰：筆談云：「彼徂矣……亦無岨字異文。」故此列薛君傳于前，列沈夢溪所引于後，以證其誤也。

(4)異文考：彼徂者，岐有夷之行。案：者，毛詩作矣。沈括筆談引後漢書作「彼岨者岐」，此括之誤也，韓詩實作徂字，薛君傳曰：徂，往也。見後漢書章懷注。

(5)異文釋：陳氏曰：韓惟矣字作者，不同於毛，其訓徂爲往，行爲道，岐字屬下句讀，並無異於毛。朱子改徂爲岨，是从沈括之誤引，岐字絕句，又出刱說。戴氏曰：韓毛所授經無異，不知何時轉寫譌「者」作「矣」。朱子博擇衆言以訂古，猶憑譌文改經。

(6)補釋：馬瑞辰云：毛詩以「彼徂矣」爲句，與上「彼作矣」相對成文。韓詩則作「彼徂者」。陳奐云：矣者通用。盧文弨云：集傳彼岨者岐，乃沿沈氏之誤。

文開案：沈括夢溪筆談引後漢書作「彼岨者岐」，朱子知徂作岨有誤。但韓詩似有岨意，更證以韓子亦云：「彼岐有岨」，則或別有所據，故從之，改經文爲「彼岨者岐有夷之行」，而定岐字屬上句。今存各本集傳，傳文中均有「岨，險僻之意也。」以傳經文中岨字，則可斷集傳經文確已改徂爲岨，故詩考序稱「彼岨者岐」從韓詩也。而今存各本經文，或作「彼岨矣岐」，（八卷五經本及二十卷本中之疏義本、彙纂本）或作「彼徂矣岐」（宋本及通釋本大全本）則又傳寫有誤了。試觀朱子及門弟子輔廣所撰詩童子問云：「故一定徂作岨，而以岐屬上句，如韓文公所謂彼岐有岨云爾」，則今本之作徂者，又爲傳刻之誤無疑。而並知朱子夾注中所稱韓子，爲韓文公韓愈，且韓文公僅云：「彼岐有岨」，四字中無者字，所以朱子所改定的「者」字，也又誤刻爲「矣」字了。周邵蓮曰：天作「彼岨者岐」，今行之本，仍作矣，不作者，是亦非朱子之舊。（毛詩「彼作矣」「彼徂矣」兩三字句成對，「岐有夷之行」又爲五字句。朱子改定「彼岨者岐」爲句，則全篇七句，僅一句三字，六句爲四字句，比較古樸，近周頌本來

面目）

二十一、周頌烈祖篇　鬷假無言　鬷下注：中庸作「奏」今從之。

(1)詩考：奏假無言。（禮記）

(2)箋餘：奏假無言。（禮記）釋文：假，鄭作格。

(3)異文考：禮記中庸詩曰：「奏假無言」。案禮家用齊詩，此引與申鑒文同。

(4)補釋：左昭二十年傳引詩：「鬷嘏無言」，禮記中庸引詩「奏假無言」。申鑒雜言引詩同，晏子春秋外篇引詩「奏鬷無言」。按：鬷奏雙聲，晏引誤也。

文開案：集傳異字夾注朱子云：「今從之」，則經文「鬷」字已改爲「奏」，今本仍作鬷，則又非朱子之舊矣。

以上二十一條係朱子詩集傳二十卷本經文中夾注異字的彙輯考釋。凡夾注中言「當作」者，經文未改。第三條月出、正月、抑三篇慘「當作懆」，第四條四牡篇鵻「當作隹」，第八條無將大車篇疷「當作疧」，第十四條假樂篇，假「當作嘉」，這四條經文均未改。凡夾注中言「今從之」者，則集傳經文已改，第二十條天作篇彼岨者岐「今從之」，第二十一條烈祖篇鬷作奏，「今從之」，這兩條經文已改。凡有宋人證明朱子改定該經文者，則集傳經文已改，王應麟詩考序云：『「上天甚神」，則取戰國策，「何以恤我」則取左氏傳，「不可休思」「是用不就」「彼岨者岐」皆從韓詩。』輔廣詩童子問云：「故一定徂作岨」「何以恤我，不敢自必之辭也」。

那末第一條漢廣篇「不可休思」，第六條小旻篇「是用不就」，第十一條菀柳篇「上天甚神」，第十九條維天之命篇「何以恤我」，第二十條天作篇「彼岨者岐」，這五條經文，朱子曾予改定。凡集傳傳文與經文夾注異字相應者，亦可證朱子已改經文。第一條漢廣篇傳「思」之文在傳「漢」之文上，第五條常棣篇，傳文以「然有外侮」應經文「務」已改「侮」，第七條四月篇傳文：「奚，何；適，之也」。應經文「爰」已改「奚」，第十九條維天之命篇傳文「何之爲假，聲之轉也；恤之爲溢，字之訛也。」以應經文假溢改爲何恤，第二十條天作篇傳文「岨，險僻之意」以應經文徂之改岨，這五條經文，可以傳文證經文之已改。以上用三種證據，證實朱子改定經文十二條中，第二十條三證俱全，第一條、十九條，俱備兩證，所以十二條中重複了三條，我們可確定朱子改定經文者至少有八條（第一、第五、第六、第七、第十一、第十九、第二十、第二十一條）而我們可用其他方法推斷朱子改定經文者，尚有第十條角弓篇的改婁爲屢，第十六條崧高篇的改近爲迒，則朱子夾注異字二十一條，共改經文十條。可確定未改者僅前述四條及其他三條，未能定其已改未改者亦三四條，其改定者固多於未改經文而僅加夾注者矣。

朱子詩集傳改定經文，在經文中不加夾注，僅在傳文中予以說明，像鄭風大叔于田首句「大」字，前已論及，其餘傳文中涉及經文異字而不改經文的，亦時有出現，在此也順便略加提示如下：

(1)鄭風山有扶蘇篇章末傳文：「興也。上竦無枝曰橋，亦作喬。」這是朱子對「山有橋松」句橋字的異文，不在經文中加夾注，而在傳文中提及之例。

(2)鄭風溱洧篇末章傳文：「賦而興也。瀏，深貌。殷，衆也。將，當作相，聲之誤。」這是經文「伊其將謔」句將字，應與前一章相同，爲「伊其相謔」。朱子判斷這章所以將作相，是聲近之誤。

(3)小雅隰桑末章傳文：「賦也，遐，與何同，表記作瑕。」鄭氏註曰：「瑕之言胡也。」這是朱子將經文「遐不謂矣」句遐字的異文，不在經文中加上夾注，而在傳文中提及的又一例。

七、朱子改定經文異字研判簡表

現在我們已知道朱子詩集傳經文所出現與毛詩阮校本之間的異字，決非如夏炘所想像的：朱子未改經文，都是傳寫之誤。朱子刪去鄭風大叔于田篇首句一個「大」字，就是朱子改定經文的明顯例證。夏炘所提三十九條，經覆案，其中只有十一條是傳寫重刻之誤，而二十八條都是朱子改定的異字。我們又將二十卷本詩集傳經文中的異字夾注二十一條，加以彙釋考證，則知其中至少有經文十條，朱子曾予改定過的。那末，以上所述，我們可確定，詩集傳朱子所改定經文，共計三十九條，其中四月奚其適歸、天作彼岨者岐兩條重複，則至少有異字三十七條。

玆將此經文異字三十七條，依照篇名先後，列成一簡表於下，俾便觀覽。（見表一）

詩集傳朱子改定經文異字三十七條簡表（附表一）

編號	篇名	毛詩注疏本經文	（異字所在）	朱子改定經文	（異字所在）	簡單案語
1	周南關雎	鍾鼓樂之	（鍾）	鐘鼓樂之	（鐘）	鍾假借字，以鐘爲長
2	周南葛覃	薄汙我私	（汙）	薄污我私	（污）	污古文，汙今文
3	周南漢廣	不可休息	（息）	不可休思	（思）	息爲思之誤
4	召南何禯	何彼禯矣	（禯）	何彼穠矣	（穠）	穠爲毛詩本字，禯是假借字
5	鄘風定中	終然允臧	（然）	終焉允臧	（焉）	焉然古通
6	鄭風大叔	大叔于田	（大）	叔于田	（刪大）	大字應刪
7	魏風園桃	不我知者	（我知）	不知我者	（知我）	宜兩存
8	豳風七月	取彼狐貍	（貍）	取彼狐狸	（狸）	狸俗字但古籍多用之
9	豳風七月	不可畏也	（不）	亦可畏也	（亦）	亦字合情理但不知所據
10	小雅常棣	外禦其務	（務）	外禦其侮	（侮）	務爲侮之假借
11	小雅鶴鳴	它山之石	（它）	他山之石	（他）	它古他字
12	小雅祈父	靡所厎止	（厎）	靡所底止	（底）	厎底互通
13	小雅我行	言歸斯復	（斯）	言歸思復	（思）	思斯均語詞朱改思本諸易林
14	小雅我行	亦祇以異	（祇）	亦秖以異	（秖）	唐石經作衹，祇秖均從俗
15	小雅斯干	無父母詒罹	（詒）	無父母貽罹	（貽）	釋文詒本又作貽山井鼎考文本卽作貽

16	小雅十月	朔月辛卯 (月)	朔日辛卯 (日)	汲古閣本作日
17	小雅小旻	是用不集 (集)	是用不就 (就)	朱子從韓詩作就
18	小雅小弁	鞫爲茂草 (鞫)	鞠爲茂草 (鞠)	釋文鞫作鞠
19	小雅巧言	亂如此憮 (憮)	亂如此幠 (幠)	憮閩本作幠，以下同
20	小巧雅言	昊天大憮 (大憮)	昊天泰幠 (泰幠)	大唐石經小字本作泰釋文大音泰或作泰
21	小雅何斯	俾我祇也 (祇)	俾我祗也 (祗)	祗與祇通
22	小雅四月	爰其適歸 (爰)	奚其適歸 (奚)	孔子家語華陽國志引詩爰作奚
23	小雅楚茨	既匡既勑 (勑)	既匡既敕 (敕)	玉篇云：勅今作勑儀禮疏引詩作敕
24	小雅角弓	式居婁驕 (婁)	式居屢驕 (屢)	荀子引詩婁作屢婁屢爲古今文
25	小雅菀柳	上帝甚蹈 (蹈)	上天甚神 (神)	國策荀子引詩作上天甚神
26	小雅漸石	不皇朝矣 (皇)	不遑朝矣 (遑)	山井鼎考文本皇作遑
27	大雅棫樸	奉璋峨峨 (峨)	奉璋峩峩 (峩)	毛傳閩本峨作峩
28	大雅生民	于豆于登 (登)	于豆于豋 (豋)	毛詩相臺本作豋
29	大雅卷阿	鳳皇于飛 (皇)	鳳凰于飛 (凰)	皇爲凰之古文
30	大雅蕩	天降滔德 (滔)	天降慆德 (慆)	滔爲慆之同音假借字
31	大雅崧高	往近王舅 (近)	往䢋王舅 (䢋)	䢋音記，毛詩誤作近
32	周頌維天	假以溢我 (假溢)	何以恤我 (何恤)	左傳襄十七年引詩作何以恤我

33	周頌天作	彼徂矣岐 有夷之行	(徂矣)	彼岨者岐 有夷之行	(岨者)	韓詩作徂者沈括引從漢書誤作「彼岨者岐」朱子疑岨字別有所據，故從之
34	周頌桓	婁豐年	(婁)	屢豐年	(屢)	左傳宣十二年引詩婁作屢
35	魯頌泮水	其旂茷茷	(茷)	其旂筏筏	(筏)	經典釋文作伐伐加艸作茷加竹作筏均異文
36	商頌烈祖	鬷假無言	(鬷)	奏假無言	(奏)	禮記中庸引詩奏假無言
37	商頌殷武	罙入其阻	(罙)	冞入其阻	(冞)	說文引詩作罙，省作冞，毛詩閩本即作冞

朱子改定經文異字研判所得僅列三十七條，其餘尚應加以研究或說明者亦屬不少。例如⑴丘中有麻，唐石經相臺本等均作丘，朱子詩集傳同，而阮校毛詩注疏本，獨作𠀉，且不加校勘。此則孔子名丘，清人避諱省筆之故，是故詩經傳說彙纂雖本朱子集傳，而詩中丘字亦均作𠀉，丘中有麻經文中三𠀉字均省筆避諱，與阮校本同，而篇名則改爲邱中有麻。又如⑵雨無正，首章「降喪饑饉」，三章「飢成不遂」，一篇之中，一句作饑，一句作飢，殊不劃一。唐石經相臺本阮校本皆如此，朱子詩集傳早將第三章飢字改定爲饑，而阮氏校勘記，亦不加校勘，略而不提。又如⑶大田篇「興雨祁祁」句，唐石經相臺本等均作祁祁。阮校毛詩注疏本作祈祈，乃傳寫之誤。朱子集傳已予糾正改作祁祁，此條阮氏校勘記已指出祈祈之誤，獨不提朱子糾正耳。其餘如⑷板篇「及爾同僚」句，毛詩注疏本僚作寮。集傳依唐石經相臺本等改作僚。⑸雲漢篇「旱既大甚」句，毛詩注疏本三四五六七章，改大作太，則與次章作「大」不一致，朱傳各章均作「大」。以

及(6)毛詩注疏本幽字均作幽，朱傳均作幽。這些，文開均不予詳論，僅在此略提，以後當納入異字對照一覽表。

八、詩集傳各本間異字之考察與研討

此下，我們要考察的，是朱子詩集傳各本間經文的不一致。這在前面已敘述朱子廢序集傳有新舊本之別，舊本卽二十卷本，新本卽八卷本。新本較舊本更爲簡約易讀，而二十卷舊本，已將毛詩汁疏本經文更定了若干條，八卷新本，則另又更定了若干條。這是二十卷本與八卷本間經文有異字之故。而二十卷本又有宋本與通釋本疏義本大全本彙纂本的不同。其間亦異字紛出，或爲各本編撰者的校改，或爲傳寫刻印之誤。當然二十卷的宋本實際已非宋刻之舊，今存八卷的各本，也多傳刻之誤。所以今存詩集傳經文各本間異字之多，一時也難予一一校訂，下手爬梳，並爲節省篇幅起見，特先製成今存集傳各本異字一覽表，同時改變重見異字以符號代之，以求簡化，而使對照，然後再加研討。（見表二）

詩集傳各本異字對照一覽表（附表二）

編號	篇名	八卷本經文（粹芬閣本）	二十卷宋本異字	詩傳通釋異字	詩經疏義異字	詩傳大全異字	詩經傳說彙纂異字	阮校毛詩注疏本經文
1	周南關雎	√ 鐘鼓樂之（鐘）	＋（鍾）	＋（鍾）	√（鐘）	＋（鍾）	√（鐘）	＋ 鍾鼓樂之（鍾）

2	周南葛覃	薄污√我私（污）	√	√	√	√	+	薄汙+我私（汙）
3	召南甘棠	召伯所憩√（憩）	√	愒	√	√	√	召伯所憇+（憇）
4	召南羔羊	素絲五總√（總）	+	√	+	√	√	素絲五總+（總）
5	召南何禯	何彼禯√矣（禯）	禯	√	√	√	√	何彼禯矣+（禯）
6	邶風匏葉	濟盈不濡軌√（軌）	+	√	√	√	√	濟盈不濡軌|（軌）
7	邶風谷風	宴爾新昏√（昏）	+	√	√	√	√	宴爾新昬+（昬）
8	同右	昔育恐育鞫（鞫）	+	√	√	√	√	昔育恐育鞫（鞫）
9	邶風泉水	載脂載舝（舝）	+	+	+	√	√	載脂載舝（舝）
10	鄘風定中	終焉允臧（焉）	+	+	+	+	+	終然允臧（然）
11	衞風淇奧	猗重較兮（猗）	√	√	√	√	√	倚重較兮（倚）
12	衞風碩人	美目盼兮（盼）	√	+	+	√	√	美目眄兮（眄）
13	衞風氓	其黃而隕（隕）	√	√	+	√	√	其黃而隕（隕）
14	王風兎爰	尙寐無聰（聰）	+	√	√	√	√	尙寐無聦（聦）
15	王風丘麻	丘中有麻（丘）	√	√	√	√	+	丠中有麻（丠）
16	鄭風大叔	叔于田（無大字）（第一章）	√	√	√	√	√	大叔于田（大）
17	鄭風扶蘇	山有橋松（橋）	√	√	√	√	√	山有喬松（喬）

18	鄭風出東	聊樂我員（員）	√	√	+	√	√	聊樂我貟（貟）
19	魏風園桃	不知我者（知我）	+	√	√	√	√	不我知者（我知）
20	唐風鴇羽	父母何甞（甞）	+	+	嘗	+	+	父母何嘗（嘗）
21	秦風蒹葭	蒹葭淒淒（淒）	淒	淒	淒	淒	√	蒹葭萋萋（萋）
22	秦風晨風	鴥彼晨風（鴥）	√	√	√	鴥	√	駀彼晨風（駀）
23	陳風澤陂	中心悁悁（悁）	+	√	√	√	√	中心愪愪（愪）
24	曹風下泉	冽彼下泉（冽）	√	√	√	√	√	洌彼下泉（洌）
25	豳風七月	取彼狐狸（狸）	+	+	+	+	√	取彼狐貍（貍）
26	豳風東山	亦可畏也（亦）	+	√	+	+	+	不可畏也（不）
27	小雅出車	胡不旆旆（旆）	+	+	+	+	√	胡不斾斾（斾）
28	小雅蓼蕭	鞗革沖沖（沖）	沖	沖	沖	沖	沖	鞗革忡忡（忡）
29	小雅采芑	簟笰魚服（簟笰）	簟笰	√	√	√	√	簟茀魚服（簟茀）
30	同右	鉤膺鞗革（鞗）	√	√	√	√	√	鉤膺鞗革（鞗）
31	小雅采芑	有瑲蔥珩（蔥）	+	+	+	√	+	有瑲葱珩（葱）
32	小雅車攻	選徒囂囂（囂）	√	√	√	√	√	選徒嚻嚻（嚻）
33	同右	決拾既佽（決）	√	决	√	√	√	淩拾既佽（淩）
34	小雅鴻鴈	哀鳴嗷嗷（嗷）	+	+	+	+	√	哀鳴嗸嗸（嗸）

35 小雅鶴鳴	他山之石（他）	+	√	√	√	+	它山之石（它）
36 小雅祈父	靡所底止（底）	√	√	底	√	√	靡所底止（底）
37 小雅黃鳥	不我肯穀（穀）	+	+	√	√	√	不我肯穀（穀）
38 小雅我行	言歸思復（思）	√	√	√	√	√	言歸斯復（斯）
39 同右	亦秖以異（秖）	+	秖	√	√	祇	亦祇以異（祇）
40 小雅斯干	無父母貽罹（貽）	+	+	+	+	+	無父母詒罹（詒）
41 小雅十月	朔日辛卯（日）	+	√	√	√	√	朔月辛卯（月）
42 小雅雨無	饑成不遂（饑）	+	√	√	+	√	飢成不遂（飢）
43 同右	曾我暬御（暬）	暬	+	+	+	暬	曾我暬御（暬）
44 同右	維曰于仕（于）	√	√	√	√	√	維曰予仕（予）
45 小雅小旻	亦孔之邛（邛）	+	√	√	√	√	亦孔之卬（卬）
46 同右	伊于胡底（底）	√	√	√	√	√	伊于胡底（底）
47 小雅小宛	無忝爾所生（無）	√	√	√	√	√	毋忝爾所生（毋）
48 小雅小弁	鞫爲茂草（鞫）	+	√	√	√	√	鞫爲茂草（鞫）
49 同右	不離于裏（離）	√	√	√	√	√	不罹于裏（罹）
50 同右	析薪杝矣（杝）	√	√	√	√	√	析薪扡矣（扡）
51 小雅巧言	亂如此憮（憮）	√	√	√	√	√	亂如此幠（幠）

52	同	右	昊天泉幠（泰幠）	√	√	√	√	√	昊天大幠（大幠）
53	小雅何斯		維暴之云（維）	√	√	√	√	√	誰暴之云（誰）
54	同	右	祇攪我心（祇）	+	√	√	秖	+	祇攪我心（祇）
55	同	右	俾我祇也（祇）	+	√	√	√	+	俾我祇也（祇）
56	小雅大東		鞙鞙佩璲（鞙）	√	√	+	√	√	鞙鞙佩璲（鞙）
57	小雅四月		奚其適歸（奚）	+	+	√	√	+	爰其適歸（爰）
58	小雅無將		祇自疧兮（祇疧）	√	√	√	秖疧	√	祇自疷兮（祇疷）
59	同	右	維塵雝兮（雝）	√	√	√	√	√	維塵雍兮（雍）
60	小雅楚茨		既匡既敕（敕）	√	√	√	√	√	既匡既勑（勑）
61	小雅大田		興雨祁祁（祁）	√	√	√	√	√	興雨祈祈（祈）
62	小雅緜蠻		止于丘阿（于丘）	√	√	√	√	于丘	止於丘阿（於丘）
63	小雅漸石		不遑朝矣（遑）	√	√	√	√	√	不皇朝矣（皇）
64	大雅棫樸		奉璋峩峩（峩）	√	√	√	+	√	奉璋峨峨（峨）
65	大雅生民		不坼不副（坼）	√	√	√	√	√	不拆不副（拆）
66	同	右	于豆于豋（豋）	+	√	√	√	√	于豆于登（登）
67	大雅公劉		廼埸廼疆（廼）	√	√	迺	√	+	迺埸迺疆（迺）
68	同	右	豳居允荒（豳）	√	+	√	+	√	豳居允荒（豳）

69	大雅卷阿	鳳凰于飛（凰）	凰	√	√	凰	√	鳳皇于飛（皇）
70	大雅板	及爾同僚（僚）	√	√	√	√	√	及爾同寮（寮）
71	大雅蕩	天降慆德（慆）	+	√	√	√	+	天降滔德（滔）
72	大雅抑	於乎小子（乎）（第十三章）	√	√	√	√	√	於呼小子（呼）
73	大雅桑柔	多我覯痻（痻）	+	√	√	√	√	多我覯痻（痻）
74	大雅雲漢	旱既大甚（大）（三四五六七章）	√	√	√	√	√	旱既太甚（太）
75	同　右	憂心如熏（熏）	√	√	√	√	√	憂心如薰（薰）
76	大雅韓奕	實畝實籍（籍）	√	√	√	√	√	實畝實藉（藉）
77	周頌天作	彼岨矣岐（岨）有夷之行	+	+	√	+	√	彼徂矣岐（徂）有夷之行
78	周頌桓	屢豐年（屢）	+	+	√	√	√	婁豐年（婁）
79	魯頌駉	以車祛祛（祛）	+	√	√	√	+	以車袪袪（袪）
80	魯頌泮水	其旂筏筏（筏）	+	+	茷	茷	+	其旂茷茷（茷）
81	魯頌閟宮	魯邦是常（常）	√	√	√	√	√	魯邦是嘗（嘗）
82	商頌殷武	采入其阻（采）	+	√	√	√	√	罙入其阻（罙）

附註：此表八十二條，其中各條之異字，往往包括同一篇內之他章，或他篇之相同字者。例如六三號漸漸之石篇「不遑朝矣」，實兼指次章「不遑出矣」，末章「不遑他矣」二遑字。九號泉水篇「載脂載舝」，實亦兼指車舝篇的舝字。

首先加以說明的是此表第一層對照，爲代表八卷本詩集傳的粹芬閣本經文與代表毛詩注疏本的阮校本經文的上下對照，並在括弧中標明其異字，又以✓與＋爲其記號。第二層對照，爲五種代表詩集傳二十卷本的⑴宋本⑵元劉瑾詩傳通釋本，⑶元朱公遷詩經疏義本，⑷明胡廣詩傳大全本，⑸清詩經傳說彙纂本，各與八卷本及阮校本對照，其異字與八卷本同的作✓符號，與阮校本同的作＋符號，兩者均不相同，另爲異字者，則逕將異字填寫出來，例如五十四號八卷本小雅何人斯篇「祇攪我心」句的異字祗，通釋本疏義本與之同，故各作✓符號，宋本彙纂本與阮校本的祇字同，故各作＋符號，大全本另成異字秖，則逕將秖字填寫出來。如此憑表對照，一覽瞭然。

其次要說明的，文開所憑各本，除阮校毛詩注疏本係藝文印書館影印，八卷本粹芬閣本係啓明書局影印，詩傳大全係吳菊僊書屋藏校本，詩經傳說彙纂係鐘鼎文化出版公司影印國立臺灣大學藏本，八卷宋本係商務印書館四部叢刊本外，其餘詩傳通釋、詩經疏義兩種均係商務印書館影印的四庫全書珍本。遺憾的是未能借得四庫全書中的詩集傳八卷本。

接着，我們參考這各本異字對照一覽表，便可推斷詩集傳中經文異字的發生有不同的三種程序，第一種是從舊本就與毛詩注疏者不同的，第二種是舊本與毛詩注疏本同，從新本才發生異字的，第三種是舊本與毛詩注疏本不同，而新本又與舊本不同。

第一種凡表中五種二十卷本的符號都是「✓」的，表示二十卷舊本經文與八卷新本，完全一致，僅與毛詩注疏本不同。那末，可以推斷，朱子從舊本經文就改定了如此，新本不再更動的。

例如十一號衞風淇奧篇「猗重較兮」，朱子撰詩集傳二十卷舊本時卽從毛詩注疏本的「倚」字改定爲「猗」，以後八卷新本也未更動。這倚改猗，朱子是據唐石經相臺本等作猗而改。阮氏校勘記也說：「案猗字是也。」但阮氏只校勘其誤，而知誤不改的，所以阮校毛詩注疏本經文，仍作倚。

第二種凡表中五種二十卷本的符號都是「+」的，表示二十卷舊本經文，完全與毛詩注疏本相同，要到朱子删定八卷新本時，重加更訂，而才有異文的。例如四十號小雅斯干篇「無父母詒罹」句，集傳舊本，尙與毛詩注疏本一致，到改定新本時，才將「詒」字改作「貽」的。此字經典釋文云：詒，本又作貽。此本卽指考文古本。集傳新本卽從考文古本作貽。

第三種是表中五種二十卷本異字與八卷新本毛詩注疏本都不相同。例如二十八號小雅蓼蕭篇「鞗革冲冲」句，毛詩注疏本冲冲作忡忡，而五種二十卷本都作沖沖，這就可推斷集傳二十卷新本改忡忡爲沖沖，而八卷新本又更改爲冲冲。但冲本同沖，此字朱子爲什麼一改再改，此地暫時置而不論。

二十一號秦風蒹葭篇的「蒹葭淒淒」的淒淒，也是第三種的異字。毛詩注疏本經文爲萋萋，集傳舊本改作凄凄，而新本又改作淒淒。其中彙纂本不作凄凄而作淒淒，大約是編撰人王鴻緒等有意改從八卷新本之故。我們看表中二十五「取彼狐狸」句，彙纂本獨從新本，而二號「薄汚我私」一句，則彙纂本又獨從注疏本，可以推知王氏等往往不依照其他二十卷本而獨持己見，改定異字的。

這樣表中五種二十卷本異字的不一致，我們可推斷或由於傳寫之誤，或由於編撰者的校改，其異字太紛歧的十月之交篇「家伯冢宰」句，這八卷本的冢字，彙纂本與毛詩注疏本同作維，宋本與通釋本又同作爲，只有疏義本與大全本也作冢。二十卷的五本，就有三種不同的異字，只見一片混亂。我們只能暫定其都是傳寫之誤，前已論及。像三十九號的秖字，八十號的筏字，四三號的瞀字，也只能暫置不論。但像三號的憩字，通釋本獨作憇；五號的穠字，宋本獨作襛；二十號的嘗字，義疏本獨作甞；二十九號的簞字，宋本獨作簟；二十二號的駃字，大全本獨作駅；三十六號的底字，疏義本獨作底；三十三號的決字，通釋本獨作决；六七號的迺字，疏義本獨作廼，都是傳寫之誤，並非朱子之舊。

於是我們依照異字符號之所顯示，可以推斷出朱子删定八卷新本時，重新改定經文異字的有(1)斯干篇的詒作貽，(2)七月篇的貍作狸，(3)出車篇的旆作旆，(4)定之方中篇的然作焉，(5)黃鳥篇的肯穀作肯穀，(6)鴻鴈篇的嗸作嗷，(7)采芑篇的葱作蔥，(8)泉水篇的臺作臺。(9)桓篇的婁作屢，(10)鴇羽篇的嘗作甞，(11)關雎篇的鍾字作鐘，以及(12)蒹葭篇的萋字舊本改作凄，新本又改作淒，(13)蓼蕭篇的忡字舊本改作沖，新本又改作冲，共約十餘條。而朱子於二十卷舊本改定經文異字，八卷新本從之的，除前已詳論的大叔于田首句删一「大」字，及經文中夾注異字二十一條中「奚其適歸」「彼岨者岐」等十條外，這表中異字五本符號都作「✓」者，像(1)淇奧的猗字，(2)山有扶蘇的橋字，⑶下泉的冽字，⑷采芑的偉字，⑸車攻的囂字，⑹我行其野的思字，⑺雨無正的于字，⑻小旻的底字，⑼小宛的無字，⑽小弁的離字，⑾小弁的杝字，⑿巧言的憮字，⒀巧言的泰憮，⒁何人斯的維字，⒂無將大車的雝字，⒃楚茨的敕字，⒄大田的祁祁，⒅漸漸之石的遑字，⒆生民的坼字，⒇板篇的僚字，㉑抑篇十三章的乎字，㉒雲漢三四五六七章的大字，㉓雲漢的熏字，㉔韓奕的籍字，㉕閟宮的常字等，以及五個符號不全是「√」的，像⑴葛覃的汚字，⑵匏有苦葉的軌字，⑶邶谷風的昏字，⑷邶谷風的鞠字，⑸氓篇的隕字，⑹鶴鳴篇的他字，⑺出其東門的員字，⑻園有桃的知我，⑼澤陂的悁悁，⑽十月之交的日字，⑾小旻的邛字，⑿小弁的鞫字，⒀棫樸的峩峩，⒁生民的登字，⒂公劉的豳字，⒃卷阿的凰字，⒄蕩篇的慆字，⒅桑柔的瘖字，⒆殷武的罙字，⒇何彼襛矣的襛字，㉑甘棠的憩字，㉒車攻的決字，㉓祈父的底字，㉔無將大車的祇疧，㉕何人斯的祇字，㉖大東的鞙字等共計有六七十條。其中大都前已研討過，有些以前還未論及，本應略加申論，爲篇幅所限，只得從略了。

至於集傳八卷本（包括粹芬閣本、掃葉本、銅版本）二十卷宋本與毛詩注疏本間無異字，而與其他各本間有異字的情形，也有若干條，例如小雅正月篇「胡然厲矣」句，此句通釋本大全本然字均作爲，則一望而知爲形似之訛。又如小雅沔水篇「鴥彼飛隼」句，八卷本與毛傳注疏本同，彙纂本疏義本亦作鴥，但宋本中華本作鳩，通釋本大全本則作鳧。這些，大多也只是傳寫刻印之誤，可免予研討。

九、總　結

専為此文蒐集應用材料與參考資料，已達一年之久，決定撰寫此文為賓四師祝壽，正式起草，也已經歷半年，直到賓四師八十華誕來臨之日，日夜趕工兩星期，才得完稿。雖仍不免有草率之處，與未及親見若干參考書的遺憾，但所得結論，大體已可靠，只有若干細節，容有可以商酌之處。

朱子撰詩集傳的「上下古今，博取諸家，閎思眇指，卓然千載之上」，王應麟夏炘之言，不為過譽；即就其求眞的精神，勇於改定經文異字的態度一點來說，實亦今日我們從事復興中華文化工作者所宜服膺。朱子的改定經文，並非魯莽從事，都是有所根據，再經衡量得失，才予定奪的。試看七月篇「取彼狐狸」句的狸字，為求簡省易讀，他才於八卷新本，捨貍而取此俗字之狸。但他也先求之古籍，多已用之，才作此決定。這可為他改定經文異字的態度的愼重作證。這同樣是我們該效法的。

只因朱子詩集傳力求簡省，其所改定異文，大多沒有將考證經過，細加說明，所以到後來亥豕魚魯，譌誤特多，這一點，我們今日就得小心加以研討，儘可能考證出朱書的本來面目，推斷其何者為傳寫刻印之誤，何者為朱子所改定的異字。

朱子為毛詩改定經文異字，流傳極為普遍，深入人心，影響極大。成語像「鐘鼓樂之」「他山之石」「伊于胡底」等，無人再作鍾作它作底者。像鳳皇之寫作鳳凰，狐貍之寫作狐狸，同寮之寫作同僚，也都受朱子改定異文的影響。但清儒阮元撰毛詩校勘記，無視於朱子的改定經文異字，像何彼穠矣的穠字，也是毛詩的異文，校勘記便不予校勘；大叔于田首句應删大字，校勘記列此一條，而避免談及朱子。這固可解釋爲阮氏擡高朱子詩集傳，已視同三家詩之爲詩經的另一家，但實際上詩集傳之與毛詩，是血濃於水，骨肉之親的同爲一家，無論如何是難於分割的。

另外像夏炘的因推尊朱子，而誤斷「朱子作集傳，一仍注疏舊本，實未嘗改易經字」，甚至確定朱子集傳「訓詁多用毛鄭，鳥獸草木多用陸璣及爾雅注疏，是以皆得取而正之。」因此校訂集傳經文三十九條，悉從毛詩注疏本，這尤爲朱子的罪人，完全是違背了朱子的求眞精神，勇於改定經文異字的態度了。

因爲考察朱子詩集傳八卷本的異字，更多於二十卷本，所以得將詩集傳撰寫的經過以及版本的問題，先予研討。研討的結果，我們知道朱子的撰寫詩集傳，求其「簡約易讀」，是他努力的目標之一。而考證詩集傳的撰寫經過，他於淳熙四年四十八歲那年所撰自序，是爲未主張廢小序時所撰詩傳而寫，此書未曾問世。現存廢序的詩集傳又有新本舊本之分。新舊本內容一致，而新本更爲簡約，並又改定了若干異字。舊本撰寫於淳熙十一年他五十五歲時，新本則爲紹熙五年他六十五歲以後所删改。舊本卽現存二十卷本集傳，新本卽現存八卷本集傳。

集傳版本問題解決以後，於是研討清人陳啓源與夏炘所見集傳異字不同的原因，將現存八卷本一種，及二十卷本五種，逐字檢驗，製檢驗表，而確定夏炘所據爲八卷本，陳啓源所據爲二十卷的大全本。

其次就夏炘朱子詩經集傳校勘記所列詩經異字三十九條，逐一予以覆案，覆案的結果，三十九條異文中，大多是朱子所改定，只有十一條是後來傳寫刻印之誤。

再其次就二十卷集傳經文中夾注異字逐一予以考釋研判，研判的結果，其中可以斷定朱子原本曾予改定經文者共有十條，可以斷定僅夾注異字，而經文未改者，只有七條。

最後，將詩集傳各本異字製成對照一覽表，核對出集傳二十卷本朱子改定了經文異字，有何彼穠矣篇穠字，淇奧篇的猗字，四月篇奚字，十月之交篇日字，漸漸之石篇遑字，卷阿篇凰字，鶴鳴篇他字等六七十條，而八卷本集傳又改動了經文異字也有七月篇的狸字，桓篇的屢字，關雎篇的鐘字，斯干篇的貽字，鴻鴈篇的嗷字等十餘條。朱子詩集傳改定經文異字，共計不下八九十條。而這八九十條中業經文開詳加研判，確定是朱子所自改者，亦在三十七條以上。

六十三年七月完稿於北投致遠新村，六十八年三月修訂於臺北舟山路靜齋

（原載東方雜誌復刊八卷四期至六期）

中國謝邑所在地的研判

糜文開

詩經大雅崧高、小雅黍苗，詠宣王時申國徙封於謝事，王風揚之水則詠東周初年戍申事，三詩可補史籍記載之不足。惟歷代學者對申國之爵位，申之舊封地及謝邑所在地，均有歧見。異說紛紜，莫衷一是。茲披覽舊籍，加以梳耙，撰寫短文，試作研判。

查申國自周宣王徙封申伯於謝，其後即以謝爲申。故詩王風揚之氣「不與我戍申」，即指徙都後之申。左傳隱公元年：「鄭武公娶于申。」杜注：「申國，今南陽宛縣」。孔疏：「申之始封，亦在周初，其後中絕，至宣王之時，宣王以王舅改封於謝。宛縣者，謂宣王改封之後也。以前則不知其地。」漢書地理志亦云：「南陽宛縣，申伯國。」查漢南陽郡宛縣，至隋改爲南陽縣，即今河南省南陽縣。清朱右曾詩地理徵卷二申：「地理志曰：『南陽郡宛縣，故申伯國。』括地志曰：『故申城在鄧州南陽縣北三十里。』右曾案：楚滅申在春秋魯莊公之六年，上距平王元年凡八十三歲。南陽縣今爲南陽府治。」卷四謝：「右曾案：王逸楚辭章句引詩曰：『申伯番番，旣入于徐。』王符潛夫論曰：「申在宛北序山之下，故詩曰：『于邑于序。』徐、序、謝俱聲近字易。國語言齊、許、申、呂由太姜，然則申之始封，其在周興之初。其後中絕，宣王改封之謝，以纘先祀。故曰：『亹亹申伯，王纘之事。』又曰：『我圖爾居，莫如南土。』申城在今南陽府南陽縣北二十里。」並述其論證云：「申國在宛，班固、王符、馬彪說並同。（博物記亦云宛有申亭。）而劉昭注續志引荊州記曰：『棘陽縣東北百里有謝城。』水經注曰：『謝水出謝城周廻側水，申伯之都也。世祖封樊重少子爲謝陽侯卽此，棘陽縣治在西。』此別謝城。世本云：『任姓之謝城。』或在此。道元以爲申伯之都，非是。方輿紀要曰：『羅山縣西北六十里有謝城，申伯所都。』羅山漢鄳縣地，總與左傳以申呂並言者不合。」今人陳槃春秋篇云：「申，姜姓，伯夷後。爵號或曰侯，或曰伯，國于謝。今河南南陽縣北二十里有申城是。莊六年，滅于楚，爲申邑。」張其昀中華五千年史西周篇也說：「謝就是今河南省南陽縣。」

以上是歷代史地學家對中國謝邑所在地的重要考察，以下試檢討歷代詩經注釋之紛歧。

毛詩正義王風揚之水：「不與我戍申。」毛傳：「申，姜姓之國，平王之舅。」而孔疏於詩序曾引左傳注曰：「杜預云：『申今南陽宛縣是也。』」小雅黍苗：「肅肅謝功。」毛傳：「謝，邑也。」大雅崧高：「亹亹申伯，王纘之事。于邑于謝，南國是式。」毛傳：「謝，周之南國也。」鄭箋：「申伯以賢人爲王之卿士，佐王有功。王又欲使繼其故諸侯之事，往作邑於謝，南方之國皆統理，施其法度。時改大其邑，使爲侯伯，故云然。」孔疏推衍其說曰：「申伯以賢入爲王之卿士，則申伯先封於申，來仕王朝。又言王欲使繼其故諸侯之事。往作邑於謝者，蓋申伯本國近謝，今命爲州牧，故改邑於謝，取其便宜。若申伯不先爲諸侯，不得云入爲卿士。……言申伯，當是伯爵。云南國是式，則爲一州之牧。故知改大其邑，不同舊時。此言侯伯亦謂爲州牧。申伯舊是伯爵，今改封之後或進爵爲侯。史記周本紀云：申侯與西戎共攻幽王，彼申侯者，不過是此申伯子之與孫耳。」孔疏始推定申爲伯爵，至此進爵爲侯，又云申伯本國近謝。傳、箋、疏之於申、謝，雖未指其所在地，惟孔氏於揚之水毛序之疏中已確指東周之申爲南陽宛縣，卽今河南省南陽縣。

詩經注釋於申謝地點，至宋朱熹詩集傳雜採異說而兩歧。彼於崧高曰：「謝在今鄧州南陽縣。」但於揚之水「不與我戍申」及黍苗「肅肅謝功」，均謂「在今鄧州信陽軍。」查宋鄧州之南陽縣及信陽軍，卽今之河南省南陽縣及信陽縣。

至清代，御製詩經傳說彙纂更就朱子集傳加注他人意見。如梁益之以申之在信陽，乃楚靈王所遷。曹粹中以申伯國在南陽宛縣，而謝城在棘陽縣東北百里。方玉潤詩經原始卽襲朱子之說並兼舉曹粹中等說。他如陳奐之詩毛氏傳疏亦謂：「漢南陽郡宛縣爲申故都，自宣王徙諸謝邑，申乃在宛縣之南。」又舉河南唐縣、羅山縣、棘陽縣等地各有謝城，而否定之。三家詩之陳喬樅、王先謙則以王符潛夫論爲魯詩，其所論申城在南陽宛北序山之下，序卽謝，與地理志南陽郡宛縣故申伯有屈申城相合。馬瑞辰毛詩傳箋通釋則主謝在信陽，其言曰：「瑞辰按：漢書地理志：

『南陽宛縣申伯國。』卽今南陽府南陽縣也。水經注：『比水又西南流，謝水注之。水出謝城北周廻側水，申伯之都邑。』又云：『其城之西舊棘陽治，故亦曰棘陽城。』荆州記：『棘陽東北百里有謝城。』續漢書地理志：『謝城在南陽棘陽縣東北百里。』並與水經注合。今在汝寧府信陽州境。明一統志：『今汝寧府信陽州在南陽府城北二百七十里州境內有古謝城是也。』申與謝相去不遠，申爲舊封，謝爲新作之都邑。」當代屈萬里先生詩經釋義採馬瑞辰之說，以謝城在信陽州，卽今河南省之信陽縣。王靜芝詩經通釋、馬持盈詩經今註今譯均從之。惟查馬（瑞辰）說信陽州之謝城與棘陽東北之謝城，其地理位置不符，似非同一謝城。而信陽州屬汝寧府，則信陽州之謝城，卽不應另在南陽府。故馬說不能採，而屈先生註謝城所在地之宋代信陽軍、清代信陽州爲今信陽縣，亦屬疏忽也。

考南陽府城在西，卽今河南省南陽縣；汝寧府城在東，卽今河南省汝南縣，相距約四百里之遙。信陽州今改爲信陽縣，更在汝南縣南約二百里。古謝城又在南陽縣北二百七十里。則古謝城已在今信陽縣西北約八百里之外，而信陽州旣屬汝寧府，古謝城且在不屬汝寧府之南陽府城之北，則此古謝城決不在信陽州境內也。又考棘陽古址在今河南新野縣東北，謝城旣在棘陽東北百里，今新野在南陽西南約百餘里，則此謝城已近今南陽縣境，固與今信陽縣無關，而與南陽府城北二百七十里之古謝城，相距亦有二百餘里之遙，應是另一謝城。馬氏所舉二謝城，旣不在今信陽縣境內，則屈先生註謝城在今信陽縣，又屬疏忽矣。況馬氏所舉二謝城：棘陽之謝，朱右曾指爲任姓之謝城，明一統志南陽府北二百七十里之謝城，其里數與前代典籍所記無一近似，也不足依據。馬氏之說，實不可採納也。

清儒詩說對謝邑有詳密考察者，當舉顧廣譽學詩詳說爲代表，其說戍申戍甫（呂）曰：「箋中在陳鄭之南。疏引左傳杜注：申，今南陽宛縣是也。集傳謂在今鄧州信陽軍之地。……漢書地理志：南陽宛縣申伯國。詩書及左氏注不言呂國所在。史記正義引括地志云：故呂城在鄧州南陽縣西。徐廣云：呂在宛縣。水經注亦謂宛西呂城，四嶽受封。然則申呂，漢之宛縣也。案一統志：南陽府南縣附郭，周初申國。申城在縣北二十里，呂城在縣西三十里。元統志：今南陽縣西有董呂村，卽古城。又案括地志：故申城在鄧州南陽縣北三十里。故呂城在鄧州南陽縣西四十里。不同者，古今里數之贏縮也。集傳信陽軍之說，誤本通典。梁氏益云：是楚靈王所遷在信陽州之方城內，今屬河南汝寧府，非平王時之申也。」（錄自清儒詩經彙解）文開案顧祖禹方輿紀要謂河南信陽州羅山縣西北六十里有謝城，故申伯所都。清一統志糾正其說云：「朱子詩集傳揚之水，黍苗以謝爲信陽，崧高以謝爲南陽。故今羅山縣亦有謝城，蓋因詩集傳而傅會。」然則朱子所指信陽軍之謝，馬瑞辰所指信陽州之謝，固在今信陽縣之鄰縣羅山縣境內也。

顧氏學詩詳說又謂：「疏以申伯本國近謝，今命爲州牧，改邑於謝，取其便宜。今以『我圖爾居』詳之，疑未必如孔說，及讀史記秦本紀云：『周孝王欲以非子爲大駱適嗣，申侯之女爲大駱妻，生子成爲適。申侯乃言孝王曰：「昔我先酈山之女，爲戎胥軒妻，生中潏，以親故歸周，保西垂。西垂以其故和睦，今我復與大駱妻，生適子成，申駱重昏，西戎皆服。」』案此則舊申國雖不能指實何地，其爲周京西方諸侯則確有明證矣。」（錄自清儒詩經彙解）由此證申國世爲侯爵，史記所載周孝王、幽王時均稱申侯。則詩崧高稱申伯，以其爲方伯，卽一方之州牧也。日人竹添光鴻毛詩會箋亦以顧說作定案。

朱子詩集傳的地位是崇高的，馬瑞辰、屈萬里二氏的考證，是可信賴的，但都難免有疏失之處。就詩經地理而言，內子普賢與我合撰的詩經欣賞，邶風谷風篇「涇以渭濁」句，應解「涇清渭濁」，一時不察，採朱、屈「涇濁渭清」說以爲解，普賢已撰「涇清渭濁辨」以自改正。王風揚之水，我們又據朱、馬、屈三書之說，以申爲在今河南信陽縣境。現在寫詩經欣賞三集爲崧高作註，始發現朱子詩集傳註中有南陽、信陽的兩歧。於是文開檢閱藏書與借書，試作研判，左圖右史地摸索了好幾天，才整理出一個頭緒來。本擬簡要地寫在註釋欄內，不料一寫就寫了一兩千字，於是移置於評解項下。而稍加補充，又已得四千餘字。且評解中已有詩經伯字考察一大段，於是普賢提議加一標題，成爲一篇獨立的短文。雖考證部分，各家的論證已删節太多；但却也免除了嚴肅冗長的考證給讀者的負擔。於是我加上了一個簡單的題目，並在此略作說明，將研判的結果宣佈於下：

(1)中國係侯爵，據史記秦本紀，周孝王時已稱申侯。詩稱申伯，非伯爵，乃尊其爲一方之伯也。

⑵據史記秦本紀申侯之言可知：申國故都在鎬京西方。
⑶申國謝邑在今河南省南陽縣境，不在今信陽縣。而羅山縣等之謝城，均係傅會之說。

六十八年一月二十日撰於靜齋

詩經的文學價值

——民國七十年五月二十七日在臺北市文化大樓講

裴溥言

一、前言

詩經是我國最早的一部詩歌總集，是兩千五六百年以前周朝時代，我們先民的歌唱。但是到漢代被一般學者給蒙上了一層外衣，把它看成是一部篇篇關係着政治得失道德教訓的經典。因而就蒙蔽了它的眞面目，抹殺了它的眞價值。到了宋代，歐陽修、朱熹等人出來，雖然反對漢人讀詩的態度，而主張由詩的本文去瞭解詩意，但是仍然不能完全擺脫漢人的窠臼。我們知道，所謂詩，是文學的作品，所謂文學，是時代的產物，是社會人生的反映，是人們內心感情的流露。雖然它免不了有一些有關政治、道德等的詩篇，但却都是透過文人的筆墨，用文學的技巧表達出來的。所以詩經三百篇，實在有它了不起的文學價值。以下我就從形式、內容以及寫作技巧三方面的文學價值，概略地來向諸位報告一下。

二、形式方面的文學價值

㈠保留了四言詩的形式：

詩經三百篇雖然有一、二、三、四、五、六、七、八等字的句子，却以四言爲主，百分之九十以上都是四字一句的。這，我們打開詩經一看便知。以後各代的詩，由四言變爲五言，又由五言變爲七言，而很少有四言的了。所以詩經保留了四言詩的形式。後來的祭文、墓誌銘等，可說是受了詩經的影響而用四言寫作的。

㈡疊詠：詩經很多篇是疊詠的，如：

1. 樛木（周南）

南有樛木，葛藟纍之。
樂只君子，福履綏之。
南有樛木，葛藟荒之。
樂只君子，福履將之。
南有樛木，葛藟縈之。

樂只君子，福履成之。

共三章，每章四句，每句四字。是詩經的基本形式。押韻在「之」字的上一字。三章句型相似，僅用韻的一字更換。

2. 采蘋（召南）

于以采蘋？南澗之濱；

于以采藻？于彼行潦。

于以盛之？維筐及筥；

于以湘之？維錡及釜。

于以奠之？宗室牖下；

誰其尸之？有齊季女。

此詩也是詩經的基本形式，但用韻在句末。全詩用問答體，卽今日民間對口山歌之類，可說是基本形式的變化。國風之有對口山歌，可以陳風東門之池的「彼美叔姬，可以晤歌」句爲證，所謂晤歌，就是當面對口唱歌之意。

3. 麟之趾（周南）

麟之趾，振振公子。于嗟麟兮！

麟之定，振振公姓。于嗟麟兮！

麟之角，振振公族。于嗟麟兮！

三章疊詠，每章三句，每章前兩句押韻，第三句不押韻。而這第三句，顧炎武稱之爲「章餘」，今人謂之「和聲」，即前兩句一人唱，末句衆人合唱。

4.騶虞（召南）

彼茁者葭，壹發五豝。于嗟乎騶虞！

彼茁者蓬，壹發五豵。于嗟乎騶虞！

二章疊詠，每章三句。每章也是前兩句押韻，末句爲章餘和聲。

5.桑中（鄘風）

爰采唐矣？沬之鄉矣。云誰之思？美孟姜矣。期我乎桑中，要我乎上宮，送我乎淇之上矣。

爰采麥矣？沬之北矣。云誰之思？美孟弋矣。期我乎桑中，要我乎上宮，送我乎淇之上矣。

爰采葑矣？沬之東矣。云誰之思？美孟庸矣。期我乎桑中，要我乎上宮，送我乎淇之上矣。

桑中也是問答體。三章每章七句，每章一、二、四句押韻，後二句爲章餘的和聲。

以上五篇代表詩經的形式。其中除第一篇樛木爲詩經最基本的形式之外，其餘都是由基本形式變化而得。有的加和聲，有的是問答體再加和聲。疊詠的章數，也可減少為兩章，或加多為四、五章。（諸位如果對這方面想了解得更多一些，可參閱外子糜文開所寫「詩經的基本形式及其變化」一文，載於「詩經欣賞與研究」第一集中）。

㈢韻文之祖：詩經為千古韵文之祖。詩經以後各代的韻文，其用韵之法，多由三百篇開其端，關於詩經用韻之法，顧炎武認為大約有三種：

1.首句次句連用韻，隔第三句而於第四句再用韻。如周南關雎首章：

關關雎鳩，在河之洲。
窈窕淑女，君子好逑。

其中鳩、洲、逑押韻。凡漢以下之詩及唐人律詩之首句用韻者，源於此。

2.一開頭卽隔句用韻。如周南兔罝全篇：

肅肅兔罝，椓之丁丁；韻
赳赳武夫，公侯干城。韻
肅肅兔罝，施于中逵；韻
赳赳武夫，公侯好仇。韻
肅肅兔罝，施于中林；韻

赳赳武夫，公侯腹心。韻

兎罝共三章，每章隔句用韻。凡漢以下之詩及唐人律詩之首句不用韻者源於此。

3. 自首至末，句句用韻。如衞風考槃：

考槃在澗，碩人之寬。
獨寐寤言，永矢弗諼。
考槃在阿，碩人之薖。
獨寐寤歌，永矢弗過。
考槃在陸，碩人之軸。
獨寐寤宿，永矢弗告。

首章澗、寬、言、諼押韻；次章阿、薖、歌、過押韻；末章陸、軸、宿、告押韻。凡漢以下之詩，句句用韻者如魏文帝樂府詩燕歌行之類源於此。

以上三條是詩經基本用韻之法。其他都由此變化而來。

此外詩經中又有很多重言如關關、夭夭，雙聲如雎鳩、參差，疊韻如窈窕、崔嵬等詞類的應用。這些詞類讀起來不但音調諧和，而且韻味雋永，都有很高的文學價值。

三、內容方面的文學價值

甲、人民感情流露的文學價值

(一)歡合的愉悅，如：

1. 風雨（鄭風）

風雨淒淒，雞鳴喈喈。
既見君子，云胡不夷？
風雨瀟瀟，雞鳴膠膠。
既見君子，云胡不瘳？
風雨如晦，雞鳴不已。
既見君子，云胡不喜？

在風雨淒淒的黑夜，妻子空閨獨守，格外覺得孤寂恐懼，又惦念丈夫在外的平安。這時忽聞聲聲雞啼，而所期待的人兒居然就在此時冒着風雨歸來，這種歡愉之情，該是如何！

2. 君子陽陽（王風）

君子陽陽，左執簧，
右招我由房。其樂只且！

君子陶陶，左執翿，

右招我由敖。其樂只且！

夫婦利用工作之餘閒暇之際，同歌共舞一番，多麼開心呀！

3. 車舝（節錄）（小雅）

雖無好友，式燕且喜。

式燕且譽，好爾無射。

雖無德與女，式歌且舞。

鮮我覯爾，我心寫兮。

覯爾新昏，以慰我心。

車舝是篇敘述結婚親迎的詩。雖乏親友道賀，也無美酒佳餚來慶祝，而娶得一位既健碩而又有美德的新娘，一路車行山野間，載歌載舞，同飲共酌，自是歡樂無比。詩中更表達了新郎之覗美德重於美色，二人重精神而輕物質的高尚情操。

㈡悲離的感傷

⑴生離

1. 君子于役（王風）

君子于役，不知其期；曷至哉？雞棲于塒；日之夕矣，羊牛下來。君子于役，如之何勿思！

君子于役，不日不月；曷其有佸？鷄棲于桀；日之夕矣，羊牛下括。君子于役，苟無飢渴！

竹籬茅舍，山麓人家。西邊山啣夕陽紅，照見山坡上羊兒牛兒都徐徐下來，鷄子也進窩啦。一位村婦看到此情此景，不禁有所感懷，她出外服役的丈夫什麼時候才能回來呀？眞是讓人思念不已。在無可如何的情形下，只好退而求其次，但願他在外不受饑渴之苦啊！

2. 陟岵（節錄）（魏風）

陟彼岵兮，瞻望父兮！父曰：「嗟！予子行役，夙夜無已。上愼旃哉！猶來無止。」

自己在外服役，無限思家之情，却反說家人如何想念自己，令人感到親人之間那種魂牽夢縈的離情別緒。

(2) 死別

1. 葛生（節錄）（唐風）

予美亡此，誰與？獨處！　予美亡此，誰與？獨息！予美亡此，誰與？獨旦！　夏之日，冬之夜，百歲之後，歸于其居。　冬之夜，夏之日，百歲之後，歸于其室。

這是一篇喪偶的悼亡詩，十分悲切淒涼。日夜冬夏，顯示歲月的流轉。從此有生之年，盡是相思之日。悲苦之情，溢於言表。

(3)亂世的悲歎

1. 隰有萇楚（節錄）（檜風）

隰有萇楚，猗儺其枝。夭之沃沃，樂子之無知。　樂子之無家。　樂子之無室。

詩人遭亂逃亡，挈妻抱子，輾轉流徙，不堪家室之累，苦痛之極，而無可告訴，於是在途次對無知的草木，傾吐其欣羡之情。人在太平時代，以能享室家之樂為快；而在亂離之世，却以室家之累為苦，此自非出於本願。但因亂世，室家相棄，顛沛流離，倍感痛苦。不禁有處於亂世，人不如物之歎！

2. 葛藟（節錄）（王風）

謂他人父，亦莫我顧。　謂他人母，亦莫我有。　謂他人昆，亦莫我聞。

這是大動亂時代，流落異鄉者的悲歌。不到外國，不知自己國家的可愛。但是處於亂離時代，不是為了爭自由，圖生存，有誰又願意做個流浪異鄉的難民！

乙、社會生活反映的文學價值

(一)棄婦心理的刻劃

1. 谷風（節錄例句）（邶風）

毋逝我梁，毋發我笱；

我躬不閱，遑恤我後！

和她丈夫在貧困中結合，經過多年的慘淡經營，艱苦的日子過去，應該有福共享了。然而喜新厭舊的負心漢却另娶新歡，糟糠之妻被逼下堂。棄婦臨走時，內心有千萬個「不情願」。因爲這是她的家，是她費了多少勞力，多少心血所建立起來的家；家中的一器一物，都是她親自購置，或親手做成的，就像那堵魚壩，又像那捉魚簍，不都是她花費心力的成果嗎？她對它們已有了深厚的感情，因爲那是屬於她的呀！別人可不許去碰它們喲！眞是一片癡情，未能斬斷。然而當理智清醒時，却忽而又發覺那些已經不是屬於她的了。連她的人都不被收留了，那兒還顧得了那些身外之物呢？她的癡情可憐，她的徹悟可悲。寥寥數語，對於棄婦心理，眞是刻劃入微，令人讀了，不禁要一掬同情之淚！

2.氓（略）（衞風）

本詩中所寫的女主角，從她怎樣戀愛，怎樣結婚，怎樣被虐待，直到她怎樣被遺棄而離去，無限辛酸，非常感人。

(一)農民生活的寫照

七月（略）（豳風）

七月是一篇豳地的田功歌，描寫當地農民一年十二個月裏的生活，非常詳備而生動，清代詩經通論的作者姚際恆推崇備至。他說：「鳥語蟲鳴，草榮木實，似月令；婦子入室，茅綯升屋，似風俗書；流火寒風，似五行志；養老慈幼，躋堂稱觥，似庠序禮；田官染織，狩獵藏冰，祭獻執功，似國家典制書。其中又有似採桑圖，田家樂圖、食譜、穀譜、酒經。一詩之中無不具備，洵天下之至文也。」

㈢勞逸不均的不平之鳴

北山（節錄）（小雅）

或燕燕居息，或盡瘁事國；或息偃在床，或不已於行。或不知叫號，或慘慘劬勞；或棲遲偃仰，或王事鞅掌。或湛樂飲酒，或慘慘畏咎；或出入風議，或靡事不爲。

本詩中運用了十二個「或」字，排比寫成，氣派不凡，有如「黃河之水天上來」一瀉千里，一發不可收拾之概。且每兩句一組，每組以「勞逸」對比，巧妙地運用了文學上的對照律則。十二句寫成六組對比，彼此不同。且每一對比，映出一個現象。六個現象都有差別性，絕不重複。使人讀了，對勞逸雙方更有鮮明深刻的印象，而要爲勞者作不平之鳴。結尾雖止而未止，有欲止不能，欲罷不休之勢。似仍有若干「或」字，不盡欲言，只好由讀者去想像了。眞可說是餘音裊裊，餘味無窮。

㈣困於虐政的苦訴怨情

大東（節錄）（小雅）

周道如砥，其直如矢；君子所履，小人所視。睠言顧之，潸焉出涕。

小東大東，杼柚其空。糾糾葛屨，可以履霜。佻佻公子，行彼周行。既往既來，使我心疚。

東人之子，職勞不來；西人之子，粲粲衣服；舟人之子，熊羆是裘，私人之子，百僚是試。

或以其酒，不以其漿，鞙鞙佩璲，不以其長。維天有漢，監亦有光，跂彼織女，終日七襄。

雖則七襄，不成報章。睆彼牽牛，不以服箱。東有啓明，西有長庚。有捄天畢，載施之行。

維南有箕，不可以簸揚；維北有斗，不可以挹酒漿。維南有箕，載翕其舌；維北有斗，西柄之揭。

此詩先敍東人被西人壓榨之苦，然後用對照律則寫出東人西人勞逸之不均，最後更借天象來發洩東人的苦痛之情：天河不能照物，織女星不能織布，牽牛星不能駕車，啓明星、長庚星不能代替陽光，天畢星不能捕捉鳥兎，南箕星不能簸揚，北斗星不能舀酒漿，都是徒有其名，而無實用，排在天上充數而已。不但如此，南箕星向着東方張口伸舌似要呑噬一般，北斗星斗柄西翹，似被西方人握住而向東方人舀取一般。詩人想像力之豐富，比喻之恰當，實在令人嘆爲觀止。

㈤得罪小人的鬱憤之氣

柏舟（節錄）（邶風）

我心匪鑒，不可以茹。我心匪石，不可轉也；我心匪席，不可卷也。威儀棣棣，不可選也。憂心悄悄，慍於羣小；覯閔既多，受侮不少。心之憂矣，如匪澣衣，靜言思之，不能奮飛！

一位忠心耿耿，不肯隨人俯仰，不肯同流合汚的賢者，得罪了小人而被排斥，滿懷憂憤之情，發之爲詩。婉轉申訴，纏綿悱惻，表現了高度的技巧。這位無名詩人，不就是屈原的前身嗎？

丙、表現時代思想的文學價值

㈠君臣關係的對待

1. 鹿鳴（節錄）（小雅）

我有嘉賓，鼓瑟吹笙。吹笙鼓簧，承筐是將。人之好我，示我周行。

我有嘉賓，德音孔昭：「視民不恌，君子是則是傚。」

我有嘉賓，鼓瑟鼓琴。鼓瑟鼓琴，和樂且湛。我有旨酒，以燕樂嘉賓之心。

鹿鳴通篇說人君對待羣臣，好像對待重要的貴賓一般：情意優厚，敬而有禮。可見在那個時代君臣的關係是相對待的。所以後來的孟子說：「君之視臣如手足，臣之視君如腹心；君之視臣如犬馬，臣之視君如國人；君之視臣如土芥，臣之視君如寇讎。」

2. 無衣（秦風）

豈曰無衣？與子同袍。王于興師，脩我戈矛，與子同仇。

豈曰無衣？與子同澤。王于興師，脩我矛戟，與子偕作。

豈曰無衣？與子同裳。王于興師，脩我甲兵，與子偕行。

秦襄公受周平王之命去討伐西戎，所以所興之師，都是爲王出征。充分表現了同仇敵愾，盡忠勤王的精神。

㈡活人殉葬的惡俗

黃鳥（節錄）（秦風）

交交黃鳥，止于棘。誰從穆公？子車奄息。維此奄息，百夫之特。臨其穴，惴惴其慄。彼蒼者天，殲我良人！如可贖兮，人百其身。

殷周之際，有用活人殉葬的惡俗，一國首領或一戶之家長死了，他生前所喜歡的臣下或家人，要以身殉葬，以示忠心。秦穆公是春秋五霸之一，知人善任，但却未能將此慘無人道的惡俗除掉，他死了被迫殉葬的達一百七十七人之多，其中有當時很傑出的人物子車氏三兄弟在內。

㈢生男育女的觀念

斯干（節錄）（小雅）

乃生男子，載寢之牀，載衣之裳，載弄之璋。乃生女子，載寢之地，載衣之裼，載弄之瓦。

這種對生男生女不同的待遇，以及不同的期望，深深影響了此後中國人重男輕女的觀念。

㈣孝友之道的提倡

1. 凱風（節錄）（邶風）

棘心夭夭，母氏劬勞。　母氏聖善，我無令人。　有子七人，母氏勞苦。　有子七人，莫慰母心。

慈母對子女的撫育，像和煦的南風，吹得幼苗茁長。等子女長大了，慈母已勞悴得白髮蕭蕭，老態龍鍾了。爲人子女者，又如何能報答得了慈母的養育深恩呢？

2. 蓼莪（節錄）（小雅）

父兮生我，母兮鞠我，拊我畜我，長我育我，顧我復我，出入腹我；欲報之德，昊天罔極！

父母在時，爲子女者，不易體會到父母之愛是有多深。一旦痛失父母之後，才想起父母的浩大恩惠，而悔恨自己沒能在父母生前多盡孝心。詩中連用九個「我」字，不但不嫌重複，反而讓人覺得父母對子女之愛是無微不至，無時或已。所以姚際恆說：「勾人淚眼，全在此無數我字，何必王裒！」王裒是晉朝的一位學者，父親被司馬氏所殺，每讀到詩中「哀哀父母，生我劬勞」兩句，輒流涕不止。他的學生因而不再在老師面前讀蓼莪詩。本來「誰言寸草心，報得三春暉」？這實在是一篇感人至深的描述孝子之情的好詩。

3. 常棣（節錄）（小雅）

凡今之人，莫如兄弟。　兄弟急難，每有良朋，況也永歎。兄弟鬩于牆，外禦其務。　兄弟旣具，和樂且孺。　兄弟旣翕，和樂且湛。

此詩強調兄弟之情，以勸兄弟相親之義。

4. 斯干（節錄）（小雅）

兄及弟矣，貳相好矣，無相猶矣。

斯干是祝賀新屋落成的詩。但房屋再好，還是要以其中所住家人感情的融洽和樂為主。而家人之中，以兄弟能和好相處，始有眞正幸福可言。

5. 六月（末二句）（小雅）

侯誰在矣？張仲孝友。

六月是周宣王的大將吉甫，討伐玁狁歸來，得到厚賜，宴請戰友的詩。最後特別提出賓客之中有孝友之德的張仲，蓋求忠臣必於孝子之門。能孝敬父母，友愛兄弟，始能盡忠國家。所以詩經中不乏強調孝友之德的詩篇。

㈤男女結合的方式

詩經時代的男女結合，可自由戀愛，但必須徵得父母的同意，而經媒人說合，或再經卜筮的手續。不是自由戀愛者則由父母決定，經媒人說合而迎娶。如：

1. 南山（節錄）（齊風）

蓺麻如之何？衡從其畝；
娶妻如之何？必告父母。
析薪如之何？匪斧不克；
娶妻如之何？匪媒不得。

2.伐柯（節錄）（豳風）

伐柯如之何？匪斧不克；
娶妻如之何？匪媒不得。

3.氓（節錄）（衞風）

匪我愆期，子無良媒。
爾卜爾筮，體無咎言。

這裏要注意的，詩中不說「父母之命」，而只說「必告父母」。因爲詩經中自第一篇關雎起，描寫着多少自由戀愛，足證詩經時代自由戀愛風氣之盛。自由戀愛就不是「父母之命」。但自由戀愛而到談論婚嫁時，則「必告父母」，先要報告家長，徵得家長同意，然後經過媒人（介紹人）的手續，才舉行婚禮，現代的婚俗就是這樣。如是家長頑固不化者，子女也可變通辦理，所以孟子萬章篇就對「舜之不告而娶」有所說明，代爲辯護。

那時的婚齡，男的是二十到三十歲，女的是十五到二十歲。如果逾此年齡而尚未成婚，男則稱鰥，女則爲寡，爲社會人士所輕視。所以那時的男女對遲婚是很恐慌的。如召南摽有梅，就是描寫女子遲婚的恐懼心理的詩。

摽有梅，其實七兮。
求我庶士，迨其吉兮。
摽有梅，其實三兮。
求我庶士，迨其今兮。
摽有梅，頃筐塈之。
求我庶士，迨其謂之。

以樹上梅子的漸次掉落，形容女子青春的漸漸逝去。起先還想對方選好日子來娶她。最後乾脆什麼禮也不講究，只一句話就夠了。

三、寫作技巧的文學價值

㈠賦比興的建立

1.賦：開門見山，平鋪直敘。這類詩篇很多。開啓後代文學的直敘體。

2.比：以彼物比此物，是純粹的比喻法，有假桑喻槐的意思。如魏風碩鼠（節錄）：

碩鼠碩鼠，無食我黍；三歲貫女，莫我肯顧，逝將去女，適彼樂土。樂土樂土，爰得我所？

以令人討厭的大老鼠比喩魏國在上者的貪婪重斂，使百姓困苦無告。又如以凱風（和煦的南風）喩母愛（邶風凱風），以雄狐喩無恥的齊襄公（齊風南山），以鴟鴞喩危害周室的武庚（豳風鴟鴞）等都是很巧妙的比喩法，而鴟鴞詩更可說是後代童話寓言之祖。

3.興：朱熹說：「興者，先言他物，以引起所詠之辭也。」簡單說，就是引起動機的意思。三百篇中，尤以國風，此類詩特別多。第一篇關雎就是興體，以雎鳩的和鳴興起君子之求淑女以爲匹配；召南草蟲，以草蟲之鳴叫，阜螽之跳躍，有夫唱婦隨之意，以興起婦之念夫。……等。

賦比興是詩經的三種寫作方法，我國詩經以後的各種文體、詩體，可以說都不出這三種的寫作方法，而這三種方法是由詩經開其端。

㈡人物的描寫：舉衞風碩人爲例：（節錄）

手如柔荑，膚如凝脂，領如蝤蠐，齒如瓠犀。螓首蛾眉，巧笑倩兮，美目盼兮。

以工筆寫美人，爲以後齊梁宮體詩的先河。尤以後兩句的高超描寫，更是畫龍點睛之筆，後人點化爲「明眸皓齒」四字，這樣就把這美人寫活了。

㈢天災的可怕

1.小雅十月之交形容地震的可怕：

百川沸騰，山冢崒崩，

高岸爲谷，深谷爲陵。

只用十六個字就把那種大地震的可怕景象描述出來了。

2. 大雅雲漢之形容旱災的嚴重：

滌滌山川

用滌滌兩字形容大旱之時山川潔淨的情形，山川都如此，平地可想而知。與十月之交的形容地震，都是非常高超的寫作技巧。

㈣時序的感傷

1. 小雅采薇：（節錄）

昔我往矣，楊柳依依；

今我來思，雨雪霏霏。

以楊柳與雨雪說明一年中時序的變化，謝玄認此四句是詩經中最佳的句子。

㈤影響後代文學作品

除上述碩人篇之以工筆寫美人，開啓以後齊粱宮體詩的先河，其他如：

1. 卷耳首章：

采采卷耳，不盈頃筐。

嗟我懷人，寘彼周行。

唐人張仲素的春閨思：「裊裊城邊柳，青青陌上桑；提籠忘採葉，昨夜夢漁陽。」即從此演化而出。

2. 前面提到懼遲婚的摽有梅，開後世閨怨之祖。

3. 陳風月出：

月出皎兮，佼人僚兮。
舒窈糾兮，勞心悄兮。
月出皓兮，佼人懰兮。
舒懮受兮，勞心慅兮。
月出照兮，佼人燎兮。
舒夭紹兮，勞心慘兮。

方玉潤曰：「用字聱牙，句句用韻，已開晉唐幽峭一派。」

牛運震曰：「調侃而流，字生而艷，後人騷賦之祖。」

馬瑞辰曰：「古者喻人顏色之美，多取譬喻日月，詩『月出皎兮』傳：『喻婦人有美白晳也。』宋玉神女賦『其始出也，耀乎若白日初出照屋梁；其少進也，皎若明月舒其光。』義本此。」

方玉潤曰：「此詩雖男女詞，而一種幽思牢愁之意，固結莫解。情念雖深，心非淫蕩。且從男意慮想，活現出一月下美人，並非實有所遇。蓋巫山洛水之濫觴也。」

4. 小雅大東篇末段：

維南有箕，不可以簸揚；維北有斗，不可以挹酒漿。維南有箕，載翕其舌；維北有斗，西柄之揭。

這種想像力之豐富，異想天開的作風爲楚辭浪漫文學的先驅。

5. 小雅車攻「蕭蕭馬鳴，悠悠旆旌；徒御不驚，大庖不盈。」及「之子于征，有聞無聲。」等詩句，蛻化出杜甫後出塞「落日照大旗，馬鳴風蕭蕭」「中天懸明月，令嚴夜寂寥」的名句來。

6. 曹植的「贈白馬王彪」詩的寫作技巧，是本之於大雅的「文王」一詩。

7. 韓愈的「平淮西碑」的寫作技巧是模仿大雅的「常武」詩。

8. 魯頌閟宮開漢賦之先河

其他如漢代司馬相如的封禪頌，東方朔的誡子詩，張衡的怨篇，仲長統的述志詩等都是模擬的詩經。

還有一些如描寫人物的舞容（東門之枌、伐木、賓之初筵），醉態（賓之初筵）；描寫動物的各種姿態（無羊），建築物的形狀（斯干），以及農作物的生長（生民），農田工作情形（生民、載芟）等，都寫得生動眞切，歷歷如繪。

另外像善於用重言描寫各種聲音、各種狀態、各種動作……等都維妙維肖，令人激賞。所以劉勰在文心雕龍物色篇說：

> 詩人感物，聯類不窮，流連萬象之際，沈吟視聽之區。寫氣圖貌，旣隨物以宛轉；屬采附聲，亦與心而徘徊。故『灼灼』狀桃花之鮮，『依依』盡楊柳之貌；『杲杲』爲出日之容，『瀌瀌』擬雨雪之狀；『喈喈』逐黃鳥之聲，『喓喓』學草蟲之韵。『皎日』『嘒星』，一言窮理；『參差』『沃若』兩字窮形。並以少總多，情貌無遺矣。」

可見這些重言的運用，所發揮的文學價值之高。

至於後代引用詩經的句子、成語，以充實文章內容，以及談話資料等，從第一篇關雎的「窈窕淑女，君子好逑」，第二篇葛覃的「歸寧父母」起，可說俯拾卽是。例如：「如切如磋，如琢如磨」（衞風淇奧），「他山之石，可以攻玉」（小雅鶴鳴），「耳提面命」「投桃報李」「言者諄諄，聽者藐藐」「白圭之玷」「不愧屋漏」（大雅抑），「信誓旦旦」（衞風氓），「夙興夜寐」（衞風氓、小雅小宛、大雅抑）「夙夜匪解」（大雅烝民、韓奕），「殷鑒不遠」（大雅蕩），「戰戰兢兢，如臨深淵，如履薄冰」「暴虎馮河」（小雅小旻），「高山仰止，景行行止」（小雅車舝），「宴爾新昏」（邶風谷風），「鳳凰于飛」（大雅卷阿），「天作之合」（大雅大明），「萬壽無疆」（豳風七月及小雅天保、南山有臺、楚茨、信南山、甫田）……等等，眞是不勝枚舉。

四、結　論

由以上所講，我們對詩經的文學價值可得一結論：詩經在形式、內容及寫作技巧方面，都有極高的文學價值：

㈠形式方面：

1.詩經的形式爲以後歷代詩詞歌曲形式的本源。

2.詩經的用韻，爲以後歷代韻文之祖。

㈡內容方面：

1.文學是時代的產物，因此文學也表現了時代——詩經表現了周朝數百年的時代精神。

2.文學是社會生活的反映——詩經反映了周朝人民的社會生活。

3.文學是人類感情的流露——詩經紀錄了周朝一般人民的各種感情。

㈢寫作技巧方面：

1.詩經的技巧爲後代詩人詞家所取法。

2.詩經的技巧，爲後代文人墨客所模仿。

3.詩經開創了賦比興的寫作方法，爲後代文學作品所遵循。比、興更爲後代詩人活用而發展出高超的風格來。所以王士禎說：『余思詩三百篇，眞如化工之肖物。如燕燕之傷別，籊籊竹竿之思歸，蒹葭蒼蒼之懷人，小戎之典制，碩人次章寫美人之姚冶，七月次章寫陽春之明麗，而終之以「女心傷悲，殆及公子同歸」；東山三章之「我來自東，零雨其濛。鸛鳴于垤，婦歎于室」，四章之「其新孔嘉，其舊如之何？」寫閨閣之致，遠歸之情，遂爲六朝唐人之祖！無羊之「或降于阿，或飲于池，或寢或訛。爾牧來思，何簑何笠；或負其餱，麾之以肱，畢來旣升。」字字寫生。恐史道碩、戴嵩畫手，未能如此極姸盡態也。』（漁洋詩話）

徐澄宇說：『三百篇爲千古詞章之淵海，亦千古詞章之總源。章學誠謂後世文章皆源於六藝，而多出於詩教。蓋後世各體文章，雖支分派衍，而尠不以詩爲之祖，非獨均文已也。前乎三百篇者，雖間有佳什，然體制或未完整，韻調或未諧美，內容或未充實，情采或未周緻。求其體物賦形，觸景興懷，婉曲鮨暢，清華朗潤者，三代以前，莫詩經若也……。』（詩經學纂要）

張世祿說：『歐洲而無荷馬詩，則魏其爾、但丁、彌兒頓諸人，或永不產生於世上。中國而無詩經，則楚辭以下之文藝，亦將無以產生。……』（中國文藝變遷論）

由這種種，我們都可看出詩經的文學價值之高了。

（原載東方雜誌復刊十五卷五期）

詩經比較研究——史記周本紀篇綱目舉要

斐普賢

一、前言

二、周本紀與所採詩篇文字的對照

㈠始祖后稷——大雅生民、魯頌閟宮等二篇

㈡公劉遷豳——大雅公劉一篇

㈢太王遷岐——大雅緜、周頌天作、魯頌閟宮等三篇

㈣王季文王修德建業——大雅皇矣、大明、思齊、緜、文王有聲等五篇

㈤武王伐紂——大雅大明、文王有聲等二篇

㈥祭公諫穆王——周頌時邁一篇

㈦懿王勢衰——小雅采薇一篇

三、宣王中興史詩的考察

(丙)宣王中興史詩十二篇繫年

四、史詩的比較研究

㈠周祖創業史詩與宣王中興史詩的比較

(甲)宣王中興史詩中鋪張誇大不實的探討

(1)大雅雲漢

(2)大雅崧高

(3)大雅江漢

(4)小雅六月

(5)小雅出車

(6)小雅采芑

(7)小雅車攻

(乙)周祖創業史詩中鋪張誇大不實的探討

(1)大雅生民

(2)大雅大明

(3)大雅皇矣

㈡史詩的記事與記言

(三)史詩與風雅頌的關係

(甲)貫通風雅頌之間四例

(乙)貫通雅頌之間四例

(丙)貫通風雅之間四例

五、結　論

附錄：重要參考用書目錄

詩經比較研究——史記周本紀篇

裴普賢

一、前言

司馬遷撰史記，認爲詩書是最可靠的三代史料，所以他在殷本紀的結語中說：「余以頌次契之事，自成湯以來，采於書詩。」於平準書中說：「書道唐虞之際，詩述殷周之世。」但夏、殷、周三代本紀，所採均以尚書爲多，詩經爲少。蓋詩經三百篇，僅商頌五篇涉及殷史。其餘悉皆有關周代之事。周紀採詩獨多，殷紀中採詩僅二三事；夏紀則無詩可據。日人瀧川資言史記考證，於夏紀引陳仁錫之言曰：「自啓以前，多本諸尚書，故紀事詳悉，至太康以下，事不經見，則不免疎略矣。」而不及詩經。詩經與史記關係最密切之篇章，厥惟周本紀而已。爰作「詩經比較研究——史記周本紀篇」。

二、周本紀採詩文字的對照

茲將周本紀中取材於詩經之處，查考臚列於下：

㈠始祖后稷——大雅生民篇、魯頌閟宮篇

⑴后稷的出生

【詩經生民】

厥初生民，時維姜嫄。生民如何？克禋克祀，以弗無子。履帝武敏，歆。攸介攸止，載震載夙，載生載育，時維后稷。（首章）

誕彌厥月，先生如達。不坼不副，無菑無害，以赫厥靈。上帝不寧，不康禋祀，居然生子。（次章）

【詩經閟宮】

赫赫姜嫄，其德不回。上帝是依，無災無害。彌月不遲，是生后稷。降之百福，黍稷重穋，稙稺菽麥。奄有下國，俾民稼穡。有稷有黍，有稻有秬。奄有下土，纘禹之緒。（首章）

【史記】

姜原出野，見巨人跡，心忻然欲踐之。踐之而身動，如孕者，居期而生子。

【說明】

司馬遷從孔安國問業，而孔安國係魯詩博士申公弟子，故司馬遷所習爲魯詩。魯詩釋生民篇「履帝武敏」的帝爲天帝，武爲足跡，敏爲拇，卽大拇指。❶意卽踩天帝脚印的大拇趾。姜嫄只踩在大拇趾裏，則脚印的巨大可知。所以史記簡化了說：「見巨人跡，踐之。」未明言巨人爲天帝。史記姜嫄之嫄，亦無女旁與毛詩異。但這句詩，在毛詩裏有兩說：毛傳說：「履，踐也。帝，高辛氏之帝。武，迹。敏，疾也。」是說姜嫄踩高辛氏之帝嚳的脚印很敏疾。而後來鄭玄作箋，却改採三家詩之說，箋云：「帝，上帝也。敏，拇也。」成爲姜嫄踩上帝足跡大拇趾處而受孕生稷。唐初毛詩正義的孔疏說明毛傳鄭箋的歧異爲：「鄭唯履帝以下三句爲異，其首尾則同。言當祀郊禖（求子）之時，有上帝大神之迹。姜嫄因祭見之，遂履此帝迹拇指之處，而足不能滿，時卽心體歆歆如有物所在身之左右，所止住於身中，如有人道精氣之感己者也。於是則震動而有身，則肅戒不復御。餘同。」隋唐時代，三家詩中魯詩齊詩已不傳，孔疏未指明鄭箋的出處。到北宋就有歐陽修據毛傳，以爲姜嫄乃從其夫有辛氏帝嚳之

---

❶據陳喬樅著魯詩遺說考十六生民篇「履帝武敏歆」條，見藝文印書館印行皇清經解續編十六册一二六九二頁。

行而駁史記及鄭箋。但詩生民篇固不載姜嫄丈夫之名，史記「姜原爲帝嚳元妃」句，係雜採後出之帝繫篇或其他傳記，未足盡信。三國時蜀人譙周卽云：「弃帝嚳之冑，其父亦不著。」以爲不知后稷父之名，僅可謂係帝嚳之後裔耳。故南宋朱熹撰詩集傳，仍採鄭箋及史記云：「姜嫄出祀郊禖，見大人跡而履其拇，遂歆然如有人道之感，而震動有娠，乃周人所以生之始也。周公制禮，尊后稷以配天，故作此詩以推本其始生之祥，明其受命於天，固有以異於常人也。」並引張載「人固有化生者，乃天地之氣生之也」爲證。❷蓋古時生物學尚不發達，而帝王之世，故神其說，勢所難免也。可是魯詩中公曰：「闕疑則不傳」，司馬遷何以又傳魯詩之巨人，又傳帝繫等之雜說？補史記之魯詩學者褚少孫，對於詩言契生於卵，后稷無父而生，而諸傳記咸言有父的歧異問題，則以史記「信以傳信，疑以傳疑，故兩言之。」爲答。❸其實詩雖不言姜嫄爲帝嚳之妃，但詩中旣言「以弗（祓）無子」，則姜嫄固有夫之婦也。但以戲踐巨人足跡，頓感有異，隨卽懷孕生子，疑其不祥，所以引起拋棄嬰兒的舉動來，非眞無父也。

---

❷ 朱熹氣化之說，淸崔述在豐鎬考信錄中駁之極精。

❸ 見史記三代世表第一。

(2)后稷被棄

【詩經生民】

誕寘之隘巷，牛羊腓字之；誕寘之平林，會伐平林；誕寘之寒冰，鳥覆翼之。鳥乃去矣，后稷呱矣。實覃實訏，厥聲載路。（三章）

【史記】

以為不祥，弃之隘巷，馬牛過者，皆辟不踐；徙置之林中，適會山林多人；遷之而弃渠中冰上，飛鳥以翼覆薦之。姜原以為神，遂收養長之。初欲弃之，因名曰弃。

【說明】

此節詩敍后稷被棄，史記憑以改寫，並補出「以為不祥」「姜原以為神，遂收養長之。」以說明后稷名弃的由來。唐張守節史記正義謂：「古史考云：弃，帝嚳之胄，其父亦不著，與此文稍異。」

(3)后稷善稼穡

【詩經生民】

誕實匍匐，克岐克嶷，以就口食。蓺之荏菽，荏菽旆旆，禾役穟穟，麻麥幪幪，瓜瓞

唪唪。（四章）

誕后稷之穡，有相之道。茀厥豐草，種之黃茂。實方實苞，實種實褎，實發實秀，實堅實好，實穎實栗，卽有邰家室。（五章）

【史記】

弃爲兒時，仡如巨人之志。其游戲好種樹麻菽，麻菽美。及爲成人，遂好耕農。相地之宜，宜穀者稼穡焉。民皆法則之。帝堯聞之，舉弃爲農師，天下得其利，有功。帝舜曰：弃，黎民始飢，爾后稷，播時百穀，封弃於邰。

【說明】

此史記前段，憑詩經改寫。後段採尚書。而最後「封弃於邰」句，唐司馬貞索隱云：「卽詩生民『有邰家室』是也。」

㈡公劉遷豳——大雅公劉篇

【詩經】

篤公劉，匪居匪康，廼場廼疆，廼積廼倉。廼裹餱糧，于橐于囊，思輯用光。弓矢斯張，干戈戚揚，爰方啓行。（首章）

篤公劉，于胥斯原。既庶既繁，既順廼宣，而無永歎。陟則在巘，復降在原。何以舟之？維玉及瑤，鞞琫容刀。（次章）

篤公劉，逝彼百泉，瞻彼溥原。廼陟南岡，乃覯于京。京師之野，于時處處，于時廬旅。于時言言，于時語語。（三章）

篤公劉，于京斯依。蹌蹌濟濟，俾筵俾几。既登乃依，乃造其曹，執豕于牢。酌之用匏。食之飲之，君之宗之。（四章）

篤公劉，既溥既長。既景廼岡，相其陰陽，觀其流泉。其軍三單。度其隰原，徹田爲糧。度其夕陽，豳居允荒。（五章）

篤公劉，于豳斯館。涉渭爲亂，取厲取鍛。止基廼理，爰衆爰有。夾其皇澗，遡其過澗。止旅乃密，芮鞫之即。（末章）

【史記】

公劉雖在戎狄之間，復脩后稷之業。務耕種，行地宜。自漆沮度渭，取材用。行者有資，居者有畜積。民賴其慶。百姓懷之，多徙而保歸焉。周道之興，自此始。故詩人歌樂思其德。

公劉卒，子慶節立，國於豳。

【說明】

唐司馬貞史記索隱：「詩人歌樂思其德，卽詩大雅篇篤公劉是也。」普賢按：詩首章卽敍公劉遷居之行列。次章敍公劉至豳視土宜而墾殖。三章四章，則已建宮室爲邑居之事。五章曰：「度其隰原，徹田爲糧；度其夕陽，豳居允荒。」則農墾旣成，已計田取糧爲稅，且點明定居豳邑的廣大。然後末章「于豳斯館」，定居豳邑後，又涉渭取材而擴建宮室也。故史記所敍：「公劉雖在戎狄之間，復脩后稷之業，務耕種，行地宜，自漆沮度渭取材用。」雖據詩公劉篇，但謂至「公劉卒，子慶節立」始「國於豳」，則不免爲史公之疏漏也。瀧川氏史記考證，亦云：「中井積德曰：『漏公劉徙豳，何也？』又曰：『渡渭取材用，是徙豳以後事，大雅可證。』洪亮吉曰：『按詩篤公劉，「于豳斯館」，則公劉時已遷豳，不至慶節也。』」崔述豐鎬考信錄據公劉篇「徹田爲糧」句，云：「按此詩則周之徹法，始於公劉，不始於武王也。」

㈢太王遷岐——⑴大雅緜篇、⑵周頌天作篇、⑶魯頌閟宮篇

【詩經緜】

緜緜瓜瓞。民之初生，自土沮漆。古公亶父，陶復陶穴，未有家室。（首章）

古公亶父，來朝走馬，率西水滸，至于岐下。爰及姜女，聿來胥宇。（次章）

周原膴膴，菫荼如飴。爰始爰謀，爰契我龜。曰止曰時，築室于茲。（三章）

迺慰迺止，迺左迺右；迺疆迺理，迺宣迺畝。自西徂東，周爰執事。（四章）

乃召司空，乃召司徒，俾立室家。其繩則直，縮版以載，作廟翼翼。（五章）

捄之陾陾，度之薨薨，築之登登，削屢馮馮。百堵皆興，鼛鼓弗勝。（六章）

迺立皋門，皋門有伉；迺立應門，應門將將。迺立冢土，戎醜攸行。（七章）

【詩經天作】

天作高山，大王荒之。彼作矣，文王康之。彼徂矣，岐有夷之行。子孫保之。

【詩經閟宮】

后稷之孫，實維大王。居岐之陽，實始翦商。

【史記】

古公亶父復脩后稷、公劉之業。積德行義，國人皆戴之。薰育戎狄攻之，欲得財物，予之。已復攻，欲得地與民，民皆怒欲戰。古公曰：「有民立君，將以利之。今戎狄所爲攻戰，以吾地與民。民之在我，與其在彼何異？民欲以我故戰，殺人父子而君之，予不忍爲。」乃與私屬，遂去豳度漆沮，踰梁山，止於岐下。豳人舉國扶老攜弱，盡復歸古公於岐下。及他旁國，聞古公仁，亦多歸之。於是古公乃貶戎狄之俗，而營築城郭室屋，而邑別居之，作五官有司。民皆歌樂之，頌其德。

【說明】

瀧川史記考證云：「『薰育戎狄』之下，采孟子梁惠王篇，參以詩大雅緜篇。又見莊子讓王篇、呂氏春秋審爲篇、尙書大傳。『古公乃貶』以下，采詩大雅緜篇。先是『陶復陶穴，未有室家』，貶黜也，去也。緜篇云：『乃召司空，乃召司徒』，未嘗云『五官有司』，蓋史公以意增。」司馬貞史記索隱云：「民皆歌樂之，頌其德，卽詩頌云：『后稷之孫，實維大王。居岐之陽，實始翦商。』是也。」普賢按：此魯頌閟宮之句，乃春秋時魯僖公追頌之辭。故淸俞樾有云：「實始翦商」，子孫之釋也。在太王當日不特無其事，並無其意。太王之世，民所樂歌者，卽緜篇所言耳。周頌天作篇乃西周初年祭祀太王之詩，而史公周本紀，特表太王脩復后稷之業，則採自閟宮「后稷之孫，實維太王」句也。

㈣王季文王修德建業——大雅皇矣篇、大明篇、思齊篇、緜篇、文王有聲篇

【詩經皇矣】

帝作邦作對，自大伯王季。維此王季，因心則友。則友其兄，則篤其慶。載錫之光，

受祿無喪。奄有四方。（三章）

維此王季，帝度其心，貊其德音。其德克明，克明克類，克長克君。王此大邦，克順克比。比于文王，其德靡悔。既受帝祉，施于孫子。（四章）

帝謂文王：「無然畔援，無然歆羨，誕先登于岸。」密人不恭，敢距大邦，侵阮徂共。王赫斯怒，爰整其旅，以按徂旅，以篤周祜，以對于天下。（五章）

依其在京，侵自阮疆。陟我高岡：「無矢我陵，我陵我阿；無飲我泉，我泉我池！」度其鮮原，居岐之陽，在渭之將。萬邦之方，下民之王。（六章）

帝謂文王：「予懷明德，不大聲以色，不長夏以革。不識不知，順帝之則。」帝謂文王：「詢爾仇方，同爾兄弟。以爾鉤援，與爾臨衝，以伐崇墉。」（七章）

臨衝閑閑，崇墉言言，執訊連連，攸馘安安。是類是禡，是致是附，四方以無侮。臨衝茀茀，崇墉仡仡，是伐是肆，是絕是忽，四方以無拂。（末章）

【詩經大明】

摯仲氏任，自彼殷商，來嫁于周。曰嬪于京，乃及王季，維德之行。大任有身，生此文王。（二章）

維此文王，小心翼翼。昭事上帝，聿懷多福。厥德不回，以受方國。（三章）

【詩經思齊】

思齊大任，文王之母。思媚周姜，京室之婦。大姒嗣徽音，則百斯男。（首章）

惠于宗公，神罔時怨，神罔時恫。刑于寡妻，至于兄弟，以御于家邦。（二章）

【詩經緜】

肆不殄厥慍，亦不隕厥問。柞棫拔矣，行道兌矣。混夷駾矣，維其喙矣。（八章）

虞芮質厥成，文王蹶厥生。予曰有疏附，予曰有先後，予曰有奔奏，予曰有禦侮。（末章）

【詩經文王有聲】

文王受命，有此武功；既伐于崇，作邑于豐。（次章）

【史記】

古公有長子曰太伯，次曰虞仲。太姜生少子季歷。季歷娶太任，皆賢婦人。生昌，有聖瑞。古公曰：「我世當有興者，其在昌乎！」長子太伯、虞仲，知古公欲立季歷以傳昌，乃二人亡如荆蠻，文身斷髮，以讓季歷。

古公卒，季歷立，是爲公季。公季脩古公遺道，篤於行義，諸侯順之。

【說明一】

大雅皇矣第三章卽敍太伯讓位事，第四章接敍王季修德。緜篇之「爰及姜女」，卽生王季（季歷）之太姜。大明篇之二三兩章，卽敍季歷娶大任而生文王姬昌。

【史記】

公季卒，子昌立，是爲西伯。西伯曰文王，遵后稷、公劉之業。則古公、公季之法，篤仁敬老慈少，禮下賢者。日中不暇食以待士，士以此多歸之。……

崇侯虎譖西伯於殷紂曰：「西伯積善累德，諸侯皆嚮之，將不利於帝。」帝紂乃囚西伯於羑里。……

西伯陰行善。諸侯皆來決平。於是虞芮之人，有獄不能決，乃如周。入界，耕者皆讓畔，民俗皆讓長。虞芮之人，未見西伯，皆慙相謂曰：「吾所爭，周人所恥。何往爲？祇取辱耳。」遂還。俱讓而去。諸侯聞之，曰：「西伯蓋受命之君也。」

明年伐犬戎。明年伐密須。明年敗耆國。殷之祖伊聞之，懼以告帝紂。紂曰：「不有天命乎？是何能爲！」明年伐邘。明年伐崇侯虎。而作豐邑，自岐下而徙都豐。明年西伯崩。太子發立，是爲武王。……詩人道西伯蓋受命之年稱王，而斷虞芮之訟。後十年而崩，諡爲文王。改法度制正朔矣，追尊古公爲太王，公季爲王季。蓋王瑞自太王興。

【說明二】

大雅皇矣篇自第五章「帝謂文王」起，經六、七兩章，至八章全篇結束，以及緜篇第八章，均敘文王的修德建業。其中平密伐崇及使混夷遁逃，是文王建業的大事，而大雅緜篇末章「虞芮質成」尤爲文王修德的範例，均爲史記周本紀敍寫文王德業的依據。可惜虞芮質成事，詩言不詳。毛詩傳箋及劉向說苑君道篇等所載與史記又有異同之語，疑當時必有成文，史公有所增損，故所載缺略不全也。

大雅大明篇第二章敍聖母大任之歸王季，而生有聖德之文王，第三章卽敍文王之聖德。

至於周紀之敍文王「伐崇侯虎而作豐邑。」係採大雅文王有聲篇第二章「旣伐于崇，作邑于豐。」一句。而史公「詩人道西伯葢受命之年稱王」的文王受命說，亦卽據文王有聲篇第二章「文王受命」的首句。

㈤武王伐紂——大雅大明、文王有聲

【詩經大明】

天監在下，有命旣集。文王初載，天作之合。在洽之陽，在渭之涘。文王嘉止，大邦有子。（四章）

大邦有子，俔天之妹。文定厥祥，親迎于渭。造舟爲梁，不顯其光。（五章）

有命自天，命此文王。于周于京。纘女維莘。長子維行。篤生武王，保右命爾，燮伐大商。（六章）

殷商之旅，其會如林。矢于牧野：「維予侯興。上帝臨女，無貳爾心！」（七章）

牧野洋洋，檀車煌煌，駟騵彭彭。維師尚父，時維鷹揚；涼彼武王，肆伐大商，會朝清明。（末章）

【詩經文王有聲】

鎬京辟廱，自西自東，自南自北，無思不服，皇王烝哉！（六章）

考卜維王，宅是鎬京。維龜正之，武王成之。武王烝哉！（七章）

【史記】

武王卽位，太公望爲師，周公旦爲輔。召公畢公之徒，左右王師，脩文王緒業。九年，武王上祭于畢。東觀兵，至于盟津。

遂興師。師尚父號曰：「總爾衆庶，與爾舟楫，後至者斬。」是時諸侯不期而會盟津者八百諸侯。諸侯皆曰：「紂可伐矣。」武王曰：「女未知天命，未可也。」乃還師歸。

十一年十二月戊午，師畢渡盟津。諸侯咸會曰：「孳孳無怠。」武王乃作太誓告于衆庶……「今予發，維共行天罰，勉哉夫子。不可再，不可三。」二月甲子昧爽，武王朝至于商郊牧野乃誓。武王左杖黃鉞，右秉白旄以麾曰：「遠矣西土之人。」武王曰：「稱爾戈，比爾干，立爾矛，予其誓。」誓已，諸侯兵會者，車四千乘，陳師牧野。帝紂聞武王來，亦發兵七十萬人距武王。武王使師尚父與百夫致師，以大卒馳帝紂師。紂師雖衆，皆無戰之心。心欲武王亟入。紂師皆倒兵以戰，以開武王。武王馳之，紂兵皆崩畔紂。紂走反入，登于鹿臺之上，蒙衣其珠玉，自燔于火而死。

武王持大白旗，以麾諸侯。諸侯畢拜武王。武王乃揖諸侯。諸侯畢從武王至商國。商國百姓，咸待於郊。於是武王使羣臣告語商百姓曰：「上天降休。」商人皆再拜稽首，武王亦答拜。遂入至紂死所，武王自射之。下車以輕劍擊之，以黃鉞斬紂頭。其明日，除道脩社，武王立于社南，大卒之左右畢從。師尚父牽牲，尹佚筴祝曰：「殷之末孫季紂，殄廢先王明德，侮蔑神祇不祀，昏暴商邑百姓，其章顯聞于天皇上帝。」於是武王再拜稽首，曰：「膺更大命，革殷，受天明命。」武王又再拜稽首，乃出。封商紂子祿父殷之餘民。武王爲殷初定未集，乃使其弟管叔鮮、蔡叔度相祿父治殷。已而命召公釋箕子之囚，命畢公釋百姓之囚。表商容之閭。命南宮括散鹿臺之財，發鉅橋之粟，以振貧弱萌隸。命南宮括、史佚，展九鼎保玉。命閎夭封比干之墓。命宗祝享祠于軍，乃罷兵西歸。行狩，記政事作武成。封諸侯，班賜宗彝，作分殷之器物。武王追思先聖王，乃褒封神農之後於焦，黃帝之後於祝，帝堯之後於薊，帝舜之後於陳，大禹之後於杞。於是封功臣謀士，而師尚父爲首封。封尚父於營丘，曰齊。封弟周公旦於曲阜，曰魯。封召公奭於燕，封弟叔鮮於管，弟叔度於蔡，餘各以次受封。

武王徵九牧之君，登豳之阜，以望商邑。營周居于雒邑而後去。

縱馬於華山之陽，放牛於桃林之虛。偃干戈，振兵釋旅，示天下不復用也。

【說明】

以上史記部分乃周本紀中武王伐紂革命經過的節錄。史記多本尙書牧誓、武成等篇資料及其他傳記，簡縮而成。篇幅仍很長，而詩經大明篇寫牧野之戰，僅二章十四句五十六字，却極扼要而生動，予人深刻印象。「鷹揚」兩字最爲特出傳神。而一場大戰，最後只用「會朝清明」四字結束，以表達天下一下子廓清而轉爲光明和平，尤見工夫。與史記所寫鉞斬紂頭，分封諸侯而有縱馬華山、放牛桃林的結筆，可相匹敵。司馬遷當然讀過大明篇的，但寫這場革命大戰，似乎只有最後那縱馬放牛偃戈釋旅的部分，可能是採用韓詩外傳所載❹。

詩經大雅以描寫(1)始祖后稷誕生的生民篇、(2)公劉遷豳的公劉篇、(3)太王遷岐的緜

---

❹ 韓詩外傳第三卷武王伐紂一則中，敍分封諸侯後接寫：「濟河而西，馬放華山之陽，示不復乘；牛放桃林之野，示不復服也；車甲衅而藏之，示不復用也。於是廢軍而郊射，左射貍首，右射騶虞，然後天下知武王不復用兵也。」史記敍事事蹟相同，字句稍予簡略而已。惟禮記樂記，呂氏春秋愼大篇，亦有類似記載。

篇、⑷王季文王修德建業的皇矣篇，以及⑸太任生文王、太姒生武王而伐商成功的大明篇，記載了自周人始祖后稷的誕生，先人公劉播遷於豳的奮鬥，太王居岐稱周而立國，王季文王修德建業而奠基，武王伐商革命而代商爲天子，開創了周代八百年的天下。這五篇大雅，被稱爲追敍周祖創業的主要五史詩。在這五史詩中，描寫了六位男主角，三位女主角。司馬遷史記周本紀的前段，就是循此路線而寫。但三位女主角，他寫姜嫄，相當着力；寫聖母太任、太姒，他只寫了「季歷娶太任，生昌（文王）有聖瑞」的太任；大明篇用三章的文字着力寫過的文王「天作之合」「親迎于渭」「篤生武王」的太姒，却一字未提。可是他連上代的「太姜生少子季歷」都寫了，可知是他一時的疏漏。只此一點，已可知這周代開創五史詩的重要史料，固具有很大的歷史價値，就是司馬遷在周本紀中未能吸收的部分，也值得珍視的。

又，武王建都鎬京，是西周奠都大事。史公旣於周本紀中敍文王徙都豐，而對武王都鎬，竟一字不提，也是一大疏漏❺。

---

❺ 史記周本紀最後「太史公曰」下，在辯武王不居洛邑的話中，提到武王「都豐鎬」之事。其原文爲：「學者皆稱周伐紂居洛邑。綜其實，不然。武王營之，成王使召公卜居居九鼎焉。而周復都豐鎬。至犬戎敗幽王，周乃東徙于洛邑。」

㈥祭公諫穆王——周頌時邁篇

【詩經時邁】

時邁其邦，昊天其子之。實右序有周，薄言震之，莫不震疊，懷柔百神，及河喬嶽，允王維后。明昭有周，式序在位。載戢干戈，載櫜弓矢。我求懿德，肆于時夏，允王保之。

【史記】

穆王將征犬戎，祭公謀父諫曰：「不可。先王燿德不觀兵。夫兵戢而時動，動則威。觀則玩。玩則無震。是故周文公之頌曰：『載戢干戈，載櫜弓矢。我求懿德，肆于時夏。允王保之。』先王之於民也，茂正其德，而厚其性；阜其財求，而利其器用。明利害之鄉，以文脩之，使之務利而辟害，懷德而畏威。故能保世以滋大。……犬戎氏以其職來王。天子曰：『予必不享征之』，且觀之兵。無乃廢先王之訓，而王幾頓乎？」……

王遂征之，得四白狼四白鹿以歸。自是荒服者不至，諸侯有不睦者。

【說明】

此史公採國語周語第一篇，略有增損。祭公謀父引周頌時邁篇後段以諫周穆王之征犬戎。而曰：「周文公之頌」，後世均採其說而斷時邁篇爲周公旦所作。此爲周本紀敍事中第一次引詩之事，可知引詩固盛於春秋，穆王時已開此風。

魯齊毛三家都說時邁是「巡守告祭柴望」之樂歌，而韓詩說是「美成王能奮舒文武之道而行。」清王先謙撰詩三家義集疏，綜合各家曰：「武王克商，周公始作此歌以頌武王。及成王巡狩，乃歌此詩以美成王。與清廟頌文王，仍兼祀武王，又祀周公相同。」而明何楷又列時邁爲大武樂六章之第五樂章。蓋成王旣治，周公制禮作樂時採武、酌、賚、般、時邁、桓諸詩合成大武舞樂，今本周頌之次第，係遭秦火而亂耳。

(七)懿王勢衰——小雅采薇篇

【詩經采薇】

采薇采薇，薇亦作止。曰歸曰歸，歲亦莫止。靡室靡家，玁狁之故。不遑啓居，玁狁之故。（首章）

駕彼四牡，四牡騤騤。君子所依，小人所腓。四牡翼翼，象弭魚服。豈不日戒，玁狁孔棘。（五章）

昔我往矣，楊柳依依。今我來思，雨雪霏霏。行道遲遲，載渴載飢。我心傷悲，莫知

我哀。（末章）

【史記】

共王崩，子懿王囏立。

懿王之時，王室遂衰，詩人作刺。

【說明】

瀧川氏史記考證，據漢書匈奴傳云：「懿王時，戎狄交侵，中國被其苦，詩人始作疾而歌之，曰：『靡室靡家，獫允之故。』」獫允卽玁狁。以證史記所謂「詩人作刺」，卽指小雅采薇篇。

案采薇篇魯齊詩均指爲懿王時苦於玁狁之患所作怨刺之詩。毛詩則以爲文王時詩，詩序曰：「文王之時，西有昆夷之患，北有玁狁之難，以天子之命，命將率，遣戍役以守衞中國，故歌采薇以遣之。」司馬遷習魯詩，故從魯說。然據王國維之鬼方昆夷玁狁考，玁狁一名，西周中葉以後始有。前此稱之爲鬼方、昆夷，無稱爲玁狁者。而采薇篇詩中屢言玁狁，故屈萬里詩經釋義斷其與出車、六月諸詩之詠伐玁狁者皆作於宣王之世。

(八)芮良夫諫厲王——周頌思文篇、大雅文王篇

【詩經思文】

思文后稷，克配彼天。立我烝民，莫匪爾極。貽我來牟，帝命率育。無此疆爾界，陳常于時夏。

【詩經文王】

亹亹文王，令聞不已。陳錫哉周，侯文王孫子。文王孫子，本支百世。凡周之士，不顯亦世。（次章）

【史記】

夷王崩，子厲王胡立。

厲王即位三十年，好利近榮夷公。大夫芮良夫諫厲王曰：「王室其將卑乎？夫榮公好專利，而不知大難。夫利百物之所生也，天地之所載也，而有專之，其害多矣。天地百物皆將取焉，何可專也。所怒甚多，而不備大難。以是教王，王其能久乎？夫王人者，將導利而布之上下者也。使神人百物無不得極，猶日怵惕，懼怨之來也。故頌曰：『思文后稷，克配彼天。立我蒸民，莫匪爾極。』大雅曰：『陳錫載周。』是不布利而懼難乎？故能載周以至于今。今王學專利，其可乎？匹夫專利，猶謂之盜。王而行之，其歸鮮矣。榮公若用，周必敗也。」厲王不聽，卒以榮公爲卿士用事。

【說明】

史記諫厲王勿用榮夷公事，全文照錄自國語周語。僅更易一二字。芮良夫引大雅「陳錫載周」句，在文王篇第二章，與周頌思文篇並舉，所以明后稷、文王，布利於民，故能興盛，今王若學專利，重用榮夷公，則周必敗也。

以上史記周本紀所載，涉及詩經本文，可以對照者共后稷、公劉、太王、王季、文王、武王、穆王、懿王、厲王九世之事，至厲王之世而止。餘如周公貽鴟鴞之詩於成王，見魯周公世家，周紀中則不載。召公諫厲王止謗之文中有「使公卿至於列士獻詩」、「瞍賦」等語，韋昭謂瞍之所賦，即公卿列士所獻之詩。此係有關詩經來源之文獻，但未涉及詩三百篇本文，故不予臚列。

瀧川氏史記考證云：「愚按：周紀穆王以前，多采詩、書、逸周書；穆王以後，多采國語、左傳；威烈王以後，多采戰國策。」詩雖三百餘篇，周本紀所本，僅周頌天作、時邁、思文三篇；魯頌閟宮一篇；大雅文王、大明、緜、思齊、皇矣、文王有聲、生民、公劉八篇；小雅采薇一篇，總共十三篇而已。蓋商頌固載殷事，而十五國風一百六十篇，原爲各國民謠，不涉王室事。偶涉王事如周公之作鴟鴞貽成王，亦仍載之一國之世家，故史記周本紀東周之文，無本之詩經者。然西周宣王幽王兩世之事，載之於大小雅之詩者極多，史記周本紀中竟一字未及，未免缺失。而尤以宣王中興大業，大小雅中如六月、出車兩篇伐玁狁之吉甫、南仲、采芑篇征蠻荊的方叔，江漢篇征淮夷之召虎，及常武篇中之程伯休父等，均宣王時之名臣，見漢書古今人表中。而常武篇記周王親征平徐夷，則平徐夷之周王，卽宣王無疑也。此等大事自應據詩記敍，而周紀中竟都付闕如，不可不謂史公之重大缺失也。又如幽王二年大地震，三年嬖愛褒姒而終以殺身，西周覆亡。前者小雅十月之交篇有描寫，後者小雅正月篇有「褒姒威之」、大雅瞻卬篇有「哲婦傾城」等句刺之。小雅十月之交篇亦有「豔妻煽方處」句涉及。史公未照懿王之例加「詩人作刺」之辭。

又，豳風七篇，不僅鴟鴞一篇涉及成王，東山、破斧兩篇皆詠成王時周公東征之大事，此三詩既皆有關周公輔成王平亂之篇章，實亦周本紀之史料，宜補述之。

茲補成王、宣王、幽王三世詩史之對照。惟以宣王中興之詩篇繁多，特另立一章以討論之。此處先補成、幽二世於下：

(九)【補】周公輔成王平亂——豳風鴟鴞、東山、破斧三篇

【詩經鴟鴞】

鴟鴞鴟鴞，旣取我子，無毁我室！恩斯勤斯，鬻子之閔斯。（首章）

迨天之未陰雨，徹彼桑土。綢繆牖戶。今女下民，或敢侮予。（次章）

予手拮据，予所捋荼。予所蓄租，予口卒瘏。曰予未有室家。（三章）
予羽譙譙，予尾翛翛。予室翹翹，風雨所漂搖。予維音嘵嘵。（末章）

【詩經東山】

我徂東山，慆慆不歸。我來自東，零雨其濛。我東曰歸，我心西悲。制彼裳衣，勿士行枚。蜎蜎者蠋，烝在桑野。敦彼獨宿，亦在車下。（首章）
我徂東山，慆慆不歸。我來自東，零雨其濛。果臝之實，亦施于宇。伊威在室，蠨蛸在戶。町畽鹿場，熠燿宵行。不可畏也，伊可懷也。（次章）
我徂東山，慆慆不歸。我來自東，零雨其濛。鸛鳴于垤，婦歎于室。洒掃穹窒，我征聿至。有敦瓜苦，烝在栗薪。自我不見，于今三年。（三章）
我徂東山，慆慆不歸。我來自東，零雨其濛。倉庚于飛，熠燿其羽。之子于歸，皇駁其馬。親結其縭，九十其儀。其新孔嘉，其舊如之何？（末章）

【史記】

太子誦代立，是爲成王。成王少，周初定天下，周公恐諸侯畔，周公乃攝行政當國。管叔蔡叔羣弟疑周公，與武庚作亂畔周。周公奉成王命，伐誅武庚、管叔，放蔡叔。以微子開代殷後，國於宋。
成王長，周公反政成王，北面就羣臣之位。成王在豐，使召公復營洛邑，如武王之意。周公復卜，申視，卒營築居九鼎焉。曰：「此天下之中，四方入貢，道里均。」作召誥、洛誥。

成王既遷殷遺民，周公以王命告，作多士、無佚。召公爲保，周公爲師，東伐淮夷，殘奄，遷其君薄姑。成王自奄歸，在宗周。作多方。既絀殷命，襲淮夷，歸在豐。作周官。

【說明】

史記周本紀中，敍管蔡流言，武庚作亂，周公伐誅武庚、管叔事，未提及周公作鴟鴞詩遺成王。而周公反政成王後，周公又東伐淮夷，殘奄。且有「成王歸自奄」句，則此役乃周公奉成王親征。周公作鴟鴞詩遺成王，載魯周公世家中。節錄其原文如下：

周公恐天下聞武王崩而畔，周公乃踐阼，代成王攝行政當國。管叔及其羣弟流言於國曰：「周公將不利於成王。」周公乃告太公望、召公奭曰：「我之所以弗辟而攝行政者，恐天下畔周。」於是卒相成王，使其子伯禽代就封於魯。管、蔡、武庚等果率淮夷而反。周公乃奉成王命，興師東伐，作大誥。遂誅管叔，殺武庚，放蔡叔，收殷餘民，以封康叔於衞，封微子於宋，以奉殷祀，寧淮夷東土，二年而畢定。

諸侯咸服宗周，天降祉福，東土以集。周公歸報成王，乃爲詩貽王，命之曰鴟鴞。

王亦未敢訓周公。❻

成王七年二月乙未，王朝步自周至豐。使太保召公先之雒相土。其三月，周公往營成周雒邑。成王長能聽政，於是周公乃還政於成王，成王臨朝。

當我看了魯世家後，對於前列周公輔成王平亂三詩，又發生兩個問題。第一、周公東征，究竟是周紀所載，前有伐誅武庚管叔，後有伐淮夷殘奄二次對呢？還是魯世家所載，管、蔡、武庚率淮夷反，周公一次東征，二年而畢定對呢？第二、魯世家記周公貽詩在東征完成以後。但毛詩序却說：「鴟鴞，周公救亂也。成王未知周公之志，公乃爲詩以遺王，名之曰鴟鴞焉。」箋云：「未知周公之志者，未知其欲攝政之意。」那末，遺詩應在流言之時，不在亂平之後。瀧川史記考證云：「爲詩貽王以下，采書金縢。❼是成王疑周公時，不宜置于此。梁玉繩曰：『若貽詩在誅管蔡後，詩何以云：「未雨綢繆」乎？』」所以這一點，我們可以斷定，毛詩沒錯。史記魯世家是敍事有欠明確。

---

❻訓一作誚。司馬貞史記索隱：「按尙書作誚，誚讓也。此作訓，字誤耳。」

❼尙書金縢原文爲：「武王既喪，管叔及其羣弟乃流言於國曰：『公將不利於孺子』。周公乃告二公曰：『我之弗辟，我無以告我先王。』周公居東二年，則罪人斯得。于後，公乃爲詩以貽王，名之曰鴟鴞。王亦未敢誚公。」金縢用「于後」二字，則知所言亦與詩不合，魯世家是跟着金縢錯的。

關於第一問題，崔述作豐鎬考信錄，據周本紀認東征有前後二役，而斷東山、破斧兩篇，所詠爲伐淮夷踐奄事。他說：「詩稱『我徂東山』，又稱『于今三年』，是卽周公伐奄三年討其君事也。」當然崔氏斷東山篇所詠爲伐淮夷踐奄事是對的。但金縢敍周公平武庚管蔡之亂，也說：「居東二年，則罪人斯得。」魯世家的「寧淮夷東土，二年而畢定。」其平亂所費時間相同。而且破斧篇的「周公東征，四國是皇」句，毛傳云：「四國，管、蔡、商、奄也。」鄭箋亦云：「周公旣反（返）攝政，東伐此四國，誅其君罪，正其民人。」是周公旣攝政，東征此管、蔡、商武庚、淮奄四國，費二年時間一舉而平定。東山破斧兩篇所詠，亦指伐此四國而言也。所以我們可以論定：周公貽成王鴟鴞詩，是成王元年事。而周公東征艱苦地平定四國，而有破斧之作，東山篇則凱歸途中所作。破斧作於成王三年，東山則作於成王四年，故曰：「自我不見，于今三年」。⑧

⑧破斧云：「四國是皇」、「四國是吪」、「四國是遒」，當作於周公東征最後一站「踐奄」之後。唐張守節史記引括地志云：「泗水徐城縣北三十里，古徐國，卽淮夷也。兗州曲阜縣奄里，卽奄國之地。」曲阜卽魯都。周公東征士兵，其部分或且留此未返，以協防齊魯。此等士兵，傳唱破斧不已，後世乃稱之曰東音。故呂氏春秋音初篇，以邶風之燕燕爲北音，而以豳風之「破斧之歌，實始爲東音」也。

(十)〔補〕宣王中興——大小雅十二篇（下章另詳）

(十一)〔補〕幽王覆亡——小雅十月之交、正月，大雅瞻卬等三篇

【詩經十月之交】

十月之交，朔月辛卯，日有食之，亦孔之醜。彼月而微，此日而微。今此下民，亦孔之哀。（首章）

日月告凶，不用其行。四國無政，不用其良。彼月而食，則維其常；此日而食，于何不臧！（次章）

爗爗震電，不寧不令。百川沸騰，山冢崒崩。高岸爲谷，深谷爲陵。哀今之人，胡憯莫懲。（三章）

皇父卿士，番維司徒，家伯維宰，仲允膳夫，棸子內史，蹶維趣馬，楀維師氏，豔妻煽方處。（四章）……

【詩經正月】

心之憂矣，如或結之。今茲之正，胡然厲矣！燎之方揚，寧或滅之。赫赫宗周，褒姒威之。（八章）

【詩經瞻卬】

瞻卬昊天，則不我惠。孔塡不寧，降此大厲。邦靡有定，士民其瘵。蟊賊蟊疾，靡有夷屆。罪罟不收，靡有夷瘳。（首章）

人有土田，女反有之；人有民人，女覆奪之。此宜無罪，女反收之；彼宜有罪，女覆說之。哲夫成城，哲婦傾城。（次章）

懿厥哲婦，爲梟爲鴟。婦有長舌，維厲之階。亂匪降自天，生自婦人。匪教匪誨，時維婦寺。（三章）

鞫人忮忒，譖始竟背。豈曰不極？「伊胡爲慝」！如賈三倍，君子是識。婦無公事，休其蠶織。（四章）……

【史記】

四十六年，宣王崩，子幽王湦立。

幽王二年，西周三川皆震。伯陽甫曰：「周將亡矣。夫天地之氣，不失其序。若過其序，民亂之也。陽伏而不能出，陰迫而不能蒸。於是有地震。今三川實震，是陽失其所而塡陰也。陽失而在陰，原必塞。原塞，國必亡。夫水土演而民用也。土無所演，民乏財用，不亡何待？昔伊、洛竭而夏亡，河竭而商亡。今周德若二代之季矣。其川原又塞，塞必竭。夫國必依山川。山崩川竭，亡國之徵也。川竭必山崩。若國亡，不過十年。數之紀也。天之所弃，不過其紀。」是歲也，三川竭，岐山崩。

三年，幽王嬖愛褒姒。褒姒生子伯服。幽王欲廢太子。太子母申侯女而爲后。後幽王得褒姒愛之，欲廢申后，並去太子宜臼，以褒姒爲后，以伯服爲太子。

周太史伯陽讀史記曰：「周亡矣。昔自夏后氏之衰也，有二神龍止於夏帝庭。而言曰：『余褒之二君。』夏帝卜殺之與去之與止之。莫吉。卜請其漦而藏之，乃吉。於是布幣而策告之。龍亡而漦在。櫝而去之。夏亡，傳此器殷；殷亡，又傳此器周。此三代莫敢發之。至厲王之末，發而觀之。漦流于庭，不可除。厲王使婦人裸而譟之。漦化爲玄黿，以入王後宮。後宮之童妾，既齔而遭之。既笄而孕。無夫而生子，懼而弃之。宣王之時童女謠曰：『檿弧箕服，實亡周國。』於是宣王聞之，有夫婦賣是器者，宣王使執而戮之。逃。於道而見鄉者後宮童妾所弃妖子，出於路者聞其夜啼，哀而收之。夫婦遂亡犇於褒。褒人有罪，請入童妾所弃女子者於王以贖罪。弃女子出於褒，是爲褒姒。當幽王三年，王之後宮，見而愛之，生子伯服。竟廢申后及太子，以褒姒爲后，伯服爲太子。太史伯陽曰：「禍成矣。無可奈何！」

褒姒不好笑。幽王欲其笑，萬方故不笑。幽王爲熢燧大鼓，有寇至則舉熢火。諸侯悉至，至而無寇，褒姒乃大笑。幽王說之，爲數舉熢火，其後不信，諸侯益亦不至。

幽王以虢石父爲卿用事，國人皆怨。石父爲人佞巧善諛，好利，王用之。又廢申后去太子也。申侯怒，與繒、西夷、犬戎攻幽王。幽王舉熢火徵兵，兵莫至。遂殺幽王驪山下。虜褒姒，盡取周賂而去。

於是諸侯乃即申侯而共立故幽王太子宜臼，是爲平王，以奉周祀。

平王立，東遷于雒邑辟戎寇。

【說明】

小雅十月之交篇，毛傳說是刺幽王，鄭箋說是刺厲王。依曆法推算，厲王二十五年十月朔辛卯，和幽王六年十月朔辛卯，都發生過日蝕。清阮元就斷爲幽王時詩。因爲詩中還有大地震的描寫。二年地震，六年日蝕，與詩更合。況詩中更有「豔妻煽方處」符合幽王的寵褒姒，而厲王未聞有寵美女如幽王者。

史記周紀載「幽王二年，西周三川皆震。」「是歲也，三川竭，岐山崩。」而有伯陽甫「周將亡矣」之語。「三年，幽王嬖愛褒姒」「欲廢申后。」小雅十月之交詩，先敍十月朔辛卯之日食，以爲凶兆，繼敍「百川沸騰，山冢崒崩；高岸爲谷，深谷爲陵」的大地震。那是因爲三年幽王寵褒姒，及生伯服後，竟廢申后及太子宜臼，故到六年又有日食出現，詩人此時作刺詩，就先敍當時的日食，再追敍四年前的大地震，來譏刺皇父等七人的當政，褒姒的勢盛。不過周紀本國語鄭語只說：「幽王以虢石父爲卿用事，國人皆怨。」而當政七人中，無石父之名。崔述考信錄說：「按十月詩所刺助虐之臣七人，無虢石父，豈石父與七人不同時與？國語稱其字，而詩稱其名與？」

要之，國語本難盡信，姑列之於存參。」則崔氏信詩，而於史記所本之國語則存疑也。

大雅瞻卬篇亦爲刺幽王寵褒姒以致亂之詩。讀前四章就能曉然。至於小雅正月的「褒姒威之」句，則直指西周滅亡於褒姒。詩雖或作於東周，或係幽王當時推斷之語，其爲斥褒姒爲禍首則一也。

雅詩三篇，十月之交可定爲幽王六年之詩。瞻卬專刺寵褒姒，當較十月爲晚，正月云：「褒姒威之」則更晚，當在幽王九年、十年，或已在東周初年。

以上補闕成王、幽王二世，計國風豳風鴟鴞、東山、破斧等三篇，小雅十月之交、正月等兩篇，大雅瞻卬一篇，共計補闕周室史事者共六篇。

以上所補，均係西周史事。至於東周，雅頌息跡。惟王風乃東周王畿之詩，宜亦多涉及王事者。例如揚之水篇，毛詩序曰：「揚之水，刺平王也。不撫其民，而遠屯戍于母家，周人怨思焉。」朱傳亦云：「平王以中國近楚，數被侵伐，故遣畿內之民戍之。而戍者怨思作此詩也。」又如兎爰篇，毛詩序曰：「桓王失信，諸侯背叛，構怨連禍。王師傷敗，君子不樂其生焉。」三家詩無異義。史記周紀中均未載其事，故無從對照。檢查他國之詩，惟曹風下泉篇，齊詩指爲有關荀伯勤王之詩。經明何楷、清馬瑞辰等證成之。東遷以後，惟此一篇，可爲敬王時史詩之例。茲特補予對照說明於下：

(十一)〔補〕晉荀躒勤王——曹風下泉篇

【詩經下泉】

冽彼下泉，浸彼苞稂。愾我寤嘆，念彼周京。（首章）

芃芃黍苗，陰雨膏之。四國有王，郇伯勞之。（四章）

【史記】

敬王元年，晉人入敬王。子朝自立，敬王不得入，居澤。

四年，晉率諸侯入敬王于周，子朝為臣，諸侯城周。

【說明】

曹風下泉所詠為晉六卿之一荀躒（即郇伯）勤王事，係齊詩義。易林蠱之歸妹曰：「下泉苞稂，十年無王。荀伯遇時，憂念周京。」賁之垢文同。易林所傳為齊詩說。明何楷世本古義據此闡明曹風下泉，為曹人美晉荀躒納周敬王於成周而作。何楷曰：「左昭二十二年傳：天王使告於晉：『天降禍於周，俾我兄弟，並有亂心，以為伯父憂，我一二親昵甥舅，不遑啓處，于今十年，勤戍五年，余一人無日忘之。』自春秋昭二十二年王子朝作亂，至三十二年城成周為十年，與易林『十年無王』合。荀伯即荀躒也。美荀躒而詩列曹風者，昭二十五年晉人為黃父之會謀王室，具戍人，二十七年會扈令成周，三十二年城成周，曹人葢皆與焉。故曹人歌其事。」清馬瑞辰毛詩傳箋通釋證成其說。王先謙採入其詩三家義集疏，近人屈萬里先生詩經釋義並論定之。蓋周景王死而子朝作亂。晉國立王子丐（匄）爲王。是爲敬王。而王子朝自立於東都王城，晉人欲納王入王城而不得，敬王遂居澤，野處於狄泉（卽下泉）。晉荀躒率十國聯軍勤王，爲築成周城於狄泉以居敬王。王子朝奉周之典籍以奔楚，子朝之亂遂平。「不違啓處，于今十年，勤戍五年」，卽敬王請晉城成周的話。史記周本紀「子朝爲臣」句與春秋傳不符。

下泉篇首章曹人詠其戍於下泉，只見野草叢生，不禁嘆息着思念起想望重新進入的周京王城來。四章爲得勤王有功的統帥郇伯對他們的慰勞，加以讚美。

舊說，詩經時代，終結於諷刺陳靈公淫於夏姬的陳風株林篇，那是有史事的年代可推算的。據普賢的推算，下泉詩應作於周敬王四年（公元前五一六年），較株林篇要晚上八十多年，這才是詩經三〇五篇年代最後的一篇。（見拙著詩經研讀指導「下泉篇新解」）

三、宣王中興史詩的考察

㈠周本紀敘宣王中興的簡略

史記周本紀，敍宣王事極簡略，對中興事業只寫了十八個字，一件具體事蹟也未提出。只有採自國語周語的不籍千畝與料民於太原兩件失德之事記載較詳。但周語所記虢文公與仲山甫各別的一大篇諫言，史記也只用「不可」和「民不可料也」的兩字或七字概括之。所以有關宣王全部的記載，竟只有一百字，夾在皆有七八百字的厲、幽兩王之間，顯得特別少。

我們再看司馬遷所記宣王中興的十八字是：

宣王卽位，二相輔之脩政，法文、武、成、康之遺風。

而二相輔政的結果是：

諸侯復宗周。

有這「諸侯復宗周」五字，班固的漢書匈奴傳中，才有「宣王中興」之稱曰：

懿王曾孫宣王，興師命將以征伐之，詩人美大其功曰：「薄伐玁允，至于大原。」「出車彭彭，城彼朔方。」是時四夷賓服，稱爲中興。⑨

⑨ 馬驌繹史卷二十七宣王中興列漢書匈奴傳引六月、出車詩條下註，舉史記之異說曰：「然史記匈奴傳又以二詩在襄王之時。」經查史記匈奴傳原文爲：「其後二十餘年，而戎狄至洛邑，伐周襄王。王奔于鄭之氾邑。……故詩人歌之曰：『戎狄是應。』『薄伐獫狁，至於大原。』『出輿彭彭，城彼朔方。』周襄王既居外四年，乃使告急于晉。」詩人所歌，乃什錦歌耳。蓋首句出魯頌閟宮，應作膺；二三句出小雅六月；四五句出小雅出車。輿作車。非襄王時詩人所作也。

而且舉出小雅六月篇的「薄伐玁狁（卽獫允）」（二章）「至于大原」（五章）和出車篇的「出車彭彭」「城彼朔方」（三章）等句，指出宣王中興大業，建立於六月詩所詠吉甫伐玁狁而至於太原，與南仲伐玁狁而城朔方。讓我們明白宣王中興的史料，就在詩經之中。所以我們要清楚宣王中興的大業，就可從考察雅詩着手。

㈡雅詩中保存宣王中興史料的篇章

（甲）崔述豐鎬考信錄所列

從詩經雅詩所保存宣王中興的史料，清儒崔述在他的豐鎬考信錄中有所採錄，可作參考。他所舉共有九條，照錄於下：

(1)雲漢，仍叔美宣王也。宣王承厲王之烈，內有撥亂之志，遇災而懼，側身修行，欲銷去之，天下喜於王化復行，百姓見憂，故作是詩也。（毛詩序）

——（子）六月篇章句摘錄——

(2)玁狁匪茹，整居焦穫。侵鎬及方，至于涇陽。（四章）

薄伐玁狁，至于大原。文武吉甫，萬邦爲憲。（五章）

吉甫燕喜，旣多受祉。來歸自鎬，我行永久。（六章）

——（丑）出車篇章句摘錄——

⑶王命南仲，往城于方。出車彭彭，旂旐央央。天子命我，城彼朔方。赫赫南仲，玁狁于襄。（三章）

赫赫南仲，薄伐西戎。（五章）

以上宣王征西北之事。

——（寅）崧高篇章句摘錄——

⑷亹亹申伯，王纘之事。于邑于謝，南國是式。王命召伯，定申伯之宅。（二章）

王命申伯，式是南邦。因是謝人，以作爾庸。王命召伯，徹申伯土田。（三章）

——（卯）烝民篇章句摘錄——

⑸王命仲山甫，式是百辟。（三章）

出納王命，王之喉舌。（同上）

袞職有闕，維仲山甫補之。（六章）

王命仲山甫，城彼東方。（七章）

仲山甫徂齊，式遄其歸。（八章）

——（辰）韓奕篇章句摘錄——

⑹王錫韓侯，其追其貊。奄受北國，因以其伯。（六章）

以上宣王經略中原之事。

——（巳）采芑篇章句摘錄——

(7)蠢爾蠻荆，大邦爲讐。方叔元老，克壯其猶。方叔率止，執訊獲醜。（四章）

顯允方叔，征伐玁狁，蠻荆來威。（同上）

——（午）江漢篇章句摘錄——

(8)江漢浮浮，武夫滔滔。匪安匪遊，淮夷來求。（首章）

江漢湯湯，武夫洸洸。經營四方，告成于王。（二章）

江漢之滸，王命召虎，式辟四方，徹我疆土。（三章）

——（未）常武篇章句摘錄——

(9)赫赫明明，王命卿士，南仲大祖，大師皇父。整我六師，以修我戎。（首章）

王謂尹氏，命程伯休父，左右陳行，戒我師旅。率彼淮浦，省此徐土。（二章）

徐方既同，天子之功。四方既平，徐方來庭。（六章）

以上宣王經略東南之事。

崔氏從雅詩的考察結果，採取了大雅雲漢一篇之毛詩序。並從序文中：「承厲王之烈」句，斷定遇旱災宣王修行之年，爲初卽位時事，而否定了綱鑑大全的載於宣王六年。其餘摘取了小雅六月、出車、采芑三篇，和大雅崧高、烝民、韓奕、江漢、常武五篇的詩句，來充實宣王初年中興業績(1)征伐西北(2)經略中原(3)經略東南的三類大事。

崔氏對於史記所載若干史事，抱不信任態度予以批評。他對周紀所載褒姒的來歷，便指斥爲荒唐的記載。但詩書是最可靠的史料，而孟子猶曰：「盡信書，不如無書。吾於武成，取二三策而已。」因爲詩書中還是有誇張其事的話，要衡量過濾一下，才得其淨實。對於大小雅中有關宣王中興的事蹟，漢書已說：「宣王興師命將，詩人美大其功。」指出六月、出車等詩，是誇大的作品。

而早於崔述的清初大儒顧炎武，在他的日知錄卷三變雅條中，也指出「六月、采芑、車攻、吉日，宣王中興之作。」「有夸大之辭」，所以成爲變雅。所以崔述證宣王中興的詩，只摘取篇中數句。他說：「按雅之詠文武事者，事實多而鋪張少；詠宣王事者，事實少而鋪張多。此亦世變之一端也。故今於小雅六月、出車等篇，大雅崧高、烝民等篇，每篇只摘切要數言，載之以備當日之事，實見中興之梗概。其餘鋪張之詞，不暇錄，亦不勝錄也。」

可是我們發覺顧氏所舉小雅中的宣王中興之詩，與崔氏不同。崔氏所舉，多出車一篇，而少車攻、吉日兩篇。顧氏之所以列車攻、吉日而不舉出車，因依毛序，車攻是詠宣王復會諸侯於東都而田獵的詩；吉日是車攻的續篇，乃中興大事。而出車，則毛詩列爲文王時之作，非宣王時詩。可是崔氏是考證的能手，他考定出車所詠，是宣王命南仲伐玁狁的大事。而車攻、吉日二詩主要是詠田獵之事，所以不予採納。

那末，清儒顧、崔二氏所列有關宣王中興的詩篇既不同，我們不妨再找清代馬驌的繹史來參考一下，然後作一決定。

（乙）馬驌繹史所列

⑴小雅六月篇全文

附毛詩序

⑵小雅采芑篇全文

附毛詩序

⑶大雅江漢篇全文

附毛詩序

⑷大雅常武篇全文

附毛詩序

⑸大雅崧高篇全文

附毛詩序

⑹大雅烝民篇全文

附毛詩序

⑺大雅韓奕篇全文

附毛詩序

(8)小雅車攻篇全文
附毛詩序
(9)小雅吉日篇全文
附毛詩序
(10)逸詩石鼓文十章
附殘文拓片十幅
(11)小雅斯干篇全文
附毛詩序
(12)小雅無羊篇全文
附毛詩序
(13)小雅鴻鴈篇全文
附毛詩序
(14)大雅雲漢篇全文
附毛詩序
(15)小雅庭燎篇全文
附毛詩序

馬氏將所有毛詩序美宣王的小雅六月、采芑、車攻、吉日、斯干、無羊、鴻鴈、庭燎等八篇，大雅江漢、常武、崧高、烝民、韓奕、雲漢等六篇，共十四篇都全文抄錄，以爲宣王中興的史料。而對所詠事蹟未加說明，僅附詩序以塞責，未免太草率。又錄逸詩石鼓文十章，附加說明云：「石鼓詩十章，周宣王獵碣也。或云：文王之鼓，至宣王時刻詩。或云：成王大蒐于岐山之詩也。詩於體屬小雅，相傳爲太史籀書。據漢書：史籀十五篇，周宣王太史作。」並附石鼓殘文圖片。⑩其篇首即曰：「吾（我）車旣工（攻），吾馬旣同。」與小雅車攻爲相同句。斷此詩爲宣王獵碣者固不少，唐張懷瓘、竇泉、韓愈；宋王厚之；明馮訥、楊愼、龐三衡等主之。惟持異說者亦不乏其人。除前述，主文王之鼓，宣王時刻者，唐韋應物也；以爲成王時詩者，宋程大昌也；又有以爲秦篆者，宋鄭樵也；以爲宇文周者，金馬定國也。諸說紛紜，皆無確證。近人加以考核，始定爲秦刻，與宣王中興無關。所以我們得再就馬氏所列附有詩序的十四篇，加上崔氏所列九篇中馬氏所缺的小雅出車一篇，共十五篇加以考察，而列出我們所採納的詩篇來。

㈢宣王中興重要史詩十二篇的採納

現在我先就崔述所取而馬驌繹史所無的小雅出車一篇來探討。就崔氏摘錄該篇第三章、第五章的詩句來看，已顯示出是王命南仲征玁狁伐西戎。可是這王是否宣王，還成問題。毛詩小雅采

⑩ 繹史所載石鼓詩十章，乃錄自古文苑。

薇篇的序說：「文王之時，西有昆夷之患，北有玁狁之難。以天子之命命將率，遣戍役以守衞中國，故歌采薇以遣之，出車以勞還，杕杜以勤歸也。」所以出車的序，也只說：「出車，勞還率也。」而鄭玄詩譜，將這采薇、出車、杕杜三篇皆列爲文王之世的產品。可是史記却指稱采薇爲懿王時詩，朱熹詩序辯說也就說：「此未必文王之詩，以天子之命者，衍說也。」因此我在懿王勢衰一節中，已據王國維、屈萬里的考證，改定采薇與出車、六月都是詠宣王時征伐玁狁之作。而崔述則採史記、漢書所載，主采薇爲懿王時詩，出車爲宣王時詩。他改定出車爲宣王時詩的理由是漢書古今人表中，次於宣王之世的南中，卽南仲。出車篇中「王命南仲」「玁狁于襄」之王，非文王應是宣王。而「自天子所」「天子命我」的天子卽王，亦指宣王而言。毛詩的解「天子」爲商紂，而「王」爲文王，是不妥的。

又，「六月稱『侵鎬及方』，此詩稱『往城于方』，其地同；六月稱『六月棲棲，戎車既飭』，此詩稱『昔我往矣，黍稷方華』，其時又同。然則此二詩乃一時之事，其文正相表裏。蓋因鎬、方皆爲玁狁所侵，故分道以伐之：吉甫經略鎬而南仲經略方耳。故漢書以出車六月，同爲宣王時詩。古今人表宣王時有南仲，而文王時無之。且馬融上書，亦稱獫狁侵鎬及方。及宣王立中興之功，是以南仲赫赫，列在周詩。然則是齊魯韓三家皆以此爲宣王詩矣。」⓫崔述的考證極

⓫ 王先謙詩三家義集疏出車篇篇首篇名下注疏云：「又史記衞將軍傳載益封衞青詔書，亦舉六月、出車二詩皆以爲宣王時事。」經查史記原文，爲：「天子曰：『匈奴逆天理，亂人倫。數爲邊害。故興師遣

爲精細而明確。所以我採崔說，定：

(1)小雅出車篇是歌頌宣王命南仲征伐玁狁之詩。

由上所述，我已採王國維、屈萬里之說，采薇篇也是宣王時詩。所以我可定：

(2)小雅采薇篇也是有關宣王時征伐玁狁之詩。

仿崔氏的錄章摘句，我補充采薇篇重要章句於下：

——（申）采薇篇章句摘要——

采薇采薇，薇亦作止。曰歸曰歸，歲亦莫止。靡室靡家，玁狁之故。不遑啓居。（首章）

采薇采薇，薇亦剛止。曰歸曰歸，歲亦陽止。王事靡盬，不遑啓處。憂心孔疚，我行不來。（三章）

「豈敢定居？一月三捷。」（四章）

「豈不日戒？玁狁孔棘！」（五章）

昔我往矣，楊柳依依；今我來思，雨雪霏霏。行道遲遲，載渴載飢。我心傷悲，莫知

（續）將，以征厥罪。詩不云乎？『薄伐玁狁，至于大原』『出車彭彭，城彼朔方。』今車騎將軍青，度西河，至高闕，獲首虜二千三百級……已封爲列侯，遂西定河南地……益封青三千戶。」引六月出車詩各二句而已，未言係宣王時詩也。

我哀。（六章）

而六月篇毛序既曰：「宣王北伐也」。而齊詩學者則說：「宣王興師命將，征伐玁狁，詩人美大其功。」魯詩學者也說：「周室既衰，四夷並侵，玁允最彊，至宣王而伐之，詩人美而頌之曰：『薄伐玁允，至于大原。』」又曰：「周宣王命南仲、吉甫攘玁允，威蠻荆。」⑫韓詩及歷代學者無異義。而詩中有「王于出征，以匡王國。」「王于出征，以佐天子。」「文武吉甫，萬邦為憲」等句。而詩文中吉甫、張仲兩人名，均次漢書古今人表宣王之世。所以我們可定：

(3)小雅六月篇是歌頌宣王命吉甫征伐玁狁的詩。

再看大雅崧高、烝民兩篇，毛詩序兩篇首句都是：「尹吉甫美宣王也。」而崧高續句是「天下復平，能建國親諸侯，褒賞申伯焉。」詩中所詠，卽王命召伯為申伯作邑于謝，以保南土，王餞于郿時吉甫作詩以贈申伯者。吉甫卽小雅六月篇宣王命伐玁狁的吉甫。六月篇有「文武吉甫，萬邦為憲。」崧高詩就是這位文武兼備楷模人物的作品。烝民篇詩序的終句是：「任賢使能，周室中興焉。」詩中所敍是：「王命仲山甫，城彼東方。」「仲山甫徂齊。」毛傳：「東方，齊也。古者諸侯之居逼隘，則王遷其邑而定其居。蓋去薄姑而遷於臨菑也。」三家詩無異義。朱熹詩集傳則扼要地說：「宣王之舅申伯出封於謝，而尹吉甫作詩以送之。」及「宣王命樊侯仲山甫築城于齊，而尹吉甫作詩以送之。」歷代無異議，所以我們可定：

⑫ 見王先謙詩三家義集疏六月篇首注。

(4)大雅崧高篇是宣王封元舅申伯於謝，命召伯虎爲之經營，築城建廟，以固南疆的詩。

(5)大雅烝民篇是宣王命樊侯仲山甫爲齊國築城於東方，充實國力的詩。

其次，再看大雅韓奕篇毛詩序：「尹吉甫美宣王也。能錫命諸侯。」三家無異義。但朱子辯說曰：「其曰尹吉甫者，未有據。其曰能錫命諸侯，則尤淺陋無理矣。既爲天子，錫命諸侯，自其常事。春秋戰國之時，猶能行之者，亦何足爲美哉？」崔氏錄其第六章的四句「王錫韓侯，其追其貊。奄受北國，因以其伯。」是命韓侯爲北國一方之伯，以撫柔蠻夷，拱衞京畿也。故崔氏指爲宣王經略中原之事。所以我們可定：

(6)大雅韓奕篇是宣王經略中原，命韓侯爲北國之伯的詩。

小雅采芑篇毛詩序：「采芑，宣王南征也。」三家無異義。詩曰：「顯允方叔，征伐玁狁，蠻荊來威。」漢書古今人表方叔次於宣王之世，但此詩非「宣王南征」，故孔疏云：「謂宣王命方叔南征蠻荊之國。」崔述曰：「考之采芑，稱方叔征伐玁狁，蠻荊來威，是玁狁之伐，在東南用師之前。」如此我們可定：

(7)小雅采芑篇是既伐玁狁，宣王命方叔南征蠻荊的詩。

大雅江漢篇毛詩序：「江漢，尹吉甫美宣王也。能興衰撥亂，命召公平淮夷。」三家無異義。朱子辯說，也只指出「其曰尹吉甫者未有據。」詩中「王命召虎，式辟四方。」的召虎，即厲宣二世的召穆公虎。史記所載，均稱召公。詩甘棠、崧高稱召伯，而江漢篇則曰召虎，以其先祖召康公奭稱召公。朱傳曰：「宣王命召穆公平淮南之夷，詩人美之。」所以我們可定：

⑻大雅江漢篇是宣王命召虎平淮夷的詩。

大雅常武篇毛詩序：「常武，召穆公美宣王也。有常德以立武事，因以爲戒然。」三家無異義。朱熹集傳云：「宣王自將以伐淮北之夷，而命卿士之謂南仲爲大祖兼大師。」詩曰：「濯征徐國」「徐方不回，王曰還歸。」則宣王征服徐夷而班師，所以我們可定：

⑼大雅常武篇是宣王自將征服淮北徐夷的詩。

大雅雲漢篇，馬驌繹史載雲漢詩八章全文於小雅斯干、無羊、鴻鴈三篇之後，除附毛詩序全文外，並註「在六年。」崔述豐鎬考信錄則首先錄毛詩雲漢序於宣王元年甲戌之後而作斷語曰：「綱鑑大全載此事於宣王六年，征伐四方，封申城齊之後，繹史亦載之於常武崧高諸詩之末。余按序文云：『承厲王之烈』，則是以爲初卽位時事也。且大雅自民勞以後篇次未有錯亂，此詩既在崧高、烝民之前，則爲宣王初年之詩無疑。故列於此。」其意爲宣王元年而未敢決耳。查毛詩雲漢篇序云：「雲漢，仍叔美宣王也。宣王承厲王之烈，內有撥亂之志，遇烖而懼，側身脩行，欲銷去之，天下喜於王化復行，百姓見憂，故作是詩也。」箋云：「仍叔周大夫也。春秋魯桓公五年夏，天王使仍叔之子來聘。」朱子辯說云：「此序有理。」集傳卽採毛序之說。三家詩亦以爲宣王救災之詩。王先謙詩三家義集疏云：「韓詩曰：『對彼雲漢。』韓說曰：『宣王遭旱仰天也。』鈔本北堂書鈔天部引韓詩及注文所云：『宣王遭旱仰天』，與毛序同，特未言仍叔作詩耳。」姚際恆詩經通論，就主張作者是否仍叔，應該存疑。其他諸書載宣王時遭旱者尚有漢代董仲舒春秋繁露郊祀篇云：「周宣王時，天大旱，歲惡甚。」王充論衡須頌篇云：「成湯遭旱，周宣亦然。」而前此周代隋巢子並云：「厲宣之世，天旱地坼。」則宣王時遭旱災是無可置疑的。毛序孔疏云：

宣王遭旱，旱晚及旱年多少，經傳無文。皇甫謐以爲宣王元年，不藉千畝，虢文公諫而不聽，天下大旱，二年不雨，至六年乃雨。以爲二年始旱，旱積五年，謐之此言，無所憑據，不可依信。

今人高葆光著詩經新評價，在評論雲漢篇時，舉新證云：「西人韓廷香（Huntington）謂西曆紀元前七八〇年爲世界最乾燥時期。」因而推論說：「宣王初年時碰到嚴重的旱災是鐵的事實。」普賢按：西元前七八〇年已爲宣王最後一年的四十六年，何得說是初年事？

那末，崔述所不信的「綱鑑大全載此事於宣王六年」，又是根據那裏來的呢？依普賢推斷，孔穎達雖不信皇甫謐之說，但自宋以來通鑑系列的史書，仍採皇甫謐之說而定雲漢詩作於「至六年乃雨」的宣王六年，蓋宋司馬光撰編年史資治通鑑，起自戰國周威烈王二十三年。朱熹據以撰通鑑綱目，均不及春秋以前史。宋末金履祥撰資治通鑑前編，始補春秋以前史。其後仿朱子體例，以編歷代史而取綱鑑兩字以爲書名者，有王世貞撰綱鑑，袁易撰綱鑑補，吳乘權撰綱鑑易知錄。乾隆時有御批歷代通鑑輯覽之書。綱鑑大全卽此類史書之綜合也。普賢向各圖書館查閱「綱鑑大全」雖未得，但查閱金氏通鑑前編，將雲漢詩繫於宣王六年大旱之下，並於「大旱」二字下注云：「大紀連年書旱。」（按：金氏所稱大紀，卽宋胡宏所撰皇王大紀。）吳氏綱鑑易知錄載「宣王二年旱」，「六年大旱，王側身修行。」御批歷代通鑑輯覽，也載「宣王六年大旱，自二年不雨，至于是年。」兩書均以雲漢詩作於宣王六年。以上三書均據孔疏之文，採皇甫謐之說很明顯。

再查司馬光同時人劉恕所撰資治通鑑外紀，則於共和十四年載：「厲王崩于彘，太子靜長於召公家，二相共立之，是爲宣王，大旱。」宣王六年又載：「自二年不雨，至於是歲。」這於孔疏自宣王「二年不雨，至六年乃雨」之外，又多了共和十四年宣王立，卽大旱的記載。則宣王於共和十四年初立時，就遇大旱，又是根據何書呢？

查劉恕好奇，所撰通鑑外紀，網羅異說，甚或雜採及衆皆目爲僞書之竹書紀年。試查竹書紀年，果於共和十四年得之。其文曰：「共和十四年大旱，火焚其屋，共伯和簒位。立秋又大旱。其年周厲王死，宣王立。」那末，通鑑外紀是採竹書紀年共和十四年大旱，又採皇甫謐帝王世紀宣王「二年不雨，至六年乃雨」之說了。但竹書紀年現存古本、今本兩種。古本僅書共和十四年大旱，今本則於厲王之世載：

二十二年大旱。⑬

⑬此係據中華書局四部備要本竹書紀年王國維今本竹書紀年疏證與雷學琪竹書紀年義證三本所載。徐文靖

二十三年大旱。

二十四年大旱。

二十五年大旱。

二十六年大旱。王陟于彘。

周定公召穆公立太子靖爲王。

共伯和歸其國。

遂大雨。

這難道不就是連續大旱五年的實錄嗎？今本的厲王二十六年，就是古本的共和十四年。（竹書的共和是共伯和攝行天子事。厲王於十二年即亡奔彘，與史記所載厲王三十七年出奔於彘，「召公周公二相行政，號曰共和」不同。共和皆共十四年。故竹書載厲王死於二十六年。）王國維所以給竹書紀年作疏證，就是要逐條註明其作僞所依據，以證此書非汲冢所出原文，乃後人的僞作。但這五年的連續大旱，王氏無疏，適足以反證厲王死時，已大旱五年，宣王立而遂大雨爲不假。隋巢子的「厲宣之世，天旱地坼」，也可爲旁證。崔述的推斷雲漢詩是宣王初立時之作是

（續）竹書紀年統箋本，則「二十二年大旱」作「二十一年大旱」惟其二十六年大旱之箋語中有云：「今據竹書厲王流彘以後二十二年至二十六年歲皆大旱」，則「二十一年大旱」之「一」字，自應作「二」字也。

對的。因爲宣王有二相輔政，立於久旱之後，那有不祈雨之理？既祈雨遂大雨，那末雲漢之詩，當然就產生了。

竹書紀年的連續大旱五年既然是可採納的，那末，自宣王二年起又大旱五年，記載得太不尋常了。似乎有將厲王死前連續大旱五年，誤置於宣王二年至六年的可能。那末，我們非得查考皇甫謐當時著書的情形不可了。

查竹書紀年，是司馬遷沒見到的戰國七雄之一的魏國的史記。秦始皇焚書，是將別國的史記都燬了。直到晉武帝太康二年，汲郡人掘魏襄王冢，發現了一批蝌蚪文的竹簡古書，其中有紀年十三篇，記夏以來至周幽王爲犬戎所滅，續以晉事至魏安釐王二十年而止。武帝以其書付諸秘書校讐，寫成今文。束晳在著作，得觀竹書。事見晉書束晳傳。至梁沈約曾爲竹書紀年作註。後皆散佚。現存有古今兩版本，不盡相同，蓋皆後人所輯集者。皇甫謐則不仕武帝，隱居著書，老病不輟。而其門人摯虞等則爲武帝時名臣。皇甫謐卒於太康三年，竹書才出年餘，知者不多，或且校讐未畢，謐未見竹書，而僅聞竹書載宣王初立即遇連續五年之大旱，而後得雨。皇甫予以推算，則應至宣王六年乃雨。又據國語周語有：「宣王卽位，不藉千畝，虢文公諫曰不可。……王弗聽。」的記載。兩者均爲宣王初立時事。故串連而記於其帝王世紀書中，成爲毛詩孔疏所引之文字。否則，皇甫之說，毫無根據，豈非有意作僞了嗎？

雲漢詩的孔疏引皇甫文字中並無宣王祈雨之語，其實竹書紀年宣王祈雨，却記在二十五年。

今本載：「二十五年大旱，王禱于郊廟，遂雨。」那又是一次大旱。在這一條下，徐箋引皇甫謐的話，却與孔疏有一字不同。孔疏是「二年不雨，至六年乃雨。」而徐箋却作「三年不雨，至六年乃雨。」本來，皇甫謐帝王世紀已於宋末失傳，所以原文究竟是「二年不雨」，還是「三年不雨」已無從查對。但因後來居然給我找到了有道光年間顧尙之的帝王世紀輯佚本，亦可參考，書中所載，竟是「五年不雨，至六年乃雨。」而另一條又載：

> 宣王元年，以邵穆公爲相，秦仲爲大夫，誅西戎。是時天大旱，王以遇災而懼，整身修行，欲以消去之，祈于羣神，六月乃得雨，大夫仍叔美而歌之，今雲漢之詩是也。是歲，西戎殺秦仲。王於是進用賢良樊仲山父、尹吉父、程伯休父、虢文公、申伯、韓侯、顯父、南仲、方叔、仍叔、邵穆公、張仲之屬，並爲卿佐。自厲王失政，玁狁、荆蠻交侵中國，官政隳廢，百姓離散。王乃修復宮室，興收人才，容納規諫，安集兆民。命南仲、召虎、方叔、吉父，並征定之。復先王境土，繕車徒，興畋狩禮，天下喜王化復行，號稱中興。

這一條是顧尙之輯自太平御覽八十五的。把前此各書所有記載宣王中興的文字，都概要地包括進去了。其中宣王元年大旱王祈神，六月乃得雨，亦卽竹書紀年所載共和十四年遂大雨的異文。蓋魏史記竹書紀年旣有共和末年連年大旱，至共和十四年，大旱旣久，廬舍俱焚，立秋又大旱，厲王死，周定公召穆公立太子靖爲王，遂大雨的記載，則六國中其他齊、楚、燕等五國史書，必亦有載其事者。並知遂大雨，乃宣王祈于羣神六月之久而來。共和十四年秋又大旱，厲王死，宣王立而祈雨，六月乃得雨。則得雨之時，係在宣王元年，故將其事載於宣王元年，而其所載「宣王元年，是時天大旱，王以不雨遇災，祈于羣神，六月乃得雨」，係與竹書紀年共和十四年「宣王立遂大雨」同爲一事。觀二書其記事始得全備。那末，雲漢詩的產生時間，應爲宣王元年，才是適當的結論。蓋若宣王初立而五年大旱，五穀不登，則中興事業，皆當在六年以後。若元年祈神得雨，於是人民得安居耕種，恢復正常生活，然後才可整軍經武，以禦侮平亂。否則士無戰鬥意志，糧餉輜重不繼，兵敗無疑。宣王初令秦仲伐西戎被殺，恐卽因此。是以崔述斷雲漢之詩，必在六年以前也。

至於皇甫謐所以於帝王世紀，既載雲漢詩於元年，又載天下大旱五年不雨，至六年乃雨一條，這是他先得元年大旱，宣王祈于羣神，六月乃得雨的六國史記中的傳聞，就與秦仲伐西戎被殺兩事先記於元年之下。並將進用賢良，命南仲、召虎、方叔、吉甫等南征北伐事，綜合爲中興大業，連帶寫出。其實中興大業非一二年間事也。其後太康二年汲冢竹書出土，他又聞竹書載有宣王初立時五年大旱，而語焉不詳，遂誤以爲大旱自宣王元年至六年乃雨。於是又另文加入，以備異說。

至於竹書紀年又載宣王二十五年大旱，王禱于郊廟遂雨，可能也是實錄。但雲漢詩既是元年所作，則二十五年就不再作詩了。

據上所述，我們可以定：

⑽大雅雲漢篇作於宣王元年，乃記宣王祈雨救災之詩。先是共和末年，已連續大旱五年，共和十四年立秋，又大旱。厲王死，宣王立。祈雨救災，六月乃得雨，詩人作雲漢之詩。

雲漢篇崔述未錄其重要章句，玆補行摘錄於下：

——（酉）雲漢篇章句摘要——

倬彼雲漢，昭回于天。王曰：「於乎！何辜今之人！天降喪亂，饑饉薦臻。靡神不舉，靡愛斯牲。圭璧既卒，寧莫我聽！」（首章）

「旱既大甚，則不可推。兢兢業業，如霆如雷。周餘黎民，靡有孑遺。昊天上帝，則不我遺。胡不相畏？先祖于摧。」（三章）

「旱既大甚，黽勉畏去。胡寧瘨我以旱？憯不知其故。祈年孔夙，方社不莫。昊天上帝，則不我虞。敬恭明神，宜無悔怒。」（六章）

「旱既大甚，散無友紀。鞫哉庶正，疚哉冢宰。趣馬師氏，膳夫左右；靡人不周，無不能止。瞻卬昊天，云如何里？」（七章）

「瞻卬昊天，有嘒其星。大夫君子，昭假無贏。大命近止，無棄爾成。何求爲我？以戾庶正。瞻卬昊天，曷惠其寧？」（八章）

其次小雅寫田獵的車攻、吉日兩姊妹篇，車攻的序是：「車攻，宣王復古也。宣王能內修政事，外攘夷狄，復文武之竟土，修車馬，備器械，復會諸侯於東都，因田獵而選車徒焉。」吉日的序是：「吉日，美宣王也。能愼微接下，無自盡以奉其上焉。」據序，後篇吉日序只是田獵詩，而前篇車攻序則將宣王中興的業績，巨細靡遺，周詳地敍述了。但考其詩文，也只是一篇田獵詩。不過詩中有「會同有繹」句，則是諸侯朝天子之事；有「東有甫草，駕言行狩」，「搏獸于敖」等句，則天子狩獵于東都之東。蓋甫草者，甫田之草。敖，敖山。均在洛陽之東，且墨子明鬼篇有：「周宣王合諸侯於圃田，車數百乘」的話，圃田卽甫田。所以序云：「會諸侯於東都，因田獵」爲可信。我們可定：

⑾小雅車攻篇是宣王中興復會諸侯於東都雒邑，因而田獵的詩。

但吉日篇只是普通美天子田獵之詩，就不必列爲宣王中興的史詩了。補車攻篇的章句摘錄於下：

——（戊）車攻篇章句摘要——

田車既好，四牡孔阜。東有甫草，駕言行狩。（二章）
之子于苗，選徒囂囂。建旐設旄，搏獸于敖。（三章）
駕彼四牡，四牡奕奕。赤芾金舃，會同有繹。（四章）
允矣君子，展也大成。（八章）

再其次為小雅斯干無羊兩篇。斯干序云：「宣王考室也。」無羊序云：「宣王考牧也。」一言營造宮室有成，一言牧事有成，均非中興大事，僅如魯頌閟宮與駉之美僖公，況斯干無羊之未必美宣王也。

最後小雅鴻鴈庭燎兩篇。鴻鴈序云：「美宣王也。萬民離散，不安其居，而能勞來還定，安集之至於矜寡，無不得其所焉。」庭燎序云：「美宣王也，因以箴之。」內修政事，外攘夷狄，乃中興之大事。鴻鴈與雲漢皆救災安民之事。惟朱子辯說，謂自鴻鴈以下時世多不可考。則未必美宣王之詩，故不採納。庭燎只是普通咏早朝之詩，所以馬氏比崔氏多列美宣王諸篇，我只採納了事有所據，詩文可驗的車攻一篇，其餘都放棄了。

可是我除採納崔氏九篇、馬氏一篇，並另加采薇一篇外，發覺小雅黍苗一篇，倒也是該增列為宣王中興重要史詩的。因為這篇也是詠召伯城謝的詩，可說是大雅崧高的姊妹篇。毛詩序：「黍苗，刺幽王也。不能膏潤天下，卿士不能行召伯之職焉。」只是因為黍苗前後的詩，毛序都定為刺幽王的作品。所以朱子辯說就說：「此宣王時美召穆公之詩，非刺幽王也。」三家與毛異，則曰：「黍苗道召伯述職，勞來諸侯也。」但詩曰：「肅肅謝功，召伯營之」，所詠明白為召伯營謝之事，與大雅崧高篇為同一事。所以我們可定：

⑿小雅黍苗篇是宣王封申伯于謝，命召穆公代為經營，時人美之的詩。

補黍苗篇摘錄章句於下：

——（亥）黍苗篇章句摘要——

芃芃黍苗，陰雨膏之；悠悠南行，召伯勞之。（首章）

肅肅謝功，召伯營之；烈烈征師，召伯成之。（四章）

原隰既平，泉流既清，召伯有成，王心則寧。（五章）

以上所採納小雅六月、采薇、出車、采芑、黍苗、車攻等六篇，大雅雲漢、崧高、烝民、韓奕、江漢、常武等六篇，可說是宣王中興的重要史詩十二篇。

㈣宣王中興十二史詩時間先後的排列

瀧川氏史記考證云：「史敍宣王中興，凡詩所稱北逐玁狁，南征荊蠻，及吉甫、方叔之倫，概不書。蓋宣王不終，史祇依國語作紀，故多闕略。崔述曰：『詩小雅六月、出車，詠宣王征西北之事也。大雅崧高、烝民、韓奕，詠宣王經略中原之事也。小雅采芑、大雅江漢、常武，詠宣王經略東南之事也。』詩所詠宣王之事，其先後雖未敢盡以篇次爲據，然以其言考之，采芑稱方叔伐玁狁，蠻荊來威，是玁狁之伐在東南用師之前也。江漢稱經營四方，告成于王；常武稱四方既平，徐方來庭。是徐淮之役，在四方略定之後也。以其理推之，西戎逼近畿甸，患在切膚，所當先務。封申城齊，皆關東事，似可稍緩。若淮、漢、荊、徐，則距畿較遠。近者未安，不能遠圖，理之常也。愚按：

史記敍宣王不及南北經略事，今依崔氏豐鎬考信錄補之。」

我們若再依崔氏將雲漢篇宣王祈雨救災，列於南北征伐、中原經略諸篇之前；而黍苗篇則與崧高同列；復會諸侯於東都而田獵的車攻篇以殿後，則其中興大事先後次序可得其概略矣。

㈤宣王中興史詩十二篇的繫年

玆參考崔述探討之意見，試列中興史詩十二篇所詠史事時間先後次序如下：

1. 大雅雲漢
2. 小雅六月、出車、采薇
3. 大雅崧高、小雅黍苗、大雅烝民、韓奕
4. 小雅采芑、大雅江漢、常武
5. 小雅車攻

可是查考史記編年雖自共和元年起，十二諸侯年表中宣王之世的四十六年未記一事，至幽王之世始載二年「三川震」，三年「王取褒姒」，十一年「幽王爲犬戎所殺」三事。司馬光撰編年史資治通鑑，則起自威烈王二十三年，初命晉大夫魏斯、趙籍、韓虔爲諸侯，已入戰國時代。故朱子通鑑綱目亦無宣、幽編年。宋末金履祥撰通鑑前編，及明清人所編綱鑑、歷代通鑑輯覽等書，始補武王以來周紀之編年。上及堯舜，以甲子配歲。（如帝堯元載，歲次甲辰，帝舜元載，

歲次丙戌等）茲檢取御批歷代通鑑輯覽、吳乘權綱鑑易知錄、金履祥通鑑前編，以爲代表。⓮將其有關宣王中興史詩繫年文字抄錄於下：

（甲）通鑑系列三書中興史詩年代的摘錄

綱鑑易知錄	歷代通鑑輯覽	通鑑前編
甲戌周宣王元年		
【綱】命秦仲爲大夫，討西戎。	命秦仲征西戎。	以秦仲爲大夫，誅西戎。
【綱】命尹吉甫帥師伐玁狁。（詩人作六月之詩以美王。）	命尹吉甫北伐玁狁。（時玁狁內侵，逼京近邑。王命吉甫北伐，逐之大原而歸。于是有六月之詩。）	以尹吉甫爲將，北伐玁狁，至于太原。（附小雅六月篇全文。）
乙亥二年		
【綱】旱		
【綱】命方叔將兵南征荊蠻。（詩人賦采芑以美王。）	命方叔南征荊蠻。（卽楚。時荊蠻背叛，方叔嘗預北伐有功，王命率師南征，荊蠻來服。于是有采芑之詩。）	以方叔爲將，南征荊蠻。（附小雅采芑篇全文。）

⓮ 齊召南歷代帝王年表、孫馮翼集世本、劉恕資治通鑑外紀等書，或不涉及與詩篇關係，或大事簡略不繫年，均予放棄。

【綱】遣召穆公虎帥師伐淮南之夷。（詩人作江漢以美王。）

命召虎平淮夷。（淮南之夷。淮夷不服，王命召虎率師循江漢討平之。疆理其地，南至于海。師還，錫虎圭瓚秬鬯，以嘉其勳，尹吉甫乃賦江漢之詩以美之。）

王自將親征淮北徐夷。（詩人作常武以美王。）

王親征徐戎。（在淮之北王既命召虎平淮南之夷，乃親率六師以征淮北，徐方來庭。召虎作常武之詩美王，因以爲戒。）

王伐淮夷。

（附大雅常武篇全文。）

己卯六年

【綱】大旱。王側身修行。【紀】宣

王承厲王之烈，內有撥亂之志，遇災而懼，側身修行，欲消去之。天下喜於王化復行，百姓見憂，故仍叔作詩（大雅雲漢篇）以美之。

大旱。（自二年不雨至于是年。）

王承厲王之烈，內有撥亂之志，遇烖而懼，側身修行，欲消去之。天下喜于王化復行，百姓見憂，仍叔作雲漢之詩以美之。

秦仲死于西戎，命其子伐戎破之。

大旱（大紀連年書旱。

附大雅雲漢篇全文。）

秦仲伐西戎死之，王命其子莊伐戎破之。

（附錄秦本紀「西戎殺秦仲，秦仲有子五人，其長者曰莊公，周宣王乃召莊公昆弟五人，與兵七千，使伐西戎，破之。」等語。及秦風無衣篇全文。）

辛巳八年

巡狩東都

王內修政事，外復文武境土，乃選車徒，備器械，會諸侯于東都，因以田獵講武。詩人為作車攻吉日。

以上三書所載史詩，通鑑輯覽與前編，僅錄六月、采芑、江漢、常武、雲漢、車攻、吉日七篇，但較崔述考信錄、馬驌繹史又多秦風無衣一篇。查歷來無以無衣為秦莊公時之詩者，金氏附無衣篇無據。而吉日篇曰：「漆沮之從」，明其獵於西都京畿，與車攻之「東有甫草」「搏獸于敖」之於洛邑之東，其地不同，決非同時同地之事。故僅六篇可取。易知錄則無車攻、吉日，而只六月、采芑、江漢、常武、雲漢五篇而已。雲漢篇大旱之載於六年，實採皇甫謐元年至六年大旱傳訛之說，而依毛詩孔疏略去元年，故註云：「自二年不雨，至于是年。」五年大旱，宣王必俟六年始祈雨救災，是極不合情理。而舉凡北伐南征諸役，集中於元年二年，亦恐非事實。

於是更就司馬遷未見之古文魏國史記竹書紀年所載抄錄之，以為比較：

(乙)竹書紀年中中興史詩年代的摘錄

（兼參徐文靖竹書紀年統箋、王國維竹書紀年疏證兩書）

共和十四年大旱，厲王死。周定公、召穆公立太子靖爲王。

遂大雨。⑮

三年王命大夫仲伐西戎。

(徐箋)詩序曰：「車轔，美秦仲大有車馬。」王氏維禎曰：「秦仲誅西戎即小戎之詩是也。朱子乃屬之襄公，誤矣。」

(王疏)史記秦本紀：「周宣王即位，乃以秦仲爲大夫，誅西戎。」後漢書西羌傳：「及宣王四年，使秦仲伐戎。」⑯

四年王命蹶父如韓，韓侯來朝。

(徐箋)詩序曰：「韓奕美宣王也，能錫命諸侯。」其詩曰：「蹶父孔武，靡國不到。爲韓姞相攸，莫如韓樂。」蹶父如韓之事也。詩又曰：「韓侯入覲，以其介圭，入覲于

---

⑮ 竹書紀年有二版本，古本二卷，梁沈約所註，文多散佚。今本加入後來輯佚，惟多與古本不符。故王國維加以疏證，以證其爲僞書。惟厲王時大旱則同。宣王立而「遂大雨」則今本之文。

⑯ 王疏未提秦風小戎詩，徐箋舉秦風車轔詩，與伐西戎無關。至於小戎篇詩序亦曰「美襄公，備其兵甲以討西戎。」非秦仲事也。而秦襄公伐西戎乃平王時事。

王。」韓侯來朝之事也。

（王疏）詩大雅「蹶父孔武，靡國不到，爲韓姞相攸，莫如韓樂。」又：「韓侯入覲。」

五年夏六月尹吉甫帥師伐玁狁，至于太原。

（徐箋）詩序曰：「六月宣王北伐也。」其詩曰：「薄伐玁狁，至于大原。文武吉甫，萬邦爲憲。」

（王疏）詩小雅「六月棲棲，戎車既飭。」又：「文武吉甫，萬邦爲憲。」又：「薄伐玁狁，至于大原。」

秋八月方叔帥師伐荆蠻。

（徐箋）詩序曰：「采芑，宣王南征也。」其詩曰：「蠢爾蠻荆，大邦爲讎。方叔元老，克壯其猶。」是其事也。

（王疏）詩小雅「蠢爾蠻荆，大邦爲讎。方叔元老，克壯其猶。」

六年召穆公帥師伐淮夷。

（徐箋）詩序曰：「江漢，尹吉甫美宣王也。能興衰撥亂，命召公平淮夷。」其詩曰：「淮夷來鋪，王命召虎。」是其事也。

（王疏）詩序「江漢，尹吉甫美宣王也。能興衰撥亂，命召公平淮夷。」

王帥師伐徐戎，王命休父從王伐徐戎，次于淮。

（徐箋）詩序曰：「常武，召穆公美宣王也。」其詩曰：「南仲大祖，大師皇父，整我六師，以修我戎。」又曰：「王謂尹氏，命程伯休父，率彼淮浦，省此徐土。」是其事也。

（王疏）詩大雅：「王奮厥武」又：「王命卿士，南仲大祖，大師皇父，整我六師，以修我戎。」又：「王謂尹氏，命程伯休父，左右陳行，戒我師旅，率彼淮浦，省此徐土。」

王歸自伐徐，錫召穆公命。

（徐箋）常武之詩曰：「徐方不回，王曰旋歸。」是王歸自伐徐之事也。江漢之詩曰：「王命召虎，來旬來宣。文武受命，召公維翰。」是其錫命之事也。

（王疏）詩大雅：「徐方不回，王曰還歸。」詩大雅：「王命召虎，來旬來宣。」又：「肇敏戎公，用錫爾祉，釐爾圭瓚，秬鬯一卣。告于文人，錫山土田。」

七年王錫申伯命。

（徐箋）詩序：「崧高，尹吉甫美宣王也。天下復平，能建國親諸侯，褒賞申伯焉。」

（王疏）同徐箋。

王命樊侯仲山甫城齊。

（徐箋）詩序：「烝民，尹吉甫美宣王也。」其詩曰：「王命仲山甫，城彼東方。」毛傳曰：「樊穆仲也。東方齊也。蓋去薄姑而遷于臨淄也。」……

（王疏）詩大雅：「王命仲山甫，城彼東方。」又：「仲山甫徂齊。」

八年初考室。

（徐箋）詩序：「斯干，宣王考室也。」……

（王疏）詩序：「斯干，宣王考室也。」

九年王會諸侯于東都，遂狩于甫。

（徐箋）詩序：「車攻，宣王復古也……而選車徒焉。」其詩曰：「四牡龐龐，駕言徂東。」又曰：「東有圃草，駕言行狩」，是其事也。……

（王疏）詩序：「車攻，宣王復古也。宣王能內修政事，外攘夷狄，復會諸侯東都。」又詩曰：「東有甫草，駕言行狩。」

二十五年大旱，王禱于郊廟遂雨。

（徐箋）詩序曰：「雲漢，仍叔美宣王也。宣王承厲王之烈，內有撥亂之志，遇災而懼。」其詩曰：「旱既大甚，蘊隆蟲蟲。不殄禋祀，自郊徂宮。上下奠瘞，靡神不宗。」是其禱于郊廟之事也。

（王疏）詩大雅：「旱既大甚，蘊隆蟲蟲。不殄禋祀，自郊徂宮。」[17]

---

[17] 詩序既云：「承厲王之烈，內有撥亂之志，遇災而懼。」雲漢詩自應在北伐南征之前，作於宣王初立之

以上竹書紀年徐王箋疏，與宣王中興史詩有關可取者計：韓奕、六月、采芑、江漢、常武、崧高、烝民、斯干、車攻、雲漢十篇。放棄斯干，則得重要者九篇。再補前曾提出之出車、采薇之伐玁狁，黍苗之召伯代申伯營謝，共得十二篇。所補三篇，采薇可列六月之後，黍苗可列崧高之後。則宣王中興事蹟，與詩篇之配合，其年代可得其大概。加以整理，其年代雖未必全部確實，然較之他書爲合於當時情勢多矣。

（丙）宣王中興史詩十二篇繫年⑱

(1)宣王元年王爲久旱祈禱得雨。先是已連續大旱五年，共和十四年秋，又大旱。厲王死，宣王立，王祈雨救災，六月乃得雨——詩大雅雲漢篇。

(2)四年，韓侯來朝，賜韓侯爲北國之伯，以鞏固北方邊防。韓侯娶蹶父之女而歸——詩大雅韓奕篇。

(3)五年六月，王命尹吉甫帥師北伐玁狁，至于太原。又命南仲往城朔方。而伐玁狁，有所俘獲而歸——詩小雅六月、采薇、出車三篇。

(4)命方叔帥師南征平服荊蠻——詩小雅采芑篇。

（續）年「遂大雨」句下，最合情理。徐王箋疏，自應移前。至於二十五年大旱，宣工自亦禱于郊廟，惟詩人既作雲漢，本年無詩可也。

⑱ 宣王命秦仲伐西戎被殺，六年召秦仲子五人，與兵七千使伐西戎，破之。此亦中興大事之一，無詩。

(5)六年，遣召穆公帥師循江漢進軍伐淮南之夷，拓土闢疆——詩大雅江漢篇。
(6)王自將親征淮北徐夷，徐夷降服——詩大雅常武篇。
(7)七年，王封申伯于謝，命召穆公經營之——詩大雅崧高、小雅黍苗二篇。
(8)王命樊侯仲山甫城齊——詩大雅烝民篇。
(9)九年，王會諸侯于東都雒邑，遂狩于甫田——詩小雅車攻篇。

【說明】

儒者治學，以六藝爲本，詩書二經，尤爲信實可靠。惟尙書古文有僞，詩經雖有誇張之辭，衡情可得其實。司馬遷史記周本紀，採詩書二經尤多。只是自宣幽二世起，卽不取材於有關王朝大事之詩篇，而多採經傳以外國語等書所載。是以宣王中興，僅以籠統十八字敍之。卽北伐南征大事，亦付闕如。反以不籍千畝與料民太原所佔篇幅爲多。崔述曰：「國語主於敷言，非紀事之書，故以語名其書，而政事多不載焉。然其言亦非當日之言，乃後人取當時諫君料事之詞而衍之者。諫由於君之有失道，故衍諫詞者必本其失道之事言之，非宣王之爲君盡若是，亦非此外無他善政可書也。」記褒姒之來源，尤爲荒唐。⑲

⑲崔述豐鎬考信錄卷七云：「余按神有氣而無形，龍則有形物也。神安能化爲龍漦在櫝中千年而不化？何以一譟而爲黿也？且童妾未既齔而遭黿，既笄而後孕，何以知其孕之因於黿？厲王以後，歷共和十四年、宣王四十六年，凡六十年幽王乃立，若褒姒生於宣王之初年，則至幽王之時已老；若生於宣王之末年，則是童妾受孕四十餘年而始生也。其荒唐也如是，而司馬氏信之，其亦異矣。」

普賢就崔述考信錄、馬驌繹史二書所舉宣王中興諸詩，斟酌增刪，得宣王中興大事重要史詩十二篇，擬予繫年。查司馬光撰編年史資治通鑑，起自東周威烈王二十三年，朱子據以編通鑑綱目，均不及宣幽之世。而其從此一系列擴及三代之史籍，諸如通鑑前編、御批歷代通鑑輯覽、綱鑑易知錄等書，雖已據詩爲其中興大事繫年，然竟全列於宣王元年二年，使人難於盡信。反觀晉太康二年汲冢所得竹書紀年，爲司馬遷所未見。其所載宣王中興諸事與詩經合者，所列年代亦較近情理。故取以爲藍本，略予修整成此繫年，以供治史者之參考。

雲漢詩的繫年定於宣王元年，係參據竹書紀年共和十四年所載，與皇甫謐帝王世紀所載宣王元年時天大旱，王祈于羣神，六月乃得雨，大夫美而歌之，今雲漢之詩是也。二者併合而成。其餘十一篇之年代，均依竹書記事之年而定。崔述考信錄以先列六月、出車篇之北伐玁狁，再列崧高、烝民、韓奕篇之經略中原，然後及於江漢、常武篇之經略東南。今觀竹書所載宣王中興大事，則韓侯來朝在四年，吉甫伐玁狁在五年六月，方叔伐荆蠻在五年八月，召穆公伐淮夷、宣王親征徐戎在六年，錫申伯命，命仲山甫城齊在七年。殿以九年之王會諸侯于東都遂狩于甫，凡九年而成中興大業。較崔氏所列，更爲詳密。蓋宣王初立時連年大旱後，雖西北邊患緊急，不宜用兵，先令秦仲伐西戎，即不利，故玁狁雖侵略至於涇水之北，在大軍討伐之前，先命韓侯爲北國之伯，以爲防禦。至宣王五年，始令吉甫南仲，兩路出師，撻伐玁狁。吉甫之至于大原，崔述謂即今陝西固原，屈萬里謂在山西西部，非今日山西省會之太原也。至於出車之「薄伐西戎」，乃南仲伐玁狁而震撼及於西戎耳。通鑑前編、通鑑輯覽，皆載宣王六年秦仲之子伐西戎破之，可參考。

伐玁狁收效，卽命方叔南征荆蠻，六年而召伯平淮夷，宣王親征徐戎。於是東南平定。邊患既除，於是爲鞏固南國統治，而徙封申伯於謝；鞏固東方統治而派仲山甫城齊，以便號令諸侯。然後至宣王九年而會諸侯于東都，「諸侯復宗周」，中興大業得完成。

四、史詩的比較研究

㈠周祖創業史詩與宣王中興史詩的比較

崔述豐鎬考信錄舉詩以補史，於摘小雅六月、出車章句以補宣王中興事蹟，命吉甫南仲伐玁狁條下，引班固漢書匈奴傳載：

宣王興師命將，詩人美大其功曰：「薄伐獫允，至于大原。」「出車彭彭，城彼朔方。」

以爲證。因論宣王中興史詩「美大其功」與周祖創業史詩之不同曰：

按雅之詠文武事者，事實多而鋪張少；詠宣王事者，事實少而鋪張多。此亦世變之一端也。

較早於崔述者，顧炎武亦曾論及此點。在他的日知錄卷三變雅題下，就曾評宣王中興諸詩爲「夸大」。他說：

六月、采芑、車攻、吉日，宣王中興之作，何以爲變雅乎？采芑傳曰：「言周室之強，車服之美也。言其強美，斯劣矣。」觀夫鹿鳴以下諸篇，未嘗有夸大之辭。大雅之稱文武，皆本其敬天勤民之意。至其言伐商之功盛矣，大矣，不過曰：「會朝清明」而止。然宣王之詩，不有侈于前人者乎？

對於宣王中興史詩，班固以爲「美大其功」，崔述以之與文武創業史詩作比，指其「鋪張多」，顧炎武指其「夸大之辭」，「侈于前人」，是否二雅中的史詩周祖創業諸篇比較精簡而眞實，宣王中興諸篇則較劣而多鋪張夸大不實之處呢？試予檢閱，也並不盡然。

(甲)宣王中興史詩中鋪張誇大不實的探討

(1)大雅雲漢

周餘黎民，靡有孑遺。(三章)

首先要舉出的，是大雅雲漢篇這兩句，孟子就在答咸丘蒙的話中說：

雲漢之詩曰：「周餘黎民，靡有孑遺。」信斯言也，是周無遺民也。

周宣王對天老爺禱告說「那旱災厲害得使周室所餘的人民，已經連半個都沒有了。」這不是過甚其辭嗎？

可是孟子却告訴咸丘蒙：「說詩者，不以文害辭，不以辭害志，以意逆志，是爲得之。」不要先看表面的文字。這種誇張之辭，是不足爲病的。

(2)大雅崧高

崧高維嶽，駿極于天。維嶽降神，生甫及申。（首章）

崧高篇一開頭就說：「巍峨的吳嶽，高聳直達天，山嶽降神生了仲山甫和申伯。」稱頌宣王的兩位大臣是嶽神所生。這也只是和祝壽的「這位老太不是人，王母娘娘下凡塵」一樣捧人的不實之辭而已。

(3)大雅江漢

于疆于理，至于南海。（三章）

宣王命召虎平定淮水之南的淮夷，還在長江以北的地區，却說要劃疆理土，到達南海。實在太離譜了。這的確是崔述所指宣王中興史詩中美大其功，鋪張太多，夸大不實之辭。

(4)小雅六月

王于出征，以匡王國。（首章）

薄伐玁狁，以定王國。（三章）

薄伐玁狁，至于大原。文武吉甫，萬邦爲憲。（五章）

(5)小雅出車

王命南仲，往城于方。出車彭彭，旂旐央央。天子命我，城彼朔方。赫赫南仲，玁狁于襄。（三章）

赫赫南仲，玁狁于夷。（六章）

這是班固以爲「美大其功」的兩篇。崔述已斷此二詩爲一時之事，乃分道伐玁狁。大原卽今陝西固原，方亦在宗周之西北，「玁狁孔熾」「侵鎬及方至于涇陽」威脅極大，所以戰事勝利，「玁狁于夷」，說成「以匡王國」，也不算過分誇大。至於吉甫旣爲伐玁狁的大將，又留下了崧高、烝民等雅詩大作，讚他能文能武，可爲各國的楷模，也說得很有分寸的。以此例南仲，稱他赫赫，也不爲過份。

(6)小雅采芑

方叔涖止，其車三千。旂旐央央，方叔率止，約軝錯衡，八鸞瑲瑲。服其命服，朱芾斯皇，有瑲葱珩。（二章）

毛傳：「言周室之強，車服之美也。言其強美，斯劣矣。」正義曰：「名生於不足。詩人所以盛矜於強美者，斯爲宣王承亂劣弱矣而言也。」此毛詩以雅分正變，深求之言耳。顧氏何得卽以采芑夸大強美爲病也？崔述卽云：「雅本無正變之分」，故以正雅出車屬之宣王。況變雅詠宣王雲漢之詩，未嘗非「本其敬天勤民之意」！中興之詩，固不劣也。不可以毛詩雅分正變之偏見，而強分其優劣也。

(7)小雅車攻

之子于征，有聞無聲。允矣君子，展也大成。（八章）

或曰「有聞無聲」乃誇大之辭。其實與常武詩的寫宣王伐徐凱歸，只簡要地用「王曰還歸」四字結束全篇，同樣適得其妙。天子出狩的不聞喧嘩，本是常事，但只此輕輕着筆於威儀的描寫，也就點染了宣王中興的大成了。

（乙）周祖創業史詩中鋪張誇大不實的探討

⑴大雅生民

厥初生民，時維姜嫄。（首章）

履帝武敏歆，攸介攸止，載震載夙，載生載育。時維后稷。（首章）

后稷不過是周之始祖，非自有后稷而始有人類也。詩乃云「厥初生民」，此周祖創業五史詩，第一篇第一句就是誇大不實之辭。與宣王中興十二史詩第一篇雲漢就有「周餘黎民，靡有孑遺」的不實之辭類似，而與一在正雅、一在變雅無干也。

「履帝武敏歆」至「時維后稷」鄭箋云：「帝，上帝也。敏，拇也。介，左右也。夙之言肅也。祀郊禖之時，時則有大神之迹，姜嫄履之，足不能滿。履其拇指之處，心體歆歆然，其左右所止住，如有人道感己者也。於是遂有身而肅戒不復御。後則生子而養長，名之曰弃。舜臣堯而舉之，是爲后稷。」鄭箋之說，與史記合。此無父生子之神話，其言不雅馴，則生民之詩，亦與崔述所謂「詠宣王事者，事實少而鋪張多」者，當等量齊觀也。

⑵大雅大明

文王嘉止，大邦有子。（四章）

大邦有子，俔天之妹。（五章）

兪樾曰：「俔天之妹，言譬如天上之少女也。」此亦對武王母之溢美辭也。

(3)大雅皇矣

維此王季，奄有四方。

太王居岐，在戎狄之間，王季時尙非大國，而曰「奄有四方」，屈萬里詩經釋義曰：「自是誇大之辭。」然則周初創業史詩，與魯頌閟宮的稱太王「實始翦商」及宣王中興之江漢篇「至于南海」，同其誇大不實也。

綜觀周祖創業史詩，與宣王中興諸篇，均有誇大溢美之辭，蓋誇張得宜，描寫生動，乃文字之技巧，筆墨之佳妙，何足病哉？前者之大明篇有「會朝清明」之精鍊簡明，後者之車攻篇有「有聞無聲」之輕描傳神，亦相伯仲。此皆其優點，皇矣之「奄有四方」，江漢之「至于南海」，同樣爲鋪張失實，不可爲訓。而生民之無父生子，崧高之嶽神降生，乃先民之智識若此，不予深究可也。

㈡史詩的記事與記言

近人之所以稱大雅生民、公劉、緜、皇矣、大明五篇爲周祖創業史詩，而不及大雅思齊、文王有聲及周頌天作、魯頌閟宮諸篇者，以五篇用敍事方式述重要史事，而餘皆未能如是也。現在我們稱大雅雲漢、崧高、烝民、韓奕、江漢、常武，小雅六月、采薇、出車、采芑、黍苗、車攻各篇爲宣王中興史詩，而不及小雅鴻鴈、吉日、斯干、無羊、庭燎諸篇者亦然。然細察雲漢之詩，全篇皆宣王祈雨之禱詞，僅篇首「倬彼雲漢，昭回于天」兩句爲禱前之描寫。是以史書有記事記言之分。史詩亦可有記事記言之別也。惟雲漢而外，此十七史詩中，雖如皇矣、大明、江漢、韓奕、崧高、烝民等篇亦雜有記言之章句，而純記言之詩，僅雲漢一篇耳。

抑有進者，雅詩中之敍事記言者，皆史詩也。則大雅有雲漢之爲宣王祈雨禱辭，抑之爲衞武公假詩人之言以自儆，固皆記言之史詩；小雅何人斯、巷伯兩篇均獨白之詩，祈父、黃鳥、我行其野、谷風諸詩全篇皆怨訴之詞；蓼莪，孝子自責之言，亦皆記言史詩也。

更推而廣之，唐杜甫有三吏三別等敍事詩，以記當時民生疾苦，被稱爲詩史，其三吏三別等篇，蓋亦史詩也。詩經國風之各國民謠，乃民情風俗之社會史料，則其中之敍事詩皆史詩也。以鄭衞之詩爲例，碩人之記護送莊姜入衞，氓之敍棄婦婚姻始末，亦皆詩史之記事者也。鄭風女曰鷄鳴，史詩之記言者也；溱洧，記事與記言雜出者也。而細味齊風鷄鳴，全篇皆夫婦對話之記言史詩也。

玆將鷄鳴、女曰鷄鳴兩詩全錄於下，以見全豹：

齊風鷄鳴

「雞既鳴矣，朝既盈矣。」（婦詞）「匪雞則鳴，蒼蠅之聲。」（夫詞）（首章）

「東方明矣，朝既昌矣。」（婦詞）「匪東方則明，月出之光。」（夫詞）（次章）

「蟲飛薨薨，甘與子同夢；會且歸矣，無庶予子憎！」（婦詞）（末章）

鄭風女曰雞鳴

女曰：「雞鳴。」士曰：「昧旦。」「子興視夜。」「明星有爛。將翺將翔，弋鳧與鴈。」（首章）

「弋言加之，與子宜之。宜言飲酒，與子偕老。琴瑟在御，莫不靜好。」（次章）

「知子之來之，雜佩以贈之。知子之順之，雜佩以問之。知子之好之，雜佩以報之。」（末章）⑳

再推而廣之，三頌中亦有史詩。商頌之玄鳥、長發、殷武，可謂記事史詩。周頌之閔予小子，記嗣王朝於廟之詞；敬之、小毖，嗣王自勵之辭，謂爲記言史詩亦可也。

㈢史詩與風雅頌的關係

如前所述，周祖創業史詩五篇均爲大雅，宣王中興史詩十二篇大小雅各占六篇。此足以窺知大小雅爲狹義史詩主要之產地。但廣義之史詩，則風詩與頌詩之中，亦多史詩。而史詩以敍事爲

---

⑳女曰雞鳴首章爲男女兩次對話，次章女詞，末章男詞。見詩經欣賞與研究續集女曰雞鳴篇評解。

主，但亦不乏記言之作。風雅頌中，亦各有記言史詩。此於研究史記周本紀與詩經的關係時，已附帶予以考察。

現在我又發現風雅頌中史詩非但題材可以相同，風格也多類似者。蓋史詩筆觸是可以穿越風雅頌之界限的。

先說小雅之采薇與豳風之東山，一敍宣王時之北伐玁狁，一敍成王時之周公東征，題材都是王朝征伐的大事。雖一屬國風，一隸小雅，而其風格完全相同。正像孿生姊妹，讓你分辨不出誰是風謠，誰是雅詩。小雅出車與召南草蟲；小雅黍苗與曹風下泉，各有幾乎完全相同的一章。又如國風小雅之都有杕杜與谷風，因其一開頭就是「有杕之杜」或「習習谷風」等相同的詩句，連篇名也相同了。這種風格類似，題材也相同的篇章，非但出現在風雅二者之間，也顯露於雅頌二者之間。而且好多是貫通於風雅頌三者之間的。我國古來即有將七月篇分屬豳風、豳雅、豳頌三體者；而風與頌處於不同方向的兩端，而小雅則爲溝通兩端的橋樑中心。爲節省篇幅，以下各舉四例，只加提示，不予闡釋。

（甲）貫通風雅頌之間四例

例一、獨白的情境

(1)閔予小子（周頌）(2)雲漢（大雅）(3)我行其野（小雅）(4)將仲子（鄭風）

例二、農事的敍述

(1)良耜（周頌）(2)甫田（小雅）(3)七月（豳風）

例三、宮室的建造

(1)閟宮（魯頌）(2)緜（大雅）(3)斯干（小雅）(4)定之方中（鄘風）

例四、舞態的描繪

(1)振鷺（周頌）(2)有駜（魯頌）(3)賓之初筵（小雅）(4)簡兮（邶風）

（乙）貫通雅頌之間四例

例一、始祖的追記

(1)玄鳥（商頌）(2)閟宮（魯頌）(3)生民（大雅）

例二、供魚的祭祀

(1)潛（周頌）(2)魚麗（小雅）

例三、樂器的展示

(1)有瞽（周頌）(2)那（商頌）(3)靈臺（大雅）

例四、考牧的詩篇

(1)駉（魯頌）(2)無羊（小雅）

（丙）貫通風雅之間四例

例一、征伐的題材

(1)江漢（大雅）(2)采薇（小雅）(3)東山（豳風）

例二、田獵的場面

(1)吉日（小雅）(2)騶虞（召南）(3)駟驖（秦風）

例三、早朝的掃描

(1)庭燎（小雅）(2)鷄鳴（齊風）

例四、祭祀的錄影

(1)旱麓（大雅）(2)楚茨（小雅）(3)采蘋（召南）

五、結　論

由以上各章的考察與研討，我們可得下列幾條結論：

㈠詩經是最寶貴而可靠的史料，其間雖有誇張失實之處，衡情度理，予以過濾，即可寫成淨實的歷史記載。有關其時、地、人物等的考證，亦有助於正確的研判。司馬遷撰史記，多採書、詩。詩經爲周詩，故周本紀中採詩獨多，關係最爲密切，是以撰詩經與史記的比較研究，自周本紀入手。

㈡司馬遷撰史記。雖力求雅馴，國語中漫衍之辭亦予淘汰，但周本紀中仍不免過濾不淨。反之，於宣王中興諸大事，竟未採雅詩以實之，可謂一大疏漏。

㈢史記周本紀採詩至厲王而止，其中周祖后稷、公劉、太王、王季、文王、武王六世之創業記載，本諸詩篇最多，即大雅生民、公劉、緜、皇矣、大明等稱爲詩經中周祖創業史詩的五篇。另考察雅詩中宣王中興大事，可以充實中興業績者，計有小雅六月、采薇、出車、采芑、黍苗、車攻等六篇；大雅雲漢、崧高、烝民、韓奕、江漢、常武等六篇，共計十二篇，可稱爲宣王中興史詩十二篇。玆參酌竹書紀年、皇甫謐帝王世紀、劉恕通鑑外紀、金履祥通鑑前編、吳乘權綱鑑易知錄、乾隆御批通鑑輯覽及崔述考信錄等書，將此十二篇試加繫年，以供治史者之參考：

(1)宣王元年——雲漢篇之大旱求雨。

(2)四年——韓奕篇之賜韓侯爲北國之伯。

(3)五年——六月、采薇、出車三篇之北伐玁狁，南仲往城朔方，尹吉甫至于太原。而秦仲伐西戎被殺，其子五人攻破西戎之無詩者附於宣王六年。

(4)五年——采芑篇之方叔南征，平服荆蠻。

(5)六年——江漢篇之召虎伐淮夷，拓土南疆。

(6)六年——常武篇之宣王自將親征徐夷。

(7)七年——崧高篇之封申伯于謝，命召虎經營之。

(8)七年——烝民篇之命仲山甫城齊。

(9)九年——車攻篇之宣王會諸侯于東都雒邑，遂狩于甫田，中興大業告成。

㈣其他詩經詩篇可與周本紀對照予以補列者尚有：⑴豳風東山、破斧等篇之為西周成王時之周公東征，⑵小雅十月之交、正月，大雅瞻卬等篇之為幽王時之寵褒姒而覆亡，以及⑶曹風下泉篇之為東周敬王時晉荀躒之勤王。其作詩年代，亦予論定：而定下泉之作於敬王四年（公元前五一六年），為詩經時代最晚之詩，以代舊說以陳風株林篇之靈公淫於夏姬者，尤為詩經學上之一大事。

㈤清儒顧、崔二氏，皆以為周初史詩事實多而鋪張少；宣王中興之詩，則事實少而鋪張多，有誇大之辭。試予考察比較，知為偏見。並舉例以明之，如宣王時詩江漢篇之「于疆于理，至於南海」，周初史詩皇矣篇之「維此王季，奄有四方」，同為誇大不實之辭也。

㈥史籍有記事記言之分，詩經史詩亦有記事記言之別。宣王中興史詩十二篇中，常武之記宣王親征徐夷始末，為記事史詩；雲漢之專記宣王祈雨禱詞，為記言史詩即其例也。

㈦詩經分風雅頌三類，各有界限。而史詩之題裁與風格，有可穿越其界限者，例如以營建宮室為題材者：頌有閟宮，大雅有緜，小雅有斯干，風有定之方中。全篇以獨白方式出之者：頌有閔予小子，大雅有雲漢，小雅有我行其野，風有將仲子。而小雅諸詩，尤多貫通風雅頌之篇，蓋小雅題材最廣，風格兼具，實為溝通頌與風之橋樑也。

民國七十一年九月起草，十二月十二日完稿

重要參考用書目錄

⑴毛詩鄭箋　漢毛亨傳鄭玄箋　新興書局相臺岳氏本　六十一年二月版
⑵毛詩正義　唐孔穎達疏　臺灣中華書局　五十五年三月臺一版
⑶詩集傳　宋朱熹撰　臺灣中華書局　六十年十月臺四版
⑷韓詩外傳　漢韓嬰撰　漢魏叢書本
⑸三家詩遺說考　清陳喬樅撰　皇清經解續編藝文影印
⑹詩三家義集疏　清王先謙撰　世界書局　四十六年二月初版
⑺詩經釋義　民國屈萬里著　中國文化大學出版部　六十九年九月新一版
⑻詩經評註讀本　民國裴普賢編著　三民書局　七十一年七月初版
⑼詩經傳說彙纂　清王鴻緒等編纂　鐘鼎文化事業出版公司　五十六年六月版
⑽詩經通論　清姚際恒撰　廣文書局　五十年版
⑾毛詩傳箋通釋　清馬瑞辰撰　藝文印書館影印
⑿詩地理徵　清朱右曾撰　皇清經解續編藝文影印
⒀史記會注考證　日本瀧川龜太郎著　藝文印書館影印
⒁豐鎬考信錄　清崔述撰　嘉慶丁丑二月太谷縣署中刻
⒂繹史　清馬驌撰　康熙九年澹寧齋刊本
⒃通鑑前編　宋金履祥撰　乾隆乙丑年重鐫金板郡率祖堂藏

⒄通鑑外紀　宋劉恕撰　四部叢刊史部　上海涵芬樓藏明刊本
⒅帝王世紀　晉皇甫謐撰　指海第六集
⒆歷代帝王年表　清齊召南撰　粵雅堂叢書
⒇世本　漢宋衷注、清孫馮翼輯本　問經堂刊本
(21)御批歷代通鑑輯覽　清乾隆御批　中國聯合出版供應社　五十五年六月初版
(22)綱鑑易知錄　清吳乘權編纂　新興書局　四十四年八月初版
(23)竹書紀年統箋　梁沈約注、清徐文靖統箋　藝文印書館　五十五年一月初版
(24)竹書紀年義證　清雷學淇撰　藝文印書館　六十六年五月再版
(25)古本竹書紀年輯校、今本竹書紀年疏證　民國王國維著　藝文印書館　六十三年四月三版
(26)西周史事概述　民國屈萬里著　中央研究院歷史語言研究所集刊第四十二本第四分
(27)西周文學（上篇）　民國何佑森著　中央研究院歷史語言研究所集刊第四十五本第二分
(28)司馬遷之人格與風格　民國李長之著　臺灣開明書店　五十七年十一月版
(29)二十五史史記　漢司馬遷著　藝文印書館影印
(30)二十五史漢書補註　漢班固著、清王先謙補註　藝文印書館影印
(31)二十五史晉書　唐太宗撰　藝文印書館影印
(32)原抄本日知錄　清顧炎武著　明倫出版社　五十九年十月三版
(33)國語韋氏解　世界書局　四十五年十二月初版
(34)隋巢子　周隋巢子撰、清馬國翰輯　玉函山房輯佚書第七帙

〔跋文〕

蘇跋㈠

蘇雪林

若說文化遺產，我們中國人所接受的詩經，可說是最富厚的一份了。你看中國語文裡，無數的詞彙，無數的成語，無數的典故，不是大半來自詩經麼？自西周至於春秋，典章制度，人情風俗，上至天文，下至地理，旁及曆法，以逮草木蟲魚之細微，布帛麻縷之瑣屑，不是也可在詩經裡考查出來麼？所以詩經實是我國古代一部包羅萬象的文學寶藏，也是一份從無偽作品羼入，最純粹，最確實，最有價值的文化資料。

周禮太師教六詩，這話真實與否未可知，但古代教育青年，禮、易、春秋之外，詩居其一，國語，莊子可以為證。春秋時代，詩又成為外交寶典，各國使臣，雍容壇坫，揖讓樽俎，賦詩言志，成了一時風尚，左傳中此類記載，不一而足。孔子說：「不學詩，無以言」，又說：「誦詩三百，使于四方，不能專對，雖多亦奚以為。」那時候作為士大夫的條件，有「登高能賦」的一項，所謂「高」便是使節所登之壇，可見外交方面對詩重視的一斑。

孔子平生對詩的興趣極為濃厚，他教訓兒子，與門弟子談論學問，必引詩為喻。春秋時代所謂智識階級，說話時也必常常引詩，降及孟子荀子引得更多。漢人以詩列於五經，又搞出許多正變美刺的花樣，以為詩具有宣揚王化，裨益政教的大作用，遂有以三百篇當諫書之說。詩的尊嚴性，至是遂如日中天，崇高無上。而詩也完全墜落於迂詞腐見的深坑裡了。

到了宋代，對於漢儒的傳箋，又起了一番反動，不過他們不遵古訓，好憑主觀，其說又不免流於粗疏空洞。清朝是復古時代，對宋儒的解詩又起了反動，回到毛鄭的舊路，不過他們以所生時代較後，研究方法自然比漢儒更加精密，成績已遠遠超越前人。所可惜者，他們心裡始終橫梗着一個觀念：詩是經過孔聖人刪過的，是一部經書，總不免凜凜然以一種看待神聖的眼光來看待它，譬如他們從來不敢主張「關雎」僅僅是一首普通情詩，却硬說是文王之化，「卷耳」僅僅是一首婦女假想丈夫欲歸的詩，却硬說是后妃之德。這樣解詩，詩的意義如何可以顯現？

五四以後，思想解放，傳統權威盡皆墜地，我們否認孔子與詩的關係（例如刪詩），因而也否認了詩的尊嚴性和神聖性，只以文學的眼光來看待它，更運用科學的方法來研究它，將二千餘年以來蒙蔽於詩上面的迷煙濁霧，一掃而空，詩的真面目始逐漸呈露。近代某氏有詩經的厄運與幸運之說。我以為詩以前所享的幸運都是假的，所罹的厄運却是真的，它真正幸運的享受，或將開始於近代吧。

不過天下事有一利必有一弊，近代學者利用宗教學、民俗學、社會學、心理學、語言學來研究詩經，所發議論固甚精闢，有時則鑽入牛角尖，不能自拔，與漢儒之失，不過五十步與百步之差。更有人逞其豐富的幻想，發為專斷式的說法，甚至流為荒謬可笑，亦在所不顧，這類人甚多，現亦不必一一舉例。看來詩經厄運的餘波，尚盪漾其未已，我說它幸運行將開始，未免言之過早吧。

將詩經的篇章翻譯為口語，也是現代學者的嘗試，他們對詩經有選譯的，有全譯的，有完全用白話的，有用淺近之文言的。這類書我也閱讀過幾種，覺得可觀之作甚少。因為譯者對詩經的訓詁既未用功，意義也不求深解，抱着兒戲的態度，率爾動筆，這樣，他們的工作自然難以令人滿意。

近讀糜文開、裴普賢賢伉儷合著的「詩經欣賞與研究」不由得手之舞之，足之蹈之，認為這是一部最好的詩經介紹。他們先搜羅了百多種關於詩經的著作，古今中外都有，仔細揣摩，融滙貫通之後，於注疏則選其最妥貼者，於釋義則擇其最愜心貴當者，去漢儒之腐，宋人之疏，近代學者之偏見異論，也在所不採。乃將詩經裡一些優美動人的篇章，譯為語體。他們翻譯的體裁，也並不一律，有時採取民間歌謠，有時用五七言長短句，有時用五四以來的流行白話詩體，那首詩該怎樣譯，便還它一種譯法，量體裁衣，按頭製帽，是以每首詩都翻譯得有如初搨黃庭，恰到好處，頰上添毫，栩栩若活；並且常有出人意外的神來之筆，讀之令人拍案叫絕不已！在柏舟一篇的譯作之後，作者曾說「譯詩是再創造的工作，如果譯得好，能將原詩的意境，原詩的優點，充分顯露出來，比讀原詩，更易令人欣賞。」這是作者的自讚，可是這自讚恰如其份，半點也不誇張。

這部書名為「詩經欣賞與研究」也確是名符其實的。除每首詩都附有極精確的注解外，作者又把有關於詩的基本常識，分散在有關各篇的主文中，例如什麼是「詩教」什麼是「六義」以及詩經學的歷史和重要學者與其著作等等，本來是很枯燥重滯的議論，作者却以輕鬆活潑的筆調行之，讀了以後，全部詩經的知識，了然胸中，比讀幾百部有關詩經的著作，還要得益。

這是一部濃郁文學趣味與湛深學術研究，鎔鑄一鑪，產生出來的結晶品。我敢說它的價值，遠在姚際恆詩經通論、崔述讀風偶識、方玉潤詩經原始之上。這部書中學生固可閱讀，大學教授也可取為參考，可算是近年學術界少有的寶貴收穫，窮乏的臺灣文苑得此誠足自豪！

民國五十四年四月二日於獅城

附：跋後附識

裴普賢

詩經欣賞與研究的出版，倏忽將屆一年，我們仍在不斷獲得批評和鼓勵中。首先是師範大學國文系主任程發軔先生，成功大學國文系主任施之勉表叔來函祝賀，說是：「已拜讀大半，至感風味特殊，符合目前需要。雜碎名菜，正合青年口味。」說是：「展讀新著，一大快事，家人競閱，愛不忍釋。」接着是大陸雜誌編輯趙鐵寒教授的批評說：「此書不特使人展誦迴環，不能自已，且已為詩經整理研究開一正確新路。」臺大教授葉嘉瑩女士說：「深覺此書無論在譯文、考證、論著各方面見解，皆極為精到。」東吳大學教授伍稼青先生撰文在暢流半月刊介紹說：「八十一篇今譯，確能將原詩的意趣，很忠實地表達無遺。」此後臺北各報章雜誌，亦陸續刊載介紹文字。（三民書局只剪寄來聯合報副刊所載蘇尚耀先生詩經枝談一篇）同時此間馬尼拉華文報的各專欄也一致捧場：施穎洲先生在大中華日報的「話夢錄」，陳述先先生在公理報的「島中人語」，綠石女士在新閩日報的「三言兩語」，華人女士在大中華日報的「小天地」中，先後都有評介。最難得的是引起荒山先生寫了篇一萬餘字的「詩經散論」來專門討論研譯詩經問題，真令人佩服！遲來的信有美國密西根大學敎授余光中先生和香港大學中文系主任羅錦堂博士，余敎授告訴我們，我們的書，周詳生動，對他非常有用。他已依據我們的今譯和注解，將碩鼠、芣苢、何草不黃、將仲子、野有蔓草等八篇譯成英文，印為講義來敎美國學生；羅博士讚美我們，更鼓勵我們繼續下去，把三〇五篇全部加以譯注。因此，我們決定再在劇與藝雜誌連載國風欣賞，在慈航雜誌連載詩經選粹。蘇雪林先生數年來目疾未能治癒，我們是不敢希望她把我們的新著過目的。但意想不到，她去年九月去新嘉坡南洋大學後却來信說，在臺南時早將全書讀過，只因忙着出國，沒有寫信。信中除對我們的書加以特別讚美外，還寫了些她對詩經研究的寶貴意見。於是我們去信請她給我們的書補寫一篇序或跋。她復信說可以補寫一篇短跋，但仍須將全書再細讀一遍之後才可動筆。我們正擔心這樣對她的目疾不利，而她却已在百忙中將跋文寫成寄來。她這種做事認真的精神，尤其是獎掖後進的一片熱忱，真令人感佩不已，將永遠刻骨銘心，謹此誌謝！並將其餘諸師友賜給我們批評和鼓勵的情形，一併記下，以申謝忱！

另外，三民洽出續集，因為稿子還沒準備好，只得俟諸明年了。

民國五十四年四月十七日于馬尼拉華僑師專

三版後記

裴普賢

這本書再版時加上了蘇雪林先生的跋，我們並將當時對這書所獲批評和鼓勵，略加敘述，附錄在跋後。現在三民書局又通知我們這書卽將三版，要求我們將所發現的書中錯字藉機更正，且寫一篇三版後記；又要我們將這書自再版以來續獲的批評和鼓勵再作一次報告；同時也催促我們交付這書續集的稿子。

三民所要求的三點，第一點很容易地做了，因為文開在中國文化學院夜間部國文系兼任「詩經」和「歷代文選」兩科的講授，他年來身體欠佳，詩經的課由我代授，採用此書作教本，發現的錯字已隨時記下，讓三民照改便行。

第二點就有些困難了，因為有關資料，我們未能全部保存。五十四年八月，我們離菲返臺時，馬尼拉和臺北兩地的報紙上，有好幾篇迎送我們的專文刊載，現在我們從剪存的七篇中，可找到有關評介這書的話如下：㈠馬尼拉公理報七月二十日所載若竹女士的「送別」專文中有曰：

「詩經欣賞與研究是他倆旅菲期間的精心傑作，博得各方的好評，被推為潛修詩經不可或缺的參考書。」㈡新聞日報記者發見先生於七月卅一日在該報所發表「惜別」專文中說：「糜氏除研究印度文學外，對我國詩學研究亦深，他著有『詩文舉隅』，與其夫人合作的『詩經雜碎』，更膾炙人口，風行海內外。」㈢穆中南先生八月十日在臺北公論報發表的「迎文化使者糜文開夫婦」專文中說：「他倆合著的詩經欣賞與研究，也是一部很有學術價值的著作，同樣是他倆在菲六年公餘之暇的成就之一。」㈣現任中國文化學院教授邢光祖先生當時在「縱橫譚」裏所撰的專文，對此書有精密的分析，扼要的評論，其要點為：

「糜先生經常被僑界譽為自由祖國的『文化使者』，這非但是因為他在大使館裏擔任僑教方面的工作，貢獻很大；並且是因為他和夫人在我國學術上有卓越的成就，糜氏伉儷合著的『詩經欣賞與研究』，在訓詁與考證方面的周詳精細與所用功力，在自由中國今日註詩的學人中，無出其右。

「回溯中國近三百年來的學術，吾蘇人文蔚盛，治學大抵以考證校讎為主，糜氏伉儷除集詩經注疏的大成外，尤須加以推崇的：第一，是對於文字音韻，文法章法，藉旁證博覽，比較歸納，純採現代的科學方法；第二，是孤證不立，反證姑存，不勦拾舊說，不標新立異，辯詰尊重他人意見，詞旨篤實，文體簡潔，不盛氣凌轢，不支離牽附，有雕菰的餘緒；第三，除科學的訓詁考覈外，尤能時時不忘詩本身的文學價值與鑑賞；第四，治學題材範圍狹而精，與一般泛而無所得者不同。」

後此國內學術界人士，對此書陸續的評介，可記的有：㈠張其昀先生曰：「此書以科學方法研究詩經，並將詩經向海內外青年作深入淺出之介紹，對我國學術文化，頗有貢獻。」㈡黎東方先生曰：「此書功力文筆，兩臻妙境，實為空前巨著，倘尚書、三禮，亦有人仿此而寫，造福後學，當亦願馨香禮拜之也。」㈢張建邦先生曰：「詩經欣賞與研究一書，解說深入淺出，譯述達雅兼備，有益初學，誠為復興中華文化運動聲中之力作。」㈣文化學院夜間部國文系主任戴培之先生在中國文學創刊號發表的「評詩經欣賞與研究」一文，轉錄於下：

「鄭漁仲樂略謂：古之達樂三，曰風、曰雅、曰頌，金石絲竹匏土革木，皆主此三者以成樂。自后夔以來，樂以詩為本，詩以聲為用，八音六律，為之羽翼。仲尼編詩，為燕享祭祀時用以歌，而非用以說義；不幸腐儒之說起，齊魯韓毛，各為序訓而以說相高。漢又立之學官，以義理相授，遂使笙歌之音，湮沒無聞。然當漢之初，去三代未遠，雖經生學者不識詩，而太樂氏以聲歌肄業，往往仲尼三百篇，瞽吏之徒，例能歌也。奈義理之說既盛，聲歌之學以微。誠慨乎其言之矣。

「雖然，依永和聲，詩之一端，而道志永言，實詩之體用。義理相高，聲歌獨勝，偏而不備，惡能賅尼山敦厚之教，正樂之旨！至若匡鼎說詩，羣舌為結，毋亦時之所趨，形格勢禁，有以使然。自漢迄今，說詩既衆，述作尤夥，要皆如漁仲所陳，於義理聲歌，畸輕畸重，奇美未正，偏而不全，捫燭扣槃，不能無憾。

「本系糜教授文開，究心於詩，歷有年所，其夫人裴普賢教授，並能以道相莊，旁蒐前哲時賢諸説，衡諸史蹟，比以醜類，得其會通。乃至辭義之訓詁，名物之解説，情思之探研，美刺正變，四始六義，靡不考訂詳備，使虛者實，偏者正。於民俗演變，篇章編組，務為底致之議，不作玄遠之言。至經文今譯，既陳義理，兼及聲歌，洞絃朱越，溯古切今，於是中夏聲教之義，且漸被異國。闢詩界新天地，為文化張一軍，所謂隨俗雅化，不悖觀興之旨，如「詩經欣賞與研究」之工作，足以當之矣。」

要說三民所要求的第三點，我們自覺很慚愧，我們原打算花兩年工夫完成的續集，現在延長了兩年，竟還不能馬上付印，這有幾個原因：㈠返國後參考書多了，要花工夫一一披覽，而少數參考書，多方設法蒐尋，仍無所獲。例如詩體釋例的作者胡才甫，撰有「詩經形釋」六卷，迄今連此書有未出版，都沒查訪出來，而有的書好不容易借到，展讀之下，却很少參考價值；㈡此書既受人推崇，續集就不能再憑一股勁的隨便寫，白話的譯文和難字難句的註釋固然比前花了加倍的工夫，評解方面更得再三斟酌，因此進度極慢；㈢研究的論文不能太空泛，又不能太冷僻，要用新方法去開闢新路線以獲致新結果，但每篇文章又不能太長，變成一本本的專書，只能計劃在一個大題目下先分寫幾篇小文章，因此續集的論文部分，像普賢所寫「春秋與詩經」，寫得太長了，只得暫時半途擱下，先將「荀子與詩經」寫成；㈣三民書局幾年前便約我們寫一本「中國文學史」，文開既擔任了文化學院「歷代文選」的課，我們便計劃寫一本將文學史與文選配合在一起的「中國文學欣賞」。而普賢返國後仍回臺灣大學執教，申請到國家長期發展科學委員會的補助金，又另寫了別的長篇論文，因此詩經欣賞續集的寫作曾中輟了多時；㈤最大的原因，文開的風濕舊病復發，初時腰痛，醫生疑為是腎結石，腰痛醫好了，又右肩膀關節炎，因此他整整一年的時間不曾寫稿，而也影響了我們的稿子。

現在文開的病總算好了，我們檢點續集的成稿，「詩經研究」已有六篇論文，但「詩經欣賞」，還只有五十一篇，我們一定在一兩月內至少再寫二十幾篇，緊接着這書的三版，讓三民在今年暑假把續集印出來，以答謝大家對我們的厚愛。

民國五十七年五月十七日記於臺北

潘跋(二)

潘琦君

糜文開伉儷合著的「詩經欣賞與研究」一書，鎔文學趣味與學術研究於一爐，深入淺出，對愛好文藝與向往古典文學的青年，啓廸尤多。適宜於青年學子自修或大學教授採作教本。故此書自民國五十三年由三民書局出版迄今，已銷售至三版。博得學術界前輩們一致的讚譽與推崇。張其昀、邢光祖、蘇雪林、戴培之諸先生都曾著文推介。邢光祖先生具體地提出四點優點：

「一、於文字音韻，文法章法，藉旁證博覽，比較歸納，純採現代的科學方法；二、孤證不立，反證姑存，不勦拾舊說，不標新立異。辯詰尊重他人意見，詞旨篤實，文體簡潔，不盛氣凌轢，不支離牽附，有雕菰的餘緒；三、除科學的訓詁考覈外，尤能時時不忘詩本身的文學價值與鑑賞；四、治學題材範圍狹而精，與一般泛而無所得者不同。」

邢先生的話是非常確切中肯的評介。

筆者與糜先生伉儷相識有年。對兩位學人治學態度之認真嚴肅、研究方法之周詳精到，萬分欽佩。他倆回國三年來，時常得向他們請益。今年五月間，糜先生又出使泰國，他留下半學期的「詩經研究與欣賞」一課暫由我代授。臨行前，他倆將趕寫完成的「詩經欣賞與研究續集」付印，囑我代校第三校。去泰後來函說我既已將初續集都重溫一遍，一定要我寫一篇跋文附後，我實在不敢當此重任。可是再三固辭不獲，只得把個人讀初續集的心得，作個報告：

一、研讀方法的正確：於初集鄭風風雨篇，作者論詩經讀法，謂朱熹與崔述的讀詩經，都是非常得法而澈底的，但他們仍引朱子自己的話：「被舊說一局局定，便看不出了。」批評朱崔二氏有時仍不免囿於舊說成見，因而解風雨篇為一首淫詩。他們則認為此詩是描寫妻子於風雨之夜，苦盼夫婿。而夫婿乃於風雨中歸來的快慰心情，真是別有見地。

又如續集鄭風「女曰鷄鳴」篇，作者擺脫了毛序的「刺不德」，朱傳的「賢夫婦相警戒」等道學先生的說法，並認為姚際恆的「夫婦幃房之詩」的說法亦有未妥。而旁證博引了聞一多屈萬里諸氏的釋義，細細玩味詩文本意，解釋此詩為一對未正式結婚的青年情侶，補行贈佩、委禽、合巹等禮的情態。全詩以對話方式，寫出他們蜜月愛情生活的興奮快樂。這解釋既有根據，又合情理，並重視了古代社會的生活形態，古代民族的文學趣味，賦予此詩以嶄新的面貌，也許就是它的本來面貌。實在是難能可貴。

全書中似這樣卓越的見地，精闢的解釋，隨處都是，足見他們研讀的客觀與深入。主要的是他們能全部擺脫門戶之見，就原詩虛心熟讀，徐徐體味出詩文本意來，並辨別各篇各類以至一字一句的異同，以求其特徵與共相。同時仍得覆核以前各家舊說，作客觀的研判，是則從之，非則正之。若一意標新立異，縱使可以聳動視聽於一時，到底還是站立不住。

於初集自序中，他們介紹了瑞典漢學家高本漢的科學方法兩步驟（見初集第四頁），認為第一步驟的工作，馬瑞辰高本漢二氏有最高的成就，可作為參考，第二步驟的工作，則在清代學者中，以姚際恆方玉潤二氏用力最勤。糜氏夫婦就是遵循高本漢的科學方法，綜合朱崔馬高姚方六人之業績而獲得新成就者。

於續集所收糜先生的「孟子與詩經」一文，對孟子的讀詩法「故說詩者，不以文害辭，不以辭害志，以意逆志，是為得之。」加以闡述說：「孟子要我們從原詩的一個字一個詞到一句一章一篇地仔細玩味，以體會出作詩者的原意來。」（見續集四〇九頁，讀者可以參閱。）他們並在雲漢的評解中，予以補充說：「所以我們讀詩，重在玩味原詩字句，以推求詩意。至於前人成說，如詩序所提供的各篇時代與作者以及詩旨等，我們要小心求證，無證不信。沒有佐證，寧可闕疑。求證則要向鄭玄以前的古籍中去探尋。魏晉以來新發現的材料可靠性較弱，不可輕易採信。這是我們研讀詩經所要遵守的方法。」於此可以知道糜氏夫婦研讀詩經的工作，是何等的嚴正有方。他們於反覆玩味，小心求證之際，工夫細而且深。讀這續集的七十二篇欣賞，當更可以體味得出來了。

二、五部式著述法：初續集都仿傚方玉潤詩經原始的五部式⑴小序⑵原詩⑶主文⑷註釋⑸標韻改為⑴小序⑵原詩⑶今譯⑷註釋⑸評解（初集稱主文），對於讀者的研習，極為便利。小序兼採戈提斯（Dr. Robert Gordis）英譯雅歌題後詩前的開場白式，先把原詩作個簡明扼要的介紹，繼之以活潑風趣的今譯，詳盡的註釋。尤其可貴的是評解（主文）內容之豐富，見解之精闢。例如初集生民篇主文談希臘印度中國史詩和神話，噫嘻篇主文將舊約雅歌、印度吠陀讚歌和詩經的國風作一比較。以研究印度哲學文學專家的眼光，分析詩經，對我國這部偉大的史詩，貢獻更多。又如續集第五篇雲漢評解對寫作技巧的研究與欣賞，可說已至登峯造極之境，予學者以無窮的啓迪。廿九篇桑中，三十篇伐柯評解，對諸家註釋的批評取捨，證之以周代社會禮俗，最後對桑中篇下結論說：「故此詩非刺奔刺淫，乃刺自誇美女期我要我送我者之妄想耳。」否定了毛序朱傳的成說，恢復此篇「里巷歌謠」，與「男女相與歌詠」的本來面目。於伐柯篇，推翻了「美周公」的舊說，將首次兩章都解作比與賦，確定為詠婚姻描寫新娘進門時一片喜氣揚揚的景象。這種新的欣賞觀點，越發顯出了詩經的時代意義。

三、今譯工夫：在三千年前，詩經原應該是當時的口語文學，（尤其是國風之部），可是到了三千年後的現代人心目中，却是古典文學。許多難字難句，費了歷代學者多少考證揣測，却因為時地的變遷，究竟是什麼意義，無法起古人而問之。所以自漢儒以下，解經都未免有牽強坿會之處。卽以朱熹的善疑，尚不能全部擺脫舊說。糜氏夫婦乃遵照高本漢的科學方法，參酌各家註釋，更依據先秦時代的社會風俗，心理人情，轉婉體會，然後採取民間歌謠，五七言長短句，五四以來流行的白話詩體，惟妙惟肖地翻譯出原詩的奧妙精微之處。以口語文學還它口語文學的面貌。誠如蘇雪林教授所說的：「量體裁衣，按頭製帽，是以每首詩都翻譯得如初搨黃庭，恰到好處。並且常有出人意外的神來之筆。」

讀初續集的今譯，處處令人有身歷其境之感。例如桑中篇，就是採用民歌體的，茲抄錄原詩今譯第一段，以便欣賞：

爰采唐矣？　（女聲問）你到那兒去採蒙菜啊？
沬之鄉矣。　（男聲答）我到沬邦的鄉下採啊。
云誰之思？　（女聲問）你想追的是誰家姑娘啊？
美孟姜矣。　（男聲答）漂亮大姐她姓姜呀。
期我乎桑中，　（衆聲合唱）她約我在桑中，
要我乎上宮，　她邀我去上宮，
送我乎淇之上矣。　她送我到淇水上啊。

糜氏非但把朱子所謂「男女相與歌詠」的民歌風格譯出，而且把桑中詩裏對約女郊遊者的嘲弄意味也活生生地表現在眼前，工夫的高超，可見一斑。

今日流行歌曲的曲子單調，歌詞膚淺貧乏，有識之士無不有此同感。而歌星却如雨後春筍，蓬勃地產生。為了復興固有文化與推廣社會教育，作曲家與作詞家們，大可參考糜氏詩經今譯的

美妙口語，鏗鏘的音調，表現出中國人自己的民情、風俗與感情，才是真正屬於中國人的流行歌曲。這是我附帶的一點感想。

據我所知，糜氏伉儷寫詩經欣賞，有時各選一篇寫完後交換着修改潤飾，（有些兩人不同意見尚保留在註釋與評解中），有時選一篇兩人分工合作。他們為一字一句的註釋或今譯的推敲思量，往往徘徊庭院，廢寢忘食。這種焚膏繼晷的治學精神，真值得欽佩。

四、精確的統計：他們以狹而精的治學態度，發掘問題，以窄而深的筆觸，作精密的統計，從而獲得客觀的結論。這，從初集中糜夫人「周漢袚禊演變考」與「詩經兮字研究」二篇論文可以看出。她統計三百〇五篇中共有三百二十一個兮字，而李一之的卡片所得，只有二五六個兮字，少登記了六十五個之多，其精密與粗疏的程度極為懸殊。

更值得一提的是她為了澈底研究詩經疊句及其影響，自詩經、詩、詞、曲以迄於近代流行歌曲中，找出各種疊句形式，比較研究寫成十二萬字的「詩詞曲疊句欣賞」一書，為疊句研究開闢了新天地。（此書由三民書局出版。）

他們又根據朱傳本與孔疏本，將詩經各句的字數作成「詩經字句統計表」，較美國漢學家金守拙教授（Prof. George A. Kenedy）的統計尤為精確。其他如「詩經章句數統計表」「詩經各篇章數統計表」等，都極為細密。

五、精闢的論述：糜先生的研究，著眼於基本問題，初集中的論文「詩經的基本形式及其變化，」精密地探討了詩經的形式，其結語云：「詩經是四言詩的代表，四字成句，四句成章，疊詠三章，然後樂成。」他認為詩經無論用詞、造句、與章法，都趨向聯綿性的形式，所以他又稱詩經形式的特質是聯綿體。

現在，續集中詩經研究全是歷史性的論文，偏重於歷代儒學與詩經的考察，自孔子、孟、荀，以迄漢代，所收論文六篇，「論語與詩經」「孟子與詩經」，就論孟兩書中有關詩經的文字全部輯錄起來，將孔子孟子和詩經的關係一一考察，作扼要而精闢的論述。這樣依照時代先後考察下去，一一指陳其演變，直考察到漢代齊詩學中陰陽家的色彩。漢代的考察還只開其端。至於上溯到孔子以前，因糜夫人的「春秋與詩經」以文長未輯入，難窺全豹，令人有「書到快意讀易盡」之憾。幸「孔子刪詩問題的論辯」一文，自司馬遷史記的孔子世家敍起，中經唐、宋、明、清各代學者的論辯，直敍到現代學者的主張，最後以己意加以論斷，見解精闢，可以補償讀者之不足。

六、一點意見：糜氏伉儷的詩經欣賞是着重在文學興趣而避免長詩的困人。在初集中所介紹的，大雅生民已算長詩，最長的只有豳風七月一篇，那是全詩經中第五長詩。而這次續集，却一下子介紹了三首長詩，卽全詩經的第一長詩魯頌閟宮，第二長詩大雅抑，第六長詩小雅正月。把大雅小雅與三頌的最長詩一口氣都介紹出來，我認為還是太多了。應當循序漸進，速度不宜太快，以免國學基礎較差的讀者，或將因噎廢食。

初集中註釋，已接受讀者的提議，加用注音符號。但注音符號還是用得不多，現在續集中注音符號用得更少。許多難字的讀音，將令讀者自己去查國音字典，將來三集如能注意到這點，所有難字的註釋均兼用注音符號，那就更為完善了。有人提議注音採用國際音標，但國際音標在國內還不普遍，我認為以暫時不採用為宜。

糜氏參考方玉潤的詩經原始，略去標韻，增加今譯是高明的措施。有人認為略去標韻則詩經欣賞便顯得不很完備。不知詩經的上古音，不能像唐詩的中古音一樣標韻，因為研究上古音是一種專門的學問，到現在上古音還不能整理得一清二楚，所以詩經還無法有正確的標韻。如果仍像清儒般用中古音為詩經標韻，則仍是不準確的。

總之，糜氏伉儷撰寫的詩經研究，是科學方法的產品。而詩經欣賞，則是一種綜合的藝術，須有多方面的才能與經驗。撰寫時偶未兼顧周至，或不免有畝輕畝重之偏。我提出的意見只是求全的責備，不足為病。他倆合譯泰戈爾詩集，前後費時十年。現在詩經欣賞與研究還續兩集，已花了他倆七年的時間。這次續集的成功，我們應該為他倆也為學術界慶賀。我初要預祝他倆繼續撰寫三集四集，完成全部三百零五篇的欣賞與研究，則讀者幸甚，學術界幸甚。

民國五十八年八月廿日於臺北

潘

齊　跋㈢

齊益壽

詩經是我國最古老的歌謠總集。由於年荒代遠，其中難字難句、古聲古韻，以及所涉及的歷史背景、風俗習慣、名物制度等等，在在皆非深入研究，難有定奪。因此要對詩經作深澈的了解，勢非具備經學、小學、史學的豐厚素養不可。然而詩經究竟是一部文學作品，其令人感發賞愛、傾心動魄之處，又勢非具有文學的靈犀善感、悲憫情懷，不能發其風致。歷代有關詩經的著作，雖多如牛毛；所研究的總成績，雖斐然可觀；然而研究有得者，不一定能兼顧文學欣賞的一面。是以欲求一部研究與欣賞兼美並茂之作，却不可多得。

糜文開先生往昔研究印度文學，早已蜚聲文壇；所譯印度詩哲泰戈爾的詩集，風行一時。近二十年，復與夫人裴普賢教授專治中國古典文學。琴瑟和鳴，相得益彰。二位先生以學者之博覽精勤，兼具文學家之靈犀善感，合力撰寫「詩經欣賞與研究」，使詩經在欣賞與研究兩方面，花開並蒂，各放異彩，無怪乎自初集問世之後，佳評如湧，倍受矚目。

如今二位先生繼初集、二集之後，積十年之辛勤，復成此三集，計收欣賞七十二篇，研究十篇。我拜讀校樣，即不忍釋手。而最為激賞者，當推該書解詩體例之完備精當。該書解詩體例，係略變清代方玉潤「詩經原始」的體例而成的。「詩經原始」的體例為五部式：㈠小序；㈡原詩（並加眉評與旁批）；㈢主文；㈣註釋；㈤標韻。本書則略變而為：㈠小序（兼採戈提斯 Dr. Robert Gordis英譯雅歌集題後詩前的開場白式）；㈡原詩；㈢今譯；㈣註釋；㈤評解。而評解之後，本集復增列古韻部一項。小序主要是一首詩詩旨的扼要說明，而所以定此詩旨的理由，則詳述於評解之中。今譯置於原詩底下，一句對一句，既便對照，兼以譯筆生動傳神，對欣賞的幫助甚大。而譯意的根據，皆在註釋之中。至於評解，除了將有關詩旨的各種舊說一一加以檢討，或取或捨，或別創新解之外，尚兼顧詩的結構技巧、字句神韻等欣賞層面，有時還有相關的專題論述，實在是最見學識功力的一項。

看到這樣的體例，我便想到此間的出版界，對中國古籍——尤其是先秦古籍，雖有今註今譯一類的撰述，使讀者獲益不鮮，但如能擴而充之，參照本書解詩的體例，則讀者對古籍的了解，將不僅僅如今註今譯之使人但知其然而已，更可以知其所以然，以收誘導啓發之功，使讀者步步深入，興味盎然。

其次，從詩經中相同詞句的歸納，以推斷該詞句的意義，此研究法雖以清人崔述等最為擅場，二位先生亦可謂善於使用斯法，如釋「于以」及「爰」為「何處」，凡引十五例證，發前人所未發，使詩義因之而頓覺生動靈活，功不可沒。此外，對詩經篇名問題的總探討，以完整的統計資料為基礎，條分縷析，亦是一篇詳贍精到的力作。

其次，二位先生主張「研讀詩經要憑各篇經文本身解經，不為前人舊說所拘限。」這種主張雖發端於宋代朱熹，然而朱熹在認知上雖富革命性，在實踐上仍不免時受毛序舊說所左右。二位先生則即知即行，凡前人舊說對經文本身難以圓通，即不稍假借，故能時有新解，如定「二子乘舟」（邶風）為送別詩，定「我行其野」（小雅）為贅婿之歌，凡此皆極富參考價值。

常言道：隔行如隔山。然而在今天講求分工崇尚專精的時代，殊不知雖在同一行裏，亦不免有隔江隔河之嘆！何況中國文學，歷史悠長，其間文體，代有興革，作者輩出，既多如滿天星斗，卷帙浩繁，又豈止於汗牛充棟？我於詩經，既乏研究，安敢置喙？所以當縻、裴二位先生以合著「詩經欣賞與研究」三集，囑我跋尾，不禁大為惶恐。既辭不獲，只得以一個普通讀者的淺見，略述讀後的一點感想而已。稱跋，實愧不敢當。

民國六十八年五月卅日

劉跋(四)——「詩經欣賞與研究」四集跋

劉兆祐

二十多年前，我就時常拜讀糜文開教授所譯的印度作家泰戈爾的詩和裴普賢（溥言）教授有關詩經的論著，對他們在學術上的成就，非常敬佩。民國五十三年，拜讀了他們合著的「詩經欣賞與研究」初集，才知道他們是賢伉儷，益加仰慕他們。因為泰戈爾的詩在印度是家喻戶曉的，詩經在中國，也是老幼必誦的；中印文化，又是那樣的密切。夫婦由同時從事兩個文化古國最偉大詩篇的研究，進而共同完成一部經典之作，這在中外古今是鮮有的美談盛事！

兩千多年前，孔子就以詩經為教材。他認為誦讀詩經不僅可以多識鳥獸草木等名物，還可以興、可以觀、可以羣、可以怨，也就是立言處事的根本。所以兩千多年來的讀書人，沒有不研習它的。研究的人一多，各種解說，也就雜然紛陳了。所以不少的詩經學者，終其一生，都把寶貴的時間，耗費在字義的考訂上面，而很少能析論詩中所含蘊的境界和情趣。從漢朝開始，讀書人更受到儒家教化思想的影響，把詩經國風淳樸的民歌，一一給蒙上一層道德教條的面紗，使讀者難以確切體會到上古人民誠摯的感情和樸實的生活。譬如「關雎」一詩，本來是優美的情詩，可是詩序却說它是「后妃之德也」，魯詩和韓詩也認為「刺后妃失德君子晏朝而作」，雖然一者認為是「美詩」，一者認為是「刺詩」，但是他們把這一首情詩當做教化的工具却是一致的。又如「子衿」，是一首寫男女青年約會的詩，可是詩序却說成「刺學校廢也」。宋代的歐陽修、朱熹等人，雖然開始不相信漢儒的說法，但是也沒能撥雲見日，讓每一首詩再現原來的淳樸面目。糜教授裴教授伉儷就直接了當的解釋為公子哥兒和少女的情詩。這種勇於擺落兩千年來經學桎梏的膽識與直探詩經作品原旨的卓見，是遠邁前人的。

此外，從漢代的毛公開始，對詩經的文字訓詁，也是衆說紛紜，有些文字，兩千年來，仍得不到合理的解釋，糜、裴二先生在注釋部分，不僅能從紛紜衆說中，擷取最接近原意的一家，而於近人的說法，像王國維、錢賓四（穆）、屈翼鵬（萬里）、聞一多等先生的精闢見解，也都取精採入，所以本書的注釋，是薈萃了兩千年來各家的精粹，再加上二先生最新的見解。最可貴的，是他們用最精美的詞彙和最自然的韻律，把每一首改寫成語體詩，誦讀起來，就像咀嚼一首首蘊有先民感情的現代詩。

詩經三百零五首的共同特色是「溫柔敦厚」，不論用那一種研究的方法，如果不能把這個特色表現出來，都將使詩經失色。糜教授伉儷的著作，最令人激賞的就是他們處處把握了詩經感情的脈搏，把先民溫柔敦厚的胸懷表達出來，我想，這和他們溫柔敦厚的風範有關。

凡是從事古典文學作品研究的學者，大概都有這樣的經驗：純粹撰寫嚴肅的學術作品，固然並不容易，但還算單純；若是要使作品既不失嚴肅的學術價值，又要讓一般人讀來興味盎然，那就是一件需要相當功力的工作了。糜先生伉儷的著作，一方面謹慎於考據，一方面又能兼顧文學性、可讀性，可以想見他們在撰寫這三百零五首欣賞時的構思經營，一定是辛苦備嚐的。

民國六十四年，我承乏東吳大學中國文學系系務，特地懇託屈翼鵬師敦請裴教授到系裏教授詩經，敦請糜教授講述中印文學，都深受學生的歡迎與愛戴。後來承乏中國文學研究所所務，復蒙裴教授俞允指導研究生撰寫詩經方面的論文。現在，獲知裴教授在經過了二十年的不斷研究，終於完成了三百零五首的欣賞與研究工作，實在值得高興。

記得今年春節，我到他們府上拜年，糜教授正在花園裏修剪花木，精神還很好。沒想到三週後——正月二十二日，就得到他不幸去世的消息。裴教授在忙碌的教學工作之餘，懷着喪去二十多年研究上、生活上佳耦的哀痛，繼續完成這最後八十篇的研究，這種為學術奉獻的精神，委實令人敬佩。

今年暑假，裴先生命我撰寫序文，惶恐不敢當。我以一個晚輩，能有機緣時時向他們請益，已深感榮幸。我這篇短文，只把我對他們著作的粗淺心得寫出，載在卷末，以表示我對糜教授的懷念和對二位先生的敬意。

民國七十二年九月二十二日謹識於東吳大學中國文學研究所

〔後記〕

「詩經欣賞與研究」四集後記

裴普賢

抑住深沉的悲哀，懷着無盡的思念，多少次，筆未提，淚先流。就這樣，我終於踐履了和文開生前的約言——「詩經欣賞與研究」第四集一定要在今年內完成。但當時的約言，是兩人合作，却不料在第三集出版後三年多的時光，只合作完成了八十篇的四分之一，而他竟於今年三月六日，臥病兩週後，以心臟衰竭離我而去。於是，我雖然在極度的悲慟之中，仍然强打精神，獨力完成其餘的四分之三，以達成文開生前的願望，並安慰他在天之靈。

這八十篇的欣賞，是「詩經欣賞與研究」前三集所餘三百零五篇中最後的一部分，計國風中召南兩篇、邶風三篇、鄘風兩篇、王風兩篇、鄭風四篇、齊風三篇、魏風一篇、唐風五篇、秦風、陳風、檜風、曹風及豳風各一篇；小雅二十九篇；大雅十三篇；周頌八篇、魯頌一篇、商頌兩篇。其中僅唐風揚之水一篇曾發表於東方雜誌復刊第十六卷第十期。而此集之目錄，前十六篇為文開生前所排，其餘則為我按照詩經原書依次而列。

至於研究論文部份，文開由於近年來體弱多病，兼授文化大學印度研究所的印度文學研究，要編撰講義，又要批閱學生的讀書報告，指導學生的碩士論文，所以只勉强出版了六十萬字的印度文學歷代名著選兩巨册，而無暇及此，也無力及此。但對於我所撰寫的論文，每完一章或一節，必經他過目，或提供意見，或商改文字。三年之中，我於課餘之暇，陸續完成了「詩經二南時地異說之研判」、「詩經比較研究—楚辭篇、楚辭補充篇」、「詩經比較研究—舊約雅歌篇」及「詩經比較研究—史記周本紀篇」等論文，及數篇由演講稿整理而成的短文，其中「詩經二南時地異說之研判」原係供研究所同學研討專題之一，已收入「臺靜農先生八十壽慶論文集」中，其餘四篇，曾先後發表於中外文學、孔孟學報及幼獅學誌等刊物。但因鑑於第三集頁數太多（七八二頁），書過厚重，故此集只收入「詩經比較研究—史記周本紀篇」及「詩經的文學價值」二篇。其餘楚辭篇、楚辭補充篇、雅歌篇，連同「詩經欣賞—從經學到文學」、「周宣王中興史詩十二篇欣賞」等短文，則彙輯一起，交由學生書局另出單行本。

最初我倆是抱着復興中華文化的宗旨，覺得我們祖先留下的寶貴遺產，不應只作為少數學者專家研究探討的對象，而應該用深入淺出的方法，使古奧的經典能普及於一般民衆，使中學程度的國人卽可欣賞、接受，進而瞭解祖先創業之艱難，奮鬪精神之可貴；並且認識我中華民族在兩三千年以前，卽有那麼高度的文化產物，卽有那麼美妙的文學作品，期於潛移默化中，增進國人品德的修養，增强國人的民族自尊心和自信心。所以就選定了我倆最感興趣的詩經，利用業餘之暇來從事這份工作。

在撰寫詩經欣賞部份，為使讀者對於深奧的文字容易瞭解，讀着不至有枯燥之感，所以對於每篇的今譯，特別注意，儘量使所譯的詩句，不只表意，而且傳神，更要讀起來有種韻律之美。因而，往往為一字之推敲，徘徊終夜；一句之斟酌，廢寢忘餐。然而，不妥之處，仍所難免。

記得我倆開始撰寫第一集時，先是各人挑選自己比較喜愛的詩篇，分別撰寫，然後交換審閱，或互相改正，或彼此補充，或提出問題共同討論。有時會因意見不同而有所論辯，這是我倆結縭二十六年的共同生活中，唯一會引起意見相左的事情，但也並不常有。如今思之，那些日子，是多麼甜美；那種生活，又是多麼愜意啊！然而此情此境，只可讓我在今後孤寂的歲月中回味咀嚼了……。至於二、三集的撰寫，則多半由我主筆，文開提供意見，加以修正。

如今這第四集，則大部由我獨力完成。限於個人能力，其中難免有疏謬之處。如有些許可取之點，則應歸於文開之功，或是文開在天之靈給我的啓示和感召。惜乎他未及見此集之成卽歸道山矣，嗚呼！悲哉！

「詩經欣賞與研究」自第一集至此第四集之問世，前後已歷十九寒暑，而三民書局劉經理振强先生始終抱定提倡學術之精神，復興文化之志願，雖在此經濟不景氣的年代，仍肯不惜工本，出版此書，令人感佩。而這第四集又蒙臺師靜農賜撰序文；東吳大學中文研究所劉所長兆祐先生惠撰跋文，均為本書增光，并此深致謝忱。

民國七十二年八月臺北舟山路靜齋

附：裴著「詩經欣賞與研究」第四集評介

蘇雪林

我國古代文獻多不可靠，只有詩經這部書和地下發現的商代甲骨例外。詩經是從西周初期迄今，已有三千多年的歷史。為了它歷史特長，又是部文藝性的作品，比之那些高文典冊的易經書經儀禮等等，更容易博得人的愛好。是以歷代研究詩經的人也特多。可是那些古人因為受時代影響不同，又常戴着有色眼鏡來看這部書，研究成果便也呈出不同的色彩，詩經真正的面目反而難以叫人看出來了。正如顧頡剛先生所說：詩經好像一方豐碑，上面攀緣滿了盤糾的藤葛，蒙蔽了無數雜草，必須將那些藤葛一層層斬去，野草一片片刈除，碑上文字始可辨認清楚，可是那斬藤刈草的工程也很大，想做起來也很不容易呢。

生於現代的我們，做學問有許多便宜可佔，我以為對於那些雜亂無章的藤葛野草，不須慢慢地逐步斬除，只須放把火便燒光了，這就是我們把古人那些拘牽於時代影響或戴着有色眼鏡所看見的東西，完全束之高閣，置之不理，我們可以靠近這座古碑，仔細玩味碑上的文句，尋繹它的意義，詩經真正面目才能豁然呈露於我們之前。

糜文開、裴普賢兩夫婦便是做這個工作最為成功的人。他們於民國五一年在馬尼拉教授華僑青年的中文，便開始研究詩經。因其途徑獨闢，方法新穎，大受學生歡迎。寫成文章後，付國內外報刊發表，無不嘖嘖讚賞。五三年，「詩經欣賞與研究」由三民書局印行，學術界推為詩經研究中之傑構，羣相傳誦，不脛而走。五八年，出版第二集，六八年，出版第三集，糜文開先生不幸於去年病逝。夫人裴普賢教授哀痛之餘，繼承文開先生遺志，獨力完成第四集出版。詩經三百另五篇，他夫婦兩人共譯註二百二十五篇，普賢教授現又獨力完成八十篇，三百五篇已全部註釋翻譯完畢，計算時間，也有二十餘載，真是一件偉大工程。

這四巨帙的「詩經欣賞與研究」題目與內容是極確切的，完全符合的。先說「研究」這兩個字。歷來研究詩經者多逾過江鯽。但沒有一個人能將詩經真正的意義解釋清楚，反而治絲愈棼，搞得一團糟。春秋時代，詩經成了外交寶典，「斷章取義」，代替外交上需要言語。詩本寫實，至是成了象徵化。到戰國時，孟子慣引詩來闡明他的王道，有什麼「以意逆志」的話，就是說詩應該「不以文害辭，不以辭害志，以意逆志，是為得之」，孟子說話動輒引詩，不幸他老人家並不懂詩，常將詩意逆錯。這個流毒可不輕，後人承其說，愈鑽入狹窄的牛角尖，無法退出。到了漢代，有齊、魯、韓三家詩，魯主訓故、齊重讖緯。韓多教訓，又有毛詩，為大小毛公所傳，肄習者衆。後漢鄭衆、賈逵，受而更張其燄。及負一代儒宗之名的馬融作「毛詩註」，鄭玄作「毛詩說」，申明毛義，以難魯齊韓三家，三家遂廢。漢後逮南北朝，都是毛詩獨霸的天下，但讀唐人所言「晉宋二蕭之世，斯道大行，齊魏兩河之間，玆風不墜」便可知這三四百年間的詩學是個什麼樣子。至唐，孔穎達奉勅撰毛詩正義四十卷，根據毛傳，鄭註而為之疏，毛詩的勢力更籠罩一切。那些什麼「詩序」、「詩譜」、「正變美刺」的說法；「正始之道，王化之基」的話頭，喧騰不已。那些民間勞苦的呼號，謫宦屈抑的怨訴，村童牧女的調情，淫奔私約的謔浪，都變成「文王之化」，「后妃之德」了，也都成了「樂而不淫，怨誹不亂」，合乎溫柔敦厚原則的好詩了。詩被他們這樣一撮弄，詩的真面目愈難辨認了。宋代歐陽修、朱熹、鄭樵、王質一派學者出來，力反舊說，主張新解，但有時也擺脫不掉毛派的魔力，所以朱子常蒙「佞序」之譏。至清，擁護毛詩而著書立說者固大有其人，而崔述、姚際恆、戴震、方玉潤等均就詩說詩，直探本源，詩學始大放光明，超軼前代。近代乃思想解放之時，說詩者雖不如清代之多，而他們解釋詩經，均用科學方法，所得成績，當然超過前人。

我在前文曾說應該放把火把蒙蔽於詩經那塊豐碑上藤葛野草，燒個精光，比慢慢地逐步斬除，豈不直捷痛快？這話我現在願意略作修正。那些藤葛野草裏舊派的，也許蘊藏少許珍寶，新派所蘊藏的則更多，一概燒却，豈不可惜？糜裴賢伉儷說詩就不肯這樣孟浪。他倆為學，因眼光如炬，同時却心細如髮，每能從那淵淵如海，嶽嶽如山數百家新舊詩說中，檢取奇珍，輔以己見，便豁然透出一個極真確，而又極自然的意義。愜心貴當，貼切無比，令人擊節嘆賞，再不能有閒言。這樣他倆這部大著，「研究」二字，可算是充分做到了。

再說「欣賞」這兩個字。詩經號為經，却不比易經、書經、儀禮等卜筮性、歷史性、禮制性的書，它是一部文藝品。凡文藝品均不訴之於人類的理性而訴之於情感。我們人類受環境的刺激而有喜怒哀樂的反應，自然發之詩歌。所謂「詩者，志之所之也。在心為志，發言為詩。情動於中而形於言，言之不足，故嗟嘆之；嗟嘆之不足，故永歌之；永歌之不足，不知手之舞之，足之蹈之也。」詩大序雖不知是否子夏所作，這幾句話却道出詩之真諦。

詩既屬於情感性的文字，除頌之為祭祀詩，雅之為敍事詩外，十五國風大都為民間小兒女所作，情感當然豐富。就是頌和雅既採取了詩歌的體裁，當然也帶有嗟嘆永言的色彩，歸之於情感性的作品，當無不可。因為詩是人類情感偶受外界刺激而迸發出來的，它就不是人類有意的作為。它與歷史無關，與地域也不得一定有分不開的理由。像鄭玄一定要編什麼「詩譜」，把三百五篇的時代地理一一考證分明。論時代則「夷厲已上，歲數不明，太史年表，自共和始，歷宣幽而至春秋次第之」論地理則「欲知源流清濁之所處，則循其上下而省之；欲知風化芳臭氣澤之所及，則旁行而觀之。」果然如此，豈不甚好，無奈鄭氏又為詩序所拘牽，說話每强行搴合，反使人更加瞀惑，真不知其何苦？詩固有許多篇諷刺時政，怨懟君上，却非篇篇如此。而魯詩傳人王式竟主張以三百篇當「諫書」，那就更可笑了。至衞宏僞作的「詩序」三百五篇每篇之前必安上小序一則，他用漢人極端迂腐的眼光來看詩經，說的話無一不是穿鑿附會，自相矛盾，當然毫無一顧之價值。糜裴夫婦這部大著則特重詩經的文藝性，更注重詩經的情感性。他們解釋這三百篇，每設身處地於二三千年前，和當時那些做詩的人，笑貌相接，心靈滑通，追逐他們登山涉水的行蹤，參與他們升沈黜陟的榮辱，體貼他們奮鬥失敗的悲哀，共享他們戀愛成功的快樂。他倆說詩的那支筆，就像仙家的返魂丹，將沈睡了數千年的陳死人自墳墓中喚醒，把他們所有七情六欲都赤裸裸披露出來，再也沒有一點隱遁，這樣「尚友古人」，豈非人生最大快事！這樣說詩，豈非最好的方法！——他們於「欣賞」兩字又算做得異常圓滿！

要想達到這個目標，單靠準確的注釋還不行，還須把三百篇全部翻譯為今語。這工作也有人做過，我就曾見過一部陳××的「雅頌選譯」，陳氏對詩經確曾下過一番苦功，他的注釋也有湛深的學問，用新詩方式翻譯這種古典文學，也譯得活潑生動，極能傳神，可惜僅選譯了一部份雅和頌，詩經裏最精采的十五國風，他卻未曾過問。我也看見臺灣有人翻譯國風，好像所有風詩都譯全了。譯者舊文學的根柢不錯，但他全部用五言詩體來譯詩經。詩為四言體，他僅增一字為五言，這樣吝嗇於用字，如何能把詩的意義和韻味，曲曲傳出？

糜裴賢伉儷翻譯詩經則不然，用的是字句長短不一的新詩體，句句用韻，極不容易。文開先生曾自述工作時的苦況「往往一字之推敲，徘徊終夜；一句之斟酌，廢寢忘食。」這與嚴又陵先生翻譯西洋哲學名著時所經歷的情況是相類的。只有這樣肯下苦工的人，他的翻譯事業，才能臻於上乘。

現在「詩經欣賞與研究」第四集裴普賢教授獨挑大樑，將之寫成出版了，與前三集相比，毫不遜色，可為研究詩經者不二之津梁，我前文已說過這是一件偉大的工程，也是近年學術界輝煌的貢獻。文開先生了此心願，地下有知，當為軒眉而笑，我也願為學術界慶賀，為糜氏夫婦慶賀！

「詩經欣賞與研究」改編後記

——並爲先夫糜公文開逝世三週年祭

裴溥言

「詩經欣賞與研究」共計四集，係先夫文開生前與溥言利用業餘時間歷經十九年撰寫而成。其中包括詩經欣賞三百零五篇，研究論文二十一篇。撰寫時間雖久，而疏舛不妥之處，日後仍有所發現。尤以初、續兩集：初集之撰寫，因當時人在國外，參考書缺乏；續集又趕於再度出國前完成。因而對於文字之訓釋，問題之探討，難免有不得確解難洽人意處。且四集之體例不一，如三、四集，每篇欣賞之後均標出古韻，而初、續集則無。更因撰寫之初，係一時興起，各人隨興之所之，挑選自己較喜歡之詩篇先寫。每完一篇，則交換修正，共同討論。故成書之際，篇次未按詩經目錄排列。及至前三集自民國五十三年至六十八年陸續出版之後，讀者反應良好，唯有查閱不便之憾。三民書局董事長劉振強先生及愚夫婦有鑑及此，遂擬議待三百零五篇全部寫完之後，再按詩經目錄予以重編。在全部目錄編排之前，我倆就先從事於前三集的檢討及修正，並將初、續集加標古韻。但第四集才寫了十六篇，不幸文開竟於民國七十二年三月六日因心臟衰竭而去世。溥言不得不强抑悲慟，將最後之六十四篇於一年之內勉力完成。

為答謝讀者之厚愛，溥言在第四集問世之後，卽徵得劉振强先生之同意，着手利用課餘之暇，繼續從事該書全四册的檢討及改編工作，以完成先夫在世時未竟之業。其中有更正者，有加添者，歷時一年餘始告竣事。改編後之目錄完全按詩經原書之次序排列，體例亦歸劃一，古韻則均依江舉謙先生之詩經韻譜標示。至於原各集之序、跋等文，則予以集中分別載於全書之前後部分，以代改編本之序、跋，並標以㈠㈡㈢㈣等數字以示所載原書之册第。

古人云：「皓首窮經」，溥言雖年逾耳順，濫竽上庠四十載，對於學術之研究，常感愧於無何成就。於詩之一經，雖孜孜矻矻若干年，仍感所知有限。此固由於溥言之賦性愚鈍，而窮經之難，於此亦可見焉。而今以兢兢業業之心情，完成該書之修訂與改編。修訂改編之後，不敢言毫無瑕疵，然溥言已盡力而為。謹願以之就教於學術前輩，並作為先夫逝世三年祭之獻禮。

民國七十五年二月於臺北靜齋

糜教授文開 裴教授溥言譯著書目

（甲）編著部分

糜教授：

(1)印度歷史故事　商務印書館
(2)聖雄甘地傳　同右
(3)印度文化十八篇　東大圖書公司
(4)文開隨筆　同右
(5)印度文學欣賞　三民書局
(6)詩文舉隅　同右
(7)印度文學歷代名著選　東大圖書公司

裴教授：

(1)經學概述　開明書店
(2)中印文學研究　商務印書館
(3)詩經研讀指導　東大圖書公司
(4)歐陽修詩本義研究　同右
(5)詩經相同句及其影響　三民書局
(6)詩詞曲疊句欣賞研究　同右
(7)集句詩研究　學生書局
(8)集句詩研究續集　同右
(9)詩經比較研究與欣賞　同右
(10)詩經評註讀本　三民書局
(11)詩經欣賞與研究改編本　同右

糜裴合著：

(1)詩經欣賞與研究初集　三民書局
(2)詩經欣賞與研究續集　同右
(3)詩經欣賞與研究三集　同右
(4)詩經欣賞與研究四集　同右
(5)中國文學欣賞　同右

（乙）編譯部分

糜教授：

(1)印度三大聖典　華岡出版部
(2)印度兩大史詩　商務印書館
(3)莎昆妲蘿（印度戲曲）　同右
(4)奈都夫人詩全集　三民書局
(5)黛瑪鶯蒂（印度神話）　同右
(6)普雷姜德小說集　同右
(7)泰戈爾詩集　同右

裴教授：

(1)橫渡集（泰戈爾詩）　三民書局

糜裴合譯：

(1)泰戈爾小說戲劇集　三民書局
(2)園丁集（泰戈爾詩）　同右
(3)鬥鷄的故事　文壇社